樂府詩集

上

【宋】郭茂倩 編撰
聶世美 倉陽卿 校

上海古籍出版社

图书在版编目(CIP)数据

乐府诗集／(宋)郭茂倩编撰；聂世美，仓阳卿校点.—上海：上海古籍出版社，2016.12
(国学典藏)
ISBN 978-7-5325-8160-3

Ⅰ.①乐… Ⅱ.①郭… ②聂… ③仓… Ⅲ.①乐府诗—诗集—中国—古代 Ⅳ.①I222.6

中国版本图书馆 CIP 数据核字(2016)第 149941 号

国学典藏
乐府诗集
(全二册)
(宋)郭茂倩 编撰
聂世美 仓阳卿 校点
上海世纪出版股份有限公司
上海古籍出版社 出版
(上海瑞金二路272号 邮政编码200020)
(1)网址：www.guji.com.cn
(2)E-mail：guji1@guji.com.cn
(3)易文网网址：www.ewen.co
上海世纪出版股份有限公司发行中心发行经销
江阴金马印刷有限公司印刷
开本 890×1240 1/32 印张40.125 插页10 字数770,000
2016年12月第1版 2016年12月第1次印刷
印数：1—3,100
ISBN 978-7-5325-8160-3
I·3089 定价：98.00元
如有质量问题，请与承印公司联系

前　言

聂世美　仓阳卿

郭茂倩编撰的《乐府诗集》，是一部上古至唐五代的乐章和歌谣总集。

郭茂倩，南宋后期郓州须城（今山东东平）人，本集上署为"太原"，是以通例指郡望而言。"《建炎以来系年要录》载，茂倩为侍读学士郭褎之孙、源中之子，其仕履未详"（《四库全书总目提要》）。现知其生平唯一业绩，就是他悉心纂辑了这部彪炳千古的《乐府诗集》。

编集乐府诗，非从郭氏始。《汉书·礼乐志》即已著录若干汉郊庙乐歌，《宋书·乐志》更著录了不少汉相和歌辞。按《隋书》、新旧《唐书》的《艺文志》载述，两晋、南朝，曾有众多私家辑录乐府的诗集，可惜这些书籍已大都亡佚。郭氏之后，元代左克明编的《古乐府》，明人梅鼎祚编的《古乐苑》，也都是乐府诗总集，但在内容上颇多因袭《乐府诗集》。唯其如此，现存成书最早、流行最广而最完备的乐府诗总籍，就是郭茂倩的《乐府诗集》。"言乐府者，以是集为祖本，犹渔猎之资山海也"（《四库全书简明目录》）。

《乐府诗集》，设十二大类，共一百卷。其中：

郊庙歌辞十二卷。汉至五代，用于朝廷举行的祭祀大典。

燕射歌辞三卷。汉魏皆取周诗《鹿鸣》，自晋荀勖始自造诗，至隋，用于朝宴、飨射。

鼓吹曲辞五卷。初为军乐,后一度与俗乐结合,汉以后又转为雅乐,用于朝会、田猎、道路、游行等场合,奏以短箫铙鼓等器。本集所录汉《铙歌》,有多首西汉民歌的上乘之作。

横吹曲辞五卷。传自西域,西汉李延年更造新声。初也称鼓吹,后定有鼓有角者为横吹,用为军旅马上之乐,至东汉专用于赏赐有功边将。汉曲多已不存。本集所收《梁鼓角横吹曲》,由北朝传来,保留了不少北方民族的优秀民歌。

相和歌辞十八卷。汉世街陌讴谣,初为徒歌,后渐被于弦管,"丝竹更相和,执节者歌",为汉乐府之大宗。本集大量录历代拟作。

清商曲辞八卷。其始即相和三调(平调、清调、瑟调),皆汉魏旧曲。主要是江南吴歌、荆楚西声等民歌。

舞曲歌辞五卷。汉至隋,为配合舞乐的歌。包括用于郊庙朝飨的雅舞,用于宴会游乐的杂舞。

琴曲歌辞四卷。唐虞至隋唐,合于琴曲的歌,有五曲、九引、十二操等。

杂曲歌辞十八卷。汉至唐,未配乐或乐调难明的歌辞,题材杂广,"或心志之所存,或情思之所感,或宴游欢乐之所发,或忧愁愤怨之所兴,或叙离别悲伤之怀,或言征战行役之苦,或缘于佛老,或出自夷虏,兼收备载"。

近代曲辞四卷。隋唐两代杂曲,皆为文人作品。

杂歌谣辞七卷。唐虞至隋唐,徒歌谣谚。

新乐府辞十一卷。唐代新歌,辞实乐府而未配乐,或寓意古题,刺美人事,或即事名篇,不复倚傍。

十二大类之分,兼顾了乐府诗的来源、用途和音乐系统,大体合乎乐府库的实际。这无疑是郭茂倩的一个创造性成果。

《乐府诗集》以音乐曲调分类著录诗歌,在具体编织上,也匠心独运,尤着意体现乐府诗的流变轨迹。诚如《四库全书总目提要》所论:"每题以古辞(按,或以较早出现的诗)居前,拟作居后,使同一曲调而诸格毕备,不相沿袭,可以药剽窃形似之失。其古辞多前列本辞,后列入乐所改,得以考知孰为侧,孰为艳,孰为趋,孰为增字减字。其声辞合写、不可训诂者,亦皆题下注明,尤可以药摹拟聱牙之弊。"对各类歌曲,更冠以解题,"征引浩博,援据精审,宋以来考乐府者,无能出其范围"。

《乐府诗集》所以能成功地展现出历代乐府诗的完整风貌,实赖郭茂倩的网罗宏富,编辑精当。例如《陌上桑》,《宋书·乐志》仅录曹操、曹丕的拟作。《乐府诗集》则先著录古辞,以明曹氏父子所作只是依古辞而拟的新辞;又将《采桑》、《艳歌行》、《罗敷行》、《日出东南隅行》、《日出行》等历来各种拟《陌上桑》的诗,悉附于后,以见《陌上桑》对后世文人的深广影响。

由于汉代一度罢乐府,中辍采风,汉以后虽仍有乐府机构的存在,而大规模地采集风谣的工作不再进行,以致民歌难得幸存。据《汉书·艺文志》所载,西汉乐府民歌有一百三十八首,但现存乐府民歌包括东汉在内总共不过三四十首。《乐府诗集》中的民歌,虽只占十分之一左右,实在已是不小的数字。这些作品,都是郭氏从文人写定的各类书籍中一一搜出。既由文人写定,自难原封不动地保持民歌的面貌。但是这些作品,仍不失为乐府诗的精华,在中国诗史上有着夺目的光彩。

《乐府诗集》中,还辑录了大量的古乐书佚文。如:汉代扬雄的《琴清英》,蔡邕的《琴颂》;晋以后谢庄的《琴论》,王僧虔《宴乐技录》,释智匠《古今乐录》,《琴历》,《歌乐》,荀氏《录》;唐代郗昂《乐府解题》,李勉《琴说》,李良辅《广陵止息谱序》,《琴书》,《琴集》,《琴议》,《乐苑》等。这些文字,是研究五代以前音乐不可多得的资料。

当然,《乐府诗集》也有某些欠缺。比如,将个别文人诗列为乐府题目,就有失恰当。好在这类具体问题,前人已有所讨论,这里就不展开了。

《乐府诗集》对于研究中国古代诗歌、音乐,研究中国文学艺术历史,有着无可取代的重要价值。为此,上海古籍出版社决定将它标点整理,用简体字印行,以飨广大读者。

现存《乐府诗集》的版本,主要有宋刊本、明汲古阁本及清翻刻本等。此次整理,我们以中国国家图书馆藏宋刻本《乐府诗集》(《中华再造善本》影印)为底本,以明汲古阁本(《四部丛刊》影印)为校本,另参校以各种正史、别集等典籍。凡据校本(简称"四部丛刊本")补正之字,皆出校记说明,而据其他典籍校改之处,错衍之字标以( ),校改及补字标以〔 〕,一般不出校记。

目 录

上 册

前言/聂世美　仓阳卿/1
第一卷　郊庙歌辞一
　汉郊祀歌十九首/2
　　练时日/2
　　帝临/2
　　青阳/3
　　朱明/3
　　西颢/3
　　玄冥/3
　　惟泰元/3
　　天地/4
　　日出入/4
　　天马/4
　　天门/5
　　景星/6
　　齐房/6
　　后皇/7
　　华烨烨/7
　　五神/7
　　朝陇首/7
　　象载瑜/8
　　赤蛟/8
　汉郊祀歌/8
　　灵芝歌/8
　　天马歌/8
　　天马辞/9
　晋郊祀歌/9
　　夕牲歌/9
　　迎送神歌/10
　　飨神歌/10
　晋天地郊明堂歌/10
　　夕牲歌/10
　　降神歌/11
　　天郊飨神歌/11
　　地郊飨神歌/11
　　明堂飨神歌/12
　宋南郊登歌/12
　　夕牲歌/12
　　迎送神歌/12
　　飨神歌/13

1

第二卷　郊庙歌辞二

宋明堂歌 / 14
　迎神歌 / 14
　登歌 / 15
　歌太祖文皇帝 / 15
　歌青帝 / 15
　歌赤帝 / 15
　歌黄帝 / 15
　歌白帝 / 16
　歌黑帝 / 16
　送神歌 / 16
齐南郊乐歌 / 16
　肃咸乐 / 17
　引牲乐 / 17
　嘉荐乐 / 17
　昭夏乐 / 17
　永至乐 / 18
　登歌 / 18
　文德宣烈乐 / 18
　武德宣烈乐 / 18
　高德宣烈乐 / 18
　嘉胙乐 / 19
　昭夏乐 / 19
　昭远乐 / 19
　休成乐 / 19
齐北郊乐歌 / 19
　昭夏乐 / 20

　登歌 / 20
　地德凯容歌 / 20
　昭德凯容乐 / 20
　昭夏乐 / 20
　隶幽乐 / 21
齐明堂乐歌 / 21
　肃咸乐二首 / 21
　引牲乐 / 21
　嘉荐乐二首 / 22
　昭夏乐 / 22
　登歌 / 22
　凯容宣烈乐 / 22
　青帝歌 / 23
　赤帝歌 / 23
　黄帝歌 / 23
　白帝歌 / 23
　黑帝歌 / 23
　嘉胙乐 / 24
　昭夏乐 / 24

第三卷　郊庙歌辞三

齐雩祭乐歌 / 25
　迎神歌八解 / 25
　歌世祖武皇帝 / 25
　歌青帝 / 25
　歌赤帝 / 26
　歌黄帝 / 26
　歌白帝 / 26

目录

歌黑帝 / 26

送神歌 / 26

齐藉田乐歌 / 27

    迎送神升歌 / 27

    飨神歌 / 27

梁雅乐歌 / 27

    皇雅三首 / 28

    涤雅 / 28

    牷雅 / 29

    诚雅三首 / 29

    献雅 / 29

    禋雅二首 / 30

梁南郊登歌二首 / 30

梁北郊登歌二首 / 31

梁明堂登歌 / 32

    歌青帝 / 32

    歌赤帝 / 32

    歌黄帝 / 32

    歌白帝 / 32

    歌黑帝 / 32

北齐南郊乐歌 / 33

    肆夏乐 / 33

    高明乐 / 33

    昭夏乐 / 34

    昭夏乐 / 34

    皇夏乐 / 34

    皇夏乐 / 34

    高明乐 / 34

    高明乐 / 35

    武德乐 / 35

    皇夏乐 / 35

    高明乐 / 35

    昭夏乐 / 35

    皇夏乐 / 35

北齐北郊乐歌 / 36

    高明乐 / 36

    昭夏乐 / 36

    皇夏乐 / 36

    皇夏乐 / 37

    高明乐 / 37

    高明乐 / 37

    昭夏乐 / 37

    皇夏乐 / 37

北齐五郊乐歌 / 38

    青帝高明乐 / 38

    赤帝高明乐 / 38

    黄帝高明乐 / 38

    白帝高明乐 / 38

    黑帝高明乐 / 38

北齐明堂乐歌 / 39

    肆夏乐 / 39

    高明乐 / 39

    武德乐 / 39

    昭夏乐 / 40

昭夏乐 / 40　　　　　　　　皇夏 / 45
皇夏乐 / 40　　　　　　　　皇夏 / 46
高明乐 / 40　　　　　　　　青帝云门舞 / 46
高明乐 / 41　　　　　　　　配帝舞 / 46
皇夏乐 / 41　　　　　　　　赤帝云门舞 / 46
高明乐 / 41　　　　　　　　配帝舞 / 46
皇夏乐 / 41　　　　　　　　黄帝云门舞 / 47

第四卷　郊庙歌辞四　　　　配帝舞 / 47

周祀圜丘歌 / 42　　　　　　白帝云门舞 / 47
　昭夏 / 42　　　　　　　　配帝舞 / 47
　皇夏 / 42　　　　　　　　黑帝云门舞 / 47
　昭夏 / 42　　　　　　　　配帝舞 / 48
　昭夏 / 43　　　　　　　隋圜丘歌 / 48
　皇夏 / 43　　　　　　　　昭夏 / 48
　云门舞 / 43　　　　　　　皇夏 / 48
　云门舞 / 43　　　　　　　登歌 / 48
　登歌 / 43　　　　　　　　诚夏 / 49
　皇夏 / 43　　　　　　　　文舞 / 49
　雍乐 / 44　　　　　　　　需夏 / 49
　皇夏 / 44　　　　　　　　武舞 / 49
　皇夏 / 44　　　　　　　　昭夏 / 49
周祀方泽歌 / 44　　　　　隋五郊歌 / 50
　昭夏 / 44　　　　　　　　角音 / 50
　昭夏 / 45　　　　　　　　徵音 / 50
　登歌 / 45　　　　　　　　宫音 / 50
　皇夏 / 45　　　　　　　　商音 / 50
周祀五帝歌 / 45　　　　　　羽音 / 51

隋感帝歌 / 51
  诚夏 / 51
隋雩祭歌 / 51
  诚夏 / 51
隋蜡祭歌 / 52
  诚夏 / 52
隋朝日夕月歌 / 52
  朝日诚夏 / 52
  夕月诚夏 / 52
隋方丘歌 / 53
  昭夏 / 53
  登歌 / 53
  诚夏 / 53
  昭夏 / 53
隋神州歌 / 54
  诚夏 / 54
隋社稷歌 / 54
  春祈社诚夏 / 54
  春祈稷诚夏 / 54
  秋报社诚夏 / 54
  秋报稷诚夏 / 55
隋先农歌 / 55
  诚夏 / 55
隋先圣先师歌 / 55
  诚夏 / 55
唐祀圜丘乐章 / 55
  豫和 / 56

  太和 / 56
  肃和 / 56
  雍和 / 56
  寿和 / 57
  舒和 / 57
  凯安 / 57
  豫和 / 57
唐郊天乐章 / 58
  豫和 / 58

第五卷　郊庙歌辞五

唐享昊天乐 / 59
  第一 / 59
  第二 / 59
  第三 / 59
  第四 / 59
  第五 / 60
  第六 / 60
  第七 / 60
  第八 / 60
  第九 / 60
  第十 / 60
  第十一 / 61
  第十二 / 61
唐祀昊天乐章 / 61
  豫和 / 61
  太和 / 61
  告谢 / 61

肃和 / 62

雍和 / 62

福和 / 62

中宫助祭升坛 / 62

亚献 / 62

舒和 / 62

凯安 / 63

唐祀圜丘乐章 / 63

豫和 / 63

太和 / 63

肃和 / 63

雍和 / 64

寿和 / 64

寿和 / 64

寿和 / 64

舒和 / 64

凯安 / 64

豫和 / 65

太和 / 65

唐封泰山乐章 / 65

豫和六首降神 / 65

太和 / 66

肃和 / 66

雍和 / 66

寿和 / 66

寿和 / 66

舒和 / 67

凯安 / 67

豫和 / 67

唐祈谷乐章 / 67

肃和 / 67

雍和 / 68

舒和 / 68

唐明堂乐章 / 68

肃和 / 68

雍和 / 68

舒和 / 69

唐明堂乐章 / 69

外办将出 / 69

皇帝行 / 69

皇嗣出入升降 / 69

迎送王公 / 69

登歌 / 69

配飨 / 70

宫音 / 70

角音 / 70

徵音 / 70

商音 / 70

羽音 / 70

唐雩祀乐章 / 71

肃和 / 71

雍和 / 71

舒和 / 71

唐雩祀乐章 / 71

豫和／72
豫和／72
第六卷　郊庙歌辞六
唐五郊乐章／73
　黄帝宫音／73
　　肃和／73
　　雍和／73
　　舒和／74
　青帝角音／74
　　肃和／74
　　雍和／74
　　舒和／74
　赤帝徵音／74
　　肃和／75
　　雍和／75
　　舒和／75
　白帝商音／75
　　肃和／75
　　雍和／75
　　舒和／76
　黑帝羽音／76
　　肃和／76
　　雍和／76
　　舒和／76
唐五郊乐章／76
　黄郊迎神／77
　　送神／77

青郊迎神／77
　送神／77
赤郊迎神／77
　送神／77
白郊迎神／78
　送神／78
黑郊迎神／78
　送神／78
唐朝日乐章／78
　肃和／79
　雍和／79
　舒和／79
唐朝日乐章／79
　迎神／79
　送神／79
唐夕月乐章／80
　肃和／80
　雍和／80
　舒和／80
唐蜡百神乐章／80
　肃和／81
　雍和／81
　舒和／81
唐蜡百神乐章／81
　迎神／81
　送神／81
唐祀九宫贵神乐章／82

7

豫和 / 82

太和 / 82

肃和 / 83

雍和 / 83

寿和 / 83

福和 / 83

舒和 / 83

凯安 / 83

肃和 / 84

豫和 / 84

唐祀风师乐章 / 84

  迎神 / 84

  奠币登歌 / 84

  迎俎酌献 / 84

  亚献终献 / 85

  送神 / 85

唐祀雨师乐章 / 85

  迎神 / 85

  奠币登歌 / 85

  迎俎酌献 / 85

  亚献终献 / 86

  送神 / 86

唐祭方丘乐章 / 86

  顺和 / 86

  肃和 / 86

  雍和 / 87

  舒和 / 87

顺和 / 87

唐大享拜洛乐章 / 87

  昭和 / 87

  致和 / 88

  咸和 / 88

  九和 / 88

  拜洛 / 88

  显和 / 88

  昭和 / 88

  敬和 / 89

  齐和 / 89

  德和 / 89

  禋和 / 89

  通和 / 89

  归和 / 89

  归和 / 90

唐祭方丘乐章 / 90

  顺和 / 90

  金奏 / 90

  顺和 / 90

第七卷　郊庙歌辞七

唐祭汾阴乐章 / 91

  顺和 / 91

  同前 / 91

  同前 / 91

  同前 / 91

  太和 / 92

肃和／92

雍和／92

寿和／92

舒和／92

凯安／92

顺和／93

唐禅社首乐章／93

　　顺和／93

　　太和／93

　　肃和／93

　　雍和／94

　　寿和／94

　　福和／94

　　太和／94

　　灵具醉／94

唐祭神州乐章／94

　　肃和／95

　　雍和／95

　　舒和／95

唐祭神州乐章／95

　　迎神／95

　　送神／96

唐祭太社乐章／96

　　肃和／96

　　雍和／96

　　舒和／96

唐祭太社乐章／97

　　迎神／97

　　送神／97

唐享先农乐章／97

　　诚和／97

　　肃和／97

　　雍和／98

　　舒和／98

唐享先农乐章／98

　　诚和／98

唐享先蚕乐章／98

　　永和／98

　　肃和／99

　　展敬／99

　　絜诚／99

　　昭庆／99

唐释奠文宣王乐章／99

　　诚和／100

　　承和／100

　　肃和／100

　　雍和／100

　　舒和／100

唐享孔子庙乐章／100

　　迎神／101

　　送神／101

唐释奠武成王乐章／101

　　迎神／101

　　奠币登歌／101

迎俎酌献 / 101
亚献终献 / 102
送神 / 102
唐享龙池乐章 / 102
　第一章 / 103
　第二章 / 103
　第三章 / 103
　第四章 / 103
　第五章 / 103
　第六章 / 104
　第七章 / 104
　第八章 / 104
　第九章 / 104
　第十章 / 104
梁郊祀乐章 / 105
　庆和乐 / 105
　庆顺 / 105
　庆平 / 106
　庆肃 / 106
　庆熙 / 106
　庆隆 / 106
　庆融 / 106
　庆休 / 106
　庆和 / 107
周郊祀乐章 / 107
　昭顺乐 / 107
　治顺乐 / 107

感顺乐 / 108
禋顺乐 / 108
福顺乐 / 108
福顺乐 / 108
福顺乐 / 108
忠顺乐 / 108
武舞〔乐〕/ 108
昭顺乐 / 109

第八卷　郊庙歌辞八

汉安世房中歌 / 110
晋宗庙歌 / 112
　夕牲歌 / 112
　迎送神歌 / 112
　征西将军登歌 / 112
　豫章府君登歌 / 112
　颍川府君登歌 / 113
　京兆府君登歌 / 113
　宣皇帝登歌 / 113
　景皇帝登歌 / 113
　文皇帝登歌 / 113
　飨神歌 / 114
晋江左宗庙歌 / 114
　歌高祖宣皇帝 / 114
　歌世宗景皇帝 / 114
　歌太祖文皇帝 / 115
　歌世祖武皇帝 / 115
　歌中宗元皇帝 / 115

歌肃宗明皇帝／115
歌显宗成皇帝／115
歌康皇帝／116
歌孝宗穆皇帝／116
歌哀皇帝／116
歌太宗简文皇帝／116
歌烈宗孝武皇帝／116
四时祠祀歌／117
宋宗庙登歌／117
　北平府君歌／117
　相国掾府君歌／117
　开封府君歌／117
　武原府君歌／118
　东安府君歌／118
　孝皇帝歌／118
　高祖武皇帝歌／118
　七庙享神歌／118
宋世祖庙歌／119
　孝武皇帝歌／119
　宣太后歌／119
宋章庙乐舞歌／119
　肃咸乐／119
　引牲乐／120
　嘉荐乐／120
　昭夏乐／120
　永至乐／121
　登歌／121

章德凯容乐／121
昭德凯容乐／121
宣德凯容乐／122
嘉胙乐／122
昭夏乐／122
休成乐／122

第九卷　郊庙歌辞九

齐太庙乐歌／123
　肃咸乐／123
　引牲乐／123
　嘉荐乐／124
　昭夏乐／124
　永至乐／124
　登歌／124
　凯容乐／124
　凯容乐／125
　凯容乐／125
　凯容乐／125
　宣德凯容乐／125
　凯容乐／125
　永祚乐／126
　肆夏乐／126
　休成乐／126
　太庙登歌／126
　高德宣烈乐／127
　穆德凯容乐／127

11

明德凯容乐 / 127

梁宗庙登歌七首 / 127

梁小庙乐歌 / 128

    舞歌 / 128

    登歌 / 128

陈太庙舞辞 / 129

    凯容舞 / 129

    凯容舞 / 129

    凯容舞 / 129

    凯容舞 / 129

    凯容舞 / 130

    景德凯容舞 / 130

    武德舞 / 130

北齐享庙乐辞 / 130

    肆夏乐 / 131

    高明登歌乐 / 131

    昭夏乐 / 131

    昭夏乐 / 131

    皇夏乐 / 132

    登歌乐 / 132

    登歌乐 / 132

    始基乐恢祚舞 / 132

    始基乐恢祚舞 / 133

    始基乐恢祚舞 / 133

    始基乐恢祚舞 / 133

    始基乐恢祚舞 / 133

    武德乐昭烈舞 / 133

文德乐宣政舞 / 134

文正乐光大舞 / 134

皇夏乐 / 134

高明乐 / 134

皇夏〔乐〕/ 134

周宗庙歌 / 135

    皇夏 / 135

    昭夏 / 135

    皇夏 / 135

    皇夏 / 136

    皇夏 / 136

    皇夏 / 136

    皇夏 / 136

    皇夏 / 136

    皇夏 / 137

    皇夏 / 137

    皇夏 / 137

    皇夏 / 137

周大祫歌 / 138

    昭夏 / 138

    登歌 / 138

第十卷　郊庙歌辞十

隋太庙歌 / 139

    迎神歌 / 139

    登歌 / 139

    俎入歌 / 139

    太原府君歌 / 140

康王歌／140

献王歌／140

太祖歌／140

饮福酒歌／140

送神歌／140

唐享太庙乐章／141

永和／141

肃和／141

雍和／141

长发舞／141

大基舞／142

大成舞／142

大明舞／142

寿和／142

舒和／143

雍和／143

永和／143

唐享太庙乐章／143

崇德舞／143

钧天舞／144

太和舞／144

景云舞／144

光大舞／144

唐享太庙乐章／145

迎神／145

金奏／145

送神／145

唐武后享清庙乐章／145

第一／145

第二／146

第三登歌／146

第四迎神／146

第五饮福／146

第六送文舞／146

第七迎武舞／146

第八武舞作／146

第九撤俎／147

第十送神／147

唐享太庙乐章／147

严和／147

升和／147

虔和／148

歆和／148

承光舞／148

延和／148

同和／148

宁和／148

恭和／149

通和／149

昭和／149

诚敬／149

肃和／149

昭感／149

唐享太庙乐章／150

永和三首 / 150

大和 / 150

肃和 / 150

雍和二首 / 151

文舞 / 151

光大舞 / 151

长发舞 / 151

大政舞 / 151

大成舞 / 152

大明舞 / 152

崇德舞 / 152

钧天舞 / 152

大和舞 / 152

景云舞 / 152

福和 / 153

舒和 / 153

凯安四首 / 153

登歌 / 153

永和 / 154

第十一卷 郊庙歌辞十一

唐享太庙乐章 / 155

广运舞 / 155

惟新舞 / 155

保大舞 / 155

文明舞 / 155

大顺舞 / 156

象德舞 / 156

和宁舞 / 156

大定舞 / 156

宣宗舞 / 156

懿宗舞 / 156

咸宁舞 / 157

唐太清宫乐章 / 157

煌煌 / 157

冲和 / 157

香初上 / 157

再上 / 158

终上 / 158

紫极舞 / 158

序入破第一奏 / 158

第二奏 / 158

第三奏 / 158

登歌 / 159

真和 / 159

唐德明兴圣庙乐章 / 159

迎神 / 159

登歌奠币 / 159

迎俎 / 160

德明酌献 / 160

兴圣酌献 / 160

亚献终献 / 160

送神 / 160

唐仪坤庙乐章 / 161

永和 / 161

金奏 / 161
　　太和 / 161
　　肃和 / 161
　　雍和 / 162
　　昭升 / 162
　　坤贞 / 162
　　寿和 / 162
　　舒和 / 162
　　安和 / 163
　　雍和 / 163
　　永和 / 163
唐仪坤庙乐章 / 163
　　迎神 / 163
　　送神 / 163
唐昭德皇后庙乐章 / 164
　　永和 / 164
　　肃和 / 164
　　雍和 / 164
　　坤元 / 164
　　寿和 / 164
　　舒和 / 165
　　凯安 / 165
　　雍和 / 165
　　永和 / 165
唐让皇帝庙乐章 / 165
　　迎神 / 165
　　奠币 / 166

　　迎俎 / 166
　　酌献 / 166
　　亚献终献 / 166
　　送神 / 166
唐享隐太子庙乐章 / 166
　　诚和 / 167
　　肃和 / 167
　　雍和 / 167
　　舒和 / 167
　　武舞 / 167
唐享隐太子庙乐章 / 167
　　迎神 / 168
　　送神 / 168

第十二卷　郊庙歌辞十二

唐享章怀太子庙乐章 / 169
　　迎神 / 169
　　登歌酌鬯 / 169
　　迎俎酌献 / 169
　　送文舞迎武舞 / 169
　　武舞作 / 170
唐享懿德太子庙乐章 / 170
　　迎神 / 170
　　登歌酌鬯 / 170
　　迎俎酌献 / 170
　　送文舞迎武舞 / 170
　　武舞作 / 171
唐享节愍太子庙乐章 / 171

迎神 / 171

登歌酌鬯 / 171

迎俎酌献 / 171

送文舞迎武舞 / 172

武舞作 / 172

唐享文敬太子庙乐章 / 172

请神 / 172

登歌 / 172

迎俎酌献 / 172

退文舞迎武舞 / 173

亚献终献 / 173

送神 / 173

唐享惠昭太子庙乐章 / 173

请神 / 173

登歌 / 173

迎俎酌献 / 173

(退)〔送〕文舞迎武舞 / 174

亚献终献 / 174

送神 / 174

唐武氏享先庙乐章 / 174

唐韦氏褒德庙乐章 / 174

昭德 / 175

进德 / 175

褒德 / 175

武舞作 / 175

彰德 / 175

梁太庙乐舞辞 / 175

开平舞 / 176

皇帝行 / 176

帝盟 / 176

登歌 / 176

大合舞 / 176

象功舞 / 176

来仪舞 / 177

昭德舞 / 177

饮福 / 177

撤豆 / 177

送神 / 177

后唐宗庙乐舞辞 / 177

昭德舞 / 178

文明舞 / 178

应天舞 / 178

永平舞 / 178

武成舞 / 178

雍熙舞 / 178

汉宗庙乐舞辞 / 179

武德舞 / 179

灵长舞 / 179

积善舞 / 179

显仁舞 / 180

章庆舞 / 180

观德舞 / 180

周宗庙乐舞辞 / 180

肃顺 / 181

治顺／181

肃雍舞／181

章德舞／181

善庆舞／181

观成舞／182

明德舞／182

咸顺／182

禋顺／182

福顺／182

忠顺／183

善胜舞／183

禋顺／183

肃顺／183

第十三卷　燕射歌辞一

晋四厢乐歌／185

　正旦大会行礼歌／185

　上寿酒歌／186

　食举东西厢歌／186

晋四厢乐歌／186

　正旦大会行礼歌／187

　王公上寿酒歌／188

　食举乐东西厢歌／188

晋四厢乐歌／190

　王公上寿诗／190

　食举东西厢乐诗／190

　正旦大会行礼诗四首／192

晋四厢乐歌／192

　王公上寿酒歌／192

　正旦大会行礼歌／193

　晋冬至初岁小会歌／194

　晋宴会歌／195

　晋中宫所歌／195

　晋宗亲会歌／195

第十四卷　燕射歌辞二

宋四厢乐歌／196

　肆夏乐歌／196

　大会行礼歌／197

　王公上寿歌／197

　殿前登歌／197

　食举歌／197

齐四厢乐歌／198

　肆夏乐歌／199

　大会行礼歌／199

　王公上寿歌／199

　殿前登歌／199

　食举歌／200

梁三朝雅乐歌／201

　俊雅三首／201

　同前三首／201

　胤雅／202

　同前／202

　寅雅／202

　同前／203

　介雅三首／203

17

同前三首 / 203
需雅八首 / 204
同前八首 / 204
雍雅三首 / 205
同前三首 / 206
北齐元会大飨歌 / 206
  肆夏 / 206
  皇夏 / 207
  皇夏 / 207
  皇夏 / 207
  皇夏 / 207
  肆夏 / 207
  上寿曲 / 208
  登歌 / 208
  食举乐 / 208
  皇夏 / 209

第十五卷　燕射歌辞三

周五声调曲 / 210
  宫调曲五首 / 210
  变宫调曲二首 / 211
  商调曲四首 / 211
  角调曲二首 / 212
  徵调曲六首 / 213
  羽调曲五首 / 214
隋元会大飨歌 / 215
  皇夏 / 215
  肆夏 / 216

食举歌八首 / 216
上寿歌 / 217
隋宴群臣登歌 / 217
隋皇后房内歌 / 217
晋朝飨乐章 / 218
  初举酒文同乐 / 218
  再举酒 / 218
  三举酒 / 218
  四举酒 / 219
  群臣酒行歌 / 219
周朝飨乐章 / 219
  忠顺 / 219
  忠顺 / 220
  治顺 / 220
  福顺 / 220
  康顺 / 220
  忠顺 / 220
  忠顺 / 220
隋大射登歌 / 221

第十六卷　鼓吹曲辞一

汉铙歌十八首 / 223
  朱鹭 / 224
  思悲翁 / 224
  艾如张 / 224
  上之回 / 225
  翁离 / 225
  战城南 / 225

巫山高 / 226
上陵 / 226
将进酒 / 226
君马黄 / 227
芳树 / 227
有所思 / 227
雉子班 / 228
圣人出 / 228
上邪 / 228
临高台 / 229
远如期 / 229
石留 / 229
汉铙歌上 / 229
　朱鹭 / 229
　同前 / 230
　同前 / 230
　同前 / 230
　同前 / 230
　同前 / 230
　艾如张 / 231
　同前 / 231
　上之回 / 231
　同前 / 231
　同前 / 231
　同前 / 232
　同前 / 232
　同前 / 232

　同前 / 232
　战城南 / 232
　同前 / 233
　同前 / 233
　同前 / 233
　同前 / 233
　同前二首 / 233

第十七卷　鼓吹曲辞二

汉铙歌中 / 235
　巫山高 / 235
　同前 / 235
　同前 / 235
　同前 / 235
　同前 / 236
　同前 / 236
　同前 / 236
　同前 / 236
　同前 / 236
　同前 / 237
　同前 / 237
　同前 / 237
　同前 / 237
　同前 / 237
　同前 / 238
　同前 / 238
　同前 / 238

19

同前 / 238

同前 / 238

将进酒 / 239

同前 / 239

同前 / 239

同前 / 240

君马黄 / 240

同前 / 240

同前 / 240

芳树 / 241

同前 / 241

同前 / 241

同前 / 241

同前 / 241

同前 / 241

同前 / 242

同前 / 242

同前 / 242

同前 / 242

同前 / 242

同前 / 242

同前 / 243

同前 / 243

同前 / 243

同前 / 243

有所思 / 244

同前 / 244

同前 / 244

同前 / 244

同前 / 244

同前 / 244

同前 / 245

同前 / 245

同前 / 245

同前 / 245

同前 / 245

同前 / 246

同前 / 246

同前 / 246

同前 / 246

同前 / 246

同前 / 247

同前 / 247

同前 / 247

同前 / 247

同前 / 247

同前 / 248

同前 / 248

同前 / 248

第十八卷　鼓吹曲辞三

汉铙歌下 / 249

雉子班 / 249

同前 / 249

同前 / 249

同前 / 249	战荥阳 / 255
同前 / 249	获吕布 / 256
同前 / 250	克官渡 / 256
临高台 / 250	旧邦 / 256
同前 / 250	定武功 / 257
同前 / 250	屠柳城 / 257
同前 / 251	平南荆 / 257
同前 / 251	平关中 / 258
同前 / 251	应帝期 / 258
同前 / 251	邕熙 / 259
同前 / 251	太和 / 259
同前 / 251	吴鼓吹曲 / 259
同前 / 252	炎精缺 / 260
同前 / 252	汉之季 / 260
远期 / 252	摅武师 / 260
同前 / 253	伐乌林 / 261
玄云 / 253	秋风 / 261
黄雀行 / 253	克皖城 / 262
钓竿 / 253	关背德 / 262
同前 / 253	通荆门 / 262
同前 / 254	章洪德 / 263
钓竿篇 / 254	从历数 / 263
同前 / 254	承天命 / 264
同前 / 254	玄化 / 264
同前 / 254	**第十九卷　鼓吹曲辞四**
魏鼓吹曲 / 255	晋鼓吹曲 / 265
楚之平 / 255	灵之祥 / 265

21

宣受命 / 265
征辽东 / 266
宣辅政 / 266
时运多难 / 266
景龙飞 / 267
平玉衡 / 267
文皇统百揆 / 267
因时运 / 268
惟庸蜀 / 268
天序 / 268
大晋承运期 / 269
金灵运 / 269
於穆我皇 / 269
仲春振旅 / 270
夏苗田 / 270
仲秋狝田 / 270
顺天道 / 271
唐尧 / 271
玄云 / 272
伯益 / 272
钓竿 / 273
晋凯歌二首 / 273
　命将出征歌 / 273
　劳还师歌 / 273
宋鼓吹铙歌三首 / 274
　上邪曲 / 274
　晚芝曲 / 274

艾如张曲 / 275
宋鼓吹铙歌 / 275
朱路篇 / 276
思悲公篇 / 276
雍离篇 / 276
战城南篇 / 277
巫山高篇 / 277
上陵者篇 / 277
将进酒篇 / 278
君马篇 / 278
芳树篇 / 278
有所思篇 / 278
雉子游原泽篇 / 279
上邪篇 / 279
临高台篇 / 279
远期篇 / 280
石流篇 / 280

第二十卷　鼓吹曲辞五

齐随王鼓吹曲 / 281
元会曲 / 281
郊祀曲 / 281
钧天曲 / 281
入朝曲 / 282
出藩曲 / 282
校猎曲 / 282
从戎曲 / 282
送远曲 / 283

登山曲 / 283
　　泛水曲 / 283
　齐鼓吹曲 / 283
　　入朝曲 / 283
　　送远曲 / 284
　　泛水曲 / 284
　梁鼓吹曲 / 284
　　木纪谢 / 284
　　贤首山 / 285
　　桐柏山 / 285
　　道亡 / 285
　　忱威 / 286
　　汉东流 / 286
　　鹤楼峻 / 286
　　昏主恣淫慝 / 286
　　石首局 / 287
　　期运集 / 287
　　於穆 / 287
　　惟大梁 / 288
　隋凯乐歌辞 / 288
　　述帝德 / 288
　　述诸军用命 / 288
　　述天下太平 / 288
　唐凯乐歌辞 / 289
　　破阵乐 / 289
　　应圣期 / 289
　　贺圣欢 / 289
　　君臣同庆乐 / 290
　　唐凯歌六首 / 290
　唐鼓吹铙歌 / 291
　　晋阳武 / 291
　　兽之穷 / 291
　　战武牢 / 292
　　泾水黄 / 292
　　奔鲸沛 / 292
　　苞枿 / 293
　　河右平 / 293
　　铁山碎 / 294
　　靖本邦 / 294
　　吐谷浑 / 294
　　高昌 / 295
　　东蛮 / 295

第二十一卷　横吹曲辞一

　汉横吹曲一 / 297
　　陇头 / 297
　　同前 / 298
　　陇头吟 / 298
　　同前 / 298
　　陇头水 / 298
　　同前 / 298
　　同前 / 299
　　同前 / 299
　　同前 / 299
　　同前 / 299

23

同前 / 299	第二十二卷　横吹曲辞二
同前 / 300	汉横吹曲二 / 307
同前 / 300	前出塞九首 / 307
同前 / 300	后出塞五首 / 308
同前 / 300	出塞 / 308
同前 / 300	同前 / 309
同前 / 301	同前 / 309
同前 / 301	同前 / 309
同前 / 301	同前 / 309
同前 / 301	出塞曲 / 309
出关 / 302	同前 / 310
入关 / 302	同前 / 310
同前 / 302	入塞 / 310
同前 / 302	同前 / 310
出塞 / 302	同前 / 310
同前 / 303	入塞曲 / 311
同前 / 303	同前 / 311
同前 / 303	同前 / 311
同前 / 303	折杨柳 / 311
同前 / 304	同前 / 312
同前 / 304	同前 / 312
同前 / 304	同前 / 312
同前 / 305	同前 / 312
同前 / 305	同前 / 313
同前 / 305	同前 / 313
同前 / 305	同前 / 313
同前 / 306	同前 / 313

同前／313

同前／313

同前／314

同前／314

同前／314

同前／314

同前／314

同前／315

同前／315

同前／315

同前／315

同前／316

第二十三卷　横吹曲辞三

汉横吹曲三／317

望行人／317

同前／317

关山月／317

同前二首／317

同前／318

同前／318

同前二首／318

同前／318

同前／318

同前／319

同前／319

同前／319

同前／319

同前／319

同前／319

同前／320

同前二首／320

同前／320

同前／320

同前／320

同前／321

同前／321

同前／321

洛阳道／321

同前／322

同前／322

同前／322

同前／322

同前四首／322

同前二首／323

同前／323

同前／323

同上／323

同前／324

同前二首／324

同前／324

同前／324

同前／324

25

洛阳陌 / 325

长安道 / 325

同前 / 325

同前 / 325

同前 / 325

同前 / 325

同前 / 326

同前 / 326

同前 / 326

同前 / 326

同前 / 326

同前 / 327

同前 / 327

同前 / 327

同前 / 327

同前 / 327

同前 / 327

同前 / 328

同前 / 328

同前 / 328

同前 / 328

同前 / 329

第二十四卷　横吹曲辞四

汉横吹曲四 / 330

梅花落 / 330

同前 / 330

同前二首 / 330

同前 / 331

同前 / 331

同前 / 331

同前三首 / 331

同前 / 332

同前 / 332

同前 / 332

紫骝马 / 332

同前 / 333

同前 / 333

同前 / 333

同前 / 333

同前 / 333

同前 / 333

同前 / 334

同前 / 334

同前 / 334

同前 / 334

同前 / 335

同前 / 335

骢马 / 335

同前 / 335

同前 / 335

同前 / 336

骢马曲 / 336

骢马驱 / 336

同前 / 336

同前 / 336

同前 / 337

雨雪 / 337

雨雪曲 / 337

同前 / 337

同前 / 337

同前 / 338

同前 / 338

同前 / 338

同前 / 338

刘生 / 338

同前 / 339

同前 / 339

同前 / 339

同前 / 339

同前 / 339

同前 / 340

同前 / 340

第二十五卷　横吹曲辞五

梁鼓角横吹曲 / 341

　企喻歌辞四曲 / 341

　琅琊王歌辞 / 342

　钜鹿公主歌辞 / 343

　紫骝马歌辞 / 343

　黄淡思歌辞 / 343

地驱歌乐辞 / 344

雀劳利歌辞 / 344

慕容垂歌辞 / 344

陇头流水歌辞 / 345

隔谷歌 / 345

淳于王歌 / 345

地驱乐歌 / 345

东平刘生歌 / 346

紫骝马歌 / 346

捉搦歌 / 346

折杨柳歌辞 / 346

幽州马客吟歌辞 / 347

折杨柳枝歌 / 347

慕容家自鲁企谷由歌 / 347

陇头歌辞 / 348

高阳乐人歌 / 348

梁鼓角横吹曲 / 348

　雍台 / 348

　同前 / 348

　雍台歌 / 348

　捉搦歌 / 349

　隔谷歌 / 349

　幽州胡马客歌 / 349

　白鼻䯯 / 349

　同前 / 350

　同前 / 350

　木兰诗二首 / 350

27

横吹曲 / 351

第二十六卷　相和歌辞一

相和六引 / 353

箜篌引 / 353

公无渡河 / 353

同前 / 354

同前 / 354

同前 / 354

同前 / 354

同前 / 355

宫引 / 355

同前 / 356

商引 / 356

同前 / 356

角引 / 356

同前 / 356

徵引 / 356

同前 / 356

羽引 / 357

同前 / 357

相和曲上 / 357

气出唱 / 357

精列 / 358

江南 / 359

江南思 / 359

同前二首 / 359

江南曲 / 359

同前 / 360

同前 / 360

同前 / 360

同前 / 360

同前八首 / 360

同前 / 361

同前 / 362

同前 / 362

同前 / 362

同前 / 362

同前 / 363

同前 / 363

同前 / 363

同前五解 / 363

江南可采莲 / 364

第二十七卷　相和歌辞二

相和曲中 / 365

度关山 / 365

同前 / 365

同前 / 366

同前 / 366

同前 / 366

同前 / 366

同前 / 367

同前 / 367

关山曲二首 / 367

东光 / 368
十五 / 368
登高丘而望远 / 368
薤露 / 368
同前 / 369
同前 / 369
同前 / 369
惟汉行 / 370
同前 / 370
蒿里 / 370
同前 / 371
同前 / 371
同前 / 371
挽歌 / 371
同前三首 / 372
同前三首 / 372
同前 / 373
同前 / 373
同前 / 373
同前二首 / 374
同前 / 374
同前 / 374
对酒 / 374
同前 / 375
同前 / 375
同前 / 375
同前 / 375

同前 / 376
同前 / 376
同前二首 / 376

第二十八卷　相和歌辞三

相和曲下 / 377
鸡鸣 / 377
鸡鸣篇 / 377
鸡鸣高树巅 / 378
晨鸡高树鸣 / 378
乌生 / 378
乌生八九子 / 379
城上乌 / 379
同前 / 379
平陵东 / 379
同前 / 380
陌上桑三解 / 380
同前 / 381
同前 / 381
同前 / 381
同前 / 382
同前 / 382
同前 / 382
同前 / 382
同前 / 382
同前 / 383
同前 / 383
采桑 / 383

29

同前 / 383	同前 / 390
同前 / 384	日出行 / 390
同前 / 384	同前 / 390
同前 / 384	同前 / 391
同前 / 384	**第二十九卷　相和歌辞四**
同前 / 385	吟叹曲 / 392
同前 / 385	大雅吟 / 392
同前 / 385	王明君 / 392
同前 / 385	王昭君 / 394
同前 / 385	同前 / 394
同前 / 385	同前 / 394
同前 / 386	同前 / 394
同前 / 386	同前 / 394
艳歌行 / 386	同前 / 394
同前 / 386	同前 / 395
罗敷行 / 387	同前 / 395
同前 / 387	同前 / 395
同前 / 387	同前 / 395
日出东南隅行 / 387	同前 / 395
同前 / 388	同前 / 395
同前 / 388	同前 / 396
同前 / 388	同前三首 / 396
同前 / 389	同前三首 / 396
同前 / 389	同前 / 396
同前 / 389	同前二首 / 396
同前 / 390	同前 / 397
同前 / 390	同前 / 397

同前二首 / 397

同前二首 / 397

同前 / 397

明君词 / 398

同前 / 398

同前 / 398

同前 / 398

同前 / 398

同前 / 399

同前 / 399

同前 / 399

同前 / 399

同前 / 399

同前 / 400

同前 / 400

昭君叹二首 / 400

楚王吟 / 400

楚妃叹 / 400

同前 / 401

同前 / 401

同前 / 401

楚妃吟 / 401

楚妃曲 / 402

楚妃怨 / 402

王子乔 / 402

同前 / 402

同前 / 403

同前 / 403

同前 / 403

第三十卷　相和歌辞五

四弦曲 / 404

蜀国弦 / 404

同前 / 404

同前 / 404

平调曲一 / 405

长歌行 / 405

同前 / 406

同前 / 406

同前 / 406

同前 / 407

同前 / 407

同前 / 407

同前 / 407

同前 / 408

同前 / 408

同前 / 408

鰕䱇篇 / 409

短歌行二首六解 / 409

同前六解 / 410

同前六解 / 410

同前 / 411

同前 / 411

同前 / 411

同前 / 411　　　　　　　同前二首 / 418

同前 / 412　　　　　　　同前 / 418

同前 / 412　　　　　　　同前 / 418

同前 / 412　　　　　　　同前 / 418

同前 / 412　　　　　　　同前 / 418

同前六首 / 412　　　　　同前 / 419

同前 / 413　　　　　　　同前 / 419

同前 / 413　　　　　　　同前 / 419

同前二首 / 414　　　　　同前 / 419

同前 / 414　　　　　　　同前 / 419

同前 / 414　　　　　　　同前 / 420

第三十一卷　相和歌辞六

同前 / 420

平调曲二 / 415　　　　　雀台怨 / 420

铜雀台 / 415　　　　　　同前 / 420

同前 / 415　　　　　　　置酒高堂上 / 420

同前 / 415　　　　　　　当置酒 / 421

同前 / 416　　　　　　　置酒行 / 421

同前 / 416　　　　　　　同前 / 421

同前 / 416　　　　　　　长歌续短歌 / 421

同前 / 416　　　　　　　猛虎行 / 421

同前 / 416　　　　　　　同前 / 422

同前 / 417　　　　　　　同前 / 422

同前 / 417　　　　　　　同前 / 422

铜雀妓 / 417　　　　　　同前 / 422

同前 / 417　　　　　　　同前 / 423

同前 / 417　　　　　　　同前 / 423

同前 / 417　　　　　　　同前 / 424

同前／424

同前／424

双桐生空井／424

第三十二卷　相和歌辞七

平调曲三／425

君子行／425

同前／425

同前／425

同前／426

同前／426

同前／426

燕歌行七解／426

同前六解／427

同前／427

同前／427

同前／428

同前／428

同前／428

同前／429

同前／429

同前／429

同前／430

同前／430

同前／431

从军行五首／431

同前／433

同前／433

同前二首／433

同前／434

同前／434

同前／434

同前／435

同前二首／435

同前／435

同前／435

同前／436

同前／436

同前／436

同前二首／436

同前／437

同前／437

第三十三卷　相和歌辞八

平调曲四／438

从军行二首／438

同前／438

同前／438

同前／439

同前／439

同前三首／439

同前／440

同前／440

同前二首／440

同前／440

同前／441

同前 / 441

同前六首 / 441

同前 / 442

同前 / 442

同前 / 443

同前 / 443

同前五首 / 443

同前三首 / 443

从军五更转五首 / 444

从军有苦乐行 / 444

苦哉远征人 / 445

苦哉行五首 / 445

远征人 / 446

鞠歌行 / 446

同前 / 446

同前 / 447

同前 / 447

清调曲一 / 447

苦寒行二首六解 / 448

苦寒行五解 / 448

同前 / 449

同前 / 449

前苦寒行二首 / 449

后苦寒行二首 / 450

苦寒行 / 450

同前 / 450

同前 / 450

吁嗟篇 / 451

北上行 / 451

第三十四卷　相和歌辞九

清调曲二 / 452

豫章行 / 452

豫章行二首 / 452

豫章行苦相篇 / 453

豫章行 / 453

同前 / 453

同前 / 453

同前 / 454

同前 / 454

同前 / 454

董逃行五解 / 455

董逃行历九秋篇 / 456

董逃行 / 457

同前 / 457

同前 / 457

相逢行 / 458

同前 / 458

同前 / 459

同前 / 459

同前二首 / 459

同前 / 460

相逢狭路间 / 460

同前 / 460

同前 / 461

同前 / 461

同前 / 461

同前 / 461

第三十五卷　相和歌辞十

清调曲三 / 463

长安有狭斜行 / 463

同前 / 463

同前 / 463

同前 / 464

同前 / 464

同前 / 464

同前 / 465

同前 / 465

同前 / 465

同前 / 465

同前 / 466

同前 / 466

三妇艳诗 / 466

同前 / 466

同前 / 467

同前 / 467

同前 / 467

同前 / 467

同前 / 467

同前十一首 / 467

同前 / 468

同前 / 469

同前 / 469

中妇织流黄 / 469

同前 / 469

同前 / 469

同前 / 469

难忘曲 / 470

塘上行五解 / 470

同前 / 471

同前 / 471

塘上行苦辛篇 / 471

塘上行 / 472

蒲生行浮萍篇 / 472

蒲生行 / 472

江离生幽渚 / 472

苦辛行 / 473

第三十六卷　相和歌辞十一

清调曲四 / 474

秋胡行四解 / 474

同前五解 / 475

同前三首 / 476

同前二首 / 476

同前 / 477

同前七首 / 477

同前二首 / 478

同前九首 / 478

同前七首 / 479

同前 / 480

瑟调曲一 / 481
　善哉行六解 / 481
　同前七解 / 482
　同前六解 / 482
　同前五解 / 483
　同前六解 / 483
　同前五解 / 483
　同前 / 484
　同前八解 / 484
　同前四解 / 484
　同前 / 485
　同前 / 485
　同前 / 485
　同前 / 485
　来日大难 / 486
　当来日大难 / 486
　同前 / 486

第三十七卷　相和歌辞十二

瑟调曲二 / 487
　陇西行 / 487
　同前 / 487
　同前 / 488
　同前 / 488
　同前三首 / 488
　同前 / 489
　同前 / 489
　同前 / 489

同前 / 489
步出夏门行 / 489
　同前四解 / 490
　同前二解 / 490
丹霞蔽日行 / 491
　同前 / 491
折杨柳行四解 / 491
　同前四解 / 492
　同前 / 492
　同前二首 / 492
西门行六解 / 493
东门行四解 / 493
东门行 / 494
　同前 / 494
　同前 / 495
东西门行 / 495
却东西门行 / 495
　同前 / 496
　同前 / 496
鸿雁生塞北行 / 496
顺东西门行 / 496
　同前 / 497
　同前 / 497

第三十八卷　相和歌辞十三

瑟调曲三 / 498
　饮马长城窟行 / 498
　同前 / 499

同前 / 499

同前 / 499

同前 / 500

同前 / 500

同前 / 500

同前 / 500

同前 / 500

同前 / 501

同前 / 501

同前 / 501

同前 / 501

同前 / 502

同前 / 502

同前 / 503

同前 / 503

青青河畔草 / 503

同前 / 503

同前 / 503

同前 / 504

同前 / 504

泛舟横大江 / 504

同前 / 504

上留田行 / 505

同前 / 505

同前 / 505

同前 / 506

同前 / 506

同前 / 506

新城安乐宫 / 506

同前 / 507

同前 / 507

安乐宫 / 507

妇病行 / 507

同前 / 508

孤儿行 / 508

放歌行 / 508

同前 / 509

同前 / 509

第三十九卷　相和歌辞十四

瑟调曲四 / 510

大墙上蒿行 / 510

野田黄雀行四解 / 511

同前 / 511

同前 / 512

同前 / 512

同前 / 512

同前 / 512

同前 / 512

置酒高殿上 / 513

同前 / 513

雁门太守行八解 / 513

同前二首 / 514

同前 / 515

同前 / 515

同前 / 515

同前 / 515

艳歌何尝行四解 / 516

同前五解 / 516

飞来双白鹄 / 517

飞来双白鹤 / 517

同前 / 517

同前 / 517

今日乐相乐 / 518

艳歌行 / 518

同前 / 518

艳歌行有女篇 / 519

艳歌行 / 519

同前二首 / 519

同前 / 520

煌煌京洛行五解 / 520

同前二首 / 521

同前 / 521

同前 / 522

第四十卷　相和歌辞十五

瑟调曲五 / 523

门有车马客行 / 523

同前 / 523

同前 / 524

同前 / 524

同前 / 524

同前 / 524

门有万里客行 / 525

墙上难为趋 / 525

同前 / 526

日重光行 / 526

月重轮行 / 526

同前 / 527

同前 / 527

同前 / 527

蜀道难二首 / 527

同前二首 / 528

同前 / 528

同前 / 528

同前 / 528

棹歌行五解 / 529

同前 / 530

同前 / 530

同前 / 530

同前 / 530

同前 / 530

同前 / 531

同前 / 531

同前 / 531

同前 / 531

同前 / 531

同前 / 531

棹歌行 / 532

同前 / 532

蒲坂行 / 532

同前 / 532

白杨行 / 533

胡无人行 / 533

同前 / 533

同前 / 533

同前 / 534

同前 / 534

同前 / 534

第四十一卷　相和歌辞十六

楚调曲上 / 535

　白头吟二首五解 / 535

　白头吟 / 536

　同前 / 536

　同前 / 537

　同前二首 / 537

　同前 / 538

　反白头吟 / 538

　决绝词三首 / 539

　泰山吟 / 539

　同前 / 540

　梁甫吟 / 540

　同前 / 540

　同前 / 541

　同前 / 541

　同前 / 541

　泰山梁甫行 / 542

东武吟行 / 542

同前 / 542

同前 / 543

东武吟 / 543

怨诗行 / 543

同前二首七解 / 544

同前 / 545

同前 / 545

怨诗 / 545

同前 / 545

同前 / 546

同前 / 546

同前 / 546

同前二首 / 546

第四十二卷　相和歌辞十七

楚调曲中 / 548

　怨诗二首 / 548

　同前 / 548

　同前 / 548

　同前三首 / 548

　同前二首 / 549

　同前 / 549

　同前 / 549

　同前 / 549

　同前二首 / 549

　怨歌行 / 550

同前 / 550

怨歌行朝时篇 / 550

怨歌行 / 551

同前 / 551

同前 / 551

同前 / 551

同前 / 552

同前 / 552

同前 / 552

明月照高楼 / 553

同前 / 553

长门怨 / 553

同前 / 554

同前 / 554

同前 / 554

同前 / 554

同前 / 554

同前 / 554

同前 / 555

同前 / 555

同前 / 555

同前二首 / 555

同前 / 555

同前 / 556

同前 / 556

同前 / 556

同前 / 556

同前 / 556

同前 / 556

同前 / 557

同前二首 / 557

同前 / 557

同前二首 / 557

同前二首 / 557

阿娇怨 / 558

下　册

第四十三卷　相和歌辞十八

楚调曲下 / 559

班婕妤 / 559

同前 / 559

同前 / 559

同前 / 560

同前 / 560

同前 / 560

同前 / 560

同前 / 560

同前 / 561

同前三首 / 561
婕妤怨 / 561
同前 / 561
同前 / 561
同前 / 562
同前 / 562
同前 / 562
同前 / 562
同前 / 563
长信怨 / 563
同前 / 563
同前 / 563
蛾眉怨 / 563
玉阶怨 / 564
同前 / 564
同前 / 564
宫怨 / 564
同前 / 565
同前 / 565
同前 / 565
杂怨三首 / 566
同前三首 / 566
大曲十五曲 / 566
满歌行二首四解 / 567

第四十四卷　清商曲辞一
吴声歌曲一 / 570

吴歌三首 / 571
子夜歌四十二首 / 571
子夜四时歌七十五首 / 573
春歌二十首 / 573
夏歌二十首 / 574
秋歌十八首 / 575
冬歌十七首 / 576
子夜四时歌七首 / 577
春歌 / 577
夏歌三首 / 577
秋歌二首 / 577
冬歌 / 577
子夜四时歌八首 / 578
春歌三首 / 578
夏歌二首 / 578
秋歌二首 / 578
冬歌 / 578

第四十五卷　清商曲辞二
吴声歌曲二 / 579
子夜春歌 / 579
子夜冬歌 / 579
同前 / 579
子夜四时歌六首 / 579
春歌二首 / 579
秋歌二首 / 579
冬歌二首 / 580
子夜四时歌四首 / 580

春歌 / 580

夏歌 / 580

秋歌 / 580

冬歌 / 580

子夜四时歌四首 / 580

春歌 / 580

夏歌 / 581

秋歌 / 581

冬歌 / 581

大子夜歌二首 / 581

子夜警歌二首 / 581

子夜变歌三首 / 581

同前 / 582

上声歌八首 / 582

同前 / 582

欢闻歌 / 583

同前 / 583

欢闻变歌六首 / 583

同前 / 583

前溪歌七首 / 584

同前 / 584

阿子歌三首 / 584

同前 / 585

丁督护歌五首 / 585

同前 / 585

同前 / 585

团扇郎六首 / 586

同前 / 586

同前 / 586

同前 / 586

同前 / 586

七日夜女歌九首 / 587

长史变歌三首 / 587

黄生曲三首 / 587

黄鹄曲四首 / 588

碧玉歌三首 / 588

同前二首 / 588

同前 / 589

桃叶歌三首 / 589

同前 / 589

长乐佳七首 / 589

同前 / 590

欢好曲三首 / 590

第四十六卷　　清商曲辞三

吴声歌曲三 / 591

懊侬歌十四首 / 591

懊恼曲 / 592

华山畿二十五首 / 592

读曲歌八十九首 / 594

同前五首 / 598

第四十七卷　　清商曲辞四

吴声歌曲四 / 599

春江花月夜二首 / 599

同前 / 599

同前二首 / 599

同前 / 599

同前 / 600

玉树后庭花 / 600

同前 / 601

堂堂 / 601

三阁词四首 / 601

泛龙舟 / 602

黄竹子歌 / 602

江陵女歌 / 602

神弦歌十八首 / 602

宿阿曲 / 603

道君曲 / 603

圣郎曲 / 603

娇女诗 / 603

白石郎曲 / 603

青溪小姑曲 / 604

湖就姑曲 / 604

姑恩曲 / 604

采莲童曲 / 605

明下童曲 / 605

同生曲 / 605

神弦曲 / 605

神弦别曲 / 606

祠渔山神女歌二首 / 606

迎神 / 606

送神 / 606

祠神歌二首 / 607

迎神 / 607

送神 / 607

西曲歌上 / 607

石城乐五首 / 608

乌夜啼八曲 / 608

同前 / 609

同前 / 609

同前二首 / 610

同前 / 610

同前 / 610

同前二首 / 610

同前 / 611

同前 / 611

同前 / 611

同前 / 611

同前 / 611

第四十八卷　清商曲辞五

西曲歌中 / 612

乌栖曲四首 / 612

同前六首 / 612

同前 / 613

同前二首 / 613

同前 / 613

同前 / 613

同前 / 614

同前 / 614

43

同前 / 614

栖乌曲三首 / 614

同前 / 614

同前二首 / 615

莫愁乐 / 615

莫愁乐 / 615

莫愁曲 / 615

估客乐 / 616

同前二首 / 616

同前二首 / 616

同前 / 616

同前 / 616

同前 / 617

贾客乐 / 617

贾客词 / 618

同前 / 618

同前 / 618

襄阳乐 / 618

同前 / 619

襄阳曲二首 / 619

同前 / 619

同前 / 620

雍州曲三首 / 620

南湖 / 620

北渚 / 620

大堤 / 620

大堤曲 / 621

同前 / 621

同前 / 621

同前 / 621

大堤行 / 622

三洲歌 / 622

同前 / 622

同前 / 622

襄阳蹋铜蹄 / 623

同前 / 623

采桑度 / 623

第四十九卷　清商曲辞六

西曲歌下 / 625

江陵乐 / 625

青阳度 / 625

青骢白马 / 626

共戏乐 / 626

安东平 / 626

女儿子 / 627

来罗 / 627

那呵滩 / 627

孟珠 / 628

翳乐 / 628

同前 / 629

夜黄 / 629

夜度娘 / 629

长松标 / 629

双行缠 / 629

黄督 / 630

平西乐 / 630

攀杨枝 / 630

寻阳乐 / 630

白附鸠 / 631

白浮鸠 / 631

拔蒲 / 631

拔蒲歌 / 631

寿阳乐 / 631

作蚕丝 / 632

杨叛儿 / 632

同前 / 633

同前 / 633

同前 / 633

西乌夜飞 / 633

月节折杨柳歌 / 634

 正月歌 / 634

 二月歌 / 634

 三月歌 / 634

 四月歌 / 634

 五月歌 / 634

 六月歌 / 635

 七月歌 / 635

 八月歌 / 635

 九月歌 / 635

 十月歌 / 635

 十一月歌 / 635

 十二月歌 / 636

 闰月歌 / 636

常林欢 / 636

第五十卷　清商曲辞七

江南弄上 / 637

 江南弄七首 / 637

  江南弄 / 637

  龙笛曲 / 637

  采莲曲 / 638

  凤笙曲 / 638

  采菱曲 / 638

  游女曲 / 638

  朝云曲 / 638

 江南弄三首 / 639

  江南曲 / 639

  龙笛曲 / 639

  采莲曲 / 639

 江南弄四首 / 640

  赵瑟曲 / 640

  秦筝曲 / 640

  阳春曲 / 640

  朝云曲 / 640

江南弄中 / 641

 江南弄 / 641

  同前 / 641

 采莲曲二首 / 641

  同前 / 641

同前 / 641
同前 / 642
同前 / 642
同前二首 / 642
同前 / 642
同前 / 642
同前 / 643
同前 / 643
同前 / 643
同前 / 643
同前 / 643
同前三首 / 643
同前二首 / 644
同前 / 644
同前二首 / 644
同前 / 644
同前 / 645
同前 / 645
采莲归 / 645
采莲女 / 646
湖边采莲妇 / 646
张静婉采莲曲 / 646
凤笙曲 / 646
凤吹笙曲 / 647

第五十一卷　清商曲辞八

江南弄下 / 648
采菱歌七首 / 648

采菱曲 / 648
同前 / 648
同前 / 649
同前 / 649
同前二首 / 649
同前 / 649
同前 / 649
采菱行 / 650
阳春歌 / 650
同前 / 650
同前 / 650
同前 / 650
同前 / 651
同前 / 651
阳春曲 / 651
同前 / 651
同前 / 651
同前 / 652
朝云引 / 652
上云乐 / 652
　凤台曲 / 652
　桐柏曲 / 652
　方丈曲 / 653
　方诸曲 / 653
　玉龟曲 / 653
　金丹曲 / 653
　金陵曲 / 653

上云乐 / 654

　上云乐 / 654

　同前 / 654

　同前 / 655

　凤台曲 / 655

　同前 / 655

　凤皇曲 / 656

　萧史曲 / 656

　同前 / 656

　同前 / 656

　方诸曲 / 656

梁雅歌 / 656

　应王受图曲 / 657

　臣道曲 / 657

　积恶篇 / 657

　积善篇 / 657

　宴酒篇 / 657

梁雅歌 / 658

　君道曲 / 658

第五十二卷　舞曲歌辞一

雅舞 / 660

后汉武德舞歌诗 / 660

晋正德大豫舞歌二首 / 661

　正德舞歌 / 662

　大豫舞歌 / 662

晋正德大豫舞歌二首 / 662

　正德舞歌 / 662

　大豫舞歌 / 662

晋正德大豫舞歌二首 / 663

　正德舞歌 / 663

　大豫舞歌 / 663

宋前后舞歌二首 / 663

　前舞歌 / 664

　后舞歌 / 664

齐前后舞歌四首 / 664

　前舞阶步歌 / 664

　前舞凯容歌 / 665

　后舞阶步歌 / 666

　后舞凯容歌 / 666

梁大壮大观舞歌二首 / 666

　大壮舞歌 / 666

　大观舞歌 / 667

北齐文武舞歌四首 / 667

　文舞阶步辞 / 667

　文舞辞 / 668

　武舞阶步辞 / 668

　武舞辞 / 668

隋文武舞歌二首 / 668

　文舞歌 / 669

　武舞歌 / 669

晋昭德成功舞歌四首 / 669

　昭德舞歌二首 / 670

　成功舞歌二首 / 670

第五十三卷　舞曲歌辞二

杂舞一 / 671

47

魏俞儿舞歌四首 / 672

吴俞儿舞歌三首 / 673

晋宣武舞歌四首 / 673

　惟圣皇篇　矛俞第一 / 674

　短兵篇剑　俞第二 / 674

　军镇篇弩　俞第三 / 674

　穷武篇　安台行乱第四 / 674

晋宣文舞歌二首 / 674

　羽籥舞歌 / 674

　羽铎舞歌 / 675

魏陈思王鼙舞歌五首 / 675

　圣皇篇 / 676

　灵芝篇 / 677

　大魏篇 / 677

　精微篇 / 678

　孟冬篇 / 679

晋鼙舞歌五首 / 679

　洪业篇 / 679

　天命篇 / 680

　景皇篇 / 681

　大晋篇 / 681

　明君篇 / 682

　鼙舞歌 / 682

　东海有勇妇 / 682

　章和二年中 / 683

第五十四卷　舞曲歌辞三

　杂舞二 / 684

齐鼙舞曲三首 / 684

　明君辞 / 684

　圣主曲辞 / 684

　明君辞 / 684

梁鞞舞歌七首 / 685

梁鞞舞歌三首 / 685

铎舞歌二首 / 686

　圣人制礼乐篇 / 686

　云门篇 / 687

齐铎舞歌 / 687

梁铎舞曲 / 687

巾舞歌(诗) / 688

齐公莫舞辞 / 688

公莫舞歌 / 689

晋拂舞歌 / 689

　白鸠篇 / 689

　济济篇 / 690

　独漉篇 / 690

　碣石篇 / 691

　淮南王篇 / 692

第五十五卷　舞曲歌辞四

　杂舞三 / 693

齐拂舞歌五首 / 693

　白鸠辞 / 693

　济济辞 / 693

　独禄辞 / 693

　碣石辞 / 694

目　录

淮南王辞 / 694

梁拂舞歌 / 694

拂舞歌 / 694

　拂舞辞 / 694

　白鸠辞 / 695

独漉篇 / 695

独漉歌 / 695

临碣石 / 696

小临海 / 696

淮南王二首 / 696

晋白纻舞歌诗三首 / 696

宋白纻舞歌诗 / 697

齐白纻〔辞〕五首 / 698

梁白纻辞二首 / 698

白纻舞辞 / 698

　白纻曲 / 698

　白纻歌六首 / 699

　同前二首 / 699

　同前九首 / 700

　白纻辞二首 / 701

　同前二首 / 701

　同前三首 / 701

　白纻歌二首 / 702

　同前 / 702

　同前 / 702

第五十六卷　舞曲歌辞五

杂舞四 / 703

四时白纻歌五首 / 703

　春白纻 / 703

　夏白纻 / 703

　秋白纻 / 703

　冬白纻 / 704

　夜白纻 / 704

四时白纻歌二首 / 704

　东宫春 / 704

　江都夏 / 704

四时白纻歌二首 / 704

　江都夏 / 704

　长安秋 / 705

冬白纻歌 / 705

晋杯槃舞歌诗 / 705

齐世昌辞 / 706

宋泰始歌舞曲辞 / 706

　皇业颂 / 707

　圣祖颂 / 707

　明君大雅 / 707

　通国风 / 707

　天符颂 / 708

　明德颂 / 708

　帝图颂 / 708

　龙跃大雅 / 708

　淮祥风 / 708

　宋世大雅 / 708

　治兵大雅 / 709

49

白纻篇大雅 / 709
　齐明王歌辞 / 709
　　明王曲 / 709
　　圣君曲 / 710
　　渌水曲 / 710
　　采菱曲 / 710
　　清楚引 / 710
　　长歌引 / 711
　　散曲 / 711
　唐功成庆善乐舞辞 / 711
　唐中和乐舞辞 / 712
　霓裳辞十首 / 712
　柘枝词 / 713
　同前三首 / 714
　屈柘词 / 714
散乐附 / 715
　俳歌辞 / 715
　宋凤皇衔书伎辞 / 715
　齐凤皇衔书伎辞 / 716

第五十七卷　琴曲歌辞一
　白雪歌 / 718
　同前 / 718
　白雪曲 / 719
　神人畅 / 719
　思亲操 / 719
　南风歌二首 / 719
　湘妃 / 720

　同前 / 720
　湘妃怨 / 721
　同前 / 721
　湘妃列女操 / 721
　湘夫人 / 721
　同前 / 721
　同前 / 722
　同前 / 722
　同前 / 722
　襄陵操 / 722
　霹雳引 / 723
　同前 / 723
　同前 / 723
　箕子操 / 723
　拘幽操 / 724
　同前 / 724
　文王操 / 724
　克商操 / 725
　伤殷操 / 725
　越裳操 / 725
　同前 / 725
　岐山操 / 726
　神凤操 / 726
　采薇操 / 726
　履霜操 / 726
　同前 / 727
　士失志操四首 / 727

雉朝飞操 / 728

同前 / 728

同前 / 728

同前 / 729

同前 / 729

同前 / 729

同前 / 729

别鹤操 / 735

同前 / 735

同前 / 735

别鹤 / 736

同前 / 736

同前 / 736

同前 / 736

第五十八卷　琴曲歌辞二

思归引 / 730

同前 / 730

同前 / 731

猗兰操 / 731

同前 / 731

同前 / 731

幽兰五首 / 732

同前 / 732

将归操 / 732

同前 / 733

龟山操 / 733

残形操 / 733

双燕离 / 733

同前 / 733

同前 / 734

处女吟 / 734

贞女引 / 734

同前 / 734

列女操 / 735

同前 / 736

同前 / 736

走马引 / 737

同前 / 737

天马引 / 737

龙丘引 / 737

楚朝曲 / 738

楚明妃曲 / 738

渡易水 / 738

同前 / 738

荆轲歌 / 739

力拔山操 / 739

项王歌 / 739

大风起 / 739

采芝操 / 740

四皓歌 / 740

八公操 / 740

第五十九卷　琴曲歌辞三

昭君怨 / 741

同前 / 741

51

同前 / 742	第七拍 / 748
同前 / 742	第八拍 / 748
同前二首 / 742	第九拍 / 748
同前 / 742	第十拍 / 749
明妃怨 / 742	第十一拍 / 749
蔡氏五弄 / 742	第十二拍 / 749
游春曲二首 / 743	第十三拍 / 749
游春辞二首 / 743	第十四拍 / 750
同前三首 / 743	第十五拍 / 750
渌水曲 / 743	第十六拍 / 750
同前 / 744	第十七拍 / 750
同前二首 / 744	第十八拍 / 751
同前 / 744	胡笳十八拍 / 751
渌水辞 / 744	第一拍 / 751
幽居弄 / 744	第二拍 / 751
秋思二首 / 744	第三拍 / 751
同前三首 / 745	第四拍 / 752
同前 / 745	第五拍 / 752
同前 / 745	第六拍 / 752
同前二首 / 746	第七拍 / 752
胡笳十八拍 / 746	第八拍 / 752
第一拍 / 747	第九拍 / 753
第二拍 / 747	第十拍 / 753
第三拍 / 747	第十一拍 / 753
第四拍 / 747	第十二拍 / 753
第五拍 / 747	第十三拍 / 753
第六拍 / 748	第十四拍 / 754

第十五拍 / 754
第十六拍 / 754
第十七拍 / 754
第十八拍 / 754
胡笳曲 / 755
同前 / 755
同前二首 / 755

第六十卷　琴曲歌辞四

飞龙引 / 756
同前二首 / 756
乌夜啼引 / 756
宛转歌二首 / 757
同前 / 758
同前二首 / 758
同前 / 758
宛转行 / 759
王敬伯歌 / 759
三峡流泉歌 / 759
风入松歌 / 760
秋风 / 760
同前 / 760
同前三首 / 760
秋风引 / 760
明月引 / 761
明月歌 / 761
绿竹 / 761
绿竹引 / 761

山人劝酒 / 761
幽涧泉 / 762
龙宫操 / 762
飞鸢操 / 762
升仙操 / 763
成连 / 763
琴歌三首 / 763
同前二首 / 763
司马相如琴歌 / 764
琴歌 / 764
霍将军 / 764
琴歌 / 765
同前二首 / 765
同前 / 765
琴歌 / 765

第六十一卷　杂曲歌辞一

蛱蝶行 / 767
同前 / 767
桂之树行 / 767
秦女休行 / 768
同前 / 768
同前 / 769
当墙欲高行 / 769
当欲游南山行 / 769
当事君行 / 769
当车已驾行 / 770
驱车上东门行 / 770

53

驾言出北阙行 / 770

驾出北郭门行 / 770

出门行二首 / 771

出门行 / 771

出自蓟北门行 / 772

同前 / 772

同前 / 772

同前 / 773

蓟门行五首 / 773

同前二首 / 773

君子有所思行 / 774

同前 / 774

同前 / 774

同前 / 775

同前 / 775

同前二首 / 775

第六十二卷　杂曲歌辞二

伤歌行 / 777

同前 / 777

伤哉行 / 777

同前 / 778

悲歌行 / 778

同前 / 778

悲哉行 / 778

同前 / 779

同前 / 779

同前 / 779

同前 / 779

同前 / 780

同前 / 780

妾薄命二首 / 780

同前 / 781

同前 / 781

同前 / 782

同前 / 782

同前 / 782

同前 / 782

同前 / 783

同前 / 783

同前 / 783

同前 / 783

同前 / 784

同前三首 / 784

同前 / 784

同前 / 785

同前 / 785

同前 / 785

第六十三卷　杂曲歌辞三

羽林郎 / 786

羽林行 / 786

同前 / 787

同前 / 787

胡姬年十五 / 787

当垆曲 / 787

同前 / 788

齐瑟行 / 788

  名都篇 / 788

  美女篇 / 788

  同前 / 789

  同前 / 789

  同前 / 789

  同前二首 / 789

  同前 / 790

  白马篇 / 790

  同前 / 791

  同前 / 791

  同前二首 / 791

  同前 / 792

  同前 / 792

  同前 / 793

  同前 / 793

  同前 / 793

  同前 / 794

苦思行 / 794

升天行二首 / 794

同前 / 795

同前 / 795

同前 / 795

同前 / 795

云中白子高行 / 796

第六十四卷　杂曲歌辞四

  五游 / 797

远游篇 / 797

轻举篇 / 797

仙人篇 / 798

仙人览六著篇 / 798

神仙篇 / 798

同前 / 799

同前 / 799

同前 / 799

同前 / 800

神仙曲 / 800

升仙篇 / 800

飞龙篇 / 800

应龙篇 / 801

斗鸡篇 / 801

同前 / 801

盘石篇 / 801

驱车篇 / 802

种葛篇 / 802

秋兰篇 / 803

松柏篇 / 803

采菊篇 / 804

飞尘篇 / 804

阊阖篇 / 804

登名山行 / 805

西长安行 / 805

齐讴行 / 805

同前 / 806

齐歌行 / 806

吴趋行 / 806

同前 / 807

同前 / 807

会吟行 / 807

第六十五卷　杂曲歌辞五

北风行 / 808

同前 / 808

苦热行 / 808

同前 / 809

同前 / 809

同前 / 809

同前 / 810

同前 / 810

同前 / 810

同前 / 810

同前 / 811

太行苦热行 / 811

同前 / 811

春日行 / 812

同前 / 812

同前 / 812

朗月行 / 812

同前 / 813

明月篇 / 813

明月子 / 813

堂上歌行 / 813

前有一樽酒行 / 814

同前 / 814

同前 / 814

同前二首 / 814

前缓声歌 / 815

同前 / 815

同前 / 815

同前 / 816

同前 / 816

缓歌行 / 816

同前 / 816

第六十六卷　杂曲歌辞六

结客少年场行 / 818

同前 / 818

同前 / 819

同前 / 819

同前 / 819

同前 / 819

同前 / 820

同前 / 820

同前 / 820

少年子 / 820

同前 / 821

同前 / 821

少年乐 / 821

同前 / 821

目　录

少年行三首 / 822

同前四首 / 822

同前二首 / 823

同前 / 823

同前三首 / 823

同前 / 824

同前四首 / 824

同前二首 / 824

同前三首 / 824

同前 / 825

同前 / 825

同前 / 825

同前三首 / 825

同前 / 826

汉宫少年行 / 826

长乐少年行 / 826

长安少年行 / 826

同前 / 827

同前十首 / 827

同前 / 828

渭城少年行 / 828

邯郸少年行 / 829

同前 / 829

第六十七卷　杂曲歌辞七

轻薄篇 / 830

同前 / 830

同前 / 831

同前 / 831

同前二首 / 831

轻薄行 / 832

灞上轻薄行 / 832

游侠篇 / 832

同前 / 833

同前 / 833

同前 / 833

游侠行 / 833

侠客篇 / 834

侠客行 / 834

同前 / 834

同前 / 834

博陵王宫侠曲二首 / 834

游猎篇 / 835

行行游且猎篇 / 836

同前 / 836

游子吟 / 836

同前 / 836

游子吟 / 837

游子移 / 837

壮士篇 / 838

壮士吟 / 838

壮士行 / 838

同前 / 838

同前 / 839

第六十八卷　杂曲歌辞八

浩歌 / 840

57

浩歌行 / 840

归去来引 / 840

丽人曲 / 841

丽人行 / 841

望城行 / 841

东飞伯劳歌 / 842

同前二首 / 842

同前 / 842

同前 / 842

同前 / 843

同前 / 843

同前 / 843

同前 / 843

同前 / 844

同前 / 844

鸣雁行 / 844

同前 / 845

同前 / 845

同前 / 845

同前 / 845

同前 / 846

晨风行 / 846

同前 / 846

空城雀 / 846

同前 / 847

同前 / 847

同前 / 847

同前 / 847

同前 / 848

沧海雀 / 848

雀乳空井中 / 848

第六十九卷　杂曲歌辞九

车遥遥 / 849

同前 / 849

同前 / 849

同前 / 849

同前 / 850

自君之出矣 / 850

同前 / 850

同前 / 850

同前 / 850

同前二首 / 851

同前 / 851

同前 / 851

同前六首 / 851

同前 / 851

同前 / 851

同前 / 852

同前 / 852

同前 / 852

同前 / 852

同前 / 852

长相思 / 852

长相思 / 853

同前二首 / 853

同前二首 / 853

同前二首 / 854

同前 / 854

同前 / 854

同前 / 854

同前二首 / 854

同前 / 855

同前 / 855

同前 / 855

同前三首 / 855

同前 / 856

同前二首 / 856

同前 / 856

千里思 / 856

同前 / 856

同前 / 857

第七十卷　杂曲歌辞十

行路难十(八)〔九〕首 / 858

同前 / 861

同前四首 / 861

同前二首 / 862

同前 / 863

同前 / 863

同前 / 864

同前五首 / 864

同前 / 865

第七十一卷　杂曲歌辞十一

行路难三首 / 866

同前三首 / 866

同前 / 867

同前二首 / 867

同前 / 868

同前 / 868

同前 / 868

同前三首 / 868

同前 / 869

同前五首 / 869

同前二首 / 870

同前 / 871

同前 / 871

从军中行路难二首 / 871

变行路难 / 872

古别离 / 872

同前 / 873

同前 / 873

同前 / 873

同前二首 / 874

同前二首 / 874

同前 / 874

同前 / 875

同前 / 875

同前二首 / 875

同前 / 875

第七十二卷　杂曲歌辞十二

古别离 / 876

古离别 / 876

同前 / 876

同前二首 / 876

同前二首 / 877

同前 / 877

同前 / 877

同前 / 877

生别离 / 877

同前 / 878

同前 / 878

长别离 / 878

远别离 / 878

同前 / 879

同前二首 / 879

久别离 / 879

新别离 / 879

今别离 / 880

暗别离 / 880

潜别离 / 880

别离曲 / 880

同前 / 880

西洲曲 / 881

同前一作西州词 / 881

荆州乐 / 881

荆州歌 / 882

同前二首 / 882

荆州泊 / 882

纪南歌 / 882

宜城歌 / 882

南郡歌 / 883

长干曲 / 883

同前四首 / 883

长干行二首 / 883

同前 / 884

小长干曲 / 884

第七十三卷　杂曲歌辞十三

杞梁妻 / 885

同前 / 885

董娇饶 / 885

焦仲卿妻 / 886

卢女曲 / 889

卢姬篇 / 890

邯郸才人嫁为厮养卒妇 / 890

同前 / 890

杨白花 / 890

杨白花 / 891

茱萸女 / 891

同前 / 891

舞媚娘三首 / 891

同前 / 892

于阗采花 / 892

同前 / 892

秦王卷衣 / 892
秦女卷衣 / 893
爱妾换马 / 893
同前 / 893
同前 / 893
同前 / 893
同前 / 894

第七十四卷　杂曲歌辞十四

枯鱼过河泣 / 895
同前 / 895
冉冉孤生竹 / 895
同前 / 895
枣下何纂纂 / 896
同前二首 / 896
西园游上才 / 896
薄暮动弦歌 / 896
羽觞飞上苑 / 897
桂楫泛河中 / 897
内殿赋新诗 / 897
武溪深行 / 898
同前 / 898
半渡溪 / 898
半路溪 / 899
昔思君 / 899
妾安所居 / 899
饮酒乐 / 899
同前 / 899

同前 / 899
淫思古意 / 900
思公子 / 900
同前 / 900
同前 / 900
王孙游 / 900
同前 / 901
同前 / 901
阳翟新声 / 901
金乐歌 / 901
同前 / 901
同前 / 901
乐未央 / 902
南征曲 / 902
发白马 / 902
同前 / 902
济黄河 / 902
同前 / 903
同前 / 903
结袜子 / 903
同前 / 904
沐浴子 / 904
同前 / 904
安定侯曲 / 904
泽雉 / 904
短箫 / 904
伍子胥 / 905

清凉 / 905

第七十五卷　杂曲歌辞十五

三台二首 / 906

上皇三台 / 906

突厥三台 / 906

宫中三台二首 / 907

江南三台四首 / 907

陵云台 / 907

同前 / 908

建兴苑 / 908

曲池水 / 908

筑城曲 / 908

同前五解 / 909

同前二首 / 909

大道曲 / 909

采荷调 / 910

湖阴曲 / 910

永明乐十首 / 910

同前十首 / 911

同前 / 911

永世乐 / 911

无愁果有愁曲 / 912

起夜来 / 912

同前 / 912

起夜半 / 913

独不见 / 913

同前 / 913

同前 / 913

同前 / 913

同前 / 913

同前 / 914

同前 / 914

第七十六卷　杂曲歌辞十六

携手曲 / 915

同前 / 915

同前 / 915

邯郸行 / 915

邯郸歌 / 916

大垂手 / 916

同前 / 916

小垂手 / 916

夜夜曲二首 / 916

同前 / 917

同前 / 917

同前 / 917

同前 / 917

秋夜长 / 917

同前 / 917

同前 / 918

秋夜曲二首 / 918

同前二首 / 918

夜坐吟 / 919

同前 / 919

同前 / 919

遥夜吟 / 919

寒夜怨 / 919

寒夜吟 / 920

独处愁 / 920

忧旦吟 / 920

霜妇吟 / 920

同声歌 / 921

何当行 / 921

定情诗 / 921

定情篇 / 922

定情乐 / 923

合欢诗五首 / 923

第七十七卷　杂曲歌辞十七

春江行 / 925

春江曲 / 925

同前 / 925

同前三首 / 925

江上曲 / 925

同前 / 926

江皋曲 / 926

杨花曲 / 926

桃花曲 / 926

同前 / 926

映水曲 / 927

登楼曲 / 927

越城曲 / 927

迎客曲 / 927

送客曲 / 927

送归曲 / 927

还台乐 / 928

芙蓉花 / 928

浮游花 / 928

芳林篇 / 928

上林 / 928

夹树 / 928

树中草 / 929

同前 / 929

同前 / 929

城上麻 / 929

燕燕于飞 / 929

锦石捣流黄 / 929

河曲游 / 930

城南隅宴 / 930

喜春游歌二首 / 930

春游吟 / 930

春游乐 / 930

同前二首 / 931

春游曲三首 / 931

乐府 / 931

同前 / 931

同前二首 / 931

同前 / 932

同前 / 932

同前三首 / 932

同前 / 933

杂曲二首 / 933

同前 / 933

同前 / 933

同前三首 / 934

同前 / 934

古曲 / 935

同前 / 935

同前五首 / 935

第七十八卷　杂曲歌辞十八

敦煌乐 / 936

同前二首 / 936

阿那瓖 / 936

高句丽 / 936

同前 / 937

舍利弗 / 937

摩多楼子 / 937

同前 / 937

法寿乐 / 937

  歌本处 / 937

  歌灵瑞 / 937

  歌下生 / 938

  歌在宫 / 938

  歌田游 / 938

  歌出国 / 938

  歌得道 / 938

  歌宝树—作双树 / 939

  歌贤众 / 939

  歌学徒 / 939

  歌供具 / 939

  歌福应 / 939

步虚词十首 / 939

同前二首 / 940

同前 / 941

同前 / 941

同前十首 / 941

同前二首 / 943

同前十九首 / 943

同前 / 944

同前 / 945

步虚引 / 945

第七十九卷　近代曲辞一

纪辽东二首 / 946

同前 / 947

辽东行 / 947

渡辽水 / 947

昔昔盐 / 948

同前 / 948

昔昔盐二十首 / 948

  垂柳覆金堤 / 948

  蘼芜叶复齐 / 948

  水溢芙蓉沼 / 948

  花飞桃李蹊 / 949

  采桑秦氏女 / 949

织锦窦家妻 / 949
关山别荡子 / 949
风月守空闺 / 949
恒敛千金笑 / 949
长垂双玉啼 / 950
蟠龙随镜隐 / 950
彩凤逐帷低 / 950
惊魂同夜鹊 / 950
倦寝听晨鸡 / 950
暗牖悬蛛网 / 950
空梁落燕泥 / 951
前年过代北 / 951
今岁往辽西 / 951
一去无还意 / 951
那能惜马蹄 / 951
江都宫乐歌 / 951
十索四首 / 952
同前二首 / 952
水调二首 / 952
 歌第一 / 953
 第二 / 953
 第三 / 953
 第四 / 953
 第五 / 953
 入破第一 / 953
 第二 / 954
 第三 / 954

第四 / 954
第五 / 954
第六彻 / 954
水调 / 954
堂堂二首 / 955
同前 / 955
凉州五首 / 955
 歌第一 / 956
 第二 / 956
 第三 / 956
 排遍第一 / 956
 第二 / 956
凉州词 / 956
 同前 / 957
 同前 / 957
大和 / 957
 第一 / 957
 第二 / 957
 第三 / 958
 第四 / 958
 第五彻 / 958
伊州 / 958
 歌第一 / 958
 第二 / 958
 第三 / 959
 第四 / 959
 第五 / 959

入破第一 / 959

第二 / 959

第三 / 959

第四 / 959

第五 / 960

陆州 / 960

歌第一 / 960

第二 / 960

第三 / 960

排遍第一 / 960

第二 / 960

第三 / 960

第四 / 960

簇拍陆州 / 961

石州 / 961

第八十卷　近代曲辞二

盖罗缝二首 / 962

双带子 / 962

昆仑子 / 962

祓禊曲三首 / 962

上巳乐 / 963

穆护砂 / 964

思归乐二首 / 964

金殿乐 / 964

胡渭州二首 / 964

戎浑 / 964

墙头花二首 / 964

采桑 / 965

杨下采桑 / 965

破阵乐 / 965

同前二首 / 965

战胜乐 / 966

剑南臣 / 966

征步郎 / 966

叹疆场 / 966

塞姑 / 966

水鼓子 / 966

婆罗门 / 966

浣沙女二首 / 967

镇西二首 / 967

回纥 / 967

长命女 / 967

醉公子 / 968

一片子 / 968

甘州 / 968

濮阳女 / 968

相府莲 / 968

簇拍相府莲 / 969

离别难 / 969

同前 / 969

山鹧鸪二首 / 969

鹧鸪词 / 969

同前二首 / 970

乐世 / 970

急乐世 / 970

何满子 / 970

同前 / 971

清平调三首 / 971

回波乐 / 971

圣明乐三首 / 972

大酺乐 / 972

同前二首 / 972

同前 / 972

千秋乐 / 973

火凤辞 / 973

热戏乐 / 973

春莺啭 / 974

达磨支 / 974

如意娘 / 975

雨霖铃 / 975

桂华曲 / 975

渭城曲 / 976

第八十一卷　近代曲辞三

竹枝 / 977

同前九首 / 977

同前二首 / 978

同前四首 / 978

同前四首 / 978

同前二首 / 979

杨柳枝二首 / 979

同前八首 / 980

同前 / 980

同前九首 / 981

同前三首 / 981

同前二首 / 982

同前 / 982

同前 / 982

同前八首 / 982

同前二首 / 983

同前四首 / 983

同前二首 / 984

同前五首 / 984

同前十首 / 985

同前九首 / 985

同前五首 / 986

同前三首 / 987

同前四首 / 987

第八十二卷　近代曲辞四

浪淘沙九首 / 988

同前六首 / 989

同前二首 / 989

纥那曲二首 / 989

潇湘神二曲 / 990

抛球乐二首 / 990

太平乐二首 / 990

同前二首 / 990

升平乐十首 / 990

金缕衣 / 991

凤归云二首 / 992
拜新月 / 992
同前 / 992
忆江南三首 / 992
同前二首 / 993
宫中调笑四首 / 993
同前二首 / 993
转应词 / 994
宫中行乐辞八首 / 994
宫中乐五首 / 995
同前五首 / 995
踏歌词二首 / 995
同前三首 / 996
同前二首 / 996
踏歌行 / 996
天长地久词五首 / 997
欸乃曲五首 / 997
十二月乐辞十三首 / 998
　正月 / 998
　二月 / 998
　三月 / 998
　四月 / 998
　五月 / 999
　六月 / 999
　七月 / 999
　八月 / 999
　九月 / 999
　十月 / 1000
　十一月 / 1000
　十二月 / 1000
　闰月 / 1000

第八十三卷　杂歌谣辞一

歌辞一 / 1002
　击壤歌 / 1002
　卿云歌三首 / 1002
　涂山歌 / 1003
　夏人歌二首 / 1003
　商歌二首 / 1003
　师乙歌 / 1004
　获麟歌 / 1004
　河激歌 / 1004
　越人歌 / 1005
　徐人歌 / 1005
　渔父歌 / 1005
　渔父歌五首 / 1005
　同前 / 1006
　同前 / 1006
　同前三首 / 1006
　采葛妇歌 / 1007
　紫玉歌 / 1007
　邺民歌 / 1007
　郑白渠歌 / 1007
　百里奚歌 / 1008
　秦始皇歌 / 1008

鸡鸣歌 / 1008

鸡鸣曲 / 1009

同前 / 1009

平城歌 / 1009

楚歌 / 1009

吴楚歌 / 1010

同前 / 1010

第八十四卷　杂歌谣辞二

歌辞二 / 1011

戚夫人歌 / 1011

画一歌 / 1011

赵幽王歌 / 1011

淮南王歌 / 1012

京兆歌 / 1012

左冯翊歌 / 1012

扶风歌九首 / 1013

同前 / 1013

秋风辞 / 1013

卫皇后歌 / 1014

李延年歌 / 1014

李夫人歌 / 1014

同前三首 / 1014

同前 / 1015

同前 / 1015

同前 / 1015

李夫人及贵人歌 / 1015

未央才人歌 / 1016

中山〔王〕孺子妾歌二首 / 1016

同前 / 1016

临江王节士歌 / 1017

同前 / 1017

行幸甘泉宫 / 1017

同前 / 1018

乌孙公主歌 / 1018

匈奴歌 / 1018

骊驹歌 / 1018

离歌 / 1019

瓠子歌二首 / 1019

李陵歌 / 1019

广川王歌二首 / 1020

牢石歌 / 1020

黄鹄歌 / 1021

黄门倡歌 / 1021

第八十五卷　杂歌谣辞三

歌辞三 / 1022

五侯歌 / 1022

上郡歌 / 1022

燕王歌 / 1022

华容夫人歌 / 1023

广陵王歌 / 1023

鲍司隶歌 / 1023

五噫歌 / 1024

董少平歌 / 1024

张君歌 / 1024

69

廉叔度歌 / 1024

范史云歌 / 1024

岑君歌 / 1025

皇甫嵩歌 / 1025

郭乔卿歌 / 1025

贾父歌 / 1026

朱晖歌 / 1026

刘君歌 / 1026

洛阳令歌 / 1026

荥阳令歌 / 1026

徐圣通歌 / 1027

王世容歌 / 1027

晋高祖歌 / 1027

徐州歌 / 1027

束皙歌 / 1028

豫州歌 / 1028

应詹歌 / 1028

吴人歌 / 1028

并州歌 / 1029

陇上歌 / 1029

司马将军歌 / 1029

郑樱桃歌 / 1030

襄阳童儿歌 / 1030

襄阳歌 / 1031

襄阳曲四首 / 1031

苏小小歌 / 1031

同前 / 1032

同前 / 1032

同前三首 / 1032

河中之水歌 / 1032

第八十六卷　杂歌谣辞四

歌辞四 / 1033

中兴歌十首 / 1033

劳歌二首 / 1033

同前 / 1034

白日歌 / 1034

云歌 / 1034

一旦歌 / 1034

淫豫歌二首 / 1034

同前 / 1035

巴东三峡歌二首 / 1035

挟琴歌 / 1035

挟瑟歌 / 1036

同前 / 1036

鄱阳歌二首 / 1036

北军歌 / 1036

雍州歌 / 1037

始兴王歌 / 1037

夏侯歌 / 1037

咸阳王歌 / 1037

郑公歌 / 1038

裴公歌 / 1038

长白山歌 / 1038

敕勒歌 / 1038

同前 / 1039
东征歌 / 1039
薛将军歌 / 1039
颜有道歌 / 1040
新河歌 / 1040
田使君歌 / 1040
黄獐歌 / 1040
得体歌 / 1041
得宝歌 / 1041
黄台瓜辞 / 1041
古歌 / 1042
同前二首 / 1042

第八十七卷　杂歌谣辞五

歌辞五 / 1043
  颍川歌 / 1043
  庾公歌二首 / 1043
  御路杨歌 / 1043
  凤皇歌 / 1043
  黄昙子歌 / 1044
  历阳歌 / 1044
  苻坚时长安歌 / 1044
  王子年歌二首 / 1044
  邯郸郭公歌 / 1045
  邯郸郭公辞 / 1045
  齐云观歌 / 1045
  周宣帝歌 / 1045
谣辞一 / 1046

黄泽辞 / 1046
白云谣 / 1046
穆天子谣 / 1046
越谣歌 / 1046
长安谣 / 1046
城中谣 / 1047
会稽童谣 / 1047
二郡谣 / 1047
京兆谣 / 1047
后汉桓灵时谣 / 1048
吴谣 / 1048
晋泰始中谣 / 1048
阁道谣 / 1048
南土谣 / 1048
宋时谣 / 1049
宋大明中谣 / 1049
山阴谣 / 1049
梁时童谣 / 1049
曲堤谣 / 1049
赵郡谣 / 1050
北齐太上时童谣 / 1050
独酌谣四首 / 1050
  同前 / 1051
  同前 / 1051
羁谣 / 1051
筌筏谣 / 1052
  同前 / 1052

71

玉浆泉谣／1052

邺城童子谣／1052

唐天宝中京(兆)〔师〕谣／1053

第八十八卷　杂歌谣辞六

谣辞二／1054

尧时康衢童谣／1054

晋献公时童谣／1054

晋惠公时童谣／1054

鲁国童谣／1055

楚昭王时童谣／1055

周末时童谣／1055

汉元帝时童谣／1056

汉成帝〔时〕燕燕童谣／1056

汉成帝时歌谣／1056

王莽时汝南童谣／1057

更始时南阳童谣／1057

后汉时蜀中童谣／1057

后汉顺帝末京都童谣／1057

后汉桓帝初小麦童谣／1058

大麦行／1058

后汉桓帝初城上乌童谣／1058

后汉桓帝初京都童谣／1059

后汉桓帝末京都童谣／1059

后汉灵帝末京都童谣／1060

后汉献帝初童谣／1060

后汉献帝初京都童谣／1060

魏明帝景初中童谣／1061

魏齐王嘉平中谣／1061

吴孙亮初童谣／1061

吴孙亮初白鼍鸣童谣／1061

白鼍鸣／1062

吴孙皓初童谣／1062

吴孙皓天纪中童谣／1062

晋武帝太康后童谣三首／1062

晋惠帝永熙中童谣／1062

晋惠帝元康中京洛童谣二首／1063

晋元康中洛童谣／1063

晋惠帝时洛阳童谣／1063

晋惠帝太安中童谣／1064

晋怀帝永嘉初谣／1064

晋怀帝永嘉初童谣／1064

晋永嘉中童谣／1064

晋明帝太宁初童谣／1065

晋哀帝隆和初童谣／1065

晋太和末童谣／1065

晋孝武太元末京口谣／1065

第八十九卷　杂歌谣辞七

谣辞三／1066

晋安帝元兴初童谣／1066

晋安帝元兴中童谣／1066

晋安帝义熙初童谣／1066

晋安帝义熙初谣二首 / 1067

晋吴中童谣 / 1067

晋荆州童谣 / 1067

晋京口谣 / 1067

晋京口民间谣二首 / 1068

苻坚时长安谣 / 1068

苻坚初童谣 / 1068

苻坚时童谣 / 1068

宋元嘉中魏地童谣 / 1069

梁武帝时谣 / 1069

梁大同中童谣 / 1069

梁末童谣 / 1070

陈初童谣 / 1070

同前 / 1070

陈初时谣 / 1070

后魏宣武孝明时谣 / 1070

后魏末童谣 / 1071

东魏童谣 / 1071

北齐邺都童谣 / 1071

北齐武定中童谣 / 1071

北齐文宣时谣 / 1072

北齐后主武平初童谣 / 1072

北齐后主武平中童谣二首 / 1072

北齐后王武平末童谣 / 1072

北齐末邺中童谣 / 1073

周初童谣 / 1073

隋炀帝大业中童谣 / 1073

唐武德初童谣 / 1073

唐贞观中高昌国童谣 / 1073

唐永淳初童谣 / 1074

唐高宗永淳中童谣 / 1074

唐武后时童谣 / 1074

唐神龙中谣 / 1074

唐中宗时童谣 / 1075

唐景龙中谣 / 1075

唐天宝中童谣 / 1075

唐天宝中幽〔州〕谣 / 1075

唐德宗时童谣 / 1075

唐元和初童谣 / 1076

唐咸通中童谣 / 1076

唐咸通末成都童谣 / 1076

唐僖宗时童谣 / 1076

唐乾符中童谣 / 1077

唐中和初童谣 / 1077

梁太祖时蜀中谣 / 1077

第九十卷　新乐府辞一

乐府杂题一 / 1078

新曲 / 1078

同前二首 / 1079

湘川新曲二首 / 1079

小曲新辞二首 / 1079

公子行 / 1079

同前 / 1080

同前 / 1080

同前 / 1080

同前 / 1081

同前 / 1081

同前 / 1081

同前二首 / 1081

同前 / 1082

将军行 / 1082

同前 / 1082

老将行 / 1082

燕支行 / 1083

桃源行 / 1083

同前 / 1084

春女行 / 1085

同前 / 1085

洛阳女儿行 / 1085

扶南曲五首 / 1086

笑歌行 / 1086

江夏行 / 1087

横江词六首 / 1087

静夜思 / 1088

黄葛篇 / 1088

采葛行 / 1088

第九十一卷　新乐府辞二

乐府杂题二 / 1089

祖龙行 / 1089

邺都引 / 1089

孟门行 / 1090

邯郸宫人怨 / 1090

吴宫怨 / 1091

同前 / 1091

青楼曲二首 / 1091

同前 / 1091

中流曲 / 1092

圣寿无疆词十首 / 1092

朝元引四首 / 1093

平蕃曲三首 / 1093

悲陈陶 / 1094

悲青坂 / 1094

哀江头 / 1094

哀王孙 / 1094

兵车行 / 1095

来从窦车骑 / 1095

忆长安曲二首 / 1096

九曲词三首 / 1096

情人玉清歌 / 1097

湘中弦二首 / 1097

湘弦怨 / 1097

湘弦曲 / 1097

促促曲 / 1098

促促词 / 1098

同前 / 1098

楼上女儿曲 / 1098

青青水中蒲三首 / 1099

第九十二卷　新乐府辞三

乐府杂题三／1100

　塞上曲／1100

　同前二首／1100

　同前／1100

　同前／1100

　同前九曲／1101

　同前二首／1102

　同前二首／1102

　同前／1102

　同前／1102

　塞上行／1102

　同前／1102

　同前／1103

　同前／1103

　塞上／1103

　同前／1103

　同前／1103

　同前／1104

　同前／1104

　同前／1104

　同前二首／1104

　同前／1105

　同前／1105

　同前二首／1105

　同前／1105

　同前／1105

　同前／1105

　同前二首／1106

　塞下曲六首／1106

　同前／1107

　同前二首／1107

　同前二首／1107

　同前／1107

　同前／1108

　同前／1108

　同前二首／1108

第九十三卷　新乐府辞四

乐府杂题四／1109

　塞下曲十一首／1109

　同前六首／1110

　同前二首／1110

　同前／1110

　同前／1111

　同前二首／1111

　同前二首／1111

　同前五首／1111

　同前六首／1112

　同前／1112

　同前／1113

　同前／1113

　同前／1113

　同前二首／1113

　塞下／1113

同前三首 / 1113

交河塞下曲 / 1114

汾阴行 / 1114

大梁行 / 1115

同前 / 1115

洛阳行 / 1116

永嘉行 / 1116

田家行 / 1116

同前 / 1117

思远人 / 1117

同前 / 1117

忆远曲 / 1117

同前 / 1117

望远曲 / 1118

夫远征 / 1118

第九十四卷　新乐府辞五

乐府杂题五 / 1119

寄远曲 / 1119

同前 / 1119

征妇怨四首 / 1119

同前 / 1119

织妇词 / 1120

同前 / 1120

同前 / 1120

织锦曲 / 1120

织锦词 / 1121

当窗织 / 1121

捣衣曲 / 1121

同前 / 1122

送衣曲 / 1122

寄衣曲 / 1122

淮阴行五首 / 1122

泰娘歌 / 1123

更衣曲 / 1124

视刀环歌 / 1124

堤上行三首 / 1124

竞渡曲 / 1125

沓潮歌 / 1125

北邙行 / 1126

同前 / 1126

野田行 / 1127

同前 / 1127

斜路行 / 1127

雉将雏 / 1127

第九十五卷　新乐府辞六

乐府杂题六 / 1128

长安羁旅行 / 1128

羁旅行 / 1128

求仙曲 / 1128

求仙行 / 1129

结爱 / 1129

节妇吟 / 1129

楚宫行 / 1129

山头鹿 / 1130

各东西 / 1130
湘江曲 / 1130
雀飞多 / 1130
梦上天 / 1130
君莫非 / 1131
田头狐兔行 / 1131
人道短 / 1131
苦乐相倚曲 / 1132
捉捕歌 / 1132
采珠行 / 1133
同前 / 1133
平戎辞二首 / 1134
望春辞二首 / 1134
思君恩三首 / 1134
汉苑行三首 / 1134
烧香曲 / 1135
房中曲 / 1135
河内诗三首 / 1135
　楼上曲 / 1135
　湖中曲 / 1136
　同前 / 1136
春怀引 / 1136
静女春曙曲 / 1136
白虎行 / 1137
月漉漉篇 / 1137
黄头郎 / 1137
倚瑟行 / 1138

江南别 / 1138

第九十六卷　新乐府辞七

系乐府十二首 / 1139
　思太古 / 1139
　陇上叹 / 1139
　颂东夷 / 1139
　贱士吟 / 1139
　欸乃曲 / 1140
　贫妇词 / 1140
　去乡悲 / 1140
　寿翁兴 / 1140
　农臣怨 / 1140
　谢天龟 / 1141
　古遗叹 / 1141
　下客谣 / 1141
补乐歌十首 / 1141
　网罟 / 1141
　丰年 / 1142
　云门 / 1142
　九渊 / 1142
　五茎 / 1142
　六英 / 1143
　咸池 / 1143
　大韶 / 1143
　大夏 / 1143
　大濩 / 1144
补九夏歌九首 / 1144

王夏 / 1144

　　肆夏 / 1145

　　昭夏 / 1145

　　纳夏 / 1145

　　章夏 / 1145

　　齐夏 / 1146

　　族夏 / 1146

　　祴夏 / 1146

　　骜夏 / 1146

　新题乐府上 / 1147

　　上阳白发人 / 1147

　　华原磬 / 1147

　　五弦弹 / 1148

　　西凉伎 / 1149

　　法曲 / 1149

　　驯犀 / 1150

　　立部伎 / 1150

第九十七卷　新乐府辞八

　新题乐府下 / 1152

　　骠国乐 / 1152

　　胡旋女 / 1153

　　蛮子朝 / 1153

　　缚戎人 / 1154

　　阴山道 / 1155

　　八骏图 / 1155

　新乐府上 / 1156

　　七德舞 / 1157

　　法曲 / 1157

　　二王后 / 1158

　　海漫漫 / 1158

　　立部伎 / 1159

　　华原磬 / 1159

　　上阳白发人 / 1159

　　胡旋女 / 1160

　　新丰折臂翁 / 1160

　　太行路 / 1161

第九十八卷　新乐府辞九

　新乐府中 / 1162

　　司天台 / 1162

　　捕蝗 / 1162

　　昆明春水满 / 1163

　　城盐州 / 1163

　　道州民 / 1164

　　驯犀 / 1164

　　五弦弹 / 1165

　　蛮子朝 / 1165

　　骠国乐 / 1166

　　缚戎人 / 1167

　　骊宫高 / 1167

　　百炼镜 / 1168

　　青石 / 1168

　　两朱阁 / 1169

　　西凉伎 / 1169

第九十九卷　新乐府辞十

　新乐府下 / 1170

八骏图 / 1170

涧底松 / 1170

牡丹芳 / 1171

红线毯 / 1171

杜陵叟 / 1172

缭绫 / 1172

卖炭翁 / 1173

母别子 / 1173

阴山道 / 1174

时世妆 / 1174

李夫人 / 1174

陵园妾 / 1175

盐商妇 / 1175

杏为梁 / 1176

井底引银瓶 / 1176

官牛 / 1177

紫毫笔 / 1177

隋堤柳 / 1177

草茫茫 / 1178

古冢狐 / 1178

黑潭龙 / 1179

天可度 / 1179

秦吉了 / 1179

鸦九剑 / 1180

采诗官 / 1180

第一百卷　新乐府辞十一

乐府倚曲 / 1182

汉皇迎春辞 / 1182

夜宴谣 / 1182

莲浦谣 / 1182

遐水谣 / 1183

晓仙谣 / 1183

水仙谣 / 1183

东峰歌 / 1183

罩鱼歌 / 1184

生禖屏风歌 / 1184

湘宫人歌 / 1184

太液池歌 / 1184

鸡鸣埭歌 / 1185

雉场歌 / 1185

东郊行 / 1185

春野行 / 1186

吴苑行 / 1186

塞寒行 / 1186

台城晓朝曲 / 1186

走马楼三更曲 / 1186

春晓曲 / 1187

惜春词 / 1187

春愁曲 / 1187

春洲曲 / 1187

晚归曲 / 1188

湘东宴曲 / 1188

照影曲 / 1188

舞衣曲 / 1188

故城曲 / 1189
兰塘辞 / 1189
碌碌古词 / 1189
昆明池水战辞 / 1189
猎骑辞 / 1190
乐府杂咏六首 / 1190
双吹管 / 1190
东飞凫 / 1190
花成子 / 1190
月成弦 / 1190
孤独怨 / 1191
金吾子 / 1191

正乐府十首 / 1191
卒妻悲 / 1191
橡媪叹 / 1191
贪官怨 / 1192
农父谣 / 1192
路臣恨 / 1192
贱贡士 / 1193
颂夷臣 / 1193
惜义鸟 / 1193
诮虚器 / 1193
哀陇民 / 1194

乐府诗集卷第一　郊庙歌辞一

　　《乐记》曰:"王者,功成作乐,治定制礼。是以五帝殊时,不相沿乐;三王异世,不相袭礼。"明其有损益也。然自黄帝已后,至于三代,千有馀年,而其礼乐之备,可以考而知者,唯周而已。《周颂·昊天有成命》,郊祀天地之乐歌也;《清庙》,祀太庙之乐歌也;《我将》,祀明堂之乐歌也;《载芟》、《良耜》,藉田社稷之乐歌也。然则,祭乐之有歌,其来尚矣。两汉已后,世有制作。其所以用于郊庙朝廷,以接人神之欢者,其金石之响,歌舞之容,亦各因其功业治乱之所起,而本其风俗之所由。武帝时,诏司马相如等造《郊祀歌诗》十九章,五郊互奏之。又作《安世歌诗》十七章,荐之宗庙。至明帝,乃分乐为四品。一曰《大予乐》,典郊庙上陵之乐。郊乐者,《易》所谓"先王以作乐崇德,殷荐上帝"。宗庙乐者,《虞书》所谓"琴瑟以咏,祖考来格"。《诗》云"肃雍和鸣,先祖是听"也。二曰雅颂乐,典六宗社稷之乐。社稷乐者,《诗》所谓"琴瑟击鼓,以御田祖"。《礼记》曰"乐施于金石,越于音声,用乎宗庙社稷,事乎山川鬼神"是也。永平三年,东平王苍造光武庙登歌一章,称述功德,而郊祀同用汉歌。魏歌辞不见,疑亦用汉辞也。武帝始命杜夔创定雅乐。时有邓静、尹商,善训雅歌;歌诗尹胡,能习宗庙郊祀之曲;舞师冯肃、服养,晓知先代诸舞。夔总领之。魏复先代古乐,自夔始也。晋武受命,百度草创。泰始二年,诏郊庙明堂礼乐权用魏仪,遵周室肇称殷礼之义,但使傅玄改其乐章而已。永嘉之乱,旧典不存。贺循为太常,始有登歌之乐。明帝太宁末,又诏阮孚增益之。至孝武太元之世,郊祀遂不设乐。宋文帝元嘉中,南郊始设登歌,庙舞犹阙。乃诏颜延之造天地

1

郊登歌三篇，大抵依仿晋曲，是则宋初又仍晋也。南齐、梁、陈，初皆沿袭，后更创制，以为一代之典。元魏、宇文，继有朔漠，宣武已后，雅好胡曲，郊庙之乐，徒有其名。隋文平陈，始获江左旧乐。乃调五音，为五夏、二舞、登歌、房中等十四调，宾祭用之。唐高祖受禅，未遑改造，乐府尚用前世旧文。武德九年，乃命祖孝孙修定雅乐，而梁、陈尽吴、楚之音，周、齐杂胡戎之伎。于是斟酌南北，考以古音，作为唐乐，贞观二年奏之。按郊祀明堂，自汉以来，有夕牲、迎神、登歌等曲。宋、齐以后，又加祼地、迎牲、饮福酒。唐则夕牲、祼地不用乐；公卿摄事，又去饮福之乐。安、史作乱，咸、镐为墟，五代相承，享国不永，制作之事，盖所未暇。朝廷宗庙典章文物，但按故常以为程式云。

汉郊祀歌十九首

练时日

练时日，侯有望，爇膋萧，延四方。九重开，灵之斿，垂惠恩，鸿祐休。灵之车，结玄云，驾飞龙，羽旄纷。灵之下，若风马，左仓龙，右白虎。灵之来，神哉沛，先以雨，般裔裔。灵之至，庆阴阴，相放怫，震澹心。灵已坐，五音饬，虞至旦，承灵亿。牲茧栗，粢盛香，尊桂酒，宾八乡。灵安留，吟青黄，遍观此，眺瑶堂。众嫭并，绰奇丽，颜如茶，兆逐靡。被华文，厕雾縠，曳阿锡，佩珠玉。侠嘉夜，茝兰芳，澹容与，献嘉觞。

帝 临

帝临中坛，四方承宇，绳绳意变，备得其所。清和六合，制数以五。海内安宁，兴文匽武。后土富媪，昭明三光。穆穆优游,嘉服上黄。

青　阳

　　青阳开动,根荄以遂,膏润并爱,跂行毕逮。霆声发荣,坲处顷听,枯槁复产,乃成厥命。众庶熙熙,施及夭胎,群生啿啿,惟春之祺。

朱　明

　　朱明盛长,旉与万物,桐生茂豫,靡有所诎。敷华就实,既阜既昌,登成甫田,百鬼迪尝。广大建祀,肃雍不忘,神若宥之,传世无疆。

西　颢

　　西颢沆砀,秋气肃杀,含秀垂颖,续旧不废。奸伪不萌,妖孽伏息,隅辟越远,四貉咸服。既畏兹威,惟慕纯德,附而不骄,正心翊翊。

玄　冥

　　玄冥陵阴,蛰虫盖臧,草木零落,抵冬降霜。易乱除邪,革正异俗,兆民反本,抱素怀朴。条理信义,望礼五岳。籍敛之时,掩收嘉谷。

惟泰元

　　《汉书·礼乐志》曰:"建始元年,丞相匡衡奏罢'鸾路龙鳞',更定诗曰'涓选休成'。"

惟泰元尊,媪神蕃釐,经纬天地,作成四时。精建日月,星辰度理,阴阳五行,周而复始。云风雷电,降甘露雨,百姓蕃滋,咸循厥绪。继统恭勤,顺皇之德,鸾路龙鳞,罔不肸饰。嘉笾列陈,庶几宴享,灭除凶灾,烈腾八荒。钟鼓竽笙,云舞翔翔,招摇灵旗,九夷宾将。

天　地

《汉书·礼乐志》曰:"丞相匡衡奏罢'黼绣周张',更定诗曰'肃若旧典'。"

天地并况,惟予有慕,爱熙紫坛,思求厥路。恭承禋祀,缊豫为纷,黼绣周张,承神至尊。千童罗舞成八溢,合好效欢虞泰一。九歌毕奏斐然殊,鸣琴竽瑟会轩朱。璆磬金鼓,灵其有喜,百官济济,各敬其事。盛牲实俎进闻膏,神奄留,临须摇。长丽前掞光耀明,寒暑不忒况皇章。展诗应律铿玉鸣,函宫吐角激徵清。发梁扬羽申以商,造兹新音永久长。声气远条凤鸟翔,神夕奄虞盖孔享。

日出入

日出入安穷?时世不与人同。故春非我春,夏非我夏,秋非我秋,冬非我冬。泊如四海之池,遍观是邪谓何?吾知所乐,独乐六龙。六龙之调,使我心若。訾,黄其何不徕下?

天　马

《汉书·武帝纪》曰:"元鼎四年秋,马生渥洼水中,作《天马之歌》。""太初四年春,贰师将军李广利,斩大宛王首,获汗血马来,作

《西极天马之歌》。"《礼乐志》曰：《天马歌》，"元狩三年，马生渥洼水中作。"李斐曰："南阳新野，有暴利长，武帝时遭刑，屯田燉煌界。数于渥洼水旁，见群野马，中有奇者，与凡马异，来饮此水。利长先作土人，持勒靽于水旁。后马玩习。久之，代土人持勒靽，收得其马，献之。欲神异之，云从水中出也。"《西域传》曰："大宛国多善马，马汗血，言其先，天马子也。"应劭云："大宛有天马种，蹋蹋石汗血。蹋石者，谓蹋石而有迹，言其蹄坚利。汗血者，谓汗从前肩髆出，如血。号一日千里也。"《张骞传》曰："汉武帝初发书《易》曰：'神马当从西北来。'得乌孙马，好，名曰天马。及得宛马，汗血，益壮，更名乌孙马曰西极马，宛马曰天马云。"按《史记·乐书》称"武帝伐大宛，得千里马，名蒲梢。作歌曰：'天马来兮从西极，经万里兮归有德。承灵威兮降外国，涉流沙兮四夷服。'"与此不同。

　　太一况，天马下，沾赤汗，沫流赭。志俶傥，精权奇，籋浮云，晻上驰。体容与，迣万里，今安匹，龙为友。

　　天马徕，从西极，涉流沙，九夷服。天马徕，出泉水，虎脊两，化若鬼。天马徕，历无草，径千里，循东道。天马徕，执徐时，将摇举，谁与期？天马徕，开远门，竦予身，逝昆仑。天马徕，龙之媒，游阊阖，观玉台。

天　门

　　天门开，詄荡荡，穆并骋，以临飨。光夜烛，德信著，灵浸（平而）鸿，长生豫。太朱涂广，夷石为堂，饰玉梢以舞歌，体招摇若永望。星留俞，塞陨光，照紫幄，珠烦黄。幡比翅回集，贰双飞常羊。月穆穆以金波，日华耀以宣明。假清风轧忽，激长至重觞。神裴回若留放，殣冀亲以肆章。函蒙祉福常若期,寂漻上天知厥时。泛泛滇滇从高斿,殷勤此路胪所求。佻正嘉吉弘以昌,休嘉砰隐溢四方。专精厉意逝九阁,纷云六幕浮大海。

景　星

一曰《宝鼎歌》。《汉书·武帝纪》曰:"元鼎四年夏六月,得宝鼎后土祠旁,作《宝鼎之歌》。"《礼乐志》曰:"《景星》,元鼎五年,得鼎汾阴作。"如淳曰:"景星者,德星也。见无常,常出有道之国。"

景星显见,信星彪列,象载昭庭,日亲以察。参侔开阖,爰推本纪,汾脽出鼎,皇祐元始。五音六律,依韦飨昭,杂变并会,雅声远姚。空桑琴瑟结信成,四兴递代八风生。殷殷钟石羽籥鸣,河龙供鲤醇牺牲。百末旨酒布兰生,泰尊柘浆析朝酲。微感心攸通修名,周流常羊思所并。穰穰复正直往宁,冯蠵切和疏写平。上天布施后土成,穰穰丰年四时荣。

齐　房

一曰《芝房歌》。《汉书·武帝纪》曰:"元封二年夏六月,甘泉宫内中产芝,九茎连叶,作《芝房之歌》。"应劭云:"芝,芝草也。其叶相连。"《瑞应图》云:"王者敬事耆老,不失旧故,则芝草生。""内中,谓后庭之室也。"故诏书曰"上帝溥临,不异下房,赐朕弘休"是也。《礼乐志》曰:"《齐房》,元封二年,芝生甘泉齐房作。"

齐房产草,九茎连叶。宫童效异,披图案谍。玄气之精,回复此都。蔓蔓日茂,芝成灵华。

后　皇

后皇嘉坛,立玄黄服,物发冀州,兆蒙祉福。沆沆四塞,假狄合处,经营万亿,咸遂厥宇。

华烨烨

华烨烨,固灵根。神之斿,过天门,车千乘,敦昆仑。神之出,排玉房,周流杂,拔兰堂。神之行,旌容容,骑沓沓,般纵纵。神之徕,泛翊翊,甘露降,庆云集。神之榆,临坛宇,九疑宾,夔龙舞。神安坐,䳵吉时,共翊翊,合所思。神嘉虞,申贰觞,福滂洋,迈延长。沛施祐,汾之阿。扬金光,横泰河,莽若云,增阳波。遍胪欢,腾天歌。

五　神

五神相,包四邻,土地广,扬浮云。扢嘉坛,椒兰芳,璧玉精,垂华光。益亿年,美始兴,交于神,若有承。广宣延,咸毕觞,灵舆位,偃蹇骧。卉汨胪,析奚遗?汪㴐泽,滢然归。

朝陇首

一曰《白麟歌》。《汉书·武帝纪》曰:"元狩元年冬十月,行幸雍,获白麟,作《白麟之歌》。"颜师古云:"麟,麋身,牛尾,马足,黄色,圜蹄,一角,角端有肉。"

朝陇首,览西垠,雷电寮,获白麟。爰五止,显黄德,图匈虐,熏鬻殛。辟流离,抑不详,宾百僚,山河飨。掩回辕,鬣长驰,腾雨师,洒路陂。流星陨,感惟风,籋归云,抚怀心。

象载瑜

一曰《赤雁歌》。《汉书·礼乐志》曰:"太始三年,行幸东海,获赤雁作。"

象载瑜,白集西,食甘露,饮荣泉。赤雁集,六纷员,殊翁杂,五采文。神所见,施祉福,登蓬莱,结无极。

赤蛟

赤蛟绥,黄华盖,露夜零,昼晻濭。百君礼,六龙位,勺椒浆,灵已醉。灵既享,锡吉祥,芒芒极,降嘉觞。灵殷殷,烂扬光,延寿命,永未央。杳冥冥,塞六合,泽汪涉,辑万国。灵禩禩,象舆轪,票然逝,旗透蛇。礼乐成,灵将归,托玄德,长无衰。

汉郊祀歌

灵芝歌　　　　　　古　辞

因灵寝兮产灵芝,象三德兮瑞应图。延寿命兮光此都,配上帝兮象太微,参日月兮扬光辉。

天马歌　　　　　　唐·李　白

天马来出月支窟,背为虎文龙翼骨。嘶青云,振绿发,兰筋权奇走灭没。腾昆仑,历西极,四足无一蹶。鸡鸣刷燕晡秣越,神行电迈蹑恍惚。天马呼,飞龙趋。目明长庚臆双凫,尾如烟星首渴乌,口喷红光汗沟朱。曾陪时龙蹑天衢,羁金络月照皇都,逸气棱棱凌九区。白璧如山谁敢沽?回头笑紫燕,但觉尔辈愚。天马奔,恋君轩,骎跃惊矫浮云翻。万里入一作足踯躅,遥瞻阊阖门。不逢寒风子,谁采逸景孙?白云在青天,丘陵远崔嵬。盐车上峻坂,倒行逆施畏日晚。伯乐翦拂中道遗,少尽其力老弃之。愿逢田子方,恻然为我思。虽有玉山禾,不能疗苦饥。严霜五月凋桂枝,伏枥衔冤摧两眉。请君赎献穆天子,犹堪弄影舞瑶池。

天马辞　　　　　　　唐·张仲素

(大)〔天〕马初从渥水来,歌曾唱得濯龙媒。不知玉塞沙中路,苜蓿残花几处开。

蹴踱宛驹齿未齐,拟金喷玉向风嘶。来时行尽金河道,猎猎轻风在碧蹄。

晋郊祀歌　　　　　　傅　玄

《晋书·乐志》曰:"武帝泰始二年,诏傅玄造郊祀明堂歌辞。其祠天地五郊,有《夕牲歌》、《迎送神歌》及《飨神歌》。"

夕牲歌

天命有晋,穆穆明明。我其夙夜,祗事上灵。常于时假,迄用其成。於荐玄牡,进夕其牲。崇德作乐,神祇是听。

迎送神歌

宣文蒸哉,日靖四方。永言保之,夙夜匪康。光天之命,上帝是皇。嘉乐殷荐,灵祚景祥。神祇(隆)〔降〕假,享福无疆。

飨神歌

天祚有晋,其命惟新。受终于魏,奄有兆民。燕及皇天,怀柔百神。丕显遗烈,之德之纯。享其玄牡,式用肇禋。神祇来格,福禄是臻。

时迈其犹,昊天子之。祐享有晋,兆民戴之。畏天之威,敬授人时。丕显丕承,於犹绎思。皇极斯建,庶绩咸熙。庶几夙夜,惟晋之祺。

宣文惟后,克配彼天。抚宁四海,保有康年。於乎缉熙,肆用靖民。爰立典制,爰修礼纪。作民之极,莫匪资始。克昌厥后,永言保之。

晋天地郊明堂歌　　　傅　玄

《宋书·乐志》曰:"晋前所作《天地郊明堂歌》,有《夕牲歌》、《降神歌》、《天郊飨神歌》、《地郊飨神歌》、《明堂飨神歌》。其《夕牲》、《降神》,天地郊、明堂同用。"

夕牲歌

皇矣有晋,时迈其德。受终于天,光济万国。万国既光,神定厥祥。虔于郊祀,祇事上皇。祇事上皇,百福是臻。巍巍祖考,克配彼天。嘉牲匪歆,德馨惟飨。受天之祐,神化四方。

降神歌

於赫大晋,膺天景祥。二帝迈德,宣兹重光。我皇受命,奄有万方。郊祀配享,礼乐孔章。神祇嘉飨,祖考是皇。克昌厥后,保祚无疆。

天郊飨神歌

整泰坛,祀皇神。精气感,百灵宾。蕴朱火,燎芳薪。紫烟游,冠青云。神之体,靡象形。旷无方,幽以清。神之来,(亢)〔光〕景照。听无闻,视无兆。神之至,举欣欣。灵爽协,动余心。神之坐,同欢娱。泽云翔,化风舒。嘉乐奏,文中声。八音谐,神是听。咸絜齐,并芬芳。烹牷牲,享玉觞。神悦飨,歆禋祀。祐大晋,降繁祉。祚京邑,行四海。保天年,穷地纪。

地郊飨神歌

整泰折,俟皇祇。众神感,群灵仪。阴祀设,吉礼施。夜将极,时未移。祇之体,无形象。潜泰幽,洞忽荒。祇之出,菱若有。灵无远,天下母。祇之来,遗光景。昭若存,终冥冥。祇之至,举欣欣。舞象德,歌成文。祇之坐,同欢豫。泽雨施,化云布。乐八变,声教敷。物咸亨,祇是娱。齐既絜,侍者肃。玉觞进,咸穆穆。飨嘉荐,歆德馨。祚有晋,暨群生。溢九壤,格天庭。保万寿,延亿龄。

明堂飨神歌

经始明堂,享祀匪懈。於皇烈考,光配上帝。赫赫上帝,既高既崇。圣考是配,明德显融。率土敬职,万方来祭。常于时假,保祚永世。

宋南郊登歌　　　　　　颜延之

《宋书·乐志》曰:"文帝元嘉二十二年,诏颜延之造《天地郊夕牲》、《迎送神》、《飨神》雅乐登歌(二)〔三〕篇。"

夕牲歌

黈威宝命,严恭帝祖。表海炳岱,系唐胄楚。灵鉴濬文,民属睿武。奄受敷锡,宅中拓宇。亘地称皇,罄天作主。月竁来宾,日际奉土。开元首正,礼交乐举。六典联事,九官列序。有牷在涤,有絜在俎。以荐王衷,以答神祜。

迎送神歌

维圣飨帝,维孝养亲。皇乎备矣,有事上春。礼行宗祀,敬达郊禋。金枝中树,广乐四陈。陟配在京,降德在民。奔精照夜,高燎炀晨。阴明浮烁,沈禜深沦。告成大报,受釐元神。月御案节,星驱扶轮。遥兴远驾,曜曜振振。

飨神歌

营泰畤,定天衷。思心睿,谋筮从。建表莅,设郊宫。田烛置,权火通。历元旬,律首吉。饰紫坛,坎列室。中星兆,六宗秩。乾宇晏,地区谧。大孝昭,祭礼供。牲日展,盛自躬。具陈器,备礼容。形舞缀,被歌钟。望帝阍,耸神跸。灵之来,辰光溢。絜粢酌,娱太一。明辉夜,华晢日。祼既始,献又终。烟芗邑,报清穹。飨宋德,祚王功。休命永,福履充。

乐府诗集卷第二　郊庙歌辞 二

宋明堂歌　　　　谢 庄

《南齐书·乐志》曰："明堂祠五帝。汉郊祀歌皆四言，宋孝武使谢庄造辞。庄依五行数，木数用三，火数用七，土数用五，金数用九，水数用六。案《鸿范》五行，一曰水，二曰火，三曰木，四曰金，五曰土。《月令》木数八，火数七，土数五，金数九，水数六。蔡邕云：'东方有木三土五，故数八；南方有火二土五，故数七；西方有金四土五，故数九；北方有水一土五，故数六。'又纳音数，一言得土，三言得火，五言得水，七言得金，九言得木。若依《鸿范》木数用三，则应水一火二金四也。若依《月令》金九水六，则应木八火七也。当以《鸿范》一二之数，言不成文，故有取舍，而使两义并违，未详以数立文为何依据也。《周颂·我将》祀文王，言皆四，其一句五，一句七。庄歌太祖亦无定句。"《宋书·乐志》曰："迎送神歌，依汉郊祀，三言，四句一转韵。"

迎神歌

地纽谧，乾枢回。华盖动，紫微开。旍蔽日，车若云。驾六气，乘絪缊。晔帝京，辉天邑。圣祖降，五灵集。构瑶厄，耸珠帘。汉拂幌，月栖檐。舞缀畅，钟石融。驻飞景，郁行风。懋粢盛，絜牲牷。百礼肃，群司虔。皇德远，大孝昌。贯九幽，洞三光。神之安，解玉銮。景福至，万宇欢。

登　歌

雍台辨朔，泽宫练(服)〔辰〕。絜火夕照，明水朝陈。六瑚贲室，八羽华庭。昭事先圣，怀濡上灵。《肆夏》(戒)〔式〕敬，升歌发德。永固鸿基，以绥万国。

歌太祖文皇帝

维天为大，维圣祖是则。辰居万宇，缀旒下国。内灵八辅，外光四瀛。嵩宫仰盖，日馆希旌。复殿留景，重檐结风。刮楹接纬，达向承虹。设业设虡在王庭。肇禋祀，克配乎灵。我将我享，维孟之春。以孝以敬，以立我烝民。

歌青帝

参映夕，驷照晨。灵乘震，司青春。雁将向，桐始蕤。柔风舞，暄光迟。萌动达，万品新。润无际，泽无垠。

歌赤帝

龙精初见大火中，朱光北至圭景同。帝在在离实司衡，水雨方降木槿荣。庶物盛长咸殷阜，恩覃四冥被九有。

歌黄帝

履建宅中宇，司绳御四方。裁化遍寒燠，布政周炎凉。景丽条可结，霜明冰可折。凯风扇朱辰，白云流素节。分至乘结晷，启闭集恒度。帝运缉万有，皇灵澄国步。

歌白帝

百川如镜,天地爽且明。云冲气举,德盛在素精。木叶初下,洞庭始扬波。夜光彻地,翻霜照悬河。庶类收成,岁功行欲宁。浃地奉渥,馨宇承秋灵。

歌黑帝

岁(月)既晏,〔日〕方驰。灵乘坎,德司规。玄云合,晦鸟路①。白云繁,亘天涯。雷在地,时未光。饬国典,闭关梁。四节遍,万物殿。福九域,祚八乡。晨晷促,夕漏延。太阴极,微阳宣。鹊将巢,冰已解。气濡水,风动泉。

送神歌

蕴礼容,馀乐度。灵方留,景欲暮。开九重,肃五达。凤参差,龙已沫。云既动,河既梁。万里照,四空香。神之车,归清都。琁庭寂,玉殿虚。睿化凝,孝风炽。顾灵心,结皇思。

齐南郊乐歌

《南齐书·乐志》曰:"武帝建元二年,有司奏,郊庙雅乐歌辞、太庙登歌用褚渊,馀悉用谢超宗所撰,多删颜延之、谢庄辞以为新曲,备改乐名。永明二年,又诏王俭造太庙二室及郊配辞。其南郊

---

① "路"字失韵。《艺文类聚》作"归",是。

乐,群臣出入奏《肃咸之乐》,牲出入奏《引牲之乐》,荐豆呈毛血奏《嘉荐之乐》。凡夕牲歌,并重奏。迎神奏《昭夏之乐》,皇帝入坛东门奏《永至之乐》,升坛奏登歌,初献奏《文德宣烈之乐》,次奏《武德宣烈之乐》,太祖高皇帝配飨奏《高德宣烈之乐》,饮福酒奏《嘉胙之乐》,送神奏《昭夏之乐》,就燎位奏《昭远之乐》,还便殿奏《休成之乐》,重奏。"

肃咸乐　　　　　　　　谢超宗

夤承宝命,严恭帝绪。奄受敷锡,升中拓宇。亘地称皇,罄天作主。月域来宾,日际奉土。开元首正,礼交乐举。六典联事,九官列序。

引牲乐

皇乎敬矣,恭事上灵。昭教国祀,肃肃明明。有牲在涤,有絜在俎。以荐王衷,以答神祜。陟配在京,降德在民。奔精望夜,高燎伫晨。

嘉荐乐

我恭我享,惟孟之春。以孝以敬,立我烝民。青坛奄霭,翠幕端凝。嘉俎重荐,兼藉再升。设业设虡,展容玉庭。肇禋配祀,克对上灵。

昭夏乐

惟圣飨帝,惟孝飨亲。礼行宗祀,敬达郊禋。金枝中树,广乐四陈。月御案节,星驱扶轮。遥兴远驾,曜曜振振。

告成大报,受釐元神。

永至乐

紫坛望灵,翠幕伫神。率天奏赞,磬地来宾。神贶并介,泯祇合祉,恭昭鉴享,肃光孝祀。威蔼四灵,洞曜三光,皇德全被,大礼流昌。

登 歌

报惟事天,祭实尊灵。史正嘉兆,神宅崇祯。五時昭鬯,六宗彝序。介丘望尘,皇轩肃举。

文德宣烈乐

营泰畤,定天衷。思心绪,谋筮从。田烛置,权火[①]通。大孝昭,国礼融。

武德宣烈乐

功烛上宙,德耀中天。风移九域,礼饰八埏。四灵晨炳,五纬宵明,膺历缔运,道茂前声。

高德宣烈乐　　　　王 俭

飨帝严亲,则天光大。焉奕前古,荣镜无外。日月宣华,卿云流霭。五汉同休,六幽咸泰。

[①] 权火,四部丛刊本作"爟火"。权火、爟火相通。

嘉胙乐　　　　　　　　谢超宗

邕嘉礼,承休锡。盛德符景纬,昌华应帝策。圣蔼耀昌基,融祉晖世历。声正涵月轨,书文腾日迹。宝瑞昭神图,灵贶流瑞液。我皇崇晖祚,重芬冠往籍。

昭夏乐

荐飨洽,礼乐该。神娱展,辰旆回。洞云路,拂琁阶。紫雾蔼,青霄开。眷皇都,顾玉台。留昌德,结圣怀。

昭远乐

天以德降,帝以礼报。牲樽俯陈,柴币仰燎。事展司采,敬达瑄芎。烟赘青昊,震飑紫场。陈馨示策,肃志宗禋。礼非物备,福唯诚陈。

休成乐

昭事上祀,飨荐具陈。回銮转翠,拂景翔宸。缀县敷畅,钟石昭融。羽炫深曙,簫暄行风。肆序辍度,肃礼停文。四金耸卫,六驭齐轮。

齐北郊乐歌　　　　　　　　谢超宗

《南齐书·乐志》曰:"北郊乐,迎地神奏《昭夏之乐》,升坛奏登歌,初献奏《地德凯容之乐》,次奏《昭德凯容之乐》,送神奏《昭夏之乐》,瘗埋奏《隶幽之乐》,馀辞同南郊。"《隋书·乐志》曰:"齐氏承宋，咸用元徽旧式，宗祀朝飨，奏乐俱同。惟增北郊之礼，乃元徽所阙，永明六年之所加也。唯送神之乐，宋孝建二年秋起居注云奏《肆夏》，永明中改奏《昭夏》。"

昭夏乐

诏礼崇营，敬飨玄畤。灵正丹帷，月肃紫墠。展荐登华，风县凝锵。神惟庋止，郁葆遥庄。昭望岁芬，环游辰太。穆哉尚礼，横光秉蔼。

登 歌

仿灵敬享，禋肃彝文。县动声仪，荐絜牲芬。阴祇以觍，昭司式庆。九服熙度，六农祥正。

地德凯容歌

缮方丘，端国阴。掩珪瑁，仰灵心。诏源委，遍丘林。礼献物，乐荐音。

昭德凯容乐

庆图浚邈，蕴祥秘瑶。倪天炳月，嫔光紫霄。邦化灵戀，闿则风调。俪德方仪，徽载以昭。

昭夏乐

荐神升，享序楸。淹玉俎，停金奏。宝旆转，旒驾旋。溢素景，郁紫躔。灵心顾，留辰眷。洽外瀛，瑞中县。

隶幽乐

后皇嘉庆,定祇玄時。承帝休图,祇敷灵祉。筐幂周序,轩朱凝会。牲币芬坛,精明仾盖。调川瑞昌,警岳祥泰。

齐明堂乐歌

《南齐书·乐志》曰:"武帝建元初,诏谢超宗造明堂夕牲等歌,并采用谢庄辞。宾出入奏《肃咸乐》,牲出入奏《引牲乐》,荐豆呈毛血奏《嘉荐乐》,迎神奏《昭夏乐》,皇帝升明堂奏登歌,初献奏《凯容宣烈之乐》,还东壁受福酒奏《嘉胙乐》,送神奏《昭夏乐》,并建元永明中所奏也。其《凯容宣烈乐》、《嘉胙乐》,太庙同用。"

肃咸乐二首　　　谢超宗

彝承孝典,恭事严圣。浃天奉贶,罄壤齐庆。司仪具序,羽容夙章。芬枝扬烈,黼构周张。助宝奠轩,酎珍充庭。璆县凝会,琄朱仾声。先期选礼,肃若有承。祇对灵祉,皇庆昭膺。

尊事威仪,辉容昭序。迅恭明神,絜盛牲俎。肃肃严宫,蔼蔼崇基。皇灵降止,百祇具司。戒诚望夜,端烈承朝。依微昭旦,物色轻宵。

引牲乐

惟诚絜飨,惟孝尊灵。敬芳黍稷,敬涤牺牲。骍茧在豢,载溢载丰。以承宗祀,以肃皇衷。萧芳四举,华火周传。

神鉴孔昭,嘉足参牷。

嘉荐乐二首

肇禋戒祀,礼容咸举。六典饰文,九司焰序。牲柔既昭,牺刚既陈。恭涤惟清,敬事惟神。加笾再御,兼俎兼荐。节动轩越,声流金县。

奕奕闳𣎴,亶亶严闱。絜诚夕鉴,端服晨晖。圣灵戾止,翊我皇则。上绥四宇,下洋万国。永言孝飨,孝飨有容。傧僚赞列,肃肃雍雍。

昭夏乐

地纽谧,乾枢回。华盖动,紫微开。旌蔽日,车若云。驾六气,乘烟煴。烨帝景,耀天邑。圣祖降,五云集。懋粢盛,絜牲牷。百礼肃,群司虔。皇德远,大孝昌。贯九幽,洞三光。神之安,解玉銮。昌福至,万宇欢。

登歌

雍台辩朔,泽宫选辰。絜火夕焰,明水朝陈。六瑚贲室,八羽华庭。昭事先圣,怀濡上灵。《肆夏》式敬,升歌发德。永固洪基,以绥万国。

凯容宣烈乐

酾醴具登,嘉俎咸荐。飨洽诚陈,礼周乐遍。祝辞罢祼,序容辍县。跸动端庭,銮回严殿。神仪驻景,华汉高虚。

八灵案卫,三祇解途。翠盖耀澄,罕帟凝晨。玉镳息节,金辂怀音。式诚达孝,厎心肃感。追凭皇鉴,思承渊范。神锡懋祉,四纬昭明。仰福帝徽,俯齐庶生。

青帝歌

参映夕,驷昭晨。灵乘震,司青春。雁将向,桐始蕤。和风舞,暄光迟。萌动达,万品亲。润无际,泽无垠。

赤帝歌

龙精初见大火中,朱光北至圭景同。帝在在离实司衡,雨水方降木堇荣。庶物盛长咸殷阜,恩泽四溟被九有。(下逸)

黄帝歌

履艮宅中宇,司绳总四方。裁化遍寒燠,布政司炎凉。至分乘经晷,闭启集恒度。帝晖缉万有,皇灵澄国步。

白帝歌

百川若镜,天地爽且明。云冲气举,盛德在素精。庶类收成,岁功行欲宁。浃地奉渥,馨宇承帝灵。

黑帝歌

岁既暮,日方驰。灵乘坎,德司规。玄云合,晦鸟蹊[①]。

[①] "蹊"字失韵,《艺文类聚》作"规",是。

白云繁,亘天涯。晨晷促,夕漏延。大阴极,微阳宣。

嘉胙乐

礼荐洽,福祚昌。圣皇膺嘉祐,帝业凝休祥。居极乘景运,宅德瑞中王。澄明临四奥,精华延八乡。洞海同声憓,澈宇丽乾光。灵庆缠世祉,鸿烈永无疆。

昭夏乐　　　　　宋·谢　庄

蕴礼容,馀乐度。灵方留,景欲暮。开九重,肃五达。凤参差,龙已沫。云既动,河既梁。万里照,四空香。神之车,归清都。璇庭寂,玉殿虚。鸿化凝,孝风炽。顾灵心,结皇思。鸿庆遐邕,嘉荐令芳。翊帝明德,永祚深光。

乐府诗集卷第三　郊庙歌辞 三

齐雩祭乐歌　　　谢　朓

《南齐书·乐志》曰："建武二年，雩祭明堂。谢朓造辞，一依谢庄，唯世祖四言也。"

迎神歌　八解

清明畅，礼乐新。候龙景，练贞辰。阳律亢，阴暑伏。秏下土，荐穜稑。震仪警，王度乾。嗟云汉，望昊天。张盛乐，奏《云舞》。集五精，延帝祖。雩有讽，禜有秩。脀邕芬，圭瓒瑟。灵之来，帝阍开。车煜耀，吹徘徊。停龙牺，遍观此。冻雨飞，祥风靡。坛可临，奠可歆。对泯祉，鉴皇心。

歌世祖武皇帝

濬哲维祖，长发其武。帝出自震，重光御宇。七德攸宣，九畴咸叙。静难荆舒，凝威蠡浦。昧旦丕承，夕惕刑政。化壹车书，德馨粢盛。昭星夜景，非云晓庆。衢室成阴，璧水如镜。礼充玉帛，乐被筦弦。於铄在咏，陟配于天。自宫徂兆，靡爱牲牷。我将我享，永祚丰年。

歌青帝

营翼日，鸟殷宵。凝冰泮，玄蛰昭。景阳阳，风习习。

女夷歌,东皇集。樽春酒,秉青珪。命田祖,渥群黎。

歌赤帝

惟此夏德德恢台,两龙既御炎精来。火景方中南讹秩,靡草云黄含桃实。族云翁郁温风煽,兴雨祁祁黍苗遍。

歌黄帝

禀火自高明,毓金挺刚克。凉燠资成化,群方载厚德。阳季勾萌达,炎徂溽暑融。商暮百工止,岁极凌阴冲。皇流疏已清,原隰甸已平。咸言祚惟亿,敦民保齐京。

歌白帝

帝悦于兑,执矩固司藏。百川收潦,精景应徂商。嘉树离披,榆关命宾鸟。夜月如霜,秋风方裛裛。商阴肃杀,万宝咸亦遒。劳哉望岁,场功冀可收。

歌黑帝

白日短,玄夜深。招摇转,移太阴。霜钟鸣,冥陵起。星回天,月穷纪。听严风,来不息。望玄云,黝无色。曾冰冽,积羽幽。飞云至,天山侧。关梁闭,方不巡。合国吹,飨蜡宾。充微阳,究终始。百礼洽,万观臻。

送神歌

敬如在,礼将周。神之驾,不少留。蹑龙镳,转金盖。

纷上驰,云之外。警七曜,诏八神。排阊阖,渡天津。有浑兴,肤寸积。雨冥冥,又终夕。俾栖粮,惟万箱。皇情畅,景命昌。

齐藉田乐歌　　　　　　江　淹

《南齐书·乐志》曰:"藉田歌,汉章帝元和元年,班固奏《周(商)颂·载芟》祠先农。晋傅玄作《祀先农先蚕夕牲歌》诗一篇,《迎送神》一篇,《飨社稷先农先圣先蚕歌》诗三篇,辞皆叙田农事。胡道安作《先农飨神诗》一篇,乐府相传旧歌三章。永明四年藉田,诏江淹造歌。淹不依故传,制《祀先农迎送神升歌》及《飨神歌》二章。"

迎送神升歌

羽銮从动,金驾时游。教腾义镜,乐缀礼修。率先丹耨,躬遵绿畴。灵之圣之,岁殷泽柔。

飨神歌

琼斝既饰,绣簋以陈。方燮嘉种,永毓宵民。

梁雅乐歌　　　　　　　沈　约

《隋书·乐志》曰:"梁初,郊禋宗庙及三朝之乐,并用宋、齐元徽、永明仪注,唯改《嘉祚》为《永祚》,又去《永至之乐》。何佟之、周舍议:按《周礼》,王出入奏《王夏》,大祭祀与朝会同用。而汉制,皇帝在庙奏《永至》,朝会别奏《皇夏》。二乐有异,于礼为乖。乃除《永至》,还用《皇夏》。盖秦汉已来称皇,故变《王夏》为《皇夏》也。及武帝定国乐,并以'雅'为称,取《诗序》云:'言天下之事,形四方之风,谓之雅。雅者,正也。'《论语》云:'仲尼自卫反鲁,然后乐正,《雅》、《颂》各得其所。'故曰雅止乎十二,则天数也。乃至阶步之乐,增撤食之雅焉。众官出入奏《俊雅》,皇帝出入奏《皇雅》,皇太子出入奏《胤雅》,王公出入奏《寅雅》,上寿酒奏《介雅》,食举奏《需雅》,撤馔奏《雍雅》,牲出入奏《涤雅》,荐毛血奏《牷雅》,降神及迎送奏《诚雅》,皇帝饮福酒奏《献雅》,燎埋奏《禋雅》,其辞并沈约所制。普通中,荐蔬之后,改诸雅歌,敕萧子云制辞。既无牲牢,遂省《涤雅》、《牷雅》云。"

皇雅三首

《隋书·乐志》曰:"皇帝出入奏《皇雅》,取《诗·大雅》云'皇矣上帝,临下有赫'也。二郊、太庙同用。"

帝德实广运,车书靡不宾。执珽朝群后,垂旒御百神。八荒重译至,万国婉来亲。

华盖拂紫微,句陈绕太一。容裔被缇组,参差罗罕毕。星回照以烂,天行徐且谧。

清跸朝万宇,端冕临正阳。青绚黄金缯,衮衣文绣裳。既散华虫采,复流日月光。

涤　雅

《隋书·乐志》曰:"牲出入奏《涤雅》,取《礼记·郊特牲》云'帝牛必在涤三月'也。二郊、明堂、太庙同用。"

将修盛礼,其仪孔炽。有脺斯牲,国门是置。不黎不痶,靡愆靡忌。呈肌献体,永言昭事。俯休皇德,仰绥灵志。百福具膺,嘉祥允洎。骏奔伊在,庆覃遐嗣。

牷雅

《隋书·乐志》曰:"荐毛血奏《牷雅》,取《春秋左氏传》云'牲牷肥腯'也。二郊、明堂、太庙同用。"

反本兴敬,复古昭诚。礼容宿设,祀事孔明。华俎待献,崇碑丽牲。充哉茧握,肃矣簪缨。其脀既启,我豆既盈。庖丁游刃,葛卢验声。多祉攸集,景福来并。

诚雅三首

《隋书·乐志》曰:"降神及迎送神奏《诚雅》,取《尚书·大禹谟》云'至诚感神'也。南郊降神用'怀忽慌',北郊迎神用'地德溥',二郊、明堂、太庙送神同用'我有明德'。"

怀忽慌,瞻浩荡。尽(诚)〔诫〕絜,致虔想。出杳冥,(隆)〔降〕无象。皇情肃,具僚仰。人礼盛,神途敞。僾明灵,申敬飨。感苍极,洞玄壤。

地德溥,昆丘峻。扬羽翟,鼓应棘。出尊祇,展诚信。招海渎,罗岳镇。惟福祉,咸昭晋。

我有明德,馨非稷黍。牲玉孔备,嘉荐惟旅。金悬宿设,和乐具举。礼达幽明,敬行樽俎。鼓钟云送,遐福是与。

献雅

《隋书·乐志》曰:"皇帝饮福酒奏《献雅》,取《少牢馈食礼》云:

'祝酌授尸。主人拜受爵。'《礼记·祭统》云：'尸饮五，君洗玉爵献卿。'今之饮福酒，亦古献爵之义也。二郊、明堂、太庙同用。"

神宫肃肃，天仪穆穆。礼献既同，膺此釐福。我有馨明，无愧史祝。

禋雅二首

《隋书·乐志》曰："燎埋奏《禋雅》，取《周礼·大宗伯》云'以禋祀祀昊天上帝'，《书》曰'禋于六宗'也。就燎用'紫宫昭焕'，就埋用'盛乐斯举'。"

紫宫昭焕，太一微玄。降临下土，尊高上天。载陈珪璧，式备牲牷。云孤清引，枸虡高悬。俯昭象物，仰致高烟。肃彼灵祉，咸达皇虔。

盛乐斯举，协徵调宫。灵飨庆洽，祉积化融。八变有序，三献已终。坎牲瘗玉，酬德报功。振垂成吕，投壤生风。道无虚致，事由感通。於皇盛烈，比柞华、嵩。

梁南郊登歌二首　　　　　沈　约

登歌者，祭祀燕飨堂上所奏之歌也。《礼记·明堂位》曰："升歌《清庙》，下管象《武》。"《仲尼燕居》曰："入门而金作，示情也；升歌《清庙》，示德也；下而管象，示事也。是故古之君子，不必亲相与言也，以礼乐以相示。"《郊特牲》曰："奠酬而工歌，发德也。歌者在上，匏竹在下，贵人声也。"《周礼·大师》职曰："大祭祀，帅瞽登歌，令奏击拊。"《小师》曰："大祭祀，登歌击拊。"《尚书大传》曰："古者帝王升歌《清庙》，大琴练弦达越，大瑟朱弦达越，以韦为鼓，不以竽瑟之声乱人声。《清庙》升歌,歌先人之功烈德泽。苟在庙中当见文王者,愀然如复见文王。故《书》曰:'戛击、鸣球、搏拊、琴瑟以咏,祖考来格。'此之谓也。"案登歌各颂祖宗之功烈,去钟撤竽以明至德,所以传云其歌之呼也。曰:"於穆清庙。"於者,叹之也。穆者,敬之也。清者,欲其在位者遍闻之也。《隋书·乐志》曰:"《大戴》云:'《清庙》之歌,悬一磬而尚搏拊。'在汉之世,独奏登歌。近代以来,始用丝竹。旧三朝设乐,皆有登歌。梁武以为登歌者,颂祖宗功业,非元日所奏,于是去之。后以其说非通,复用于嘉庆。后周登歌,备钟磬琴瑟,阶上设笙管。隋亦因之,合于《仪礼》荷瑟升歌,及笙人立于阶下,间歌合乐,是燕饮之事也。祀神宴会通行之。若大祀临轩,陈于坛之上。若册拜王公,设宫悬,不用登歌。释奠则唯用登歌而不设悬。梁南北郊、宗庙、皇帝初献及明堂,遍歌五帝,并奏登歌。"

曒既明,礼告成。惟圣祖,主上灵。爵已献,罍又盈。息羽籥,展歌声。僾如在,结皇情。

礼容盛,樽俎列。玄酒陈,陶匏设。献清旨,致虔絜。王既升,乐已阕。降苍昊,垂芳烈。

梁北郊登歌二首　　　　沈　约

方坛既坎,地祇已出。盛典弗愆,群望咸秩。乃升乃献,敬成礼卒。灵降无兆,神飨载谧。允矣嘉祚,其升如日。

至哉坤元,实惟厚载。躬兹奠飨,诚交显晦。或升或降,摇珠动佩。德表成物,庆流皇代。纯嘏不愆,祺福是赉。

梁明堂登歌　　　沈约

歌青帝

帝居在震,龙德司春。开元布泽,含和尚仁。群居既散,岁云阳止。饬农分地,人粒惟始。雕梁绣栱,丹楹玉墀。灵威以降,百福来绥。

歌赤帝

炎光在离,火为威德。执礼昭训,持衡受则。靡草既凋,温风以至。嘉荐惟旅,时羞孔备。齐醍在堂,笙镛在下。匪惟七百,无绝终始。

歌黄帝

郁彼中坛,含灵阐化。回环气象,轮无辍驾。布德焉在,四序将收。音宫数五,饭稷骖骓。宅屏居中,旁临外宇。升为帝尊,降为神主。

歌白帝

神在秋方,帝居西皓。允兹金德,裁成万宝。鸿来雀化,参见火邪。幕无玄鸟,菊有黄华。载列笙磬,式陈彝俎。灵罔常怀,惟德是与。

歌黑帝

德盛乎水,玄冥纪节。阴降阳腾,气凝象闭。司智莅坎，驾铁衣玄。祁寒圻地，暑度回天。悠悠四海，骏奔奉职。祚我无疆，永隆人极。

北齐南郊乐歌

《隋书·乐志》曰："齐武成时，始定四郊、宗庙、三朝之乐。大禘圜丘及北郊：夕牲群臣入门，奏《肆夏乐》。迎神，奏《高明乐》，登歌辞同。牲出入、荐毛血，并奏《昭夏》。群臣出，进熟，群臣入，并奏《肆夏》，辞同初入。进熟，皇帝入门，奏《皇夏》；升丘，奏《皇夏》，坛上登歌辞同。初献，奏《高明乐》；奠爵讫，奏《高明之乐》，《覆焘之舞》。献太祖配飨神座，奏《武德之乐》，《昭烈之舞》。皇帝小退，当昊天上帝神座前奏《皇夏》，辞同上。饮福酒，奏《皇夏》；诣东陛，还便坐，奏《皇夏》，辞同初入门。送神、降丘南陛，奏《高明乐》。之望燎位，奏《皇夏》，辞同上。紫坛既燎，奏《昭夏乐》。自望燎还本位，奏《皇夏》，辞同上。还便殿，奏《皇夏》。群臣出，奏《肆夏》，辞同上。祠感帝，用圜丘乐。"

肆夏乐

肇应灵序，奄字黎人。乃朝万国，爰徵百神。(祇)〔祇〕展方望，幽显咸臻。礼崇声协，贽列珪陈。翼差鳞次，端笏垂绅。来趋动色，式赞天人。

高明乐

惟神监矣，皇灵肃止。圆璧展事，成文即始。士备八能，乐合六变。风凑伊雅，光华袭荐。宸卫腾景，灵驾霏烟。

严坛生白,绮席凝玄。

昭夏乐

刚柔设位,惟皇配之。言肃其礼,念畅在兹。饰牲举兽,载歌且舞。既舍伊脂,致精灵府。物色惟典,斋沐加恭。宗族咸暨,罔不率从。

昭夏乐

展礼上月,肃事应时。茧栗为用,交畅有期。弓矢斯发,瓮簌将事。圆神致祀,率由先志。和以銮刀,臭以血膋。至哉敬矣,厥义孔高。

皇夏乐

帝敬昭宣,皇诚肃致。玉帛齐轨,屏摄咸次。三垓上列,四陛旁升。龙陈万骑,风动千乘。神仪天蔼,睟容离曜。金根停轸,奉光先导。

皇夏乐

紫坛云暧,绀幄霞褰。我其陟止,载致其虔。百灵竦听,万国咸仰。人神咫尺,玄应肸蚃。

高明乐

上下眷,旁午从。爵以质,献以恭。咸斯畅,乐惟雍。孝敬阐,临万邦。

高明乐

自天子之,会昌神道。丘陵肃事,克光天保。九关洞开,百灵环列。八樽呈备,五声投节。

武德乐

配神登圣,主极尊灵。敬宣昭烛,咸达育冥。礼弘化定,乐赞功成。穰穰介福,下被群生。

皇夏乐

皇心缅且感,吉蠲奉至诚。赫哉光盛德,乾巛诏百灵。报福归昌运,承祐播休明。风云驰九域,龙蛟跃四溟。浮幂呈光气,俪象烛华精。《护》、《武》方知耻,《韶》、《夏》仅同声。

高明乐

献享毕,悬佾周。神之驾,将上游。超斗极,绝河流。怀万国,宁九州。欣帝道,心顾留。匝上下,荷皇休。

昭夏乐

玄黄覆载,元首照临。合德致礼,有契其心。敬申事阕,絜诚云报。玉帛载升,械朴斯燎。寥廓幽暧,播以馨香。皇灵惟监,降福无疆。

皇夏乐

天大亲严,匪敬伊孝。永言肆飨,宸明增耀。阳丘既畅,大典逾光。乃安斯息,钦若旧章。天回地旋,鸣銮引警。且万且亿,皇历惟永。

北齐北郊乐歌

《隋书·乐志》曰:"齐北郊,迎神奏《高明乐》,登歌辞同;荐毛血,奏《昭夏》;进熟,皇帝入门,皇帝升丘,并奏《皇夏》;奠爵讫,奏《高明乐》、《覆焘之舞》;送神、降丘南陛,奏《高明乐》;既瘗,奏《昭夏乐》;还便殿,奏《皇夏》。馀并同南郊乐。"

高明乐

惟祇监矣,皇灵肃止。方琮展事,即阴成理。士备八能,乐合八变。风凑伊雅,光华袭荐。宸卫腾景,灵驾霏烟。严坛生白,绮席凝玄。

昭夏乐

展礼上月,肃事应时。茧栗为用,交畅有期。弓矢斯发,瓮簝将事。(万)〔方〕祇致祀,率由先志。和以鸾刀,臭以血膋。至哉敬矣,厥义孔高。

皇夏乐

帝敬昭宣,皇诚肃致。玉帛齐轨,屏摄咸次。重垓上列,分陛旁升。龙陈万骑,凤动千乘。神仪天蔼,晬容离曜。金根停轸,奉光先导。

皇夏乐

层坛云暧,严幄霞褰。我其陟止,载致其虔。百灵竦听,万国咸仰。人神咫尺,玄应肸蚃。

高明乐

自天子之,会昌神道。方泽祇事,克光天保。九关洞开,百灵环列。八樽呈备,五声投节。

高明乐

献享毕,悬佾周。神之驾,将下游。超荒极,憩昆丘。怀万国,宁九州。欣帝道,心顾留。匝上下,荷皇休。

昭夏乐

玄黄覆载,元首照临。合德致礼,有契其心。敬申事阕,絜诚云报。牲玉载陈,棫朴斯燎。寥廓幽暧,播以馨香。皇灵惟监,降福无疆。

皇夏乐

天大亲严,匪敬伊孝。永言肆飨,宸明增耀。阴泽云畅,大典逾光。乃安斯息,钦若旧章。天回地旋,鸣銮引警。且万且亿,皇历惟永。

北齐五郊乐歌

《隋书·乐志》曰:"齐五郊迎气降神并奏《高明乐》。"又曰:"礼五方上帝并奏《高明之乐》,为《覆焘之舞》。"

青帝高明乐

岁云献,谷风归。斗东指,雁北飞。电鞭激,雷车遽。虹旌靡,青龙驭。和气洽,具物滋。翻降止,应帝期。

赤帝高明乐

婺女司旦,中吕宣。朱精御节,离景延。根荄俊茂,温风发。柘火风水,应炎月。执衡长物,德孔昭。赤旂霞曳,会今朝。

黄帝高明乐

居中匝五运,乘衡毕四时。含养资群物,协德固皇基。啴缓契王风,持载符君德。良辰动灵驾,承祀昌邦国。

白帝高明乐

风凉露降,驰景飚寒精。山川摇落,平秩在西成。盖藏成积,烝人被嘉祉。从享来仪,鸿休溢千祀。

黑帝高明乐

虹藏雉化,告寒。(水)〔冰〕壮地坼,年殚。日次月纪,方极。九州万邦,献力。叶光是纪,岁穷。微阳潜兆,方融。天子赫赫,明圣。享神降福,惟敬。

北齐明堂乐歌

《隋书·乐志》曰:"齐祀五帝于明堂。先祀一日,夕牲,群臣入自门奏《肆夏》;太祝令迎神奏《高明乐》,《覆焘舞》;太祖配飨奏《武德乐》,《昭烈舞》;五方天帝并奏《高明乐》,《覆焘舞》,辞同迎气;牲出入、荐毛血,并奏《昭夏乐》;群臣出,进熟,群臣入,并奏《肆夏》,辞同初入;进熟,皇帝入门及升坛,并奏《皇夏》,辞同用;初献、祼献,并奏《高明乐》,《覆焘舞》;饮福酒,奏《皇夏》;太祝送神,奏《高明乐》,《覆焘舞》;还便殿,奏《皇夏》。"

肆夏乐

国阳崇祀,严恭有闻。荒华胥暨,乐我大君。冕瑞有列,禽帛载叙。群后师师,威仪容与。执礼辨物,司乐考章。率由靡坠,休有烈光。

高明乐

祖德光,国图昌。祇上帝,礼四方。辟紫宫,洞华阙。龙兽奋,风云发。飞朱雀,从玄武。携日月,带雷雨。耀宇内,溢区中。眷帝道,感皇风。帝道康,皇风扇。粢盛列,椒糈荐。神且宁,会五精。归福禄,幸间亭。

武德乐

我惟我祖,自天之命。道被归仁,时屯启圣。运钟千祀,授手万姓。夷凶掩虐,匡颓翼正。载经载营,庶土咸宁。九功以洽,七德兼盈。丹书入告,玄玉来呈。露甘泉白,云郁河清。声教咸往,舟车毕会。仁加有形,化洽无外。严亲惟重,陟配惟大。既祐斯歌,率土攸赖。

昭夏乐

孝飨不匮,精絜临年。涤牢委溢,形色博牷。于以用之,言承歆祀。肃肃威仪,敢不敬止。载饰载省,维牛维羊。明神有察,保兹万方。

昭夏乐

我将宗祀,黍献厥诚。鞠躬如在,侧听无声。荐色斯纯,呈气斯臭。有涤有濯,惟神其祐。五方来格,一人多祉。明德惟馨,於穆不已。

皇夏乐

象乾上构,仪巜下基。集灵崇祖,永言孝思。室陈笾豆,庭罗悬俏。夙夜畏威,保兹贞吉。舞贵其夜,歌重其升。降斯百禄,惟飨惟应。

高明乐

度几筵,辟牖户。礼上帝,感皇祖。酌惟絜,涤以清。荐心款,达神明。

高明乐

帝精来降,应我明德。礼殚义展,流祉邦国。既受多祉,实资孝敬。祀竭其诚,荷天休命。

皇夏乐

恭祀洽,盛礼宣。英猷烂层景,广泽同深泉。上灵钟百福,群神归万年。月轨咸梯岫,日域尽浮川。瑞鸟飞玄扈,潜鳞跃翠涟。皇家膺宝历,两地复参天。

高明乐

青阳奏,发朱明。歌西皓,唱玄冥。大礼馨,广乐成。神心怿,将远征。饰龙驾,矫凤旍。指闾阖,憩层城。出温谷,迈炎庭。跨西氿,过北溟。忽万亿,耀光精。比电鹜,与雷行。嗟皇道,怀万灵。固王业,震天声。

皇夏乐

文物备矣,声明有章。登荐惟肃,礼邈前王。邕齐云终,折旋告罄。穆穆旒冕,蕴诚毕敬。屯卫案部,銮跸回途。蹔留紫殿,将及清都。

乐府诗集卷第四　郊庙歌辞 四

周祀圜丘歌　　　　庾信

《隋书·乐志》曰:"周祀圜丘乐:降神,奏《昭夏》;皇帝将入门,奏《皇夏》;俎入,奠玉帛,并奏《昭夏》;皇帝升坛,奏《皇夏》;初献,及初献配帝,并作《云门之舞》,献毕奏登歌;饮福酒,奏《皇夏》;撤奠,奏《雍乐》;帝就望燎位,还便坐,并奏《皇夏》。"

昭　夏

重阳禋祀大报天,(景)〔丙〕午封坛肃且圜。孤竹之管云和弦,神光来下风肃然。王城七里通天台,紫微斜照影徘徊。连珠合璧重光来,天策暂转钩陈开。

皇　夏

旌回外壝,跸静郊门。千乘按辔,万骑云屯。藉茅无咎,扫地惟尊。揖让展礼,衡璜节步。星汉就列,风云相顾。取法于天,降其永祚。

昭　夏

日至大礼,丰牺上辰。牲牢脩牧,茧栗毛纯。俎豆斯立,陶匏以陈。大报反命,居阳兆日。六变鼓钟,三和琴瑟。俎奇豆偶,惟诚惟质。

昭 夏

圆玉已奠,苍币斯陈。瑞形成象,璧气含春。礼从天数,智总圆神。为祈为祀,至敬咸遵。

皇 夏

七里是仰,八陛有凭。就阳之位,如日之升。思虔肃肃,施敬绳绳。祝史陈信,玄象斯格。惟类之典,惟灵之泽。幽显对扬,人神咫尺。

云门舞

献以诚,郁以清。山罍举,沈齐倾。惟尚飨,洽皇情。降景福,通神明。

云门舞

长丘远历,大电遥源。弓藏高陇,鼎没寒门。人生于祖,物本于天。奠神配德,迄用康年。

登 歌

岁之祥,国之阳。苍灵敬,翠云长。象为饰,龙为章。乘长日,坏蛰户。(烈)〔列〕云汉,迎风雨。(六)〔大〕吕歌,《云门舞》。省涤濯,奠牲牷。郁金酒,凤皇樽。回天眷,顾中原。

皇 夏

国命在礼,君命在天。陈诚惟肃,饮福惟虔。洽斯百礼,福以千年。钩陈掩映,天驷徘徊。雕禾饰斝,翠羽承罍。受斯茂祉,从天之来。

雍乐

礼将毕,乐将阑。回日辔,动天关。翠凤摇,和銮响。五云飞,三步上。风为驭,雷为车。无辙迹,有烟霞。畅皇情,休灵命。雨留甘,云馀庆。

皇夏

六典联事,九司咸则。率由旧章,於焉允塞。掌礼移次,燔柴在焉。烟升玉帛,气敛牲牷。休气馨香,脊芳昭晰。翼翼虔心,明明上彻。

皇夏

玉帛礼毕,人神事分。严承乃眷,瞻仰回云。辇路千门,王城九轨。式道移候,司方回指。得一惟清,於万斯宁。受兹景命,于天告成。

周祀方泽歌　　　　庾信

《隋书·乐志》曰:"周祀方泽乐:降神及奠玉帛并奏《昭夏》,初献奏登歌,舞词同圜丘,望坎位奏《皇夏》。"

昭夏

报功阴泽,展礼玄郊。平琮镇瑞,方鼎升庖。调歌孙竹，缩酒江茅。声舒钟鼓，器质陶匏。列耀秀华，凝芳都荔。川泽茂祉，丘陵容卫。云饰山罍，兰浮泛齐。日至之礼，歆兹大祭。

昭　夏

曰若厚载，钦明方泽。敢以敬恭，陈之玉帛。德包含养，功藏灵迹。斯箱既千，子孙则百。

登　歌

质明孝敬，求阴顺阳。坛有四陛，琮为八方。牲牷荡涤，萧合馨香。和銮戾止，振鹭来翔。威仪简简，钟鼓喤喤。声和孤竹，韵入空桑。封中云气，坎上神光。下元之主，功深盖藏。

皇　夏

司筵撤席，掌礼移次。回顾封坛，恭临坎位。瘗玉埋俎，藏芬敛气。是曰就幽，成斯地意。

周祀五帝歌

《隋书·乐志》曰："周祀五帝：奠玉帛，及初献，并奏《皇夏》；皇帝初献五帝，及初献配帝，并奏《云门舞》。"

皇　夏

嘉玉惟芳，嘉币惟量。成形依礼，禀色随方。神班其次,岁礼惟常。威仪抑抑,率由旧章。

皇 夏

惟令之月,惟嘉之辰。司坛宿设,掌史诚陈。敢用明礼,言功上神。钩陈旦辟,阊阖朝分。旒垂象冕,乐奏山云。将回霆策,蹔转天文。五运周环,四时代序。鳞次玉帛,循回樽俎。神其降之,介福斯许。

青帝云门舞

甲在日,鸟中星。礼东后,奠苍灵。树春旗,命青史。候雁还,东风起。歌木德,舞震宫。泗滨石,龙门桐。孟之月,阳之天。亿斯庆,兆斯年。

配帝舞

帝出于震,苍德于神。其明在日,其位居春。劳以定国,功以施人。言从配祀,近取诸身。

赤帝云门舞

招摇指午对南宫,日月相会实沈中。离光布政动温风,纯阳之月乐炎精。赤雀丹书飞送迎,朱弦绛鼓馨虔诚。万物含养各长生。

配帝舞

以炎为政,以火为官。位司南陆,享配离坛。三和实俎,百味浮兰。神其茂豫,天步艰难。

黄帝云门舞

三光仪表正,四气风云同。戊己行初历,黄钟始变宫。平琮礼内镇,阴管奏司中。齐坛芝晔晔,清野桂冯冯。夕牢芬六鼎,安歌韵八风。神光乃超忽,佳气恒葱葱。

配帝舞

四时咸一德,五气或同论。犹吹凤皇管,尚对梧桐园。器圜居土厚,位总配神尊。始知今奏乐,还用我《云门》。

白帝云门舞

肃灵兑景,承配秋坛。云高火落,露白蝉寒。帝律登年,金精行令。瑞兽霜耀,祥禽雪映。司藏肃杀,万保咸宜。厥田上上,收功在斯。

配帝舞

金行秋令,白帝朱宣。司正五雉,歌庸九川。执文之德,对越彼天。介以福祉,君子万年。

黑帝云门舞

北辰为政玄坛,北陆之祀员官。宿设玄圭浴兰,坎德阴风御寒。次律将回穷纪,微阳欲动细泉。管犹调于阴竹,声未入于春弦。待归馀于送历,方履庆于斯年。

配帝舞

地始坼,虹始藏。服玄玉,居玄堂。沐蕙气,浴兰汤。匏器絜,水泉香。陟配彼,福无疆。君欣欣,此乐康。

隋圜丘歌

《隋书·乐志》曰:"仁寿元年,诏牛弘、柳顾言、许善心、虞世基、蔡徵等,创制雅乐歌辞。其祠圜丘、降神奏《昭夏》,皇帝升坛奏《皇夏》,次奏登歌,初献奏《诚夏》,既献奏文舞,饮福酒奏《需夏》,次奏武舞,送神奏《昭夏》,皇帝就燎位、还大次并奏《皇夏》,辞同升坛。"

昭 夏

肃祭典,协良辰。具嘉荐,俟皇臻。礼方成,乐已变。感灵心,回天眷。辟华阙,下乾宫。乘精气,御祥风。望燎火,通田烛。膺介圭,受瑄玉。神之临,庆阴阴。烟衢洞,宸路深。善既福,德斯辅。流鸿祚,遍区宇。

皇 夏

於穆我君,昭明有融。道济区域,功格玄穹。百神警卫,万国承风。仁深德厚,信洽义丰。明发思政,勤忧在躬。鸿基惟永,福祚长隆。

登 歌

德深礼大,道高飨穆。就阳斯恭,陟配惟肃。血膋升气,冕裘标服。诚感青玄,信陈史祝。祇承灵贶,载膺多福。

诚 夏

肇禋崇祀,大报尊灵。因高尽敬,扫地推诚。六宗随兆,五纬陪营。云和发韵,孤竹扬清。我粢既絜,我酌惟明。元神是鉴,百禄来成。

文 舞

皇矣上帝,受命自天。睿图作极,文教遐宣。四方监观,万品陶甄。有苗斯格,无得称焉。天地之经,和乐具举。休征咸萃,要荒式序。正位履端,秋霜春雨。

需 夏

礼以恭事,荐以飨时。载清玄酒,备絜芗萁。回旒分爵,思媚轩墀。惠均撤俎,祥降受釐。十伦以具,百福斯滋。克昌厥德,永祚鸿基。

武 舞

御历膺期,乘乾表则。成功戡乱,顺时经国。兵畅五材,武弘七德。憬彼遐裔,化行充塞。三道备举,二仪交泰。情发自中,义均莫大。祀敬恭肃,钟鼓繁会。万国斯欢,兆人斯赖。享兹介福,康哉元首。惠我无疆,天长地久。

昭 夏

享序洽,祀礼施。神之驾,严将驰。奔精驱,长离耀。

49

牲烟达,絜诚照。腾日驭,鼓电鞭。辞下土,升上玄。瞻寥廓,杳无际。澹群心,留馀惠。

隋五郊歌

《隋书·乐志》曰:"五郊歌辞:青帝奏角音,赤帝奏徵音,黄帝奏宫音,白帝奏商音,黑帝奏羽音。迎送神、登歌,与圜丘同。"

角　音

震宫初动,木德惟仁。龙精戒旦,鸟历司春。阳光煦物,温风先导。岩处载惊,膏田已冒。牺牲丰絜,金石和声。怀柔备礼,明德惟馨。

徵　音

长嬴开序,炎上为德。执礼司萌,持衡御国。重离得位,芒种在时。含樱荐实,木槿垂蕤。庆赏既行,高明可处。顺时立祭,事昭福举。

宫　音

爰稼作土,顺位称坤。孕金成德,履艮为尊。黄本内色,宫实声始。万物资生,四时咸纪。灵坛汛埽,盛乐高张。威仪孔备,福履无疆。

商　音

西成肇节,盛德在秋。三农稍已,九谷行收。金气肃杀,商威飋戾。严风鼓茎,繁霜殒蒂。厉兵诘暴,敕法慎刑。明神降嘏,国步惟宁。

羽　音

玄英启候,冥陵初起。虹藏于天,雉化于水。严关重闭,星回日穷。黄钟动律,广莫生风。玄樽示本,天产惟质。恩覃外区,福流京室。

隋感帝歌

《隋书·乐志》曰:"祀感帝奏《诚夏》,迎送神、登歌,与圜丘同。"

诚　夏

禘祖垂典,郊天有章。以春之孟,于国之阳。茧栗惟诚,陶匏斯尚。人神接礼,明幽交畅。火灵降祚,火历载隆。烝哉帝道,赫矣皇风。

隋雩祭歌

《隋书·乐志》曰:"雩祭奏《诚夏》,迎送神、登歌,与圜丘同。"

诚　夏

朱明启候时载阳,肃若旧典延五方。嘉荐以陈盛乐奏,气序和平资灵祐。公田既雨私亦濡,人殷俗富政化敷。

隋蜡祭歌

《隋书·乐志》曰:"蜡祭奏《诚夏》,迎送神、登歌,与圜丘同。"

诚 夏

四方有祀,八蜡酬功。收藏既毕,榛葛送终。使之必报,祭之斯索。三时告劳,一日为泽。神祇必来,鳞羽咸致。惟义之尽,惟仁之至。年成物阜,罢役息人。皇恩已洽,灵庆无垠。

隋朝日夕月歌

《隋书·乐志》曰:"朝日夕月并奏《诚夏》,迎送神、登歌,与圜丘同。"

朝日诚夏

扶木上朝暾,嵫山沈暮景。寒来游晷促,暑至驰辉永。时和合璧耀,俗泰重轮明。执圭尽昭事,服冕罄虔诚。

夕月诚夏

澄辉烛地域,流耀镜天仪。历草随弦长,珠胎逐望亏。成形表蟾兔,窃药资王母。西郊礼既成,幽坛福惟厚。

隋方丘歌

《隋书·乐志》曰:"祭方丘迎神奏《昭夏》,奠玉帛奏登歌,献皇地祇奏《诚夏》,送神奏《昭夏》,馀并同圜丘。"

昭 夏

柔功畅,阴德昭。陈瘗典,盛玄郊。筐幂清,膋鬯馥。皇情虔,具寮肃。笙颂合,鼓鼗会。出桂旗,屯孔盖。敬如在,肃有承。神胥乐,庆福膺。

登 歌

道惟生育,器乃包藏。报功称范,殷荐有常。六瑚已馈,五齐流香。贵诚尚质,敬洽义章。神祚惟永,帝业增昌。

诚 夏

厚载垂德,昆丘主神。阴坛吉礼,北至良辰。鉴水呈絜,牲栗表纯。樽壶夕视,币玉朝陈。群望咸秩,精灵毕臻。祚流于国,祉被于人。

昭 夏

奠既彻,献已周。竦灵驾,逝远游。洞四极,匝九县。庆方流,祉恒遍。埋玉气,掩牲芬。晰神理,显国文。

隋神州歌

《隋书·乐志》曰:"祭神州,奏《诚夏》;迎送神、登歌,与方丘同。"

诚 夏

四海之内,一和之壤。地曰神州,物赖生长。咸池既降,泰折斯飨。牲牷尚黑,珪玉实两。九宇载宁,神功克广。

隋社稷歌

《隋书·乐志》曰:"祭社稷,奏《诚夏》;迎送神、登歌,与方丘同。"

春祈社诚夏

厚地开灵,方坛崇祀。达以风露,树之松梓。句萌既申,芝柞伊始。恭祈粢盛,载膺休祉。

春祈稷诚夏

粒食兴教,播厥有先。尊神致絜,报本惟虔。瞻榆束耒,望杏开田。方凭戬福,伫咏丰年。

秋报社诚夏

北墉申礼,单出表诚。丰牺入荐,华乐在庭。原隰既平,泉流又清。如云已望,高廪斯盈。

秋报稷诫夏

人天务急,农亦勤止。或袯或蔍,惟薹惟苢。凉风戒时,岁云秋矣。物成则报,功施必祀。

隋先农歌

《隋书·乐志》曰:"享先农奏《诫夏》,迎送神与方丘同。"

诫 夏

农祥晨晰,土膏初起。春原俶载,青坛致祀。敛跸长阡,回旌外壝。房俎饰荐,山罍沈滓。亲事朱纮,躬持黛耜。恭神务穑,受釐降祉。

隋先圣先师歌

诫 夏

经国立训,学重教先。《三坟》肇册,《五典》留篇。开凿理著,陶铸功宣。东胶西序,春诵夏弦。芳尘载仰,祀典无骞。

唐祀圜丘乐章

《唐书·乐志》曰:"贞观二年,祖孝孙修定雅乐,取《礼记》云

'大乐与天地同和',故制十二和之乐:祭天神奏《豫和之乐》,祭地祇奏《顺和》,祭宗庙奏《永和》,登歌奠玉帛奏《肃和》,皇帝行及临轩奏《太和》,王公出入、送文舞出、迎武舞入,奏《舒和》,皇帝食举及饮酒奏《休和》,皇帝受朝奏《正和》,皇太子轩悬出入奏《承和》,正至皇帝礼会登歌奏《昭和》,郊庙俎入奏《雍和》,酌献、饮福酒奏《寿和》。六年,冬至祀昊天于圜丘乐章,褚亮、虞世南、魏徵等作。"大历十四年,改《豫和》为《元和》,以避讳也。案,唐初作十二和,以法天数。其后,增造非一,颇无法度,皆随时制名云。

豫　和

上灵眷命膺会昌,盛德殷荐叶辰良。景福降兮圣德远,玄化穆兮天历长。

太　和

穆穆我后,道应千龄。登三处大,得一居贞。礼唯崇德,乐以和声。百神仰止,天下文明。

肃　和

闾阳播气,甄曜垂明。有赫圆宰,深仁曲成。日丽苍壁,烟开紫营。聿遵虔享,式降鸿祯。

雍　和

钦惟大帝,载仰皇穹。始命田烛,爰启郊宫。《云门》骇听,雷鼓鸣空。神其介祀,景祚斯融。

寿　和

八音斯奏，三献毕陈。宝祚惟永，晖光日新。

舒　和

叠璧凝影皇坛路，编珠流彩帝郊前。已奏黄钟歌大吕，还符宝历祚昌年。

凯　安

《新唐书·礼乐志》曰："贞观初，（舞）〔更〕隋文舞曰《治康》，武舞曰《凯安》，郊庙朝会同用之。舞者各六十四人。文舞，左籥右翟，著委貌冠，黑素，绛领，广袖，白绔，革带，乌皮履。武舞，左干右戚，服平冕，馀同文舞。朝会则武弁，平巾帻，广袖，金甲，豹文绔，乌皮靴，执干戚，馀同郊庙。凡初献作文舞，亚献、终献作武舞，太庙降神以文舞。"及高宗崩，改《治康舞》曰《化康》，以避讳也。《旧书·乐志》曰："《凯安舞》，贞观中造，凡有六变：一变象龙兴参野，二变象克靖关中，三变象东夷宾服，四变象江淮宁谧，五变象猃狁詟服，六变复位以崇，象兵还振旅。亦如周之《大武》，六成乐止。"案贞观礼，享郊庙日，文舞奏《豫和》、《顺和》、《永和》等乐。麟德二年十月，文舞改用《功成庆善乐》，武舞改用《神功破阵乐》，并改器服。后以《庆善乐》不可降神，《破阵乐》不入雅乐，复用《治康》、《凯安》如故。

昔在炎运终，中华乱无象。酆郊赤乌见，邙山黑云上。大赉下周车，禁暴开殷网。幽明同叶赞，鼎祚齐天壤。

豫　和

歌奏毕兮礼献终，六龙驭兮神将升。明德感兮非黍稷，降福简兮祚休征。

唐郊天乐章

《唐书·乐志》曰:"太乐,旧有《郊天送神辞》一章,不详所起。"

豫 和

蘋蘩礼著,黍稷诚微。音盈凤管,彩驻龙旂。洪歆式就,介福攸归。送乐有阕,灵驭遄飞。

乐府诗集卷第五　郊庙歌辞 五

唐享昊天乐　　　　武后

第 一

太阴凝至化,真耀蕴轩仪。德迈娥台敞,仁高姒幄披。扪天遂启极,梦日乃升曦。

第 二

瞻紫极,望玄穹。翘至恳,罄深衷。听虽远,诚必通。垂厚泽,降云宫。

第 三

乾仪混成冲邃,天道下济高明。阊阖晨披紫阙,太一晓降黄庭。圆坛敢申昭报,方璧冀展虔情。丹襟式敷衷恳,玄鉴庶察微诚。

第 四

巍巍睿业广,赫赫圣基隆。菲德承先顾,祯符萃眇躬。铭开武岩侧,图荐洛川中。微诚讵幽感,景命忽昭融。有怀惭紫极,无以谢玄穹。

第　五

朝坛雾卷,曙岭烟沉。爰设筐币,式表诚心。筵辉丽璧,乐畅和音。仰惟灵鉴,俯察翘襟。

第　六

昭昭上帝,穆穆下临。礼崇备物,乐奏锵金。兰羞委荐,桂醑盈斟。敢希明德,聿馨庄心。

第　七

樽浮九酝,礼备三周。陈诚菲奠,契福神猷。

第　八

奠璧郊坛昭大礼,锵金拊石表虔诚。始奏《承云》娱帝赏,复歌《调露》畅《韶》、《英》。

第　九

荷恩承顾托,执契恭临抚。庙略静边荒,天兵曜神武。有截资先化,无为遵旧矩。祯符降昊穹,大业光寰宇。

第　十

肃肃祀典,邕邕礼秩。三献已周,九成斯毕。爰撤其俎,载迁其实。或升或降,唯诚唯质。

第十一

礼终肆类,乐阕九成。仰惟明德,敢荐非馨。顾惭菲奠,久驻云辇。瞻荷灵泽,悚恋兼盈。

第十二

式乾路,辟天扉。回日驭,动云衣。登金阙,入紫微。望仙驾,仰恩徽。

唐祀昊天乐章

《唐书·乐志》曰:"景龙三年,中宗亲祀昊天上帝:降神用《豫和》,皇帝行用《太和》,登歌用《肃和》,迎俎用《雍和》,酌献用《福和》,送文舞出、迎武舞入用《舒和》,武舞作用《凯安》。"

豫　和

天之历数归睿唐,顾惟菲德钦昊苍。(巽)〔选〕吉日兮表殷荐,冀神鉴兮降闿阳。

太　和

恭临宝位,肃奉瑶图。恒思解网,每轸泣辜。德惭巢、燧,化劣唐、虞。期我良弼,式赞嘉谟。

告　谢

得一流玄泽,通三御紫宸。远叶千龄运,遐销九域尘。

绝瑞骈阗集,殊祥络绎臻。登年庆栖亩,稔岁贺盈囷。

肃　和

悠哉广覆,(方)〔大〕矣曲成。九玄著象,七曜甄明。珪璧是奠,酝酎斯盈。作乐崇德,爰畅《咸》、《英》。

雍　和

郊坛展敬,严配因心。孤竹箫管,空桑瑟琴。肃穆大礼,铿锵八音。恭惟上帝,希降灵歆。

福　和

九成爰奏,三献式陈。钦成景福,恭托明禋。

中宫助祭升坛

坤元光至德,柔训阐皇风。《苤苢》芳声远,《螽斯》美化隆。睿范超千载,嘉猷备六宫。肃恭陪盛典,钦若荐禋宗。

亚　献

三灵降飨,三后配神。虔敷藻奠,敬展郊禋。

舒　和

已陈粢盛敷严祀,更奏笙镛协雅声。璇图宝历欣宁谧,晏俗淳风乐太平。

凯　安

堂堂圣祖兴，赫赫昌基泰。戎车盟津偃，玉帛涂山会。舜日启祥晖，尧云卷征斾。风猷被有截，声教覃无外。

唐祀圜丘乐章

《唐书·乐志》曰："开元十一年，玄宗祀昊天于圜丘：降神用《豫和》，六变词同，皇帝行用《太和》，登歌奠玉帛用《肃和》，迎俎用《雍和》，皇帝酌献天神、酌献配座、饮福酒并用《寿和》，送文舞出、迎武舞入用《舒和》，武舞用《凯安》，礼毕送神用《豫和》，皇帝还大次用《太和》。"

豫　和

至矣丕构，烝哉太平。授牺膺箓，复禹继明。草木仁化，《凫鹥》颂声。祀宗陈德，无愧斯诚。

太　和

郊坛斋帝，礼乐祠天。丹青寰宇，宫徵山川。神祇毕降，行止重旋。融融穆穆，纳祉洪延。

肃　和

止奏潜聆，登仪宿啭。太玉躬奉，参钟首奠。簠簋聿升，牺牲递荐。昭事颙若，存存以倪。

雍　和

烂云普洽,律风无外。千品其凝,九宾斯会。禋樽晋烛,纯牺涤汰。玄覆攸广,鸿休汪涔。

寿　和

六变爰阕,八阶载虡。祐我皇祚,於万斯年。

寿　和

於赫圣祖,龙飞晋阳。底定万国,奄有四方。功格上下,道冠农黄。郊天配享,德合无疆。

寿　和

崇崇泰畤,肃肃严禋。粢盛既絜,金石毕陈。上帝来享,介福爰臻。受釐合福,宝祚惟新。

舒　和

祝史正辞,人神庆叶。福以德昭,享以诚接。六艺云备,百礼斯浃。祀事孔明,祚流万叶。

凯　安

馨香惟后德,明命光天保。肃和崇皇灵,陈信表皇道。玉铖初蹈厉,金匏既静好。

豫　和

太号成命,《思文》配天。神光胅㐲,龙驾言旋。眇眇闾阖,昭昭上玄。俾昌而大,於万斯年。

太　和

六成既阕,三荐云终。神心具醉,圣敬愈崇。受釐皇邸,回跸帷宫。穰穰之福,永永无穷。

唐封泰山乐章　　　　张说

《唐书·乐志》曰:"开元十三年,玄宗封泰山祀天乐:降神用《豫和》六变,迎送皇帝用《太和》,登歌奠玉帛用《肃和》,迎俎用《雍和》,酌献、饮福并用《寿和》,送文舞出、迎武舞入用《舒和》,终献、亚献用《凯安》,送神用《豫和》。"

豫和六首　降神

挹泰坛,柴泰清。受天命,报天成。竦皇心,荐乐声。志上达,歌下迎。

亿上帝,临下庭。骑日月,陪列星。嘉视信,大糦馨。澹神心,醉皇灵。

相百辟,贡八荒。九歌叙,万舞翔。肃振振,铿皇皇。帝欣欣,福穰穰。

高在上,道光明,物资始,德难名。承眷命,牧苍生。寰宇谧,太阶平。

天道无亲,至诚与邻。山川遍礼,宫徵惟新。玉帛非盛,聪明会真。正斯一德,通乎百神。

飨帝飨亲,维孝维圣。缉熙懿德,敷扬成命。华夷志同,笙镛礼盛。明灵降止,感此诚敬。

太　和

孝敬中发,和容外彰。腾华照宇,如升太阳。贞璧就奠,玄灵垂光。礼乐具举,济济洋洋。

肃　和

奠祖配天,承天享帝。百灵咸秩,四海来祭。植我苍璧,布我玄制。华日徘徊,神烟容裔。

雍　和

俎豆有馥,粢盛絜丰,亦有和羹,既戒既平。鼓钟管磬,肃唱和鸣。皇皇后祖,来我思成。

寿　和

烝烝我后,享献惟夤。躬酌郁鬯,跪奠明神。孝莫孝乎配上帝亲,敬莫敬乎教天下臣。

寿　和

皇祖严配,配享皇天。皇皇降嘏,天子万年。

舒　和

六钟翕协六变成，八佾倘佯八风生。乐《九(歆)〔韶〕》兮人神感，美《七德》兮天地清。

凯　安

烈祖顺三灵，文宗威四海。黄钺诛群盗，朱旗扫多罪。戢兵天下安，约法人心改。大哉干羽意，长见风云在。

豫　和

礼乐终，禋燎上。怀灵惠，结皇想。归风疾，回风爽。百神来，众神往。

唐祈谷乐章　　　褚亮

《唐书·乐志》曰："贞观中正月上辛，祈谷于南郊：降神用《豫和》，皇帝行用《太和》，登歌奠玉帛用《肃和》，迎俎用《雍和》，酌献饮福用《寿和》，送文舞出、迎武舞入用《舒和》，武舞用《凯安》，送神用《豫和》。其《豫和》、《太和》、《寿和》、《凯安》五章词同冬至圜丘。案《贞观礼》，祀感帝同用此词，明庆①已后，同用冬至圜丘词。"

肃　和

履艮斯绳，居中体正。龙运垂祉，昭符启圣。式事严

---

① 明庆，当是唐高宗年号"显庆"，为避唐中宗李显之讳而改。下同。

禋,聿怀嘉庆。惟帝永锡,时皇休命。

雍　和

殷荐乘春,太坛临曙。八篚盈和,六瑚登御。嘉稷匪歆,德馨斯饫。祝嘏无易,灵心有豫。

舒　和

玉帛牺牲申敬享,金丝鉟羽盛音容。庶俾亿龄禔景福,长欣万宇洽时邕。

唐明堂乐章

《唐书·乐志》曰:"季秋享上帝于明堂:降神用《豫和》,皇帝行用《太和》,登歌奠玉帛用《肃和》,迎俎用《雍和》,酌献饮福用《寿和》,送文舞出、迎武舞入用《舒和》,武舞用《凯安》,送神用《豫和》。其《豫和》、《太和》、《寿和》、《凯安》五章,词同冬至圜丘。贞观中褚亮等作。"

肃　和

象天御宇,乘时布政。严配申虔,宗禋展敬。樽罍盈列,树羽交映。玉币通诚,祚隆皇圣。

雍　和

八牖晨披,五精朝奠。雾凝璇篚,风清金县。神涤备全,明粢丰衍。载结彝俎,陈诚以荐。

舒 和

御宸合宫承宝历,席图重馆奉明灵。偃武修文九围泰,沉烽静柝八荒宁。

唐明堂乐章　　　　武　后

外办将出

总章陈昔典,衢室礼惟神。宏规则天地,神用叶陶钧。负扆三春旦,充庭万宇宾。顾已诚虚薄,空惭驭兆人。

皇帝行

仰膺历数,俯顺讴歌。远安迩肃,俗阜时和。化光玉镜,讼息金科。方兴典礼,永戢干戈。

皇嗣出入升降

至人光俗,大孝通神。谦以表性,恭惟立身。洪规载启,茂典方陈。誉隆三善,祥开万春。

迎送王公

千官肃事,万国朝宗。载延百辟,爰集三宫。君臣德合,鱼水斯同。睿图方永,周历长隆。

登 歌

礼崇宗祀,志表严禋。笙镛合奏,文物惟新。敬遵茂典,敢择良辰。絜诚斯著,奠谒方申。

配飨

笙镛间玉宇,文物昭清晖。晬影临芳奠,休光下太微。孝思期有感,明絜庶无违。

宫音

履艮包群望,居中冠百灵。万方资广运,庶品荷财成。神功谅匪测,盛德实难名。藻奠申诚敬,恭祀表惟馨。

角音

出震位,开平秩。扇条风,乘甲乙。龙德盛,鸟星出。荐珪篚,陈诚实。

徵音

赫赫离精御炎陆,滔滔炽景开隆暑。冀延神鉴俯兰樽,式表虔襟陈桂俎。

商音

律中夷则,序应收成。功宣建武,义表惟明。爰申礼奠,庶展翘诚。九秋是式,百谷斯盈。

羽音

葭律肇启隆冬,蘋藻攸陈飨祭。黄钟既陈玉烛,红粒方殷稔岁。

唐雩祀乐章

《唐书·乐志》曰："孟夏雩祀上帝于南郊：降神用《豫和》，皇帝行用《太和》，登歌奠玉帛用《肃和》，迎俎用《雍和》，酌献饮福用《寿和》，送文舞出、迎武舞入用《舒和》，武舞用《凯安》，送神用《豫和》。其《豫和》、《太和》、《寿和》、《凯安》五章，词同冬至圜丘。贞观中褚亮等作。"

肃　和

朱鸟开辰，苍龙启映。大帝昭飨，群生展敬。礼备怀柔，功宣舞咏。旬液应序，年祥叶庆。

雍　和

绀筵分彩，瑶图吐绚。风管晨凝，云歌晓啭。肃事蘋藻，虔申桂奠。百谷斯登，万箱攸荐。

舒　和

凤曲登歌调令序，龙雩集舞泛祥风。彩旒云回昭睿德，朱干电发表神功。

唐雩祀乐章

《唐书·乐志》曰："太乐旧有雩祀降神、送神辞二章，不详所起,或云开元中造。"

豫 和

鸟纬迁序,龙星见辰。纯阳在律,明德崇禋。五方降帝,万宇安人。恭以致享,肃以迎神。

豫 和

祀遵经设,享缘诚举。献毕于樽,撤临于俎。舞止干戚,乐停柷敔。歌以送神,神还其所。

乐府诗集卷第六　郊庙歌辞 六

唐五郊乐章

《唐书·乐志》曰："祀五方上帝五郊乐：祀黄帝降神奏宫音，皇帝行用《太和》，登歌奠玉帛用《肃和》，迎俎用《雍和》，酌献饮福用《寿和》，送文舞出、迎武舞入用《舒和》，武舞用《凯安》，送神用《豫和》。其《太和》、《寿和》、《凯安》、《豫和》四章，辞同冬至圜丘。祀青帝降神奏角音，祀赤帝降神奏徵音，祀白帝降神奏商音，祀黑帝降神奏羽音，馀同黄帝，并贞观中魏徵等作。"

黄帝宫音

黄中正位，含章居贞。既长六律，兼和五声。毕陈万舞，乃荐斯牲。神其下降，永祚休平。

肃　和

眇眇方舆，苍苍圆盖。至哉枢纽，宅中图大。气调四序，风和万籁。祚我明德，时雍道泰。

雍　和

金悬夕肆，玉俎朝陈。飨荐黄道，芬流紫辰。乃诚乃敬，载享载禋。崇荐斯在，惟皇是宾。

舒　和

御徵乘宫出郊甸,安歌率舞递将迎。自有《云门》符帝赏,犹持雷鼓答天成。

青帝角音

鹤云旦起,鸟星昏集。律候新风,阳开初蛰。至德可飨,行潦斯挹。锡以无疆,蒸人乃粒。

肃　和

玄鸟司春,苍龙登岁。节物变柳,光风转蕙。瑶席降神,朱弦飨帝。诚备祝嘏,礼殚珪币。

雍　和

大乐稀音,至诚简礼。文物棣棣,声明济济。六变有成,三登无体。乃眷丰絜,恩覃恺悌。

舒　和

笙歌籥舞属年韶,鹭鼓凫钟展时豫。《调露》初迎绮春节,《承云》遽践苍霄驭。

赤帝徵音

青阳告谢,朱明戒序。咸长是祈,敬陈椒醑。博硕斯荐,笙镛备举。庶尽肃恭,非馨稷黍。

肃　和

离位克明，火中宵见。峰云暮起，景风晨扇。木槿初荣，含桃可荐。芬馥百品，铿锵三变。

雍　和

昭昭丹陆，帝帝炎方。礼陈牲币，乐备箎簧。琼羞溢俎，玉醑浮觞。恭惟正直，歆此馨香。

舒　和

千里温风飘绛羽，十枝炎景腾朱干。陈觞荐俎歌三献，拊石摐金会七盘。

白帝商音

白藏应节，天高气清。岁功既阜，庶类收成。万方静谧，九土和平。馨香是荐，受祚聪明。

肃　和

金行在节，素灵居正。气肃霜严，林凋草劲。豺祭隼击，潦收川镜。九谷已登，万箱流咏。

雍　和

律应西成，气躔南吕。珪币咸列，笙竽备举。苾苾兰羞，芬芬桂醑。式资宴赈，用调霜序。

舒 和

璇仪气爽惊缇籥,玉吕灰飞含素商。鸣鞞奏管芳羞荐,会舞安歌莛旇扬。

黑帝羽音

严冬季月,星回风厉。享祀报功,方祚来岁。

肃 和

律周玉琯,星回金度。次极阳乌,纪穷阴兔。火林霰雪,阳泉凝沍。八蜡已登,三农息务。

雍 和

阳月斯纪,应钟在候。载絜牲牷,爰登俎豆。既高既远,无声无臭。静言格思,惟神保祐。

舒 和

执籥持羽初终曲,朱干玉铖始分行。《七德》、《九功》咸已畅,明灵降福具穰穰。

唐五郊乐章

《唐书·乐志》曰:"太乐旧有五郊迎送神辞十章,不详所起。"

黄郊迎神

朱明季序,黄郊王辰。厚以载物,甘以养人。毓金为体,禀火成身。宫音式奏,奏以迎神。

送　神

春末冬暮,徂夏抄秋。土王四月,时季一周。黍稷已享,笾豆宜收。送神有乐,神其赐休。

青郊迎神

缇幕移候,青郊启蛰。淑景迟迟,和风习习。璧玉宵备,旌旄曙立。张乐以迎,帝神其入。

送　神

文物流彩,声明动色。人竭其恭,灵昭其饬。歆荐无已,垂祯不极。送礼有章,惟神还轼。

赤郊迎神

青阳节谢,朱明候改。靡草雕华,含桃流彩。虡列钟磬,筵陈脯醢。乐以迎神,神其如在。

送　神

炎精式降,苍生攸仰。羞列豆笾,酒陈牺象。昭祀有应,冥期不爽。送乐张音,惟灵之往。

白郊迎神

序移玉律,节应金商。天严杀气,吹警秋方。櫺燎既积,稷奠并芳。乐以迎奏,庶降神光。

送　神

祀遵五礼,时属三秋。人怀肃敬,灵降祯休。奠歆旨酒,荐享珍羞。载张送乐,神其上游。

黑郊迎神

玄英戒序,黑郊临候。掌礼陈彝,司筵执豆。寒雾敛色,沍泉凝溜。乐以迎神,八音斯奏。

送　神

北郊时冽,南陆辉处。奠本虔诚,献弥恭虑。上延祉福,下承欢豫。广乐送神,神其整驭。

唐朝日乐章

《唐书·乐志》曰:"贞观中,朝日乐:降神用《豫和》,皇帝行用《太和》,登歌奠玉帛用《肃和》,迎俎用《雍和》,酌献饮福用《寿和》,送文舞出、迎武舞入用《舒和》,武舞用《凯安》,送神用《豫和》。其《豫和》、《太和》、《寿和》、《凯安》五章,词同冬至圜丘。"

肃　和

惟圣格天,惟明飨日。帝郊肆类,王宫戒吉。珪奠春舒,钟歌晓溢。礼云克备,斯文有秩。

雍　和

晨仪式荐,明祀惟光。神物爰止,灵晖载扬。玄端肃事,紫幄兴祥。福履攸假,於昭允王。

舒　和

崇牙树羽延《调露》,旋宫扣律掩《承云》。诞敷懿德昭神武,载集丰功表睿文。

唐朝日乐章

《唐书·乐志》曰:"太乐旧有朝日迎、送神辞二章,不详所起。"

迎　神

太阳朝序,王宫有仪。蟠桃彩驾,细柳光驰。轩祥表合,汉历彰奇。礼和乐备,神其降斯。

送　神

五齐兼酌,百羞具陈。乐终广奏,礼毕崇禋。明鉴万宇,昭临兆人。永流洪庆,式动曦轮。

唐夕月乐章

《唐书·乐志》曰:"贞观中,夕月乐:降神用《豫和》,皇帝行用《太和》,登歌奠玉帛用《肃和》,迎俎用《雍和》,酌献饮福用《寿和》,送文舞出、迎武舞入用《舒和》,武舞用《凯安》,送神用《豫和》。其《豫和》、《太和》、《寿和》、《凯安》五章,词同冬至圜丘。"

肃　和

测妙为神,通微曰圣。坎祀贻则,郊禋展敬。璧荐登光,金歌动映。以载嘉德,以流曾庆。

雍　和

朏晨争举,天宗礼辟。夜典(恭)〔凉〕秋,阴明湛夕。有酌斯旨,有牲斯硕。穆穆其晖,穰穰是积。

舒　和

合吹八风金奏动,分容万舞玉鞘惊。词昭茂典光前列,夕曜乘功表盛明。

唐蜡百神乐章

《唐书·乐志》曰:"贞观中,蜡百神乐:降神用《豫和》,皇帝行用《太和》,登歌奠玉帛用《肃和》,迎俎用《雍和》,酌献饮福用《寿和》,送文舞出、迎武舞入用《舒和》,武舞用《凯安》,送神用《豫和》。

其《豫和》、《太和》、《寿和》、《凯安》五章，词同冬至圜丘。"

肃　和

序迫岁阴，日躔星纪。爰稽茂典，聿崇清祀。绮币霞舒，瑞珪虹起。百礼垂裕，万灵荐祉。

雍　和

缇籥劲序，玄英晚候。姬蜡开仪，幽歌入奏。蕙馥雕俎，兰芬玉酎。大飨明祇，永绥多祐。

舒　和

经纬两仪文化洽，削平方域武功成。瑶弦自乐乾坤泰，玉镮长欢区县宁。

唐蜡百神乐章

《唐书·乐志》曰："太乐旧有蜡百神迎、送神辞二章，不详所起。"

迎　神

八蜡开祭，万物合祀。上极天维，下穷坤纪。鼎俎流馥，樽彝荐美。有灵有祇，咸希来止。

送　神

十旬欢洽，一日祠终。澄彝拂俎，报德酬功。虔虔容肃,礼缛仪丰。神其降祉,整驭随风。

唐祀九宫贵神乐章

唐天宝中,祀九宫贵神乐:降神用《豫和》六变,皇帝行用《太和》,登歌用《肃和》,迎俎用《雍和》,酌献用《寿和》,饮福酒用《福和》,退文舞、迎武舞用《舒和》,亚献、终献用《凯安》,登歌、撤豆用《肃和》,送神用《豫和》。

豫　和

於昭上穹,临下有光。羽翼五佐,周流八荒。谁其飨之,时文对扬。虞经夏典,兹礼未遑。

黑帝旋驭,青鼞导日。金策上玄,玉堂初吉。钩陈夕次,銮和先跸。蔼蔼群灵,昭昭咸秩。

帝临中坛,受釐元神。皇灵萃止,羽旄肃陈。摄提运衡,招摇移轮。光光宇宙,电耀雷震。

夜如何其,明星煌煌。天清容卫,露结坛场。树羽幢幢,佩玉锵锵。凝精驻目,瞻望神光。

九位既肃,万灵毕会。天门启扃,日御飞盖。焕兮棽离,傧兮暗霭。如山之福,惟圣时对。

崇崇泰坛,灵具临兮。铿锽大乐,振动心兮。神之降矣,卿云郁兮。神之至止,清风肃兮。

太　和

帝在灵坛,大明登光。天回云粹,穆穆皇皇。金奏九夏,圭陈八芗。旷哉动植,如熙春阳。

肃　和

歌工既奏,神位既秩。天符众星,运行太一。声和十管,气应中律。肃肃明廷,介兹元吉。

雍　和

俎豆有践,黄流在樽。九宫之祀,三代莫存。乐变六宫,坛开八门。圣皇昭对,祐我黎元。

寿　和

时文哲后,肃事严禋。馨我明德,飨于贵神。大庖载盈,旨酒斯醇。精意所属,期于利人。

福　和

祀既云毕,明灵告旋。礼洽和应,神歆福延。动植咸若,阴阳不愆。锡兹祝嘏,天子万年。

舒　和

羽籥既阕干戚陈,八音克谐六变新。愉贵神兮般以乐,保皇祚兮万斯春。

凯　安

盛德陈万舞,稜威畅九垓。风云交律候,日月丽昭回。

83

行庆休祥发,乘春和气来。百神肃临享,荡荡天门开。

肃　和

精意严恭,明祠丰絜。献酬既备,俎豆斯撤。日丽天仪,风和乐节。事光祀典,福覃有截。

豫　和

享申百礼,庆洽百灵。上排阊阖,洞入杳冥。奠玉高坛,燔柴广庭。神之降福,万国咸宁。

唐祀风师乐章　　包　佶

迎　神

太皞御气,句芒肇功。苍龙青旗,爰候祥风。律以和应,神以感通。鼎俎脩蚃,时惟礼崇。

奠币登歌

旨酒告絜,青蘋应候。礼陈瑶币,乐献金奏。弹弦自昔,解冻惟旧。仰瞻肸蚃,群祥来凑。

迎俎酌献

德盛昭临,迎拜巽方。爰候发生,式荐馨香。酌醴具举,工歌再扬。神歆六律,恩降百祥。

亚献终献

脊芗备,玉帛陈。风动物,乐感神。三献终,百神臻。草木荣,天下春。

送　神

微穆敷华能应节,飘扬发彩宜行庆。送迎灵驾神心飨,跪拜灵坛礼容盛。气和草木发萌牙,德畅禽鱼遂翔泳。永望翠盖逐流云,自兹率土调春令。

唐祀雨师乐章　　　包　佶

迎　神

陟降左右,诚达幽圆。作解之功,乐惟有年。云軿戾止,洒雾飘烟。惟馨展礼,爰列豆笾。

奠币登歌

岁正朱明,礼布元制。惟乐能感,与神合契。阴雾离披,灵驭摇裔。膏泽之庆,期于稔岁。

迎俎酌献

阳开幽蛰,躬奉郁鬯。礼备节应,震来灵降。动植求声,飞沉允望。时康气茂,惟神之贶。

亚献终献

奠既备,献将终。神行令,瑞飞空。迎乾德,祈岁功。乘烟燎,俨从风。

送　神

整驾升车望寥廓,垂阴荐祉荡昏氛。飨时灵贶僾如在,乐罢馀声遥可闻。饮福陈诚礼容备,撤俎终献曙光分。跪拜临坛结空想,年年应节候油云。

唐祭方丘乐章

《唐书·乐志》曰:"贞观中,夏至祭皇地祇于方丘:迎神用《顺和》,皇帝行用《太和》,登歌奠玉帛用《肃和》,迎俎用《雍和》,酌献饮福用《寿和》,送文舞出、迎武舞入用《舒和》,武舞用《凯安》。其《太和》、《寿和》、《凯安》三章,词同冬至圜丘,并褚亮等作。"

顺　和

万物资以化,(文)〔交〕泰属升平。易从业惟简,得一道斯宁。具仪光玉帛,送舞变《咸》、《英》。黍稷良非贵,明德信惟馨。

肃　和

至矣坤德,皇哉地祇。开元统纽,合大承规。九宫肃列,六典相仪。永言配命,长保无亏。

雍　和

柔而能方,直而能敬。厚载以德,大亨以正。有涤斯牷,有馨斯盛。介兹景福,祚我休庆。

舒　和

玉币牲牷分荐享,羽旄干镞递成容。一德惟宁两仪泰,三材保合四时邕。

顺　和

阴祇协赞,厚载方贞。牲币具举,箫管备成。其礼惟肃,其德惟明。神之听矣,式鉴虔诚。

唐大享拜洛乐章　　　武　后

《唐书·乐志》曰:"则天皇后永昌元年,大享拜洛乐:礼设用《昭和》,次《致和》,次《咸和》,乘舆初行用《九和》,次拜洛、受图用《显和》,登歌用《昭和》,迎俎用《敬和》,酌献用《钦和》,送文舞出、迎武舞入用《齐和》,武舞用《德和》,撤俎用《禋和》,辞神用《通和》,送神用《归和》。"案《乐志》又有《归和》一章,亦送神词也。

昭　和

九玄眷命,三圣基隆。奉成先旨,明台毕功。宗祀展敬,冀表深衷。永昌帝业,式播淳风。

87

致　和

神功不测兮运阴阳,包藏万宇兮孕八荒。天符既出兮帝业昌,愿临明祀兮降祯祥。

咸　和

坎泽祠容备举,坤坛祭典爰申。灵眷遥行秘躅,嘉贶荐委殊珍。肃礼恭禋载展,翘襟恳志逾殷。方期交际昙应,(下一句逸)。

九　和

祗荷坤德,钦若乾灵。惭惕罔置,兴居匪宁。恭崇礼则,肃奉仪形。惟凭展敬,敢荐非馨。

拜　洛

菲躬承睿顾,薄德忝坤仪。乾乾遵后命,翼翼奉先规。抚俗勤虽切,还淳化尚亏。未能弘至道,何以契明祗。

显　和

顾德有惭虚菲,明祗屡降祯符。汜水初呈秘象,温洛荐表昌图。玄泽流恩载洽,丹襟荷渥增愉。

昭　和

舒云致养,合大资生。德以恒固,功由永贞。升歌荐序,垂币翘诚。虹开玉照,凤引金声。

敬 和

兰俎既升,蘋羞可荐。金石载设,《咸》、《英》已变。林泽斯总,山川是遍。敢用敷诚,实惟忘倦。

齐 和

沉潜演贶分三极,广大凝祯总万方。既荐羽旄文化启,还呈干鏚武威扬。

德 和

夕惕司龙契,晨兢当凤扆。崇儒习旧规,偃伯循先旨。绝壤飞冠盖,遐区丽山水。幸承三圣馀,忻属千年始。

禋 和

百礼崇容,千官肃事。灵降舞兆,神凝有粹。奠享咸周,威仪毕备。奏《夏》登列,歌《雍》撤肆。

通 和

皇皇灵眷,穆穆神心。暂动凝质,还归积阴。功玄枢纽,理寂高深。衔恩佩德,耸志翘襟。

归 和

言旋云洞兮蹑烟途,永宁中宇兮安下都。包涵动植兮顺荣枯,长贻宝贶兮赞璇图。

归　和

调云阕兮神座兴,骖云驾兮俨将升。腾绛霄兮垂景祐,翘丹恳兮荷休征。

唐祭方丘乐章

《唐书·乐志》曰:"睿宗太极元年,祭皇地祇于方丘:迎神用《顺和》八变,加金奏,皇帝行用《太和》,登歌奠玉帛用《肃和》,迎俎及酌献用《雍和》,送文舞出、迎武舞入用《舒和》,武舞用《凯安》,送神用《顺和》。《太和》、《凯安》词同贞观冬至圜丘,《肃和》、《雍和》词同贞观太庙,《舒和》词同皇帝朝群臣。"

顺　和

坤厚载物,德柔垂祉。九域咸雍,四溟为纪。敬因良节,虔修阴祀。广乐式张,灵其降止。

金　奏

坤元至德,品物资生。神凝博厚,道协高明。列镇五岳,环流四瀛。于何不载,万宝斯成。

顺　和

乐备金石,礼光樽俎。大享爰终,洪休是举。雨零感节,云飞应序。缨绂载辞,皇灵具举。

乐府诗集卷第七　郊庙歌辞 七

唐祭汾阴乐章

《唐书·乐志》曰:"玄宗开元十一年,祭皇地祇于汾阴:迎神用《顺和》八变,皇帝行用《太和》,登歌奠玉用《肃和》,迎俎用《雍和》,酌献饮福用《寿和》,送文舞出、迎武舞入用《舒和》,武舞用《凯安》,送神用《顺和》。"

顺　和　　　　韩思复

大乐和畅,殷荐明神。一降通感,八变必臻。有求斯应,无德不亲。降灵醉止,休征万人。

同　前　　　　卢从愿

坤元载物,阳乐发生。播殖资始,品汇咸亨。列俎棋布,方坛砥平。神歆禋祀,后德惟明。

同　前　　　　刘晃

大君出震,有事郊禋。(齐)〔斋〕戒既肃,馨香毕陈。乐和礼备,候暖风春。恭惟降福,实赖明神。

同　前　　　　韩休

於穆濬哲,维清缉熙。肃事昭配,永言孝思。涤濯静嘉,馨香在兹。神之听之,用受福釐。

太　和　　　　　　王　晙

於穆圣皇,六叶重光。太原刻颂,后土疏场。宝鼎呈符,歊云孕祥。礼乐备矣,降福穰穰。

肃　和　　　　　　崔玄童

聿修严配,展事禋宗。祥符宝鼎,礼备黄琮。祝词以信,明德惟聪。介兹景福,永永无穷。

雍　和　　　　　　贾　曾

蠲我涤馆,絜我膋芗。有豆孔硕,为羞既臧。至诚无昧,精意惟芳。神其醉止,欣欣乐康。

寿　和　　　　　　苏　颋

礼物斯具,乐章乃陈。谁其作主,皇考圣真。对越在天,圣明佐神。窅然汾上,厚泽如春。

舒　和　　　　　　何　鸾

乐奏云阕,礼章载虔。禋宗于地,昭假于天。惟馨荐矣,既醉歆焉。神之降福,永永万年。

凯　安　　　　　　蒋　挺

维岁之吉,维辰之良。圣君绂冕,肃事坛场。大礼已备,大乐斯张。神其醉止,降福无疆。

顺　和　　　　　　源光裕

方丘既膳,嘉飨载谧。齐敬毕诚,陶匏贵质。秀毕丰荐,芳俎盈实。永永福流,其升如日。

唐禅社首乐章

《唐书·乐志》曰:"玄宗开元十三年,禅社首山祭地祇乐:迎神用《顺和》,皇帝行用《太和》,登歌奠玉帛用《肃和》,迎俎入用《雍和》,初献用《寿和》,饮福用《福和》,还宫用《太和》,送神用《灵具醉》以代《顺和》。"

顺　和　　　　　　贺知章

至哉含柔德,万物资以生。常顺称厚载,流谦通变盈。圣心事能察,增广陈厥诚。黄祇傥如在,泰折俟咸亨。

太　和

肃我成命,於昭黄祇。裘冕而祀,陟降在斯。五音克备,八变聿施。缉熙肆靖,厥心匪离。

肃　和

黄祇是祇,我其夙夜。夤畏诚絜,匪遑宁舍。礼以琮玉,荐厥茅藉。念兹降康,胡宁克暇。

雍　和

夙夜宥密,不敢宁宴。五齐既陈,八音在县。粢盛以絜,房俎斯荐。惟德惟馨,尚兹克遍。

寿　和

惟以明发,有怀载殷。乐盈而反,礼顺其禋。立清以献,荐欲是亲。於穆不已,衷对斯臻。

福　和

穆穆天子,告成岱宗。大裘如濡,执珽有颙。乐以平志,礼以和容。上帝临我,云胡肃邕。

太　和

昭昭有唐,天俾万国。列祖应命,四宗顺则。申锡无疆,宗我同德。曾孙继绪,享神配极。

灵具醉　　　　　　源乾曜

灵具醉,杳熙熙。灵将往,眇禗禗。顾明德,吐正词。烂遗光,流祯祺。

唐祭神州乐章

《唐书·乐志》曰:"贞观中,祭神州于北郊:迎神用《顺和》,皇帝行用《太和》,登歌奠玉帛用《肃和》,迎俎用《雍和》,酌献饮福用

《寿和》,送文舞出、迎武舞入用《舒和》,武舞用《凯安》,送神用《顺和》。《顺和》词同夏至方丘,《太和》、《寿和》、《凯安》词同冬至圜丘,并褚亮等作。"

肃　和

大矣坤仪,至哉神县。包含日域,牢笼月窟。露絜三清,风调六变。皇祇届止,式歆恭荐。

雍　和

泰折严享,阴郊展敬。礼以导神,乐以和性。黝牲在列,黄琮俯映。九土既平,万邦贻庆。

舒　和

坤道降祥和庶品,灵心载德厚群生。水土既调三极泰,文武毕备九区平。

唐祭神州乐章

《唐书·乐志》曰:"太乐旧有祭神州迎、送神辞二章,不详所起。"

迎　神

黄舆厚载,赤寰归德。含育九区,保安万国。诚敬无息,禋祀有则。乐以迎神,其仪不忒。

送　神

神州阴祀，洪恩广济。草树沾和，飞沉沐惠。礼修鼎俎，奠歆瑶币。送乐有章，灵轩其逝。

唐祭太社乐章

《唐书·乐志》曰："贞观中，祭太社乐：迎神用《顺和》，皇帝行用《太和》，登歌奠玉帛用《肃和》，迎俎用《雍和》，酌献饮福用《寿和》，送文舞出、迎武舞入用《舒和》，武舞用《凯安》，送神用《顺和》。《顺和》词同夏至方丘，《太和》、《寿和》、《凯安》词同冬至圜丘，并褚亮等作。"

肃　和

后土凝德，神功协契。九域底平，两仪交际。戊期应序，阴墉展币。灵车少留，俯歆樽桂。

雍　和

美报崇本，严恭展事。受露疏坛，承风启地。絜粢登俎，醇牺入馈。介福远流，群生毕遂。

舒　和

神道发生敷九稼，阴极乘仁畅八埏。纬武经文隆景化，登祥荐祉启丰年。

唐祭太社乐章

《唐书·乐志》曰:"太乐旧有太社迎、送神辞二章,不详所起。"

迎　神

烈山有子,后土有臣。播种百谷,济育兆人。春官缉礼,宗伯司禋。戊为吉日,迎享兹辰。

送　神

吉祥式就,酬功载毕。亲地尊天,礼文经术。贶征令序,福流初日。神驭爰归,祠官其出。

唐享先农乐章

《唐书·乐志》曰:"贞观中,享先农乐:迎神用《诚和》,皇帝行用《太和》,登歌奠玉帛用《肃和》,迎俎用《雍和》,酌献饮福用《寿和》,送文舞出、迎武舞入用《舒和》,武舞用《凯安》,送神用《诚和》。其《太和》、《寿和》、《凯安》词同冬至圜丘,并褚亮等作。"

诚　和

粒食伊始,农之所先。古今攸赖,是曰人天。耕斯帝藉,播厥公田。式崇明祀,神其福焉。

肃　和

樽彝既列,瑚簋方荐。歌工载登,币礼斯奠。肃肃享祀,颙颙缨弁。神之听之,福流寰县。

雍 和

前夕视牲,质明奉俎。沐芳整弁,其仪式序。盛礼毕陈,嘉乐备举。歆我懿德,非馨稷黍。

舒 和

羽籥低昂文缀已,干戚蹈厉武行初。望岁祈农神所听,延祥介福岂云虚。

唐享先农乐章

《唐书·乐志》曰:"太乐旧有享先农送神辞一章,不详所起。"

诚 和

三推礼就,万庾祈凝。黉宾志远,蘐蓘惟兴。降歆肃荐,垂祐祗膺。送神有乐,神其上升。

唐享先蚕乐章

《唐书·乐志》曰:"明庆中,皇后亲蚕,内出享先蚕乐章:迎神用《永和》,亦曰《颂德》,皇后升坛用《肃和》,登歌奠币用《展敬》,迎俎用《絜诚》,饮福送神用《昭庆》。"

永 和

芳春开令序,韶苑畅和风。惟灵申广祐,利物表神功。

绮会周天宇,黼黻澡寰中。庶几承庆节,歆奠下帷宫。

肃　和

明灵光至德,深功掩百神。祥源应节启,福绪逐年新。万宇承恩覆,七庙伫恭禋。一兹申至恳,方期远庆臻。

展　敬

霞庄列宝卫,云集动和声。金卮荐绮席,玉币委芳庭。因心馨丹款,先已励苍生。所冀延明福,于兹享至诚。

絜　诚

桂筵开玉俎,兰圃荐琼芳。八音调凤律,三献奉鸾觞。絜粢申大享,庭宇冀降祥。神其覃有庆,契福永无疆。

昭　庆

仙坛礼既毕,神驾俨将升。伫属深祥启,方期庶绩凝。虔诚资宇内,务本勖黎蒸。灵心昭备享,率土洽休征。

唐释奠文宣王乐章

《唐书·乐志》曰:"皇太子亲释奠:迎神用《诚和》,亦曰《宣和》,皇太子行用《承和》,登歌奠币用《肃和》,迎俎用《雍和》,送文舞出、迎武舞入用《舒和》,武舞用《凯安》,词同冬至圜丘,送神用《诚和》,词同迎神。"《通典》曰:"开元中,又造三和乐:一曰《祴和》,三公升降及行则奏之;二曰《丰和》,享先农则奏之;三曰《宣和》,祭孔宣父、齐太公则奏之。"

诚 和

圣道日用,神几不测。金石以陈,弦歌载陟。爰释其菜,匪馨于稷。来顾来享,是宗是极。

承 和

万国以贞光上嗣,三善茂德表重轮。视膳寝门遵要道,高辟崇贤引正人。

肃 和

粤惟上圣,有纵自天。傍周万物,俯应千年。旧章允著,嘉贽孔虔。王化兹首,儒风是宣。

雍 和

堂献瑶筐,庭敷璆县。礼备其容,乐和其变。肃肃亲享,雍雍执奠。明礼惟馨,蘋蘩可荐。

舒 和

隼集龟开昭圣列,龙蹲凤跱肃神仪。尊儒敬业宏图阐,纬武经文盛德施。

唐享孔子庙乐章

《唐书·乐志》曰:"太乐旧有享孔子庙迎、送神辞二章,不详所起。"

迎　神

通吴表圣，问老探真。三千弟子，五百贤人。亿龄规法，万载祠禋。絜诚以祭，奏乐迎神。

送　神

醴溢牺象，羞陈俎豆。鲁壁类闻，泗川如觐。里校覃福，胄筵承祐。雅乐清音，送神其奏。

唐释奠武成王乐章　　　于邵

唐释奠武成王，旧以文宣王乐章用之。德宗贞元中，诏于邵补造。

迎　神

卜畋不从，兆发非熊。乃倾荒政，爰佐一戎。盛烈载垂，命祀维崇。日练上戊，宿严閟宫。迎奏嘉至，感而遂通。

奠币登歌

管磬升，（壇）〔膻〕芗集。上公进，嘉币执。信以通，僾如及。恢帝功，锡后邑。四维张，百度立。绵亿载，邈难挹。

迎俎酌献

五齐絜，九牢硕。梡橛循，罍斝涤。进具物，扬鸿勋。

和奏发，高灵寂。虔告终，繁祉锡。昭秩祀，永无易。

亚献终献

贰觞以献，三变其终。顾此非馨，尚达斯衷。茅缩可致，神歆载融。始神翊周，拯溺除凶。时惟降祐，永绝兴戎。

送　神

明祀方终，备乐斯阕。黝纁就瘗，豆笾告撤。肸蚃尚馀，光景云灭。返归虚极，神心则悦。

唐享龙池乐章

《唐书·乐志》曰："玄宗龙潜时，宅隆庆坊。宅南坊人所居，忽变为池。望气者异焉。故中宗季年，泛舟池中。玄宗正位，以坊为宫，池水逾大，弥漫数里，因为《龙池乐》，以歌其祥。"《新书·礼乐志》曰："《龙池乐》，舞者十二人，冠芙蓉冠，摄履。备用雅乐，唯无钟磬。"《唐逸史》曰："玄宗在东都，昼寝，梦一女子，容艳异常，梳交心髻，大袖宽衣。帝曰：'汝何人？'曰：'妾凌波池中龙女也，卫宫护驾，妾实有功。今陛下洞晓钧天之乐，愿赐一曲，以光族类。'帝于梦中为鼓胡琴，倚歌为凌波池之曲，龙女拜谢而去。及寤，尽记之，命禁乐，自御琵琶，习而翻之。因宴于凌波宫，临池奏新声。忽池波涌起，有神女出于波心，乃梦中之女也。望拜御坐，良久方没。因置祠池上，每岁祀之。"《会要》曰："开元元年，内出祭龙池乐章。十六年，筑坛于兴庆宫，以仲春月祭之。"

第一章　　　　　姚　崇

恭闻帝里生灵沼,应报明君鼎业新。既协翠泉光宝命,还符白水出真人。此时舜海潜龙跃,此地尧河带马巡。独有前池一小雁,叨承旧惠入天津。

第二章　　　　　蔡　孚

帝宅王家大道边,神马龙龟涌圣泉。昔日昔时经此地,看来看去渐成川。歌台舞榭宜正月,柳岸梅洲胜往年。莫言波上春云少,只为从龙直上天。

第三章　　　　　沈佺期

龙池跃龙龙已飞,龙德光天天不违。池开天汉分皇道,龙向天门入紫微。邸第楼台多气色,君王凫雁有光辉。为报寰中百川水,来朝上地莫东归。

第四章　　　　　卢怀慎

代邸东南龙跃泉,清漪碧浪远浮天。楼台影就波中出,日月光疑镜里悬。雁沼回流成舜海,龟书荐祉应尧年。大川既济惭为楫,报德空思奉细涓。

第五章　　　　　姜　皎

龙池初出此龙山,常经此地谒龙颜。日日芙蓉生夏水,年年杨柳变春湾。尧坛宝匣馀烟雾,舜海渔舟尚往还。愿以飘飖五云影,从来从去九天间。

第六章　　　　　　　崔日用

龙兴白水汉兴符,圣主时乘运斗枢。岸上莘莘五花树,波中的皪千金珠。操环昔闻迎夏启,发匦先来瑞有虞。风色云光随隐见,赤云神化象江湖。

第七章　　　　　　　苏　颋

西京凤邸跃龙泉,佳气休光镇在天。轩后雾图今已得,秦王水剑昔常传。恩鱼不似昆明钓,瑞鹤长如太液仙。愿侍巡游同旧里,更闻箫鼓济楼船。

第八章　　　　　　　李　乂

星分邑里四人居,水浕源流万顷馀。魏国君王称象处,晋家蕃邸化龙初。青蒲蘖似游梁马,绿藻还疑宴镐鱼。自有神灵滋液地,年年云物史官书。

第九章　　　　　　　姜　晞

灵沼萦回邸第前,浴日涵(天)〔春〕写曙天。始见龙台升凤阙,应如霄汉起神泉。石匮渚傍还启圣,桃李初生更有仙。欲化帝图从此受,正同河变一千年。

第十章　　　　　　　裴　璀

乾坤启圣吐龙泉,泉水年年胜一年。始看鱼跃方成海,即睹龙飞利在天。洲渚遥将银汉接,楼台直与紫微连。休气荣光常不散,悬知此地是神仙。

梁郊祀乐章

《五代会要》曰:"梁开平二年正月,太常奏定郊庙乐曲:南郊降神奏《庆和之乐》,舞《崇德之舞》,皇帝行奏《庆顺》,奠玉币、登歌奏《庆平》,迎俎奏《庆肃》,酌献奏《庆熙》,饮福酒奏《庆隆》,送文舞、迎武舞奏《庆融》,亚献、终献奏《庆休》,送神奏《庆和》。"

庆和乐　　　　　　赵光逢

就阳位,升圜丘。佩双玉,御大裘。膺天命,拥神休。万灵感,百禄遒。

秉黄钺,建朱旗。震八表,清二仪。帝业显,王道夷。受景命,启皇基。

开九门,怀百神。通肸蚃,接氤氲。明粢荐,广乐陈。奠嘉璧,燎芳薪。

膺宝图,执左契。德应天,圣飨帝。荐表衷,荷灵惠。寿万年,祚百世。

惟德动天,有感必通。秉兹一德,禋于六宗。钦膺宝命,恭肃礼容。来顾来飨,永穆皇风。

天惟佑德,辟乃奉天。交感斯在,昭事罔愆。岁功已就,王道无偏。於焉报本,是用告虔。

庆　顺

圣皇戾止,天步舒迟。乾乾睿相,穆穆皇仪。进退必

105

肃,陟降是祗。六变克协,万灵协随。

庆 平

天命降鉴,帝德惟馨。享祀不忒,礼容孔明。奠璧布币,荐纯献精。神祐以答,敷锡永宁。

庆 肃　　　张袞

笾豆簠簋,黍稷非馨。懿兹彝器,厥德惟明。金石匏革,以和以平。由此无体,期乎永宁。

庆 熙

哲后躬享,旨酒斯陈。王恭无斁,严祀惟寅。皇祖以配,大孝以振。宜锡景福,永休下民。

庆 隆

恭祀上帝,于国之阳。爵醴是荷,鸿基永昌。

庆 融

导和气兮袭氤氲,宣皇规兮彰圣神。服遐裔兮敷质文,格苗扈兮息烟尘。

庆 休

大业来四夷,仁风和万国。白日体无私,皇天辅有德。七旬罪已服,六月师方克。伟哉帝道隆,终始常作则。

庆　和

烟燎升,礼容彻。诚感达,人神悦。灵贶彰,圣情结。玉座寂,金炉歇。

周郊祀乐章

《五代史·乐志》曰:"太祖广顺元年,边蔚议改汉十二成为十二顺之乐:祭天神奏《昭顺之乐》,祭地祇奏《宁顺之乐》,祭宗庙奏《肃顺之乐》,登歌奠玉帛奏《感顺之乐》,皇帝行及临轩奏《治顺之乐》,王公出入、送文舞、迎武舞奏《忠顺之乐》,皇帝食举奏《康顺之乐》,皇帝受朝、皇后入宫奏《雍顺之乐》,皇太子轩悬出入奏《温顺之乐》,正至皇帝礼会登歌奏《礼顺之乐》,郊庙俎入奏《禋顺之乐》,酌献、饮福奏《福顺之乐》,祭孔宣父、齐太公降神同用《礼顺之乐》,三公升降及行同用《忠顺之乐》,享藉田同用《宁顺之乐》。"

昭顺乐

五兵勿用,万国咸安。告功圆盖,受命云坛。乐鸣凤律,礼备鸡竿。神光欲降,众目遐观。

治顺乐

羽卫离丹阙,金轩赴泰坛。珠旗明月色,玉佩晓霜寒。黼黻龙衣备,琮璜宝器完。百神将受职,宗社保长安。

感顺乐

明君陈大礼,展币祀圜丘。雅乐声齐发,祥云色正浮。

禋顺乐

黄彝将献,特牲预迎。既修昭事,潜达明诚。

福顺乐

相承五运,取法三才。大礼爰展,率土咸来。卿云秘室,甘泉宝台。象樽初酌,受福不回。

福顺乐

昊天成命,邦国盛仪。多士齐列,六龙载驰。坛升泰一,乐奏《咸池》。高明祚德,永致昌期。

福顺乐

上天垂景贶,哲后举鸾觞。明德今方祚,邦家万世昌。

忠顺乐

木铎敷音文德昌,朱干成列武功彰。雷鼗鹭羽今休用,玉戚相参正发扬。

武舞〔乐〕

圭瓒方陈礼,千旄乃象功。成文非羽籥,猛势若罴熊。

昭顺乐

云门孤竹,苍璧黄琮。既祀天地,克配祖宗。虔修盛礼,仰答玄功。神归碧落,福降无穷。

乐府诗集卷第八　郊庙歌辞 八

汉安世房中歌

《通典》曰："周有《房中之乐》，歌后妃之德。秦始皇二十六年，改曰《寿人》。"《汉书·礼乐志》曰："汉《房中祠乐》，高祖唐山夫人所作。凡乐，乐其所生，礼不忘其本。高祖乐楚声，故《房中乐》楚声也。孝惠二年，使乐府令夏侯宽备其箫管，更名《安世乐》。"《宋书·乐志》曰："魏文帝黄初二年，议者以《房中》歌后妃之德，所以风天下，正夫妇，乃改为《正始之乐》。明帝太和初，缪袭奏：'魏国初建，王粲所作登歌《安世诗》，专以思咏神灵，及说神灵鉴享之意。后省读汉《安世诗》，无有《二南》风化天下之言，又改曰《享神歌》。'"

大孝备矣，休德昭清。高张四县，乐充宫廷。芬树羽林，云景杳冥。金支秀华，庶旄翠旌。《七始华始》，肃倡和声。神来宴娭，庶几是听。

鬻鬻音送，细齐人情。忽乘青玄，熙事备成。清思眑眑，经纬冥冥。

我定历数，人告其心。敕身齐戒，施教申申。乃立祖庙，敬明尊亲。大矣孝熙，四极爰轃。

王侯秉德，其邻翼翼，显明昭式。清明鬯矣，皇帝孝德。竟全大功，抚安四极。

海内有奸，纷乱东北。诏抚成师，武侯承德。行乐交逆，《箫》、《勺》群慝。肃为济哉，盖定燕国。

大海荡荡水所归,高贤愉愉民所怀。大山崔,百卉殖。民何贵?贵有德。

安其所,乐终产。乐终产,世继绪。飞龙秋,游上天。高贤愉,乐民人。

丰草葽,女罗施。善何如,谁能回。大莫大,成教德;长莫长,被无极。

雷震震,电耀耀。明德乡,治本约。治本约,泽弘大。加被宠,咸相保。施德大,世曼寿。

都荔遂芳,窅窊桂华。孝奏天仪,若日月光。乘玄四龙,回驰北行。羽旄殷盛,芬哉芒芒。孝道随世,我署文章。

桂华冯冯翼翼,承天之则。吾易久远,烛明四极。

慈惠所爱,美若休德。杳杳冥冥,克绰永福。美芳砠砠即即,师象山则。

鸣呼孝哉,案抚戎国。蛮夷竭欢,象来致福。兼临是爱,终无兵革。

嘉荐芳矣,告灵飨矣。告灵既飨,德音孔臧。惟德之臧,建侯之常。承保天休,令问不忘。

皇皇鸿明,荡侯休德。嘉承天和,伊乐厥福。在乐不荒,惟民之则。浚则师德,下民咸殖。令问在旧,孔容翼翼。

孔容之常,承帝之明。下民之乐,子孙保光。承顺温良,受帝之光。嘉荐令芳,寿考不忘。

承帝明德,师象山则。云施称民,永受厥福。承容之常,承帝之明。下民安乐,受福无疆。

晋宗庙歌　　　　　傅　玄

《南齐书·乐志》曰："晋泰始中，傅玄造《祠庙夕牲昭夏歌》一篇，《迎送神肆夏歌》一篇，登歌七庙七篇，飨神歌二篇。玄云：'登歌歌盛德之功烈，故庙异其文。飨神犹《周颂》之《有瞽》及《雍》，但说祭飨神明礼乐之盛，七庙飨神皆用之。'"

夕牲歌

我夕我牲，猗歟敬止。嘉豢孔时，供兹享祀。神鉴厥诚，博硕斯歆。祖考降飨，以虞孝孙之心。

迎送神歌

呜呼悠哉，日鉴在兹。以时享祀，神明降之。神明斯降，既祐飨之。祚我无疆，受天之祜。赫赫太上，巍巍圣祖。明明烈考，丕承继序。

征西将军登歌

经始宗庙，神明戾止。申锡无疆，祇承享祀。假我皇祖，绥予孙子。燕及后昆，锡兹繁祉。

豫章府君登歌

嘉乐在庭，荐祀在堂。皇皇宗庙，乃祖先皇。济济辟公，相予烝尝。享祀不忒，降福穰穰。

颍川府君登歌

於邈先后,实司于天。显矣皇祖,帝祉肇臻。本支克昌,资始开元。惠我无疆,享祀永年。

京兆府君登歌

於惟曾皇,显显令德。高明清亮,匪兢柔克。保乂命祐,基命惟则。笃生圣祖,光济四国。

宣皇帝登歌

於铄皇祖,圣德钦明。勤施四方,夙夜敬止。载敷文教,载扬武烈。匡定社稷,龚行天罚。经始大业,造创帝基。畏天之命,于时保之。

景皇帝登歌

执竞景皇,克明克哲。旁作穆穆,惟祗惟畏。纂宣之绪,耆定厥功。登此俊乂,纠彼群凶。业业在位,帝既勤止。维天之命,於穆不已。

文皇帝登歌

於皇时晋,允文文皇。聪明睿智,圣敬神武。万几莫综,皇斯清之。虎兕放命,皇斯平之。柔远能迩,简授英贤。创业垂统,勋格皇天。

飨神歌

曰晋是常,享祀时序。宗庙致敬,礼乐具举。惟其来祭,普天率土。牺樽既奠,清酤既载。亦有和羹,荐羞斯备。烝烝永慕,感时兴思。登歌奏舞,神乐其和。祖考来格,祐我邦家。敷天之下,罔不休嘉。

肃肃在位,济济臣工。四海来格,礼仪有容。钟鼓振,管弦理,舞开元,歌永始,神胥乐兮。肃肃在位,臣工济济。小大咸敬,上下有礼。理管弦,振鼓钟,舞象德,歌咏功,神胥乐兮。肃肃在位,有来雍雍。穆穆天子,相惟辟公。礼有仪,乐有则,舞象功,歌咏德,神胥乐兮。

晋江左宗庙歌

歌高祖宣皇帝　　　　　　　曹毗

於赫高祖,德协灵符。应运拨乱,鳌整天衢。勋格宇宙,化动八区。肃以典刑,陶以玄珠。神石吐瑞,灵芝自敷。肇基天命,道均唐虞。

歌世宗景皇帝

景皇承运,纂隆洪绪。皇维重抗,天晖再举。蠢矣二寇,扰我扬楚。乃整元戎,以膏齐斧。亹亹神算,赫赫王旅。鲸鲵既平,功冠帝宇。

歌太祖文皇帝

太祖齐圣,王猷诞融。仁教四塞,天基累崇。皇室多难,严清紫宫。威厉秋霜,惠过春风。平蜀夷楚,以文以戎。奄有参墟,声流无穷。

歌世祖武皇帝

於穆武皇,允龚钦明。应期登禅,龙飞紫庭。百揆时序,听断以情。殊域既宾,伪吴亦平。晨流甘露,宵映朗星。野有击壤,路垂颂声。

歌中宗元皇帝

运屯百六,天罗解贯。元皇勃兴,网笼江汉。仰齐七政,俯平祸乱。化若风行,泽犹雨散。沦光更耀,金辉复焕。德冠千载,蔚有馀粲。

歌肃宗明皇帝

明明肃祖,阐弘帝祚。英风夙发,清晖载路。奸逆纵忒,罔式皇度。躬振朱旗,遂豁天步。宏猷渊塞,高罗云布。品物咸宁,洪基永固。

歌显宗成皇帝

於休显宗,道泽玄播。式宣德音,畅物以和。迈德蹈仁,匪礼弗过。敷以纯风,濯以清波。连理映阜,鸣凤栖柯。

同规放勋,义盖山河。

歌康皇帝

康皇穆穆,仰嗣洪德。为而不宰,雅音四塞。闭邪以诚,镇物以默。威静区宇,道宣邦国。

歌孝宗穆皇帝

孝宗夙哲,休音允臧。如彼晨离,曜景扶桑。垂训华幄,流润八荒。幽赞玄妙,爰该典章。西平僭蜀,北静旧疆。高猷远畅,朝有遗芳。

歌哀皇帝

於穆哀皇,圣心虚远。雅好玄古,大庭是践。道尚无为,治存易简。化若风行,民犹草偃。虽曰登遐,徽音弥阐。愔愔《云》、《韶》,尽美尽善。

歌太宗简文皇帝　　　王珣

皇矣简文,於昭于天。灵明若神,周淡如渊。冲应其来,实与其迁。亹亹心化,日用不言。易而有亲,简而可传。观流弥远,求本逾玄。

歌烈宗孝武皇帝

天鉴有晋,钦哉烈宗。同规文考,玄默允(龔)〔恭〕。威而不猛,约而能通。神钲一震,九域来同。道积淮海,雅颂自东。气陶淳露,化协时雍。

四时祠祀歌　　　　　曹毗

肃肃清庙,巍巍圣功。万国来宾,礼仪有容。钟鼓振,金石熙。宣兆祚,武开基。神斯乐兮。理管弦,有来斯和。说功德,吐清歌。神斯乐兮。洋洋玄化,润被九壤。民无不悦,道无不往。礼有仪,乐有式。咏九功,永无极。神斯乐兮。

宋宗庙登歌　　　　　王韶之

《宋书·乐志》曰:"武帝永初中,诏庙乐用王韶之所造七庙登歌辞七首。又有七庙享神登歌一首,并以歌章太后,其辞亦韶之造。"

北平府君歌

绵绵遐绪,明昭载融。汉德未远,尧有遗风。於穆皇祖,永世克隆。本枝惟庆,贻厥靡穷。

相国掾府君歌

乃立清庙,清庙肃肃。乃备礼容,礼容穆穆。显允皇祖,昭是嗣服。锡兹繁祉,聿怀多福。

开封府君歌

四县既序,箫管既举。堂献六瑚,庭万八羽。先王有典,克禋皇祖。不显洪烈,永介休祜。

武原府君歌

钟鼓喤喤,威仪将将。温恭礼乐,致享曾皇。迈德垂仁,系轨重光。天命纯嘏,惠我无疆。

东安府君歌

铄矣皇祖,帝度其心。永言配命,播兹徽音。思我茂猷,如玉如金。骏奔在陛,是鉴是歆。

孝皇帝歌

蒸哉孝皇,齐圣广渊。发祥诞庆,景祚自天。德敷金石,道被管弦。有命既集,徽风永宣。

高祖武皇帝歌

惟天有命,眷求上哲。赫矣圣武,抚运桓拨。功并敷土,道均汝坟。止戈曰武,经纬称文。鸟龙失纪,云火代名。受终改物,作我宋京。至道惟王,大业有勘。降德兆民,升歌清庙。

七庙享神歌

奕奕寝庙,奉璋在庭。笙簫既列,牺象既盈。黍稷匪芳,明祀惟馨。乐具礼充,絜羞荐诚。神之格思,介以休祯。济济群辟,永观厥成。

宋世祖庙歌　　　　　谢　庄

孝武皇帝歌

帝锡二祖,长世多祜。於穆睿考,袭圣承矩。玄极弛驭,乾纽坠绪。辟我皇维,缔我宋宇。刷定四海,肇构神京。复礼辑乐,散马堕城。泽牣九有,化浮八瀛。庆云承掞,甘露飞甍。肃肃清庙,徽徽閟宫。舞蹈象德,笙磬陈风。黍稷非盛,明德惟崇。神其歆止,降福无穷。

宣太后歌

禀祥月辉,毓德轩光。嗣徽妫汭,思媚周姜。母临万宇,训蔼紫房。朱玄玉籥,式载琼芳。

宋章庙乐舞歌

《宋书·乐志》曰:"章庙乐舞杂歌,悉同用太庙辞,唯三后别撰。夕牲、宾出入奏《肃咸乐》,牲出入奏《引牲乐》,荐豆呈毛血奏《嘉荐乐》,迎神奏《昭夏乐》,皇帝入庙北门奏《永至乐》,太祝祼地奏登歌,章太后室奏《章德凯容之乐》,昭太后室奏《昭德凯容之乐》,宣太后室奏《宣德凯容之乐》,皇帝还东壁受福酒奏《嘉胙之乐》,送神奏《昭夏之乐》,皇帝诣便殿奏《休成之乐》。"

肃咸乐　　　　　殷　淡

彝承孝典,恭事严圣。浃天奉贶,罄壤齐庆。司仪具序,羽容夙彰。芬枝飏烈,黼构周张。助宝奠轩,酎珍充庭。璆县凝会,玥朱仃声。先期选礼,肃若有承。祇对灵祉,皇庆昭膺。

尊事威仪,辉容昭叙。迅恭神明,粱盛牲俎。肃肃严宫,蔼蔼崇基。皇灵降祉,百祇具司。戒诚望夜,端列承朝。依微昭旦,物色轻宵。鸿庆遝邕,嘉荐令芳。翊帝明德,永祚流光。

引牲乐

维诚絜飨,维孝奠灵。敬芬黍稷,敬涤牺牲。驿茧在豢,载溢载丰。以承宗祀,以肃皇衷。萧芳四举,华火周传。神监孔昭,嘉是柔牷。

嘉荐乐

肇禋戒祀,礼容咸举。六典饰文,九司昭序。牲柔既昭,(仪)〔牺〕刚既陈。恭涤惟清,敬事惟神。加笾再御,兼俎重荐。节动轩越,声流金县。奕奕闶㝢,亶亶严闱。絜诚夕鉴,端服晨晖。圣灵戾止,翊我皇则。上绥四宇,下洋万国。永言孝飨,孝飨有容。傧僚赞列,肃肃雍雍。

昭夏乐

闶宫黝黝,复殿微微。璇除肃炣,钍壁彤辉。黼帟神凝,玉堂严馨。圆火夕耀,方水朝清。金枝委树,翠镫仃县。渟波澄宿,华汉浮天。恭事既夙,虔心有慕。仰降皇灵,俯宁休祚。

永至乐

《汉书·礼乐志》曰:"皇帝入庙门奏《永至》,以为行步之节,犹古《采齐》、《肆夏》也。"

皇朝邕矣,孝容以昭。銮华羽迥,拂汉涵清。申申嘉夜,翊翊休朝。行金景送,步玉风《韶》。师承祀则,肃对禋祧。

登 歌

帝容承祀,练时涓日。九重彻关,四灵宾室。肃唱函音,庶旄委佾。休灵告飨,嘉荐尚芬。玉瑚饰列,桂篚昭陈。具司选礼,翼翼振振。

祼崇祀典,酎恭孝时。礼无爽物,信靡愧辞。精华孚邕,诚监昭通。升歌翊节,下管调风。皇心履变,敬明尊亲。大哉孝德,至矣交神。

章德凯容乐

幽瑞浚灵,表彰嫔圣。翊载徽文,敷光崇庆。上纬缠祥,中维饰咏。永属煇猷,联昌景命。

昭德凯容乐　　明帝

表灵躔象,缵仪纬风。膺华丹耀,登瑞紫穹。训形霄宇,武彰宸宫。腾芬金会,写德声容。

宣德凯容乐

天枢凝耀,地纽俪煇。联光腾世,炳庆翔机。薰蔼中宇,景缠上微。玉颂镂德,金籥传徽。

嘉胙乐　　　　　　　　　殷　淡

礼荐洽,福时昌。皇圣膺嘉祐,帝业凝休祥。居极乘景运,宅德瑞中王。澄明临四表,精华延八乡。洞海周声惠,彻宇丽乾光。灵庆缠世祉,鸿烈永无疆。

昭夏乐

大孝备,盛礼丰。神安留,嘉乐充。旋驾耸,泛青穹。延八虚,辟四空。蔼流景,肃行风。

昭融教,缉风度。恋皇灵,结深慕。解羽县,辍华树。偕璇除,端玉辂。流汪沴,庆国步。

休成乐

《汉书·礼乐志》曰:"登歌再终,下奏《休成之乐》,美神明既飨也。"

醹醴具登,嘉俎咸荐。飧洽诚陈,礼周乐遍。祝辞罢祼,序容辍县。跸动端庭,銮回严殿。神仪驻景,华汉亭虚。八灵案卫,三祇解途。翠盖燿澄,罼奕凝宸。玉镳息节,金辂怀音。式诚〔远〕〔达〕孝,底心肃感。追凭皇鉴,思承渊范。神锡懋祉,四纬昭明。仰福帝徽,俯齐庶生。

乐府诗集卷第九　郊庙歌辞 九

齐太庙乐歌

《南齐书·乐志》曰："宋昇明中，太祖为齐王，令司（马）〔空〕褚渊造太庙登歌二章。建元初，诏谢超宗造庙乐歌诗十六章。永明二年，又诏王俭造太庙二室歌辞。其夕牲，群臣出入，奏《肃咸乐》；牲出入，奏《引牲乐》；荐豆呈毛血，奏《嘉荐乐》；迎神，奏《昭夏乐》；皇帝入庙北门，奏《永至乐》；太祝祼地，奏登歌；皇祖广陵丞、太中大夫、淮阴令、皇曾祖即丘令、皇祖太常卿五室，并奏《凯容乐》；皇考宣皇帝室奏《宣德凯容乐》，昭皇后室奏《凯容乐》；皇帝还东壁，上福酒，奏《永祚乐》；送神，奏《肆夏乐》；皇帝诣便殿，奏《休成乐》；太祖高皇帝室奏《高德宣烈乐》，穆皇后室奏《穆德凯容乐》，高宗明皇帝室奏《明德凯容乐》。"《古今乐录》曰："梁何佟之、周捨等议，以为《周礼》牲出入奏《昭夏》，而齐氏仍宋仪注，迎神奏《昭夏》，牲出入更奏《引牲乐》，乃以牲牢之乐用接祖宗之灵，宋季之失礼也。"

肃咸乐　　　　　谢超宗

絜诚厎孝，孝感烟霜。蠲仪式序，肃礼绵张。金华树藻，肃哲腾光。殷殷升奏，严严阶庠。匪椒匪玉，是降是将。懋分神衷，翊祐传昌。

引牲乐

肇祀严灵，恭礼尊国。达敬传典，结孝陈则。芬涤既肃,牺牷既整。耸诚流思,端仪选景。肆礼仁夜,绵乐望晨。崇席皇鉴,用飨明神。

嘉荐乐

清思眑眑,闵寝微微。恭言载感,肃若有希。芬俎具陈,嘉荐兼列。凝馨烟飑,分焰星(晢)〔晢〕。睿灵式降,协我帝道。上澄五纬,下陶八表。

昭夏乐

涓辰选气,展礼恭祗。重闱月洞,层牖烟施。载虚玉罋,载受金枝。天歌折飨,云舞罄仪。神惟降止,泛景凝羲。帝华永蔼,泯藻方摛。

永至乐

戏籥惟则,姬经式序。九司联事,八方承宇。銮迴静陈,缦乐具举。凝旒若慕,倾璜载仁。振振琁卫,穆穆礼容。载蔼皇步,式敷帝踪。

登　歌

清明既罋,大孝乃熙。天仪睟怆,皇心俨思。既芬房豆,载絜牷牲。郁祼升礼,铿玉登声。茂对幽严,式奉徽灵。以享以祀,惟感惟诚。

凯容乐

国昭惟茂,帝穆惟崇。登祥纬远,缔世景融。纷纶睿绪，菴蔚王风。明进厥始，濬哲文终。

凯容乐

琔条夤蔚，琼源浚照。懋矣皇烈，载挺明劭。永言敬思，式恭惟教。休途良义，荣光有耀。

凯容乐

严宗正典，崇飨肇禋。九章既饰，三清既陈。昭恭皇祖，承假徽神。贞祐伊协，卿蔼是邻。

凯容乐

肃惟敬祀，絜事参芗。环祮像缀，缅密丝簧。明明烈祖，尚锡龙光。粤《雅》于姬，伊《颂》在商。

凯容乐

神宫懋邺，明寝昌基。德凝羽缀，道邕容辞。假我帝绪，懿我皇维。昭大之载，国齐之祺。

宣德凯容乐

道阋期运，义开藏用。皇矣睿祖，至哉攸纵。循规烈炤，袭矩重芬。德溢轩、羲，道懋炎、云。

凯容乐

月灵诞庆，云瑞开祥。道茂渊柔，德表徽章。粹训宸中,仪形宙外。容蹈凝华,金羽传蔼。

永祚乐

构宸抗宇,合轸齐文。万灵载溢,百礼以殷。朱弦绕风,翠羽停云。桂樽既涤,瑶俎既薰。升荐惟诚,昭礼惟芬。降祉遥裔,集庆氤氲。

肆夏乐

礼既升,乐以愉。昭序溢,幽飨馀。人祇邕,敬教敷。神光动,灵驾翔。芬九垓,镜八乡。福无届,祚无疆。

休成乐

睿孝式邕,飨敬爰偏。谛容辍序,佾文静县。辰仪耸跸,霄卫浮銮。旒帟云舒,翠华景拽。恭惟尚烈,休明再缠。国猷远蔼,昌图聿宣。

太庙登歌　　褚渊

惟王建国,设庙凝灵。月荐流典,时祀晖经。瞻宸優思,雨露追情。简日筮昬,阅奠升文。金罍渟桂,冲幄舒薰。备僚肃列,驻景开云。

至飨攸极,睿孝惇礼。具物咸絜,声香合体。气昭扶幽,眇慕缠远。迎丝惊促,送佾留晚。圣衷践候,节改增怆。妙感崇深,英徽弥亮。

高德宣烈乐　　　王　俭

悠悠草昧，穆穆经纶。乃文乃武，乃圣乃神。动戡危乱，静比斯民。诞应休命，奄有八寅。握机肇运，光启禹服。义满天渊，礼昭地轴。泽靡不怀，威无不肃。戎夷竭欢，象来致福。偃风裁化，晅日敷祥。信星含曜，秬草流芳。七庙观德，六乐宣章。惟先惟敬，是飨是将。

穆德凯容乐

大姒嫔周，涂山俪禹。我后嗣徽，重规叠矩。肃肃闷宫，翔翔《云舞》。有飨德馨，无绝终古。

明德凯容乐

多难固业，殷忧启圣。帝宗缵武，惟时执竞。起柳献祥，百堵兴咏。义虽祀夏，功符受命。远无不怀，迩无不肃。其仪济济，其容穆穆。赫矣君临，昭哉嗣服。允王惟后，膺此多福。礼以昭事，乐以感灵。八簋陈室，六舞充庭。观德在庙，象德在形。四海来祭，万国咸宁。

梁宗庙登歌七首　　　沈　约

功高礼洽，道尊乐备。三献具举，百司在位。诚敬罔愆，幽明同致。茫茫亿兆，无思不遂。盖之如天，容之如地。
殷兆玉筐，周始邠王。於赫文祖，基我大梁。肇土七

乐府诗集

十,奄有四方。帝轩百祀,人思未忘。永言圣烈,祚我无疆。

有夏多罪,殷人涂炭。四海倒悬,十室思乱。自天命我,歼凶殄难。既跃乃飞,言登天汉。爰飨爰祀,福禄攸赞。

牺象既饰,罍俎斯具。我郁载馨,黄流乃注。峨峨卿士,骏奔是务。佩上鸣阶,缨还拂树。悠悠亿兆,天临日煦。

猗与至德,光被黔首。铸镕苍昊,甄陶区有。肃恭三献,对扬万寿。比屋可封,含生无咎。匪徒七百,天长地久。

有命自天,於皇后帝。悠悠四海,莫不来祭。繁祉具膺,八神耸卫。福至有兆,庆来无际。播此馀休,于彼荒裔。

祀典昭絜,我礼莫违。八簋充室,六龙解骖。神宫肃肃,灵寝微微。嘉荐既飨,景福攸归。至德光被,洪祚载辉。

梁小庙乐歌

《隋书·礼仪志》曰:"梁又有小庙,太祖太夫人庙也。非嫡,故别立庙。皇帝每祭太庙讫,诣小庙,亦以一太牢,如太庙礼。"

舞 歌

閟宫肃肃,清庙济济。於穆夫人,固天攸启。祚我梁德,膺斯盛礼。文楹达向,重檐丹陛。饰我俎彝,絜我粢盛。躬事奠飨,推尊尽敬。悠悠万国,具承兹庆。大孝追远,兆庶攸咏。

登 歌

光流者远,礼贵弥申。嘉飨云备,盛典必陈。追养自本,立爱惟亲。皇情乃慕,帝服来尊。驾齐六辔,旂耀三辰。感兹霜露,事彼冬春。以斯孝德,永被烝民。

陈太庙舞辞

《隋书·乐志》曰:"陈初并用梁乐,唯改七室舞辞。皇祖步兵府君、正员府君、怀安府君、皇高祖安成府君、皇曾祖太常府君五室,并奏《凯容舞》,皇祖景皇帝室奏《景德凯容舞》,皇考高祖武皇帝室奏《武德舞》。"

凯容舞

於赫皇祖,宫墙高巘。迈彼厥初,成兹峻极。缦乐简简,闷寝翼翼。祼飨若存,惟灵靡测。

凯容舞

昭哉上德,浚彼洪源。道光前训,庆流后昆。神猷缅邈,清庙斯存。以享以祀,惟祖惟尊。

凯容舞

选辰崇飨,饰礼严敬。靡爱牲牢,兼馨粢盛。明明列祖,龙光远映。肇我王风,形斯舞咏。

凯容舞

道遥积庆,德远昌基。永言祖武,致享从思。九章停列,八舞回墀。灵其降止,百福来绥。

凯容舞

肇迹缔基,义标鸿篆。恭惟载德,琼源方阐。享荐三清,筵陈四琏。增我堂构,式敷帝典。

景德凯容舞

皇祖执德,长发其祥。显仁藏用,怀道韬光。宁斯閟寝,合此萧芗。永昭贻厥,还符翦商。

武德舞

烝哉圣祖,抚运升离。道周经纬,功格玄祇。方轩迈扈,比舜陵妫。缉熙是咏,钦明在斯。云雷遘屯,图南共举。大定扬、越,震威衡、楚。四奥宅心,九畴还叙。景星出翼,非云入吕。德畅容辞,庆昭羽缀。於穆清庙,载扬徽烈。嘉玉既陈,丰盛斯絜。是将是享,鸿猷无绝。

北齐享庙乐辞

《隋书·乐志》曰:"齐享庙乐:先祀一日,夕牲,群臣入,奏《肆夏》;迎神,奏《高明》登歌乐;牲出入、荐毛血,并奏《昭夏乐》;三公出,进熟,群臣入,并奏《肆夏》,辞同;皇帝入北门,奏《皇夏乐》;太祝裸地,奏登歌乐;皇帝诣东陛及升殿,并奏《皇夏》,辞同;皇帝既升殿,殿上作登歌乐;皇帝初献六世祖司空公、五世祖吏部尚书、高祖秦州刺史、曾祖太尉武贞公、祖文穆皇帝五室,并奏《始基乐》、《恢祚舞》;献高祖神武皇帝室,奏《武德乐》、《昭烈舞》;献文襄皇帝室,奏

《文德乐》、《宣政舞》；献显祖文宣皇帝室，奏《文正乐》、《光大舞》；皇帝还东壁，饮福酒，奏《皇夏乐》；送神，奏《高明乐》；皇帝诣便殿，奏《皇夏乐》；群臣出，奏《肆夏》，辞同。"

肆夏乐

霜凄雨畅，烝哉帝心。有敬其祀，肃事惟歆。昭昭车服，济济衣簪。鞠躬贡酎，磬折奉琛。差以五列，和以八音。式祗王度，如玉如金。

高明登歌乐

日卜惟吉，辰择其良。奕奕清庙，黼黻周张。大吕为角，应钟为羽。路鼗阴竹，德歌昭舞。祀事孔明，百神允穆。神心乃顾，保兹介福。

昭夏乐

大祀云事，献奠有仪。既歌既展，赞顾迎牺。执从伊竦，刍饰惟栗。俟用于庭，将升于室。且握且骍，以致其诚。惠我贻颂，降祉千龄。

昭夏乐

缅彼遐慨，悠然永思。留连七享，缠绵四时。神升魄沉，靡闻靡见。阴阳载俟，臭声兼荐。祖考其鉴，言萃王休。降神敷锡，百福是由。

皇夏乐

齐居严殿,凤驾层闱。车辂垂彩,旒衮腾辉。耸诚载仰,翘心有慕。洞洞自形,斤斤表步。閟宫有邃,神道依俙。孝心缅邈,爰属爰依。

登歌乐

太室窅窅,神居宿设。郁邑惟芬,珪璋惟絜。彝斝应时,龙蒲代用。藉茅无咎,福禄攸降。端感会事,俨思修礼。齐齐匆匆,俄俄济济。

登歌乐

我祠我祖,永惟厥先。炎农肇圣,灵祉蝉联。霸图中造,帝业方宣。道昌基构,抚运承天。奄家六合,爰光八埏。尊神致礼,孝思惟缠。寒来暑反,惕荐在年。匪敬伊慕,备物不愆。设虡设业,鞉鼓填填。辟公在位,有容伊虔。登歌启俏,下管应悬。厥容无爽,幽明肃然。诚匝厚地,和达穹玄。既调风雨,载协山川。周庭有列,汤孙永延。教声惟被,迈后光前。

始基乐㦤牷舞

克明克俊,祖武惟昌。业弘营土,声被海方。有流厥德,终耀其光。明神幽赞,景祚攸长。

始基乐恢祚舞

显允盛德,隆我前构。瑶源弥泻,琼根愈秀。诞惟有族,丕绪克茂。大业崇新,洪基增旧。

始基乐恢祚舞

祖德丕显,明喆知机。豹变东国,鹊起西归。礼申官次,命改朝衣。敬思孝享,多福无违。

始基乐恢祚舞

兆灵有业,潜德无声。韬光戢耀,贯幽洞冥。道弘舒卷,施博藏行。缅追岁事,夜遽不宁。

始基乐恢祚舞

皇皇祖德,穆穆其风。语默自己,明睿在躬。荷天之锡,圣表克隆。高山作矣,宝祚其崇。离光旦旦,载焕载融。感荐惟永,神保无穷。

武德乐昭烈舞

天造草昧,时难纠纷。孰拯斯溺,靡救其焚。大人利见,纬武经文。顾指维极,吐吸风云。开天辟地,峻岳夷海。冥工掩迹,上德不宰。神心有应,龙化无待。义征九服,仁兵告凯。上平下成,靡或不宁。匪王伊帝,偶极崇灵。享亲则孝,絜祀惟诚。礼备乐序,肃赞神明。

乐府诗集

文德乐宣政舞

圣武丕基,睿文显统。眇哉神启,郁矣天纵。道则人弘,德云迈种。昭冥咸叙,崇深毕综。自中徂外,经朝庇野。政反沦风,威还缺雅。旁作穆穆,格于上下。维享维宗,来鉴来假。

文正乐光大舞

玄历已谢,苍灵告期。图玺有属,揖让惟时。龙升兽变,弘我帝基。对扬穹昊,实启雍熙。钦若皇猷,永怀王度。欣赏斯穆,威刑允措。轨物俱宣,宪章咸布。俗无邪指,下归正路。茫茫九域,振以乾纲。混通华裔,配括天壤。作礼视德,列乐传响。荐祀惟虔,衣冠载仰。

皇夏乐

孝心翼翼,率礼兢兢。时洗时荐,或降或升。在堂在户,载湛载凝。多品斯奠,备物攸膺。兰芬敬挹,玉俎恭承。受祭之(祐)〔祜〕,如彼冈陵。

高明乐

仰榱桷,慕衣冠。礼云罄,祀将阑。神之驾,纷奕奕。乘白云,无不适。穷昭域,极幽涂。归帝祉,眷皇都。

皇夏〔乐〕

礼行斯毕,乐奏以终。受嘏先退,载畅其衷。銮轩循

134

辙,麾旌复路。光景徘徊,弦歌顾慕。灵之相矣,有锡无疆。国图日镜,家历天长。

周宗庙歌 庾　信

《隋书·乐志》曰:"周宗庙乐:皇帝入庙门,奏《皇夏》;降神,奏《昭夏》;俎入,皇帝升阶,献皇高祖、皇曾祖德皇帝、皇祖太祖文皇帝、文宣皇太后、闵皇帝、明皇帝、高祖武皇帝七室,皇帝还东壁,饮福酒,还便坐,并奏《皇夏》。"

皇　夏

肃肃清庙,岩岩寝门。欹器防满,金人戒言。应棘悬鼓,崇牙树羽。阶变升歌,庭纷象舞。闲安象设,缉熙清奠。春鲔初登,新莼先荐。偃然入室,俨乎其位。凄怆履之,非寒之谓。

昭　夏

永惟祖武,潜庆灵长。龙图革命,凤历归昌。功移上埝,德耀中阳。清庙肃肃,猛虡煌煌。曲高大夏,声和盛唐。牲牷荡涤,萧合馨香。和銮戾止,振鹭来翔。永敷万国,是则四方。

皇　夏

年祥辨日,上协龟言。奉酎承列,来庭骏奔。雕禾饰斝,翠羽承樽。敬殚如此,恭惟执燔。

皇　夏

庆绪千重秀,鸿源万里长。无时犹戢翼,有道故韬光。盛德必有后,仁义终克昌。明星初肇庆,大电久呈祥。

皇　夏

克昌光上烈,基圣穆西藩。崇仁高涉渭,积德被居原。帝图张往迹,王业茂前尊。重芬德阳庙,叠庆寿陵园。百灵光祖武,千年福孝孙。

皇　夏

雄图属天造,宏略遇群飞。风云犹听命,龙跃遂乘机。百二当天险,三分拒乐推。函谷风尘散,河阳氛雾晞。济弱沦风起,扶危颓运归。地纽崩还正,天枢落更追。原祠乍超忽,毕陇或绵微。终封三尺剑,长卷一戎衣。

皇　夏

月灵兴庆,沙祥发源。功参禹迹,德赞尧门。言容典礼,褕狄徽章。仪形温德,令问昭阳。日月不居,岁时晼晚。瑞云缠心,閟宫惟远。

皇　夏

龙图基代德,天步属艰难。讴歌还受瑞,揖让乃登坛。升舆芒刺重,入位据关寒。卷舒云泛滥,游扬日浸微。出郑终无反,居桐竟不归。祀夏今惟旧,尊灵谧更追。

皇　夏

若水逢降君,穷桑属惟政。丕哉驭帝箓,郁矣当天命。方定五云官,先齐八风令。文昌气似珠,太史河如镜。南宫学已开,东观书还聚。文辞金石韵,毫翰风飙竖。清室桂冯冯,齐房芝诩诩。宁思玉管笛,空见灵衣舞。

皇　夏

南河吐云气,北斗降星辰。百灵咸仰德,千年一圣人。书成紫微动,律定凤皇驯。六军命西土,甲子陈东邻。戎衣此一定,万里更无尘。烟云同五色,日月并重轮。流沙既西静,蟠木又东臣。凯乐闻朱雁,铙歌见白麟。今为六代祀,还得九疑宾。

皇　夏

礼殚祼献,乐极休成。长离前掞,宗祀文明。缩酌浮兰,澄罍合鬯。磬折礼容,旋回灵贶。受厘撤俎,饮福移樽。惟光惟烈,文子文孙。

皇　夏

庭阒四始,筵终三荐。顾步阶墀,徘徊馀奠。六龙矫首,七萃警途。鼓移行漏,风转相乌。翼翼从事,绵绵四时。惟神降嘏,永言保之。

周大祫歌　　　　　　庾　信

周宗庙大祫乐："降神奏《昭夏》,奠玉帛奏登歌,馀同宗庙时享。"

昭　夏

律在夹钟,服居苍衮。杳杳清思,绵绵长远。就祭于合,班神于本。来庭有序,助祭有章。乐舞六代,宾歌二王。和铃以节,镈革斯锵。齐宫馈玉,郁鬯浮金。洞庭钟鼓,龙门瑟琴。其乐已变,惟神是临。

登　歌

神维显思,不言而令。玉帛之礼,敢陈庄敬。奉如弗胜,荐如受命。交于神明,慁于言行。

乐府诗集卷第十　郊庙歌辞 十

隋太庙歌

《隋书·乐志》曰:"文帝开皇中,诏牛弘、姚察、许善心、虞世基、刘臻等,详定雅乐,并撰歌辞。其太庙歌辞:有迎神歌,登歌,俎入歌,皇高祖太原府君、皇曾祖康王、皇祖献王、皇考太祖武元皇帝四室歌,饮福酒歌,送神歌。其俎入歌,饮福酒歌,并郊丘社庙同用。"

迎神歌

务本兴教,尊神体国。霜露感心,享祀陈则。官联式序,奔走在庭。几筵结慕,裸献惟诚。嘉乐载合,神其降止。永言保之,锡以繁祉。

登　歌

孝熙严祖,师象敬宗。惟皇肃事,有来雍雍。雕梁霞复,绣橑云重。观德自感,奉璋伊恭。彝斝尽饰,羽缀有容。升歌发藻,景福来从。

俎入歌

祭本用初,祀由功举。骏奔咸会,供神有序。明酌盈樽,丰牺实俎。幽金既荐,缋错维旅。享由明德,香非稷黍。

载流嘉庆,克固鸿绪。

太原府君歌

缔基发祥,肇源兴庆。乃仁乃哲,克明克令。庸宣国图,善流人咏。开我皇业,七百同盛。

康王歌

皇条俊茂,帝系灵长。丰功叠轨,厚利重光。福由善积,代以德彰。严恭尽礼,永锡无疆。

献王歌

盛才必达,丕基增旧。涉渭同符,迁邠等构。弘风迈德,义高道富。神鉴孔昭,王猷克懋。

太祖歌

深仁冥著,至道潜敷。皇矣太祖,耀名天衢。翦商隆祚,奄宅隋区。有命既集,诞开灵符。

饮福酒歌

神道正直,祀事有融。肃雍备礼,庄敬在躬。羞燔已具,奠酹将终。降祥惟永,受福无穷。

送神歌

飨礼具,利事成。仾旒冕,肃簪缨。金奏终,玉俎撤。

尽孝敬,穷严絜。人祇分,哀乐半。降景福,凭幽赞。

唐享太庙乐章

《唐书·乐志》曰:"贞观中,享太庙乐:迎神用《永和》,九变词同,皇帝行用《太和》,登歌酌鬯用《肃和》,迎俎用《雍和》,献皇祖宣简公、皇祖懿王同用《长发之舞》,景皇帝用《大基之舞》,元皇帝用《大成之舞》,高祖用《大明之舞》,皇帝饮福用《寿和》,送文舞出、迎武舞入用《舒和》,武舞用《凯安》,撤俎用《雍和》,送神用《永和》。其《太和》、《凯安》词,同冬至圜丘。并魏徵、褚亮等作。"

永 和

於穆烈祖,弘此丕基。永言配命,子孙保之。百神既洽,万国在兹。是用孝享,神其格思。

肃 和

大哉至德,允兹明圣。格于上下,聿遵诚敬。嘉乐斯登,鸣球以咏。神其降止,式隆景命。

雍 和

崇兹享祀,诚敬兼至。乐以感灵,礼以昭事。粢盛咸絜,牲牷孔备。永言孝思,庶几不匮。

长发舞

《唐会要》曰:"贞观十四年,诏用颜师古、许敬宗议,皇祖宣简公、懿王庙，并奏《长发之舞》，取《诗》云'濬哲惟商，长发其祥'也。"

濬哲惟唐，长发其祥。帝命斯祐，王业克昌。配天载德，就日重光。本枝百代，申锡无疆。

大基舞

猗与祖业，皇矣帝先。蔚商德厚，封唐庆延。在姬犹稷，方晋逾宣。基我鼎运，於斯万年。

大成舞

周穆王季，晋美帝文。明明盛德，穆穆齐芬。藏用四履，屈道参分。铿锵钟石，载纪鸿勋。

大明舞

《唐会要》曰："贞观十四年，诏用颜师古等议，高祖庙奏《大明之舞》，取《易》曰'大明终始，六位时成'，《诗》有《大明》之篇，称'文王有明德'也。"

五纪更运，三正递升。勋、华既没，禹、汤勃兴。神武命代，灵眷是膺。望云彰德，察纬告徵。上纽天维，下安地轴。征师涿野，万国咸服。偃伯灵台，九官允穆。殊域委赆，怀生介福。大礼既饰，大乐已和。黑章扰囿，赤字浮河。功宣载籍，德被咏歌。克昌厥后，百禄是荷。

寿和

八音斯奏，三献毕陈。宝祚惟永，晖光日新。

舒　和

圣敬通神光七庙，灵心荐祚和万方。严禋克配鸿基远，明德惟馨凤历昌。

雍　和

於穆清庙，聿修严祀。四县载陈，三献斯止。笾豆撤荐，人祇介祉。神惟格思，锡祚不已。

永　和

肃肃清祀，烝烝孝思。荐享昭备，虔恭在兹。雍歌撤俎，祝嘏陈辞。用光武志，永固鸿基。

唐享太庙乐章

《唐书·乐志》曰："高宗永徽已后，续造享太庙乐章：献太宗用《崇德之舞》，高宗用《钧天之舞》，中宗用《太和之舞》，睿宗用《景云之舞》，皇祖宣皇帝用《光大之舞》。旧乐章宣（元）〔光〕二宫同用《长发》，其词亦同。开元十年始别造词，而宣帝更用《光大》云。"

崇德舞

五运改卜，千龄启圣。彤云晓聚，黄星夜映。叶阐珠囊，基开玉镜。后为图开。下临万宇，上齐七政。雾开三象，尘清九服。海濂星晖，远安迩肃。天地交泰，华夷辑睦。翔泳归仁，中外禔福。绩逾黜夏，勋高翦商。武陈《七德》，刑设三章。祥禽巢阁,仁兽游梁。卜年惟永,景福无疆。

钧天舞

承天抚箓,纂圣登皇。遐清万宇,仰协三光。功成日用,道济时康。璇图载永,宝历斯昌。日月扬晖,烟云烂色。河岳修贡,神祇效职。舜风攸偃,尧曦先就。睿感通寰,孝思浃宙。奉扬先德,虔遵曩狩。展义天(局)〔扃〕,飞英云岫。化逸王表,神凝帝先。乘云厌俗,驭日登玄。

太和舞

广乐既备,嘉荐既新。述先惟德,孝飨惟亲。七献具举,五齐毕陈。锡兹祚福,于万斯春。

景云舞

惟睿作圣,惟圣登皇。精感耀魄,时膺会昌。舜惭大孝,尧推让王。能事斯极,振古谁方。文明履运,车书同轨。巍巍赫赫,尽善尽美。衢室凝旒,大庭端扆。释负之寄,事光复子。脱屣高天,登遐上玄。龙湖超忽,象野芊绵。游衣复道,荐果初年。新庙奕奕,明德配天。

光大舞

大业龙祉,徽音骏尊。潜居皇德,赫嗣天昆。展仪宗祖,重诚孝孙。春秋无极,享奏存存。

唐享太庙乐章

《唐书·乐志》曰:"太乐,旧有享太庙迎神、次金奏及送神辞三章,不详所起。"

迎　神

七庙观德,百灵攸仰。俗荷财成,物资含养。道光执契,化笼提象。肃肃雍雍,神其来享。

金　奏

肃肃清庙,巍巍盛唐。配天立极,累圣重光。乐和管磬,礼备烝尝。永惟来格,降福无疆。

送　神

五声备奏,三献终祠。车移凤辇,旆转红旗。礼周笾豆,诚效虔祗。皇灵徙跸,簪绅拜辞。

唐武后享清庙乐章

第　一

建清庙,赞玄功。择吉日,展禋宗。乐已变,礼方崇。望神驾,降仙宫。

第 二

隆周创业,宝命惟新。敬宗茂典,爰表虔禋。声明已备,文物斯陈。肃容如在,恳志方申。

第三登歌

肃敷大礼,上谒尊灵。敬陈筐币,载表丹诚。

第四迎神

敬奠蘋藻,式馨虔襟。絜诚斯展,仁降灵歆。

第五饮福

爰陈玉醴,式奠琼浆。灵心有穆,介福无疆。

第六送文舞

帝图草创,王业初开。功高佐命,业赞云雷。

第七迎武舞

赫赫玄功被穹壤,皇皇至德洽生灵。开基拨乱妖氛廓,佐命宣威海内清。

第八武舞作

荷恩承顾托,执契恭临抚。庙略静边荒,天兵耀神武。

第九撤俎

登歌已阕,献礼方周。钦承景福,肃奉鸿休。

第十送神

大礼言毕,仙卫将归。莫申丹恳,空瞻紫微。

唐享太庙乐章

《唐书·乐志》曰:"中宗神龙元年,享太庙乐:迎神,用《严和》,九变词同;皇帝行,用《升和》;登歌裸鬯,用《虔和》;迎俎,用《歆和》;光皇帝酌献用《长发》,景皇帝酌献用《大基》,元皇帝酌献用《大成》,高祖酌献用《大明》,太宗酌献用《崇德》,五室舞词并同贞观,高宗酌献用《钧天》,舞词同光宅;孝敬皇帝酌献用《承光》;皇帝饮福,用《延和》;送文舞出,迎武舞入,用《同和》;武舞用《宁和》;撤俎,用《恭和》;送神,用《通和》。皇后助享,皇后行,用《正和》,词同贞观中宫朝会;登歌奠鬯,用《昭和》;皇后酌献,饮福,用《诚敬》;撤俎,用《肃和》;送神,用《昭感》。"

严　和

肃肃清庙,赫赫玄猷。功高万古,化奄十洲。中兴丕业,上荷天休。祗奉先构,礼被怀柔。

升　和

顾惟菲薄,纂历应期。中外同轨,夷狄来思。乐用崇德,礼以陈词。夕惕若厉,钦奉宏基。

虞　和

礼标荐鬯,肃事祠庭。敬申如在,敢托非馨。

歆　和

崇禋已备,粢盛聿修。絜诚斯展,钟石方遒。

承光舞

金相载穆,玉裕重辉。养德青禁,承光紫微。乾宫候色,震象增威。监国方永,宾天不归。孝友自衷,温文性与。龙楼正启,鹤驾斯举。丹宸流念,鸿名式序。中兴考室,永陈彝俎。

延　和

巍巍累圣,穆穆重光。奄有区夏,祚启隆唐。百蛮饮泽,万国来王。本枝亿载,鼎祚逾长。

同　和

惟圣配天敷盛礼,惟天为大阐洪名。恭禋展敬光先德,蘋藻申虔表志诚。

宁　和

炎驭失天纲,土德承天命。英猷被寰宇,懿躅隆邦政。

七德已绥边,九夷咸厎定。景化覃遐迩,深仁洽翔泳。

恭 和

礼周三献,乐阕九成。肃承灵福,悚惕兼盈。

通 和

祠容既毕,仙座爰兴。停停凤举,蔼蔼云升。长隆宝运,永锡休征。福覃贻厥,恩被黎蒸。

昭 和

道洽二仪交泰,时休四宇和平。环珮肃于庭实,钟石扬乎颂声。

诚 敬

顾惟菲质,忝位椒宫。虔奉蘋藻,肃事神宗。敢申诚絜,庶罄深衷。晬容有裕,灵享无穷。

肃 和

月礼已周,云和将变。爰献其醑,载迁其奠。明德逾隆,非馨是荐。泽沾动植,仁覃宇县。

昭 感

铿锵《韶》、《护》,肃穆神容。洪规赫赫,祠典雍雍。已周三献,将乘六龙。虔诚有托,恳志无从。

唐享太庙乐章　　　　张　说

《唐书·乐志》曰："玄宗开元七年,享太庙乐:迎神用《永和》,皇帝行用《太和》,登歌酌瓒用《肃和》,迎俎用《雍和》,皇帝酌醴齐用文舞,献宣皇帝用《光大舞》,光皇帝用《长发舞》,景皇帝用《大政舞》,元皇帝用《大成舞》,高祖用《大明舞》,太宗用《崇德舞》,高宗用《钧天舞》,中宗用《大和舞》,睿宗用《景云舞》,皇帝饮福受胙用《福和》,送文舞出、迎武舞入用《舒和》,亚献终献行事,武舞用《凯安》,撤豆用登歌,送神用《永和》。按景皇帝旧用《大基》,至是改用《大政》云。"

永和三首

肃九室,谐八音。歌皇慕,动神心。礼宿设,乐妙寻。声明备,祼奠临。

律迓气,音入玄。依玉几,御黼筵。聆忾息,僾周旋。《九韶》遍,百福传。

信工祝,永颂声。来祖考,听和平。相百辟,贡九瀛。神休委,帝孝成。

大　和

时文圣后,清庙肃邕。致诚勤荐,在貌思恭。玉节《肆夏》,金锵五钟。绳绳云步,穆穆天容。

肃　和

天子享孝,工歌溥将。(射)〔躬〕祼郁鬯,乃焚膋芗。臭以达旨,声以求阳。奉时烝尝,永代不忘。

雍和二首

在涤嘉豢,丽碑敬牲。角握之牝,色纯之骍。火传阳燧,水溉阴精。太公胖俎,傅说和羹。

俎豆有馥,斋盛絜丰。亦有和羹,既戒既平。鼓钟管磬,肃唱和鸣。皇皇后祖,来我思成。

文舞

圣谟九德,真言五千。庆集昌胄,符开帝先。高文杖钺,克配彼天。三宗握镜,六合涣然。帝其承祀,率礼罔愆。图书雾出,日月清悬。舞形德类,咏谂功传。黄龙蜿蟺,彩云蹁跹。五行气顺,八佾风宣。介此百禄,於皇万年。

光大舞

肃肃艺祖,滔滔浚源。有雄玉剑,作镇金门。玄王贻绪,后稷谋孙。肇禋九庙,四海来尊。

长发舞

具礼崇德,备乐承风。魏推幢主,周赠司空。不行而至,无成有终。神兴王业,天归帝功。

大政舞

於赫元命,权舆帝文。天齐八柱,地半三分。宗庙观德,笙镛乐勋。封唐之兆,成天下君。

大成舞

帝舞季历,龙圣生昌。后歌有蟜,胎炎孕黄。天地合德,日月齐光。肃雍孝享,祚我万方。

大明舞

赤精乱德,四海困穷。黄旗举义,三灵会同。旱望春雨,云披大风。溥天来祭,高祖之功。

崇德舞

皇合一德,朝宗百神。削平天地,大拯生人。上帝配食,单于入臣。戎歌陈舞,晔晔震震。

钧天舞

高皇迈道,端拱无为。化怀獯鬻,兵赋勾骊。礼尊封禅,乐盛来仪。合位娲后,同称伏羲。

大和舞

退居江水,郁起丹陵。礼物还旧,朝章中兴。龙图友及,骏命恭膺。鸣球香瓒,大糦是承。

景云舞

景云霏烂,告我帝符。噫帝冲德,与天为徒。笙镛遥远,俎豆虚无。春秋孝献,回复此都。

福　和

备礼用乐,崇亲致尊。诚通慈降,敬彻爱存。献怀称寿,啐感承恩。皇帝孝德,子孙千亿。大包天域,长亘不极。

舒　和

六钟翕协六变成,八佾徜徉八风生。乐《九韶》兮人神感,美《七德》兮天地清。

凯安四首

瑟彼瑶爵,亚维上公。室如屏气,门不容躬。礼殷其本,乐执其中。圣皇永慕,天地幽通。

礼匜三献,乐遍九成。降循轩陛,仰歆皇情。福与仁合,德因孝明。百年神畏,四海风行。

总总干戚,填填鼓钟。奋扬增气,坐作为容。离若鸷鸟,合如战龙。万方观德,肃肃邕邕。

烈祖顺三灵,文宗威四海。黄钺诛群盗,朱旗扫多罪。戢兵天下安,约法人心改。大哉干羽意,长见风云在。

登　歌

止笙磬,撤豆笾。廊无响,宵入玄。主在室,神在天。情馀慕,礼罔愆。喜黍稷,屡丰年。

永 和

眇嘉乐,授灵爽。感若来,思如往。休气散,回风上。返寂寞,还惚恍。怀灵驾,结空想。

乐府诗集卷第十一　郊庙歌辞 十一

唐享太庙乐章

《唐书·乐志》曰："代宗宝应已后，续造享太庙乐章：献玄宗用《广运之舞》，肃宗用《惟新之舞》，代宗用《保大之舞》，德宗用《文明之舞》，顺宗用《大顺之舞》，宪宗用《象德之舞》，穆宗用《和宁之舞》，武宗用《大定之舞》，昭宗用《咸宁之舞》，宣宗、懿宗有舞词而名不传。"

广运舞　　　　郭子仪

於赫皇祖，昭明有融。惟文之德，惟武之功。河海静谧，车书混同。虔恭孝飨，穆穆玄风。

惟新舞　　　　刘晏

汉祚惟永，神功中兴。风驱氛祲，天覆黎蒸。三光再朗，庶绩其凝。重熙累叶，景命是膺。

保大舞　　　　郭子仪

於穆文考，圣神昭彰。《箫》、《勺》群慝，含光远方。万物茂遂，九夷宾王。愔愔《云》、《韶》，德音不忘。

文明舞　　　　郑馀庆

开邸除暴，时迈勋尊。三元告命，四极骏奔。金枝翠

155

叶,辉烛瑶琨。象德亿载,贻庆汤孙。

大顺舞　　　　　郑 细

於穆时文,受天明命。允恭玄默,化成理定。出震嗣德,应乾传圣。猗欤缉熙,千亿流庆。

象德舞　　　　　段文昌

肃肃清庙,登显至德。泽周八荒,兵定四极。生物咸遂,群盗灭息。明圣钦承,子孙千亿。

和宁舞　　　　　牛僧孺

湜湜顒顒,融昭德辉。不纽不舒,贯成九围。武烈文经,敷施当宜。纂尧付启,亿万熙熙。

大定舞　　　　　李 回

受天明命,敷祐下土。化时以俭,卫文以武。氛消夷夏,俗臻往古。亿万斯年,形于律吕。

宣宗舞　　　　　夏侯孜

於铄令主,圣祚重昌。兴起教义,申明典章。俗尚素朴,人皆乐康。积德可报,流庆无疆。

懿宗舞　　　　　萧 仿

圣祚无疆,庆传乐章。金枝繁茂,玉叶延长。海渎常晏,波涛不扬。汪汪美化,垂范今王。

咸宁舞

於铄丕嗣,惟帝之光。羽籥象德,金石荐祥。圣系无极,景命永昌。神降上哲,维天配长。

唐太清宫乐章

《唐书·礼仪志》曰:"玄宗开元二十〔九〕年正月,诏两京诸州置玄元庙。天宝二年三月,以西京玄元庙为太清宫。其乐章:降仙圣奏《煌煌》,登歌奠炉奏《冲和》,上香毕奏《紫极舞》,撤醴奏登歌,送仙圣奏《真和》。"《会要》曰:"太清宫荐献圣祖玄元皇帝奏《混成紫极之舞》。"

煌　煌

煌煌道宫,肃肃太清。礼光尊祖,乐备充庭。罄竭诚至,希夷降灵。云凝翠盖,风焰虹旌。众真以从,九奏初迎。永惟休祐,是锡和平。

冲　和

虚无结思,钟磬和音。歌以颂德,香以达心。礼殊祼鬯,义感昭临。云车至止,庆垂愔愔。

香初上

肃肃我祖,绵绵道宗。至感潜达,灵心暗通。云骈御气,芝盖随风。四时禋祀,万国来同。

再 上

仙宗绩道,我李承天。庆深虚极,符光象先。俗登仁寿,化阐蟬涓。五千贻范,亿万斯年。

终 上

不宰元功,无为上圣。洪源《长发》,诞受天命。金奏迎真,璇宫展盛。备礼周乐,垂光储庆。

紫极舞

至道生元气,重圆法混成。无为观大象,冲用体常名。仙乐临丹阙,云车出玉京。灵符百代应,瑞节九真迎。宝运开皇极,天临映太清。长垂一德庆,永庇万方宁。

序入破第一奏

真宗开妙理,冲教统清虚。化演无为日,言昭有象初。瑶坛肃灵瑞,金阙映仙居。一奏三清乐,长回八景舆。

第二奏

虚极仙宗本,希夷象帝先。百灵朝太上,万法祖重圆。善贷惟冲德,功成谓自然。云门达和气,思用合钧天。

第三奏

元符传紫极,宝祚启高真。道德先垂裕,冲和已化淳。

人风齐太古,天瑞叶惟新。仙乐清都上,长明交泰辰。

登　歌

严禋展事,礼絜蒸尝。皇矣圣祖,德惟馨香。盛荐既撤,歌工再扬。大来之庆,降福穰穰。

真　和

玉磬含响,金铲既馥。风驭泠泠,云坛肃肃。杳归大象,霈流嘉福。俾宁万邦,无思不服。

唐德明兴圣庙乐章　　　　李　舒

《唐书·礼仪志》曰:"玄宗天宝二年三月,追尊皋繇为德明皇帝,凉武昭王为兴圣皇帝。其庙乐:第一迎神,第二登歌奠币,第三迎俎,第四酌献,第五亚献、终献,第六送神。"

迎　神

元尊九德,佐尧光宅。烈祖太宗,方周作伯。响怀霜露,乐变金石。白云清风,仿佛来格。

登歌奠币

四时有典,百事来祭。尊祖奉宗,严禋大帝。礼先苍璧,奠备黝制。於万斯年,熙成帝系。

迎　俎

盛牲实俎，涓选休成。鼎烝阳燧，玉盥阴精。有俶嘉豆，既和大羹。侑以清乐，细齐人情。

德明酌献

清庙奕奕，和乐雍雍。器尊牺象，礼属宗公。白水方祼，黄流在中。谟明之德，万古清风。

兴圣酌献

闷宫静谧，合乐周张。泰尊始献，百末重觞。震澹存诚，庶几迪尝。遥源之祚，天汉灵长。

亚献终献

惟清惟肃，靡闻[①]靡见。举备九成，俯终三献。庆彰曼寿，胙撤嘉荐。瘗玉埋牲，礼神斯遍。

送　神

元精回复，灵贶繁滋。风洒兰路，云摇桂旗。高丘缅邈，凉部逶迟。瞻望靡及，缠绵永思。

[①] "靡闻"二字，底本阙，据四部丛刊本补。

唐仪坤庙乐章

《唐书·乐志》曰:"仪坤庙乐:迎神用《永和》,次金奏,皇帝行用《太和》,酌献登歌用《肃和》,迎俎用《雍和》,肃明皇后室酌献用《昭升》,昭成皇后室酌献用《坤贞》,饮福用《寿和》,送文舞出、迎武舞入用《舒和》,武舞用《安和》,撤俎用《雍和》,送神用《永和》。"

永 和 徐彦伯

猗若清庙,肃肃荧荧。国荐严祀,坤(兴)〔舆〕淑灵。有几在室,有乐在庭。临兹孝享,百禄惟宁。

金 奏

阴灵效祉,轩曜降精。祥符淑气,庆集柔明。瑶俎既列,雕桐发声。徽猷永远,比德皇英。

太 和 丘说

孝哉我后,冲乎乃圣。道映重华,德辉文命。慕深视筐,情殷抚镜。万国移风,兆人承庆。

肃 和 张齐贤

裸圭既濯,郁鬯既陈。画幂云举,黄流玉醇。仪充献酌,礼盛众禋。地察惟孝,愉焉飨亲。

雍　和　　　　　郑善玉

酌郁既灌,取萧方爇。笾豆静(器)〔嘉〕,簠簋芬苾。鱼腊荐美,牲牷表絜。是戡是将,载迎载列。

昭　升　　　　　薛稷

阳灵配德,阴魄昭升。尧坛凤下,汉室龙兴。俔天作对,前旒是凝。化行南国,道盛西陵。造舟集灌,无德而称。我粢既絜,我醴既澄。阴阴灵庙,光灵若凭。德馨惟飨,孝思烝烝。

坤　贞

乾道既亨,坤元以贞。肃雍攸在,辅佐斯成。外睦九族,内光一庭。克生睿哲,祚我休明。钦若徽范,悠哉淑灵。建兹清宫,于彼上京。缩茅以献,絜秬惟馨。实受其福,(斯)〔期〕乎亿龄。

寿　和　　　　　徐坚

於穆清庙,肃雍严祀。合福受釐,介以繁祉。

舒　和　　　　　胡雄

送文迎武递参差,一始一终光圣仪。四海生人歌有庆,千龄孝享肃无亏。

安　和　　　　　刘子玄

妙算申帷幄,神谋出庙庭。两阶文物备,《七德》武功成。校猎长杨苑,屯军细柳营。将军献凯入,歌舞溢重城。

雍　和　　　　　员半千

孝享云毕,维撤有章。云感玄羽,风凄素商。瞻望神座,祗恋匪遑。礼终乐阕,肃雍锵锵。

永　和　　　　　祝钦明

閟宫实实,清庙微微。降格无象,馨香有依。式昭纂庆,方融嗣徽。明禋是享,神保聿归。

唐仪坤庙乐章

《唐书·乐志》曰:"太乐又有仪坤庙乐章,与前略同。而有迎神、送神二章,无徐彦伯、祝钦明之词。"

迎　神

月灵降德,坤元授光。娥英比秀,任姒均芳。瑶台荐祉,金屋延祥。迎神有乐,歆此嘉芗。

送　神

玉帛仪大,金丝奏广。灵应有孚,冥徵不爽。降彼休福,歆兹禋享。送乐有章,神麾其上。

唐昭德皇后庙乐章

《唐书·乐志》曰:"昭德皇后庙乐:迎神用《永和》,登歌酌鬯用《肃和》,迎俎用《雍和》,酌献用《坤元》,饮福用《寿和》,送文舞出、迎武舞入用《舒和》,武舞用《凯安》,撤俎用《雍和》,送神用《永和》,其辞内出。"

永　和

穆清庙,荐严禋。昭礼备,和乐新。望灵光,集元辰。祚无极,享万春。

肃　和

诚心达,娱乐分。升萧膋,郁氛氲。茅既缩,鬯既薰。后来思,福如云。

雍　和

我将我享,尽明而诚。载芬黍稷,载涤牺牲。懿矣元良,万邦以贞。心乎爱敬,若睹容声。

坤　元

於穆先后,俪圣称崇。母临万宇,道被六宫。昌时协庆,理内成功。殷荐明德,传芳国风。

寿　和

工祝致告,徽音不遏。酒醴咸旨,馨香具嘉。受釐献祉,永庆邦家。

舒　和

金枝羽部辍清歌,瑶堂肃穆笙磬罗。谐音遍响合明意,万类昭融灵应多。

凯　安

辰位列四星,帝功参十乱。进贤勤内辅,扈跸清多难。承天厚载均,并曜宵光灿。留徽蔼前躅,万古披图焕。

雍　和

公尸既起,享礼载终。称歌进撤,尽敬由衷。泽流惠下,大小咸同。

永　和

昭事终,幽享馀。移月御,返仙居。璇庭寂,灵幄虚。顾徘徊,感皇储。

唐让皇帝庙乐章　　　李　舒

迎　神

皇矣天宗,德先王季。因心则友,克让以位。爰命有司,式遵前志。神其降灵,昭飨祀事。

奠 币

惟帝时若,去而上仙。祀用商武,乐备宫县。白璧加荐,玄纁告虔。子孙拜后,承兹吉蠲。

迎 俎

祀盛体荐,礼协粢盛。方周假庙,用鲁纯牲。捧撤祗敬,击拊和鸣。受釐归胙,既戒而平。

酌 献

八音具举,三寿既盥。絜兹宗彝,瑟彼圭瓒。兰肴重错,椒醑飘散。降祚维城,永为藩翰。

亚献终献

秩礼有序,和音既同。九仪不忒,三揖将终。孝感藩后,相维辟公。四时之典,永永无穷。

送 神

奠献已事,昏昕载分。风摇雨散,灵卫绌缊。龙驾帝服,上腾五云。泮宫复阕,寂寞无闻。

唐享隐太子庙乐章

《唐书·乐志》曰:"贞观中,享隐太子庙乐:迎神用《诚和》,登歌奠玉帛用《肃和》,迎俎用《雍和》,送文舞出、迎武舞入用《舒和》,

武舞用《凯安》,送神用《诚和》,词同迎神。"

诚　和

道闼鹤关,运缠鸠里。门集大命,俾歆嘉祀。礼亚六瑚,诚殚二簋。有诚颙若,神斯戾止。

肃　和

岁肇春宗,乾开震长。瑶山既寂,庡园斯享。玉肃其事,物昭其象。弦诵成风,笙歌合响。

雍　和

明典肃陈,神居邃启。春伯联事,秋官相礼。有来雍雍,登歌济济。缅惟主鬯,庶歆芳醴。

舒　和

三具已判歌钟列,六佾将开羽籥分。尚想燕飞来蔽日,终疑鹤影降陵云。

武　舞

天步昔将开,商郊初欲践。抚戎金阵廓,贰极瑶图阐。鸡戟遂崇仪,龙楼期好善。弄兵隳震业,启圣隆祠典。

唐享隐太子庙乐章

《唐书·乐志》曰:"太乐旧有隐太子庙迎送神辞二章,不详所起。"

迎 神

苍震有位,黄离蔽明。江充祸结,戾据灾成。衔冤昔痛,赠典今荣。享灵有秩,奉乐以迎。

送 神

皇情悼往,祀仪增设。钟鼓铿锽,羽旄昭晰。掌礼云备,司筵告撤。乐以送神,灵其鉴阅。

乐府诗集卷第十二　郊庙歌辞 十二

唐享章怀太子庙乐章

《唐书·乐志》曰:"神龙初,享章怀太子庙乐章:第一迎神,第二登歌酌鬯,第三迎俎及酌献,第四送文舞出、迎武舞入,第五武舞作,第六送神,词同隐庙。"

迎　神

副君昭象,道应黄离。铜楼备德,玉裕成规。仙气霭霭,灵从师师。前驱戾止,控鹤来仪。

登歌酌鬯

忠孝本著,羽翼先成。寝门昭德,驰道为程。币帛有典,容卫无声。司存既肃,庙享惟清。

迎俎酌献

通三锡胤,明两承英。太山比赫,伊水闻笙。宗祧是寄,礼乐其亨。嘉辰荐俎,以发声明。

送文舞迎武舞

羽籥崇文礼以毕,干鏚奋武事将行。用舍由来其有致,壮志宣威乐太平。

武舞作

绿林炽炎历,黄虞格有苗。沙尘惊塞外,帷幄命嫖姚。七德干戈止,三边云雾消。宝祚长无极,歌舞盛今朝。

唐享懿德太子庙乐章

《唐书·乐志》曰:"神龙初,享懿德太子庙乐章:第一迎神,第二登歌酌鬯,第三迎俎及酌献,第四送文舞出、迎武舞入,第五武舞作,第六送神,词同隐庙。"

迎　神

甲观昭祥,画堂升位。礼绝群后,望尊储贰。启诵惭德,庄丕掩粹。伊浦凤翔,猴峰鹤至。

登歌酌鬯

誉阐元储,寄崇明两。玉裕虽晦,铜楼可想。弦诵辍音,笙歌罢响。币帛言设,礼容无爽。

迎俎酌献

雍雍盛典,肃肃灵祠。宾天有圣,对日无期。飘飘羽服,掣曳云旗。眷言主鬯,心乎怆兹。

送文舞迎武舞

八音协奏陈金石,六佾分行整礼容。沧溟赴海还称少,素月开轮即是重。

武舞作

隋季昔云终,唐年初启圣。纂戎将禁暴,崇儒更敷政。威略静三边,仁恩覃万姓。

唐享节愍太子庙乐章

《唐书·乐志》曰:"景云中,享节愍太子庙乐章:第一迎神,第二登歌酌鬯,第三迎俎及酌献,第四送文舞出、迎武舞入,第五武舞作,第六送神,词同隐庙。"

迎　神

储后望崇,元良寄切。寝门是仰,驰道不绝。仙袂云会,灵旗电晰。煌煌而来,礼物攸设。

登歌酌鬯

灼灼重明,仰承元首。既贤且哲,惟孝与友。惟孝虽遥,灵规不朽。礼因诚致,备絜玄酒。

迎俎酌献

嘉荐有典,至诚莫骞。画梁云亘,雕俎星联。乐器周列,礼容备宣。依俙如在,若未宾天。

送文舞迎武舞

邕邕阐化凭文德,赫赫宣威藉武功。既执羽旄先拂吹,还持玉戚更挥空。

武舞作

武德谅雄雄,由来扫寇戎。剑光挥作电,旗影列成虹。雾廓三边静,波澄四海同。睿图今已盛,相共舞皇风。

唐享文敬[①]太子庙乐章

请　神　　　　　　许孟容

觞牢具品,管磬有节。祝道虔恭,神仪昭晰。桐珪早贵,象辂追设。馨达乐成,降歆丰絜。

登　歌　　　　　　陈京

歌以德发,声以乐贵。乐善名存,追仙礼异。鸾旌拱修,凤鸣合次。神听皇慈,仲月皆至。

迎俎酌献　　　　　冯伉

撰日瞻景,诚陈乐张。礼容秩秩,羽舞煌煌。肃将涤濯,祗荐芬芳。永锡繁祉,思深享尝。

[①] 敬:底本作"恭",当是避宋翼祖之讳,据《新唐书》改回。

退文舞迎武舞

干旄羽籥相亏蔽,一进一退殊行缀。昔献三雍盛礼容,今陈六佾崇仪制。

亚献终献　　　　崔邠

醴齐泛樽彝,轩县动干戚。入室俨如在,升阶虔所历。奋疾合威容,定利舒蠖绎。方崇庙貌礼,永被君恩锡。

送　神　　　　张荐

三献具举,九旗将旋。追劳表德,罢享宾天。风引仙管,堂虚画筵。芳馨常在,瞻望悠然。

唐享惠昭太子庙乐章

请　神　　　　归登

嘉荐既陈,祀事孔明。闲歌在堂,万舞在庭。外则尽物,内则尽诚。凤笙如闻,歆其絜精。

登　歌　　　　杜羔

因心克孝,位震遗芬。宾天道茂,轸怀气分。发祗乃祀,咳叹如闻。二歌斯升,以咏德薰。

迎俎酌献　　　　李逢吉

既絜酒醴,聿陈熟腥。肃将震念,昭格储灵。展矣礼典,薰然德馨。愔愔管磬,亦具是听。

(退)〔送〕文舞迎武舞　　　孟简

喧喧金石容既缺,肃肃羽驾就行列。缑山遗响昔所闻,庙庭进旅今攸设。

亚献终献　　　裴度

重轮始发祥,齿胄方兴学。冥然升紫府,铿尔荐清乐。奠斝致馨香,在庭纷羽籥。礼成神既醉,仿佛缑山鹤。

送神　　　王涯

威仪毕陈,备乐将阕。苞茅酒缩,膋萧香彻。宫臣展事,肃雍在列。迎精送往,厥鉴昭晰。

唐武氏享先庙乐章　　　武后

先德谦执冠昔,严规节素超今。奉国忠诚每竭,承家至孝纯深。追崇惧乖尊意,显号恐玷徽音。既迫王公屡请,方乃俯遂群心。有限无由展敬,奠酹每阙亲斟。大礼虔申典册,蘋藻敬荐翘襟。

唐韦氏褒德庙乐章

《唐书·乐志》曰:"神龙中,中宗为皇后韦氏祖考立庙曰褒德,其庙乐:迎神用《昭德》,登歌用《进德》,俎入初献用《褒德》,次武舞作,亚献及送神用《彰德》,词并内出。"

昭 德

道赫梧宫,悲盈蒿里。爰畅徽烈,载敷嘉祀。享洽四时,规陈二篹。灵应昭格,神其戾止。

进 德

涂山懿戚,妫汭崇姻。祠筵肇启,祭典方申。礼以备物,乐以感神。用隆敦叙,载穆彝伦。

褒 德

家著累仁,门昭积善。瑶筐既列,金县式展。

武舞作

昭昭竹殿开,奕奕兰宫启。懿范隆丹掖,殊荣辟朱邸。六佾荐徽容,三篹陈芳醴。万石覃贻厥,分珪崇祖祢。

彰 德

名隆五岳,秩映三台。严祠已备,睟影方回。

梁太庙乐舞辞

《五代会要》曰:"梁开平二年正月,太常奏定享太庙乐:迎神舞《开平之舞》,迎俎奏《庆肃之乐》,酌献奏《庆熙》,饮福酒奏《庆隆》,送文舞、迎武舞奏《庆融》,亚献、终献奏《庆休》。"《唐馀录》曰:"梁宗庙乐：迎神奏《开平舞》，次皇帝行，次帝盥，次登歌。献肃祖奏《大合之舞》，恭祖奏《象功之舞》，宪祖奏《来仪之舞》，烈祖奏《昭德之舞》，次饮福，次撤豆，次送神。"

开平舞

黍稷馨，醑醴清。牲牷絜，金石铿。恭祀事，结皇情。神来格，歌颂声。

皇帝行

莫高者天，攀陟勿克。陟天有方，累仁积德。祖宗隆之，子孙履之。配天明祀，永永孝思。

帝盥

庄肃莅事，周旋礼容。祼鬯严絜，穆穆雍雍。

登歌

於赫我皇，建中立极。动以武功，静以文德。昭事上帝，欢心万国。大报严禋，四海述职。

大合舞

於穆皇祖，濬哲雍熙。美溢中夏，化被南陲。后稷累德，公刘创基。肇兴九庙，乐合来仪。

象功舞

天地合德，睿圣昭彰。累赠太傅，俄登魏王。雄名不朽,奕叶而光。建国之兆,君临万方。

来仪舞

於赫帝命,应天顺人。亭育品汇,宾礼百神。洪基永固,景命惟新。肃恭孝享,祚我生民。

昭德舞

肃肃文考,源浚派长。汉称诞季,周实生昌。奄有四海,超彼百王。笙镛迭奏,礼物荧煌。

饮　福

戛玉扠金永颂声,𢂁丝孤竹和且清。灵歆醉止牺象盈,自天降福千万龄。

撤　豆

笙镛洋洋,庭燎煌煌。明星有烂,祝史下堂。笾豆斯撤,礼容有章。克勤克俭,无怠无荒。

送　神

其降无从,其往无踪。黍稷非馨,有感必通。赫奕令德,仿佛晬容。再拜慌惚,遐想昊穹。

后唐宗庙乐舞辞

《唐馀录》曰:"后唐并用唐乐,无所变更,唯别造六室舞辞:懿祖室奏《昭德之舞》,献祖室奏《文明之舞》,太祖室奏《应天之舞》,昭宗室奏《永平之舞》,庄宗室奏《武成之舞》,明宗室奏《雍熙之舞》。"

昭德舞

懿彼明德,赫赫煌煌。名高阃域,功著旂常。道符休泰,运叶祺祥。庆传万祀,以播耿光。

文明舞

帝业光扬,皇图龛赫。圣德孔彰,神功不测。信及豚鱼,恩沾动植。懿范鸿名,传之万亿。

应天舞

晋国肇兴,雄图再固。黼黻帝道,金玉王度。皇天无亲,惟德是辅。载诞英明,永光圣祚。

永平舞

庆传宝祚,位正瑶图。功宣四海,化被八区。静彰帝道,动合乾符。千秋万祀,永荷昭苏。

武成舞　　　　　　　崔居俭

艰难王业,返正皇唐。先天载造,却日重光。汉绍世祖,夏资少康。功成德茂,率祀无疆。

雍熙舞　　　　　　　卢文纪

仁君御宇,寰海谧清。运符武德,道协文明。九功式叙,百度惟成。金门积庆,玉叶传荣。

汉宗庙乐舞辞

《五代史·乐志》曰:"汉宗庙酌献乐舞:文祖室奏《灵长之舞》,德祖室奏《积善之舞》,翼祖室奏《显仁之舞》,显祖室奏《章庆之舞》,高祖室奏《观德之舞》。"《唐馀录》曰:"高祖追尊四祖庙,且远引汉之二祖为六室。张昭因傅会其礼,乃曰:太祖高皇帝创业垂统,室奏《武德之舞》,世祖光武皇帝再造丕基,室奏《大武之舞》,自如其旧。而《大武》即用东平王苍辞云。"

武德舞

明明我祖,天集休明。神母夜哭,彤云昼兴。笾豆有践,管籥斯登。孝孙致告,神其降灵。

灵长舞

天降祥,汉祚昌。火炎上,水灵长。建庙社,絜蒸尝。罗钟石,俨珩璜。陈玉豆,酌金觞。气昭感,德馨香。祗洛汭,瞻晋阳。降吾祖,福穰穰。

积善舞

黍稷斯馨,祖德惟明。蛇告赤帝,龟谋大横。云行雨施,天成地平。造我家邦,斡我璇衡。陶匏在御,醍盎惟精。或戛或击,载炮载烹。饮福受胙,舞降歌迎。滔滔不竭,洪惟水行。

显仁舞

运极金行谢,天资水德隆。礼神廊畤馆,布政未央宫。诘旦修明祀,登歌答茂功。云軿临降久,星俎荐陈丰。蔼蔼沉檀雾,锵锵环珮风。荧煌升藻藉,胼蚕转珠栊。尊祖《咸》、《韶》备,贻孙书轨同。京垓长有积,宗社享无穷。

章庆舞

罘罳晓唱鸡人,三牲八簋斯陈。雾集瑶阶琐闼,香生绮席华茵。珠佩貂珰熠爚,羽旄干戚纷纶。酌鬯既终三献,凝旒何止千春。阿阁长栖彩凤,郊宫叠奏祥麟。赤伏英灵未泯,玄珪运祚重新。玉斝牺樽(罾)〔潋〕滟,龙旆凤辖逡巡。瞻望月游冠冕,犹疑苍野回轮。

观德舞　　　　张　昭

高庙明灵再启图,金根玉辂幸神都。巢阿丹凤衔书命,入昴飞星献宝符。正抚薰弦娱赤子,忽登仙驾泣苍梧。荐樱鹤馆箛箫咽,酌鬯金楹剑珮趋。星俎云罍兼鲁礼,朱干象箾杂巴渝。氤氲龙麝交青琐,仿佛锡銮下蕊珠。荐豆奉觞亲玉几,配天合祖耀璇枢。受釐饮酒皇欢洽,仰俟馀灵泰九区。

周宗庙乐舞辞

《唐馀录》曰:"周宗庙乐:降神奏《肃顺》,皇帝行奏《治顺》,献信祖室奏《肃雍之舞》,僖祖室奏《章德之舞》,义祖室奏《善庆之舞》,

庆祖室奏《观成之舞》,太祖室奏《明德之舞》,世宗室奏《定功之舞》,酌献登歌奏《感顺》,迎俎奏《禋顺》,饮福奏《福顺》,送文舞、迎武舞奏《忠顺》,武舞奏《善胜》,撤俎奏《礼顺》,送神奏《肃顺》。"

肃　顺

我后至孝,祇谒祖先。仰瞻庙貌,夙设宫县。朱弦疏越,羽舞回旋。神其来格,明祀惟虔。

治　顺

清庙将入,衮服是依。载行载止,令色令仪。永终就养,空极孝思。瞻望如在,顾复长违。

肃雍舞

周道载兴,象日之明。万邦咸庆,百谷用成。於穆圣祖,祇荐鸿名。祀于庙社,陈其牺牲。进旅退旅,皇舞之形。一倡三叹,朱弦之声。以妥以侑,既和且平。至诚潜达,介福攸宁。

章德舞

清庙新,展严禋。恭祖德,厚人伦。雅乐荐,礼器陈。俨皇尸,列虞宾。神如在,声不闻。享必信,貌惟夤。想龙服,奠牺樽。礼既备,庆来臻。

善庆舞

卜世长,帝祚昌。定中国,服四方。修明祀,从旧章。

奏激楚,转清商。罗俎豆,列簪裳。歌纍纍,容皇皇。望来格,降休祥。祝敢告,寿无疆。

观成舞

穆穆王国,奕奕神功。毖祀载展,明德有融。彝樽斯满,簠簋斯丰。纷綌旄羽,锵洋磬钟。或升或降,克和克同。孔惠之礼,必肃之容。锡以纯嘏,祚其允恭。神保是飨,万世无穷。

明德舞

惟彼岐阳,德大流光。载造周室,泽及遐荒。於铄圣祖,上帝是皇。乃圣乃神,知微知章。新庙奕奕,丰年穰穰。取彼血膋,以往烝尝。黍稷惟馨,笾豆大房。工祝致告,受福无疆。

咸 顺

万舞咸列,三阶克清。贯珠一倡,击石九成。盈觞虽酌,灵坐无形。永怀我祖,达其孝诚。

禋 顺

旨酒既献,嘉肴乃迎。振其鼗鼓,絜以铏羹。肇禋肇祀,或炮或烹。皇尸俨若,保飨是明。

福 顺

新庙奕奕,金奏洋洋。享于祖考,循彼典章。清酤特满,嘉玉腾光。神醉既告,帝祉无疆。

忠　顺

称文既表温柔德,示武须成蹈厉容。缀兆疾舒皆应节,明明我祖乐何穷。

善胜舞

《五代史·乐志》曰:"周广顺元年,改郊庙朝会舞名。乃改汉《治安》为《政和之舞》,《振德》为《善胜之舞》,《观象》为《崇德之舞》,《讲功》为《象成之舞》。"

圣祖累功,福钟来裔。持羽执干,舞文不废。

裡　顺

礼毕祀先,香散几筵。罢舞干戚,收撤豆笾。

肃　顺

乐奏四顺,福受万年。神归碧天,庭馀瑞烟。

乐府诗集卷第十三　燕射歌辞一

《周礼·大宗伯》之职曰："以饮食之礼,亲宗族兄弟;以宾射之礼,亲故旧朋友;以飨燕之礼,亲四方之宾客。"《大行人》："掌大宾之礼、大客之仪以亲诸侯,以九仪辨诸侯之命,等诸臣之爵,以同邦国之礼而待其宾客。上公飨礼九献,食礼九举;侯伯飨礼七献,食礼七举;子男飨礼五献,食(举)〔礼〕五举。诸侯之卿,各下其君二等,大夫、士皆如之。"凡正飨,食则在庙,燕则在寝,所以仁宾客也。《仪·燕礼》曰："工歌《鹿鸣》、《四牡》、《皇皇者华》。笙入,奏《南陔》、《白华》、《华黍》。乃间歌《鱼丽》,笙《由庚》;歌《南有嘉鱼》,笙《崇丘》;歌《南山有台》,笙《由仪》。遂歌乡乐:《周南》,《关雎》、《葛覃》、《卷耳》;《召南》,《鹊巢》、《采蘩》、《采𬞟》。"此燕飨之有乐也。《大司乐》曰："大射,王出入奏《王夏》,及射令奏《驺虞》,诏诸侯以弓矢舞。"《乐师》："燕射,帅射夫以弓矢舞。"《大师》:"大射,帅瞽而歌射节。"此大射之有乐也。《王制》曰："天子食,举以乐。"《大司乐》:"王大食,三宥,皆令奏钟鼓。"汉鲍业曰:"古者天子食饮,必顺四时五味,故有食举之乐,所以顺天地、养神明、求福应也。"此食举之有乐也。《隋书·乐志》曰:"汉明帝时,乐有四品。其二曰雅颂乐,辟雍飨射之所用。则《孝经》所谓'移风易俗,莫善于乐'。《礼记》曰:'揖让而治天下者,礼乐之谓也。'三曰黄门鼓吹,天子宴群臣之所用。则《诗》所谓'坎坎鼓我,蹲蹲舞我'者也。"汉有殿中御饭食举七曲,太乐食举十三曲,魏有雅乐四曲,皆取周诗《鹿鸣》。晋荀勖以《鹿鸣》燕嘉宾,无取于朝。乃除《鹿鸣》旧歌,更作行礼诗四篇,先陈三朝朝宗之义。又为王公上寿酒、食举乐歌诗十(二)〔三〕篇。司律陈颀以为三元肇发,群后奉璧,趋步拜起,莫非行礼,岂容别设一乐,谓之行礼。荀讥《鹿鸣》之失,似悟昔缪,还制四篇,复袭前轨,亦未为得也。终宋、齐已来,相承用之。梁、陈三朝乐,有四十九等,其曲有《相和》五引及《俊雅》等七曲。后魏道武初,正月上日飨群臣,备列宫县正乐,奏燕、赵、秦、吴之音,五方殊俗之曲,四时飨会亦用之。隋炀帝初,诏秘书省学士定殿前乐工歌十四曲,终大业之世,每举用焉。其后又因高祖七部乐,乃定以为九部。唐武德初,宴享承隋旧制,用九部乐。贞观中,张文收造宴乐,于是分为十部。后更分宴乐为立坐二部。天宝已后,宴乐西凉、龟兹部著录者二百余曲,而清乐天竺诸部不在焉。

晋四厢[①]乐歌　　　　傅　玄

《晋书·乐志》曰:"晋初,食举亦用《鹿鸣》。至武帝泰始五年,使傅玄、荀勖、张华各造正旦行礼及王公上寿酒、食举乐歌诗,后又诏成公绥亦作焉。傅玄造三篇:一曰《天鉴》,正旦大会行礼歌;二曰《於赫》,上寿酒歌;三曰《天命》,食举东西厢歌。"

正旦大会行礼歌

天鉴有晋,世祚圣皇。时齐七政,朝此万方。钟鼓斯震,九宾备礼。正位在朝,穆穆济济。煌煌三辰,实丽于天。君后是象,威仪孔虔。率礼无愆,莫匪迈德。仪刑圣皇,万邦惟则。

天鉴四章,章四句。

---

① 厢,底本作"箱"。四厢、四箱古通用,现据本书后文统一作"厢"。

乐府诗集

上寿酒歌

於赫明明,圣德龙兴。三朝献酒,万寿是膺。敷佑四方,如日之升。自天降祚,元吉有征。

於赫一章八句。

食举东西厢歌

天命大晋,载育群生。於穆上德,随时化成。自祖配命,皇皇后辟。继天创业,宣、文之绩。丕显宣、文,先知稼穑。克恭克俭,足教足食。既教食之,弘济艰难。上帝是祐,下民所安。天祐圣皇,万邦来贺,虽安勿安,乾乾匪暇。乃正丘郊,乃定冢社。廙廙作宗,光宅天下,惟敬朝飨,爰奏食举。尽礼供御,嘉乐有序。树羽设业,笙镛以间。琴瑟齐列,亦有篪埙。喤喤鼓钟,鎗鎗磬管。八音克谐,载夷载简。既夷既简,其大不御。风化潜兴,如云如雨。如云之覆,如雨之润。声教所暨,无思不顺。教以化之,乐以和之。和而养之,时惟邕熙。礼慎其仪,乐节其声。於铄皇繇,既和且平。

天命十三章,章四句。

晋四厢乐歌　　荀勖

《晋书·乐志》曰:"魏杜夔传旧雅乐四曲:一曰《鹿鸣》,二曰《驺虞》,三曰《伐檀》,四曰《文王》,皆古声辞。及太和中,左延年改夔《驺虞》、《伐檀》、《文王》三曲,更自作声节,其名虽同而声实异。

唯因夔《鹿鸣》,全不改易。每正旦大会,太尉奉璧,群后行礼,东厢雅乐郎作者是也。后又改三篇:第一曰《於赫》篇,咏武帝,声节与古《鹿鸣》同;第二曰《巍巍》篇,咏文帝,用延年所改《驺虞》声;第三曰《洋洋》篇,咏明帝,用延年所改《文王》声;第四曰(日)复用《鹿鸣》,《鹿鸣》之声重用,而除古《伐檀》。"《古今乐录》曰:"汉故事,上寿用《四会曲》。魏明帝青龙二年,以长笛食举第十一古大置酒曲代《四会》,又易古诗名曰《羽觞行》,用为上寿曲,施用最在前。《鹿鸣》以下十二曲名食举乐,而《四会之曲》遂废。"《宋书·乐志》曰:"晋荀勖造正旦大会行礼歌四篇:一曰《於皇》,当《於赫》;二曰《明明》,当《巍巍》;三曰《邦国》,当《洋洋》;四曰《祖宗》,当《鹿鸣》。王公上寿酒歌一篇,曰《践元辰》,当《羽觞行》。食举乐东西厢歌十二篇:一曰《煌煌》,当《鹿鸣》;二曰《宾之初筵》,当《於穆》;三曰《三后》,当《昭昭》;四曰《赫矣》,当《华华》;五曰《烈文》,当《朝宴》;六曰《猗欤》,当《盛德》;七曰《隆化》,当《绥万邦》;八曰《振鹭》,当《朝朝》;九曰《翼翼》,当《顺天》;十曰《既宴》,当《陟天庭》;十一曰《时邕》,当《参两仪》;十二曰《嘉会》。"

正旦大会行礼歌

於皇元首,群生资始。履端大享,敬御繁祉。肆觐群后,爰及卿士。钦顺则元,允也天子。

於皇一章八句。

明明天子,临下有赫。四表宅心,惠浃荒貊。柔远能迩,孔淑不逆。来格祁祁,邦家是若。

明明一章八句。

光光邦国,天笃其祜。丕显哲命,顾柔三祖。世德作求,奄有九土。思我皇度,彝伦攸序。

邦国一章八句。

惟祖惟宗,高朗缉熙。对越在天,骏惠在兹。聿求厥成,我皇崇之。式固其犹,往敬用治。

祖宗一章八句。

王公上寿酒歌

践元辰,延显融。献羽觞,祈令终。我皇寿而隆,我皇茂而嵩。本枝奋百世,休祚钟圣躬。

践元辰一章八句。

食举乐东西厢歌

煌煌七曜,重明交畅。我有嘉宾,是应是贶。邦政既图,接以大飨。人之好我,式遵德让。

煌煌一章八句。

宾之初筵,蔼蔼济济。既朝乃宴,以洽百礼。颁以位叙,或廷或陛。登俟台叟,亦有兄弟。胄子陪寮,宪兹度楷。观颐养正,降福孔偕。

宾之初筵一章十二句。

昔我三后,大业是维。今我圣皇,焜耀前晖。奕世重规,明照九畿。思辑用光,时罔有违。陟禹之迹,莫不来威。天被显禄,福履是绥。

三后一章十二句。

赫矣太祖,克广明德。廓开宇宙,正世立则。变化不经,民无瑕慝。创业垂统,兆我晋国。

赫矣一章八句。

烈文伯考，时惟帝景。夷险平乱，威而不猛。御衡不迷，皇涂焕炳。七德咸宣，其宁惟永。

烈文一章八句。

猗欤盛欤，先皇圣文。则天作孚，大哉为君。慎徽五典，帝载是勤。文武发挥，茂建嘉勋。修己济治，民用宁殷。怀远烛幽，玄教氤氲。善世不伐，服事参分。德博化隆，道冒无垠。

猗欤一章十六句。

隆化洋洋，帝命溥将。登我晋道，越惟圣皇。龙飞革运，临燕八荒。睿哲钦明，配踪虞、唐。封建厥福，骏发其祥。三朝习吉，终然允臧。其臧惟何？总彼万方。元侯列辟，四岳蕃王。时见世享，率兹有常。旅楫在庭，嘉客在堂。宋、卫既臻，陈留、山阳。我有宾使，观国之光。贡贤纳计，献璧奉璋。保祐命之，申锡无疆。

隆化一章二十八句。

振鹭于飞，鸿渐其翼。京邑穆穆，四方是式。无竞惟人，王纲允敕。君子来朝，言观其极。

振鹭一章八句。

翼翼大君，民之攸暨。信理天工，惠康不匮。将远不仁，训以淳粹。幽明有伦，俊乂在位。九族既睦，庶邦顺比。开元布宪，四海鳞萃。协时正统，殊涂同致。厚德载物，灵心隆贵。敷奏谠言，纳以无讳。树之典象，海之义类。上教如风，下应如卉。一人有庆，群萌以遂。我后宴喜，令问不坠。

翼翼一章二十六句。

既宴既喜,翕是万邦。礼仪卒度,物有其容。晣晣庭燎,喤喤鼓钟。笙磬咏德,万舞象功。八音克谐,俗易化从。其和如乐,庶品时邕。

既宴一章十二句。

时邕斌斌,六合同尘。往我祖宣,威静殊邻。首定荆楚,遂平燕、秦。亹亹文皇,迈德流仁。爰造草昧,应乾顺民。灵瑞告符,休征响震。天地弗违,以和神人。既戡庸、蜀,吴会是宾。肃慎率职,楛矢来陈。韩、濊进乐,均协清《钧》。西旅献獒,扶南效珍。蛮裔重译,玄齿文身。我皇抚之,景命惟新。

时邕一章二十六句。

愔愔嘉会,有闻无声。清酤既奠,笾豆既馨。礼充乐备,《箫韶》九成。恺乐饮酒,酣而不盈。率土欢豫,邦国以宁。王猷允塞,万载无倾。

嘉会一章十二句。

晋四厢乐歌　　　　张　华

王公上寿诗

称元庆,奉寿觞。后皇延遐祚,安乐抚万方。

食举东西厢乐诗

明明在上,丕显厥猷。翼翼三寿,蕃后惟休。群生渐德,六合承流。三正元辰,朝庆鳞萃。华夏奉职贡,八荒觐殊类。黻冕充广庭,鸣玉盈朝位。

济济朝位,言观其光。仪序既以时,礼文焕以彰。思皇享多祜,嘉乐永无央。

九宾在庭,胪赞既通。升瑞奠贽,乃侯乃公。穆穆天尊,隆礼动容。履端承元吉,介福御万邦。

朝享,上下咸雍。崇多仪,繁礼容。舞盛德,歌九功。扬芳烈,播休踪。

皇化洽,洞幽明。怀柔百神,辑祥祯。潜龙跃,雕虎仁。仪凤鸟,届游麟。枯蠹荣,竭泉流。菌芝茂,枳棘柔。和气应,休徵弦。协灵符,彰帝期。绥宇宙,万国和。昊天成命,赉皇家,赉皇家。

世资圣哲,三后在天,启鸿烈。启鸿烈,隆王基。率土讴吟,欣戴于时。恒文〔示〕象,代气著期。

泰始开元,龙升在位。四隩同风,爕宁殊类。五韪来备,嘉生以遂。凝庶绩,臻大康。申繁祉,胤无疆。本枝百世,继绪不忘。继绪不忘,休有烈光。永言配命,惟晋之祥。

圣明统世笃皇仁,广大配天地,顺动若陶钧。玄化参自然,至德通神明。清风畅八极,流泽被无垠。

於皇时晋,奕世齐圣。惟天降嘏,神祇保定。弘济区夏,允集大命。有命既集光帝猷,大明重曜鉴六幽。声教洋溢惠滂流,移风俗。多士盈朝,贤俊比屋。敦世心,斫雕反素朴。反素朴,怀庶方。干戚舞阶庭,疏狄悦遐荒。扶南假重译,肃慎袭衣裳。云覆雨施,德洽无疆。旁作穆穆,仁化翔。

朝元日,宾王庭。承宸极,当盛明。衍和乐,竭祗诚。仰嘉惠,怀德馨。游淳风,泳淑清。协亿兆,同欢荣。建皇极,统天位。运阴阳,御六气。殷群生,成性类。王道浃,治功成。人伦序,俗化清。虔明祀,祗三灵。崇礼乐,式仪刑。

庆元吉,宴三朝。播金石,咏泠箫。奏《九夏》,舞《云》、《韶》。迈德音,流英声。八纮一,六合宁。六合宁,承圣明。王泽洽,道登隆。绥函夏,总华戎。齐德教,混殊风。混殊风,康万国。崇夷简,尚敦德。弘王度,远遐则。

正旦大会行礼诗四首

於赫皇祖,迪哲齐圣。经纬大业,基天之命。克开洪绪,诞笃天庆。旁济彝伦,仰齐七政。

烈烈景皇,克明克聪。静封略,定勋功。成民立政,仪刑万邦。式固崇轨,光绍前踪。

允文烈考,濬哲应期。参德天地,比功四时。大亨以正,庶绩咸熙。肇启晋宇,遂登皇基。

明明我后,玄德通神。受终正位,协应天人。容民厚下,育物流仁。跻我王道,辉光日新。

晋四厢乐歌　　　　成公绥

王公上寿酒歌

上寿酒,乐未央。大晋应天庆,皇帝永无疆。

正旦大会行礼歌

穆穆天子，光临万国。多士盈朝，莫匪俊德。流化罔极，王猷允塞。嘉会置酒，嘉宾充庭。羽旄曜辰极，钟鼓振泰清。百辟朝三朝，彧彧明仪形。济济锵锵，金振玉声。

礼乐具，宴嘉宾。眉寿祚圣皇，景福惟日新。群后戾止，有来雍雍。献酬纳贽，崇此礼容。丰肴万俎，旨酒千钟。嘉乐尽宴乐，福禄咸攸同。

乐哉，天下安宁。道化行，风俗清。《箫韶》作，咏九成。年丰穰，世泰平。至治哉，乐无穷。元首聪明，股肱忠。澍丰泽，扬清风。

嘉瑞出，灵应彰。麒麟见，凤皇翔。醴泉涌，流中唐。嘉禾生，穗盈箱。降繁祉，祚圣皇。承天位，统万国。受命应期，授圣德。四世重光，宣开洪业。景克昌，文钦明，德弥彰。肇启晋邦，流祚无疆。

泰始建元，凤皇龙兴。龙兴伊何？享祚万乘。奄有八荒，化育黎蒸。图书焕炳，金石有征。德光大，道熙隆。被四表，格皇穹。奕奕万嗣，明明显融，高朗令终。保兹永祚，与天比崇。

圣皇君四海，顺人应天期。三叶合重光，泰始开洪基。明曜参日月，功化侔四时。宇宙清且泰，黎庶咸雍熙，善哉雍熙。

惟天降命，翼仁祐圣。於穆三皇，载德弥盛。总齐璇玑，光统七政。百揆时序，化若神圣。四海同风兴至仁，济民育物拟陶钧。拟陶钧，垂惠润。皇皇群贤，峨峨英隽。德化宣芬,芳播来胤。播来胤,垂后昆。清庙何穆穆,皇极辟四门。皇极辟四门,万机无不综。亹亹翼翼,乐不及荒,饥不遑食。大礼既行乐无极。

登昆仑,上曾城。乘飞龙,升泰清。冠日月,佩五星。扬虹霓,建箑旌。披庆云,荫繁荣。览八极,游天庭。顺天地,和阴阳。序四时,曜三光。张帝网,正皇纲。播仁风,流惠康。

迈洪化,振灵威。怀万方,纳九夷。朝闾阖,宴紫微。

建五旗,罗钟虡。列四县,奏《韶》《武》。铿金石,扬旌羽。纵八佾,巴、渝舞。咏《雅》《颂》,和律吕。于胥乐,乐圣主。

化荡荡,清风泄。总英雄,御俊杰。开宇宙,扫四裔。光缉熙,美圣哲。超百代,扬休烈。流景祚,显万世。

皇皇显祖,翼世佐时。宁济六合,受命应期。神武鹰扬,大化咸熙。廓开皇衢,用成帝基。

光光景皇,无竞惟烈。匡时拯俗,休功盖世。宇宙既康,九域有截。天命降鉴,启祚明哲。

穆穆烈考,克明克隽。实天生德,诞膺灵运。肇建帝业,开国有晋。载德奕世,垂庆洪胤。

明明圣帝,龙飞在天。与灵合契,通德幽玄。仰化青云,俯育重渊。受灵之祐,于万斯年。

晋冬至初岁小会歌　　张　华

日月不留,四气回周。节庆代序,万国同休。庶尹群后,奉寿升朝。我有嘉礼,式宴百僚。繁肴绮错,旨酒泉渟。

笙镛和奏,磬管流声。上隆其爱,下尽其心。宣其壅滞,咏之德音。乃宣乃训,配享交泰。永载仁风,长抚无外。

晋宴会歌　　　　　张　华

亹亹我皇,配天垂光。留精日昃,经览无方。听朝有暇,延命众臣。冠盖云集,樽俎星陈。肴蒸多品,八珍代变。羽爵无算,究乐极宴。歌者流声,舞者投袂。动容有节,丝竹并设。宣畅四体,繁手趣挚。欢足发和,酣不忘礼。好乐无荒,翼翼济济。

晋中宫所歌　　　　张　华

先王统大业,玄化渐八维。仪刑孚万邦,内训隆壶闱。皇英垂帝典,《大雅》咏三妃。执德宣隆教,正位理厥机。含章体柔顺,帅礼蹈谦祇。《螽斯》弘慈惠,《樛木》逮幽微。徽音穆清风,高义邈不追。遗荣参日月,百世仰馀晖。

晋宗亲会歌　　　　张　华

族燕明礼顺,馂食序亲亲。骨肉散不殊,昆弟岂他人。本枝笃同庆,《棠棣》著先民。於皇圣明后,天覆弘且仁。降礼崇亲戚,旁施协族姻。式宴尽酣娱,饮御备羞珍。和乐既宣洽,上下同欢欣。德教加四海,敦睦被无垠。

乐府诗集卷第十四　燕射歌辞 二

宋四厢乐歌　　　　王韶之

《宋书·乐志》曰："王韶之造四厢乐歌五篇。一曰《肆夏乐歌》，四章：客入，四厢振作《於铄曲》；皇帝当阳，四厢振作《将将曲》；皇帝入变服，四厢振作《於铄》、《将将》二曲，又黄钟、太蔟二厢作《法章》、《九功》二曲。二曰大会行礼歌二章，沽洗厢作。三曰王公上寿歌一章，黄钟厢作。四曰殿前登歌三章，别用金石。五曰食举歌十章，黄钟、太蔟二厢更作：黄钟作《晨羲》、《体至和》、《王道》、《开元辰》、《礼有容》五曲，太蔟作《五玉》、《怀荒裔》、《皇献缉》、《惟永初》、《王道纯》五曲。"《古今乐录》曰："案《周礼》云：'王出入奏《王夏》，宾出入奏《肆夏》。'《肆夏》本施之于宾，帝王出入则不应奏《肆夏》也。"

肆夏乐歌

於铄我皇，体仁包元。齐明日月，比量乾坤。陶甄百王，稽则黄轩。讦谟定命，辰告四蕃。

将将蕃后，翼翼群僚。盛服待晨，明发来朝。飨以八珍，乐以《九韶》。仰祗天颜，厥猷孔昭。

法章既设，初筵长舒。济济列辟，端委皇除。饮和无盈，威仪有馀。温恭在位，敬终如初。

九功既歌，六代惟时。被德在乐，宣道以诗。穆矣大和，品物咸熙。庆积自远，告成在兹。

大会行礼歌

大哉皇宋,长发其祥。纂系在汉,统源伊唐。德之克明,休有烈光。配天作极,辰居四方。

皇矣我后,圣德通灵。有命自天,诞受休祯。龙飞紫极,造我宋京。光宅宇宙,赫赫明明。

王公上寿歌

献寿爵,庆圣皇。灵祚穷二仪,休明等三光。

殿前登歌

明明大宋,缉熙皇道。则天垂化,光定天保。天保既定,肆觐万方。礼繁乐富,穆穆皇皇。

沔彼流水,朝宗天池。洋洋贡职,抑抑威仪。既习威仪,亦闲礼容。一人有则,作孚万邦。

烝哉我皇,固天诞圣。履端惟始,对越休庆。如天斯久,如日斯盛。介兹景福,永固骏命。

食举歌

晨羲载曜,万物咸睹。嘉庆三朝,礼乐备举。元正肇始,典章晖明。万方毕来贺,华裔充皇庭。多士盈九位,俯仰观玉声。恂恂俯仰,载烂其辉。鼓钟震天区,礼容塞皇闱。思乐穷休庆,福履同所归。

五玉既献,三帛是荐。尔公尔侯,鸣玉华殿。皇皇圣后,降礼南面。元首纳嘉礼,万邦同欢愿。休哉,君臣嘉燕。建五旗,列四县。乐有文,礼无倦。融皇风,穷一变。

体至和,感阴阳。德无不柔,繁休祥。瑞徽璧,应嘉钟。舞灵凤,跃潜龙。景星见,甘露坠。木连理,禾同穗。玄化洽,仁泽敷。极祯瑞,穷灵符。

怀荒裔,绥齐民。荷天祐,靡不宾。靡不宾,长世弘盛。昭明有融繁嘉庆。繁嘉庆,熙帝载。含气咸和,苍生欣戴。三灵协瑞,惟新皇代。

王道四达,流仁布德。穷理咏乾元,垂训顺帝则。灵化侔四时,幽诚通玄默。德泽被八纮,乾宁轨万国。

皇猷缉,咸熙泰。礼仪焕帝庭,要荒服遐外。被发袭缨冕,左衽回衿带。天覆地载,流泽汪濊。声教布护德光大。

开元辰,毕来王。奉贡职,朝后皇。鸣珩佩,观典章。乐王度,悦徽芳。陶盛化,游太康。丕昭明,永克昌。

惟永初,德丕显。齐七政,敷五典。彝伦序,洪化阐。王泽流,太平始。树声教,明皇纪。和灵祇,恭明祀。衍景祚,膺嘉祉。

礼有容,乐有仪。金石陈,干羽施。迈《武》、《护》,均《咸池》。歌《南风》,舞德称。文武焕,颂声兴。

王道纯,德弥淑。宁八表,康九服。道礼让,移风俗。移风俗,永克融。歌盛美,造成功。咏徽烈,邈无穷。

齐四厢乐歌　　　　宋　辞

《南齐书·乐志》曰:"元会大飨四厢乐,齐微改革,多仍宋旧辞。其临轩乐亦奏《肆夏》'於铄'四章"云。

肆夏乐歌

於铄我皇,体仁包元。齐明日月,比量乾坤。陶甄百王,稽则黄轩。讦谟定命,辰告四蕃。

将将蕃后,翼翼群僚。盛服待晨,明发来朝。飨以八珍,乐以《九韶》。仰祇天颜,厥猷孔昭。

法章既设,初筵长舒。济济列辟,端委皇除。饮和无盈,威仪有馀。温恭在位,敬终如初。

九功既歌,六代惟时。被德在乐,宣道以时。穆矣大和,品物咸熙。庆积自远,告成在兹。

大会行礼歌

大哉皇齐,长发其祥。祚隆姬夏,道迈虞唐。德之克明,休有烈光。配天作极,辰居四方。

皇矣我后,圣德通灵。有命自天,诞授休祯。龙飞紫极,造我齐京。光宅宇宙,赫赫明明。

王公上寿歌

献寿爵,庆圣皇。灵祚穷二仪,休明等三光。

殿前登歌

明明齐国,缉熙皇道。则天垂化,光定天保。天保既定,肆觐万方。礼繁乐富,穆穆皇皇。

沔彼流水，朝宗天池。洋洋贡职，抑抑威仪。既习威仪，亦闲礼容。一人有则，作孚万邦。

烝哉我皇，实灵诞圣。履端惟始，对越休庆。如天斯崇，如日斯盛。介兹景福，永固洪命。

食举歌

晨羲载焕，万物咸睹。嘉庆三朝，礼乐备举。元正肇始，典章徽明。万方来贺，华夷充庭。多士盈九德，俯仰观玉声。恂恂俯仰，载烂其晖。钟鼓震天区，礼容塞皇闱。思乐穷休庆，福履同所归。

五玉既献，三帛是荐。尔公尔侯，鸣玉华殿。皇皇圣后，降礼南面。元首纳嘉礼，万邦同钦愿。休哉休哉，君臣熙宴。建五旗，列四县。乐有文，礼无倦。融皇风，穷一变。

礼至和，感阴阳，德无不柔系休祥。瑞征辟，应嘉钟。舞云凤，跃潜龙。景星见，甘露坠。木连理，禾同穗。玄化洽，仁泽敷。极祯瑞，穷灵符。

怀荒远，绥齐民。荷天祐，靡不宾。靡不宾，长世盛，昭明有融繁嘉庆。繁嘉庆，熙帝载。含气感和，苍生欣戴。三灵协瑞，惟新皇代。

王道四达，流仁〔布〕德。穷理咏乾元，垂训从帝则。灵化侔四时，幽诚通玄默。德泽被八纮，礼章轨万国。

皇猷缉，咸熙泰。礼仪焕帝庭，要荒服遐外。被发袭缨冕，左衽回衿带。天覆地载，泽流汪濊。声教布护德光大。

开元辰，毕来王。奉贡职，朝后皇。鸣珩佩，观典章。

乐王庆,悦徽芳。陶盛化,游太康。惟昌明,永克昌。

惟建元,德丕显。齐七政,敷五典。彝伦序,洪化阐。王泽流,太平始。树灵祇,恭明祀。仁景祚,膺嘉祉。

礼有容,乐有仪。金石陈,干羽施。迈《武》、《护》,均《咸池》。歌《南风》,德永称。文明焕,颂声兴。

王道纯,德弥淑。宁八表,康九服。导礼让,移风俗。移风俗,永克融。歌盛美,告成功。咏休烈,邈无穷。

梁三朝雅乐歌

俊雅三首　　　　　沈　约

《隋书·乐志》曰:"众官出入奏《俊雅》,取《礼记·王制》云:'司徒选士之秀者升之学,曰俊士'也。二郊、太庙、明堂,三朝同用焉。"

设官分职,髦俊攸俟。髦俊伊何?贵德尚齿。唐义咸事,周宁多士。区区卫国,犹赖君子。汉之得人,帝猷乃理。

开我八袭,辟我九重。珩珮流响,缨绂有容。衮衣前迈,列辟云从。义兼东序,事美西雍。分阶等肃,异列齐恭。

重列北上,分庭异陛。百司扬职,九宾相礼。齐、宋舅甥,鲁、卫兄弟。思皇蔼蔼,群龙济济。我有嘉宾,实惟恺悌。

同前三首　　　　　萧子云

惟王建国,辨方正位。於赫有梁,向明而治。知人则哲,聪明文思。思皇多士,俊乂咸事。弗惟其官,惟人乃备。

训迪庶工,位以德序。恭己而治,垂旒当宁。或以言扬，或以事举。春朝秋觐，圭币惟旅。翼翼鄝、郇，峨峨齐、楚。

客入金奏，宾至县兴。威仪有则，是降是升。百辟卿士，元首是承。左右秩秩，终敬且矜。彝伦攸序，王猷以凝。

胤雅　　　　沈约

《隋书·乐志》曰："皇太子出入奏《胤雅》，取《诗》'君子万年，永锡祚胤'也。三朝用之。"

自昔殷代，哲王迭有。降及周成，惟器是守。上天乃眷，大梁既受。灼灼重明，仰承元首。体乾作贰，命服斯九。置保置师，居前居后。前星比耀，克隆万寿。

同前　　　　萧子云

天下为家，大梁受命。眷求一德，惟烈无竞。仪刑哲王，元良诞庆。灼灼明两，作离承圣。英华外发，温文成性。立师立保，左右惟政。休有烈光，前星比盛。

寅雅　　　　沈约

《隋书·乐志》曰："王公出入奏《寅雅》，取《尚书》、《周官》云：'贰公弘化，寅亮天地'也。三朝用之。"

礼莫违，乐具举。延藩辟，朝帝所。执桓蒲，列齐、莒。垂衮毳，纷容与。升有仪，降有序。齐簪绂，忘笑语。始矜严，终酣醑。

同　前　　　　　萧子云

车同轨,行同伦。来万国,相九宾。延群后,朝荩臣。礼时行,乐日新。拟夷则,奏雅寅。衮衣曜,玉帛陈。仪抑抑,皇恂恂。

介雅三首　　　　　沈　约

《隋书·乐志》曰:"上寿酒奏《介雅》,取《诗·大雅》云:'君子万年,介尔景福'也。三朝用之。"

百福四象初,万寿三元始。拜献惟衮职,同心协卿士。北极永无穷,南山何足拟。

寿随百礼洽,庆与三朝升。惟皇集繁祉,景福互相仍。申锡永无遗,禳简必来应。

百味既含馨,六饮莫能尚。玉罍信湛湛,金卮颇摇漾。敬举发天和,祥祉流嘉贶。

同前三首　　　　　萧子云

明君创洪业,大同登颂声。开元洽百礼,来仪奏九成。申锡南山祚,赫赫复明明。

三朝礼乐和,百福随春酒。玉樽湛而献,聪明作元后。安乐享延年,无疆臣拜手。

四气新元旦,万寿初今朝。趋拜齐衮玉,钟石变箫韶。日升等皇运,洪基邈且遥。

需雅八首　　　　　　沈　约

《隋书·乐志》曰:"食举奏《需雅》,取《易·象》曰:'云上于天,需,君子以饮食宴乐'也。三朝用之。"

实体平心待和味,庶羞百品多为贵。或鼎或萧宣九沸,楚桂胡盐苾芳卉。加笾列俎雕且蔚。

五味九变兼六和,令芳甘旨庶且多。三危之露九期禾,圆案方丈粲星罗。皇举斯乐同山河。

九州上腴非一族,玄芝碧树寿华木。终朝采之不盈掬,用拂腥膻和九谷。既甘且饫致遐福。

人欲所大味为先,兴和尽敬咸在旃。碧鳞朱尾献嘉鲜,红毛绿翼坠轻翾。臣拜稽首万斯年。

击钟以俟惟大国,况乃御天流至德。侑食斯举扬盛则,其礼不愆仪不忒。风猷所被深且塞。

膳夫奉职献芳滋,不麛不夭咸以时。调甘适苦别渑、淄,其德不爽受福釐。於焉逸豫永无期。

备味斯飨惟至圣,咸降人神礼为盛。或风或雅流歌咏,负鼎言归启殷命。悠悠四海同兹庆。

道我六穗罗八珍,洪鼎自爨匪劳薪。荆包海物必来陈,滑甘滫瀡味和神。以斯至德被无垠。

同前八首　　　　　　萧子云

农用八政食为元,播时百谷民所天。禘尝郊社尽絜虔,宴飨馈食礼节宣。九功惟序登颂弦。

感物而动物靡遂,大羹不和有遗味。非极口腹而行气,节之民心杀攸贵,宁为礼本饔与饩。

始诸饮食物之初,设卦观象受以需。蒸民乃粒有牲荳,自卫反鲁删《诗》、《书》。弋不射宿杀已祛。

在昔哲王观民志,庶羞百品因时备。为善不同同归治,蔬膳菲食化始至。率物以躬行尊位。

《雅》有《泂酌》、《风》、《采蘋》,蕰藻之菜非八珍。涧溪沼沚贵先民,明信之德感人神。譬诸禴祭在西邻。

行苇之微犹物践,宁惟血气无身剪。圣人之心微而显,千里之应出言善,况遂豚鱼革前典。

春酸夏苦各有宜,筐筥锜釜备糗酏。逡巡揖让诏司仪,卑高制节明等差,君臣之序正在斯。

日月光华风四塞,规绘有序仪不忒。匪天私梁乃佑德,光被四表自南北,长世缀旒为下国。

　　　　　　雍雅三首　　　　　　沈　约

《隋书·乐志》曰:"撤馔奏《雍雅》,取《礼记·仲尼燕居》云'大飨客出以《雍》撤'也。三朝用之。"

明明在上,其仪有序。终事靡愆,收铏撤俎。乃升乃降,和乐备举。天德莫违,人谋是与。敬行礼达,兹焉宴语。

我馂惟阜,我肴孔庶。嘉味既充,食旨斯饫。属厌无爽,冲和在御。击壤齐欢,怀生等豫。蒸庶乃粒,(宴)〔实〕由仁恕。

百司警列,皇在在陛。既饫且醹,卒食成礼。其容穆穆,其仪济济。凡百庶僚,莫不恺悌。奄有万国,抑由天启。

同前三首　　　　萧子云

穆穆天子,时惟圣敬。济济群公,恭为德柄。为撤有典,膳夫是命。礼行禘尝,义光朝聘。神飨其德,民洽其庆。

尚有和羹,既戒且平。亦有其馂,亦惟克明。其馂惟旅,其酳惟成。百礼斯洽,三宥已行。明哉元首,遹骏其声。

戒食有章,卒食惟序。庭鸣金奏,凯收筳筥。客出以《雍》,撤以振羽。离磬乃作,和钟备举。济济威仪,喤喤簧簴。

北齐元会大飨歌

《隋书·乐志》曰:"北齐元会大飨,协律不得升陛,黄门举麾于殿上。宾入门,四厢奏《肆夏》;皇帝出阁奏《皇夏》;皇帝当宸,群臣奉贺,奏《皇夏》;皇帝入宁变服,黄钟、太蔟二厢奏《皇夏》;皇帝变服,移幄坐于西厢,帝出升御坐,沽洗厢奏《皇夏》;王公奠璧奏《肆夏》;上寿,黄钟厢奏上寿曲;皇太子入,至坐位,酒至御,殿上奏登歌,食至御前奏食举乐;文舞将作,先设阶步,次奏文舞;武舞将作,先设阶步,次奏武舞;皇帝入,钟鼓奏《皇夏》。"

肆　夏

昊苍眷命,兴王统天。业高帝始,道邈皇先。礼成化穆,乐合风宣。宾朝荒夏,扬对穹玄。

皇　夏

夏正肇旦，周物充庭。具僚在位，俯伏无声。大君穆穆，宸仪动晬。日煦天回，万灵胥萃。

皇　夏

天子南面，乾覆离明。三千咸列，万国填并。犹从禹会，如次汤庭。奉兹一德，上下和平。

皇　夏

我应天历，四海为家。协同内外，混一戎华。鹤盖龙马，风乘云车。夏章夷服，其会如麻。九宾有仪，八音有节。肃肃于位，饮和在列。四序氤氲，三光昭晰。君哉大矣，轩、唐比辙。

皇　夏

皇运应箓，廓定区宇。受终以文，构业以武。尧昔命舜，舜亦命禹。大人驭历，重规沓矩。钦明在上，昭纳八夤。从灵体极，诞圣穷神。化生群品，陶育烝人。展礼肆乐，协此元春。

肆　夏

万方咸暨，三揖以申。垂旒冯玉，五瑞交陈。拜稽有章，升降有节。圣皇负扆，虞、唐比烈。

上寿曲

仰三光,奏万寿。人皇御六气,天地同长久。

登　歌

大齐统历,道化光明。马图呈宝,龟箓告灵。百蛮非众,八荒非逖。同作尧人,俱包禹迹。

天覆地载,成以四时。惟皇是则,比大于兹。群星拱极,众川赴海。万宇骏奔,一朝咸在。

齐之以礼,相趋帝庭。应规蹈矩,玉色金声。动之以乐,和风四布。龙申凤舞,鸾歌麟步。

食举乐

三端正启,万方观礼。具物充庭,二仪合体。百华照晓,千门洞晨。或华或裔,奉贽惟新。悠悠亘六合,圆首莫不臣。仰施如雨,晞和犹日。风化表笙镛,歌讴被琴瑟。谁言文轨异,今朝混为一。

彤庭烂景,丹陛流光。怀黄绾白,鹓鹭成行。文赞百揆,武镇四方。折冲鼓雷电,献替协阴阳。大矣哉,道迈上皇,陋五帝,狭三皇。穷礼物,该乐章。序冠带,垂衣裳。

天壤和,家国穆。悠悠万类,咸孕育。契冥化,侔大造。灵效珍,神归宝。兴云气,飞龙苍。麟一角,凤五光。朱雀降,黄玉表。九尾驯,三足扰。化之定,至矣哉。瑞感德,四方来。

囹圄空,水火菽粟。求贤振滞,弃珠玉。衣不靡,宫以卑。当阳端默,垂拱无为。云云万有,其乐不訾。

嗟此举,时逢至道。肖形咸自持,赋命无伤夭。行气进皇舆,游龙服帝皂。圣主宁区宇,乾坤永相保。

牧野征,鸣条战。大齐家万国,拱揖应终禅。奥主廓清都,大君临赤县。高居深视,当宸正殿。旦暮之期今一见。

两仪分,牧以君。陶有象,化无垠。大齐德,迈谁群。超风火,冠龙云。露以絜,风以薰。荣光至,气氤氲。

神化远,人灵协。寒暑调,风雨燮。披泥检,受图谍。图谍启,期运昌。分四序,缀三光。延宝祚,眇无疆。

惟皇道,升平日。河水清,海不溢。云干吕,风入律。驱黔首,入仁寿。与天高,并地厚。

刑以厝,颂声扬。皇情逸,眷汾、襄。岱山高,配林壮。亭亭耸,云云望。葳蕤,驾骙骙。刊金阙,奠玉龟。

皇　夏

礼终三爵,乐奏九成。允也天子,穹壤和平。载色载笑,反寝宴息。一人有祉,百神奉职。

乐府诗集卷第十五　燕射歌辞 三

周五声调曲　　　　　庾信

曲序曰："元正飨会大礼，宾至食举，称觞荐玉。六律既从，八风斯畅。以歌大业，以舞成功。"

宫调曲五首

气离清浊割，元开天地分。三才初辨正，六位始成文。继天爰立长，安民乃树君。其明广如日，其泽厚如云。惟昔我文祖，拨乱拒讴歌。三分未抚运，八百不陵河。礼敷天下信，乐正神人和。风尘行息警，江海欲无波。

我皇承下武，革命在君临。膺图当舜玉，嗣德受尧琴。沉首多推运，阳城有让心。就日先知远，观渊早见深。玄精实委御，苍正乃皆平。履端朝万国，年祥一作期庆百灵。玉帛咸观礼，华戎各在庭。凤响中夷则，天文正玉衡。皇基自天保，万物乃由庚。

握衡平地纪，观象正天枢。祺祥钟赤县，灵瑞炳皇都。更受昭华玉，还披兰叶图。金波来白兔，弱木下苍乌。玉斗调〔元〕协，金沙富国租。青丘还扰圃，丹穴更巢梧。安乐新咸庆，长生百福符。

明明九族序，穆穆四门宾。阴陵朝北附，蟠木引东臣。涧途求板筑，溪源取钓纶。多士归贤戚，维城属茂亲。贵位连南斗,高荣据北辰。迎时乃推策,司职且班神。日月之所照,霜露之所均,永从文轨一,长无外户人。

郁盘舒栋宇,峥嵘伟大壮。拱木诏林衡,全模征梓匠。千栌绮翼浮,百栱长虹抗。北去邯郸道,南来偃师望。龙首载文槶,云楣承武帐。居者非求隘,卑宫岂难尚。壮丽天下观,是以从萧相。

变宫调曲二首

帝游光出震,君明擅在离。岩廊惟眷顾,钦若尚无为。龙穴非难附,鸾巢欲可窥。具茨应不远,汾阳宁足随。烝民播殖重,沟洫劬劳多。桑林还注雨,积石遂开河。明征逢永命,平秩值年和。更有《薰风曲》,方闻《晨露歌》。

移风广轩历,崇德盛唐年。成文兴大雅,出豫动钧天。黄钟六律正,阊阖八风宣。孤竹调阳管,空桑节雅弦。舞林鸾更下,歌山凤欲前。闻音能辨俗,听曲乃思贤。感物观治乱,治心防未然。君子得其道,太平何有焉。

商调曲四首

君以宫唱,宽大而谟明;臣以商应,闻义则可行。有熊为政,访道于容成;殷汤受命,委任于阿衡。忠其敬事,有罪不逃刑;诵其箴谏,言之无隐情。有刚有断,四方可以宁;既颂既雅,天下乃升平。专精一致,金石为之开;动有两心,妻子恩情乖。苟利社稷,无有不尽怀;昊天降祐,元首惟康哉。

百川俱会,大海所以深;群材既聚,故能成邓林。猛虎在山,百兽莫敢侵;忠臣处国,天下无异心。昔我文祖,执心且危虑;驱骉豺狼,经营此天步。今我受命,又无敢逸豫;惟尔弼谐,各可知竞惧。

礼乐既正,人神所以和。玉帛有序,志欲静干戈。各分符瑞,俱誓裂山河。今日相乐,对酒且当歌。道德以喻,听撞钟之声;神奸不若,观铸鼎之形。郾宫既朝,诸侯于是穆;岐阳或狩,淮夷自此平。若涉大川,言凭于舟楫;如和鼎实,有寄于盐梅。君臣一体,可以静氛埃。得人则治,何世无奇才。

风力是举,而台阶序平;重黎既登,而天地位成。功无与让,铭太常之旌;世不失职,受驿毛之盟。辑瑞班瑞,穆穆于尧门;惟翰惟屏,膴膴于周原。功成而治定,礼乐斯存,复子而明辟,姬旦何言。

角调曲二首

止戈见于绝辔之野,称伐闻于丹水之征。信义俱存,乃先忘食;五材并用,谁能去兵。虽圣人之大宝曰位,实天地之大德曰生。泾渭同流,清浊异能;琴瑟并御,雅郑殊声。扰扰烝人,声教不一;茫茫禹迹,车轨未并。志在四海而尚恭俭,心包宇宙而无骄盈。言而无文,行之不远;义而无立,勤则无成。恻隐其心,训以慈惠;流宥其过,哀矜典刑。

匡赞之士,或从渔钓;云雨之才,乍叹幽谷。寻芳者追深径之兰,识韵者探穷山之竹。克明其德,贡以三事;树之风声,言于九牧。协用五纪,风若从时;农用八政,甘作其谷。殊风共轨,见之周南;异亩同颖,闻之康叔。祁寒暑雨,是无胥怨;天覆云油,滋焉渗漉。幸无谢上古之淳人,庶可以封之于比屋。

徵调曲六首

乾𡿧以含养覆载,日月以贞明照临。达人以四海为务,明君以百姓为心。水波澜者源必远,树扶疏者根必深。云雨取施无不洽,廊庙求才多所任。

淳风布政常无欲,至道防人能变俗。求仁义急于水火,用礼让多于菽粟。屈轶无佞人可指,獬豸无繁刑可触。王道荡荡用无为,天下四人谁不足。

圣人千年始一生,黄河千年始一清。摄提以之而从纪,玉烛于是而文明。东南可以补地缺,西北可以正天倾。浮鼋则东海可厉,运锸则南山可平。众仙就朝于瑶水,群帝受享于明庭。怀和则鈇任并奏,功烈则钟鼎俱铭。

三光以记物呈形,四时以裁成正位。雷风大山岳之响,寒暑通阴阳之气。武功则六合攸同,文教则二仪经纬。有道则咸浴其德,好生则各繁其类。白日经天中则移,明月横汉满而亏。能亏能缺既无为,虽盈虽满则不危。开信义以为苑囿,立道德以为城池。周监二代所损益,郁郁乎文其可知。庖牺之亲临佃渔,神农之躬秉耕稼。汤则救旱而忧勤,禹则正冠而无暇。草上之风无不偃,君子之毗知可化。将欲比德于三皇,未始追踪于五霸。

纤纤不绝林薄成,涓涓不止江河生。事之毫发无谓轻,

213

虑远防微乃不倾。云官乃垂拱大君,凤历惟钦明元首。类上帝而禋六宗,望山川而朝群后。地镜则山泽俱开,河图则鱼龙合负。我之天网莫不该,阊阖九关天门开。卿相则风云玄感,匡赞则星辰下来。既兴周室之三圣,乃举唐朝之八才。莘臣参谋于左相,大老教政于中台。其宜作则于明哲,故无崇信于奸回。

正阳和气万类繁,君王道合天地尊。黎人耕植于义圃,君子翱翔于礼园。落其实者思其树,饮其流者怀其源。咎繇为谋不仁远,士会为政群盗奔。克宽则昆虫内向,彰信则殊俗宅心。浮桥有月支抱马,上苑有乌孙学琴。赤玉则南海输赆,白环则西山献琛。无劳凿空于大夏,不待蹶角于蹛林。

羽调曲五首

树君所以牧人,立法所以静乱。首恶既其南巢,元凶于是北窜。居休气而四塞,在光华而两旦。是以雨施作解,是以风行惟涣。周之文武洪基,光宅天下文思。千载克圣咸熙,七百在我应期。实昊天有成命,惟四方其训之。

运平后亲之俗,时乱先疏之雄。逾桂林而驱象,济弱水而承鸿。既浮干吕之气,还吹入律之风。钱则都内贯朽,仓则常平粟红。火中乃寒乃暑,年和一风一雨。听钟磬,念封疆。闻笙竽,思畜聚。瑶琨篠簜既从,怪石铅松即序。长乐善马成厩,水衡黄金为府。

百川乃宗巨海,众星是仰北辰。九州攸同禹迹,四海合德尧臣。朝阳栖于鸣凤,灵畤牧于般麟。云玉叶而五色,月金波而两轮。凉风迎时北狩,小暑戒节南巡。山无藏于紫玉,地不受于黄银。虽南征而北怨,实西略而东宾。既永清于四海,终有庆于一人。

定律零陵玉管,调钟始平铜尺。龙门之下孤桐,泗水之滨鸣石。河灵于是让珪,山精所以奉璧。涤九川而赋税,刊三危而纳锡。北里之禾六穗,江淮之茅三脊。可以玉检封禅,可以金绳探册。终永保于鸿名,足扬光于载籍。

太上之有立德,其次之谓立言。树善滋于务本,除恶穷于塞源。冲深其智则厚,昭明其道乃尊。仁义之财不匮,忠信之礼无繁。动天无有不届,惟时无幽不彻。作德心逸日休,作伪心劳日拙。自非刚克掩义,无所离于剿绝。

隋元会大飨歌

《隋书·乐志》曰:"元会,皇帝出入殿庭奏《皇夏》,郊丘、社、庙同用,皇太子出入奏《肆夏》,食举奏食举歌,上寿酒奏上寿歌。"

皇 夏

深哉皇度,粹矣天仪。司陛整跸,式道先驰。八屯雾拥,七萃云披。退扬进揖,步矩行规。句陈乍转,华盖徐移。羽旗照耀,珪组陆离。居高念下,处安思危。照临有度,纪律无亏。

肆　夏

惟熙帝载，式固王猷。体乾建本，是曰孟侯。驰道美汉，寝门称周。德心既广，道业惟优。傅保斯导，贤才与游。瑜玉发响，画轮停辀。皇基方峻，匕鬯恒休。

食举歌八首

燔黍设教礼之始，五味相资火为纪。平心和德在甘旨，牢羞既陈钟石俟，以斯而御扬盛轨。

养身必敬礼食昭，时和岁阜庶物饶。盐梅既济鼎铉调，特以肤腊加臐膮，威仪济济懋皇朝。

饔人进羞乐侑作，川潜之脍云飞臛。甘酸有宜芬勺药，金敦玉豆盛交错，御鼓既声安以乐。

玉食惟后膳必珍，芳菰既絜重秬新。是能安体又调神，荆包毕至海贡陈，用之有节德无垠。

嘉羞入馈犹化谧，沃土名滋帝台实。阳华之菜雕陵栗，鼎俎芬芳豆笾溢，通幽致远车书一。

道高物备食多方，山肤既善水豢良。桓蒲在位簨业张，加笾折俎烂成行，恩风下济道化光。

礼以安国仁为政，具物必陈饔牢盛。置罘斥斧顺时令，怀生熙熙皆得性，于兹宴喜流嘉庆。

皇道四达礼乐成，临朝日举表时平。甘芳既饫醑以清，扬休玉卮正性情，隆我帝载永明明。

上寿歌

俗已乂,时又良。朝玉帛,会衣裳。基同北辰久,寿共南山长。黎元鼓腹乐未央。

隋宴群臣登歌

皇明驭历,仁深海县。载择良辰,式陈高宴。颙颙卿士,昂昂侯甸。车旗煜爚,衣缨葱蒨。乐正展悬,司宫饰殿。三揖称礼,九宾为传。圆鼎临碑,方壶在面。《鹿鸣》成曲,《嘉鱼》入荐。筐筥相辉,献酬交遍。饮和饱德,恩风长扇。

隋皇后房内歌

《仪礼》曰:"燕歌,乡乐:《周南》、《关雎》、《葛覃》、《卷耳》;《召南》、《鹊巢》、《采蘩》、《采𬞟》。"郑康成云:"王后、国君、夫人房中之乐歌也。《周南》、《召南》风化之本,故谓之乡乐,用之房中以及朝庭飨燕、乡射、饮酒也。"《周官·磬师》:"掌教燕乐之钟磬。"《传》云:"燕乐,房中之乐,所谓阴声也。"《诗·传》曰:"国君有房中之乐,天子以《周南》,诸侯以《召南》。"《隋书·乐志》曰:"高祖龙潜时,颇好音乐,尝倚琵琶作歌二章,名曰《地厚》、《天高》,托言夫妇之义。牛弘修皇后房内之乐,因取之为房内曲。命妇入,并登歌上寿并用之。炀帝大业初,柳顾言议,以为房内乐者,主为王后弦歌讽诵以事君子,故以房室为名,其乐必有钟磬。乃益歌钟歌磬,土革丝竹副之,并升歌下管,总名房内之乐。女奴肄习,朝燕用焉。"

至顺垂典,正内弘风。母仪万国,训范六宫。求贤启化,进善宣功。家邦载序,道业斯融。

晋朝飨乐章

《五代会要》曰:"晋天福四年十二月,太常奏:正至王公上寿、皇帝举酒奏《玄同之乐》,皇帝三饮皆奏《文同之乐》,食举奏《昭德之舞》,次奏《成功之舞》,皇帝降坐奏《大同之乐》。其辞并崔棁等造。"《唐馀录》曰:"天福五年十一月冬至,朝群臣,举觞奏《玄同》,三爵登歌奏《文同》,四爵登歌作,群臣饮宫悬乐作,又奏龟兹及《霓裳法曲》,以须食毕。于时众闻龟兹、法曲,雅郑杂糅,固已非之。明年正旦,上寿登歌,发声悲离烦愿,如虞殡《薤露》之音,观者以为不祥。"

初举酒文同乐

赫矣昌运,明哉圣皇。文兴坠典,礼复旧章。鸳鸾济济,鸟兽跄跄。一人有庆,万福无疆。

再举酒

大明御宇,至德动天。君臣庆会,礼乐昭宣。剑佩成列,金石在县。椒觞再献,宝历万年。

三举酒

朝野无事,寰瀛大康。圣人有作,盛礼重光。万国执玉,千官奉觞。南山永固,地久天长。

四举酒

八表欢无事，三秋贺有成。照临同日远，渥泽并云行。河变千年色，山呼万岁声。愿修封岱礼，方以称文明。

群臣酒行歌

剑佩俨如林，齐倾拱北心。渥恩颁美禄，《咸》、《护》听和音。一德君臣合，重瞳日月临。歌时兼乐圣，唯待赞泥金。

万国咸归禹，千官共祝尧。拜恩瞻凤扆，倾耳听《云》、《韶》。运启金行远，时和玉烛调。酒酣齐抃舞，同贺圣明朝。

令节陈高会，群臣侍御筵。玉墀留爱景，金殿蔼祥烟。振鹭涵天泽，灵禽下乐悬。圣朝无一事，何处让尧年。

周朝飨乐章

《唐馀录》曰："周元正冬至朝飨乐：公卿入奏《忠顺》，皇帝坐奏《治顺》，群臣上寿奏《福顺》，皇帝举寿酒登歌奏《康顺》，群臣降阶、公卿出并奏《忠顺》。"

忠　顺

岁迎更始，节及朝元。冕旒仰止，冠剑相连。八音合奏，万物齐言。常陈盛礼，愿永千年。

忠　顺

明君当宁,列辟奉觞。云容表瑞,日影初长。衣冠济济,钟磬洋洋。令仪克盛,嘉会有章。

治　顺

庭陈大乐,坐当太微。凝旒负扆,端拱垂衣。鸳鸾成列,簪组相辉。御炉香散,郁郁霏霏。

福　顺

圣皇端拱,多士输忠。蛮觞共献,臣心毕同。声齐嵩岳,祝比华封。千龄万祀,常保时雍。

康　顺

鸿钧广运,嘉节良辰。列辟在位,万国来宾。干旄屡舞,金石咸陈。礼容既备,帝履长春。

忠　顺

礼成三爵,乐毕九成。共离金卮,复列彤庭。

忠　顺

明庭展礼,为龙为光。《咸》、《韶》息韵,鹓鹭归行。

隋大射登歌

《周礼》曰："射人掌以射法治射仪：王以《驺虞》，九节；诸侯以《狸首》，七节；大夫以《采𬞟》，士以《采蘩》，皆五节。"《射义》曰："《驺虞》者，乐官备也；《狸首》者，乐会时也；《采𬞟》者，乐循法也；《采蘩》者，乐不失职也。是故天子以备官为节，诸侯以时会天子为节，大夫以循法为节，士以不失职为节。"《传》云："《驺虞》、《采𬞟》、《采蘩》，皆乐章名。《狸首》逸。"《唐书·乐志》曰："大射，皇帝奏《驺虞之曲》，皇太子奏《狸首之曲》。"《会要》曰："王公射亦奏《狸首》，其设悬奏乐，如元会之仪。"按《礼记》载《狸首》诗曰："曾孙侯氏，四正具举。大夫君子，凡以庶士，小大莫处，御于君所。以燕以射，则燕则誉。"盖逸诗云。

道谧金科照，时乂玉条明。优贤缛礼洽，选德射仪成。鸾旗郁云动，宝軟俨天行。巾车整三乏，司裘饰五正。鸣球响高殿，华钟震广庭。乌号传昔美，淇、卫著前名。揖让皆时杰，升降尽朝英。附枝观体定，杯水睹心平。丰觚既来去，燔炙复从横。欣看礼乐盛，喜遇黄河清。

乐府诗集卷第十六　鼓吹曲辞一

鼓吹曲,一曰短箫铙歌。刘瓛定军礼云:"鼓吹,未知其始也;汉班壹雄朔野而有之矣。鸣笳以和箫声,非八音也。骚人曰'鸣篪吹竽'是也。"蔡邕《礼乐志》曰:"汉乐四品,其四曰短箫铙歌,军乐也。黄帝岐伯所作,以建威扬德,风敌劝士也。"《周礼·大司乐》曰:"王师大献,则令奏恺乐。"《大司马》曰:"师有功,则恺乐献于社。"郑康成云:"兵乐曰恺,献功之乐也。"《春秋》曰:"晋文公败楚于城濮。"《左传》曰:"振旅恺以入。"《司马法》曰:"得意则恺乐、恺歌,以示喜也。"《宋书·乐志》曰:"雍门周说孟尝君:'鼓吹于不测之渊。'说者云:'鼓自一物,吹自竽籁之属,非箫鼓合奏,别为一乐之名也。'然则短箫铙歌,此时未名鼓吹矣。应劭《汉卤簿图》,唯有骑执笳,笳即箛,不云鼓吹。而汉世有黄门鼓吹。汉享宴食举乐十三曲,与魏世鼓吹长箫同。长箫短箫,《伎录》并云:'丝竹合作,执节者歌。'又《建初录》云:'《务成》、《黄爵》、《玄云》、《远期》,皆骑吹曲,非鼓吹曲。'此则列于殿庭者名鼓吹,今之从行鼓吹为骑吹,二曲异也。又孙权观魏武军,作鼓吹而还,此应是今之鼓吹。魏、晋世,又假诸将帅及牙门曲盖鼓吹。斯则其时方谓之鼓吹矣。"案《西京杂记》:"汉大驾祠甘泉、汾阴,备千乘万骑,有黄门前后部鼓吹。"则不独列于殿庭者名鼓吹也。汉《远如期曲》辞,有"雅乐陈"及"增寿万年"等语,马上奏乐之意,则《远期》又非骑吹曲也。《晋中兴书》曰:"汉武帝时,南越加置交趾、九真、日南、合浦、南海、郁林、苍梧七郡,皆假鼓吹。"《东观汉记》曰:"建初中,班超拜长史,假鼓吹麾幢。"则短箫铙歌,汉时已名鼓吹,不自魏、晋始也。崔豹《古今注》曰:"汉乐有黄门鼓吹,天子所以宴乐群臣也。短箫铙歌，鼓吹之一章尔，亦以赐有功诸侯。"然则黄门鼓吹、短箫铙歌与横吹曲，得通名鼓吹，但所用异尔。汉有《朱鹭》等二十二曲，列于鼓吹，谓之铙歌。及魏受命，使缪袭改其十二曲，而《君马黄》、《雉子班》、《圣人出》、《临高台》、《远如期》、《石留》、《务成》、《玄云》、《黄爵》、《钓竿》十曲，并仍旧名。是时吴亦使韦昭改制十二曲，其十曲亦因之。而魏、吴歌辞，存者唯十二曲，馀皆不传。晋武帝受禅，命傅玄制二十二曲，而《玄云》、《钓竿》之名不改旧汉。宋、齐并用汉曲。又充庭十六曲，梁高祖乃去其四，留其十二，更制新歌，合四时也。北齐二十曲，皆改古名。其《黄爵》、《钓竿》，略而不用。后周宣帝革前代鼓吹，制为十五曲，并述功德受命以相代，大抵多言战阵之事。隋制列鼓吹为四部，唐则又增为五部，部各有曲。唯《羽葆》诸曲，备叙功业，如前代之制。初，魏、晋之世，给鼓吹甚轻，牙门督将五校悉有鼓吹。宋、齐已后，则甚重矣。齐武帝时，寿昌殿南阁置《白鹭》鼓吹二曲，以为宴乐。陈后主常遣宫女习北方箫鼓，谓之《代北》，酒酣则奏之。此又施于燕私矣。案《古今乐录》，有梁、陈时宫悬图，四隅各有鼓吹楼而无建鼓。鼓吹楼者，昔箫史吹箫于秦，秦人为之筑凤台。故鼓吹陆则楼车，水则楼船，其在庭则以簨虡为楼也。梁又有鼓吹熊罴十二案，其乐器有龙头大棡鼓、中鼓、独揭小鼓，亦随品秩给赐焉。周武帝每元正大会，以梁案架列于悬间，与正乐合奏。隋又于案下设熊罴貙豹，腾倚承之，以象百兽之舞。唐因之。

汉铙歌十八首　　　　　古　辞

《古今乐录》曰："汉鼓吹铙歌十八曲，字多讹误。一曰《朱鹭》，二曰《思悲翁》，三曰《艾如张》，四曰《上之回》，五曰《拥离》，六曰《战城南》,七曰《巫山高》,八曰《上陵》,九曰《将进酒》,十曰《君马黄》,十一曰《芳树》,十二曰《有所思》,十三曰《雉子班》,十四曰《圣人出》,十五曰《上邪》,十六曰《临高台》,十七曰《远如期》,十八曰《石留》。又有《务成》、《玄云》、《黄爵》、《钓竿》,亦汉曲也。其辞亡。或云:汉铙歌二十一,无《钓竿》,《拥离》亦曰《翁离》。"

朱 鹭

《仪礼·大射仪》曰:"建鼓在阼阶西南鼓。"《传》云:"建犹树也,以木贯而载之,树之趺也。"《隋书·乐志》曰:"建鼓,殷所作。又栖翔鹭于其上,不知何代所加。或曰,鹄也,取其声扬而远闻。或曰,鹭,鼓精也。或曰,皆非也。《诗》云:'振振鹭,鹭于飞。鼓咽咽,醉言归。'言古之君子,悲周道之衰,颂声之息,饰鼓以鹭,存其风流。未知孰是。"孔颖达曰:"楚威王时,有朱鹭合沓飞翔而来舞,旧鼓吹《朱鹭曲》是也。"然则汉曲盖因饰鼓以鹭而名曲焉。宋何承天《朱路篇》曰:"朱路扬和鸾,翠盖曜金华。"但盛称路车之美,与汉曲异矣。

朱鹭,鱼以乌。路訾邪鹭何食?食茄下。不之食,不以吐,将以问诛—作谏者。

思悲翁

思悲翁,唐思,夺我美人侵以遇。悲翁也,但我思。蓬首—作曩狗,逐狡兔,食交君。枭子五,枭母六,拉沓高飞暮安宿?

艾如张

艾与刈同,《说文》曰:"芟草也。"如读为而,犹《春秋》曰"星陨如雨"也。古词曰:"艾而张罗。"又曰:"雀以高飞奈雀何?"《穀梁传》曰:"艾兰以为防,置旃以为辕门。"谓因蒐狩以习武事也。兰,香草也,言艾草以为田之大防是也。若陈苏子卿云:"张机蓬艾侧。"唐李贺云:"艾叶绿花谁翦刻。"俱失古题本意。

艾而张罗,夷於何!行成之。四时和,山出黄雀亦有罗,雀以高飞奈雀何?为此倚欲,谁肯礤室。

上之回

《汉书》曰:"孝(武)〔文〕十四年,匈奴入朝那萧关,遂至彭阳。使骑兵入烧回中宫,候骑至雍甘泉。"回中地在安定,其中有宫也。《武帝纪》曰:"元封四年冬十月,行幸雍,祠五畤。通回中道,遂北出萧关。"吴兢《乐府解题》曰:"汉武通回中道,后数出游幸焉。"沈建《广题》曰:"汉曲皆美当时之事。"案石关,宫阙名,近甘泉宫。相如《上林赋》云"蹳石关,历封峦"是也。

上之回所中,益夏将至。行将北,以承甘泉宫。寒暑德。游石关,望诸国。月支臣,匈奴服。令从百官疾驱驰,千秋万岁乐无极。

翁 离

拥离趾中,可筑室。何用葺之?蕙用兰。拥离趾中。

战城南

战城南,死郭北,野死不葬乌可食。为我谓乌:"且为客豪!野死谅不葬,腐肉安能去子逃!"水深激激,蒲苇冥冥。枭骑战斗死,驽马徘徊鸣。梁筑室,何以南梁何北!禾黍(而)

〔不〕获君何食？愿为忠臣安可得！思子良臣，良臣诚可思：朝行出攻，暮不夜归。

巫山高

《乐府解题》曰："古词言，江淮水深，无梁可度，临水远望，思归而已。若齐王融'想像巫山高'，梁范云'巫山高不极'。杂以阳台神女之事，无复远望思归之意也。"又有《演巫山高》，不详所起。

巫山高，高以大；淮水深，难以逝。我欲东归，害梁不为。我集无高曳，水何梁汤汤回回。临水远望，泣下沾衣。远道之人心思归，谓之何！

上 陵

《古今乐录》曰："汉章帝元和中，有宗庙食举六曲，加《重来》、《上陵》二曲，为上陵食举。"《后汉书·礼仪志》曰："正月上丁，祠南郊，次北郊、明堂、高庙、世祖庙，谓之五供。礼毕，以次上陵。西都旧有上陵。东都之仪，太官上食，太常乐奏食举。"按古词大略言神仙事，不知与食举曲同否。宋何承天《上陵者篇》曰："上陵者相追攀。"但言升高望远、伤时怨叹而已。

上陵何美美，下津风以寒。问客从何来，言从水中央。桂树为君船，青丝为君笮，木兰为君棹，黄金错其间。沧海之雀赤翅鸿，白雁随。山林乍开乍合，曾不知日月明。醴泉之水，光泽何蔚蔚。芝为车，龙为马，览遨游，四海外。甘露初二年，芝生铜池中，仙人下来饮，延寿千万岁。

将进酒

古词曰："将进酒，乘大白。"大略以饮酒放歌为言。宋何承天

《将进酒篇》曰:"将进酒,庆三朝。备繁礼,荐嘉肴。"则言朝会进酒,且以濡首荒志为戒。若梁·昭明太子云"洛阳轻薄子",但叙游乐饮酒而已。

将进酒,乘大白。辨加哉,诗审搏。放故歌,心所作。同阴气,诗悉索。使禹良工观者苦。

君马黄

君马黄,臣马苍,二马同逐臣马良。易之有骓蔡有赭,美人归以南,驾车驰马,美人伤我心;佳人归以北,驾车驰马,佳人安终极。

芳 树

《乐府解题》曰:"古词中有云:'妒人之子愁杀人,君有他心,乐不可禁。'若齐王融'相思早春日',谢朓'早玩华池阴',但言时暮众芳歇绝而已。"

芳树日月,君乱如于风。芳树不上无心温而鹄,三而为行。临兰池,心中怀我怅。心不可匡,目不可顾,妒人之子愁杀人。君有他心,乐不可禁。王将何似,如孙如鱼乎?悲矣。

有所思

《乐府解题》曰:"古词言'有所思,乃在大海南。何用问遗君?双珠玳瑁簪。闻君有他心,烧之当风扬其灰。从今已往,勿复相思而与君绝'也。"案《古今乐录》汉太乐食举第七曲亦用之,不知与此同否。若齐王融"如何有所思",梁刘绘"别离安可再",但言离思而已。宋何承天《有所思篇》曰："有所思，思昔人，曾、闵二子善养亲。"则言生雁茶苦，哀慈亲之不得见也。

有所思，乃在大海南。何用问遗君？双珠玳瑁簪，用玉绍缭之。闻君有他心，拉杂摧烧之。摧烧之，当风扬其灰。从今以往，勿复相思！相思与君绝！鸡鸣狗吠，兄嫂当知之。妃呼豨！秋风肃肃晨风飔，东方须臾高知之。

雉子班

《乐府解题》曰："古词云：'雉子高飞止，黄鹄飞之以千里，雄来飞，从雌视。'若梁简文帝'炉场时向陇'，但咏雉而已。"宋何承天有《雉子游原泽篇》，则言避世之士，抗志清霄，视卿相功名犹冰炭之不相入也。

"雉子，班如此。之于雉梁。无以吾翁孺，雉子！"知得雉子高蜚止，黄鹄蜚，之以重，王可思。雄来蜚从雌，视子趋一雉。"雉子！"车大驾马滕，被王送行所中。尧羊蜚从王孙行。

圣人出

圣人出，阴阳和。美人出，游九河。佳人来，骓离哉何。驾六飞龙四时和。君之臣明护不道，美人哉，宜天子。免甘星箆乐甫始，美人子，含四海。

上 邪

上邪！我欲与君相知，长命无绝衰。山无陵，江水为竭，冬雷震震，夏雨雪，天地合，乃敢与君绝！

临高台

《乐府解题》曰："古词言：'临高台，下见清水中有黄鹄飞翻，关弓射之，令我主万年。'若齐谢朓'千里常思归'，但言临望伤情而已。"宋何承天《临高台篇》曰："临高台，望天衢，飘然轻举凌太虚。"则言超帝乡而会瑶台也。

临高台以轩，下有清水清且寒。江有香草目以兰，黄鹄高飞离哉翻。关弓射鹄，令我主寿万年。收中吾

远如期

一曰《远期》。《宋书·乐志》有《晚芝曲》，沈约言旧史云"诂不可解"，疑是汉《远期曲》也。《古今乐录》曰："汉太乐食举曲有《远期》，至魏省之。"

远如期，益如寿。处天左侧，大乐万岁，与天无极。雅乐陈，佳哉纷。单于自归，动如惊心。虞心大佳，万人还来，谒者引乡殿陈，累世未尝闻之。增寿万年亦诚哉。

石 留

石留凉阳凉石水流为沙锡以微河为香向始𥹢冷将风阳北逝肯无敢与于扬心邪怀兰志金安薄北方开留离兰

汉铙歌 上

朱 鹭　　　　　　梁·王僧孺

因风弄玉水，映日上金堤。犹持畏罗缴，未得异凫鹥。

闻君爱白雉,兼因重碧鸡。未能声似凤,聊变色如珪。愿识昆明路,乘流饮复栖。

同　前　　　　梁·裴宪伯

秋来惧寒劲,岁去畏冰坚。群飞向葭下,奋羽欲南迁。暂戏龙池侧,时往凤楼前。所叹恩光歇,不得久联翩。

同　前　　　　陈后主

参差蒲未齐,沉漾苦浮绿。朱鹭戏蘋藻,徘徊留涧曲。涧曲多岩树,逶迤复断续。振振虽以明,汤汤今又矏。

同　前　　　　陈·张正见

金堤有朱鹭,刷羽望沧瀛。周诗振雅曲,汉鼓发奇声。时将赤雁并,乍逐彩鸾行。别有翻潮处,异色不相惊。

同　前　　　　陈·苏子卿

玉山一朱鹭,容与入王畿。欲向天池饮,还绕上林飞。金堤晒羽翮,丹水浴毛衣。非贪葭下食,怀恩自远归。

同　前　　　　唐·张　籍

翩翩兮朱鹭,来泛春塘栖绿树。羽毛如翦色如染,远飞欲下双翅敛。避人引子入深堑,动处水纹开潋潋。谁知豪家网尔躯,不如饮啄江海隅。

艾如张　　　　　　苏子卿

谁在闲门外,罗家诸少年。张机蓬艾侧,结网槿篱边。若能飞自勉,岂为缯所缠。黄雀傥为诫,朱丝犹可延。

同　前　　　　　　唐·李贺

锦襜褕,绣裆襦。强强饮啄哺尔雏。陇东卧穟满风雨,莫信—作逐龙媒陇西去。齐人织网如素空,张在野春平碧中。网丝漠漠无形影,误尔触之伤首红。艾叶绿花谁翦刻,中藏祸机不可测。

上之回　　　　　　梁简文帝

前拂回中,后车隅桂宫。轻丝临云罕,春色绕川风。桃林方灼灼,柳路日瞳瞳。笳声骇胡骑,清磬詟山戎。微臣今拜手,愿帝永无穷。

同　前　　　　　　张正见

林光称避暑,回中乃吉行。龙媒蹑影驶,玉辇御云轻。风乌绕鹔鹴,彩鹬照昆明。欲知钟箭远,遥听宝鸡声。

同　前　　　　　　隋·萧悫

发轫城西畤,回舆事北游。山寒石道冻,叶下故宫秋。朔路传清警,边风卷画斿。岁馀巡省毕,拥仗返皇州。

同　前　　　隋·陈子良

承平重游乐,诏跸上之回。属车响流水,清笳转落梅。岭云盖道转,岩花映绶开。下辇便高宴,何如在瑶台。

同　前　　　唐·卢照邻

回中道路险,萧关烽候多。五营屯北地,万乘出西河。单于拜玉玺,天子按雕戈。振旅汾川曲,秋风横大歌。

同　前　　　唐·李白

三十六离宫,楼台与天通。阁道步行月,美人愁烟空。恩疏宠不及,桃李伤春风。淫乐意何极,金舆向回中。万乘出黄道,千旗扬彩虹。前军细柳北,后骑甘泉东。岂问渭川老,宁邀襄野童。秋暮—作但暮瑶池宴,归来乐未穷。

同　前　　　李贺

上之回,大旗喜。悬虹彗,挞凤尾。剑匣破,舞蛟龙。蚩尤死,鼓逢逢。(大)〔天〕高庆雷齐坠地,地无惊烟海千里。

战城南　　　梁·吴均

蹙蹀青骊马,往战城南畿。五历鱼丽阵,三入九重围。名慴武安将,血污秦王衣。为君意气重,无功终不归。

同　前　　　　　张正见

蓟北驰胡骑,城南接短兵。云屯两阵合,剑聚七星明。旗交无复影,角愤有馀声。战罢披军策,还嗟李少卿。

　　　　同　前　　　　　卢照邻

将军出紫塞,冒顿在乌贪。笳喧雁门北,阵翼龙城南。雕弓夜宛转,铁骑晓参潭。应须驻白日,为待战方酣。

　　　　同　前　　　　　李　白

去年战,桑乾源;今年战,葱河道。洗兵条支海上波,放马天山雪中草。万里长征战,三军尽衰老。匈奴以杀戮为耕作,古来唯见白骨黄沙田。秦家筑城备胡处,汉家还有烽火然。烽火然不息,征战一作长征无已时,野战格斗死,败马号鸣向天悲。乌鸢啄人肠,衔飞上挂枯树枝一作上枯枝。士卒涂草莽,将军空尔为。乃知兵者是凶器,圣人不得已而用之。

　　　　同　前　　　　唐·刘驾

城南征战多,城北无饥鸦。白骨马蹄下,谁言皆有家。城前水声苦,倏忽流万古。莫争城外地,城里有闲土。

　　　　同前二首　　　　唐·僧贯休

万里桑乾傍,茫茫古蕃壤。将军貌憔悴,抚剑悲年长。

胡兵尚陵逼,久住亦非强。邯郸少年辈,个个有伎俩。拖枪半夜去,雪片大如掌。

　　碛中有阴兵,战马时惊蹶。轻猛李陵心,摧残苏武节。黄金镞子甲,风吹色如铁。十载不封侯,茫茫向谁说。

乐府诗集卷第十七　鼓吹曲辞 二

汉铙歌 中

巫山高　　齐·虞羲

南国多奇山，荆巫独灵异。云雨丽以佳，阳台千里思。勿言可再得，特美君王意。高唐一断绝，光阴不可迟。

同　前　　齐·王融

想像—作仿佛巫山高，薄暮阳台曲。烟云乍舒卷，猿鸟时断续—作烟华乍卷舒,行芳时断续。彼美如可期，寤言纷在瞩。怅然坐相望，秋风下庭绿。

同　前　　齐·刘绘

高唐与巫山，参差郁相望。灼烁在云间，氛氲出霞—作云上。散雨收夕台，行云卷晨障。出没不易期，婵娟似—作以惆怅。

同　前　　梁元帝

巫山高不穷，迥出荆门中。滩声下溅石，猿鸣上逐风。树杂山如画，林暗涧疑空。无因谢神女，一为出房栊。

同　前　　　　梁·范云

巫山高不极,白日隐光晖。霭霭朝云去,溟溟暮雨归。岩悬兽无迹,林暗鸟疑飞。枕席竟谁荐,相望空依依。

同　前　　　　梁·费昶

巫山光欲晚一作晓,阳台色依依。彼美岩之曲,宁知心是非。朝云触石起,暮雨润罗衣。愿解千金珮,请逐大王归。

同　前　　　　梁·王泰

迢递巫山竦,远天新霁时。树交凉去远,草合影开迟。谷深流响咽,峡近猿声悲。只言云雨状,自有神仙期。

同　前　　　　陈后主

巫山巫峡深,峭壁耸春林。风岩朝蕊落,雾岭晚猿吟。云来足荐枕,雨过非感琴。仙姬将夜月,度影自浮沉。

同　前　　　　陈·萧诠

巫山映巫峡,高高殊未穷。猿声不辨处,雨色讵分空。悬崖下桂月,深涧响松风。别有仙云起,时向楚王宫。

同　前　　　　唐·郑世翼

巫山凌太清,岩峣类削成。霏霏暮雨合,霭霭朝云生。

危峰入鸟道,深谷泻猿声。别有幽栖客,淹留攀桂情。

同　　前　　　　唐·沈佺期

巫山峰十二,环合隐昭回。俯眺琵琶峡,平看云雨台。古槎天外倚,瀑水日边来。何忽啼猿夜,荆王枕席开。神女向高唐,巫山下夕阳。徘徊作行雨,婉娈逐荆王。电影江前落,雷声峡外长。霏云无处所,台馆晓苍苍。

同　　前　　　　唐·卢照邻

巫山望不极,望望下朝氛。莫辨啼猿树,徒看神女云。惊涛乱水脉,骤雨暗峰文。沾裳即此地,况复远思君。

同　　前　　　　唐·张循之

巫山高不极,沓沓奇状新。暗谷疑风雨,幽岩若鬼神。月明三峡曙,潮满二江春。为问阳台夕,应知入梦人。

同　　前　　　　唐·刘方平

楚国巫山秀,清猿日夜啼。万重春树合,十二碧峰齐。峡出朝云下,江来暮雨西。阳台归路直,不畏向家迷。

同　　前　　　　唐·皇甫冉

巫峡见巴东,迢迢半出空。云藏神女馆,雨到楚王宫。朝暮泉声落,寒暄树色同。清猿不可听,偏在九秋中。

###　　　　　同　前　　　唐·李　端

巫山十二峰，皆在碧虚中。回合云藏日，霏微雨带风。猿声寒过水，树色暮连空。愁向高唐望，清秋见楚宫。

###　　　　　同　前　　　唐·于　濆

何山无朝云，彼云亦悠扬。何山无暮雨，彼雨亦苍茫。宋玉恃才者，凭云构高(堂)〔唐〕。自重文赋名，荒淫归楚襄。峨峨十二峰，永作妖鬼乡。

###　　　　　同　前　　　唐·孟　郊

巴江上峡重复重，阳台碧峭十二峰。荆王猎时逢暮雨，夜卧高丘梦神女。轻红流烟湿艳姿，行云飞去明星稀。目极魂断望不见，猿啼三声泪沾衣。

见尽数万里，不闻三声猿。但飞萧萧雨，中有亭亭魂。千载楚襄—作王恨，遗文宋玉言。至今青冥里，云结深闺门。

###　　　　　同　前　　　唐·李　贺

碧丛丛，高—作齐插天，大江翻澜神曳烟。楚魂寻梦风飔飔—作飒然，晓风飞雨生苔钱。瑶姬一去一千年，丁香筇竹啼老猿。古祠近月蟾桂寒，椒花坠红湿云间—作端。

###　　　　　同　前　　　唐·僧齐己

巫山高，巫女妖。雨为暮兮云为朝，楚王憔悴魂欲销。

秋猿嗥嗥日将夕，红霞紫烟凝老壁。千岩万壑花皆坼，但恐芳菲无正色。不知今古行人行，几人经此无愁情。云深庙远不可觅，十二峰头插天碧。

将进酒　　　梁·昭明太子

洛阳轻薄子，长安游侠儿。宜城溢渠碗，中山浮羽卮。

同前　　　唐·李白

君不见，黄河之水天上来，奔流到海不复回！君不见，高堂明镜悲白发，朝如青丝暮成雪！人生得意须尽欢，莫使金樽空对月。天生我材必有用，千金散尽还复来。烹羊宰牛且为乐，会须一饮三百杯。岑夫子，丹丘生，将进酒，杯莫停—作君莫停。与君歌一曲，请君为我倾耳听。钟鼓馔玉不足贵，但愿长醉不复醒。古来圣贤皆寂寞，唯有饮者留其名。陈王昔时宴平乐，斗酒十千恣欢谑。主人何为言少钱，径须沽取对君酌。五花马，千金裘。呼儿将出换美酒，与尔同销万古愁。

同前　　　唐·元稹

将进酒，将进酒，酒中有毒酖主父，言之主父伤主母。母为妾地父妾天，仰天俯地不忍言。佯为僵踣主父前，主父不知加妾鞭。旁人知妾为主说，主将泪洗鞭头血。推摧主母牵下堂，扶妾遣升堂上床。将进酒，酒中无毒令主寿。愿主回思归主母，遣妾如此事—作由主父。妾为此事人偶知，自惭不密方自悲。主今颠倒安置妾，贪天僭地谁不为。

同　前　　　　　李　贺

琉璃钟，琥珀浓，小槽酒滴真珠红。烹龙炮凤玉脂泣，罗屏绣幕围香风。吹龙笛，击鼍鼓，皓齿歌，细腰舞。况是青春日将暮，桃花乱落如红雨。劝君终日酩酊醉，酒不到刘伶坟上土。

君马黄　　　　　陈·蔡君知

君马径西极，臣马出东方。足策浮云影，珂连明月光。水冻恒伤骨，蹄寒为践霜，踌躇嗟伏枥，空想欲从良。

同　前　　　　　张正见

幽并重骑射，征马正盘桓。风去长嘶远，冰坚度足寒。出关聊变色，上坂屡停鞍。即今随御史，非复在楼兰。

五色乘马黄，追风时灭没。血汗染龙花，胡鞍抱秋月。唯腾渥洼水，不饮长城窟。讵待燕昭王，千金市骏骨。

同　前　　　　　唐·李　白

君马黄，我马白。马色虽不同，人心本无隔。共作游冶盘，双行洛阳陌。长剑既照曜，高冠何赩赫。各有千金裘，俱为五侯客。猛虎落陷阱，壮夫时屈厄。相知在急难，独好亦一作知何益。

芳　树　　　　齐·谢朓

早玩华池阴，复影沧洲泄。椅梱芳若斯，葳蕤纷可结。霜下桂枝铺，怨与飞蓬折。不厕玉盘滋，谁怜终委绝。

同　前　　　　王融

相望早春日，烟华杂如雾。复此佳丽人，含情结芳树。绮罗已自怜，萱风多有趣。去来徘徊者，佳人不可遇。

同　前　　　　梁武帝

绿树始摇芳，芳生非一叶。一叶度春风，芳芳自相接。色杂乱参差，众花纷重叠。重叠不可思，思此谁能惬。

同　前　　　　梁元帝

芬芳君子树，交柯御宿园。桂影含秋月，桃色染春源—作桂影含秋色，桃花染春源。落英逐风聚，轻香带蕊翻。丛枝临北阁，灌木隐南轩。交让良宜重，成蹊何用言。

同　前　　　　费昶

幸被夕风吹，屡得朝光照。枝偃—作低疑欲舞，花开似含笑。长夜路悠悠，所思不可召。行人早旋返，贱妾犹年少—作年犹少。

同　前　　　　梁·沈约

发萼九华隈，开跗寒路侧。氤氲非一香，参差多异色。

241

宿昔寒飙举，摧残不可识。霜雪交横至，对之长叹息。

同　前　　　　梁·丘　迟

芳叶已漠漠，嘉实复离离。发景傍云屋，凝晖覆华池。轻蜂掇浮颖，弱鸟隐深枝。一朝容色茂，千春长不移。

同　前　　　　陈·李　爽

芳树千株发，摇荡三阳时。气软来风易，枝繁度鸟迟。春至花如锦，夏近叶成帷。欲寄边城客，路远谁能持—作路远讵难持。

同　前　　　　陈·顾野王

上林通建章，杂树遍林芳。日影桃蹊色，风吹梅径香。幽山桂叶落，驰道柳条长。折荣疑路远，用表莫相忘。

同　前　　　　张正见

奇树舒春苑，流芳入绮钱。合欢分四照，同心彰万年。香浮佳气里，叶映彩云前。欲识扬雄赋，金玉满甘泉。

同　前　　　　唐·沈佺期

何地早芳菲，宛在长门殿。夭桃色若绶，秾李光如练。啼鸟弄花疏，游蜂饮香遍。叹息春风起，飘零君不见。

同　前　　　　卢照邻

芳树本多奇，年华复在斯。结翠成新幄，开红满旧枝。

风归花历乱,日度影参差。容色朝朝落,思君君不知。

同　　前　　　唐·徐彦伯

玉花珍簟上,金镂画屏开。晓月怜筝柱,春风忆镜台。筝柱春风吹晓月,芳树落花朝暝歇。藁砧刀头未有时,攀条拭泪坐相思。

同　　前　　　唐·韦应物

迢迢芳园树,列映清池曲。对此伤人心,还如故时绿。风条洒馀霭,露叶承新旭。佳人不再攀,下有往来躅。

同　　前　　　元　稹

芳树已寥落,孤英尤可嘉。可怜团团叶,盖覆深深花。游蜂竞钻刺,斗雀亦纷拏。天生细碎物,不爱好光华。非无歼殄法,念尔有生涯。春雷一声发,惊燕亦惊蛇。清池养神蔡,已复长虾蟆。雨露贵平施,吾其春草芽。

同　　前　　　唐·罗　隐

细蕊慢逐风,暖香闲破鼻。青帝固有心,时时动人意。去年高枝犹压地,今年低枝已憔悴。吾所以见造化之权,变通之理。春夏作头,秋冬为尾,循环反复无穷已。今生长短同一轨。若使威可以制,力可以止,秦皇不肯敛手下沙丘,孟贲不合低头入蒿里。伊人强猛犹如此,顾我劳生何足恃。但愿开素袍,倾绿蚁,陶陶兀兀大醉于青冥白昼间,任他上是天,下是地。

有所思 齐·刘绘

别离安可再,而我更重之。佳人不相见,明月空在帷。共衔满堂酌,独敛向隅眉。中心乱如雪,宁知有所思。

同前 王融

如何有所思,而无相见时。宿昔梦颜色,阶庭寻履綦。高张更何已,引满终自持。欲知忧能老,为视镜中丝。

同前 谢朓

佳期期未归,望望下鸣机。徘徊东陌上,月出行人稀。

同前 梁武帝

谁言生离久,适意与君别。衣上芳犹在,握里书未灭。腰中双绮带,梦为同心结。常恐所思露,瑶华未忍折。

同前 梁简文帝

昔未离长信,金翠奉乘舆。何言人事异,夙昔故恩疏。寂寞锦筵静,玲珑玉殿虚。掩闺泣团扇,罗幌咏蘼芜。

同前 梁·昭明太子

公子远于隔,乃在天一方。望望江山阻,悠悠道路长。别前秋叶落,别后春花芳。雷叹一声响,雨泪忽成行。怅望情无极,倾心还自伤。

同　　前　　　　梁·王筠

丹墀生细草,紫殿纳轻阴。暧暧巫山远,悠悠湘水深。徒歌鹿卢剑,空贻玳瑁簪。望君终不见,屑泪且长—作微吟。

同　　前　　　　梁·庾肩吾

佳期竟—作沓不归,春日坐芳菲。拂匣看离扇,开箱见别衣。井梧生未合,宫槐卷复稀。不及衔泥燕,从来相逐飞。

同　　前　　　　梁·王僧孺

夜风吹熠耀,朝光照昔耶。几销蘼芜叶,空落蒲桃花。不堪长织素,谁能独浣沙。光阴复何极,望促反成赊。知君自荡子,奈妾亦倡家。

同　　前　　　　梁·吴均

薄暮有所思,终持泪煎骨。春风惊我心,秋露伤君发。

同　　前　　　　沈约

西征登陇首,东望不见家。关树抽紫叶,塞草发青牙。昆明当欲满,蒲萄应作花。垂泪对汉使,因书寄狭邪。

同前　　　　　　费昶

上林鸟欲飞,长门日行—作将暮。所思郁不见,空想丹墀步。帘动意君来,雷声似车度。北方佳丽子,窈窕能回顾。夫君自迷惑,非为妾心妒。

同前　　　　　　陈后主

荡子好兰期,留人独自思。落花同泪脸,初月似愁眉。阶前看草蔓,窗中对网丝。不言千里望,复是三春时。

杳杳与人期,遥遥有所思。山川千里间,风月两边时。相待春那剧,相望近偏迟。当由分别久,梦来还自疑。

佳人在北燕,相望渭桥边。团团落日树,耿耿曙河天。愁多明月下,泪尽雁行前。别心不可寄,唯馀琴上弦。

同前　　　　　　顾野王

贱妾有所思,良人久征戍。笳鸣塞表城—作笳鸣明塞表,花开落芳树。白登澄月色,黄龙起烟雾。还闻《雉子班》,非复长征赋。

同前　　　　　　张正见

深闺久离别,积怨转生愁。徒思裂帛雁,空上望归楼。看花忆塞草,对月想边秋。相思日日度,泪脸年年流。

同前　　　　　陈·陆系

别念恨城闉,还思楼上人。泪想离前落,愁闻别后新。

月来疑舞扇,花度忆歌尘。只看今夜里,那似隔河津。

同　前　　　魏·裴让之

梦中虽暂见,及觉始知非。展转不能寐,徙倚独披衣。凄凄晓风急,晻晻月光微。室空常达旦,所思终不归。

同　前　　　隋·卢思道

长门与长信,忧思并难任。洞房明月下,空庭绿草深。怨歌裁紈─作纨素,能赋受黄金。复闻隔湘水,犹言限桂林。凄凄日已暮,谁见此时心。

同　前　　　唐·沈佺期

君子事行役,再空芳岁期。美人旷延伫,万里浮云思。园槿绽红艳,郊桑柔绿滋。坐看长夏晚,秋月生罗帷。

同　前　　　李　白

我思仙─作佳人,乃在碧海之东隅。海寒多天风,白波连山─作天倒蓬壶。长鲸喷涌不可涉,抚心茫茫泪如珠。西来青鸟东飞去,愿寄一书谢麻姑。

同　前　　　孟　郊

桔槔烽火昼不灭,客路迢迢信难越。古镇刀攒万片霜,寒江浪起千堆雪。此时西去定如何,空使南心远凄切。

　　　　　同　前　　　　唐·卢仝

当时我醉美人家,美人颜色娇如花。今日美人弃我去,青楼珠箔天之涯。天涯娟娟常娥月,三五二八盈又缺。翠眉蝉鬓生别离,一望不见心断绝。心断绝,几千里。梦中醉卧巫山云,觉来泪滴湘江水。湘江两岸花木深,美人不见愁人心。含愁更奏绿绮琴,调高弦绝无知音。美人兮美人,不知为暮雨兮为朝云。相思一夜梅花发,忽到窗前疑是君。

　　　　　同　前　　　　韦应物

借问江上柳,青青为谁春。空游昨日地,不见昨日人。缭绕万家井,往来车马尘。莫道无相识,要非心所亲。

　　　　　同　前　　　　唐·刘氏云

朝亦有所思,暮亦有所思。登楼望君处,蔼蔼浮云飞。浮云遮却阳关道,向晚谁知妾怀抱。玉井苍苔春院深,桐花落地无人扫。

乐府诗集卷第十八　鼓吹曲辞 三

汉铙歌 下

雉子班　　　　　梁·吴均

可怜雉子班,群飞集野甸。文章始陆离,意气已惊狷。幽并游侠子,直心亦如箭。死节报君恩一作以死报君恩,谁能孤恩盺。

同　前　　　　　陈后主

四野秋原暗,十步啄方前。雊声风处远,翅影云间连。箭射妖姬笑,裘值盛明然。已足南皮赏,复会北宫篇。

同　前　　　　　陈·张正见

陈仓雉未飞,敛翮依芳甸。朱冠色尚浅,锦臆毛初变。雊麦且专场,排花聊勇战。唯当渡弱水,不怯如皋箭。

同　前　　　　　毛处约

春物始芳菲,春雉正相追。涧响连朝雊,花光带锦衣。窜迹时移影,惊媒或乱飞。能使如皋路,相逢巧笑归。

同　前　　　　　陈·江总

麦垄新秋来,泽雉屡徘徊。依花似协妒,拂草乍惊媒。

三春桃照李，二月柳争梅。暂往如皋路，当令巧笑开。

同　前　　　　唐·李　白

《古今乐录》曰："梁三朝乐第四十一，设辟邪伎鼓吹作《雉子班》曲引去来。"

辟邪伎作鼓吹惊，《雉子班》之奏曲成。喔咿振迅欲飞鸣。扇锦翼，雄风生。双雌同饮啄，趫悍诈能争？乍向草中（取）〔耿〕介死，不求黄金笼下生。天地至广大，何惜遂物情。善卷让天子，务光亦逃名。所贵旷士怀，朗然合太清。

临高台　　　　魏文帝

临台行高，高以轩。下有水，清且寒。中有黄鹄往且翻。行为臣，当尽忠。愿令皇帝陛下三千岁，宜居此宫。鹄欲南游，雌不能随。我欲躬衔汝，口噤不能开；欲负之，毛衣摧颓。五里一顾，六里徘徊。

同　前　　　　齐·谢　朓

千里常思归，登台临绮翼。才见孤鸟还，未辨连山极。四面动春风，朝夜起寒色。谁知倦游者，嗟此故乡忆。

同　前　　　　齐·王　融

游人欲骋望，积步上高台。井莲当夏吐，窗桂逐秋开。花飞低不入，鸟散远时来。还看云栋—作阵影，含月共徘徊。

同　前　　　　　梁简文帝

高台半行云,望望高不极。草树无参差,山河同一色。仿佛洛阳道,道远难别识。玉阶故情人,情来共相忆。

同　前　　　　　梁·沈约

高台不可望,望远使人愁。连山无断续,河水复悠悠。所思暧何在?洛阳南陌头。可望不可至,何用解人忧。

同　前　　　　　陈后主

晚景登高台,迥望春光来。雾浓山后暗,日落云傍开。烟里看鸿小,风来望叶回。临窗已响吹,极眺且倾杯。

同　前　　　　　张正见

曾台迩清汉,出迥架重棼。飞栋临黄鹤,高窗度白云。风前朱幌—作幔色,霞处绮疏分。此中多怨曲,地远讵能闻。

同　前　　　　　隋·萧悫

崇台高百尺,迥出望仙宫。画栱浮朝—作云气,飞梁照晚虹。小衫飘雾縠,艳粉拂轻红。笙吹汶阳篆,琴奏峄山桐。舞逐飞龙引,花随少女风。临春今若此,极燕岂无穷。

同　前　　　　　唐·褚亮

高台暂俯临,飞翼耸轻音。浮光随日度,漾影逐波深。

迥瞰周平野,开怀畅远襟。独此三休上,还伤千岁心。

同　前　　　唐·王勃

临高台,高台迢递绝浮埃。瑶轩绮构何崔嵬,鸾歌凤吹清且哀。俯瞰长安道,萋萋御沟草。斜对甘泉路,苍苍茂陵树。高台四望同,帝乡佳气郁葱葱。紫阁丹楼纷照曜,璧房锦殿相玲珑。东弥长乐观,西指未央宫。赤城映朝日,绿树摇春风。旗亭百队开新市,甲第千甍分戚里。朱轮翠盖不胜春,叠树层楹相对起。复有青楼大道中,绣户文窗雕绮栊。锦衣昼不襞,罗帷夕未空。歌屏朝掩翠,妆镜晚窥红。为吾安宝髻,娥眉罢花丛。狭路尘间黯将暮,云间月色明如素。鸳鸯池上两两飞,凤皇楼下双双度。物色正如此,佳期那不顾。银鞍绣縠盛繁华,可怜今夜宿倡家。倡家少妇不须嚬,东园桃李片时春。君看旧日高台处,柏梁铜雀生黄尘。

同　前　　　唐·僧贯休

凉风吹远念,使我升高台。宁知数片云,不是旧山来。故人天一涯,久客殊未回。雁来不得书,空寄声哀哀。

远　期　　　梁·张率

远期终不归,节物坐将一作迁变。白露怆单衫,秋风息团扇。谁能久离别,他乡且异县。浮云蔽重山,相望何时见。寄言远期者,空闺泪如霰。

同　前　　　　　梁·庾成师

忆别春花飞,已见秋叶稀。泪粉羞明镜,愁带减宽衣。得书言未及,梦见道应归。坐使红颜歇,独掩青楼扉。

玄　云　　　　　张　率

坏阵压峨垄,遮窗暗思扉。映日斜生海,跨树似鹏飞。梦山妾已去,落靥何由归。

黄雀行　　　　　唐·庄南杰

穿屋穿墙不知止,争树争巢入营死。林间公子挟弹弓,一丸致毙花丛里。小雏黄口未有知,青天不解高高飞。虞人设网当要路,白日啾嘲祸万机。

钓　竿　　　　　魏文帝

崔豹《古今注》曰:"《钓竿》者,伯常子避仇河滨为渔者,其妻思之而作也。每至河侧辄歌之。后,司马相如作《钓竿诗》,遂传为乐曲。"

东越河济水,遥望大海涯。钓竿何珊珊,鱼尾何簁簁。行路之好者,芳饵欲何为。

同　前　　　　　梁·沈　约

桂舟既容与,绿浦复回纡。轻丝动弱芰,微楫起单凫。扣舷忘日暮,卒岁以为娱。

253

同　前　　　梁·戴暠

试持玄渚钓,暂罢池阳猎。翠羽饰长纶,蕖花装小缲。钜利断莼丝,泛举牵菱叶。聊载前鱼童,过看后舟妾。

钓竿篇　　　梁·刘孝绰

钓舟画采鹢,鱼子服冰纨。金辖茱萸网,银钩翡翠竿。敛桡随水脉,急桨渡江湍。湍长自不辞,前浦有佳期。船交棹影合,浦深鱼出迟。荷根时触饵,菱芒乍罥丝。莲渡江南手,衣渝京兆眉。垂竿自来乐,谁能为太师。

同　前　　　陈·张正见

结宇长江侧,垂钓广川浔。竹竿横翡翠,桂髓掷黄金。人来水鸟没,楫渡岸花沉。莲摇见鱼近,纶尽觉潭深。渭水终须卜,沧浪徒自吟。空嗟芳饵下,独见有贪心。

同　前　　　隋·李巨仁

潺湲面江海,滉瀁瞩波澜。不惜黄金饵,唯怜翡翠竿。斜纶控急水,定楫下飞湍。潭迥风来易,川长雾歇难。寄言朝市客,沧浪徒自安。

同　前　　　唐·沈佺期

朝日敛红烟,垂竿向绿川。人疑天上坐,鱼似镜中悬。避楫时惊透,猜钩每误牵。湍危不理辖,潭静欲留船。钓玉君徒尚，征金我未贤。为看芳饵下，贪得会无全。

魏鼓吹曲　　　　　　缪　袭

《晋书·乐志》曰："魏武帝使缪袭造鼓吹十二曲以代汉曲：一曰《楚之平》，二曰《战荥阳》，三曰《获吕布》，四曰《克官渡》，五曰《旧邦》，六曰《定武功》，七曰《屠柳城》，八曰《平南荆》，九曰《平关中》，十曰《应帝期》，十一曰《邕熙》，十二曰《太和》。"

楚之平

《晋书·乐志》曰："改汉《朱鹭》为《楚之平》，言魏也。"《古今乐录》作《初之平》。

楚之平，义兵征。神武奋，金鼓鸣。迈武德，扬洪名。汉室微，社稷倾。皇道失，桓与灵。阉官炽，群雄争。边、韩起，乱金城。中国扰，无纪经。赫武皇，起旗旌。麾天下，天下平。济九州，九州宁。创武功，武功成。越五帝，邈三王。兴礼乐，定纪纲。普日月，齐辉光。

《楚之平》曲凡三十句，句三字。

战荥阳

《晋书·乐志》曰："改汉《思悲翁》为《战荥阳》，言曹公也。"

战荥阳，汴水陂。戎士愤怒，贯甲驰。阵未成，退徐荣。二万骑，堑垒平。戎马伤，六军惊，势不集，众几倾。白日没，时晦冥，顾中牟，心屏营。同盟疑，计无成，赖我武皇，万国宁。

《战荥阳》曲凡二十句，其十八句句三字，二句句四字。

获吕布

《晋书·乐志》曰:"改汉《艾如张》为《获吕布》,言曹公东围临淮,生擒吕布也。"

获吕布,戮陈宫。芟夷鲸鲵,驱骋群雄。囊括天下,运掌中。

《获吕布》曲凡六句,其三句句三字,三句句四字。

克官渡

《晋书·乐志》曰:"改汉《上之回》为《克官渡》,言曹公与袁绍战,破之于官渡也。"

克绍官渡,由白马。僵尸流血,被原野。贼众如犬羊,王师尚寡。沙塠旁,风飞扬。转战不利,士卒伤。今日不胜,后何望。土山地道,不可当。卒胜大捷,震冀方。屠城破邑,神武遂章。

《克官渡》曲凡十八句,其八句句〔四〕〔三〕字,一句五字,九句句〔三〕〔四〕字。

旧　邦

《晋书·乐志》曰:"改汉《翁离》为《旧邦》,言曹公胜袁绍于官渡,还谯收藏死亡士卒也。"

旧邦萧条,心伤悲。孤魂翩翩,当何依。游士恋故,涕如摧。兵起事大,令愿违。传求亲戚,在者谁。立庙置后,魂来归。

《旧邦》曲凡十二句,其六句句三字,六句句四字。

定武功

《晋书·乐志》曰:"改汉《战城南》为《定武功》,言曹公初破邺,武功之定始乎此也。"

定武功,济黄河。河水汤汤,旦暮有横流波。袁氏欲衰,兄弟寻干戈。决漳水,水流滂沱,嗟城中如流鱼,谁能复顾室家。计穷虑尽,求来连和。和不时,心中忧戚。贼众内溃,君臣奔北。拔邺城,奄有魏国。王业艰难,览观古今,可为长叹。

《定武功》曲凡二十一句,其五句句三字,三句句六字,十二句句四字,一句五字。

屠柳城

《晋书·乐志》曰:"改汉《巫山高》为《屠柳城》,言曹公越北塞,历白檀,破三郡乌桓于柳城也。"

屠柳城,功诚难。越度陇塞,路漫漫。北逾冈平,但闻悲风正酸。蹋顿授首,遂登白狼山。神武憩海外,永无北顾患。

《屠柳城》曲凡十句,其三句句三字,三句句四字,三句句五字,一句六字。

平南荆

《晋书·乐志》曰:"改汉《上陵》为《平南荆》,言曹公南平荆州也。"

南荆何辽辽,江汉浊不清。菁茅久不贡,王师赫南征。

刘琮据襄阳,贼备屯樊城。六军庐新野,金鼓震天庭。刘子面缚至,武皇许其成。许与其成,抚其民。陶陶江汉间,普为大魏臣。大魏臣,向风思自新。思自新,齐功古人。在昔虞与唐,大魏得与均。多选忠义士,为喉唇。天下一定,万世无风尘。

《平南荆》曲凡二十四句,其十七句句五字,四句句三字,三句句四字。

平关中

《晋书·乐志》曰:"改汉《将进酒》为《平关中》,言曹公征马超,定关中也。"

平关中,路向潼。济浊水,立高墉。斗韩、马,离群凶。选骁骑,纵两翼,虏崩溃,级万亿。

《平关中》曲凡十句,句三字。

应帝期

《晋书·乐志》曰:"改汉《有所思》为《应帝期》,言文帝以圣德受命,应运期也。"

应帝期,於昭我文皇,历数承天序,龙飞自许昌。聪明昭四表,恩德动遐方。星辰为垂耀,日月为重光。河、洛吐符瑞,草木挺嘉祥。麒麟步郊野,黄龙游津梁。白虎依山林,凤皇鸣高冈。考图定篇籍,功配上古羲皇。羲皇无遗文,仁圣相因循。期运三千岁,一生圣明君。尧授舜万国,万国皆附亲。四门为穆穆,教化常如神。大魏兴盛,与之为邻。

《应帝期》曲凡二十六句,其一句三字,二句句四字,二十二句句五字,一句六字。

邕　熙

《晋书·乐志》曰:"改汉《芳树》为《邕熙》,言魏氏临其国,君臣邕穆,庶积咸熙也。"

邕熙,君臣念德,天下治。登帝道,获瑞宝,颂声并作,洋洋浩浩。吉日临高堂,置酒列名倡。歌声一何纡馀,杂笙簧。八音谐,有纪纲。子孙永建万国,寿考乐无央。

《邕熙》曲凡十五句,其六句句三字,三句句四字,一句二字,三句句五字,二句句六字。

太　和

《晋书·乐志》曰:"改汉《上邪》为《太和》,言明帝继体承统,太和改元,德泽流布也。"

惟太和元年,皇帝践阼,圣且仁,德泽为流布。灾蝗一时为绝息,上天时雨露。五谷溢田畴,四民相率遵轨度。事务(征)〔澄〕清,天下狱讼察以情。元首明,魏家如此,那得不太平。

《太和》曲凡十三句,其二句句三字,五句句五字,三句句四字,三句句七字。

吴鼓吹曲　　　　　韦昭

《晋书·乐志》曰:"吴使韦昭制鼓吹十二曲:一曰《炎精缺》,二曰《汉之季》,三曰《摅武师》,四曰《伐乌林》,五曰《秋风》,六曰《克皖城》,七曰《关背德》,八曰《通荆门》,九曰《章洪德》,十曰《从历数》,十一曰《承天命》,十二曰《玄化》。"

炎精缺

《古今乐录》曰:"《炎精缺》者,言汉室衰,孙坚奋迅猛志,念在匡救,王迹始乎此也。当汉《朱鹭》。"

炎精缺,汉道微。皇纲弛,政德违。众奸炽,民罔依。赫武烈,越龙飞。陟天衢,耀灵威。鸣雷鼓,抗电麾。抚乾衡,镇地机。厉虎旅,骋熊罴。发神听,吐英奇。张角破,边、韩羁。宛、颍平,南土绥。神武章,渥泽施。金声震,仁风驰。显高门,启皇基。统罔极,垂将来。

《炎精缺》曲凡三十句,句三字。

汉之季

《古今乐录》曰:"《汉之季》者,言孙坚悼汉之微,痛董卓之乱,兴兵奋击,功盖海内也。当汉《思悲翁》。"

汉之季,董卓乱。桓桓武烈,应时运。义兵兴,云旗建。厉六师,罗八阵。飞鸣镝,接白刃。轻骑发,介士奋。丑虏震,使众散。劫汉主,迁西馆。雄豪怒,元恶偾。赫赫皇祖,功名闻。

《汉之季》曲凡二十句,其十八句句三字,二句句四字。

摅武师

《古今乐录》曰:"《摅武师》者,言孙权卒父之业而征伐也。当汉

《艾如张》。"

摅武师,斩黄祖。捇夷凶族,革平西夏。炎炎大烈,震天下。

《摅武师》曲凡六句,其三句句三字,三句句四字。

伐乌林

《古今乐录》曰:"《伐乌林》者,言魏武既破荆州,顺流东下,欲来争锋。孙权命将周瑜逆击之于乌林而破走也。当汉《上之回》。"

曹操北伐,拔柳城。乘胜席卷,遂南征。刘氏不睦,八郡震惊。众既降,操屠荆。舟车十万,扬风声。议者狐疑,虑无成。赖我大皇,发圣明。虎臣雄烈,周与程。破操乌林,显章功名。

《伐乌林》曲凡十八句,其十句句四字,八句句三字。

秋　风

《古今乐录》曰:"《秋风》者,言孙权悦以使民,民忘其死也。当汉《拥离》。"

秋风扬沙尘,寒露沾衣裳。角弓持弦急,鸠鸟化为鹰。边垂飞羽檄,寇贼侵界疆。跨马披介胄,慷慨怀悲伤。辞亲向长路,安知存与亡。穷达固有分,志士思立功。思立功,邀之战场。身逸获高赏,身没有遗封。

《秋风曲》凡十六句,其十四句句五字,一句三字,一句四字。

261

克皖城

《古今乐录》曰:"《克皖城》者,言魏武志图并兼,而令朱光为庐江太守。孙权亲征光,破之于皖城也。当汉《战城南》。"

克灭皖城,遏寇贼。恶此凶孽,阻奸慝。王师赫征,众倾覆。除秽去暴,戢兵革。民得就农,边境息。诛君吊臣,昭至德。

《克皖城》曲凡十二句,其六句句三字,六句句四字。

关背德

《古今乐录》曰:"《关背德》者,言蜀将关羽背弃吴德,心怀不轨。孙权引师浮江而擒之也。当汉《巫山高》。"

关背德,作鸱张。割我邑城,图不祥。称兵北伐,围樊、襄阳。嗟臂大于股,将受其殃。巍巍夫圣主,睿德与玄通。与玄通,亲任吕蒙。泛舟洪氾池,溯涉长江。神武一何桓桓,声烈正与风翔。历抚江安城,大据郢邦。虏羽授首,百蛮咸来同,盛哉三比隆。

《关背德》曲凡二十一句,其八句句四字,二句句六字,七句句五字,四句句三字。

通荆门

《古今乐录》曰:"《通荆门》者,言孙权与蜀交好齐盟,中有关羽自失之怨,戎蛮乐乱,生变作患,蜀疑其眩,吴恶其诈,乃大治兵,终复初好也。当汉《上陵》。"

荆门限巫山,高峻与云连。蛮夷阻其险,历世怀不宾。

汉王据蜀郡，崇好结和亲。乖微中情疑，逸夫乱其间。大皇赫斯怒，虎臣勇气震。荡涤幽薮，讨不恭。观兵扬炎耀，厉锋整封疆。整封疆，阐扬威武容。功赫戏，洪烈炳章。邈矣帝皇世，圣吴同厥风。荒裔望清化，化恢弘。煌煌大吴，延祚永未央。

《通荆门》曲凡二十四句，其十七句句五字，四句句三字，三句句四字。

章洪德

《古今乐录》曰："《章洪德》者，言孙权章其大德，而远方来附也。当汉《将进酒》。"

章洪德，迈威神。感殊风，怀远邻。平南裔，齐海滨。越裳贡，扶南臣。珍货充庭，所见日新。

《章洪德》曲凡十句，其八句句三字，二句句四字。

从历数

《古今乐录》曰："《从历数》者，言孙权从图箓之符，而建大号也。当汉《有所思》。"

从历数，於穆我皇帝。圣哲受之天，神明表奇异。建号创皇基，聪睿协神思。德泽浸及昆虫，浩荡越前代。三光显精耀，阴阳称至治。肉角步郊畛，凤皇栖灵囿。神龟游沼池，图谶摹文字。黄龙觌鳞，符祥日月记。览往以察今，我皇多哙事。上钦昊天象，下副万姓意。光被弥苍生，家户蒙惠赉。风教肃以平，颂声章嘉喜。大吴兴隆，绰有馀裕。

《从历数》曲凡二十六句，其一句三字，三句句四字，二十二句句五字,一句六字。

承天命

《古今乐录》曰:"《承天命》者,言上以圣德践位,道化至盛也。当汉《芳树》。"

承天命,於昭圣德。三精垂象,符灵表德。巨石立,九穗植。龙金其鳞,乌赤其色。舆人歌,亿夫叹息。超龙升,袭帝服。穷淳懿,体玄嘿。夙兴临朝,劳谦日昃。易简以崇仁,放远逸与慝。举贤才,亲近有德。均田畴,茂稼穑。审法令,定品式。考功能,明黜陟。人思自尽,唯心与力。家国治,王道直。思我帝皇,寿万亿。长保天禄,祚无极。

《承天命》曲凡三十四句,其十九句句三字,二句句五字,十三句句四字。

玄 化

《古今乐录》曰:"《玄化》者,言上修文训武,则天而行,仁泽流洽,天下喜乐也。当汉《上邪》。"

玄化象以天,陛下圣真。张皇纲,率道以安民。惠泽宣流而云布,上下睦亲。君臣酣宴乐,激发弦歌扬妙新。修文筹庙胜,须时备驾巡洛津。康哉泰,四海欢忻,越与三五邻。

《玄化曲》凡十三句,其五句句五字,二句句三字,三句句四字,三句句七字。

乐府诗集卷第十九　鼓吹曲辞 四

晋鼓吹曲　　　　傅玄

《晋书·乐志》曰："武帝令傅玄制鼓吹曲二十二篇以代魏曲：一曰《灵之祥》，二曰《宣受命》，三曰《征辽东》，四曰《宣辅政》，五曰《时运多难》，六曰《景龙飞》，七曰《平玉衡》，八曰《文皇统百揆》，九曰《因时运》，十曰《惟庸蜀》，十一曰《天序》，十二曰《大晋承运期》，十三曰《金灵运》，十四曰《於穆我皇》，十五曰《仲春振旅》，十六曰《夏苗田》，十七曰《仲秋狝田》，十八曰《顺天道》，十九曰《唐尧》，二十曰《玄云》，二十一曰《伯益》，二十二曰《钓竿》。"

灵之祥

古《朱鹭行》。《古今乐录》曰："《灵之祥》，言宣皇帝之佐魏，犹虞舜之事尧也。既有石瑞之征，又能用武以诛孟达之逆命也。"

灵之祥，石瑞章。旌金德，出西方。天降命，授宣皇。应期运，时龙骧。继大舜，佐陶唐。赞武、文，建帝纲。孟氏叛，据南疆。追有扈，乱五常。吴寇劲，蜀虏强。交誓盟，连遐荒。宣赫怒，奋鹰扬。震乾威，曜电光。陵九天，陷石城。枭逆命，拯有生。万国安，四海宁。

宣受命

古《思悲翁行》。《古今乐录》曰："《宣受命》，言宣皇帝御诸葛

265

亮,养威重,运神兵,亮震怖而死。"

宣受命,应天机。风云时动,神龙飞。御诸葛,镇雍、梁。边境安,夷夏康。务节事,勤定倾。揽英雄,保持盈。渊穆穆。赫明明。冲而泰,天之经。养威重,运神兵。亮乃震毙一作死,天下宁。

征辽东

古《艾而张行》。《古今乐录》曰:"《征辽东》,言宣皇帝陵大海之表,讨灭公孙渊而枭其首也。"

征辽东,敌失据。威灵迈日域,公孙既授首,群逆破胆,咸震怖。朔北响应,海表景附。武功赫赫,德云布。

宣辅政

古《上之回行》。《古今乐录》曰:"言宣皇帝圣道深远,拨乱反正,网罗文武之才,以定二仪之序也。"

宣皇辅政,圣烈深。拨乱反正,从天心。网罗文武才,慎厥所生。所生贤,遗教施。安上治民,化风移。肇创帝基,洪业垂。於铄明明,时赫戏。功济万世,定二仪。云泽雨施,海外风驰。

时运多难

古《拥离行》。《古今乐录》曰:"《时运多难》,言宣皇帝致讨吴方,有征无战也。"

时运多难,道教痛。天地变化,有盈虚。蠢尔吴蛮,虎视江湖。我皇赫斯,致天诛。有征无战,弭其图。天威横被,廓东隅。

景龙飞

古《战城南行》。《古今乐录》曰:"《景龙飞》,言景帝克明威教,赏从夷逆,祚隆无疆,崇此洪基也。"

景龙飞,御天威。聪鉴玄察,动与神明协机。从之者显,逆之者灭夷。文教敷,武功巍。普被四海,万邦望风,莫不来绥。圣德潜断,先天弗违。弗违祥,享世永长。猛以致宽,道化光。赫明明,祚隆无疆。帝绩惟期,有命既集,崇此洪基。

平玉衡

古《巫山高行》。《古今乐录》曰:"《平玉衡》,言景帝一万国之殊风,齐四海之乖心,礼贤养士而纂洪业也。"

平玉衡,纠奸回。万国殊风,四海乖。礼贤养士,羁御英雄,思心齐。纂戎洪业,崇皇阶。品物咸亨,圣敬日跻。聪鉴尽下情,明明综天机。

文皇统百揆

古《上陵行》。《古今乐录》曰:"《文皇统百揆》,言文皇帝始统百揆,用人有序,以敷太平之化也。"

文皇统百揆,继天理万方。武将镇四隅,英佐盈朝堂。谋言协秋兰,清风发其芳。洪泽所渐润,砾石为珪璋。大道谋五帝,盛德逾三王。咸光大,上参天与地,并化无内外。无内外,六合并康乂。并康乂,遘兹嘉会。在昔羲与农,大

267

晋德斯迈。镇征及诸州，为蕃卫。玄功济四海，洪烈流万世。

因时运

古《将进酒行》。《古今乐录》曰："《因时运》，言文皇帝因时运变，圣谋潜施，解长蛇之交，离群桀之党，以武济文，审其大计，以迈其德也。"

因时运，圣策施。长蛇交解，群桀离。势穷奔吴，虎骑厉。惟武进，审大计。时迈其德，清一世。

惟庸蜀

古《有所思行》。《古今乐录》曰："《惟庸蜀》，言文皇帝既平万乘之蜀，封建万国，复五等之爵也。"

惟庸蜀，僭号天一隅。刘备逆帝命，禅、亮承其馀。拥众数十万，窥隙乘我虚。驿骑进羽檄，天下不遑居。姜维屡寇边，陇上为荒芜。文皇愍斯民，历世受罪辜。外谟蕃屏臣，内谋众士夫。爪牙应指授，腹心献—作同良图。良图协成文，大—作乃兴百万军。雷鼓震地起，猛势陵浮云。逋虏畏天诛，面缚造垒门。万里同风教，逆命称妾臣。光建五等，纪纲天人。

天　序

古《芳树行》。《古今乐录》曰："《天序》，言圣皇应历受禅，弘济大化，用人各尽其才也。"

天序，历应受禅，承灵祜。御群龙，勒螭虎。弘济大化，英俊作辅。明明统万机,赫赫镇四方。咎繇、稷、契之畴,协兰芳。礼王臣,覆兆民。化之如天与地,谁敢爱其身。

大晋承运期

古《上邪行》。《古今乐录》曰:"《大晋承运期》,言圣皇应箓受图,化象神明也。"

大晋承运期,德隆圣皇。时清晏,白日垂光。应箓图,陟帝位,继天正玉衡。化行象神明,至哉道隆虞与唐,元首敷洪化,百寮股肱并忠良。民大康,隆隆赫赫,福祚盈无疆。

金灵运

古《君马黄行》。《古今乐录》曰:"《金灵运》,言圣皇践祚,致敬宗庙,而孝道行于天下也。"

金灵运,天符发。圣征见,参日月。惟我皇,体神圣。受魏禅,应天命。皇之兴,灵有征。登大麓,御万乘。皇之辅,若阚虎。爪牙奋,莫之御。皇之佐,赞清化。百事理,万邦贺。神祇应,嘉瑞章。恭享礼,荐先皇。乐时奏,磬管锵。鼓渊渊,钟喤喤。奠樽俎,实玉觞。神歆飨,咸悦康。宴孙子,祐无疆。大孝烝烝,德教被万方。

於穆我皇

古《雉子行》。《古今乐录》曰:"《於穆我皇》,言圣皇受命,德合神明也。"

於穆我皇,盛德圣且明。受禅君世,光济群生。普天率土,莫不来庭。颙颙六合内,望风仰泰清。万国雍雍,兴颂声。大化洽,地平而天成。七政齐,玉衡惟平。峨峨佐命,济济群英。夙夜乾乾,万机是经。虽治兴,匪荒宁。谦道光,冲不盈。天地合德,日月同荣。赫赫煌煌,曜幽冥。三光克从,於显天,垂景星。龙凤臻,甘露宵零。肃神祇,祇上灵。万物欣戴,自天效其成。

仲春振旅

古《圣人出行》。《古今乐录》曰:"《仲春振旅》,言大晋申文武之教,畋猎以时也。"

仲春振旅,大致民,武教于时日新。师执提,工执鼓。坐作从,节有序。盛矣允文允武。蒐田表祸,申法誓。遂围禁,献社祭。允以时,明国制。文武并用,礼之经。列车如战,大教明,古今谁能去兵。大晋继天,济群生。

夏苗田

古《临高台行》。《古今乐录》曰:"《夏苗田》,言大晋畋狩顺时,为苗除害也。"

夏苗田,运将徂。军国异容,文武殊。乃命群吏,撰车徒,辨其号名,赞契书。王军启八门,行同上帝居。时路建大麾,云旗翳紫虚。百官象其事,疾则疾,徐则徐。回衡旋轸,罢陈弊车。献禽享祠,烝烝配有虞。惟大晋,德参两仪,化云敷。

仲秋狝田

古《远期行》。《古今乐录》曰:"《仲秋狝田》,言大晋虽有文德,不废武事,顺时以杀伐也。"

仲秋狝田,金德常刚。凉风清且厉,凝露结为霜。白藏司辰,苍隼时鹰扬。鹰扬犹尚父,顺天以杀伐,春秋时叙。雷霆振威曜,进退由钲鼓。致禽祀祊,羽毛之用充军府。赫赫大晋德,芬烈陵三五。敷化以文,虽治不废武。光宅四海,永享天之祜。

顺天道

古《石留行》。《古今乐录》曰:"《顺天道》,言仲冬大阅,用武修文,大晋之德配天也。"

顺天道,握神契,三时示,讲武事。冬大阅,鸣镯振鼓铎,旌旗象虹霓。文制其中,武不穷武。动军誓众,礼成而义举。三驱以崇仁,进止不失其序。兵卒练,将如阚虎。惟阚虎,气陵青云。解围三面,杀不殄群。偃旌麾,班六军。献享烝,修典文。嘉大晋,德配天。禄报功,爵俟贤。飨燕乐,受兹百禄,嘉万年。

唐尧

古《务成行》。《古今乐录》曰:"《唐尧》,言圣皇陟帝位,德化光四表也。"

唐尧谘务成,谦谦德所兴。积渐终光大,履霜致坚冰。神明道自然,河海犹可凝。舜、禹统百揆,元凯以次升。禅让应天历,睿圣世相承。我皇陟帝位,平衡正准绳。德化飞四表,祥气见其征。兴王坐俟旦,亡主—作国恬—作主自矜。致远由近始,覆篑成山陵。披图按先籍,有其证灵液。

玄 云

古《玄云行》。《古今乐录》曰："《玄云》,言圣皇用人,各尽其材也。"

玄云起丘山,祥气万里会。龙飞何蜿蜿,凤翔何翱翱。昔在唐虞朝,时见青云际。今亲游万—作方国,流光溢天外。鹤鸣在后园,清音随风迈。成汤隆显命,伊挚来如飞。周文猎渭滨,遂载吕望归。符合如影响,先天天弗违。辍耕综时纲,解褐衿天维。元功配二王,芬馨世所稀。我皇叙群才,洪烈何巍巍。桓桓征四表,济济理万机。神化感无方,髦才盈帝畿。丕显惟昧旦,日新孔所咨。茂哉明圣—作人德,日月同光辉。

伯 益

古《黄爵行》。《古今乐录》曰："《伯益》,言赤乌衔书,有周以兴,今圣皇受命,神雀来也。"

伯益佐舜、禹,职掌山与川。德侔十六相,思心入无间。智理周万物,下知众鸟言。黄雀应清化,翔集何翩翩。和鸣栖庭树,徘徊云日间。夏桀为无道,密网施山河。酷祝振纤网,当奈黄雀何。殷汤崇天德,去其三面罗。逍遥群飞来,鸣声乃复和。朱雀作南宿,凤皇统羽群。赤乌衔书至,天命瑞周文。神雀今来游,为我受命君。嘉祥致天和,膏泽降青云。兰风发芳气,阖世同其芬。

钓　竿

古《钓竿行》。《古今乐录》曰:"《钓竿》,言圣皇德配尧、舜,又有吕望之佐,以济天功,致太平也。"

钓竿何冉冉,甘饵芳且鲜。临川运思心,微纶沉九渊。太公宝此术,乃在《灵秘》篇。机变随物移,精妙贯未然。游鱼惊著钓,潜龙飞戾天。戾天安所至,抚翼翔太清。太清一何异,两仪出浑成。玉衡正三辰,造化赋群形。退愿辅圣君,与神合其灵。我君弘远略,天人不足并。天人初并时,昧昧何芒芒。日月有征兆,文象兴二皇。蚩尤乱生民,黄帝用兵征万方。逮夏禹而德衰,三代不及虞与唐。我皇圣德配尧、舜,受禅即阼享天祥。率土蒙祐,靡不肃,庶事康。庶事康,穆穆明明。荷百禄,保无极,永泰平。

晋凯歌二首　　　张　华

命将出征歌

重华隆帝道,戎蛮或不宾。徐夷兴有周,鬼方亦违殷。今在盛明世,寇虐动四垠。豺狼染牙爪,群生号穹旻。元帅统方夏,出车抚凉、秦。众贞必以律,臧否实在人。威信加殊类,疏逖思自亲。单醪岂有味,挟纩感至仁。武功尚止戈,七德美安民。远迹由斯举,永世无风尘。

劳还师歌

猃狁背天德,构乱扰邦畿。戎车震朔野,群帅赞皇威。

将士齐心膂,感义忘其私。积势如鞭弩,赴节如发机。嚣声动山谷,金光耀素晖。挥戟陵劲敌,武步蹈横尸。鲸鲵皆授首,北土永清夷。昔往冒隆暑,今来白雪霏。征夫信勤瘁,自古咏《采薇》。收荣于舍爵,燕喜在凯归。

宋鼓吹铙歌三首

《宋书·乐志》曰:"鼓吹铙歌四篇,今唯有《上邪》等三篇,其一篇阙。"《古今乐录》曰:"《上邪曲》四解,《晚芝曲》九解,汉曲有《远期》,疑是也。《艾如张》三解,沈约云:'乐人以音声相传,训诂不可复解。凡古乐录,皆大字是辞,细字是声,声辞合写,故致然尔。'"

上邪曲

大竭夜乌自云何来堂吾来声乌奚姑悟姑尊卢圣子黄尊来馆清婴乌白日为随来郭吾微令吾

应龙夜乌由道何来直子为乌奚如悟姑尊卢鸡子听乌虎行为来明吾微令吾

诗则夜乌道禄何来黑洛道乌奚悟如尊尔尊卢起黄华乌伯辽为国日忠雨令吾

伯辽夜乌若国何来日忠雨乌奚如悟姑尊卢面道康尊录龙永乌赫赫福祚夜音微令吾

右四解

晚芝曲

几令吾几令诸韩乱发正令吾

几令吾诸韩从听心令吾若里洛何来韩微令吾

尊卢忌卢文卢子路子路为路鸡如文卢炯乌诸祚微令吾

几令诸韩或公随令吾

几令吾几诸或言随令吾黑洛何来诸韩微令吾

尊卢安成随来免路路子为吾路奚如文卢炯乌诸祚微令吾

几令吾几诸或言随令吾

几令吾诸或言几苦黑洛何来诸韩微令吾

尊卢公泮随来免路子子路子为路奚姑文卢炯乌诸祚微令吾

右九解

艾如张曲

几令吾呼历舍居执来随咄武子邪令乌衔针相风其右其右

几令吾呼群议破葫执来随吾咄武子邪令乌今乌今脍入海相风及后

几令吾呼无公赫吾执来随吾咄武子邪令乌无公赫吾娌立诸布始布

右三解

宋鼓吹铙歌　　　何承天

《宋书·乐志》曰："鼓吹铙歌十五篇，何承天晋义熙末私造：一曰《朱路》，二曰《思悲公》，三曰《雍离》，四曰《战城南》，五曰《巫山高》，六曰《上陵者》，七曰《将进酒》，八曰《君马》，九曰《芳树》，十曰《有所思》，十一曰《雉子游原泽》，十二曰《上邪》，十三曰《临高台》，十四曰《远期》，十五曰《石流》。"案此诸曲皆承天私作，疑未尝被于歌也。虽有汉曲旧名，大抵别增新意，故其义与古辞考之多不合云。

朱路篇

朱路扬和鸾，翠盖耀金华。玄牡饰樊缨，流旌拂飞霞。雄戟辟旷涂，班剑翼高车。三军且莫喧，听我奏铙歌。清鞞惊短箫，朗鼓节鸣笳。人心惟恺豫，兹音亮且和。轻风起红尘，渟澜发微波。逸韵腾天路，颓响结城阿。仁声被八表，威震振九遐。嗟嗟介胄士，勖哉念皇家。

思悲公篇

思悲公，怀衮衣。东国何悲，公西归。公西归，流二叔。幼主既悟，偃禾复。偃禾复，圣志申。营都新邑，从斯民。从斯民，德惟明。制礼作乐，兴颂声。兴颂声，致嘉祥。鸣凤爰集，万国康。万国康，犹弗已。握发吐餐，下群士。惟我君，继伊、周。亲睹盛世，复何求。

雍离篇

雍士多离心，荆民怀怨情。二凶不量德，构难称其兵。王人衔朝命，正辞纠不庭。上宰宣九伐，万里举长旌。楼船掩江渍，驷介飞重英。归德戒后夫，贾勇尚先鸣。逆徒既不济，愚智亦相倾。霜锋未及染，鄢郢忽已清。西川无潜鳞，北渚有奔鲸。凌威致天府，一战夷三城。江汉被美化，宇宙歌太平。惟我东郡民，曾是深推诚。

战城南篇

战城南,冲黄尘。丹旌电烻,鼓雷震。勍敌猛,戎马殷。横阵亘野,若屯云。仗大顺,应三灵。义之所感,士忘生。长剑击,繁弱鸣。飞镝炫晃,乱奔星。虎骑跃,华耗旋。朱火延起,腾飞烟。骁雄斩,高旗搴。长角浮叫,响清天。夷群寇,殪逆徒。馀黎沾惠,咏来苏。奏恺乐,归皇都。班爵献俘,邦国娱。

巫山高篇

巫山高,三峡峻。青壁千寻,深谷万仞。崇岩冠灵,林冥冥。山禽夜响,晨猿相和鸣。洪波迅澓,载逝载停。凄凄商旅之客,怀苦情。在昔阳九,皇纲微。李氏窃命,宣武耀灵威。蠢尔逆纵,复践乱机。王旅薄伐,传首来至京师。古之为国,惟德是贵。力战而虐民,鲜不颠坠。矧乃叛戾,伊胡能遂。咨尔巴子,无放肆。

上陵者篇

上陵者,相追攀。被服纤丽,振绮纨。携童幼,升崇峦。南望城阙,郁盘桓。王公第,通衢端。高甍华屋,列朱轩。临浚谷,掇秋兰。士女悠奕,映隰原。指营丘,感牛山。爽鸠既没,景君叹。嗟岁聿,逝不还。志气衰沮,玄鬓班。野莽宿,坟土干。顾此累累,中心酸。生必死,亦何怨。取乐今日,展情欢。

将进酒篇

将进酒，庆三朝。备繁礼，荐嘉肴。荣枯换，霜雾交。缓春带，命朋僚。车等旗，马齐镳。怀温克，乐林濠。士失志，愠情劳。思旨酒，寄游遨。败德人，甘醇醪。耽长夜，或淫妖。兴屡舞，厉哇谣。形佌佌，声号呶。首既濡，志亦荒。性命夭，国家亡。嗟后生，节酣觞。匪酒辜，孰为殃。

君马篇

君马丽且闲，扬镳腾逸姿。骏足蹑流景，高步追轻飞。冉冉六辔柔，奕奕金华晖。轻霄翼羽盖，长风靡淑旂。愿为范氏驱，雍容步中畿。岂效诡遇子，驰骋趋危机。（金）〔铅〕陵策良驷，造父为之悲。不怨吴坂峻，但恨伯乐稀。赦彼岐山盗，实济韩原师。奈何汉、魏主，纵情营所私。疲民甘藜藿，厩马患盈肥。人畜贺厥养，苍生将焉归。

芳树篇

芳树生北庭，丰隆正徘徊。翠颖陵冬秀，红葩迎春开。佳人闲幽室，惠心婉以谐。兰房掩绮幌，绿草被长阶。日夕游云际，归禽命同栖。皓月盈素景，凉风拂中闺。哀弦理虚堂，要妙清且凄。啸歌流激楚，伤此硕人怀。梁尘集丹帷，微飙扬罗袿。岂怨嘉时暮，徒惜良愿乖。

有所思篇

有所思，思昔人。曾、闵二子，善养亲。和颜色，奉昏晨。至诚烝烝,通明神。邹孟轲,为齐卿。称身受禄,不贪荣。道不用,独拥槛。三徙既谇,礼义明。飞鸟集,猛兽附。功成事毕,乃更娶。哀我生,遘凶旻。幼罹荼酷,备艰辛。慈颜绝,见无因。长怀永思,托丘坟。

雉子游原泽篇

雉子游原泽,幼怀耿介心。饮啄虽勤苦,不愿栖园林。古有避世士,抗志清霄岑。浩然寄卜肆,挥棹通川阴。逍遥风尘外,散发抚鸣琴。卿相非所眕,何况于千金。功名岂不美,宠辱亦相寻。冰炭结六府,忧虞缠胸襟。当世须大度,量己不克任。三复泉流诫,自惊良已深。

上邪篇

上邪下难正,众柱不可矫。音和响必清,端影缘直表。大化扬仁风,齐人犹偃草。圣王既已没,谁能弘至道。开春湛柔露,代终肃严霜。承平贵孔、孟,政弊侯申、商。孝公明赏罚,六世犹克昌。李斯肆滥刑,秦氏所以亡。汉宣隆中兴,魏祖宁三方。譬彼针与石,效疾而称良。《行苇》非不厚,悠悠何讵央。琴瑟时未调,改弦当更张。矧乃治天下,此要安可忘。

临高台篇

临高台,望天衢。飘然轻举,陵太虚。携列子,超帝乡。云衣雨带,乘风翔。肃龙驾,会瑶台。清晖浮景,溢蓬莱。

济西海,濯沔盘。伫立云岳,结幽兰。驰迅风,游炎州。愿言桑梓,思旧游。倾霄盖,靡电旌。降彼天涂,颓窈冥。辞仙族,归人群。怀忠抱义,奉明君。任穷达,随所遭。何为远想,令心劳。

远期篇

远期千里客,肃驾候良辰。近命城郭友,具尔惟懿亲。高门启双闱,长筵列嘉宾。中唐舞六佾,三厢罗乐人。箫管激悲音,羽毛扬华文。金石响高宇,弦歌动梁尘。修标多巧捷,丸剑亦入神。迁善自雅调,成化由清均。主人垂隆庆,群士乐亡身。愿我圣明君,迩期保万春。

石流篇

石上流水,湔湔其波。发源幽岫,永归长河。瞻彼逝者,岁月其偕。子在川上,惟以增怀。嗟我殷忧,载劳寤寐。遘此百罹,有志不遂。行年倏忽,长勤是婴。永言没世,悼兹无成。幸遇开泰,沐浴嘉运。缓带安寝,亦又何愠。古之为仁,自求诸己。虚情遥慕,终于徒已。

乐府诗集卷第二十　鼓吹曲辞 五

齐随王鼓吹曲　　谢　朓

　　齐永明八年,谢朓奉镇西随王教于荆州道中作:一曰《元会曲》,二曰《郊祀曲》,三曰《钧天曲》,四曰《入朝曲》,五曰《出藩曲》,六曰《校猎曲》,七曰《从戎曲》,八曰《送远曲》,九曰《登山曲》,十曰《泛水曲》。《钧天》已上三曲颂帝功,《校猎》已上三曲颂藩德。

元会曲

　　二仪启昌历,三阳—作朝应庆期。珪赘纷成序,鞮译憬来思。分阶艳组练,充庭罗翠旗。觞流白日下,吹谧景云滋。天仪穆藻殿,万宇寿—作庆皇基。

郊祀曲

　　六宗禋祀岳,五畤奠甘泉。整跸游九阙,清箫开八壖。锵〔鎗〕玉銮动,溶溶金阵旋。郊宫光已属音注,升柴礼既虔。福响灵之集,南岳固斯年。

钧天曲

　　《史记》曰:"赵简子疾,五日不知人。居二日半。简子寤,语大夫曰:'我之帝所甚乐,与百神游于钧天,广乐九奏万舞。'"钧天之名,盖取诸此。

281

高宴浩天台,置酒迎风观。笙镛礼百神,钟石动云汉。瑶台—作堂琴—作宝瑟惊,绮席舞衣散。威凤来参差,玄鹤起—作去流乱。已庆明庭乐,讵惭南风弹。

入朝曲

江南佳丽地,金陵帝王州。逶迤带绿水,迢递起朱楼。飞甍夹驰道,垂杨荫御沟。凝笳翼高盖,叠鼓送华辀。献纳云台表,功名良可收。

出藩曲

云披紫微内,分组承明阿。飞艎游—作溯极浦,旌节去关河。眇眇苍山色,沉沉远—作寒水波。铙音巴渝曲,箫管盛唐歌。夫君迈遗德,江汉仰清和。

校猎曲

凝霜冬十月,杀盛凉飙哀—作开。原泽旷千里,腾骑纷—作络往来。平置望烟合,烈火从风回。殪兽华容浦,张乐荆山台。虞人昔有谕,明明时戒哉。

从戎曲

选旅乱镮辕,骍节赴—作趋河源。日起霜戈照,风回连骑翻。红尘朝夜合,黄河万里昏。寥戾清笳啭,萧条边马烦。自勉辍耕愿,征役去何言。

送远曲

北梁辞欢宴,南浦送佳人。方衢控龙马,平路骋朱轮。琼筵妙舞绝,桂席羽觞陈。白云丘陵远,山川时未因。一为清吹激,潺湲伤别巾。

登山曲

天明开秀崿,澜光媚碧堤。风荡飘莺辞—作翻莺行,云华—作飞行芳树低。暮春春服美,游驾凌—作蹑丹—作石梯。升峤既小鲁,登峦且怅齐。王孙尚游衍,蕙草正萋萋。

泛水曲

玉露—作霜沾翠叶,金风鸣素枝。罢游平乐苑,泛鹢昆明池。旌—作羽旗散容裔,箫管—作鼓吹参差。日晚厌遵渚,采菱赠清漪。百年如流水,寸心宁共知。

齐鼓吹曲

入朝曲　　　　　唐·李　白

金陵控海浦,绿水带吴京。铙歌列骑吹,飒沓引公卿。槌钟速严妆,伐鼓启重城。天子凭玉案,剑履若云行。日出照万户,簪裾烂明星。朝罢沐浴闲,遨游阆风亭。济济双阙下,欢娱乐恩荣。

送远曲　　　　　唐·张籍

戏马台南山蔟蔟，山边饮酒歌别曲。行人醉后起登车，席上回樽劝僮仆。青天漫漫覆长路，远游无家安得住。愿君到处自题名，他日知君从此去。

泛水曲　　　　　唐·王建

载酒入烟浦，方舟泛绿波。子酌我复饮，子饮我还歌。莲深微路通，峰曲幽气多。阅芳无留瞬，弄桂不停柯。水上秋月鲜，西山碧峨峨。兹欢良可贵，谁复更来过。

梁鼓吹曲　　　　沈约

《隋书·乐志》曰："梁高祖制鼓吹新歌十二曲：一曰《木纪谢》，二曰《贤首山》，三曰《桐柏山》，四曰《道亡》，五曰《忱威》，六曰《汉东流》，七曰《鹤楼峻》，八曰《昏主恣淫慝》，九曰《石首局》，十曰《期运集》，十一曰《於穆》，十二曰《惟大梁》。"

木纪谢

《隋书·乐志》曰："汉第一曲《朱鹭》，改为《木纪谢》，言齐谢梁升也。"

木纪谢，火—作炎运昌。炳南陆，耀炎光。民去癸，鼎归梁。鲛鱼出，庆云翔。鞴五帝，轶三王。德无外，化溥将。仁荡荡，义汤汤。浸金石，达昊苍。横四海，被八荒。舞干戚，垂衣裳。对天眷，坐岩廊。胤有锡，祚无疆。风教远，礼容盛。感人神,宣舞咏。降繁祉,延嘉庆。

贤首山

《隋书·乐志》曰:"汉第二曲《思悲翁》,改为《贤首山》,言武帝破魏军于司部,肇王迹也。"

贤首山,险而峻。乘岘凭,临胡阵。骋奇谋一作谟,奋卒徒。断白马,塞飞狐。殪日逐,歼骨都。刃谷蠡,馘林胡。草既润,原亦涂。轮无反,幕有乌。扫残孽,震戎逋。扬凯奏,展欢酺。咏《杕杜》,旋京吴。

桐柏山

《隋书·乐志》曰:"汉第三曲《艾如张》,改为《桐柏山》,言武帝牧司,王业弥章也。"

桐柏山,淮之首。肇基帝迹,遂光区有。大震边关,殪獯丑。农既劝,民惟阜。穗充庭,稼盈亩。迨嘉辰,荐芳糗。纳寒场,为春酒。昭景福,介眉寿。天斯长,地斯久。化无极,功无朽。

道亡

《隋书·乐志》曰:"汉第四曲《上之回》,改为《道亡》,言东昏丧道,义师起樊、邓也。"

道亡数极归永元,悠悠兆庶尽含冤。沉河莫极皆无安,赴海谁授矫龙翰。自樊汉,仙波流水清且澜,救此倒悬拯涂炭。誓师刘旅赫灵断,率兹八百驱十乱。登我圣明由多难,长夜杳冥忽云旦。

忱威

《隋书·乐志》曰:"汉第五曲《拥离》,改为《忱威》,言破加湖,元勋建也。"

忱威授律命苍光—作鬼,言薄加湖灌秋水。回澜沸泊泛增雉,争河投岸掬盈指。犯刃婴戈洞流矢,资此威—作盛烈齐文轨。

汉东流

《隋书·乐志》曰:"汉第六曲《战城南》,改为《汉东流》,言义师克鲁山城也。"

汉东流,江之汭。逆徒蜂聚,旌旗纷蔽。仰震威灵,乘高骋锐。至仁解网,穷鸟入怀。因此龙跃,言登泰阶。

鹤楼峻

《隋书·乐志》[①]曰:"汉第七曲《巫山高》,改为《鹤楼峻》,言平郢城,兵威无敌也。"

鹤楼峻,连翠微。因岩设险池永归,唇亡齿惧,薄言震,耀灵威。凶众稽颡,天不能违。金汤无所用,功烈长巍巍。

昏主恣淫慝

《隋书·乐志》曰:"汉第八曲《上陵》,改为《昏主恣淫慝》,言东昏政乱,武帝起义,平九江、姑熟,大破朱雀,伐罪吊民也。"

---

① 隋书,底本作《晋书》,按后引文字实出《隋书》,据改。

昏主恣淫慝,皆曰自昌盛。上仁矜亿兆,誓师为请命。既齐丹浦战,又符甲子辰。戡难伐有罪,伐罪吊斯民。悠悠万姓,于此睹阳春。

石首局

《隋书·乐志》曰:"汉第九曲《将进酒》,改为《石首局》,言义师平京城,仍废昏定大事也。"

石首局,北墉堭。新堞严,东垒峻。共表里,遥相镇。矢未飞,鼓方振。竞衔璧,并舆榇。酒池扰,象廊震。同伐谋,兼善陈。辟应和,扫煨烬。翦庶恶,靡馀胤。

期运集

《隋书·乐志》曰:"汉第十曲《有所思》,改为《期运集》,言武帝膺箓受禅,德盛化远也。"

期运集,惟皇膺—作应宝符。龙跃清汉渚,凤起方—作南城隅。讴歌共适夏,狱讼两违朱。二仪启佳—作嘉祚,千载犹旦暮。舞蹈流帝功,金玉—作石昭王度。

於穆

《隋书·乐志》曰:"汉第十一曲《芳树》,改为《於穆》,言大梁阐运,君臣和乐,休祚方远也。"

於穆君臣,君臣和以肃。关王道,定天保,乐均灵囿,宴同在镐。前庭—作庭前悬鼓钟,左右列笙镛。缨佩俯仰,有则备礼容。翔振鹭,骋群龙。隆周何足拟,远与唐比踪。

惟大梁

《隋书·乐志》曰:"汉第十二曲《上邪》,改为《惟大梁》,言梁德广运,仁化洽也。"

惟大梁开运,受箓膺—作应图。君八极—作天冠八极,冠带被五都—本无冠字。四海并和会,排阙疑塞无异涂。

隋凯乐歌辞

述帝德

於穆我后,睿哲钦明。膺天之命,载育群生。开元创历,迈德垂声。朝宗万宇,祇事百灵。焕乎皇道,昭哉帝则。惠政滂流,仁风四塞。淮海未宾,江湖背德。运筹必胜,濯征斯克。八荒雾卷,四表云褰。雄图盛略,迈后光前。寰区已泰,福祚方延。长歌凯乐,天子万年。

述诸军用命

帝德远覃,天维宏布。功高云天,声隆《韶》、《护》。惟彼海隅,未从王度。皇赫斯怒,元戎启路。桓桓猛将,赳赳英谟。攻如燎发,战似摧枯。救兹涂炭,克彼妖逋。尘清两越,气静三吴。鲸鲵已夷,封疆载辟。班马萧萧,归旌奕奕。云台表效,司勋纪绩。业并山河,道固金石。

述天下太平

阪泉轩德,丹浦尧勋。始实以武,终乃以文。嘉乐圣主,大哉为君。出师命将,廓定重氛。书轨既并,干戈是戢。弘风设教,政成人立。礼乐聿兴,衣裳载缉。风云自美,嘉祥爰集。皇皇圣政,穆穆神猷。牢笼虞、夏,度越姬、刘。日月比耀,天地同休。永清四海,长帝九州。

唐凯乐歌辞

《唐书·乐志》曰:"唐制,凡命将出征,有大功献俘馘,其凯乐用铙吹二部,乐器有笛筚篥箫笳铙鼓歌七种,迭奏《破阵乐》等四曲:一《破阵乐》,二《应圣期》,三《贺圣欢》,四《君臣同庆乐》。初,太宗平东都,破宋金刚,其后苏定方执贺鲁,李勣平高丽,皆备军容凯歌以入。而贞观、显庆、开元礼并无仪注。太常旧有《破阵乐》、《应圣期》两曲歌辞,至太和三年始具仪注,又补撰二曲为四曲"云。

破阵乐

受律辞元首,相将讨叛臣。咸歌《破阵乐》,共赏太平人。

应圣期

圣德期昌运,雍熙万宇清。乾坤资化育,海岳共休明。辟土欣耕稼,销戈遂偃兵。殊方歌帝泽,执贽贺升平。

贺圣欢

四海皇风被,千年德水清。戎衣更不著,今日告功成。

君臣同庆乐

主圣开昌历,臣忠奉大猷。君看偃革后,便是太平秋。

唐凯歌六首　　　　岑　参

岑参《送封大夫出师西征序》曰:"天宝中,匈奴、回纥寇边,逾花门,略金山,烟尘相连,侵轶海滨。天子于是授钺常清,出师征之。及破播仙,奏捷献凯,参乃作凯歌"云。按《唐书·封常清传》曰:"开元末,达奚背叛,自黑山北向,西趣碎叶。其后常清破贼有功。天宝六年,又从高仙芝破小勃律。"不言播仙,疑史之阙文也。

汉将承恩西破戎,捷书先奏未央宫。天子预开麟阁待,只今谁数贰师功。

官军西出过楼兰,营幕傍临月窟寒。蒲海晓霜凝剑尾,葱山夜雪扑旌竿。

鸣笳擂鼓拥回军,破国平蕃昔未闻。大夫鹊印摇边月,天将龙旗掣海云。

日落辕门鼓角鸣,千群面缚出蕃城。洗兵鱼海云迎阵,秣马龙堆月照营。

蕃军遥见汉家营,满谷连山遍哭声。万箭千刀一夜杀,平明流血浸空城。

暮雨旌旗湿未干,胡尘白草日光寒。昨夜将军连晓战,蕃军只见马空鞍。

唐鼓吹铙歌　　柳宗元

　　唐鼓吹铙歌十二曲，柳宗元作以纪高祖、太宗功德及征伐勤劳之事：一曰《晋阳武》，二曰《兽之穷》，三曰《战武牢》，四曰《泾水黄》，五曰《奔鲸沛》，六曰《苞枿》，七曰《河右平》，八曰《铁山碎》，九曰《靖本邦》，十曰《吐谷浑》，十一曰《高昌》，十二曰《东蛮》。案此诸曲，史书不载，疑宗元私作而未尝奏，或虽奏而未尝用，故不被于歌，如何承天之造宋曲云。

晋阳武

　　《晋阳武》，言隋乱既极，唐师起晋阳，平奸豪，为生人义主，以仁兴武也。第一。

　　晋阳武，奋义威。炀之渝，德焉归。氓毕屠，绥者谁。皇烈烈，专天机。号以仁，扬其旗。日之升，九土晞。斥田圻，流洪辉。有其二，翼馀隋。斫枭鷔，连熊螭。枯以肉，勍者羸。后土荡，玄穹弥。合之育，莽然施。惟德辅，庆无期。

　　《晋阳武》二十六句，句三字。

兽之穷

　　《兽之穷》，言李密自邙山之败，其下皆贰。霸王之业，知天授在唐，遂归于有道，享我爵命也。第二。

　　兽之穷，奔大麓。天厚黄德，狙犷服。甲之櫜弓，弭矢箙。皇旅靖，敌逾蹙。自亡其徒，匪予戮。屈赞猛，虔栗栗。縻以尺组，啖以秩。黎之阳，土茫茫。富兵戎，盈仓箱。乏者德,莫能享。驱豺兕,授我疆。

《兽之穷》二十(一)〔二〕句,其十(九)〔八〕句句三字,(三)〔四〕句句四字。

战武牢

《战武牢》,言太宗师讨王充,窦建德助逆,师奋击武牢下,擒之,遂降充也。第三。

战武牢,动河朔。逆之助,图掎角。怒毂觳,抗乔岳。翘萌牙,傲霜雹。王谋内定,申掌握。铺施芟夷,二主缚。惮华戎,廓封略。命之蕾,卑以斫。归有德,唯先觉。

《战武牢》十八句,其十六句句三字,二句句四字。

泾水黄

《泾水黄》,言薛举据泾以死,其子仁杲尤勇以暴,师平之也。第四。

泾水黄,陇野茫。负太白,腾天狼。有鸟鸷立,羽翼张。钩喙决前,钜—作距趯傍。怒飞饥啸,翾不可当。老雄死,子复良。巢岐饮渭,肆翱翔。顿地纮,提天纲。列缺掉帜,招摇耀铓。鬼神来助,梦嘉祥。脑涂原野,魄飞扬。星辰复,恢一方。

《泾水黄》二十四句,其十五句句三字,九句句四字。

奔鲸沛

《奔鲸沛》,言辅氏凭江淮,竟东海,命将平之也。第五。

奔鲸沛,荡海垠。吐霓翳日,腥浮云。帝怒下顾,哀垫昏。受以神柄,推元臣。手援天矛,截修鳞。披攘蒙霿,开海门。地平水静,浮天根。羲和显耀,乘清氛。赫炎溥畅,融大钧。

《奔鲸沛》十八句,其十句句三字,八句句四字。

苞枿

《苞枿》,言梁之馀,保荆、衡、巴、巫,穷南越,良将取之,不以师也。第六。

苞枿黩矣,惟根之蟠。弥巴蔽荆,负南极以安。曰我旧梁氏,缉绥艰难。江汉之阻,都邑固以完。圣人作,神武用。有臣勇智,奋不以众。投迹死地,谋猷纵。化敌为家,虑则中。浩浩海裔,不威而同。系缧降王,定厥功。澶漫万里,宣唐风。蛮夷九译,咸来从。凯旋金奏,象形容。震赫万国,罔不龚。

《苞枿》二十八句,其十六句句四字,三句句五字,九句句三字。

河右平

《河右平》,言李轨保河右,师临之不克变,或执以降也。第七。

河右澶漫,顽为之魁。王师如雷震,昆仑以颓。上聋下聪,鸷不可回。助仇抗有德,惟人之灾。乃溃乃奋,执缚归厥命。万室蒙其仁,一夫则病。濡以鸿泽,皇之圣。威畏德怀,功以定。顺之于理,物咸遂厥性。

《河右平》十八句,其十一句句四字,五句句五字,二句句三字。

铁山碎

《铁山碎》,言突厥之大,古夷狄莫强焉。师大破之,降其国,告于庙也。第八。

铁山碎,大漠舒。二虏劲,连穹庐。背北海,专坤隅。岁来侵边,或傅于都。天子命元帅,奋其雄图。破定襄,降魁渠。穷竟窟宅,斥余吾。百蛮破胆,边氓苏。威武辉耀,明鬼区。利泽弥万祀,功不可逾。官臣拜首,惟帝之谟。

《铁山碎》二十二句,其十一句句三字,九句句四字,二句句五字。

靖本邦

《靖本邦》,言刘武周败裴寂,咸有晋地,太宗灭之也。第九。

本邦伊晋,惟时不靖。根柢之摇,枝叶攸病。守臣不任,勚于神圣。惟越之兴,翦焉则定。洪惟我理,式和以敬。群顽既夷,庶绩咸正。皇谟载大,惟人之庆。

《靖本邦》十四句,句四字。

吐谷浑

《吐谷浑》,言李靖灭吐谷浑于西海上也。第十。

吐谷浑盛强,背四海以夸。岁侵扰我疆,退匿险且遐。帝谓神武师,往征靖皇家。烈烈旆其旗,熊虎杂龙蛇。王旅千万人,衔枚默无哗。束刃逾山徼,张翼纵漠沙。一举刈膻腥,尸骸积如麻。除恶务本根,况敢遗萌芽。洋洋西海水,威命穷天涯。系虏来王都,犒乐穷休嘉。登高望还师,竟野如春华。行者靡不归,亲戚欢要遮。凯旋献清庙,万国思无邪。

《吐谷浑》二十六句,句五字。

高　昌

《高昌》,言李靖灭高昌也。第十一。

麴氏雄西北,别绝臣外区。既恃远且险,纵傲不我虞。烈烈王者师,熊螭以为徒。龙旂翻海浪,驲骑驰坤隅。贲育搏婴儿,一扫不复馀。平沙际天极,但见黄云驱。臣靖执长缨,智勇伏囚拘。文皇南面坐,夷狄千群趋。咸称天子神,往古不得俱。献号天可汗,以覆我国都。兵戎不交害,各保性与躯。

《高昌》二十二句,句五字。

东　蛮

《东蛮》,言既克东蛮,群臣请图蛮夷状,如《周书·王会》也。第十二。

东蛮有谢氏,冠带理海中。自言我异世,虽圣莫能通。王卒如飞翰,雕鹙骇群龙。轰然自天坠,乃信神武功。系虏君臣人,累累来自东。无思不服从,唐业如山崇。百辟拜稽首,咸愿图形容。如周《王会》书,永永传无穷。睢盱万状乖,咿嗢九译重。广轮抚四海,浩浩知皇风。歌诗铙鼓间,以壮我元戎。

《东蛮》二十二句,句五字。

乐府诗集卷第二十一　横吹曲辞 一

横吹曲,其始亦谓之鼓吹,马上奏之,盖军中之乐也。北狄诸国,皆马上作乐,故自汉已来,北狄乐,总归鼓吹署。其后分为二部。有箫、笳者为鼓吹,用之朝会、道路,亦以给赐。汉武帝时,南越七郡,皆给鼓吹是也。有鼓、角者为横吹,用之军中马上所奏者是也。《晋书·乐志》曰:"横吹有鼓角,又有胡角。案《周礼》云'以鼖鼓鼓军事'。旧说云,蚩尤氏帅魑魅,与黄帝战于涿鹿,帝乃始命吹角为龙鸣以御之。其后魏武北征乌丸,越沙漠而军士思归,于是减为半鸣,尤更悲矣。横吹有双角,即胡乐也。汉博望侯张骞入西域,传其法于西京,唯得《摩诃兜勒》一曲。李延年因胡曲更造新声二十八解,乘舆以为武乐。后汉以给边将,和帝时,万人将军得用之。魏、晋以来,二十八解不复具存,而世所用者有《黄鹄》等十曲。"其辞后亡。又有《关山月》等八曲,后世之所加也。后魏之世,有《簸逻回歌》,其曲多可汗之辞,皆燕魏之际鲜卑歌,歌辞虏音,不可晓解,盖大角曲也。又,《古今乐录》有《梁鼓角横吹曲》,多叙慕容垂及姚泓时战阵之事。其曲有《企喻》等歌三十六曲,乐府胡吹旧曲又有《隔谷》等歌三十曲,总六十六曲,未详时用何篇也。自隋已后,始以横吹用之卤簿,与鼓吹列为四部,总谓之鼓吹,并以供大驾及皇太子、王公等。一曰掆鼓部,其乐器有掆鼓、金钲、大鼓、小鼓、长鸣角、次鸣角、大角七种。掆鼓金钲一曲,夜警用之。大鼓十五曲,小鼓九曲,大角七曲,其辞并本之鲜卑。二曰铙鼓部,其乐器有歌、鼓、箫、笳四种,凡十二曲。三曰大横吹部,其乐器有角、节鼓、笛、箫、筚篥、笳、桃皮筚篥七种,凡二十九曲。四曰小横吹部,其乐器有角、笛、箫、筚篥、笳、桃皮筚篥六种，凡十二曲。夜警亦用之。唐制，太常鼓吹令，掌鼓吹施用调习之节，以备卤簿之仪，而分五部。一曰鼓吹部，其乐器，如隋棡鼓部而无大角。棡鼓一曲十叠；大鼓十五曲，严用三曲，警用十二曲；金钲无曲，以为鼓节；小鼓九曲，上马用一曲，严警用八曲；长鸣一曲三声，上马、严警用之；中鸣一曲三声，用与长鸣同。二曰羽葆部，其乐器，如隋铙鼓部而加錞于；凡十八曲。三曰铙吹部，其乐器，与隋铙鼓部同；凡七曲。四曰大横吹部，其乐器，与隋同；凡二十四曲：黄钟角八曲，中吕宫二曲，中吕徵一曲，中吕商三曲，中吕羽四曲，中吕角四曲，无射二曲。五曰小横吹部，其乐器，与隋同。其曲不见，疑同用大横吹曲也。凡大驾行幸，则夜警晨严。大驾夜警十二曲，中警七曲，晨严三通。皇太子夜警九曲，公卿已下夜警七曲，晨严并三通。夜警众一曲，转次而振也。

汉横吹曲 一

《乐府解题》曰："汉横吹曲，二十八解，李延年造。魏、晋已来，唯传十曲：一曰《黄鹄》，二曰《陇头》，三曰《出关》，四曰《入关》，五曰《出塞》，六曰《入塞》，七曰《折杨柳》，八曰《黄覃子》，九曰《赤之扬》，十曰《望行人》。后又有《关山月》、《洛阳道》、《长安道》、《梅花落》、《紫骝马》、《骢马》、《雨雪》、《刘生》八曲。合十八曲。"

陇　　头　　　　　　　陈后主

一曰《陇头水》。《通典》曰："天水郡有大阪，名曰陇坻，亦曰陇山，即汉陇关也。"《三秦记》曰："其坂九回，上者七日乃越，上有清水四注下，所谓陇头水也。"

陇头征戍客，寒多不识春。惊风起嘶马，苦雾杂飞尘。

投钱积石水,敛辔交河津。四面夕冰合,万里望佳人。

同 前　　唐·张籍

陇头已断人不行,胡骑夜入凉州城。汉家处处格斗死,一朝尽没陇西地。驱我边人胡中去,散放牛羊食禾黍。去年中国养子孙,今着毡裘学胡语。谁能更使李轻车,收取凉州属汉家。

陇头吟　　唐·王维

长安少年游侠客,夜上戍楼看太白。陇头明月回临关,陇上行人夜吹笛。关西老将不胜愁,驻马听之双泪流。身经大小百余战,麾下偏裨万户侯。苏武才为典属国,节旄空尽海西头!

同 前　　唐·翁绶

陇水潺溪陇树黄,征人陇上尽思乡。马嘶斜月朔风急,雁过寒云边思长。残月出林明剑戟,平沙隔水见牛羊。横行俱足封侯者,谁斩楼兰献未央。

陇头水　　梁元帝

衔悲别陇头,关路漫悠悠。故乡迷远近,征人分去留。沙飞晓成幕,海气旦如楼。欲识秦川处,陇水向东流。

同 前　　梁·刘孝威

从军戍陇头,陇水带沙流。时观胡骑饮,常为汉国羞。

衅妻成两剑,杀子祀双钩。顿取楼兰颈,就解郅支裘。勿令如李广—作李牧,功遂不封侯。

同　　前　　　　梁·车　敳

陇头征人别,陇水流声咽。只为识君恩,甘心从苦节。雪冻弓弦断,风鼓旗竿折。独有孤雄剑,龙泉字不灭。

同　　前　　　　陈后主

塞外飞蓬征,陇头流水鸣。漠处扬沙暗,波中燥叶轻。地风冰易厚,寒深溜转清。登山一回顾,幽咽动边情。
高陇多悲风,寒声起夜丛。禽飞暗识路,鸟转逐征蓬。落叶时惊沫,移沙屡拥空。回头不见望,流水玉门东。

同　　前　　　　陈·徐　陵

别涂耸千仞,离川悬百丈。攒荆夏不通,积雪冬难上。枝交陇底暗,石碍坡前响。回首咸阳中,唯言梦时往。

同　　前　　　　陈·顾野王

陇底望秦川,迢递隔风烟。萧条落野树,幽咽响流泉。瀚海波难息,交河冰未坚。宁知盖山水,逐节赴危弦。

同　　前　　　　陈·谢　燮

陇阪望咸阳,征人惨思肠。咽流喧断岸,游沫聚飞梁。凫分敛冰彩,虹饮照旗光。试听铙歌曲,唯吟《君马黄》。

###　　　同　前　　　　陈·张正见

陇头鸣四注,征人逐贰师。羌笛含流咽,胡笳杂水悲。湍高飞转驶,涧浅荡还迟。前旌去不见,上路杳无期。

陇头流水急,流急行难渡。远入隗嚣营,傍侵酒泉路。心交赐宝刀,小妇成纨袴。欲知别家久,戎衣今已故。

###　　　同　前　　　　陈·江　总

陇头万里外,天崖四面绝。人将蓬共转,水与啼俱咽。惊湍自涌沸,古树多摧折。传闻博望侯,苦辛提汉节。

雾暗山中日,风惊陇上秋。徒伤幽咽响,不见东西流。无期从此别,更度几年幽。遥闻玉关道,望入杳悠悠。

###　　　同　前　　　　唐·杨师道

陇头秋月明,陇水带关城。笳添离别曲,风送断肠声。映雪峰犹暗,乘冰马屡惊。雾中寒雁至,沙上转蓬轻。天山传羽檄,汉地急征兵。阵开都护道,剑聚伏波营。于兹觉无度,方共濯胡缨。

###　　　同　前　　　　唐·卢照邻

陇坂高无极,征人一望乡!关河别去水,沙塞断归肠。马系千年树,旌悬九月霜。从来共鸣咽,皆是为勤王。

###　　　同　前　　　　唐·王　建

陇水何年陇头别,不在山中亦鸣咽—作鸣亦咽。征人塞耳马不行,未到陇头闻水声。谓是西流入蒲海,还闻北海绕龙城。陇东陇西多屈曲,野麋饮水长簌簌。胡兵夜回水傍住,忆着来时磨剑处。向前无井复无泉,放马回看陇头树。

同　前　　唐·于濆

借问陇头水,终年恨何事？深疑呜咽声,中有征人泪！昨日上山下,达曙不能寐。何处接长波,东流入清渭！

同　前　　唐·僧皎然

陇头心欲绝,陇水不堪闻。碎影摇枪垒,寒声咽幔军。素从盐海积,绿带柳城分。日落天边望,逶迤入塞云。

秦陇逼(氏)〔氐〕羌,征人去未央。如何幽咽水,并欲断君肠。西注悲穷漠,东分忆故乡。旅魂声搅乱,无梦到辽阳。

同　前　　唐·鲍溶

陇头水,千古不堪闻！生归苏属国,死别李将军。细响风凋草,清哀雁落云。

同　前　　唐·罗隐

借问陇头水,年年恨何事？全疑呜咽声,中有征人泪！自古无长策,况我非深智。何计谢潺湲,一宵空不寐。

出 关　　　唐·魏徵

中原还逐鹿,投笔事戎轩。纵横计不就,慷慨志犹存。策杖谒天子,驱马出关门。请缨羁南越,凭轼下东藩。郁纡陟高岫,出没望平原。古木吟寒鸟,空山啼夜猿。既伤千里目,还惊九折魂。岂不惮艰险,深怀国士恩。季布无二诺,侯嬴重一言。人生感意气,功名谁复论。

入 关　　　梁·吴均

羽檄起边庭,烽火乱如萤。是时张博望,夜赴交河城。马头要落日,剑尾掣流星。君恩未得报,何论身命倾。

同 前　　　唐·贾驰

河上微风来,关头树初湿。今朝关城吏,又见孤客入。上国谁与期,西来徒自急。

同 前　　　唐·张祜

都城连百二,雄险此回环。地势遥尊岳,河流侧让关。秦皇曾虎视,汉祖亦龙颜。何事枭凶辈,干戈自不闲。

出 塞

《晋书·乐志》曰:"《出塞》、《入塞》曲,李延年造。"曹嘉之《晋书》曰:"刘畴尝避乱坞壁,贾胡百数欲害之,畴无惧色,援笳而吹之,为《出塞》、《入塞》之声,以动其游客之思,于是群胡皆垂泣而去。"案《西京杂记》曰:"戚夫人善歌《出塞》、《入塞》、《望归》之曲。"则高帝时已有之,疑不起于延年也。唐又有《塞上》、《塞下》曲,盖出于此。

候骑出甘泉,奔命入居延。旗作浮云影,阵如明月弦。

同　　前　　　　　梁·刘孝标

蓟门秋气清,飞将出长城。绝漠冲风急,交河夜月明。陷敌拟金鼓,摧锋扬斾旌。去去无终极,日暮动边声。

同　　前　　　　　周·王褒

飞蓬似征客,千里自长驱。塞禽唯有雁,关树但生榆。背山看故垒,系马识馀蒲。还因麾下骑,来送月支图。

同　　前　　　　　隋·杨素

漠南胡未空,汉将复临戎。飞狐出塞北,碣石指辽东。冠军临瀚海,长平翼大风。云横虎落阵,气抱龙城虹。横行万里外,胡运百年穷。兵寝星芒落,战解月轮空。严镳息夜斗,驿角罢鸣弓。北风嘶朔马,胡霜切塞鸿。休明大道暨,幽荒日用同。方就长安邸,来谒建章宫。

同　　前　　　　　隋·薛道衡

高秋白露团,上将出长安。尘沙塞下暗,风月陇头寒。转蓬随马足,飞霜落剑端。凝云迷代郡,流水冻桑乾。烽微桔槔远,桥峻辘轳难。从军多恶少,召募尽材官。伏堤时卧鼓,疑兵作解鞍。柳城擒冒顿,长坂纳乎韩。受降今更筑,燕然已重刊。还嗤傅介子,辛苦刺楼兰。

边庭烽火惊,插羽夜征兵。少昊腾金气,文昌动将星。长驱鞮汗北,直指夫人城。绝漠三秋暮,穷阴万里生。寒夜哀笳曲,霜天断雁声。连旗下鹿塞,叠鼓向龙庭。妖云坠虏阵,晕月绕胡营。左贤皆顿颡,单于已系缨。绁马登玄阙,钩鲲临北溟。当知霍骠骑,高第起西京。

同　　前　　　　隋·虞世基

穷秋塞草腓,塞外胡尘飞。征兵广武至,候骑阴山归。庙堂千里策,将军百战威。辕门临玉帐,大旆指金微。摧朽无劲敌,应变有先机。衔枚压晓阵,卷甲解朝围。瀚海波澜静,王庭氛雾晞。鼓鼙严朔气,原野噎寒晖。勋庸震边服,歌吹入京畿。待拜长平坂,鸣驺入礼闱。

上将三略远,元戎九命尊。缅怀古人节,思酬明主恩。山西多勇气,塞北有游魂。扬桴度陇坂,勒骑一作马上平原。誓将绝沙漠,悠然去玉门。轻赍不遑舍,惊策弩戎轩。懔懔边风急,萧萧征马烦。雪暗天山道,冰塞交河源。雾烽黯无色,霜旗冻不翻。耿介倚长剑,日落风尘昏。

同　　前　　　　唐·窦威

匈奴屡不平,汉将欲纵横。看云方结阵,却月始连营。潜军渡马邑,扬旆掩龙城。会勒燕然石,方传车骑名。

同　　前　　　　唐·陈子昂

忽闻天上将,关塞重横行。始返楼兰国,还向朔方城。

黄金装战马，白羽集神兵。星月开天阵，山川列地营。晚风吹画角，春色耀飞旌。宁知班定远，独是一书生。

　　　　同　　前　　　　唐·张易之

　侠客重恩光，骢马饰金装。瞥闻传羽檄，驰突救边荒。转战磨笄地，横行戴斗乡。将军占太白，小妇怨流黄。骡衾青丝骑，娉婷红粉妆。一春莺度曲，八月雁成行。谁堪坐秋思，罗袖拂空床。

　　　　同　　前　　　　唐·沈佺期

　十年通大漠，万里出长平。寒日生戈剑，阴云摇旆旌。饥乌啼旧垒，疲马恋空城。辛苦皋兰北，胡霜损汉兵。

　　　　同　　前　　　　王　维

　居延城外猎天骄，白草连天野火烧。暮云空碛时驱马，秋日平原好射雕。护羌校尉朝乘障，破虏将军夜渡辽。玉靶角弓珠勒马，汉家将赐霍嫖姚。

　　　　同　　前　　　　唐·王昌龄

　秦时明月汉时关，万里长征人未还。但使龙城飞将在，不教胡马度阴山！

　白花垣上望京师，黄河水流无尽时。穷秋旷野行人绝，马首东来知是谁。

同 前　　唐·马戴

金带连环束战袍,马头冲雪度临洮。卷旗夜劫单于帐,乱斫胡兵缺宝刀。

乐府诗集卷第二十二　横吹曲辞 二

汉横吹曲 二

前出塞九首　　　　唐·杜　甫

戚戚去故里，悠悠赴交河。公家有程期，亡命婴祸罗。君已富土境，开边一何多！弃绝父母恩，吞声行负戈。

出门日已远，不受徒旅欺。骨肉恩岂断？男儿死无时。走马脱辔头，手中挑青丝。捷下万仞冈，俯身试搴旗。

磨刀鸣咽水，水赤刃伤手。欲轻肠断声，心绪乱已久。丈夫誓许国，愤惋复何有？功名图麒麟，战骨当速朽。

送徒既有长，远戍亦有身。生死向前去，不劳吏怒嗔。路逢相识人，附书与六亲。哀哉两决绝，不复同苦辛！

迢迢万馀里，领我赴三军。军中异苦乐，主将宁尽闻？隔河见胡骑，倏忽数百群。我始为奴仆，几时树功勋？

挽弓当挽强，用箭当用长。射人先射马，擒寇先擒王。杀人亦有限，列国自有疆。苟能制侵陵，岂在多杀伤！

驱马天雨雪，军行入高山。径危抱寒石，指落曾冰间。已去汉月远，何时筑城还？浮云暮南征，可望不可攀！

单于寇我垒，百里风尘昏。雄剑四五动，彼军为我奔。虏其名王归，系颈授辕门。潜身备行列，一胜何足论！

从军十年馀，能无分寸功？众人贵苟得，欲语羞雷同。

307

中原有斗争,况在狄与戎?丈夫四方志,安可辞固穷!

后出塞五首　　　　　　杜 甫

男儿生世间,及壮当封侯。战伐有功业,焉能守旧丘?召募赴蓟门,军动不可留。千金买马鞭—作鞍,百金装刀头。闾里送我行,亲戚拥道周。班白居上列,酒酎进庶羞。少年别有赠,含笑看吴钩。

朝进东门营,暮上河阳桥。落日照大旗,马鸣风萧萧。平沙列万幕,部伍各见招。中天悬明月,令严夜寂寥。悲笳数声动,壮士惨不骄。借问大将谁?恐是霍嫖姚。

古人重守边,今人重高勋。岂知英雄主,出师亘长云。六合已一家,四夷且孤军。遂使貔虎士,奋身勇所闻。拔剑击大荒,日收胡马群。誓开玄冥北,持以奉吾君。

献凯日继踵,两蕃静无虞。渔阳豪侠地,击鼓吹笙竽。云帆转辽海,粳稻来东吴。越罗与楚练,照耀舆台躯。主将位益崇,气骄陵上都。边人不敢议,议者死路衢。

我本良家子,出师亦多门。将骄益愁思,身贵不足论。跃马二十年,恐辜明主恩。坐见幽州骑,长驱河洛昏。中夜间道归,故里但空村。恶名幸脱免,穷老无儿孙。

出　塞　　　　　　唐·皇甫冉

吹角出塞门,前瞻即胡地。三军尽回首,皆洒望乡泪。转念关山长,行看风景异。由来征戍客,各负轻生义。

同　前　　　唐·王之涣

黄沙直上白云间,一片孤城万仞山。羌笛何须怨杨柳,春光不度玉门关。

同　前　　　唐·耿纬

汉家边事重,窦宪出临戎。绝漠秋山在,阳关旧路通。列营依茂草,吹角向高风。更就燕然石,看铭破虏功。

同　前　　　唐·张籍

秋塞雪初下,将军远出师。分营长记火,放马不收旗。月冷边帐湿,沙昏夜探迟。征人皆白首,谁见灭胡时。

同　前　　　唐·刘驾

胡风不开花,四气多作雪。北人尚冻死,况我本南越。古来犬羊地,巡狩无遗辙。九土耕不尽,武皇犹征伐。中天有高阁,图画何时歇。坐恐塞上山,低于沙中骨。

出塞曲　　　唐·刘济

将军在重围,音信绝不通。羽书如流星,飞入甘泉宫。倚是并州儿,少年心胆雄。一朝随召募,百战争王公。去年桑乾北,今年桑乾东。死是征人死,功是将军功。汗马牧秋月,疲兵卧霜风。仍闻左贤王,更欲图云中。

同前　　　唐·于鹄

微雪将军出,吹笳天未明。观兵登古戍,斩将对双旌。
分阵瞻山势,潜军制马鸣。如今新史上,已有灭胡名。

单于骄爱猎,放火到军城。待月调新弩,防秋置远营。
空山朱戟影,寒碛铁衣声。逢著降胡说,阴山有伏兵。

同前　　　唐·僧贯休

扫尽狂胡迹,回戈望故关。相逢唯死斗,岂易得生还!
纵宴参胡乐,收兵过雪山。不封十万户,此事亦应闲。

玉帐将军意,殷勤把酒论。功高宁在我,阵没与招魂。
塞色干戈束,军容喜气屯。男儿今始是,敢出玉关门。

回首陇山头,连天草木秋。圣君应入梦,半路遭封侯。
水不担阴雪,柴令倒戍楼。归来麟阁上,春色满皇州。

入　塞　　　周·王褒

戍久风尘色,勋多意气豪。建章楼阁迥,长安陵树高。
度冰伤马骨,经寒坠节旄。行当见天子,无假用钱刀。

同前　　　隋·何妥

桃林千里险,候骑乱纷纷。问此将何事,嫖姚封冠军。
回旌引流电,归盖转行云。待任苍龙杰,方当论次勋。

同前　　　唐·刘希夷

将军陷虏围,边务息戎机。霜雪交河尽,旌旗入塞飞。

晓光随马度，春色伴人归。课绩朝明主，临轩拜武威。

入塞曲　　　　　耿纬

将军带十围，重锦制戎衣。猿臂销弓力，虬须长剑威。首登平乐宴，新破大宛归。楼上姝姬笑，门前问客稀。暮烽玄菟急，秋草紫骝肥。未奉君王诏，高槐昼掩扉。

同　前　　　　　僧贯休

单于烽火动，都护去天涯。别赐黄金甲，亲临白玉墀。塞垣须静谧，师旅审安危。定远条支宠，如今胜古时。

方见将军贵，分明对冕旒。圣恩如远被，狂虏不难收。臣节唯期死，功勋敢望侯？终辞修里第，从此出皇州！

百里精兵动，参差便渡辽。如何好白日，亦照此天骄。远树深疑贼，惊蓬迥似雕。凯歌何日唱，碛路共天遥。

同　前　　　　　唐·沈彬

欲为皇王服远戎，万人金甲鼓鼙中。阵云黯塞三边黑，兵血愁天一片红。半夜翻营旗搅月，深秋防戍剑磨风。谤书未及明君爇，卧骨将军已殁功。

苦战沙间卧箭痕，戍楼闲上望星文。生希国泽分偏将，死夺河源答圣君。鸢鹳败兵眠白草，马惊边鬼哭阴云。功多地远无人纪，汉阁笙歌日又曛。

折杨柳　　　　　梁元帝

《唐书·乐志》曰："梁乐府有胡吹歌云：'上马不捉鞭，反拗杨柳枝。下马吹横笛,愁杀行客儿。'此歌辞,元出北国,即鼓角横吹曲《折杨柳枝》是也。"《宋书·五行志》曰:"晋太康末,京洛为折杨柳之歌,其曲有兵革苦辛之辞。"案古乐府又有《小折杨柳》,相和大曲有《折杨柳行》,清商四曲有《月节折杨柳歌》十三曲,与此不同。

山高巫峡长,垂柳复垂杨。同心且同折,故人怀故乡。山似莲花艳,流如明月光。寒夜猿声彻,游子泪沾裳。

同　前　　　　梁·柳恽

杨柳乱成丝,攀折上春时。叶密鸟飞碍,风轻花落迟。城高短箫发,林空画角悲。曲中别无意,并是为相思。

同　前　　　　梁·刘邈

高楼十载别,杨柳濯丝枝。摘叶惊开驶,攀条恨久离。年年阻音息,月月减容仪。春来谁不望,相思君自知。

同　前　　　　陈后主

杨柳动春情,倡园妾屡惊。入楼含粉色,依风杂管声。武昌识新种,官渡有残生。还将出塞曲,仍共胡笳鸣。

长条黄复绿,垂丝密且繁。花落幽人径,步隐将军屯。谷暗宵钲响,风高夜笛喧。聊持暂攀折,空足忆中园。

同　前　　　　陈·岑之敬

将军始见知,细柳绕营垂。悬丝拂城转,飞絮上宫吹。塞门交度叶,谷口暗横枝。曲成攀折处,唯言怨别离。

同 前 　　　　陈·徐 陵

袅袅河堤树,依依魏主营。江陵有旧曲,洛下作新声。妾对长杨苑,君登高柳城。春还应共见,荡子太无情!

同 前 　　　　陈·张正见

杨柳半垂空,袅袅上春中。枝疏董泽箭,叶碎楚臣弓。〔邑〕〔色〕映长河水,花飞高树风。莫言限宫掖,不闭长杨宫。

同 前 　　　　陈·王 瑳

塞外无春色,上林柳已黄。枝影侵宫暗,叶彩乱星光。陌头藏戏鸟,楼上掩新妆。攀折思为赠,心期别路长。

同 前 　　　　陈·江 总

万里音尘绝,千条杨柳结。不悟倡园花,遥同天岭雪。春心自浩荡,春树聊攀折。共此依依情,无奈年年别。

同 前 　　　　唐·卢照邻

倡楼启曙扉,园柳正依依。鸟鸣知岁隔,条变识春归。露叶疑啼脸,风花乱舞衣。攀折聊将寄,军中书信稀。

同 前 　　　　唐·沈佺期

玉窗朝日映,罗帐春风吹。拭泪攀杨柳,长条宛地垂。白花飞历乱,黄鸟思参差。妾自肝肠断,傍人那得知!

同前　　　　　　唐·乔知之

可怜濯濯春杨柳,攀折将来就纤手。妾容与此同盛衰,何必君恩独能久!

同前　　　　　　唐·刘宪

沙塞三河道,金闺二月春。碧烟杨柳色,红粉绮罗人。露叶怜啼脸,风花思舞巾。攀持君不见,为听曲中新。

同前　　　　　　唐·崔湜

二月风光半,三边戍不还。年华妾自惜,杨柳为君攀。落絮缘衫袖,垂条拂髻鬟。那堪音信断,流涕望阳关。

同前　　　　　　唐·韦承庆

万里边城地,三春杨柳节。叶似镜中眉,花如关外雪。征人远乡思,倡妇高楼别。不忍掷年华,含情寄攀折。

同前　　　　　　唐·欧阳瑾

垂柳拂妆台,葳蕤叶半开。年华枝上见,边思曲中来。嫩色宜新雨,轻花伴落梅。朝朝倦攀折,征戍几时回?

同前　　　　　　唐·张祜

红粉青楼曙,垂杨仲月春。怀君重攀折,非妾妒腰身。舞带萦丝断,娇蛾向叶嚬。横吹凡几曲,独自最愁人。

####　同　前　　　　唐·张九龄

纤纤折杨柳,持此寄情人。一枝何足贵,怜是故园春。迟景那能久,流芳不及新。更愁征戍客,鬓老边城尘。

####　同　前　　　　唐·余延寿

天道连国门,东西种杨柳。葳蕤君不见,裛娜垂来久。缘枝栖暝禽,雄去雌独吟。馀花怨春尽,微月起秋阴。坐望窗中蝶,起攀枝上叶。好风吹长条,婀娜何如妾。妾见柳园新,高楼四五春。莫吹胡塞—作箎曲,愁杀陇头人。

####　同　前　　　　唐·李　白

垂杨拂绿水,摇艳—作艳裔东风年。花明玉关雪,叶暖金窗烟。美人结长恨,相对心凄然。攀条折春色,远寄龙庭前—作龙沙边。

####　同　前　　　　唐·孟　郊

杨柳多短枝,短枝多别离。赠远累攀折,柔条安得垂?青春有定节,离别无定时。但恐人别促,不怨来迟迟。莫言短枝条,中有长相思。朱颜与绿杨,并在别离期。

楼上春风过,风前杨柳歌。枝疏缘别苦,曲怨为年多。花惊燕地雪,叶映楚池波。谁堪别离此,征戍在交河!

####　同　前　　　　唐·李　端

东城攀柳叶,柳叶低着草。少壮莫轻年,轻年有人老。

柳发遍川岗,登高堪断肠。雨烟轻漠漠,何树近君乡。赠君折杨柳,颜色岂能久！上客莫沾巾,佳人正回首。新柳送君行,古柳伤君情。突兀临荒渡,婆娑出旧营。隋家两岸尽,陶宅五株平。日暮偏愁望,春山有鸟声。

同 前　　唐·翁绶

紫陌金堤映绮罗,游人处处动离歌。阴移古戍迷荒草,花带残阳落远波。台上少年吹白雪,楼中思妇敛青蛾。殷勤攀折赠行客,此去关山雨雪多。

乐府诗集卷第二十三　横吹曲辞 三

汉横吹曲 三

望行人　　　　唐·王建

自从江树秋,日日望江楼。梦见离珠浦,书来在桂州。不—作愿同比目鱼—作鱼比目,终恨水分流。久不开明镜,多应是白头。

同　前　　　　唐·张籍

秋风窗下起,旅雁向南飞。日日出门望,家家行客归。无因见边使,空待寄寒衣。独闲青楼暮,烟深鸟雀稀。

关山月　　　　梁元帝

《乐府解题》曰:"《关山月》,伤离别也。古《木兰诗》曰:'万里赴戎机,关山度若飞。朔气传金柝,寒光照铁衣。'"按相和曲有《度关山》,亦类此也。

朝望清波道,夜上白登台。月中含桂树,流影自徘徊。寒沙逐风起,春花犯雪开。夜长无与晤,衣单谁为裁?

同前二首　　　　陈后主

秋月上中天,迥照关城前。晕缺随灰减,光满应珠圆。带树还添桂,衔峰乍似弦。复教征戍客,长怨久连翩。

317

戍边岁月久,恒悲望舒耀。城遥接晕高,涧风连影摇。
寒光带岫徙,冷色含山峭。看时使人忆,为似娇娥照。

同　前　　　　陈·陆琼

边城与明月,俱在关山头。焚烽望别垒,击斗宿危楼。
团团婕妤扇,纤纤秦女钩。乡园谁共此,愁人屡益愁。

同　前　　　　张正见

岩间度月华,流彩映山斜。晕逐连城璧,轮随出塞车。
唐蓂遥合影,秦桂远分花。欲验盈虚理,方知道路赊。

同前二首　　　　徐　陵

关山三五月,客子忆秦川。思妇高楼上,当窗应未眠。
星旗映疏勒,云阵上祁连。战气今如此,从军复几年?

月出柳城东,微云掩复通。苍茫萦白晕,萧瑟带长风。
羌兵烧上郡,胡骑猎云中。将军拥节起,战士夜鸣弓。

同　前　　　陈·贺力牧

重关敛暮烟,明月下秋前。照石疑分镜,临弓似引弦。
雾—作雪暗迷旗影,霜浓湿剑莲。此处离乡客,遥心万里悬。

同　前　　　陈·阮卓

关山陵汉开,霜月正徘徊。映林如璧碎,侵塞似轮摧。
楚师随晦尽,胡兵逐暖来。寒笳将夜鹊,相乱晚声哀。

同　前　　　　　周·王褒

关山夜月明,秋色照孤城。影亏同汉阵,轮满逐胡兵。天寒光转白,风多晕欲生。寄言亭上吏,游客解鸡鸣。

同　前　　　　　陈·江总

兔月半轮明,狐关一路平。无期从此别,复欲几年行。映光书汉奏,分影照胡兵。流落今如此,长戍受降城。

同　前　　　　　唐·卢照邻

塞垣通碣石,虏障抵祁连。相思在万里,明月正孤悬。影移金岫北,光断玉门前。寄书谢中妇,时看鸿雁天。

同　前　　　　　沈佺期

汉月生辽海,曈昽出半晖。合昏玄菟郡,中夜白登围。晕落关山迥,光含霜霰微。将军听晓角,战马欲南归。

同　前　　　　　李白

明月出天山,苍茫云海间。长风几万里,吹度玉门关。汉下白登道,胡窥青海湾。由来征战地,不见有人还。戍客望边色—作邑,思归多苦颜。高楼当此夜,叹息未应闲—作还。

同　前　　　　　长孙左辅

凄凄还切切,戍客多离别。何处最伤心,关山见秋月。

关月竟如何,由来远近过。始经玄菟塞,终绕白狼河。忽忆秦楼妇,流光应共有。已得并蛾眉,还知揽纤手。去岁照同行,比翼复连形。今宵照独立,顾影自茕茕。馀晖渐西落,夜夜看如昨。借问映旌旗,何如鉴帷幕?拂晓朔风悲,蓬惊雁不飞。几时征戍罢,还向月中归。

同 前 　　　　耿 纬

月明边徼静,戍客望乡时。塞古柳衰尽,关寒榆发迟。苍苍万里道,戚戚十年悲。今夜青楼上,还应照所思。

同前二首 　　　　戴叔伦

月出照关山,秋风人未还。清光无远近,乡泪中书间。一雁过连营,繁霜覆古城。胡笳在何处,半夜起边声。

同 前 　　　　崔 融

月生西海上,气逐边风壮。万里度关山,苍茫非一状。汉兵开郡国,胡马窥亭障。夜夜闻悲笳,征人起南望。

同 前 　　　　李 端

露湿月苍苍,关头榆叶黄。回轮照海远,分彩上楼长。水冻频移幕,兵疲数望乡。只应城影外,万里共如霜。

同 前 　　　　王 建

关山月,营开道白前军发。冻轮当碛光悠悠,照见三堆两堆骨。边风割面天欲明,金莎—作沙岭西看看没。

同　　前　　　　张　籍

秋月朗朗关山上,山中行人马蹄响。关山秋来雨雪多,行人见月唱边歌。海边漠漠天气白,胡儿夜度黄龙碛。军中探骑暮出城,伏兵暗处低旌戟。溪水连地霜草平,野驼寻水碛中鸣。陇头风急雁不下,沙场苦战多流星。可怜万国关山道,年年战骨多秋草。

同　　前　　　　翁　绶

徘徊汉月满边州,照尽天涯到陇头。影转银河寰海静,光分玉塞古今愁。笛吹远戍孤烽灭,雁下平沙万里秋。况是故园摇落夜,那堪少妇独登楼!

同　　前　　　唐·鲍氏君徽

高高秋月明,北照辽阳城。塞迥光初满,风多晕更生。征人望乡思,战马闻鞭声—作惊。朔风悲边草,胡沙暗虏营。霜疑匣中剑,风惫原上旄。早晚谒金阙,不闻刁斗鸣—作声。

洛阳道　　　　梁简文帝

洛阳佳丽所,大道满春光。游童时—作初挟弹,蚕妾始提筐。金鞍照龙马,罗袂拂春桑。玉车争晓入,潘果溢高箱。

同　前　　　　　梁元帝

洛阳开大道,城北达城西。青槐随幔拂,绿柳逐风低。玉珂鸣战马,金爪斗场鸡。桑萎日行暮,多(途)〔逢〕秦女妻。

同　前　　　　　沈　约

洛阳大道中,佳丽实无比。燕裙傍日开,赵带随风靡。领上蒲桃绣,腰中合欢绮。佳人殊未来,薄暮空徙倚。

同　前　　　　梁·庾肩吾

徼道临河曲,曾(成)〔城〕傍洛川。金门才出柳,桐井半含泉。日起罕罼外,车回双阙前。潘生时未返,遥心徒眷然。

同　前　　　　梁·车　敻

洛阳道八达,洛阳城九重。重关如隐起,双阙似芙蓉。王孙重行乐,公子好游从。别有倾人处,佳丽夜相逢。

同前四首　　　　陈后主

喧哗照邑里,遨游出洛京。霜枝懒柳发,水堑薄苔生。停鞭回去影,驻轴敲前甍。台上经相识,城下屡逢迎。踟蹰还借问,只重未知名。

日光朝杲杲,照耀东京道。雾带城楼开,啼侵曙色早。佳丽娇南陌,香气含风好。自怜钗上缨,不叹河边草。

建都开洛汭,中地乃城阳。纵横肆八达,左右辟康庄。铜沟飞柳絮,金谷落花光。忘情伊水侧,税驾河桥傍。

百尺瞰金埒,九衢通玉堂。柳花尘里暗,槐色露中光。游侠幽并客,当垆京兆妆。向夕风烟晚,金羁满洛阳。

同前二首　　　　徐　陵

绿柳三春暗,红尘百戏多。东门向金马,南陌接铜驼。华轩翼葆吹,飞盖响鸣珂。潘郎车欲满,无奈掷花何。

洛阳驰道上,春日起尘埃。濯龙望如雾,河桥度似雷。闻珂知马蹀,傍幰见甍开。相看不得语,密意眼中来。雾一作水。

同　前　　　　陈·岑之敬

喧喧洛水滨,郁郁小平津。路傍桃李节,陌上采桑春。聚车看卫玠,连手望安仁。复有能留客,莫愁娇态新。

同　前　　　　张正见

曾城启旦扉,上洛满春晖。柳影缘沟合,槐花夹路飞。苏合弹珠罢,黄间负翳归。红尘暮不息,相看连骑稀。

同　上　　　　陈·陈暄

洛阳九达一作衢上,罗绮四时春。路傍避骢马,车中看玉人。镇西歌艳曲,临淄逢丽神。欲知双璧价,潘、夏正连茵。

同前　　　　　　王瑳

洛阳夜漏尽，九重平旦开。日照苍龙阙，烟绕凤凰台。浮云翻似盖，流水到成雷。曹王斗鸡返，潘仁载果来。

同前二首　　　　江总

德阳穿洛水，伊阙迩河桥。仙舟李膺棹，小马王戎镳。杏堂歌吹合，槐路风尘饶。绿珠含泪舞，孙秀强相邀。

小平路四达，长秋听五钟。玉节迎司隶，锦车归濯龙。弦歌声不息，环佩响相从。花障荡舟笑，日映下山逢。

同前　　　　　唐·于武陵

浮世若浮云，千回故复新。旋添青草冢，更有白头人。岁暮客将老，雪晴山欲春。行行车与马，不尽洛阳尘。

同前　　　　　唐·郑渥

客亭门外路东西，多少喧腾事不齐。杨柳惹鞭公子醉，苎麻掩泪鲁人迷。通宵尘土飞山月，是处经营夹御堤。顷刻知音几存殁，半回依约认轮蹄。

同前　　　　　陈后主

青槐夹驰道，御水映铜沟。远望陵霄阙，遥看井幹楼。黄金弹侠少，朱轮（彻盛）〔盛彻〕侯。桃花离渡马，纷披聚陌头。

洛阳陌　　　　　李　白

白玉谁家郎,回车渡天津。看花东陌上,惊动洛阳人。

长安道　　　　　梁简文帝

神皋开陇右,陆海实西秦。金槌一作推轮抵长乐,复道向宜春。落花依度幰,垂柳拂行人。金、张及许、史,夜夜尚留宾。

同　　前　　　　　梁元帝

西接长楸道,南望小平津。飞甍临绮翼,轻轩影画轮。雕鞍承赭汗,槐路起红尘。燕姬杂赵女,淹留重上春。

同　　前　　　　　庾肩吾

桂宫延复道,黄山开广路。远听平陵钟,遥识新丰树。合殿生光彩,离宫起烟雾。日落歌吹回,尘飞车马度。

同　　前　　　　　陈后主

建章通未央,长乐属明光。大道移甲第,甲第玉为堂。游荡新丰里,戏马渭桥傍。当垆晚留客,夜夜苦红妆。

同　　前　　　　　顾野王

凤楼临广路,仙掌入烟霞。章台京兆马,逸陌富平车。东门疏广饯,北阙董贤家。渭桥纵观罢,安能访狭斜。

同　前　　　　阮　卓

长安驰道上,钟鸣宫寺开。残云销凤阙,宿雾敛章台。骑转金吾度,车鸣丞相来。蔼蔼东都晚,群公骖御回。

同　前[①]　　　　萧　贲

前登灞陵岸—作道,还瞻渭水流。城形类北斗,桥势似牵牛。飞轩驾良驷,宝剑杂轻裘。经过狭斜里,日暮与淹留。

同　前　　　　徐　陵

辇道乘双阙,豪雄被五都。横桥象天汉,法驾应坤图。韩康卖良药,董偃鬻明珠。喧喧拥车骑,非但执金吾。

同　前　　　　陈　暄

长安开绣陌,三条向绮门。张敞车单马,韩嫣乘副轩。宠深来借殿,功多竞买园。将军夜夜返,弦歌著曙喧。

同　前　　　　江　总

翠盖乘轻露,金羁照落晖。五侯新拜罢,七贵早朝归。轰轰紫陌上,蔼蔼红尘飞。日暮延平客,风花拂舞衣。

---

① 此以下十二首至薛能诗"山岳累应成"句,底本阙叶,据四部丛刊本补。

　　　　　同　前　　　　隋·何妥

长安狭斜路,纵横四达分。车轮鸣凤辖,箭服耀鱼文。五陵多任侠,轻骑自连群。少年皆重气,谁识故将军。

　　　　　同　前　　　　唐·崔颢

长安甲第高入云,谁家居住霍将军。日晚朝回拥宾从,路傍拜揖何纷纷。莫言炙手手可热,须臾火尽灰亦灭。莫言贫贱即可欺,人生富贵自有时。一朝天子赐颜色,世上悠悠应始知。

　　　　　同　前　　　　孟　郊

胡风激秦树,贱子风中泣。家家朱门开,得见不可入。长安十二衢,投树鸟亦急。高阁何人家,笙簧正喧吸。

　　　　　同　前　　　　顾　况

长安道,人无衣,马无草,何不归来山中老。

　　　　　同　前　　　　聂夷中

此地无驻马,夜中犹走轮。所以路旁草,少于衣上尘。

　　　　　同　前　　　　韦应物

汉家宫殿含云烟,两宫十里相连延。晨霞出没弄丹阙,春雨依微自甘泉。春雨依微春尚早,长安贵游爱芳草。宝

327

马横来下建章,香车却转避驰道。贵游谁最贵?卫、霍世难比。何能蒙主恩?幸遇边尘起。归来甲第拱皇居,朱门峨峨临九衢。中有流苏合欢之宝帐,一百二十凤凰罗列含明珠。下有锦铺翠被之灿烂,博山吐香五云散。丽人绮阁情飘飘,头上鸳钗双翠翘。低鬟曳袖回春雪,聚黛一声愁碧霄。山珍海错弃藩篱,烹犊炮羔如折葵。既请列侯封部曲,还将金印授庐儿。欢容若此何所苦,但苦白日西南驰。

同　前　　　　　白居易

花枝缺处青楼开,艳歌一曲酒一杯。美人劝我急行乐,自古朱颜不再来。君不见外州客,长安道,一回来,一回老。

同　前　　　　　薛　能

汲汲复营营,东西连两京。关繻古若在,山岳累应成。各自有身事,不相知姓名。交驰喧众类,分散入重城。此路去无尽,万方人始生。空馀片言苦,来往觅刘桢。

同　前　　　　　僧贯休

憧憧合合,八表一辙。黄尘雾合,车马火爇。名汤风雨,利辗霜雪。千车万驮,半宿关月。上有尧、禹,下有夔、卨。紫气银轮兮常覆金关,仙掌捧日兮浊河澄澈。愚将草木兮有言,与华封人兮不别。

同　前　　　　　王　褒

槐衢回北第,驰道度西宫。树阴连袖色,尘影杂衣风。

采桑逢五马,停车对两童。喧喧许、史座,钟鸣宾未穷。

同　前　　　　沈佺期

秦地平如掌,层城出云汉。楼阁九衢春,车马千门旦。绿柳开复合,红尘聚还散。日晚斗鸡回,经过狭斜看。

乐府诗集卷第二十四　横吹曲辞 四

汉横吹曲 四

梅花落　　　　宋·鲍照

《梅花落》，本笛中曲也。按唐大角曲亦有《大单于》、《小单于》、《大梅花》、《小梅花》等曲，今其声犹有存者。

中庭杂树多，偏为梅咨嗟。问君何独然？"念其霜中能作花，露中能作实。摇荡春风媚春日，念尔零落逐风飙，徒有霜华无霜质。"

同前　　　　梁·吴均

终冬十二月，寒风西北吹。独有梅花落，飘荡不依枝。流连逐霜彩，散漫下冰澌。何当与春日，共映夫容池。

同前二首　　　　陈后主

金—作春砌落芳梅，飘零上凤台。拂妆疑粉散，逐溜似萍开。映日花光动，迎风香气来。佳人早插髻，试立且徘徊。

杨柳春楼边，车马飞风烟。连娉乌孙伎，属客单于毡。雁声不见书，蚕丝欲断弦。欲持塞上蕊，试立将军前。

　　　　　同　前　　　　　徐　陵

对户一株梅,新花落故栽。燕拾还莲井,风吹上镜台。倡家怨思妾,楼上独徘徊。啼看竹叶锦,篸罢未成裁。

　　　　　同　前　　　　　苏子卿

中庭一树梅,寒多叶未开。只言花是雪一作似雪,不悟有香来。上郡春恒晚,高楼年易催。织书偏有意,教逐锦文回。

　　　　　同　前　　　　　张正见

芳树映红一作云野,发早觉寒侵。落远香风急,飞多花径深。周人叹初摽,魏帝指前林。边城少灌木,折此自悲吟。

　　　　同前三首　　　　　江　总

缥色动风香,罗生枝已长。妖姬坠马髻,未插江南珰。转袖花纷落,春衣共有芳。羞作秋胡妇,独采城南桑。

胡地少春来,三年惊落梅。偏疑粉蝶散,乍似雪花开。可怜香气歇,可惜风相催。金铙且莫韵,玉笛幸徘徊。

腊月正月早惊春,众花未发梅花新。可怜芬芳临玉台,朝攀晚折还复开。长安少年多轻薄,两两常唱梅花落。满酌金卮催玉柱,落梅树下宜歌舞。金谷万株连绮甍,梅花密处藏娇莺。桃李佳人欲相照,摘叶牵花来并笑。杨柳条青楼上轻,梅花色白云中明。横笛短箫凄复切,谁知柏梁声不绝。

同　前　　　　　　卢照邻

梅岭花初发,天山雪未开。处处疑花满,花边似雪回。因风入舞袖,杂粉向妆台。匈奴几万里,春至不知来。

同　前　　　　　　沈佺期

铁骑几时回,金闺怨早梅。雪中—作寒花已落,风暖叶应开。夕逐新春管,香迎小岁杯。感时何足贵,书里报轮台。

同　前　　　　　　唐·刘方平

新岁芳梅树,繁苞四面同。春风吹渐落,一夜几枝空。小妇今如此,长城恨不穷。莫将辽海雪,来比后庭中。

紫骝马　　　　　　梁简文帝

《古今乐录》曰:"《紫骝马》古辞云:'十五从军征,八十始得归。道逢乡里人,家中有阿谁?'又梁曲曰:'独柯不成树,独树不成林。念(娘)〔郎〕锦裲裆,恒长不忘心。'盖从军久戍,怀归而作也。"

贱妾朝下机,正值—作遇良人归。青丝悬玉镫,朱汗染香衣。骤急珂弥响,踊多尘乱飞。雕菰幸可荐,故心君莫违
—作故人心莫违。

同　　前　　　　　　　梁元帝

长安美少年，金络锦连钱。宛转青丝鞚，照耀珊瑚鞭。

同　　前　　　　　　　陈后主

嫖姚紫塞归，踥蹀红尘飞。玉珂鸣广路，金络耀晨辉。盖转时移影，香动屡惊衣。禁门犹未闭，连骑恣—作莫相追。

踥蹀紫骝马，照耀白银鞍。直去黄龙外，斜趋玄菟端。垂鞭还细柳，扬尘归上兰。红脸桃花色，客别重羞看。

同　　前　　　　　　　陈·李爕

紫燕忽踟蹰，红尘起路隅。园人移苜蓿，骑士逐蘼芜。三边追黠虏，一鼓定强胡。安用珂为玉，自有汗成珠。

同　　前　　　　　　　徐　陵

玉镫绣缠鬃，金鞍锦覆幪。风惊尘未起，草浅埒犹空。角弓穿两兔，珠弹落双鸿。日斜驰逐罢，连翩还上东。

同　　前　　　　　　　张正见

将军入大宛，善马出从戎。影绝乾河上，声流水窟中。似鹿犹依草，如龙欲向空。须还千万里，试为一追风。

同　　前　　　　　　　陈　暄

天马汗如红，鸣鞭度九嵕。饮伤城下冻，嘶依北地风。

笳寒芳树歇,笛怨柳枝空。横行意未已,羞往—作住毂车中。

同　前　　　　陈·祖孙登

候骑陌楼兰,长城迥路难。嘶从风处断,骨住水中寒。飞尘暗金勒,落泪洒银鞍。抽鞭上关路,谁念客衣单。

同　前　　　　陈·独孤嗣宗

倡楼望早春,宝马度城闉。照耀桃花径,蹀躞采桑津。金羁丽初景,玉勒染轻尘。远听珂惊急,犹是画眉人。

同　前　　　　江　总

春草正萋萋,荡妇出空闺—作金闺。识是东方骑,犹带北风嘶。扬鞭向柳市,细蹀上金堤。愿君怜织素,残妆尚有啼。

同　前　　　　卢照邻

骝马照金鞍,转战入皋兰。塞门风稍急,长城水正寒。雪暗鸣珂重,山长喷玉难。不辞横绝漠,流血几时干?

同　前　　　　李　白

紫骝行且嘶,双翻碧玉蹄。临流不肯渡,似惜锦障泥。白雪关山—作城远,黄云海树—作戍迷。挥鞭万里去,安得念—作变春闺。

同 前　　　　唐·李益

争场看斗鸡,白鼻紫骝嘶。漳水春闱晚,丛台日向低。歇鞍珠作汗,试剑玉如泥。为谢红梁燕,年年妾独栖。

同 前　　　　唐·秦韬玉

渥洼奇骨本难求,况是豪家重紫骝。膘大宜悬银压胯,力浑欺却玉衔头。生狞弄影风随起,蹙踏冲尘汗满沟。若遇大夫皆调御,任从驱取觅封侯。

骢　马　　　　梁·车敽

一曰《骢马驱》,皆言关塞征役之事。

骢马镂金鞍,柘弹落金丸。意欲趁趋走,先作野游盘。平明发下蔡,日中过上兰。路远行须疾,非是畏人看。

同 前　　　　刘孝威

十五宦期门,二十屯边徼。犀羁玉镂鞍,宝刀金错鞘。一随骢马驱,分受青蝇吊。且令都护知,愿被将军照。誓使毡衣乡,扫地无遗噍。

同 前　　　　隋·王由礼

善马金羁饰,蹑影复凌空。影入长城水,声随胡地风。控敛青门外,珂喧紫陌中。行行若不倦,唯当御史骢。

同　前　　　　唐·李群玉

浮云何权奇,绝足世未知。长嘶清海风,蹀躞振云丝。由来渥洼种,本是苍龙儿。穆满不再活,无人昆阆骑。君识跃峤怯,宁劳耀金羁。青刍与白水,空笑驽骀肥。伯乐傥一见,应惊耳长垂。当思八荒外,逐日向瑶池。

骢马曲　　　　唐·纪唐夫

连钱出塞蹋沙蓬,岂比当时御史骢。逐北自谙深碛路,连嘶谁念静边功。登山每与青云合,弄影因知碧草同。今日虏平将换妾,不如罗袖舞春风。

骢马驱　　　　梁元帝

朔方寒气重,胡关饶苦雾。白雪昼凝山,黄云宿埋树。连翩行役子,终朝征马驱。试上金微山,还看玉关路。

同　前　　　　刘孝威

翩翩骢马驱,横行复斜趋。先救辽城危,后拂燕山雾。风伤易水湄,日入陇西树。未得报君恩,联翩终不住。

同　前　　　　徐　陵

白马号龙驹,雕鞍名镂渠—作衢。诸兄二千石,小妇字罗敷。倚端轻扫史,召募击休屠。塞外多风雪,城中绝诏书。空忆长楸下,连蹀复连跼。

　　　　　同　前　　　　　江　总

　　长城兵气寒,饮马讵为难。暂解青丝辔,行歇镂衢鞍。白登围转急,黄河冻不干。万里朝飞电,论功易走丸。

　　　　　雨　雪　　　　　陈后主

　　《采薇》诗曰:"昔我往矣,杨柳依依。今我来思,雨雪霏霏。"《穆天子传》曰:"天子游于黄室之曲,筮猎苹泽,天子乃休。日中大寒,北风雨雪,有冻人,天子作诗三章以哀之,曰:'我徂黄竹'是也。"《雨雪曲》盖取诸此。

　　长城飞雪下,边关地籁吟。蒙蒙九天暗,霏霏千里深。树冷月恒少,山雾日偏沉。况听南归雁,切思朝笳音。

　　　　　雨雪曲　　　　陈·江　晖

　　边城风雪至,客子自心悲。风哀笳弄断,雪暗马行迟。轻生本为国,重气不关私。恐君犹不信,抚剑一扬眉。

　　　　　同　前　　　　　张正见

　　胡关辛苦地,云路远漫漫。含冰踏马足,杂雨冻旗竿。沙漠飞恒暗,天山积转寒。无因辞日逐,团扇掩齐纨。

　　　　　同　前　　　　　江　总

　　雨雪隔榆溪,从军度陇西。绕阵看狐迹,依山见马蹄。天寒旗彩坏,地暗鼓声低。漫漫愁寒起,苍苍别路迷。

337

　　　　　同　前　　　　陈　暄

都尉出祁连,雨雪满鸡田。雕陵持抵鹊,属国用和毡。冰合军应渡,楼寒烽未然。花迷差未著,疏勒复经年。

　　　　　同　前　　　　陈·谢燮

朔边昔离别,寒风复凄切。峨峨六尺冰,飘飘千里雪。未塞袁安户,行封苏武节。应随陇水流,几过空—作疑鸣咽。

　　　　　同　前　　　　李　端

天山一丈雪,杂雨夜霏霏。湿马胡歌乱,经烽汉火微。丁零苏武别,疏勒范羌归。若著关头过,长榆叶定稀。

　　　　　同　前　　　　翁　绶

边声四合殷河流,雨雪飞来遍陇头。铁岭探人迷鸟道,阴山飞将湿貂裘。斜飘旌旆过戎帐,半杂风沙入戍楼。一自塞垣无李蔡,何人为解北门忧。

　　　　　刘　生　　　　梁元帝

《乐府解题》曰:"刘生不知何代人,齐梁已来为《刘生》辞者,皆称其任侠豪放,周游五陵三秦之地。或云抱剑专征,为符节官,所未详也。"按《古今乐录》曰:"梁鼓角横吹曲,有《东平刘生歌》,疑即此《刘生》也。"

任侠有刘生,然诺重西京。扶风好惊坐,长安恒借名。榴花聊夜饮,竹叶解朝酲。结交李都尉,遨游佳丽城。

　　　　同　　前　　　　　陈后主

游侠长安中,置驿过新丰。击钟蒲璧磬,鸣弦杨叶弓。孟公正惊客,朱家始卖僮。羞作荆卿笑,捧剑出辽东。

　　　　同　　前　　　　　张正见

刘生绝名价,豪侠恣游陪。金门四姓聚,绣毂五香来。尘飞马脑勒,酒映砗磲杯。别有追游夜,秋窗向月开。

　　　　同　　前　　　　　陈·柳庄

座惊称字孟,豪雄道姓刘。广陌通朱邸,大路起青楼。要贤驿已置,留宾辖且投—作仍投。光斜日下雾,庭阴月上钩。

　　　　同　　前　　　　　江　晖

五陵多美选,六郡尽良家。刘生代豪荡,标举独荣华。宝剑长三尺,金樽满百花。唯当重意气,何处有骄奢。

　　　　同　　前　　　　　徐　陵

刘生殊倜傥,任侠遍京华。戚里惊鸣筑,平阳吹怨笳。俗儒排左氏,新室忌汉家。高才被摈压,自古共怜嗟。

　　　　同　　前　　　　　江　总

刘生负意气,长啸且徘徊。高论明秋水,命赏陟春台。

339

干戈倜傥用,笔砚纵横才。置驿无年限,游侠四方来。

同　前　　　　隋·弘执恭

英名振关右,雄气逸江东。游侠五都内,去来三秦中。剑照七星影,马控千金骢。纵横方未息,因兹定武功。

同　前　　　　唐·卢照邻

刘生气不平,抱剑欲专征。报恩为豪侠,死难在横行。翠羽装剑鞘,黄金饰马缨。但令一顾重,不吝百身轻。

乐府诗集卷第二十五　横吹曲辞 五

梁鼓角横吹曲

《古今乐录》曰："梁鼓角横吹曲，有《企喻》、《琅琊王》、《钜鹿公主》、《紫骝马》、《黄淡思》、《地驱乐》、《雀劳利》、《慕容垂》、《陇头流水》等歌三十六曲。二十五曲有歌有声，十一曲有歌。是时，乐府胡吹旧曲有《大白净皇太子》、《小白净皇太子》、《雍台》、《擒台》、《胡遵》、《利疾女》、《淳于王》、《捉搦》、《东平刘生》、《单迪历》、《鲁爽》、《半和企喻》、《比敦》、《胡度来》十四曲。三曲有歌，十一曲亡。又有《隔谷》、《地驱乐》、《紫骝马》、《折杨柳》、《幽州马客吟》、《慕容家自鲁企由谷》、《陇头》、《魏高阳王乐人》等歌二十七曲，合前三曲，凡三十曲。总六十六曲。"江淹《横吹赋》云："奏《白台》之二曲，起《关山》之一引。《采菱》谢而自罢，《绿水》惭而不进。"则《白〔登〕〔台〕》、《关山》又是三曲。按歌辞有《木兰》一曲，不知起于何代也。

企喻歌辞四曲

《古今乐录》曰："《企喻歌》四曲，或云后又有二句'头毛堕落魄，飞扬百草头'。最后'男儿可怜虫'一曲是苻融诗，本云'深山解谷口，把骨无人收'。"按《企喻》本北歌，《唐书·乐志》曰："北狄乐，其可知者鲜卑、吐谷浑、部落稽三国，皆马上乐也。后魏乐府始有北歌，即所谓《真人代歌》是也。大都时，命披庭宫女晨夕职之。周、隋世与西凉乐杂奏，今存者五十三章，其名可解者六章，《慕容可汗》、《吐谷浑》、《部落稽》、《钜鹿公主》、《白净皇太子》、《企喻》也。其不

341

可解者,咸多'可汗'之辞。北虏之俗,呼主为可汗。吐谷浑又慕容别种,知此歌是燕、魏之际鲜卑歌也。其词虏音,竟不可晓。梁胡吹又有《大白净皇太子》、《小白净皇太子》、《企喻》等曲。隋鼓吹有《白净皇太子曲》,与北歌校之,其音皆异。"又有《半和企喻》、《北敦》,盖曲之变也。

男儿欲作健,结伴不须多。鹞子经天飞,群雀两向波。
放马大泽中,草好马著膘。牌子铁裲裆,鉝锋鹳尾条。
前行看后行,齐著铁裲裆。前头看后头,齐著铁鉝锋。
男儿可怜虫,出门怀死忧。尸丧狭谷中,白骨无人收。

右四曲,曲四解。

琅琊王歌辞

《古今乐录》曰:"琅琊王歌八曲,或云'阴凉'下又有二句云:'盛冬十一月,就女觅冻浆。'最后云'谁能骑此马,唯有广平公'。"按《晋书·载记》:"广平公姚弼,兴之子,泓之弟也。"

新买五尺刀,悬著中梁柱。一日三摩娑,剧于十五女。
琅琊复琅琊,琅琊大道王。阳春二三月,单衫绣裲裆。
东山看西水,水流盘石间。公死姥更嫁,孤儿甚可怜。
琅琊复琅琊,琅琊大道王。鹿鸣思长草,愁人思故乡。
长安十二门,光门最妍雅。渭水从垄来,浮游渭桥下。
琅琊复琅琊,女郎大道王。孟阳三四月,移铺逐阴凉。
客行依主人,愿得主人强。猛虎依深山,愿得松柏长。
憎马高缠鬃,遥知身是龙。谁能骑此马,唯有广平公。

右八曲,曲四解。

钜鹿公主歌辞

《唐书·乐志》曰:"梁有《钜鹿公主歌》,似是姚苌时歌,其词华音,与北歌不同。"

官家出游雷大鼓,细乘犊车开后户。
车前女子年十五,手弹琵琶玉节舞。
钜鹿公主殷照女,皇帝陛下万几主。

右三曲,曲四解。

紫骝马歌辞

《古今乐录》曰:"'十五从军征'以下是古诗。"

烧火烧野田,野鸭飞上天。童男娶寡妇,壮女笑杀人。
高高山头树,风吹叶落去。一去数千里,何当还故处。
十五从军征,八十始得归。道逢乡里人:"家中有阿谁?"
"遥看是君家,松柏冢累累。"兔从狗窦入,雉从梁上飞。
中庭生旅谷,井上生旅葵。春谷持作饭,采葵持作羹。
羹饭一时熟,不知饴阿谁? 出门东向看,泪落沾我衣。

右六曲,曲四解。

黄淡思歌辞

《古今乐录》曰:"思,音相思之思。按李延年造《横吹曲》二十八解,有《黄覃子》,不知与此同否?"

归归黄淡思,逐郎还去来。归归黄淡百,逐郎何处索?
心中不能言,复作车轮旋。与郎相知时,但恐傍人闻。

江外何郁拂,龙洲广州出。象牙作帆樯,绿丝作帆缭。
绿丝何葳蕤,逐郎归去来。

右四曲,曲四解。

地驱歌乐辞

《古今乐录》曰:"'侧侧力力'以下八句,是今歌有此曲。最后云'不可与力',或云'各自努力'。"

青青黄黄,雀石颓唐。槌杀野牛,押杀野羊。
驱羊入谷,自羊在前。老女不嫁,蹋地唤天。
侧侧力力,念君无极。枕郎左臂,随郎转侧。
摩拊郎须,看郎颜色。郎不念女,不可与力。

右四曲,曲四解。

雀劳利歌辞

雨雪霏霏,雀劳利。长觜饱满,短觜饥。

右一曲,曲四解。

慕容垂歌辞

《晋书·载记》曰:"慕容本名䶮,寻以谶记乃去夬,以垂为名。慕容隽僭号,封垂为吴王,徙镇信都,太元八年自称燕王。"

慕容攀墙视,吴军无边岸。我身分自当,枉杀墙外汉。
慕容愁愤愤,烧香作佛会。愿作墙里燕,高飞出墙外。
慕容出墙望,吴军无边岸。咄我臣诸佐,此事可愦叹。

右三曲,曲四解。

陇头流水歌辞

《古今乐录》曰:"乐府有此歌曲,解多于此。"

陇头流水,流离西下。念吾一身,飘旷野。
西上陇阪,羊肠九回。山高谷深,不觉脚酸。
手攀弱枝,足逾弱泥。

右三曲,曲四解。

隔谷歌

《古今乐录》曰:"前云无辞,乐工有辞如此。"

兄在城中弟在外,弓无弦,箭无括。食粮乏尽若为活?救我来!救我来!

右一曲

淳于王歌

肃肃河中育,育熟须含黄。独坐空房中,思我百媚郎。
百媚在城中,千媚在中央。但使心相念,高城何所妨。

右二曲

地驱乐歌

《古今乐录》曰:"与前曲不同。"

月明光光星欲堕,欲来不来早语我。

右一曲

东平刘生歌

东平刘生安东子,树木稀,屋里无人看阿谁?

右一曲

紫骝马歌

《古今乐录》曰:"与前曲不同。"

独柯不成树,独树不成林。念郎锦裲裆,恒长不忘心。

右一曲

捉搦歌

粟谷难舂付石臼,弊衣难护付巧妇。男儿千凶饱人手,老女不嫁只生口。

谁家女子能行步,反著夹禅后裙露。天生男女共一处,愿得两个成翁妪。

华阴山头百丈井,下有流水彻骨冷。可怜女子能照影,不见其馀见斜领。

黄桑柘屐蒲子履,中央有(系)〔丝〕两头系。小时怜母大怜婿,何不早嫁论家计。

右四曲

折杨柳歌辞

上马不捉鞭,反折杨柳枝。蹀座吹长笛,愁杀行客儿。

腹中愁不乐,愿作郎马鞭。出入擐郎臂,蹀座郎膝边。

放马两泉泽,忘不著连羁。担鞍逐马走,何见得马骑。
遥看孟津河,杨柳郁婆娑。我是虏家儿,不解汉儿歌。
健儿须快马,快马须健儿。跸跋黄尘下,然后别雄雌。
右五曲,曲四解。

幽州马客吟歌辞

憎马常苦瘦,剿儿常苦贫。黄禾起羸马,有钱始作人。
荧荧帐中烛,烛灭不久停。盛时不作乐,春花不重生。
南山自言高,只与北山齐。女儿自言好,故入郎君怀。
郎著紫袴褶,女著彩夹裙。男女共燕游,黄花生后园。
黄花郁金色,绿蛇衔珠丹。辞谢床上女,还我十指环。
右五曲,曲四解。

折杨柳枝歌

上马不捉鞭,反拗杨柳枝。下马吹长笛,愁杀行客儿。
门前一株枣,岁岁不知老。阿婆不嫁女,那得孙儿抱。
敕敕何力力,女子临窗织。不闻机杼声,唯闻女叹息。
问女何所思,问女何所忆。阿婆许嫁女,今年无消息。
右四曲,曲四解。

慕容家自鲁企谷由歌

郎在(千)〔十〕重楼,女在九重阁。郎非黄鹞子,那得云中雀。
右一曲四解。

陇头歌辞

陇头流水,流离山下。念吾一身,飘然旷野。
朝发欣城,暮宿陇头。寒不能语,舌卷入喉。
陇头流水,鸣声幽咽。遥望秦川,心肝断绝。

右三曲,曲四解。

高阳乐人歌

《古今乐录》曰:"魏高阳王乐人所作也。又有《白鼻䯄》,盖出于此。"

可怜白鼻䯄,相将入酒家。无钱但共饮,画地作交赊。
何处䱦鲂来?两颊色如火。自有桃花容,莫言人劝我。

右二曲,曲四解。

梁鼓角横吹曲

雍　台　　　　　梁武帝

日落登雍台,佳人殊未来。绮窗莲花掩,网户琉璃开。
莘苴临紫桂,蔓延交青苔。月殁光阴尽,望子独悠哉。

同　前　　　　　吴　均

雍台十二楼,楼楼郁相望。陇西飞狐口,白日尽无光。

雍台歌　　　　　唐·温庭筠

太子池南楼百尺,八窗新树疏帘隔。黄金铺首画钩陈,羽葆亭童拂交戟。盘纡栏楯临高台，帐殿临流鸾扇开。早雁声鸣细波起，映花卤簿龙飞回。

捉搦歌　　　　　唐·张　祜

门上关，墙上棘。窗中女子声唧唧。洛阳大道徒自直，女子心在婆舍侧。呜呜笼鸟触四隅，养男男娶妇，养女女嫁夫。阿婆六十翁七十，不知女子长日泣。从他嫁去无悒悒。

隔谷歌　　　　　古　辞

兄为俘虏受困辱，骨露力疲食不足。弟为官吏马食粟，何惜钱刀来我赎。

幽州胡马客歌　　　唐·李　白

幽州胡马客，绿眼虎皮冠。笑拂两只箭，万人不可干。弯弓若转月，白雁落云端。双双掉鞭行，游猎向楼兰。出门不顾后，报国死何难？天骄五单于，狼戾好凶残。牛马散北海，割鲜若虎餐。虽居燕支山，不道朔雪寒。妇女马上笑，颜如赪玉盘。翻飞射鸟兽，花月醉雕鞍。旄头四光芒，争战若蜂攒。白刃洒赤血，流沙为之丹。名将古谁是？疲兵良可叹！何时天狼灭？父子得安闲。

白鼻䯀　　　　　后魏·温子昇

少年多好事，揽辔向西都。相逢狭斜路，驻马诣当炉。

同前　　　　　　　　唐·李白

银鞍白鼻䯄，绿池障泥锦。细雨春风花落时—作春风细雨落花时，挥鞭且—作直就胡姬饮。

同前　　　　　　　　张祜

为底胡姬酒，长来白鼻䯄。摘莲抛水上，郎意在浮花。

木兰诗二首　　　　　　古辞

《古今乐录》曰："木兰不知名，浙江西道观察使兼御史中丞韦元甫续附入。"

唧唧复唧唧—作促织何唧唧，木兰当户织。不闻机杼声，唯闻女叹息。问女何所思，问女何所忆。女亦无所思，女亦无所忆。昨夜见军帖，可汗大点兵。军书十二卷，卷卷有爷名。阿爷无大儿，木兰无长兄。愿为市鞍马，从此替爷征。东市买骏马，西市买鞍鞯，南市买辔头，北市买长鞭。旦—作朝辞爷娘去，暮宿黄河边。不闻爷娘唤女声，但闻黄河流水鸣溅溅。旦辞黄河去，暮至黑山头至—作宿。不闻爷娘唤女声，但闻燕山胡骑鸣啾啾。万里赴戎机，关山度若飞。朔气传金柝，寒光照铁衣。将军百战死，壮士十年归。归来见天子，天子坐明堂。策勋十二转，赏赐—作赐物百千强。可汗问所欲，"木兰不用尚书郎—作欲与木兰赏，不愿尚书郎，愿驰千里足(段成式《酉阳杂俎》云"愿借明驼千里足")，送儿还故乡"。爷娘闻女来，出郭相扶将。阿姊闻妹来，当户理红妆。小弟闻姊来，磨刀霍霍向猪羊。开我东阁门，坐我西间床。脱我战时袍，著我旧时裳。当窗理云鬓，挂—作对镜帖花黄。出门看火伴，火伴皆—作始惊忙："同行十二年，不知木兰是女郎。"雄兔脚扑朔，雌兔眼迷离。双—作两兔傍地走，安能辨我是雄雌？

　　木兰抱杼嗟，借问复为谁。欲闻所戚戚，感激强其颜。老父隶兵籍，气力日衰耗。岂足万里行，有子复尚少。胡沙没马足，朔风裂人肤。老父旧羸病，何以强自扶。木兰代父去，秣马备戎行。易却纨绮裳，洗却铅粉妆。驰马赴军幕，慷慨携干将。朝屯雪山下，暮宿青海傍。夜袭燕支虏，更携于阗羌。将军得胜归，士卒还故乡。父母见木兰，喜极成悲伤。木兰能承父母颜，却御巾鞲理丝簧。昔为烈士雄，今复娇子容。亲戚持酒贺，父母始知生女与男同。门前旧军都，十年共崎岖，本结兄弟交，死战誓不渝。今也见木兰，言声虽是颜貌殊。惊愕不敢前，叹重徒嘻吁。世有臣子心，能如木兰节。忠孝两不渝，千古之名焉可灭！

　　　　横　吹　曲　　　　　陈·江　总

箫声凤台曲，洞吹龙钟管。铿锵渔阳掺，怨抑胡笳断。

乐府诗集卷第二十六　相和歌辞一

《宋书·乐志》曰："相和，汉旧曲也，丝竹更相和，执节者歌。本一部，魏明帝分为二，更递夜宿。本十七曲，朱生、宋识、列和等复合之为十三曲。"其后晋荀勖又采旧辞施用于世，谓之清商三调歌诗，即沈约所谓"因弦管金石造歌以被之"者也。《唐书·乐志》曰："平调、清调、瑟调，皆周房中曲之遗声，汉世谓之三调。"又有楚调、侧调。楚调者，汉之房中乐也。高帝乐楚声，故房中乐皆楚声也。侧调者，生于楚调，与前三调总谓之相和调。《晋书·乐志》曰："凡乐章古辞存者，并汉世街陌讴谣，《江南可采莲》、《乌生十五子》、《白头吟》之属。"其后渐被于弦管，即相和诸曲是也。魏晋之世，相承用之。永嘉之乱，五都沦覆，中朝旧音，散落江左。后魏孝文、宣武，用师淮汉，收其所获南音，谓之清商乐，相和诸曲，亦皆在焉。所谓清商正声，相和五调伎也。凡诸调歌词，并以一章为一解。《古今乐录》曰："伧歌以一句为一解，中国以一章为一解。"王僧虔启云："古曰章，今曰解，解有多少。当时先诗而后声，诗叙事，声成文，必使志尽于诗，音尽于曲。是以作诗有丰约，制解有多少，犹诗《君子阳阳》两解，《南山有台》五解之类也。"又诸调曲皆有辞、有声，而大曲又有艳、有趋、有乱。辞者其歌诗也，声者若羊吾夷伊那何之类也，艳在曲之前，趋与乱在曲之后，亦犹吴声西曲前有和，后有送也。又大曲十五曲，沈约并列于瑟调。今依张永《元嘉正声技录》分于诸调，又别叙大曲于其后。唯《满歌行》一曲，诸调不载，故附见于大曲之下。其曲调先后，亦准《技录》为次云。

相和六引

《古今乐录》曰:"张永《技录》相和有四引,一曰箜篌,二曰商引,三曰徵引,四曰羽引。箜篌引歌瑟调,东阿王辞。《门有车马客行》、《置酒篇》并晋、宋、齐奏之。古有六引,其宫引、角引二曲阙,宋(为)〔唯〕箜篌引有辞,三引有歌声,而辞不传。梁具五引,有歌有辞。凡相和,其器有笙、笛、节歌、琴、瑟、琵琶、筝七种。"

箜篌引　　　唐·李贺

一曰《公无渡河》。崔豹《古今注》曰:"《箜篌引》者,朝鲜津卒霍里子高妻丽玉所作也。子高晨起刺船,有一白首狂夫,被发提壶,乱流而渡,其妻随而止之,不及,遂堕河而死。于是援箜篌而歌曰:'公无渡河,公竟渡河。堕河而死,将奈公何!'声甚凄怆,曲终亦投河而死。子高还,以语丽玉。丽玉伤之,乃引箜篌而写其声,闻者莫不堕泪饮泣。丽玉以其曲传邻女丽容,名曰《箜篌引》。又有《箜篌谣》,不详所起,大略言结交当有终始,与此异也。"

公乎,公乎,提壶将焉如?屈平沉湘不足慕,徐衍入海诚为愚。公乎,公乎,床有菅席,盘有鱼,北里有贤兄,东邻有小姑。陇亩油油黍与葫,瓦甀浊醪蚁浮浮——作瓦瓶浊酒醪蚁浮,黍可食,醪可饮,公乎,公乎,其奈居。被发奔流竟何如?贤兄小姑哭呜呜。

公无渡河　　　梁·刘孝威

请公无渡河,河广风威厉。檣偃落金乌,舟倾没犀柄。

绀盖空严祀,白马徒牲祭。衔石伤寡心,崩城掩孀袂。剑飞犹共水,魂沈理俱逝。君为川后臣,妾作姜[①]妃娣。

同前　　　　　张正见

金堤分锦缆,白马渡莲舟。风严歌响绝,浪涌榜人愁。棹折桃花水,帆横竹箭流。何言沉璧处,千载偶阳侯。

同前　　　　　李白

黄河西来决昆仑,咆吼万里触龙门。波滔天,尧咨嗟,大禹理百川,儿啼不窥家。杀湍(烟)〔湮〕洪水,九州始蚕麻。其害乃去,茫然风沙。被发之叟狂而痴,清晨径流欲奚为?旁人不惜妻止之,公无渡河苦渡之。虎可搏,河难凭,公果溺死流海湄。有长鲸白齿若雪山,公乎公乎挂骨于其间。箜篌所悲竟不还。

同前　　　　　王建

渡头恶天两岸远,波涛塞川如叠坂。幸无白刃驱向前,何用将身自弃捐。蛟龙啮尸鱼食血,黄泥直下无青天。男儿纵轻妇人语,惜君性命还须取。妇人无力挽断衣,舟沉身死悔难追,公无渡河公自为。

同前　　　　　唐·温庭筠

黄河怒浪连天来,大响硡硡如殷雷。龙伯驱风不敢上,

[①] 姜,四部丛刊本作"江"。

百川喷雪高崔嵬。二十五弦何太哀,请公勿渡立徘徊。下有狂蛟锯为尾,裂帆截棹磨霜齿。神锥凿石塞神潭,白马趁趂赤尘起。公乎跃马扬玉鞭,灭没高蹄日千里。

同 前　　唐·王睿

浊波洋洋兮凝晓雾,公无渡河兮公苦渡。风号水激兮呼不闻,提壶看人兮中流去。浪摆衣裳兮随步没,沉尸深入兮蛟螭窟。蛟螭尽醉兮君血干,推出黄沙兮泛君骨。当时君死妾何适,遂就波涛合魂魄。愿持精卫衔石心,穷取河源塞泉脉。

宫 引　　梁·沈约

《晋书·乐志》曰:"五声,宫为君,(之宫)〔宫之〕为言中也。中和之道,无往而不理焉。商为臣,商之为言强也,谓金性之坚强也。角为民,角之为言触也,谓象诸阳气,触物而生也。徵为事,徵之为言止也,言物盛则止也。羽为物,羽之为言舒也,言阳气将复,万物孳育而舒生也。是以闻宫声使人温良而宽大,闻商声使人方廉而好义,闻角声使人恻隐而仁爱,闻徵声使人乐养而好施,闻羽声使人恭俭而好礼。"《隋书·乐志》曰:"梁有相和五引,三朝第一奏之,陈氏因焉。隋文帝开皇中,改五引为五音。唯迎气于五郊,降神奏之。《月令》所谓'孟春其音角'也。"按古有清角、清徵之流,此则当声为曲,即五音是也。《唐书·乐志》曰:"五郊迎气,各以月律而奏其音。"盖因隋旧制云。

八音资始君五声,兴比和乐感百精。优游律吕被咸英。

同　前　　　　梁·萧子云

宅中为君声之始,气和而应律生子,四宫既作阴阳理。

商　引　　　　沈　约

司秋纪兑奏西音,激扬钟石和瑟琴,风流福被乐愔愔。

同　前　　　　萧子云

君臣数九发凉风,三弦夷则白藏通,充谐候管和六同。

角　引　　　　沈　约

萌生触发岁在春,《咸池》始奏德尚仁,恺懫以息和且均。

同　前　　　　萧子云

蛰虫始振音在斯,五声六律旋相为,《韶》继《夏》尽备《咸池》。

徵　引　　　　沈　约

执衡司事宅离方,滔滔夏日火德昌,八音备举乐无疆。

同　前　　　　萧子云

朱明在离日长至,候气而动徵为事,六乐成文从之备。

羽　引　　　　　　　沈　约

玄英纪运冬冰折，物为音本和且悦，穷高测深长无绝。

同　前　　　　　　　萧子云

其音为物登玄英，制留循短位浊清，惟皇创则和且平。

相和曲 上

《古今乐录》曰："张永《元嘉技录》：相和有十五曲，一曰《气出唱》，二曰《精列》，三曰《江南》，四曰《度关山》，五曰《东光》，六曰《十五》，七曰《薤露》，八曰《蒿里》，九曰《觐歌》，十曰《对酒》，十一曰《鸡鸣》，十二曰《乌生》，十三曰《平陵东》，十四曰《东门》，十五曰《陌上桑》。十三曲有辞，《气出唱》、《精列》、《度关山》、《薤露》、《蒿里》、《对酒》并魏武帝辞；《十五》文帝辞；《江南》、《东光》、《鸡鸣》、《乌生》、《平陵东》、《陌上桑》并古辞是也。二曲无辞，《觐歌》、《东门》〔皆无〕〔是也〕。其辞，《陌上桑》歌瑟调古辞《艳歌罗敷行》'日出东南隅'篇。《觐歌》，张录云无辞，而武帝有《往古篇》。《东门》，张录云无辞，而武帝有《阳春篇》。或云歌瑟调古辞《东门行》'入门怅欲悲'也。古有十七曲，其《武陵》、《鶏鸡》二曲亡。"按《宋书·乐志》，《陌上桑》又有文帝《弃故乡》一曲，亦在瑟调。《东西门行》，及《楚辞钞》"今有人"、武帝"驾虹蜺"二曲，皆张录所不载也。

气出唱　　　　　　　魏武帝

驾六龙乘风而行。行四海外，路下之八邦。历登高山临溪谷,乘云而行。行四海外,东到泰山。仙人玉女,下来翱游。骖驾六龙,饮玉浆,河水尽,不东流。解愁腹,饮玉浆。奉持行,东到蓬莱山。上至天之门。玉阙下,引见得入。赤松相对,四面顾望,视正焜煌。开王心正兴,其气百道至,传告无穷。闭其口,但当爱气寿万年。东到海,与天连。神仙之道,出窈入冥,常当专之。心恬澹,无所惕欲。闭门坐自守,天与期气。愿得神之人,乘驾云车,骖驾白鹿,上到天之门,来赐神之药。跪受之,敬神齐,当如此,道自来。

华阴山,自以为大。高百丈,浮云为之盖。仙人欲来,出随风,列之雨。吹我洞箫鼓瑟琴,何闿闿。酒与歌戏,今日相乐诚为乐。玉女起,起舞移数时。鼓吹一何嘈嘈。从西北来时,仙道多驾烟,乘云驾龙,郁何蓩蓩。遨游八极,乃到昆仑之山,西王母侧。神仙金止玉亭,来者为谁?赤松、王乔,乃德旋之门。乐共饮食到黄昏,多驾合坐,万岁长,宜子孙。

游君山,甚为真。礁磈砟硌,尔自为神。乃到王母台,金阶玉为堂,芝草生殿旁。东西厢,客满堂。主人当行觞,坐者长寿遽何央。长乐甫始宜孙子,常愿主人增年,与天相守。

右三曲,魏、晋乐所奏。

精　列　　　　魏武帝

厥初生,造化之陶物,莫不有终期。莫不有终期,圣贤不能免,何为怀此忧。愿螭龙之驾,思想昆仑居。〔思想昆仑居〕,见期于迂怪,志意在蓬莱。志意在蓬莱,周孔圣徂落,会稽以坟丘。会稽以坟丘,陶陶谁能度?君子以弗忧。年之暮奈何,时过时来微。

右一曲,魏、晋乐所奏。

江　南　　　　　古　辞

《乐府解题》曰:"江南,古辞,盖美芳晨丽景,嬉游得时。若梁简文'桂楫晚应旋',〔唯〕歌游戏也。"按梁武帝作《江南弄》以代西曲,有《采莲》、《采菱》,盖出于此。唐陆龟蒙又广古辞为五解云。

江南可采莲,莲叶何田田。鱼戏莲叶间。鱼戏莲叶东,鱼戏莲叶西,鱼戏莲叶南,鱼戏莲叶北。

右一曲,魏、晋乐所奏。

江南思　　　　宋·汤惠休

幽客海阴路,留戍淮阳津。垂情向春草,知是故乡人。

同前二首　　　　梁简文帝

桂楫晚应旋,历岸扣轻舷。紫荷擎钓鲤,银筐插短莲。人归浦口暗,那得久回船?

江南有妙妓,时则应璇枢。月晕芦灰缺,秋还悬炭枯。含丹和九转,芳树荫三株。何辞天后消,终是到仙都。

江南曲　　　　　梁·柳恽

汀洲采白蘋,日落江南春。洞庭有归客,潇湘逢故人。故人何不返,春华复应晚。不道新知乐,只言行路远。

359

同　前　　　　　沈　约

櫂歌发江潭,采莲渡湘南,宜须闲隐处,舟浦予自谙。罗衣织成带,堕马碧玉簪。但令舟楫渡,宁计路嵌嵌。

同　前　　　　唐·宋之问

妾住越城南,离居不自堪。采花惊曙鸟,摘叶喂春蚕。懒结茱萸带,愁安玳瑁簪。侍臣消瘦尽,日暮碧江潭。

同　前　　　　唐·刘眘虚

美人何荡漾,湖上风月长。玉手欲有赠,徘徊双鸣珰。歌声随渌水,怨色起朝阳。日暮还家望,云波横洞房。

同　前　　　　唐·丁仙芝

长干斜路北,近浦是儿家。有意来相访,明朝出浣沙。发向横塘口,船开值急流。知郎旧时意,且请拢船头。昨暝逗南陵,风声波浪阻。入浦不逢人,归家谁信汝。未晓已成妆,乘潮去茫茫。因从京口渡,使报邵陵王。始下芙蓉楼,言发琅琊岸。急为打船开,恶许傍人见。

同前八首　　　唐·刘希夷

暮宿南洲草,晨行北岸林。日悬沧海阔,水隔洞庭深。烟景无留意,风波有异浔。岁游难极目,春戏易为心。朝夕无荣遇,芳菲已满襟。

艳唱潮初落,江花露未晞。春洲惊翡翠,朱服弄芳菲。画舫烟中浅,青阳日际微。锦帆冲浪湿,罗袖拂行衣。含情罢所采,相叹惜流晖。

君为陇西客,妾遇江南春。朝游含灵果,夕采弄风蘋。果气时不歇,蘋花日自新。以此江南物,持赠陇西人。空盈万里怀,欲赠竟无因。

皓如楚江月,霭若吴岫云。波中自皎镜,山上亦氤氲。明月留照妾,轻云持赠君。山川各离散,光气乃殊分。天涯一为别,江北自相闻。

舣舟乘潮去,风帆振早凉。潮平见楚甸,天际望维扬。泂沴经千里,烟波接两乡。云明江屿出,日照海流长。此中逢岁晏,浦树落花芳。

暮春三月晴,维扬吴楚城。城临大江泛,回映洞浦清。晴云曲金阁,珠楼碧烟里。月明芳树群鸟飞,风过长林杂花落。可怜离别谁家子,于此一至情何已!

北堂红草盛芊茸,南湖碧水照芙蓉。朝游暮起金花尽,渐觉罗裳珠露浓。自惜妍华三五岁,已叹关山千万重。人情一去无还日,欲赠怀芳怨不逢。

忆昔江南年盛时,平生怨在长洲曲。冠盖星繁湘江水上,冲风摽落洞庭渌。落花舞袖红纷纷,朝霞高阁洗晴云。谁言此处婵娟子,珠玉为心以奉君。

同　前　　唐·于鹄

偶向江边采白蘋,还随女伴赛江神。众中不敢分明语,

暗掷金钱卜远人。

同　前　　　唐·李益

嫁得瞿塘贾，朝朝误妾期。早知潮有信，嫁与弄潮儿。

同　前　　　唐·李贺

汀洲白蘋草，柳恽乘马归。江头楂树香，岸上蝴蝶飞。酒杯若叶露，玉轸蜀桐虚。朱楼通水陌，沙暖一双鱼。

同　前　　　李商隐

郎船安两桨，侬舸动双桡。扫黛开宫额，裁裙约楚腰。乖期方积思，临醉欲拚骄。莫以采菱唱，欲羡(秦)〔秦〕台箫。

同　前　　　唐·韩翃

长乐花枝雨点销，江城日暮好相邀。春楼不闭葳蕤锁，绿水回通宛转桥。

同　前　　　温庭筠

妾家白蘋浦，日上芙蓉楫。轧轧摇桨声，移舟入菱叶。溪长菱叶深，作底难相寻。避郎郎不见，鸂鶒自浮沉。拾萍萍无根，采莲莲有子。不作浮萍生，宁作藕花死。岸傍骑马郎，乌帽紫游韁。含愁复含笑，回首问横塘。妾住金陵步，门前朱雀航。流苏持作帐，芙蓉待作梁。出入金犊幰，兄弟侍中郎。前年学歌舞，定得郎相许。连娟眉绕山，依约腰如杵。凤管悲若咽,鸾弦娇欲语。扇薄露红铅,罗轻压金缕。明月西南楼,珠帘玳瑁钩。横波巧能笑,弯蛾不识愁。花开子留树,草长根依土。早闻金沟远,底事归郎许。不学杨白花,朝朝泪如雨。

同　前　　　唐·张籍

江南人家多橘树,吴姬舟上织白纻。土地早湿饶虫蛇,连木为牌入江住。江村亥日常为市,落帆渡桥来浦里。青莎覆城竹为屋,无井家家饮潮水。长干午日沽春酒,高高酒旗悬江口。倡楼两岸悬水栅,夜唱竹枝留北客。江南风土欢乐多,悠悠处处尽经过。

同　前　　　唐·罗隐

江烟湿雨鲛绡软,漠漠远山眉黛浅。水国多愁又有情,夜槽压酒银船满。绷丝采怨凝晓空,吴王台榭春梦中。鸳鸯鸂鶒唤不起,平铺绿水眠东风。西陵路边月悄悄,油(壁)〔壁〕轻车嫁苏小。

同　前　　　陆龟蒙

为爱江南春,涉江聊采蘋。水深烟浩浩,空对双车轮。车轮明月团,车盖浮云盘。云月徒自好,水中行路难。遥遥洛阳道,夹道生春草,寄语棹船郎,莫夸风浪好。

同　前　五解　　　陆龟蒙

鱼戏莲叶间,参差隐叶扇。鸂鶒鸀鳿窥,潋滟无因见。

鱼戏莲叶东,初霞射红尾。傍临谢山侧,恰值清风起。
鱼戏莲叶西,盘盘舞波急。潜衣曲岸凉,正对斜光入。
鱼戏莲叶南,歆危午烟叠。光摇越鸟巢,影乱吴娃楫。
鱼戏莲叶北,澄阳动微涟。回看帝子渚,稍背鄂君船。

江南可采莲　　　梁·刘　缓

古《江南》辞曰"江南可采莲",因以为题云。

春初北岸涸,夏月南湖通。卷荷舒欲倚,芙蓉生即红。楫小宜回径,船轻好入丛。钗光逐影乱,衣香随逆风。江南少许地,年年情不穷。

乐府诗集卷第二十七　相和歌辞 二

相和曲 中

度关山　　　　　　　　魏武帝

《乐府解题》曰："魏乐奏武帝辞，言人君当自勤苦，省方黜陟，省刑薄赋也。若梁戴暠云'昔听陇头吟，平居已流涕'，但叙征人行役之思焉。"

天地间，人为贵。立君牧民，为之轨则。车辙马迹，经纬四极。黜陟幽明，黎庶繁息。於铄贤圣，总统邦域。封建五爵，井田刑狱，有燔丹书，无普赦赎。皋陶甫侯，何有失职。嗟哉后世，改制易律。劳民为君，役赋其力。舜漆食器，畔者十国，不及唐尧，采椽不斫。世叹伯夷，欲以厉俗。侈恶之大，俭为共德。许由推让，岂有讼曲。兼爱尚同，疏者为戚。

　　　　　　　　右一曲魏乐所奏。

同　前　　　　　　　　梁简文帝

关山远可度，远度复难思。直指遮归道，都护总前期。力农争地利，转战逐天时。材官蹶张皆命中，弘农越骑尽搴旗。搴旗远不息，驱虏何穷极。狼居一封难再睹，阏氏永去无容色。锐气且横行，朱旗乱日精。先屠光禄塞，却破夫人城。凯还归旧里，非是衒功名。

同 前　　　　戴暠

昔听陇头吟,平居已流涕。今上关山望,长安树如荠。千里非乡邑,百姓为兄弟。军中大体自相褒,其间得意各分曹。博陵轻侠皆无位,幽州重气本多豪。马衔苜蓿叶,剑宝—作莹鹙鹈膏。初征心未习—作息,复值雁飞入。山头看月近,草上知风急。笛喝曲难成,笳繁响还涩。武帝初承平,东伐复西征。蓟门海作堑,榆塞冰为城。催令四校出,倚望三边平。箭服潮来动,刀环临阵鸣。将军一百战,都护五千兵。且决雄雌眼前利,谁道功名身后事。丈夫意气本自然,来时辞弟—作第已闻—作开天。但令此身与命在,不持烽火照甘泉。

同 前　　　　柳恽

长安倡家女,出入燕南垂。与持德自美,本以容见知。旧闻关山道,何事总金羁。妾心日已乱,秋风鸣细枝。

同 前　　　　刘遵

陇树寒色落,塞云朝欲开。谷深鼙易响,路狭幰难回。当知结绶去,非是弃繻来。行人思顾返,道别且徘徊。愿度关山鹤,劳歌立可哀。

同 前　　　　王训

边庭多警急,羽檄未曾闲。从军出陇坂,驱马度关山。

关山恒晻霭,高峰白云外。遥望秦川水,千里长如带。好勇自秦中,意气本豪雄。少年便习战,十四已从戎。昔年经上郡,今岁出云中。辽水深难渡,榆关断未通。折(衔)〔冲〕凌绝域,流蓬惊未息。胡风朝夜起,平沙不相识。兵法贵先声,兵中自有程。逗遛皆赎罪,先登尽一城。都护疲诏吏,将军擅发兵。平卢(疑)〔凝〕纵火,飞鸱畏犯营,辎重一为卤一作虏,金刀何用盟。谁知出塞外,独有汉飞名。

　　　同　　前　　　　陈·张正见

关山度晓月,剑客远从征。云中出迥阵,天外落奇兵。轮摧偃去节,树倒碍悬旌。沙扬折坂暗,云积榆溪明。马倦时衔草,人疲屡看城。寒陇胡笳涩,空林汉鼓鸣。还听呜咽水,并切断肠声。

　　　同　　前　　　　唐·李　端

雁塞日初晴,胡关雪复平。危竿缘广(汉)〔漠〕,古窦傍长城。拔剑金星出,弯弧玉羽鸣。谁知系虏者,贾谊是书生。

　　　关山曲二首　　　唐·马　戴

金锁耀兜鍪,黄云拂紫骝。叛羌旗下戮,陷壁夜中收。霜霰戎衣故,关河碛气秋。箭疮殊未合,更遣击兰州。

火发龙山北,中宵易左贤。勒兵临汉水,惊雁散胡天。木落防河急,军孤受敌偏。犹闻汉皇怒,按剑待开边。

367

乐府诗集

东光　　　　　　古辞

《古今乐录》曰："张永《元嘉技录》云：'《东光》旧但弦无音，宋识造其歌声。'"

东光平，仓梧何不平。仓梧多腐粟，无益诸军粮。诸军游荡子，早行多悲伤。

右一曲，魏、晋乐所奏。

十五　　　　　　魏文帝

《古今乐录》曰："《十五》歌，文帝辞，后解歌瑟调'西山一何高'，'彭祖称七百'篇。"辞在瑟调。

登山而远望，溪谷多所有。楩柟千馀尺，众草之一作芝盛茂。华叶耀人目，五色难可纪。雉雏山鸡鸣，虎啸谷风起。号(罢)〔罴〕当我道，狂顾动牙齿。

右一曲，魏、晋乐所奏。

登高丘而望远　　　　唐·李白

登高丘而望远海，六鳌骨已霜，三山流安在？扶桑半摧折，白日沉光彩。银台金阙如梦中，秦皇汉武空相待。精卫费木石，鼋鼍无所凭。君不见骊山茂陵尽灰灭，牧羊之子来攀登。盗贼劫宝玉，精灵竟何能。穷兵黩武今如此，鼎湖飞龙安可乘？

薤露　　　　　　古辞

崔豹《古今注》曰："《薤露》、《蒿里》，并丧歌也。本出田横门人，横自杀，门人伤之，为作悲歌。言人命奄忽，如薤上之露，易晞灭也。亦谓人死魂魄归于蒿里。至汉武帝时，李延年分为二曲，《薤露》送王公贵人，《蒿里》送士大夫庶人。使挽柩者歌之，亦谓之挽歌。"谯周《法训》曰："挽歌者，汉高帝召田横，至尸乡自杀。从者不敢哭而不胜哀，故为挽歌以寄哀音。"《乐府解题》曰："《左传》云：'齐将与吴战于艾陵，公孙夏命其徒歌虞殡。'杜预云：'送死《薤露》歌即丧歌，不自田横始也。'"按蒿里，山名，在泰山南。魏武帝《薤露行》曰："惟汉二十二世，所任诚不良。"曹植又作《惟汉行》。

薤上露，何易晞。露晞明朝更复落，人死一去何时归。

同　　前　　　　　魏武帝

惟汉二十二世，所任诚不良。沐猴而冠带，知小而谋强。犹豫不敢断，因狩执君王。白虹为贯日，己亦先受殃。贼臣持—作执国柄，杀主灭宇京。荡覆帝基业，宗庙以燔丧。播越西迁移，号泣而且行。瞻彼洛城郭，微子为哀伤。

右一曲，魏乐所奏。

同　　前　　　　　曹　植

《乐府解题》曰："曹植拟《薤露行》为《天地》。"

天地无穷极，阴阳转相因。人居一世间，忽若风吹尘。愿得展功勤，输力于明君。怀此王佐才，慷慨独不群。鳞介尊神龙，走兽宗麒麟。虫兽岂知德，何况于士人。孔氏(册)〔删〕《诗》、《书》，王业粲已分。骋我径寸翰，流藻垂华芬。

同　　前　　　东晋·张　骏

在晋之二叶—作世，皇道昧不明。主暗无良臣，艰—作奸乱起朝庭。七柄失其所,权纲丧典刑。愚滑窥神器,牝鸡又晨鸣。哲妇逞幽虐,宗祀一朝倾。储君缢新昌,帝执金墉城。祸衅萌宫掖,胡马动北坰。三方风尘起,狩狁窃上京。义士扼素(婉)〔腕〕,感慨怀愤盈。誓心荡众狄,积诚彻昊灵。

惟汉行　　　　　魏·曹植

太极定二仪,清浊始以形。三光炤八极,天道甚著明。为人立君长,欲以遂其生。行仁章以瑞,变故诚骄盈。神高而听卑,报若响应声。明主敬细微,三季瞢天经。二皇称至化,盛哉唐、虞庭。禹、汤继厥德,周亦致太平。在昔怀帝京一作时,日昃不敢宁。济济在公朝,万载驰其名。

同　前　　　　　晋·傅玄

危哉鸿门会,沛公几不还。轻装入人军,投身汤火间。两雄不俱立,亚父见此权。项庄奋剑起,白刃何翩翩。伯身虽为蔽,事促不及旋。张良憎坐侧,高祖变龙颜。赖得樊将军,兽当作虎叱项王前。嗔目骇三军,磨牙咀豚肩。空厄让霸主,临急吐奇言。威凌万乘主,指顾回泰山。神龙困鼎镬,非哙岂得全？狗屠登上将,功业信不原。健儿实可慕,腐儒何足叹。

蒿里　　　　　古辞

蒿里谁家地,聚敛魂魄无贤愚。鬼伯一何相催促,人命不得少踟蹰！

同　前　　　　魏武帝

关东有义士，兴兵讨群凶。初期会盟津，乃心在咸阳。军合力不齐，踌躇而雁行。势利使人争，嗣还自相戕。淮南弟称号，刻玺于北方。铠甲生虮虱，万姓以死亡。白骨露于野，千里无鸡鸣。生民百遗一，念之断人肠。

　　　　　　　　　　右一曲，魏乐所奏。

　　　　同　前　　　　宋·鲍照

同尽无贵贱，殊愿有穷伸。驰波催永夜，零露逼短晨一作漏驰催永夜，露宿逼短晨。结我幽山驾，去此满堂亲。虚容遗剑佩，美一作实貌戢衣巾。斗酒安可酌，尺书谁复陈？年代稍推远，怀抱日幽沦。人生良自剧，天道与何人？赍我长恨意，归为狐兔尘！

　　　　同　前　　　　唐·僧贯休

兔不迟，乌更急。但恐穆王八骏，著鞭不及。所以蒿里，坟出蕺蕺。气凌云天，龙腾凤集，尽为风消土吃，狐掇蚁拾。黄金不啼玉不泣，白杨骚屑，乱风愁月。折碑石人，莽秽榛没。牛羊塞窣，时见牧童儿，弄枯骨。

　　　　挽　歌　　　　魏·缪袭

生时游国都，死没弃中野。朝发高堂上，暮宿黄泉下。白日入虞渊，悬车息驷马。造化虽神明，安能复存我。形容稍歇灭,齿发行当堕。自古皆有然,谁能离此者。

同前三首　　　　　晋·陆　机

卜择考休贞,嘉命咸在兹。凤驾警徒御,结辔顿重基。龙幰被广柳,前驱矫轻旗。殡宫何嘈嘈,哀响沸中闱。闱中且勿喧,听我《薤露》诗。死生各异伦,祖载当有时。舍爵两楹位,启殡进灵輀。饮饯觞莫举,出宿归无期。帷袵旷遗影,栋宇与子辞。周亲咸奔凑,友朋自远来。翼翼飞轻轩,骎骎策素骐。按辔遵长薄,送子长夜台。呼子子不闻,泣子子不知。叹息重榇侧,念我畴昔时。三秋犹足收,万世安可思。殉殁身易亡,救子非所能。含言言哽咽,挥涕涕一作泪流离。

重阜何崔嵬,玄庐窜其间。磅礴立四极,穹崇效一作放苍天。测一作侧听阴沟涌,卧观天井悬。圹宵何寥廓,大暮安可晨。人往有返岁,我行无归年。昔居四民宅,今托万鬼邻。昔为七尺躯,今成灰与尘。金玉昔一作素所佩,鸿毛今不振。丰肌飨蝼蚁,妍骸永夷泯。寿堂延螭魅,虚无自相宾。蝼蚁尔何怨?螭魅我何亲?拊心痛荼毒,永叹莫为陈。

流离亲友思,惆怅神不泰。素骖伫輀轩,玄驷骛飞盖。哀鸣兴殡宫,回迟悲野外。魂舆寂无响,但见冠与带。备物象平生,长旌谁为旆。悲风鼓行轨,倾云结流蔼,振策指灵丘,驾言从此逝。

同前三首　　　　　陶　潜

荒草何茫茫,白杨亦萧萧。严霜九月中,送我出远郊。

四面无人居，高坟正嶕峣。鸟为动哀鸣—作马为仰天鸣，林风自萧条。幽室一已闭，千年不复朝。千年不复朝，贤达无奈何。向来相送人，各以—作已归其家。亲戚或馀悲，他人亦已歌。死去何所道，托体同山阿。

有生必有死，早终非命促。昨暮同为人，今旦在鬼录。魂气散何之，枯形寄空木。娇儿索父啼，良友抚我哭。得失不复知，是非安能觉。千秋万岁后，谁知荣与辱。但恨在世时，饮酒恒不足。

在昔无酒饮，今但—作但恨湛空觞。春醪生浮蚁，何时更能尝？肴案盈—作列我前，亲戚—作旧哭我傍。欲语口无音，欲视眼无光。昔在高堂寝，今宿荒草乡。荒草无人眠，极视正茫茫。一朝出门去，归家—作来良未央。

同　　前　　　　宋·鲍　照

独处重冥下，忆昔登高台。傲岸平生中，不为物所裁。埏门只复闭，白蚁相将来。生时芳兰体，小虫今为灾。玄鬓无复根，枯髅依青苔。忆昔好饮酒，素盘进青梅。彭、韩及廉、蔺，畴昔已成灰。壮士皆死尽，馀人安在哉。

同　　前　　　　北齐·祖孝徵

昔日驱驷马，谒帝长杨宫。旌悬白云外，骑猎红尘中。今来向漳浦，素盖转悲风。荣华与歌笑，万事尽成空。

同　　前　　　　唐·赵微明

寒日蒿上明，凄凄郭东路。素车谁家子，丹旐引将去。

原下荆棘丛,丛边有新墓。人间痛伤别,此是长别处。旷野何萧条,青松白杨树。

同前二首　　　　　　于　鹄

阴风吹黄蒿,挽歌渡秋水。车马却归城,孤坟月明里。
双辙出郭门,绵绵东西道。送死多于生,几人得终老。见人切肺肝,不如归山好。不闻哀哭声,默默安怀抱。时尽从物化,又免生忧扰。世间寿者稀,尽为悲伤恼。

同　前　　　　　　　孟云卿

草草门巷喧,涂车俨成位。冥寞何所须,尽我生人意。北邙路非—作不远,此别终天地。临穴频抚棺,至哀反无泪。尔形未衰老,尔息犹童稚。骨肉不—作安可离,皇天若容易。房帷即虚张,庭宇为哀次。《薤露》歌若斯,人生尽如寄。

同　前　　　　　　　白居易

丹旐何飞扬,素骖亦悲鸣。晨光照闾巷,輀车俨欲行。萧条九月天,哀挽出重城。借问送者谁?妻子与弟兄,苍苍上古原,峨峨开新茔。含酸一恸哭,异口同哀声。旧垅转芜绝,新坟日罗列。春风草绿北邙山,此地年年生死别。

对　酒　　　　　　　魏武帝

《乐府解题》曰:"魏乐奏武帝所赋《对酒歌》,太平其旨,言王者德泽广被,政理人和,万物咸遂。若梁范云'对酒心自足',则言但当为乐,勿徇名自欺也。"

对酒歌,太平时,吏不呼门,王者贤且明。宰相股肱皆忠良,咸礼让,民无所争讼,三年耕有九年储,仓谷满盈。班白不负戴,雨泽如此,百谷用成。却走马以粪其上田。爵公侯伯子男,咸爱其民,以黜陟幽明,子养有若父与兄。犯礼法,轻重随其刑。路无拾遗之私,囹圄空虚,冬节不断人,耄耋皆得以寿终。恩德广及草木昆虫。

右一曲,魏乐所奏。

同　　前　　　梁·范　云

对酒心自足,故人来共持。方悦罗衿解,谁念发成丝。徇性—作往良为达,求名本自欺。迨君当歌日,及我倾樽时。

同　　前　　　张　率

对酒诚可乐,此酒复芳醇。如华良可贵,似乳更甘珍。何当留上客,为寄掌中人。金樽清复满,玉椀亟来亲。谁能共迟暮,对酒惜芳辰—作晨。君歌尚未罢,却坐避梁尘。

同　　前　　　陈·张正见

当歌对玉酒,匡坐酌金罍,竹叶三清泛,蒲萄百味开。风移兰气入,月逐桂香来。独有刘将阮,忘情寄羽杯。

同　　前　　　岑之敬

色映临池竹,香浮满砌兰。舒文泛玉碗,漾蚁溢金盘。箫曲随鸾易,笳声出塞难。唯有将军酒,川上可除寒。

同　前　　　　　　周·庾信

春水望桃花,春洲藉芳杜。琴从绿珠借,酒就文君取。牵马向渭桥,日曝山头脯。山简接䍦倒,王戎如意舞。筝鸣金谷园,笛韵平阳坞。人生一百年,欢笑唯三五。何处觅钱刀,求为洛阳贾。

同　前　　　　　　唐·崔国辅

行行日将夕,荒村古冢无人迹。朦胧荆棘一鸟飞,屡唱提壶沽酒吃。古人不达酒不足,遗恨精灵传此曲。寄言当代诸少年,平生且尽杯中渌。

同前二首　　　　　　李白

松子栖金华,安期入蓬海。此人古之仙,羽化竟何在?浮生速流电,倏忽变光彩。天地无凋换,容颜有迁改。对酒不肯饮,含情欲谁待?

劝君莫拒杯,春风笑人来。桃李如旧识,倾花向我开。流莺啼碧树,明月窥金罍。昨来朱颜子,今日白发催。棘生石虎殿,鹿走姑苏台。自古帝王宅,城阙闭黄埃。君若不饮酒,昔人安在哉!

乐府诗集卷第二十八　相和歌辞 三

相和曲 下

鸡　鸣　　　　　　古　辞

《乐府解题》曰："古词云：'鸡鸣高树巅，狗吠深宫中。'初言'天下方太平，荡子何所之。'次言'黄金为门，白玉为堂，置酒作倡乐为乐。'终言桃伤而李仆，喻兄弟当相为表里。兄弟三人近侍，荣耀道路，与《相逢狭路间行》同。若梁刘孝威《鸡鸣篇》，但咏鸡而已。"又有《鸡鸣高树巅》、《晨鸡高树鸣》，皆出于此。

鸡鸣高树巅，狗吠深宫中。荡子何所之？天下方太平。刑法非有贷，柔协正乱名。黄金为君门，璧—作碧玉为轩（闼）堂。上有双樽酒，作使邯郸倡。刘王碧青甓，后出郭门王。舍后有方池，池中双鸳鸯。鸳鸯七十二，罗列自成行。鸣声何啾啾，闻我殿东厢。兄弟四五人，皆为侍中郎。五日一时来，观者满路傍。黄金络马头，颎颎何煌煌！桃生露井上，李树生桃傍；虫来啮桃根，李树代桃僵。树木身相代，兄弟还相忘！

右一曲，魏、晋乐所奏。

鸡鸣篇　　　　　　梁·刘孝威

埘鸡识将曙，长鸣高树巅。啄叶疑彰羽，排花强欲前。意气多惊举，飘颻独无侣。陈思助斗协狸膏，邴昭妒敌安金

377

距。丹山可爱有凤凰,金门飞舞有鸳鸯。何如五德美,岂胜千里翔。

鸡鸣高树巅　　　　　　梁简文帝

碧玉好名倡,夫婿侍中郎。桃花全覆井,金门半隐堂。时欣一来下,复比双鸳鸯。鸡鸣天尚早,东乌定未光。

晨鸡高树鸣　　　　　　陈·张正见

晨鸡振翮鸣,出迥擅奇声。蜀郡随金马,天津应玉衡。摧冠验远石,击火出连营。争栖斜揭暮,解翼横飞度。试饮淮南药,翻上仙都树。枝低且候潮,叶浅还承露。承露触严霜,叶浅伺朝阳。不见猜群怯宝剑,勇战出花场。当损黄金距,谁论白玉珰。岂知长鸣逢晋帝,恃气遇周王。流名说鲁国,分影入陈仓。不复愁苻朗,犹能感孟尝。

乌　生　　　　　　古　辞

一曰《乌生八九子》。《乐府解题》曰:"古辞云:'乌生八九子,端坐秦氏桂树间。'言乌母子,本在南山岩石间,而来为秦氏弹丸所杀。白鹿在苑中,人得以为脯。黄鹄摩天,鲤在深渊,人得而烹煮之。则寿命各有定分,死生何叹—作待前后也。若梁刘孝威'城上乌,一年生九雏',但咏乌而已。"又有《城上乌》,盖出于此。

乌生八九子,端坐秦氏桂树间。唶!我秦氏家有游遨荡子,工用睢阳强,苏合弹,左手持强弹,两丸出入乌东西。唶!我一丸即发中乌身,乌死魂魄飞扬上天。阿母生乌子时,乃在南山岩石间。唶!我人民安知乌子处,蹊径窈窕安从通？白鹿乃在上林西苑中,射工尚复得白鹿脯。嗟！我黄鹄摩天极高飞,后宫尚复得烹煮之；鲤鱼乃在洛水深渊中,钓钩尚得鲤鱼口。嗟！我人民生各各有寿命,死生何须复道前后。

右一曲,魏、晋乐所奏。

乌生八九子　　　梁·刘孝威

城上乌,一年生九雏。枝轻巢本狭,风多叶早枯。蕤毛不自暖,张翼强相呼。金柝严兮翠楼肃,蜃壁光兮椒泥馥。虞机衡网不得猜,鹰鹙隼搏无由逐。永愿共栖曾氏冠,同瑞周王屋。莫啼城上寒,犹贤野间宿。羽成翩备各西东,丁年赋命有穷通。不见高飞帝辇侧,远托日轮中—作终。尚逢王吉箭,犹婴夏羿弓。岂如变彩救燕质,入梦祚昭公。留声表师退,集幕示营空。灵台已铸像,流苏时候风。

城上乌　　　梁·吴均

焉焉城上乌,翩翩尾毕逋。凡生八九子,夜夜啼相呼。质微知虑少,体贱毛衣粗。陛下三万岁,臣至执金吾。

同　前　　　朱　超

朝飞集帝城,犹带夜啼声。近日毛虽暖,闻弦心尚惊。

平陵东　　　古　辞

崔豹《古今注》曰："《平陵东》,汉翟义门人所作也。"《乐府解题》曰："义,丞相方进之少子,字文仲,为东郡太守；以王莽方篡汉,举兵诛之。不克,见害。门人作歌以怨之也。"

平陵东,松柏桐,不知何人劫义公。劫义公,在高堂下,交钱百万两走马。两走马,亦诚难,顾见追吏心中恻。心中恻,血出漉,归告我家卖黄犊。

右一曲,魏、晋乐所奏。

同　前　　　　魏·曹植

阊阖开,天衢通,被我羽衣乘飞龙。乘飞龙,与仙期,东上蓬莱采灵芝。灵芝采之可服食,年若王父无终极。

陌上桑 三解　　　　古　辞

一曰《艳歌罗敷行》。《古今乐录》曰:"《陌上桑》歌瑟调古辞《艳歌罗敷行》'日出东南隅'篇。"崔豹《古今注》曰:"《陌上桑》者,出秦氏女子。秦氏邯郸人,有女名罗敷,为邑人千乘王仁妻。王仁后为赵王家令。罗敷出采桑于陌上,赵王登台见而悦之,因置酒欲夺焉。罗敷巧弹筝,乃作《陌上桑》之歌以自明,赵王乃止。"《乐府解题》曰:"古辞言罗敷采桑,为使君所邀,盛夸其夫为侍中郎以拒之。"与前说不同。若陆机"扶桑升朝晖",但歌美人好合,与古词始同而末异。又有《采桑》,亦出于此。

日出东南隅,照我秦氏楼。秦氏有好女,自名为罗敷。罗敷喜蚕桑,采桑城南隅。青丝为笼系,桂枝为笼钩。头上倭堕髻,耳中明月珠。缃绮为下裙,紫绮为上襦。行者见罗敷,下担捋髭须。少年见罗敷,脱帽著帩头。耕者忘其犁,锄者忘其锄。来归相怨怒,但坐观罗敷。一解使君从南来,五马立踟蹰。使君遣吏往,问是谁家姝。"秦氏有好女,自

卷第二十八◎相和歌辞三◎相和曲下

名为罗敷。""罗敷年几何?""二十尚不足,十五颇有馀。""使君谢罗敷:宁可共载不?"罗敷前置辞:"使君一何愚!使君自有妇,罗敷自有夫。"二解"东方千馀骑,夫婿居上头。何用识夫婿,白马从骊驹。青丝系马尾,黄金络马头。腰中鹿卢剑,可直千万馀。十五府小史,二十朝大夫。三十侍中郎,四十专城居。为人絜白皙,鬑鬑颇有须。盈盈公府步,冉冉府中趋。坐中数千人,皆言夫婿殊。"三解。前有艳歌曲,后有趋。

右一曲,魏、晋乐所奏。

同　　前　　　　楚辞钞

今有人,山之阿,被服薛荔带女萝。既含睇,又宜笑,子恋慕予善窈窕。乘赤豹,从文狸,辛夷车驾结桂旗。被石兰,带杜衡,折芳拔荃遗所思。处幽室,终不见,天路险艰独后来。表独立,山之上,云何容容而在下。杳冥冥,羌昼晦,东风飘飖神灵雨。风瑟瑟,木梭梭,思念公子徒以忧。

同　　前　　　　魏武帝

驾虹霓,乘赤云,登彼九疑历玉门,济天汉,至昆仑,见西王母谒东君。交赤松,及羡门,受要秘道爱精神。食芝英,饮醴泉,拄杖〔桂〕枝佩秋兰。绝人事,游浑元,若疾风游欻飘飘—作飙。景未移,行数千,寿如南山不忘愆。

同　　前　　　　魏文帝

弃故乡,离室宅,远从军旅万里客。披荆棘,求阡陌,侧

381

足独窘步,路局苲。虎豹嗥动,鸡惊,禽失群,鸣相索。登南山,奈何蹈盘石,树木丛生郁差错。寝蒿草,荫松柏,涕泣雨面沾枕席。伴旅单,稍稍日零落,惆怅窃自怜,相痛惜。

右三曲,晋乐所奏。

同 前 梁·吴均

　　袅袅陌上桑,荫陌复垂塘。长条映白日,细叶隐鹂黄。蚕饥妾复思,拭泪且提筐。故人宁知此—作故人去如此,离恨煎人肠。

同 前 王台卿

　　令月开和景,处处动春心。挂筐须叶满,息倦重枝阴。

同 前 王筠

　　人传陌上桑,未晓已含光。重重相荫映,软软—作软弱自芬芳。秋胡始停马,罗敷未满筐。春蚕朝已伏,安得久彷徨。

同 前 亡名氏

　　日出秦楼明,条垂露尚盈。蚕饥心自急,开奁妆不成。

同 前 唐·李白

　　美女渭桥东—作美女缃绮衣,春还事蚕作。五马如飞龙—作飞如五马花,青丝结金络。不知谁家子,调笑来相谑。妾本秦罗敷,玉颜艳名都。绿条映素手,采桑向城隅。使君且不顾,况复论秋胡。寒螿爱碧草,鸣凤栖青梧。托心自有处,但怪傍人愚。徒令白日暮,高驾空踟蹰。

同　前　　　　　常　建

翳翳陌上桑,南枝交北堂。美人金梯出,素手自提筐。非但畏蚕饥,盈盈娇路傍。

同　前　　　　　陆龟蒙

皓齿还如贝色—作光含,长眉亦似烟华贴—作帖。邻娃尽著绣裆襦,独自提筐采蚕叶。

采　桑　　　　　宋·鲍照

季春梅始落,工女事蚕作。采桑淇洧间,还戏上宫阁。早蒲时结阴,晚篁—作竹初解箨。霭霭雾满闺,融融景盈幕。乳燕逐草虫,巢蜂拾花药。是节最喧妍,佳服又新烁。钦叹对回涂,扬歌弄场藿。琴抽试纡思,荐佩果成托。承君郢中美,服义久心诺。卫风古愉艳,郑俗旧浮薄。灵愿悲渡湘,宓赋笑瀍—作景洛。盛明难重来,渊意为谁涸？君其且调弦,桂酒妾行酌。

同　前　　　　　梁简文帝

春色映空来,先发院边梅。细萍重叠长,新花历乱开。连珂往淇上,接幰至丛台。丛台可怜妾,当窗望飞蝶。忌跌行衫领，熨斗成襦褶。寄语采桑伴，讶今春日短。枝高攀不及，叶细笼难满。

同 前　　　姚 翻

雁还高柳北，春归洛水南。日照茱萸领，风摇翡翠簪。桑间视欲暮，闺里遽饥蚕。相思君助取，相望妾那堪。

同 前　　　吴 均

贱妾思不堪，采桑渭城南。带减连枝绣，发乱凤凰〔簪〕①。花舞依长薄，蛾飞爱绿潭。无由报君信，流涕向春蚕。

同 前②　　　刘 邈

倡妾不胜愁，结束下青楼。逐伴西城路，相携南陌头。叶尽时移树，枝高乍—作任易钩。丝绳提—作挂且脱，金笼写仍收。蚕饥日欲暮，谁为使君留。

同 前　　　沈君攸

南陌落光移，蚕妾畏桑萎。逐便牵低叶，争多避小枝。摘驮笼行满，攀高腕欲疲。看金怯举意，求心自可知。

---

① 簪，底本阙，据四部丛刊本补。
② 同前，底本阙，据四部丛刊本补。

同 前　　　　　陈后主

春楼鬓梳罢,南陌竞相随。去后花丛散,风来香处移。广袖承朝日,长鬟碍聚枝。柯新攀易断,叶嫩摘前萎。采繁钩手弱,微汗杂妆垂。不应归独早,堪为使君知。

同 前　　　　　张正见

春楼曙鸟惊,蚕妾候初晴。迎风金珥落,向日玉钗明。徙顾移笼影,攀钩动钏声。叶高知手弱,枝软觉身轻。人多羞借问,年少怯逢迎。恐疑夫婿远,聊复答专城。

同 前　　　　　贺彻

蚕妾出房栊,结伴类花丛。度水春山绿,映日晚妆红。钏声时动树,衣香自入风。钩长从枝曲,叶尽细条空。竞采须盈手,争归欲满笼。自怜公府步,谁与少年同。

同 前　　　　　傅縡

罗敷试采桑,出入城南傍。绮裙映珠珥,丝绳提玉筐。度身攀叶聚,耸腕及枝长。空劳使君问,自有侍中郎。

同 前　　　唐·郎大家宋氏

春来南雁归,日去西蚕远。妾思纷何极,客游殊未返。

同 前　　　　　刘希夷

杨柳送行人,青青西入秦。秦家采桑女,楼上不胜春。

盈盈灞水曲,步步春芳绿。红脸耀明珠,绛唇含白玉。回首渭桥东,遥怜树色同—作春色同。青丝娇落日,缃绮弄春风。携笼长叹息,逶迤恋春色。看花若有情,倚树疑无力。薄暮思悠悠,使君南陌头。相逢不相识,归去梦青楼。

同 前　　　　李彦炜

采桑畏日高,不待春眠足。攀条有馀愁,那矜貌如玉。千金岂不赠,五马空踯躅。何以变真性,幽篁雪中绿。

同 前　　　　王 建

鸟鸣桑叶间,叶绿条复柔。攀看去手近,放下长长钩。黄花盖野田,白马少年游。所念岂回顾,良人在高楼。

艳歌行　　　　晋·傅玄

日出东南隅,照我秦氏楼。秦氏有好女,自字为罗敷。首戴金翠饰,耳缀明月珠。白素为下裾,丹霞为上襦。一顾倾朝市,再顾国为虚。问女居安在,堂在城南居。青楼临大巷,幽门结重枢。使君自南来,驷马立踟蹰。遣吏谢贤女:"岂可同行车?"斯女长跪对:"使君言何殊!使君自有妇,贱妾有鄙夫。天地正厥位,愿君改其图。"

同 前　　　　陈·张正见

城隅上朝日,斜晖照杏梁。并卷茱萸帐,争移翡翠床。紫鬟聊向㸌,拂镜且调妆。裁金作小靥,散麝起微黄。二八秦楼妇,三十侍中郎。执戟超丹地,丰貂入建章。未安文史阁,独结少年场。弯弧贯叶影,学剑动星芒。翠盖飞城曲,金鞍横道傍。调鹰向新市,弹雀往睢阳。行行稍有极,暮暮归兰房。前瞻富罗绮,左顾足鸳鸯。莲舒千叶气,灯吐百枝光。满酌胡姬酒,多烧荀令香。不学幽闺妾,生离怨采桑。

罗敷行　　　梁·萧子范

城南日半上,微步弄妖姿。含情动燕俗,顾景笑齐眉。不爱柔桑尽,还忆畏蚕饥。春风若有顾,惟愿落花迟。

同　前　　　陈·顾野王

东隅丽春日,南陌采桑时。楼中结梳罢,提筐候早期。风轻莺韵缓,霜洒落花迟。五马光长陌,千骑络青丝。使君徒遣信,贱妾畏蚕饥。

同　前　　　后魏·高允

邑中有好女,姓秦字罗敷。巧笑美回盼,鬓发复凝肤。脚著花文履,耳穿明月珠。头作堕马髻,倒枕象牙梳。姌姌善趋步,襜襜曳长(裙)〔裾〕。王侯为之顾,驷马自踟蹰。

日出东南隅行　　　晋·陆机

扶桑升朝晖,照此高台端。高台多妖丽,浚房出清颜。淑貌耀皎日,惠心清且闲。美目扬玉泽,蛾眉象翠翰。鲜肤一何润,秀色若可餐。窈窕多容仪,婉媚(乃)〔巧〕笑言。莫春春服成,粲粲绮与纨。金雀垂藻翘,琼佩结瑶璠。方驾扬清尘,濯足洛水澜。蔼蔼风云会,佳人一何繁。南崖充罗幕,北渚盈骈轩。清川含藻景,高岸—作崖被华丹。馥馥芳袖挥,泠泠纤指弹。悲歌吐清响,雅韵播幽兰。丹唇含九秋,妍迹凌七盘。赴曲迅惊鸿,蹈节如集鸾。绮态随颜变,沈姿无定源。俯仰纷阿那,顾步咸可欢。遗芳结飞飙,浮景映清湍。冶容不足咏,春游良可叹。

同　　前　　　宋·谢灵运

柏梁冠南山,桂宫耀北泉。晨风拂幨幌,朝日照闺轩。美人卧屏席,怀兰秀瑶璠。皎絜秋松气,淑德春景暄。

同　　前　　　梁·沈约

朝日出邯郸,照我丛台端。中有倾城艳,顾景织罗纨。延躯似纤约,遗视若回澜。瑶妆映层绮,金服炫雕栾。幸有同匡好,西仕服秦官。宝剑垂玉贝,汗马饰金鞍。萦场类转雪,逸控似腾鸾。罗衣夕解带,玉钗暮垂冠。

同　　前　　　张率

朝日照屋梁,夕月悬洞房。专遽自称艳,独□伊览光。虽资自然色,谁能弃薄妆。施著见朱粉,点画示赪黄。含贝开丹吻,如羽发青阳。金碧既簪珥,绮縠复衣裳。方领备虫彩,曲裙杂鸳鸯。手操独茧绪,唇凝脂燥黄。

同　前　　　　　　　　萧子显

大明上迢迢，阳城射凌霄。光照窗中妇，绝世同阿娇。明镜盘龙刻，簪羽凤凰雕。逶迤梁家髻，冉弱楚宫腰。轻纨杂重锦，薄縠间飞绡。三六前年暮，四五今年朝。蚕（龙）〔笼〕拾芳翠，桑陌采柔条。出入东城里，上下洛西桥。忽逢车马客，飞盖动襜袑。单衣鼠毛织，宝剑羊头销。丈夫疲应对，从者辍衔镳。柱间徒脉脉，垣上几翘翘。女本西家宿，君自上宫要。汉马三万匹，夫婿任嫖姚。鞶囊虎头绶，左珥凫卢貂。横吹龙钟管，奏鼓象牙箫。十五张内侍，十八（买）〔贾〕登朝。皆笑颜郎老，尽讶董公超。

同　前　　　　　　　　陈后主

重轮上瑞晖，西北照南威。南威年二八，开牖敞重闱。当垆送客去，上苑逐春归。鬟下珠胜月，窗前云带衣。红裙结未解，绿绮白难徽。

同　前　　　　　　　　徐伯阳

朱城（壁）〔璧〕日起朱扉，青楼含照本晖晖。远映陌上春桑叶，斜入秦家缃绮衣。罗敷妆粉能佳丽，镜前新梳倭堕髻。圜笼袅袅挂青丝，铁钩冉冉胜丹桂。蚕饥日晚蹔生愁，忽逢使君南陌头。五马停珂遣借问，双脸含娇特好羞。妾婿府中轻小吏，即今来往专城里。欲识东方千骑归，霭霭日暮红尘起。

同　前　　　　　殷　谋

秦楼出佳丽,正值朝日光。陌头能驻马,花处复添香。

同　前　　　　　周·王褒

晓星西北没,朝日东南隅。阳窗临玉女,莲帐照金铺。凤楼称独立,绝世良所无。镜悬四龙网,枕画七星图。银镂明光带,金地织成襦。调弦《大垂手》,歌曲《凤将雏》。采桑三市路,卖酒七条衢。道逢五马客,夹毂来相趋。将军多事艺,夫婿好形模。高箱照云母,壮马饰当颅。单衣火浣布,利剑水精珠。自知心所爱,仕宦执金吾。飞甍雕翡翠,绣栭画屠苏。银烛附蝉映鸡羽,黄金（摇步）〔步摇〕动襜褕。兄弟五日时来归,高车竞道生光辉。名倡两行堂上起,鸳鸯七十阶前飞。少年任侠轻年月,珠丸出弹遂难追。

同　前　　　　　隋·卢思道

初月正如钩,悬光入绮楼。中有可怜妾,如恨亦如羞。深情出艳语,密意满横眸。楚腰宁且细,孙眉本未愁。青玉勿当取,双银讵可—作肯留。会待东方骑,遥居最上头。

日出行　　　　　周·萧㧑

昏昏隐远雾,团团乘阵云。正值秦楼女,含娇酬使君。

同　前　　　　　唐·李白

日出东方隈,似从地底来。历天又入海,六龙所舍安在哉？其始与终古不息—作其行终古不休息，人非元气，安能与之久徘徊？草不谢荣于春风，木不怨落于秋天。谁挥鞭策驱四运，万物兴歇皆自然。羲和，羲和，汝奚汩没于荒淫之波？鲁阳何德，驻景挥戈！逆道违天，矫诬实多。吾将囊括大块，浩然与溟涬同科。

同　前　　　李　贺

白日下昆仑，发光如舒丝。徒照葵藿心，不见游子悲。折折黄河曲，日从中央转。旸谷耳曾闻，若木眼不见—作不可见。奈何铄石，胡为销人。羿弯弓属矢，那不中，足令久不得奔，讵教晨光夕昏？

乐府诗集卷第二十九　相和歌辞 四

吟叹曲

《古今乐录》曰："张永《元嘉技录》有吟叹四曲：一曰《大雅吟》，二曰《王明君》，三曰《楚妃叹》，四曰《王子乔》。《大雅吟》、《王明君》、《楚妃叹》，并石崇辞。《王子乔》，古辞。《王明君》一曲，今有歌。《大雅吟》、《楚妃叹》二曲，今无能歌者。古有八曲，其《小雅吟》、《蜀琴头》、《楚王吟》、《东武吟》四曲阙。"

大雅吟　　　　　晋·石　崇

堂堂太祖，渊弘其量。仁格宇宙，义风遐畅。启土万里，志在翼亮。三分有二，周文是尚。於穆武王，奕世载聪。钦明冲默，文思允恭。武则不猛，化则时雍。庭有仪凤，郊有游龙。启路千里，万国率从。荡清吴会，六合乃同。百姓仰德，良史书功。超越三代，唐虞比踪。

右一曲，晋乐所奏。

王明君　　　　　晋·石　崇

一曰《王昭君》。《唐书·乐志》曰："《明君》，汉曲也。元帝时，匈奴单于入朝，诏以王嫱配之，即昭君也。及将去，入辞，光彩射人，悚动左右，天子悔焉。汉人怜其远嫁，为作此歌。晋石崇妓绿珠善舞，以此曲教之，而自制新歌。"按此本中朝旧曲，唐为吴声，盖吴人传授讹变使然也。《西京杂记》曰:"元帝后宫既多,不得常见,乃使画工图其形,案图召幸。宫人皆赂画工,多者十万,少者亦不减五万。昭君自恃容貌,独不肯与。工人乃丑图之,遂不得见。后匈奴入朝,求美人为阏氏,帝按图以昭君行。及去召见,貌为后宫第一,善应对,举止闲雅。帝悔之,而名籍已定,方重信于外国,故不复更人,乃穷按其事。画工有杜陵毛延寿,为人形,丑好老少,必得其真。安陵陈敞,新丰刘白、龚宽,并工为牛马飞鸟众艺,人形好丑,不逮延寿。下杜阳望、樊青,尤善布色。同日弃市。籍其家资,皆巨万。京师画工于是差稀。"《古今乐录》曰:"《明君》歌舞者,晋太康中季伦所作也。王明君本名昭君,以触文帝讳,故晋人谓之明君。匈奴盛,请婚于汉,元帝以后宫良家子明君配焉。初,武帝以江都王建女细君为公主,嫁乌孙王昆莫,令琵琶马上作乐,以慰其道路之思,送明君亦然也。其造新之曲,多哀怨之声。晋、宋以来,《明君》止以弦隶少许为上舞而已。梁天监中,斯宣达为乐府令,与诸乐工以清商两相间弦为《明君》上舞,传之至今。"王僧虔《技录》云:"《明君》有间弦及契注声,又有送声。"谢希逸《琴论》曰:"平调《明君》三十六拍,胡笳《明君》三十六拍,清调《明君》十三拍,间弦《明君》九拍,蜀调《明君》十二拍,吴调《明君》十四拍,杜琼《明君》二十一拍,凡有七曲。"《琴集》曰:"胡笳《明君》四弄,有上舞、下舞、上间弦、下间弦。《明君》三百馀弄,其善者四焉。又胡笳《明君别》五弄,辞汉、跨鞍、望乡、奔云、入林是也。"按琴曲有《昭君怨》,亦与此同。

我本汉家子,将适单于庭。辞诀未及终,前驱已抗旌。仆御涕流离,辕马悲且鸣。哀郁伤五内,泣泪沾朱缨。行行日已远,遂造匈奴城。延我于穹庐,加我阏氏名。殊类非所安,虽贵非所荣。父子见陵辱,对之惭且惊。杀身良不易,默默以苟生。苟生亦何聊,积思常愤盈。愿假飞鸿翼,弃之以遐征。飞鸿不我顾,伫立以屏营。昔为匣中玉,今为粪上英。朝华不足嘉—作欢,甘与秋草并。传语后世人,远嫁难为情。

右一曲,晋乐所奏。

王昭君　　宋·鲍照

既事转蓬远,心随雁路绝。霜鞞旦夕惊,边笳中夜咽。

同前　　梁·施荣泰

垂罗下椒阁,举袖拂胡尘。唧唧抚心叹,蛾眉误杀人。

同前　　周·庾信

(试)〔拭〕啼辞戚里,回顾望昭阳。镜失菱花影,钗除却月梁。围腰无一尺,垂泪有千行。衫身承马汗,红袖拂秋霜。别曲真多恨,哀弦须更张。

同前

猗兰恩宠歇,昭阳幸御稀。朝辞汉阙去,夕见胡尘飞。寄信秦楼下,因书秋雁归。

同前　　唐·崔国辅

汉使南还尽,胡中妾独存。紫台绵望绝,秋草不堪论。

同前

一回望月一回悲,望月月移人不移。何如得见汉朝使,为妾传书斩画师。

同　前　　　　卢照邻

合殿恩中绝,交河使渐稀。肝肠辞玉辇,形影向金微。汉宫草应绿,胡庭沙正飞。愿逐三秋雁,年年一度归。

同　前　　　　骆宾王

敛容辞豹尾,缄怨度龙鳞。金钿明汉月,玉箸染胡尘。妆镜菱花暗,愁眉柳叶嚬。唯有清笳曲,时闻芳树春。

同　前　　　　沈佺期

非君惜鸾殿,非妾妒蛾眉。薄命由骄虏,无情是画师。嫁来胡地恶,不并汉宫时。心苦无聊赖,何堪上马辞。

同　前　　　　梁献

图画失天真,容华坐误人。君恩不可再,妾命在和亲。泪点关山月,衣销边塞尘。一闻阳鸟至,思绝汉宫春。

同　前　　　　上官仪

玉关春色晚,金河路几千。琴悲桂条上,笛怨柳花前。雾掩临妆月,风惊入鬓蝉。缄书待还使,泪尽白云天。

同　前　　　　董思恭

琵琶马上弹,行路曲中难。汉月正南远,燕山直北寒。

鬏鬟风拂散—作乱，眉黛雪沾残。斟酌红颜尽，何劳镜里看。

同　　前　　　　　　顾朝阳

莫将铅粉匣，不用镜花光。一去边城路，何(清)〔情〕更画妆。影销胡地月，衣尽汉宫香。妾死非关命，只缘怨断肠。

同前三首　　　　　　东方虬

汉道初全盛，朝廷足武臣。何须薄命妾，辛苦远和亲。
掩涕辞丹凤，衔悲向白龙。单于浪惊喜，无复旧时容。
胡地无花草，春来不似春。自然衣带缓，非是为腰身。

同前三首　　　　　　郭元振

自嫁单于国，长衔汉掖悲。容颜日憔悴，有甚画图时。
厌践冰霜域，嗟为边塞人。思从漠南猎，一见汉家尘。
闻有南河信，传闻杀画师。始知君惠重，更遣画蛾眉。

同　　前　　　　　　刘长卿

自矜妖艳色，不顾丹青人。那知粉缋能相负，却使容华翻误身。上马辞君嫁骄虏，玉颜对人啼不语。北风雁急浮清—作云秋，万里独见黄河流。纤腰不复汉宫宠，双蛾长向胡天愁。琵琶弦中苦调多，萧萧羌笛声相和。可怜一曲传乐府，能使千秋伤绮罗。

同前二首　　　　　　李　白

汉家秦地月，流影照—作送明妃。一上玉关道，天涯去不归。汉月还从东海出,明妃西嫁无来日。燕支长寒雪作花,蛾眉憔悴没胡沙。生乏黄金枉图画,死留青冢使人嗟。

昭君拂玉鞍,上马啼红颊。今日汉宫人,明朝胡地妾。

同　　前　　　　储光羲

日暮惊沙乱雪飞,傍人相劝易罗衣。强来前帐看歌舞,共待单于夜猎归。

同　　前　　　　僧皎然

自倚婵娟望主恩,谁知美恶忽相翻。黄金不买汉宫貌,青冢空埋胡地魂。

同前二首　　　　白居易

满面胡沙满鬓风,眉销残黛脸销(残)〔红〕。愁苦辛勤憔悴尽,如今却似画图中。

汉使却回凭寄语,黄金何日赎蛾眉。君王若问妾颜色,莫道不如宫里时。

同前二首　　　　令狐楚

锦车天外去,毳幕云中开。魏阙苍龙远,萧关赤雁哀。

仙(蛾)〔娥〕今下嫁,嫡子自同和。剑戟归田尽,牛羊绕塞多。

同　　前　　　　李商隐

毛延寿画欲通神,忍为黄金不为人。马上琵琶行万里,汉宫长有隔生春。

明君词　　　　梁简文帝

玉艳光瑶质,金钿婉黛红。一去蒲萄观,长别披香宫。秋簷照汉月,愁帐入胡风。妙工偏见诋,无由情恨通。

同　前　　　　陈·张正见

寒树暗胡尘,霜楼明汉月,泪染上春衣,忧变华年发。

同　前　　　　周·王褒

兰殿辞新宠,椒房馀故情。鸿飞渐南陆,马首倦西征。寄书参汉使,衔涕望秦城。唯馀马上曲,犹作出关声。

同　前　　　　唐·王偃

北望单于日半斜,明君马上泣胡沙。一双泪滴黄河水,应得东流入汉家。

同　前　　　　梁·武陵王纪

塞外无春色,边城有风霜。谁堪览明镜,持许照红妆。

同　前　　　　沈约

朝发披香殿,夕济汾阴河。于兹怀九折,自此敛双蛾。沾妆疑湛露,绕臆状流波。日见奔沙起,稍觉转蓬多。胡风犯肌骨,非直伤绮罗。衔涕试南望,关山郁嵯峨。始作阳春曲,终成苦寒歌。唯有三五夜,明月暂经过。

同　前　　　周·庾信

敛眉光禄塞,遥望夫人城。片片红颜落,双双泪眼生。冰河牵马渡,雪路抱鞍行。胡风入—作作骨冷,夜月照心明。方调琴上曲,变入胡笳声。

同　前　　　隋·何妥

昔闻别鹤弄,已自轸离情。今来昭君曲,还悲秋草并。

同　前　　　薛道衡

我本良家子,充选入椒庭。不蒙女史进,更无画师情。蛾眉非本质,蝉鬓改真形。专由妾命薄,误使君恩轻。啼落渭桥路,叹别长安城。今夜寒草宿,明朝转蓬征。却望关山迥,前瞻沙漠平。胡风带秋月,嘶马杂笳声。毛裘易罗绮,毡帐代帷屏。自知莲脸歇,羞看菱镜明。钗落终应弃,髻解不须萦。何用单于重,讵假阏氏名。驮骆聊强食,桐酒未能倾。心随故乡断,愁逐寒云生。汉宫如有忆,为视旄头星。

同　前　　　唐·张文琮

我途飞万里,回首望三秦。忽见天山雪,还疑上苑春。玉痕垂泪粉—作粉泪,罗袂拂胡尘。为得胡中曲,还悲远嫁人。

同　前　　　陈昭

跨鞍今永诀,垂泪别亲宾。汉地行将远,胡关逐望新。

交河拥塞路,陇首暗沙尘。唯有孤明月,犹能远送人。

###　　同　前　　　戴叔伦

汉宫若远近,路在沙塞上。到死不得归,何人共南望?

###　　同　前　　　李端

李陵初送子卿回,汉月明明照帐来。忆著长安旧游处,千门万户玉楼台。

###　　昭君叹二首　　范静妇沈氏

早信丹青巧,重货洛阳师。千金买蝉鬓,百万写蛾眉。
今朝犹汉地,明旦入胡关。情寄南云反,思逐北风还—
作高堂歌吹少,游子梦中还。

###　　楚王吟　　　梁·张率

章台迎夏日,梦远感春条。风生竹籁响,云垂草绿饶。相看重束素,唯欣争细腰。不惜同从理,但使一闻《韶》。

###　　楚妃叹　　　晋·石崇

刘向《列女传》曰:"楚姬,楚庄王夫人也。庄王好狩猎毕弋,樊姬谏不止,乃不食禽兽之肉。王尝与虞丘子语,以为贤。樊姬笑之,王曰:'何笑也?'对曰:'虞丘子贤矣,未忠也。妾充后宫十一年,而所进者九人,贤于妾者二人,与妾同列者七人。虞丘子相楚十年,而所荐者非其子孙,则族昆弟,未闻进贤退不肖也。妾之笑,不亦宜乎?'王于是以孙叔敖为令尹,治楚三年,而庄王以霸。"《乐府解题》曰:"陆机《吴趋行》

云,'楚妃且勿叹',明非近题也。"按谢希逸《琴论》有《楚妃叹》七拍。

荡荡大楚,跨土万里。北据方城,南接交趾,西抚巴汉,东被海涘。五侯九伯,是强是理。矫矫庄王,渊渟岳峙,冕旒垂精,充纩塞耳。韬光戢曜,潜默恭己。内委樊姬,外任孙子。猗猗樊姬,体道履信。既绌虞丘,九女是进。杜绝邪佞,广启令胤。割欢抑宠,居之不吝。不吝实难,可谓知几。化自近始,著于闺闱。光佐霸业,迈德扬威。群后列辟,式瞻洪规。譬彼江海,百川咸归。万邦作歌,身没名飞。

右一曲,晋乐所奏。

同　　前　　　　　宋·袁伯文

玉墀滴凄露,罗幌已依霜。逢春每先绝,争秋欲几芳。

同　　前　　　　　梁简文帝

闺闲漏永永,漏长宵寂寂。草(萱)〔萤〕飞夜户,丝虫绕秋屋。薄笑未为欣,微叹还成戚。金簪鬓下垂,玉箸衣前滴。

同　　前　　　　　唐·张　籍

湘云初起江沉沉,君王遥在云梦林。江南雨多旌旗暗,台下朝朝春水深。章华殿前朝万国,君心独自终无极。楚兵满地能逐禽,谁用一身继筋力。西江若翻云梦中,麋鹿死尽应还宫。

楚妃吟　　　　　梁·王　筠

花早飞,林中明,鸟早归。庭前日,暖春闺,香气亦霏霏。

香气漂,当轩清唱调。独顾慕,含怨复含娇。蝶飞兰复袅袅。轻风入裾春可游,歌声梁上浮。春游方有乐,沈沈下罗幕。

楚妃曲　　　　　梁·吴　均

春妆约春黛,如月复如蛾。玉钗照绣领,金薄厕红罗。

楚妃怨　　　　　唐·张　籍

梧桐叶下黄金井,横架辘轳牵素绠。美人初起天未明,手拂银瓶秋水冷。

王子乔　　　　　　古　辞

刘向《列仙传》曰:"王子乔者,周灵王太子晋也。好吹笙作凤鸣,游伊、洛之间。道人浮丘公,接以上嵩高山。三十馀年后,求之于山上,见桓良曰:'告我家,七月七日待我于缑氏山头。'至时,果乘白鹤驻山头,望之不得到,举手谢时人,数日而去。为立祠于缑氏山下及嵩高之首焉。"

王子乔,参驾白鹿云中遨。参驾白鹿云中遨,下游来,王子乔。参驾白鹿上至云,戏游遨。上建逋阴广里践近高。结仙宫,过谒三台,东游四海五岳,山过蓬莱紫云台。三王五帝不足令,令我圣明应太平。养民若子事父明,当究天禄永康宁。玉女罗坐吹笛箫。嗟行圣人游八极,鸣吐衔福翔殿侧。圣主享万年。悲吟皇帝延寿命。

右一曲,魏、晋乐所奏。

同　前　　　　　梁·江　淹

子乔好轻举,不待炼银丹。控鹤去窈窕,学凤对巑岏。

山无一春草,谷有千年兰。云衣下踯躅,龙驾何时还?

同　　前　　　　高允生

仙化非常道,其义出自然。王乔诞神气,白日忽升天。晻暧御云气,飘飖乘长烟。寄想崆峒外,翱翔宇宙间。七月有佳节—作期,控鹤崇崖巅。永与时人别,一去不复旋。

同　　前　　　　后魏·高　允

王少卿,王少卿,超升飞龙翔天庭。遗仪景,云汉酬。光(鹜)〔骛〕电逝忽若浮。骑日月,从列星,跨腾太廓逾窅冥。寻元气,出天门,穷览有无究道根。

同　　前　　　　唐·宋之问

王子乔,爱神仙,七月七日上宾天,白虎摇瑟凤吹笙,乘骑云气吸日精。吸日精,长不归,遗庙今在而人非。空望山头草,草露湿君衣。

乐府诗集卷第三十　相和歌辞 五

四弦曲

《古今乐录》曰："张永《元嘉技录》有《四弦》一曲，《蜀国四弦》是也。居相和之末，三调之首。古有四曲，其《张女四弦》、《李延年四弦》、《严卯四弦》三曲阙。《蜀国四弦》，节家旧有六解，宋歌有五解，今亦阙。"

蜀国弦　　　　　　　　　梁简文帝

铜梁指斜谷，剑道望中区。通星上分野，作固下为都。雅歌因良守，妙舞自巴渝。阳城嬉乐盛，剑骑郁相趋。五妇行难至，百两好游娱。牲祈望帝祀，酒酹蜀侯诛。江妃纳重聘，卓女爱将雏。停弦时系爪，息吹治唇朱。脱衫湔锦浪，回扇避阳乌。闻君握节返，贱妾下城隅。

同　前　　　　　　　　　隋·卢思道

西蜀称天府，由来擅沃饶。雪—作云浮玉垒夕，日映锦城朝。南寻九折路，东上七星桥。琴心若易解，令客岂难要。

同　前　　　　　　　　　唐·李贺

枫香晚华静，锦水南山影。惊石坠猿哀，竹云愁半岭。

凉月生秋浦，玉沙鳞鳞光。谁家红泪客，不忍过瞿塘。

平调曲 一

《古今乐录》曰：" 王僧虔《大明三年宴乐技录》，平调有七曲：一曰《长歌行》，二曰《短歌行》，三曰《猛虎行》，四曰《君子行》，五曰《燕歌行》，六曰《从军行》，七曰《鞠歌行》。"荀氏录所载十二曲，传者五曲。武帝"周西"、"对酒"，文帝"仰瞻"，并《短歌行》，文帝"秋风"、"别日"，并《燕歌行》是也，其七曲今不传。文帝"功名"，明帝"青青"，并《长歌行》，武帝"吾乍"，明帝"双桐"，并《猛虎行》、"燕赵"《君子行》，左延年"苦哉"《从军行》，"雉朝飞"《短歌行》是也。其器有笙、笛、筑、瑟、琴、筝、琵琶七种，歌弦六部。张永《录》曰："未歌之前，有八部弦、四器，俱作在高下游弄之后。"凡三调，歌弦一部，竟辄作送，歌弦今用器。又有《大歌弦》一曲，歌"大妇织绮罗"，不在歌数，唯平调有之，即清调"相逢狭路间，道隘不容车"篇，后章有"大妇织绮罗，中妇织流黄"是也。张《录》云："非管弦音声所寄，似是命笛理弦之馀。"王录所无也，亦谓之《三妇艳》诗。

长歌行　　　　　　　古　辞

《乐府解题》曰："古辞云'青青园中葵，朝露待日晞'，言芳华不久，当努力为乐，无至老大乃伤悲也。"魏改奏文帝所赋曲"西山一何高"，言仙道茫茫不可识，如王乔、赤松，皆空言虚词，迂怪难信，当观圣道而已。若陆机"逝矣经天日，悲哉带地川"，则复言人运短促，当乘间长歌，与古文合也。崔豹《古今注》曰："长歌、短歌，言人寿命长短，各有定分，不可妄求。"按古诗云"长歌正激烈"，魏〔武〕〔文〕帝《燕歌行》云"短歌微吟不能长"，晋傅玄《艳歌行》云"咄来长歌续短歌",然则歌声有长短,非言寿命也。唐李贺有《长歌续短歌》,盖出于此。

　　青青园中葵,朝露待日晞。阳春布德泽,万物生光辉。常恐秋节至,焜黄华叶衰。百川东到海,何时复西归!少壮不努力,老大徒伤悲!

同　前　　　　　　古　辞

　　仙人骑白鹿,发短耳何长。导我上太华,揽芝获赤幢。来到主人门,奉药一玉箱。主人服此药,身体(一)日康强。发白〔复〕更黑,延年寿命长。岩岩山上亭,皎皎云间星。远望使心思,游子恋所生。驱车出北门,遥观洛阳城。凯风吹长棘,夭夭枝叶倾。黄鸟飞相追,咬咬弄音声。伫立望西河,泣下沾罗缨。

同　前　　　　　　魏明帝

　　静夜不能寐,耳听众禽鸣。大城育狐兔,高墉多鸟声。坏宇何寥廓,宿屋邪草生。中心感时物,抚剑下前庭。翔佯于阶际,景星一何明。仰首观灵宿,北辰奋休荣。哀彼失群燕,丧偶独茕茕。单心谁与侣,造房孰与成。徒然喟有和,悲惨伤人情。余情偏易感。怀罔增愤盈。吐吟音不彻,泣涕沾罗缨。

同　前　　　　　　晋·傅玄

　　利害同根源,赏下有甘钩。义门近□塘,兽□出通侯。抚剑安所趋,蛮方未顺流。蜀贼阻石城,吴寇冯龙舟。二军多壮士，闻贼如见仇。投身效知己，徒生心所羞。鹰隼厉天翼，耻与燕雀游。成败在纵者，无令鸷鸟忧。

同　　前　　　　　陆　机

逝矣经天日，悲哉带地川。寸阴无停晷，尺波徒自旋—作岂徒旋。年往迅劲矢，时来亮急弦。远期鲜克及，盈数固希全。容华夙夜零，体泽坐自捐。兹物苟难停，吾寿安得延。俯仰逝将过，倏忽几何间。慷慨亦焉诉，天道良自然。但恨功名薄，竹帛无所宣。迨及岁未暮，长歌乘我闲。

同　　前　　　宋·谢灵运

倏烁夕星流，昱奕朝露团。粲粲乌有停，泫泫岂暂安。徂龄速飞电，颓节（骛）〔骛〕惊湍。览物起悲绪，顾己识忧端。朽貌改鲜色，悴容变柔颜。变改苟催促，容色乌盘桓。亹亹衰期迫，靡靡壮志阑。既惭臧孙慨，复愧杨子叹。寸阴果有逝，尺素竟无观。幸赊道念戚，且取长歌欢。

同　　前　　　　梁元帝

当垆擅旨酒，一卮堪十千。无劳蜀山铸，扶授采金钱。人生行乐尔，何处不留连。朝为洛生咏，夕作据梧眠。忽兹忘物我，优游得自然。

同　　前　　　　沈　约

连连无—作舟壑改，微微市朝变。来功嗣往迹，莫武徂升彦。局涂顿远策,留欢限奔箭。拊戚状惊澜,循休拟回电。岁去芳愿违,年来苦心荐。春貌既移红,秋林岂停蒨。一倍茂陵道,宁思柏梁宴。长戢兔园情,永别金华殿。声徽无惑简,丹青有馀绚。幽篇且未调,无使长歌倦。

同　前

春隰荑绿柳,寒墀积皓雪。依依往纪盈,霏霏来思结。思结缠岁晏,曾是掩初节。初节曾不掩,浮荣逐弦缺。弦缺更圜合,君—作浮荣永沉灭。色随夏莲变,(能)〔态〕与秋霜鏊。道迫无异期,贤愚有同绝。衔恨岂云忘,天道无甄别。功名识所职,竹帛寻摧裂。生外苟难寻,坐为长叹设。

同　前　　唐·李白

桃李得日开,荣华照当年。东风动百物,草木尽欲言。枯枝无丑叶,涸水吐清泉。大力运天地,羲和无停鞭。功名不早著,竹帛将何宣。桃李务青春,谁能贯白日。富贵与神仙,蹉跎成两失。金石犹销铄,风霜无久质。畏落日月后,强欢歌与酒,秋霜不惜人,倏忽侵蒲柳。

同　前　　王昌龄

旷野饶悲风,飔飔黄—作多蒿草。系马停白杨,谁知我怀抱。所是同袍者,相逢尽衰—作衰老。况登汉家陵,南望长安道。下有枯树根,上有鼹—作鼫鼠窠。高皇子孙尽,千古无人过。宝玉频发掘,精灵其奈何!人生须达命,有酒且长歌。

鰕䱇篇　　　　　曹植

一曰《鰕鳝篇》。《乐府解题》曰："曹植拟《长歌行》为《鰕䱇》。"

　　鰕䱇游潢潦，不知江海流。燕雀戏藩柴，安识鸿鹄游？世事此诚明，大德固无俦。驾言登五岳，然后小陵丘。俯观上路人，势利是谋仇。高念〔翼〕皇家，远怀柔九州。抚剑而雷音，猛气纵横浮。泛泊徒嗷嗷，谁知壮士忧！

短歌行二首　六解　　魏武帝

《古今乐录》曰："王僧虔《技录》云：'《短歌行》"仰瞻"一曲，魏氏遗令，使节朔奏乐，魏文制此辞，自抚筝和歌。歌者云"贵官弹筝"，贵官即魏文也。此曲声制最美，辞不可入宴乐。'"《乐府解题》曰："《短歌行》，魏武帝'对酒当歌，人生几何'，晋陆机'置酒高堂，悲歌临觞'，皆言当及时为乐也。"

　　对酒当歌，人生几何？譬如朝露，去日苦多。一解慨当以慷，忧思难忘。以何解愁？唯有杜康。二解青青子衿，悠悠我心，但为君故，沈吟至今。三解明明如月，何时可辍？忧从中来，不可断绝。四解呦呦鹿鸣，食野之苹。我有嘉宾，鼓瑟吹笙。五解山不厌高，水不厌深。周公吐哺，天下归心。
六解

右一曲，晋乐所奏。

　　对酒当歌，人生几何？譬如朝露，去日苦多。慨当以慷，忧思难忘。何以解忧，唯有杜康。青青子衿，悠悠我心。呦呦鹿鸣，食野之苹。我有嘉宾，鼓瑟吹笙。明明如月，何时可辍。忧从中来,不可断绝。越陌度阡,枉用相存。契阔谈䜩,心念旧恩。月明星稀,乌鹊南飞。绕树三匝,何枝可依？山不厌高,海不厌深。周公吐哺,天下归心。

右一曲,本辞。

同前 六解　　　　　武帝

周西伯昌,怀此圣德。三分天下,而有其二。修奉贡献,臣节不(隆)〔坠〕。崇侯谗之,是以拘系。一解后见赦原,赐之斧钺,得使征伐。为仲尼所称：达及德行,犹奉事殷。论叙其美。二解齐桓之功,为霸之首,九合诸侯,一匡天下。一匡天下,不以兵车。正而不谲,其德传称。三解孔子所叹,并称夷吾,民受其恩。赐与庙胙,命无下拜。小白不敢尔,天威在颜咫尺。四解晋文亦霸,躬奉天王。受赐珪瓒,秬鬯、彤弓、卢弓、矢千,虎贲三百人。五解威服诸侯,师之者尊,八方闻之,名亚齐桓。河阳之会,诈称周王。是〔以〕其名纷葩。六解

右一曲,晋乐所奏。

同前 六解　　　　　魏文帝

仰瞻帷幕,俯察几筵。其物如故,其人不存。一解神灵倏忽,弃我遐迁。靡瞻靡恃,泣涕连连。二解呦呦游鹿,衔草鸣麑。翩翩飞鸟,挟子巢栖。三解我独孤茕,怀此百离。忧心孔疚,莫我能知。四解人亦有言,忧令人老。嗟我白发,生一何早！五解长吟永叹,怀我圣考。曰仁者寿,胡不是保！六解

右一曲,魏乐所奏。

同　前　　　　魏明帝

翩翩春燕，端集余堂。阴匿阳显，节运自常。厥貌淑美，玄衣素裳。归仁服德，雌雄颉颃。执志精专，絜行驯良。衔土缮巢，有式宫房。不规自圜，无矩而方。

同　前　　　　晋·傅玄

长安高城，曾楼亭亭。干云四起，上贯天庭。蜉蝣何整，行如军征。蟋蟀何感，中夜哀鸣。蚍蜉偷—作愉乐，粲粲其荣。寤寐念之，谁知我情。昔君视我，如掌中珠。何意一朝，弃我沟渠。昔君与我，如影如形，何意一去，心如流星。昔君与我，两心相结。何意今日，忽然两绝。

同　前　　　　陆机

置酒高堂，悲歌临觞。人生几何？逝如朝霜！时无重至，华不再扬。蘋以春晖，兰以秋芳。来日苦短，去日苦长。今我不乐，蟋蟀在房。乐以会兴，悲以别章。岂曰无感，忧为子忘。我酒既旨，我肴既臧。短歌可咏，长夜无荒。

同　前　　　　梁·张率

君子有酒，小人鼓缶。乃布长筵，式宴亲友。盛壮不留，容华易朽。如彼槁叶，有似过牖。往日莫淹，来期无久。秋风悴林，寒蝉鸣柳。悲自别深，欢由会厚。岂云不乐，与子同寿。我酒既盈，我肴伊阜。短歌是唱，孰知身后。

同　前　　　　　周·徐谦

穷通皆是运,荣辱岂关身。不愿门前客,看时逢故人。意气青云里,爽朗烟霞外。不羡一囊钱,唯重心襟会。

同　前　　　　　隋·辛德源

驰射罢金沟,戏笑上云楼。少妻鸣赵瑟,侍妓啭吴讴。杯度浮香满,扇举细尘浮。星河耿凉夜,飞月艳新秋。忽念奔驹促,弥欣执烛游。

同　前　　　　　唐·聂夷中

八月木荫薄,十叶三堕枝。人生过五十,亦已同此时。朝出东郭门,嘉树郁参差。暮出西郭门,原草已离披。南邻好台榭,北邻善歌吹。荣华忽消歇,四顾令人悲。生死与荣辱,四者乃常期。古人耻其名,没世无人知。无言鬓似霜,勿谓发如丝。耆年无一善,何殊食乳儿。

同　前　　　　　李　白

白日何短短,百年苦易满。苍穹浩茫茫,万劫太极长。麻姑垂两鬓,一半已成霜。天公见玉女,大笑亿千场。吾欲揽六龙,回车挂扶桑。北斗酌美酒,劝龙各一觞。富贵非所愿,为人驻颓光—作与人驻流光。

同前六首　　　　顾　况

城边路,今人犁田昔人墓。岸上沙,昔时江水今人家。

今人昔人共长叹，四气相催节回换。明月皎皎入华池，白云离离度清汉。

我欲升天天隔霄，我思渡水水无桥。我欲上山山路险，我欲汲井井泉遥。越人翠被今何夕，独立沙边江草碧。紫燕西飞欲寄书，白云何处逢来客。

新系青丝百尺绳，心在君家辘轳上。我心皎絜君不知，辘轳一转一惆怅。

何处春风吹晓幕，江南绿水通朱阁。美人二八面如花，泣向东风畏花落。

临春风，听春鸟，别时多，见时少。愁人夜永不得眠—作愁人一夜不得眠，瑶井玉绳相向晓。

轩辕皇帝初得仙，鼎湖一去三千年。周流三十六洞天，洞中日月星辰连。骑龙驾景游八极，轩辕弓剑无人识，东海青童寄消息。

同　前　　　　　　王　建

人初生，日初出，上山迟，下山疾。百年三万六千朝，夜里分将强半日。有歌有舞闻早为，昨日健于今日时。人家见生男女好，不知男女催人老。短歌行，无乐声。

同　前　　　　　　张　籍

青天荡荡高且虚，上有白日无根株。流光暂出还入地，催我少年不须臾。与君相逢忽寂寞，衰老不复如今乐。玉卮盛酒置君前，再拜愿君千万年。

同前二首　　　　　　白居易

瞳瞳太阳如火色,上行千里下一刻。出为白昼入为夜,圜转如珠住不得。住不得,可奈何!为君举酒歌短歌。歌声苦,词亦苦,四座少年君听取。今夕未竟明夕催,秋风才住春风回。人无根蒂时不驻,朱颜白日相隳颓。劝君且强笑一面,劝君复强饮一杯。人生不得长欢乐,年少须臾老到来。

世人求富贵,多为身嗜欲。盛衰不自由,得失常相逐。问君少年日,苦学将干禄。负笈尘中游,抱书雪前宿。布衾不周体,藜茹才充腹。三十登宦途,五十被朝服。奴温已挟纩,马肥初食粟。未敢议欢游,尚为名捡束。耳目聋暗后,堂上调丝竹。牙齿缺落时,盘中堆酒肉。彼来此已去,外馀中不足。少壮与荣华,相避如寒燠。青云去地远,白日终天速。从古无奈何,短歌听一曲。

同　前　　　　　　陆龟蒙

爪牙在身上,陷阱犹可制。爪牙在胸中,剑戟无所谓。人言畏猛虎,谁是撩头毙。只见古来心,奸雄暗相噬。

同　前　　　　　　僧皎然

古人若不死,吾亦有所悲。萧萧烟雨九原上,白杨青松葬者谁?贵贱同一尘,死生同一指。人生在世共如此,何异浮云与流水。短歌行,短歌无穷日已倾。邺宫梁苑徒有名,春草秋风伤我情。何为不学金仙侣,一悟空王无死生。

乐府诗集卷第三十一　相和歌辞 六

平调曲 二

铜雀台　　　　　　　陈·张正见

一曰《铜雀妓》。《邺都故事》曰："魏武帝遗命诸子曰：'吾死之后，葬于邺之西岗上，与西门豹祠相近，无藏金玉珠宝。馀香可分诸夫人，不命祭吾。妾与伎人，皆著铜雀台。台上施六尺床，下繐帐，朝晡上酒脯粻糒之属。每月朝十五，辄向帐前作伎。汝等时登台，望吾西陵墓田。'故陆机《吊魏武帝文》曰：'挥清弦而独奏，荐脯糒而谁尝？悼繐帐之冥漠，怨西陵之茫茫。登雀台而群悲，伫美目其何望。'"按铜雀台在邺城，建安十五年筑。其台最高，上有屋一百二十间，连接榱栋，侵彻云汉。铸大铜雀置于楼颠，舒翼奋尾，势若飞动，因名为铜雀台。《乐府解题》曰："后人悲其意，而为之咏也。"

凄凉铜雀晚，摇落墓田通。云惨当歌日，松吟欲舞风。人疏瑶席冷，曲罢繐帷空。可惜年将泪，俱尽望陵中。

同　前　　　　　　　荀仲举

高台秋色晚，直望已凄然。况复归风便，松声入断弦。泪逐梁尘下，心随团扇捐。谁堪三五夜，空对月光圆。

同　前　　　　　　　唐·王无竞

北登铜雀上，西望青松郭。繐帐空苍苍，陵田纷漠漠。

415

平生事已变,歌吹宛犹昨。长袖拂玉尘,遗情结罗幕。妾怨在朝露,君恩岂中薄。高台奏曲终,曲终泪横落。

同　前　　　　郑愔

日斜漳浦望,风起邺台寒。玉座平生晚,金樽妓吹阑。舞馀依帐泣,歌罢向陵看。萧索松风暮,愁烟入井栏。

同　前　　　　刘长卿

娇爱更何日,高台空数层。含啼映双袖,不忍看西陵。漳河东流无复来,百花辇路为苍苔。青楼月夜长寂寞,碧云日暮空徘徊。君不见邺中万事非昔时,古人何在今人悲。春风不逐君王去,草色年年旧宫路。宫中歌舞已浮云,空指行人往来处。

同　前　　　　贾至

日暮铜雀静,西陵鸟雀归。抚弦心断绝,听管泪霏霏。灵机临朝奠,空床卷夜衣。苍苍川上月,应照妾魂飞。

同　前　　　　罗隐

强歌强舞竟难胜,花落花开泪满缯。祇合当年伴君死,免教憔悴望西陵。

同　前　　　　薛能

魏帝当时铜雀台,黄花深映棘丛开。人生富贵须回首,此地岂无歌舞来？

同前　　　　　张氏琰

君王冥寞不可见，铜雀歌舞空徘徊。西陵啧啧悲宿鸟，空殿沈沈闭青苔。青苔无人迹，红粉空相哀。

同前　　　　　梁氏琼

歌扇向陵开，齐行奠玉杯。舞时飞燕列，梦里片云来。月色空馀恨，松声暮更哀。谁怜未死妾，掩袂下铜台。

铜雀妓　　　　齐·谢朓

缜帷飘井幹，樽酒若平生。郁郁西陵树，讵闻歌吹声。芳襟染泪迹，婵娟空复情。玉座犹寂寞，况乃妾身轻。

同前　　　　　梁·何逊

秋风木叶落，萧瑟管弦清。望陵歌对酒，向帐舞空城。寂寂檐宇旷，飘飘帷幔轻。曲终相顾起，日暮松柏声。

同前　　　　　刘孝绰

雀台三五日，歌吹似佳期。定对西陵晚，松风飘素帷。危弦断更接，心伤于此时。何言留客袂，翻掩望陵悲。

同前　　　　　江淹

武王去金阁，英威长寂寞，雄剑顿无光，杂佩亦销铄。

秋至明月圜,风伤白露落。清夜何湛湛,孤烛映兰幕。抚影怆无从,惟怀忧不薄。瑶色行应罢,红芳几为乐。徒登歌舞台,终成蝼蚁郭。

同前二首　　　　唐·王勃

妾本深宫妓,曾城闭九重。君王欢爱尽,歌舞为谁容?锦衾不复襞,罗衣谁再缝?高台西北望,流涕向青松!

金凤邻铜雀,漳河望邺城。君王无处所,台榭若平生。舞筵纷可就,歌梁俨未倾。西陵松槚冷,谁见绮罗情?

同前　　　　沈佺期

昔年分鼎地,今日望陵台。一旦雄图尽,千秋遗令开。绮罗君不见,歌舞妾空来。恩共漳河水,东流无重回。

同前　　　　乔知之

金阁惜分香,铅华不重妆。空馀歌舞地,犹是为君王。哀弦调已绝,艳曲不须长。共看西陵暮,秋烟生白杨。

同前　　　　(王)〔高〕适

日暮铜雀迥,幽声一作深玉座清。萧森松柏望,(姿)〔委〕郁绮罗情。君恩不再重,妾(无)〔舞〕为谁轻?

同前　　　　欧阳詹

萧条登古台,回首黄金屋。落叶不归林,高陵永为谷。

妆容徒自丽,舞态阅谁目？惆怅缞帷前,歌声苦于哭!

同 前　　　袁 晖

君爱本相饶,从来事舞腰。那堪攀玉座,肠断望陵朝。怨著情无主,哀凝曲不调。况临松日暮,悲吹坐萧萧。

同 前　　　刘 商

魏主矜蛾眉,美人美于玉。高台无昼夜,歌舞竟未足。盛色如转圜,夕阳落深—作空谷。仍令身殁后,尚足平生欲。红粉横泪痕,调弦空向屋。举头君不在,唯见西陵木。玉辇岂再来,娇鬟为谁绿？那堪秋风里,更舞阳春曲！曲终—作罢情不胜,阑干向西哭。台边生野草,来去胸罗縠。况复陵寝间,双双见麋鹿。

同 前　　　李 贺

佳人一壶酒,秋容满千里。石马卧新烟,忧来何所（歌）〔似〕。歌声且潜弄,陵树风自起。长裾压高台,泪眼看花机。

同 前　　　吴 烛

秋色西陵满绿芜,繁弦—作红急管强欢娱。长舒罗袖不成舞,却向风前承泪珠。

同 前　　　朱光弼

魏王铜雀妓,日暮管弦清。一见西陵树,悲心舞不成。

同　前　　　　　　朱　放

恨唱歌声咽，愁翻舞袖迟。西陵日欲暮，是妾断肠时。

同　前　　　　　　僧皎然

强开樽酒向陵看，忆得君王旧日欢。不觉馀歌悲自断，非关艳曲转声难。

雀台怨　　　　　　唐·马　戴

魏宫歌舞地，蝶戏鸟还鸣。玉座人难到，铜台雨滴平。西陵树不见，漳浦草空生。万恨尽埋此，徒悬千载名。

同　前　　　　　　程氏长文

君王去后行人绝，箫竽不响歌喉咽。雄剑无威光彩沈，宝瑟零落金星灭。玉阶寂寂坠秋露，月照当时歌舞处。当时歌舞人不回，化为今日西陵灰。

置酒高堂上　　　　宋·孔　欣

置酒宴友生，高会临疏櫺。芳俎列佳肴，山罍满春青。广乐充堂宇，丝竹横两楹。邯郸有名倡，承间奏新声。八音何寥亮，四座同欢情。举觞发《湛露》，衔杯咏《鹿鸣》。觞谣可相娱，扬〔解〕〔觯〕意何荣。顾欢来义士，畅哉矫天诚。朝日不夕盛，川流常宵征。生犹悬水溜，死若波澜停。当年贵得意，何能竞虚名。

当置酒　　　　　　梁简文帝

置酒宴嘉宾,瞩迥临飞观。绝岭隔天馀,长屿横江半。日色花上绮,风光水中乱。三益既葳蕤,四始方葱粲。

置酒行　　　　　　唐·李益

置酒命所欢,凭觞遂为戚。日往不再来,兹辰坐成昔。百龄非长久,五十将半百。胡为劳我形,已须还复白。西山鸾鹤顾,矫矫烟雾翮。明霞发金丹,阴洞潜水碧。安得凌风羽,崦嵫驻灵魄。兀然坐衰老,惭叹东陵柏。

同　前　　　　　　陆龟蒙

落尘花片排香痕,阑珊醉露栖愁魂。洞庭波色惜不得,东风领入黄金樽。千筠掷毫春谱大,碧舞红啼相唱和。安知寂寞西海头,青簦未垂孤凤饿。

长歌续短歌　　　　李贺

长歌破衣襟,短歌断白发。秦王不可见,旦夕成内热。渴饮壶中酒,饥拔陇头粟。凄凄四月阑,千里一时绿。夜峰何离离,明月落石底。徘徊沿石寻,照出高峰外。不得与之游,歌成鬓先改。

猛虎行　　　　　　魏文帝

古辞曰:"饥不从猛虎食,暮不从野雀栖。野雀安无巢,游子为谁骄。"魏明帝辞曰:"双桐生空枝,枝叶自相加。通泉溉其根,玄雨润其

421

柯。"《古今乐录》曰:"《猛虎行》,王僧虔《技录》曰:荀录所载,明帝《双桐》一篇,今不传。"《乐府解题》曰:"晋陆机云'渴不饮盗泉水',言从远役,犹耿介,不以艰险改节也。又有《双桐生空井》,亦出于此。"

与君媾新欢,托配于二仪。充列于紫微,升降焉可知。梧桐攀凤翼,云雨散洪池。

同 前　　　晋·陆机

渴不饮盗泉水,热不息恶木阴。恶木岂无枝,志士多苦心。整驾肃时命,杖策将远寻。饥食猛虎窟,寒栖野雀林。日归功未建,时往岁载阴。崇云临岸骇,鸣条随风吟。静言幽谷底,长啸高山岑。急弦无懦响,亮节难为音。人生诚未易,曷云开此襟。眷我耿介怀,俯仰愧古今。

同 前　　　宋·谢惠连

贫不攻九疑玉,倦不憩三危峰,九疑有或(当作惑)号,三危无安容。美物标贵用,志士厉奇踪。如何抵远役,王命宜肃恭。伐鼓功未著,振旅何时从?

同 前　　　谢惠连

猛虎潜深山,长啸自生风。人谓客行乐,客行苦心伤。

同 前　　　唐·储光羲

寒亦不忧雪,饥亦不食人。人血岂不甘,所恶伤明神。太室为我宅,孟门为我邻。百兽为我膳,五龙为我宾。蒙马一何威,浮江亦以仁。彩章耀朝日,牙爪雄武臣。高云逐气浮,厚地随声震。君能贾馀勇,日夕长于亲。

同　　前　　　　李　白

朝作《猛虎行》,暮作《猛虎吟》。肠断非关陇头水,泪下不为雍门琴。旌旗—作旆旌缤纷两河道,战鼓惊山欲倾倒。秦人半作燕(池)〔地〕囚,胡马翻衔洛阳草。一输一失关下兵,朝降夕叛幽蓟城。巨鳌未斩海水动,鱼龙奔走安得宁?颇似楚、汉时,翻覆无定止。朝过博浪沙,暮入淮阴市。张良未遇韩信贫,刘、项存亡在两臣。暂到下邳受兵略,来投漂母作主人。贤哲凄凄古如此,今时亦弃青云士。有策不敢犯龙鳞,窜身南国避胡尘。宝书长—作玉剑挂高阁,金鞍骏马散故人。昨日方为宣城客,掣铃交通二千石。有时六博快壮—作寸心,绕床三(市)〔匝〕呼一掷。楚人每道张旭奇,心藏风云世莫知。三吴邦伯多—作皆顾眄,四海雄侠皆相推—作两追随。萧、曹曾作沛中吏,攀龙附凤当有时。溧阳酒楼三月春,杨花漠漠—作范愁杀人。胡人绿眼吹玉笛,吴歌白纻飞梁尘。丈夫相见—作到处且为乐,椎牛挝鼓会众宾。我从此去钓东海,得鱼笑寄情相亲。

同　　前　　　　韩　愈

猛虎虽云恶,亦各有匹俦。群行深谷间,百兽望风低。身食黄熊父,子食赤豹麛。择肉于熊罴,肯视兔与狸?正昼当谷眠,眼有百步威。自矜无当对,气性纵以乖。朝怒杀其子,暮还飧—作食其妃。匹俦四散走,猛虎还孤栖。狐鸣门四旁,乌鹊从噪之。出逐猴—作雅入居,虎不知所归。谁云猛虎恶,中路正悲啼。豹来衔其尾,熊来攫其颐。猛虎死不辞,但惭前所为。虎咒无助死,况如汝细微。故当结以信,亲当结以私。亲故且不保,人谁信汝为!

同　前　　　　　张　籍

南山北山树冥冥,猛虎白日绕林行。向晚一身当道食,山中麋鹿尽无声。年年养子在深谷,雌雄上山不相逐,谷中近窟有山林,长向村家取黄犊。五陵年少不敢射,空来林下看行迹。

同　前　　　　　李　贺

长戈莫舂,强弩莫烹,乳孙哺子,教得生狞。举头为城,掉尾为旌,东海黄公,愁见夜行。道逢驺虞,牛哀不平。(生)何用尺刀,壁上雷鸣。泰山之下,妇人哭声。官家有程,吏不敢听。

同　前　　　　　僧齐己

磨尔牙,错尔爪,狐莫威,兔莫狡,饥来吞噬取肠饱。横行不怕日月明,皇天产尔为生宁,前村半夜闻吼声,何人按剑灯荧荧!

双桐生空井　　　　梁简文帝

季月对桐井,新枝杂旧株。晚叶藏栖凤,朝花拂曙乌。还看稚子照,银床系辘轳。

乐府诗集卷第三十二　相和歌辞 七

平调曲 三

君子行　　　　　古 辞

《乐府解题》曰："古辞云'君子防未然'，盖言远嫌疑也。又有《君子有所思行》，辞旨与此不同。"

君子防未然，不处嫌疑间。瓜田不纳履，李下不正冠。嫂叔不亲授，长幼不比肩。劳谦得其柄，和光甚独难。周公下白屋，吐哺不及餐。一沐三握发，后世称圣贤。

同　前　　　　晋·陆 机

天道夷且简，人道险而难。休咎相乘蹑，翻覆若波澜。去疾苦不远，疑似实生患。近火固宜热，履冰岂恶寒。掇蜂灭天道，拾尘惑孔颜。逐臣尚何有，弃友焉足叹。福钟恒有兆，祸集非无端。天损未易辞，人益犹可欢。朗鉴岂远假，取之在倾冠。近情苦自信，君子防未然。

同　前　　　　梁简文帝

君子怀琬琰，不使涅尘淄。从容子云阁，寂寞仲舒帷。多谢悠悠子，管窥良可悲。

同前　　　　　　沈约

良御惑燕楚，妙察乱渑淄。堤倾由漏壤，垣隙自危基。嚣途或妄践，党义勿轻持。

同前　　　　　　戴暠

画野依德星，开鄽对廉水。接越称交让，连树名君子。数非唯二失，升阶无三止。探甑不疑尘，正冠还避李。寄言蘧伯玉，无为嗟独耻。

同前　　　　　唐·僧齐己

圣人不生，麟龙何瑞？梧桐不高，凤凰何止？吾闻古之有君子，行藏以时，进退求己。荣必为天下荣，耻必为天下耻。苟进不如此，亦何必用虚伪之文章，取荣名而自美？

燕歌行　七解　　　　魏文帝

《乐府解题》曰："晋乐奏魏文帝'秋风'、'别日'二曲，言时序迁换，行役不归，妇人怨旷无所诉也。"《广题》曰："燕，地名也。言良人从役于燕，而为此曲。"

秋风萧瑟天气凉，草木摇落露为霜。一解群燕辞归鹄南翔，念吾客游多思肠。二解慊慊思归恋故乡，君何淹留寄他方。三解贱妾茕茕守空房，忧来思君不敢忘。四解不觉泪下沾衣裳，援瑟鸣弦发清商。五解短歌微吟不能长，明月皎皎照我床。六解星汉西流夜未央，牵牛织女遥相望，尔独何辜

限河梁？七解

右一曲，晋乐所奏。

同前　六解　　　魏文帝

别日何易会日难，山川悠远路漫漫。一解郁陶思君未敢言，寄书浮云往不还。二解涕零雨面毁形颜，谁能怀忧独不叹。三解耿耿伏枕不能眠，披衣出户步东西。四解展诗清歌聊自宽，乐往哀来摧心肝。悲风清厉秋气寒，罗帷徐动经秦轩。五解仰戴星月观云间，飞鸟晨鸣声（气）可怜，留连顾怀不自存。六解

右一曲，晋乐所奏。

别日何易会日难，山川悠远路漫漫。郁陶思君未敢言，寄声浮云往不还。涕零雨面毁容颜，谁能怀忧独不叹。展诗清歌聊自宽，乐往哀来摧肺肝。耿耿伏枕不能眠，披衣出户步东西。仰看星月观云间，飞鸱晨鸣声可怜，留连顾怀不能存。

右一曲，本辞。

同　前　　　魏明帝

白日晼晼忽西倾，霜露惨凄涂阶庭。秋草卷叶摧枝茎，翩翩飞蓬常独征，有似游子不安宁。

同　前　　　晋·陆机

四时代序逝—作远不追，寒风习习落叶飞。蟋蟀在堂露

盈墀,念君远—作客游恒苦悲。君何缅然久不归,贱妾悠悠心无违。白日既没明灯辉,夜禽赴林匹鸟栖。双鸣关关宿河湄,忧来感物泪不晞。非君之念思为谁,别日—作日别何早会何迟!

同　　前　　　宋·谢灵运

孟冬初寒节气成,悲风入闺霜依庭。秋蝉噪柳燕栖楹,念君行役怨边城。君何崎岖久徂征,岂无膏沐感鹳鸣。对酒不乐泪沾缨,辟窗开幌弄秦筝。调弦促柱多哀声,遥夜明月鉴帷屏。谁知河汉浅且清,展转思服悲明星。

同　　前　　　谢(灵运)〔惠连〕

四时推迁迅不停,三秋萧瑟叶解轻,飞霜被野雁南征。念君客游羁思盈,何为淹留无归声。爱而不见伤心情,朝日潜辉华灯明。林鹊同栖渚鸿并,接翩偶羽依蓬瀛。仇依旅类相和鸣,余独何为志无成,忧缘物感泪沾缨。

同　　前　　　梁元帝

燕赵佳人本自多,辽东少妇学春歌。黄龙戍北花如锦,玄菟城前月似蛾。如何此时别夫婿,金羁翠眊往交河。还闻入汉去燕营,怨妾愁心百恨生。漫漫悠悠天未晓,遥遥夜夜听寒更。自从异县同心别,偏恨同时成异节。横波满脸万行啼,翠眉暂敛千重结。并海连天合不开,那堪春日上春台。唯见远舟如落叶,复看遥舸似行杯。沙汀夜鹤啸羁雌,妾心无趣坐伤离。翻嗟汉使音尘断,空伤贱妾燕南垂。

同　前　　　　　　　萧子显

风光迟舞出青蘋,兰条翠鸟鸣发春。洛阳梨花落如雪,河边细草细如茵。桐生井底叶交枝,今看无端双燕离。五重飞楼入河汉,九华阁道暗清池。遥看白马津上吏,传道黄龙征戍儿。明月金光徒—作从照妾,浮云玉叶君不知。思君昔去柳依依,至今八月避暑归。明珠蚕茧登勉机,郁金香的特香衣。洛阳城头鸡欲曙,丞相府中乌未飞。夜梦征人缝狐貉,私怜织妇裁锦绯。吴刀郑绵络,寒闺夜被薄。芳年海上水中凫,日暮寒夜空城雀。

同　前　　　　　　周·王褒

初春丽日莺欲娇,桃花流水没河桥。蔷薇花开—作开花百重叶,杨柳拂—作覆地散千条。陇西将军号都护,楼兰校尉称嫖姚。自从昔别春燕分,经年一去不相闻。无复汉地长安月,唯有漠北蓟城云。淮南桂中明月影,流黄机上织成文。充国行军屡筑营,阳史讨虏陷平城。城下风多能却阵,沙中雪浅讵停兵。属国少妇犹年少,羽林轻骑散征行。遥闻陌头采桑曲,犹胜边地胡笳声。胡笳向暮使人泣,还使闺中空伫立。桃花落,杏花舒,桐生井底寒叶疏。试为来看上林雁,必有遥寄陇头书。

同　前　　　　　　　庾信

代北云气昼昏昏,千里飞蓬无复根。寒雁丁丁—作嗈嗈渡辽水,桑叶纷纷落蓟门。晋阳山头无箭竹,疏勒城中乏水源。属国征戍久离居,阳关音信绝能疏。愿得鲁连飞一箭,持寄思归燕将书。渡辽本自有将军,寒风萧萧生水纹。妾惊甘泉足烽火,君讶渔阳少阵云。自从将军出细柳,荡子空床难独守。盘龙明镜饷秦嘉,辟恶生香寄韩寿。春分燕来能几日?二月蚕眠不复久。洛阳游丝百丈连,黄河春冰千片穿。桃花颜色好如马。榆荚新开巧似钱。蒲桃一杯千日醉,无事九转学神仙。定取金丹作几服,能令华表得千年。

同　　前　　唐·高适

汉家烟尘在东北,汉将辞家破残贼。男儿本自重横行,天子非常赐颜色。摐金伐鼓下榆关,旌旗逶迤碣石间。校尉羽书飞瀚海,单于猎火照狼山。〔山〕川萧条极边土,胡骑凭凌杂风雨。战士军前半死生,美人帐下犹歌舞!大漠穷秋塞草衰,孤城落日斗兵稀。身当恩遇常轻敌,力尽关山未解围。铁衣远戍辛勤久,玉箸应啼别离后。少妇城南欲断肠,征人蓟北空回首。边风飘飘那可度,绝域苍茫更何—作无所有?杀气三日作阵云,寒声一夜传刁斗。相看白刃血纷纷,死节从来岂顾勋?君不见沙场征战苦,至今犹忆李将军!

同　　前　　贾至

国之重镇惟幽都,东威九夷制北胡。五军精卒三十万,百战百胜擒单于。前临滹沱后沮水,崇山沃野亘千里。昔时燕王重贤士,黄金筑台从隗始。倏忽兴王定蓟丘,汉家又以封王侯。萧条魏晋为横流,鲜卑窃据朝五州。我唐区夏馀十纪,军容武备赫万祀。彤弓黄钺授元帅,垦耕大漠为内地。季秋胶折边草腓,治兵羽猎因出师。千营万队连旌旗,望之如火忽雷—作电驰。匈奴慑窜穷发北,大荒万里无尘飞。隋家昔为天下宰,穷兵黩武征辽海。南风不竞多死声,鼓卧旗折黄云横。六军将士皆死尽,战马空鞍归故营。时迁道革天下平,白环入贡沧海清。自有农夫已高枕,无劳校尉重横行。

同　　前　　　　陶　翰

请君留楚调,听我吟燕歌。家在辽水头,边风意气多。出身为汉将,正值戎未和。雪中凌天山,冰上渡交河。大小百馀战,封侯竟蹉跎。归来霸陵下,故旧无相过。雄剑委尘匣,空门唯雀罗。玉簪还赵女,宝瑟付齐娥。昔日不为乐,时哉今奈何。

从军行五首　　　　魏·王粲

《古今乐录》曰:"《从军行》,王僧虔云,荀录所载左延年《苦哉》一篇今不传。"《乐府解题》曰:"《从军行》,皆军旅苦辛之辞。"《广题》曰:"左延年辞云:'苦哉边地人,一岁三从军。三子到燉煌,二子诣陇西。五子远斗去,五妇皆怀身。'陈伏知道又有《从军五更转》。"

从军有苦乐,但问所从谁。所从神且武,焉得久劳师。相公征关右,赫怒震天威。一举灭獯虏,再举服羌夷。西收边地贼,忽若俯拾遗。陈赏越丘山,酒肉逾川坻。军中多饫饶,人马皆溢肥。徒行兼乘还,空出有馀资。拓地三千里。往返—作反—如—作若飞。歌舞入邺城,所愿获无违。昼—作尽日献—作处大朝,日暮薄言归。外参时明政,内不废家私。禽兽惮为牺,良苗实已挥。窃慕负鼎翁,愿厉朽钝姿。不能效沮溺,相随把锄犁。熟览夫子诗,信知所言非。凉—作源风厉秋节,司典告详刑。我君顺时发,桓桓东南征。泛舟盖长川,陈卒被隰坰。征夫怀亲戚,谁能无此—作恋情。拊衿—作襟倚舟樯,眷言思邺城。哀彼东山人,喟然感鹳鸣。日月不安处,人谁获恒—作常宁。昔人从公旦,一征辄三龄。今我神武师,暨—作暂往必速平。弃余亲睦恩,输力竭忠贞。惧无一夫用,报我素餐诚。夙夜自恲性,思逝若抽縈。将秉先登羽,岂敢听金声。从军征遐路,讨彼东南夷。方舟顺广川,薄暮未安坻。白日半西山,桑梓有馀晖。蟋蟀夹岸鸣,孤鸟翩翩飞。征夫心两—作多怀—作恻,凄怆令吾悲。下船登高防,草露沾—作治我衣。回身赴床寝,此愁当告谁?身服干戈事,岂得念所私。即戎有受命,兹理不可违。

朝发邺都桥,暮济白马津。逍遥河堤上,左右望我军。连舫逾万艘,带甲千万人。率彼东南路,将定一举勋。筹策运帷幄,一由我圣君。恨—作限我无时谋,譬诸具官臣。鞠躬中坚内,微画无所陈。许历为完士,一言犹—作独败秦。我有素餐(贵)〔责〕,诚愧伐(礼)〔檀〕人。虽无铅刀用,庶几奋薄身。

悠悠涉荒路,靡靡我心愁。四望无烟火,但见林与丘。城郭生榛棘,蹊径无所由。蕉蒲竟广泽,葭苇夹长流。日夕凉风发,翩翩漂吾舟。寒蝉在树鸣,鹳鹄摩天遊一作游。客子多悲伤,泪下不可收。朝入谯郡界,旷然消人忧。鸡鸣达四境,黍稷盈原畴。馆宅充廛一作廊里,女士一作士女满庄馗。自非圣贤国,谁能享斯休。诗人美乐土,虽客犹愿留。

同　前　　　　　陆　机

苦哉远征人,飘飘穷四遐一作穷西河。南陟五岭巅,北戍长城阿。溪谷一作深谷深一作邈无底,崇山郁嵯峨。奋臂攀乔木,振迹涉流沙。隆暑固已惨,凉风严且苛。夏条焦一作集鲜藻,寒冰结冲波。胡马如云屯,越旗亦星罗。飞锋无绝影,鸣镝自相和。朝餐不免胄,夕息常负戈。苦哉远征人,拊心悲如何!

同　前　　　　　宋·颜延年

苦哉远征人,毕力干时艰。秦初略扬越,汉世争阴山。地广旁无界,岊阿上亏天。峤雾下高鸟,冰沙固流川。秋飙冬未至,春液夏不涓。闽烽指荆吴,胡埃属幽燕。横海咸飞骊,绝漠皆控弦。驰檄发章表,军书交塞边。接镝赴阵首,卷甲起行前。羽驿驰无绝,旌旗昼夜悬。卧伺金柝响,起候亭燧烟。逊矣远征人,惜哉私自怜!

同前二首　　　　梁简文帝

贰师惜善马,楼兰贪汉财。前年出右地,今岁谢轮台。鱼云望旗聚,龙沙随阵开。冰城朝浴铁,地道夜衔枚。将军号令密,天子玺书催。何时反旧里,遥见下机来。

云中亭障—作障嶂羽檄惊,甘泉烽火通夜明。贰师将军新筑营,嫖姚校尉初出征。复有山西将,绝世爱—作受雄名。三门应遁甲,五垒学神兵。白云随阵—作旆色,苍山答鼓声。迤逦观鹅翼,参差睹雁行。先平小月阵,却灭大宛城。善马还长乐,黄金付水衡。小妇赵人能鼓瑟,侍婢初笄解郑声。庭前桃花—作柳絮飞已—作欲合,必应红妆来起迎—作起见迎。

同 前　　　　梁元帝

宝剑饰龙渊,长虹〔昼〕〔画〕彩〔船〕〔斿〕。山虚和铙管,水净写楼船。连鸡随火度,燧象带烽然。洞庭晚风急,潇湘夜月圆。荀令多文藻,临戎赋雅篇。

同 前　　　　沈 约

惜哉征夫子,忧恨良独多。浮天出鲲海,束马渡交河。云萦九折嶝,风卷万里波。维舟无夕岛,秣骥乏平莎。凌涛富惊沫,援木阙垂萝。红颸鸣叠屿,流云照层阿。玄埃晦朔马,白日照吴戈。寝兴流征怨,寤寐起还歌。晨装岂辍惊,夕垒讵淹和。苦哉远征人,悲矣将如何!

同 前　　　　戴 暠

长安夜刺闺,胡骑白铜鞮。诏书发陇右,召募取关西。剑悬三尺鞘,铠〔暴〕〔累〕七重犀。督军鸣战鼓,遑夜数更鼙。侵星出柳塞,际晚入榆溪。秦泾含药鸩,晋火逐飞鸡。通泉开地道,望敌竖云梯。阴山日不暮,长城风自凄。弓寒折锦鞭,马冻滑斜蹄。燕旗竿上晚,羌笛管中嘶。登山试下赵,凭轼且平齐。当今函谷上,唯见一丸泥。

同前　　　　　吴均

男儿亦可怜,立功在北边。阵头横却月,马腹带连钱。怀戈发陇坻,乘冻至辽边。微诚君不爱,终自直如弦。

同前二首　　　　江淹

樽酒送征人,踟蹰在亲宴。日暮浮云滋,握手泪如霰。悠悠清水天,嘉鲂得所荐。而我在万里,结友不相见。袖中有短书,愿寄双飞燕。

从军出陇北,长望阴山云。泾渭各流异,恩情于此分。故人赠宝剑,镂以瑶华文。一言凤独立,再说鸾无群。何得晨风起,悠哉凌翠氛。黄鹄去千里,垂涕一作泪为报君。

同前　　　　　萧子显

左角明王侵汉边,轻薄良家恶少年。纵横向沮泽,凌厉取山田。黄尘不见景,飞蓬恒满天。边功封浞野,窃宠劫祁连。春风春月将进酒,妖姬舞女乱君前。

同前　　　　　刘孝仪

冠军亲侠射,长平自合围。木落雕弓燥,气秋征马肥。贤王皆屈膝,幕府复申威。何谓从军乐,往返速如飞。

同　前　　　　　陈·张正见

胡兵屯蓟北，汉将起山西。故人轻百战，(卿)〔聊〕欲定三齐。风前喷画角，云上舞飞梯。雁塞秋声远，龙沙云路迷。燕然自可勒，函谷讵须泥？

将军定朔边，刁斗出祁连。高柳横长塞，榆关接(连)〔远〕天。井泉含阵竭，风火映山然。欲知客心断，旄旌万里悬。

同　前　　　北周·赵王一作周赵

辽东烽火照甘泉，蓟北亭障接燕然。水冻菖蒲未生节，关寒榆叶不成钱。

同　前　　　　　　庾信

河图论阵气，金匮辨星文。地中鸣鼓角，天上下将军。函犀恒七属，浴铁本千群。飞梯聊度绛，合弩暨凌汾。寇阵先中断，妖营即两分。连烽对岭度，嘶马隔河闻。箭飞如疾雨，城崩似坏云。英王于此战，何用武安君！

同前二首　　　　　王褒

兵书久闲习，征战数曾经。讲戎平乐观，学戏羽林亭。西征度疏勒，东驱出井陉。牧马滨长渭，营军毒上泾。平云如阵色，半月类城形。羽书封信玺，诏使动流星。对岸流沙白，缘河柳色青。将幕恒临斗，旌门常背刑。勋封瀚海石，功勒燕然铭。兵势因麾下,军图送掖庭。谁怜下玉箸,向暮掩金屏。

黄河流水急,骢马送征人。谷望河阳县,桥度小平津。年－作恶少多游侠,结客好轻身。代风愁枥马,胡霜宜角筋。羽书劳警急,边鞍倦苦辛。康居因汉使,卢龙称魏臣。荒戍唯看柳,边城不识春。男儿重意气,无为羞贱贫。

同　前　　　　　隋·卢思道

朔方烽火照甘泉,长安飞将出祁连。犀渠玉剑良家子,白马金羁侠少年。平明偃月屯右地,薄暮鱼丽逐左贤。谷中石虎经衔箭,山上金人曾祭天。天涯一去无穷已,蓟门迢遰三千里。朝见马岭黄沙合,夕望龙城阵云起。庭中奇树已堪攀,塞外征人殊未还。白云初下天山外,浮云直向五原间。关山万里不可越,谁能坐对芳菲月。流水本自断人肠,坚冰旧来伤马骨。边庭节物与华异,冬霰秋霜春不歇。长风萧萧渡水来,归雁连连映天没。从军行,军行万里出龙庭。单于渭桥今已拜,将军何处觅功名?

同　前　　　　　明馀庆

三边烽乱惊,十万且横行。风卷常山阵,笳喧细柳营。剑花寒不落,弓月晓逾明。会取淮南地,(特)〔持〕作朔方城。

乐府诗集卷第三十三　相和歌辞 八

平调曲 四

从军行二首　　　　　　　　　虞世南

涂山烽候惊,弭节度龙城。冀马楼兰将,燕犀上谷兵。剑寒花不落,弓晓月逾明。凛凛严霜节,冰壮黄河绝。蔽日卷征蓬,浮天散飞雪。全兵值月满,精骑乘胶折。结发早驱驰,辛苦事旌麾。马冻重关冷,轮摧九折危。独有西山将,年年属数奇。

爟—作烽火发金微,连营出武威。孤城寒云起,绝阵虏尘飞。侠客吸龙剑,恶少缦胡衣。朝摩骨都垒,夜解谷蠡围。萧关远无极,蒲海广难依。沙镫离旌断,晴川候马归。交河梁已毕,燕山旆欲飞。方知万里相,侯服有光辉。

同　　前　　　　　　　　　　骆宾王

平生一顾念—作重,意气溢三军。野日分戈影,天星合剑文。弓弦抱汉月,马足践胡尘。不求生入塞,唯当死报君。

同　　前　　　　　　　　　　刘希夷

秋来风瑟瑟,群胡马行疾。严城昼不开,伏兵暗相失。

天子庙堂拜，将军玉门出。纷纷伊洛间，戎马数千匹。军门压黄河，兵气冲白日。平生怀伏剑，慷慨既投笔。南登汉月孤，北走燕云密。近取韩彭计，早知孙吴术。丈夫清万里，谁能扫一室。

同　　前　　　　乔知之

南庭结白露，北风扫黄叶。此时鸿雁来，惊鸣催思妾。曲房理针线，平砧捣文练。鸳绮裁易成，龙乡信难见。窈窕九重闺，寂寞十年啼。纱窗白云宿，罗幌月光栖。云月晓微微，愁思流黄机。玉霜冻珠履，金吹薄罗衣。汉家已得地，君去将何事？宛转结蚕书，寂寞无雁使。生平贺恩信，本为容华进。况复落红颜，蝉声催绿鬓。

同　　前　　　　李　颀

白日登山望烽火，昏黄饮马傍交河。行人刁斗风砂暗，公主（瑟）〔琵〕琶幽怨多。野营万里无城郭，雨雪纷纷连大漠。胡雁哀鸣夜夜飞，胡儿眼泪双双落。闻道玉门犹被遮，应将性命逐轻车。年年战骨埋荒外，空见蒲萄入汉家。

同前三首　　　　　李　约

看图闲教阵，画地静论边。乌垒天西戍，鹰姿塞上川。路长须算日，书远每题年。无复生还望，（思翻）〔翻思〕未别前。

栅高三面斗，箭尽举烽频。营柳和烟暮，关榆带雪春。

边城多老将,碛路少归人。点尽三河卒,年年添塞尘。

候火起雕城,尘砂拥战声。游军藏汉帜,降骑说蕃情。霜降滮池浅,秋深太白明。嫖姚方虎视,不觉请添兵。

同　前　　　　戎　昱

昔从李都尉,双鞬照马蹄。擒生黑山北,杀敌黄云西。太白沈房地,边草复萋萋。归来邯郸市,百尺青楼梯。感激然诺重,平生胆力齐。芳筵莫歌发,艳(纷)〔粉〕轻鬟低。半醉秋风起,铁骑门前嘶。远戍报烽火,孤城严鼓鼙。挥鞭望尘去,少妇莫含啼。

同　前　　　　厉　玄

边草早不春,剑花增泞尘。广场收骥尾,清瀚怯龙鳞。帆色已归越,松声厌避秦。几时逢范蠡,处处是通津。

同前二首　　　　李　白

从军玉门道,逐虏金微山。笛奏梅花曲,刀开明月环。鼓声鸣海上,兵气拥云间。愿斩单于首,长驱静铁关。

百战沙场碎铁衣,城南已合数重围。突营射杀呼延将,独领残兵千骑归。

同　前　　　　王　维

吹角动行人,喧喧行人起。笳鸣马嘶乱,争渡金河水。日莫沙漠垂,战声烟尘里。尽系名王颈,归来报天子。

440

同　前　　　　　　王昌龄

　　向夕临大荒，朔风轸归虑。平沙万里馀，飞鸟宿何处？虏骑猎长原，翩翩傍河去。边声摇白草，海气生黄雾。百战苦风尘，十年履霜露。虽投定远笔，未坐将军树。早知行路难，悔不理章句。

　　烽火城西百尺楼，黄昏独上海风秋。更吹横笛关山月，谁解金闺万里愁！

　　(瑟)〔琵〕琶起舞换新声，总是关山旧别情。撩乱边愁弹不尽，高高秋月照长〔城〕。

　　青海长云暗雪山，孤城遥望雁—作玉门关。黄沙百战穿金甲，不破楼兰终不还！

　　　同　前　　　　　　卢　纶

　　二十在边城，军中得勇名。卷旗收败马，断碛拥残兵。覆阵乌鸢起，烧山草木明—作鸣。塞间思远猎，师老厌分营。雪岭无人迹，冰河足—作有雁声。李陵甘此没，惆怅汉公卿。

　　　同前六首　　　　　刘长卿

　　回看虏骑合，城下汉兵稀。白刃两相向，黄云愁不飞。手中无尺铁，徒欲突重围。

　　落日更萧条，北方动枯草。将军追虏骑，夜失阴山道。战败仍树勋，韩、彭但空老。

　　草枯秋塞上，望见渔阳郭。胡马嘶一声，汉兵泪双落。

谁为吮癰者,此事今人薄。

目极雁门道,青青边草春。一身事征战,匹马同辛勤。末路成白首,功归天下人。

倚剑白日莫,望乡登戍楼。北风吹羌笛,此夜关山愁。回首不无意,滹河空自流。

黄沙一万里,白首无人怜。报国剑已折,归乡身幸全。单于古台下,边色寒苍然。

同前 杜颜

秋草马蹄轻,角弓持弦急。去为龙城侯,正值胡兵袭。军气横大荒,战酣日将入。长风金鼓动,白雾铁衣湿。四起愁边声,南辕时伫立。断蓬孤自转,寒雁飞相及。万里云沙涨,路平冰霰涩。夜闻汉使归,独向刀环泣。

同前 僧皎然

候骑出纷纷,元戎霍冠军。汉鞭秋骔地,羌火昼烧云。万里戎城合,三边羽檄分。乌孙驱未尽,肯顾辽阳勋。

汉旆拂丹霄,汉军新破辽。红尘驱卤簿,白羽拥嫖姚。战苦军犹乐,功高将不骄。至今丁令塞,朔吹空萧萧。

百万逐呼韩,频年不解鞍。兵屯绝漠暗,马饮浊河干。破虏功未录,劳师力已殚。须防肘腋下,飞祸出无端。

飞将下天来,奇谋阃外裁。水心龙剑动,地肺雁山开。望气燕师锐,当锋虏阵摧。从今射雕骑,不敢过云堆。

黄纸君王诏,青泥校尉书。誓师张虎落,选将掫犀渠。

（露）〔雾〕暗津浦失，天寒塞柳疏。横行十万骑，欲扫虏尘馀。

同前　　　　　王建

汉军逐单于，日没处河曲。浮云道傍起，行子车下宿。枪城围鼓角，毡帐依山谷。马上悬壶浆，刀头分顿肉。来时高堂上，父母亲结束。回—作面首不见家，风吹破衣服。金疮生肢节，相与拔—作取箭镞。闻道西凉州，家家妇人哭。

同前　　　　　张祜

少年金紫就光辉，直指边城虎翼飞。一卷旌—作旄收千骑虏，万全身出百（围重）〔重围〕。黄云断塞寻鹰去，白草连天射雁归。白首汉廷刀笔吏，丈夫功业本相依。

同前五首　　　　　令狐楚

荒鸡隔水啼，汗马逐风嘶。终日随旌旆，何时罢鼓鼙？
孤心眠夜雪，满眼是秋沙。万里犹防塞，三年不见家。
却望冰河阔，前登雪岭高。征人几多在，又拟战临洮。
胡风千里惊，汉月五更明。纵有还家梦，犹闻出塞身—作声。
莫雪连青海，阴云覆白山。可怜班定远，出入玉门关！

同前三首　　　　　王涯

旌甲从军久，风云识阵难。今拜韩信计，日下斩成安。
燕颔多奇相，狼头敢犯边。寄言班定远，正是立功年。
旄头夜落捷书飞，来奏金门著赐衣。白马将军频破敌，黄龙戍卒几时归。

从军五更转五首　　陈·伏知道

《乐苑》曰:"《五更转》,商调曲。"按伏知道已有《从军辞》,则《五更转》盖陈已前曲也。

一更刁斗鸣,校尉逴连城。遥闻射雕骑,悬憚将军名。
二更愁未央,高城寒夜长。试将弓学月,聊持剑比霜。
三更夜警新,横吹独吟春。强听梅花落,误忆柳园人。
四更星汉低,落月与云齐。依稀北风里,胡笳杂马嘶。
五更催送筹,晓色映山头。城乌初起堞,更人悄—作笑下楼。

从军有苦乐行　　唐·李益

魏王粲《从军行》曰:"从军有苦乐,但问所从谁。"因以为题也。

劳者且勿歌,我欲送君觞。从军有苦乐,此曲乐未央。仆本居—作起陇上,陇水断人肠。东过秦宫路,宫路入咸阳。时逢汉帝出,谏猎至长杨。讵驰游侠窟,非结少年场。一旦承嘉惠,轻命重恩光。秉笔参帷幄,从军至朔方。边地多阴风,草木自凄凉。断绝海云去,出没胡沙长。参差引雁翼,隐辚腾军装。剑文夜如水,马汗冻成霜。侠气五都少,矜功六郡良。山河起目前,睚眦死路傍。北逐驱獯虏,西临复旧疆。昔还赋馀资,今出乃赢粮。一矢致夏服,我弓不再张。寄言丈夫雄,苦乐身自当。

苦哉远征人　　　　　　　鲍溶

晋陆机《从军行》曰:"苦哉远征人,飘飘穷四遐。"宋颜延年《从军行》曰:"苦哉远征人,毕力干时艰。"盖苦天下征伐也。又有《苦哉行》、《远征人》,皆出于《从军行》也。

征人歌古曲,携手上河梁。李陵死别处,杳杳玄冥乡。忆昔从此路,连年征鬼方。久行迷汉历,三洗毡衣裳。百战身且在,微功信难忘。远承云台议,非势孰敢当。落日吊李广,白身过河阳。闲弓失月影,劳剑无龙光。去日姑束发,今来发成霜。虚名乃闲事,生见父母乡。掩抑《大风歌》,徘徊少年场。诚哉古人言,鸟尽良弓藏。

苦哉行五首　　　　　　　戎昱

彼鼠侵我厨,纵貍授粱肉。鼠虽为君却,貍食自须足。冀雪大国耻,翻是大国辱。膻腥逼绮罗,砖瓦杂珠玉。登楼非骋望,目笑是心哭。何意天乐中,至今奏胡曲。

官军收洛阳,家住洛阳里。夫婿与兄弟,目前见伤死。吞声不许哭,还遭衣罗绮。上马随匈奴,数秋黄尘里。生为名家女,死作塞垣鬼。乡国无还期,天津哭流水。

登楼望天衢,目极泪盈睫。强笑无笑容,须妆旧花靥。昔年买奴仆,奴仆来碎叶。岂意未死间,自为匈奴妾。一生忽至此,万事痛苦业。得出塞垣飞,不如彼蜂蝶。

妾家青河边,七叶承貂蝉。身为最小女,偏得浑家怜。亲戚不相识,幽闺十五年。有时最远出,祇到中门前。前年狂胡来,惧死翻生全。今秋官军至,岂意遭戈铤。匈奴为先锋,长鼻黄发拳。弯弓猎生人,百步牛羊膻。脱身落虎口,不及归黄泉。苦哉难重陈,暗哭苍苍天。

可汗奉亲诏,今月归燕山。忽如乱刀剑,揽妾心肠间。出户望北荒,迢迢玉门关。生人为死别,有去无时还。汉月割妾心,胡风凋妾颜。去去断绝魂,叫天天不闻。

远征人　　　　　　北周·王 褒

黄河流水急,驱马送征人。谷望河阳县,(橃)〔桥渡〕小平津。

鞠歌行　　　　　　晋·陆 机

《古今乐录》曰:"王僧虔《技录》,平调又有《鞠歌行》,今无歌者。"陆机序曰:"按汉宫阁有含章鞠室,灵芝鞠室,后汉马防第宅卜临道,连阁通池,鞠城弥于街路。鞠歌将谓此也。又东阿王诗'连骑击壤',或谓蹴鞠乎?三言七言,虽奇宝名器,不遇知己,终不见重。愿逢知己,以托意焉。"

朝云升,应龙攀,乘风远游腾云端。鼓钟歇,岂自欢,急弦高张思和弹。时希值,年夙愆,循己虽易人知难。王阳登,贡公欢,罕生既没国子叹。嗟千载,岂虚言,邈矣远念情忾然。

同　前　　　　　　宋·谢灵运

德不孤(必兮)〔兮必〕有邻,唱和之契冥相因。譬如虬虎兮来风云,亦如形声影响陈。心欢赏兮岁易沦。隐玉藏彩畴识真。叔牙显,夷吾亲。鄐既殁,匠寝斤。览古籍,信伊人。永言知己感良辰。

同　前　　　谢惠连

翔驰骑,伯乐不举谁能知。南荆璧,万金赍,卞和不斫与石离。年难留,时易陨,厉志莫赏徒劳疲。沮齐音,溺赵吹,匠石善运郢不危。古绵眇,理参差,单心慷慨双泪垂。

同　前　　　唐·李　白

玉不自言如桃李,鱼目笑之卞和耻。楚国青蝇何太多,连城白璧遭谗毁。荆山长号泣血人,忠臣死为刖足鬼。听曲知宁戚,夷吾因小妻。秦穆五羊皮,买死百里奚。洗拂青云上,当时贱如泥。朝歌鼓刀叟,虎变蟠溪中。一举钓六合,遂荒营丘东。平生渭水曲,谁识一作数此老翁。奈何今之人,双目送征一作飞鸿。

清调曲 一

《古今乐录》曰:"王僧虔《技录》,清调有六曲:一,《苦寒行》;二,《豫章行》;三,《董逃行》;四,《相逢狭路间行》;五,《塘上行》;六,《秋胡行》。"荀氏录所载九曲,传者五曲,晋、宋、齐所歌,今不歌。武帝"北上"《苦寒行》;"上谓"《董逃行》;"蒲生"《〔塘〕上行》;"晨上"、"愿登",并《秋胡行》是也。其四曲今不传。明帝"悠悠"《苦寒行》,古辞"白杨"《豫章行》,武帝"白日"《董逃行》,古辞《相逢狭路间行》是也。其器有笙、笛(下声弄、高弄、游弄)、篪、节、琴、瑟、筝、琵琶八种,歌弦四弦。张永录云:"未歌之前,有五部弦,又在弄后。晋、宋、齐,止四器也。"

447

苦寒行二首 六解　　魏武帝

《乐府解题》曰："晋乐奏魏武帝《北上篇》,备言冰雪溪谷之苦。其后,或谓之《北上行》,盖因武帝辞而拟之也。"

北上太行山,艰哉何巍巍！太行山,艰哉何巍巍！羊肠坂诘曲,车轮为之摧。一解树木何萧瑟,北风声正悲！何萧瑟,北风声正悲！熊罴对我蹲,虎豹夹道啼。二解溪谷少人民,雪落何霏霏！少人民,雪落何霏霏！延颈长叹息,远行多所怀。三解我心何怫郁,思欲一东归,何怫郁,思欲一东归。水深桥梁绝,中道正徘徊。四解迷惑失径路,暝无所宿栖。失径路,暝无所宿栖。行行日已远,人马同时饥。五解担囊行取薪,斧冰持作糜。担囊行取薪,斧冰持作糜。悲彼东山诗,悠悠使我哀。六解

右一曲,晋乐所奏。

北上太行山,艰哉何巍巍！羊肠坂诘屈,车轮为之摧。树木何萧瑟,北风声正悲！熊罴对我蹲,虎豹夹路啼。溪谷少人民,雪落何霏霏！延颈长叹息,远行多所怀。我心何怫郁,思欲一东归,水深桥梁绝,中路正徘徊。迷惑失故路,薄莫无宿栖。行行日已远,人马同时饥,担囊行取薪,斧冰持作糜。悲彼《东山诗》,悠悠令我哀。

右一曲,本辞。

苦寒行 五解　　魏明帝

悠悠发洛都,茾我征东行。悠悠发洛都,茾我征东行。征行弥二旬,屯吹龙陂城。一解顾观故垒处,皇祖之所营。

故垒处,皇祖之所营。屋室若平昔,栋宇无邪倾。二解奈何我皇祖,潜德隐圣形。我皇祖,潜德隐圣形。虽没而不朽,书贵垂休名。三解光光我皇祖,轩曜同其荣,我皇祖,轩曜同其荣。遗化布四海,八表以肃清。四解虽有吴蜀寇,春秋足耀兵。徒悲我皇祖,不永享百龄。赋诗以写怀,伏轼泪沾缨。五解

右一曲,晋乐所奏。

同前　　　晋·陆机

北游幽朔城,凉野多险艰。俯入穹谷底,仰陟高山盘。凝冰结重涧,积雪被长峦。阴云兴岩侧,悲风鸣树端。不睹白日景,但闻寒鸟喧。猛虎凭林啸,玄猿临岸叹。夕宿乔木下,惨一作怆惨(怕)〔恒〕鲜欢。渴饮坚冰浆,饥待一作饥食零露餐。离思固已矣,瘀瘵莫与言。剧哉行役人,慊慊恒苦寒。

同前　　　宋·谢灵运

岁岁曾冰食,纷纷霰雪落。浮阳灭清晖,寒禽叫悲壑。饥爨烟不兴,渴汲水枯涸。

前苦寒行二首　　　唐·杜甫

汉时长安雪一丈,牛马毛寒缩如猬。楚江巫峡冰入怀,虎豹哀号又堪记。秦城老翁荆扬客,惯习炎蒸岁绨绤。玄冥祝融气或交,手持白羽未敢释。

去年白帝雪在山,今年白帝雪在地。冻埋蛟龙南浦缩,

寒刮肌肤北风利。楚人四时皆麻衣,楚天万里无晶辉。三足之乌足恐断,羲和送将安所归?

后苦寒行二首　　　杜甫

南纪巫庐瘴不绝,太古已来无尺雪。蛮夷长老怨苦寒,昆仑天关冻应折。玄猿口噤不能啸,白鹄翅垂眼流血。安得春泥(浦)〔补〕地裂?

晚来江门失大木,猛风中夜吹白屋。天兵断斩青海戎,杀气南行动坤轴。不尔苦寒何太酷,巴东之峡生凌澌。彼苍回(轩)〔斡〕人得知。海一作梅

苦寒行　　　唐·刘驾

严寒动八荒,莉莉无休时。阳乌不自暖,雪压扶桑枝。岁暮寒益壮,青春安得归?朔雁到南海,越禽何处飞?谁言贫士叹,不为身无衣?

同前　　　僧贯休

北风北风,职何严毒!催壮士心,缩金乌足。冻云嚣嚣碍雪,一片下不得。声绕枯桑,根在沙塞。黄河彻底,顽直到海。一气搏束。万物无态。唯有吾庭前,杉松树枝,枝枝健在。

同前　　　僧齐己

冰峰撑空寒矗矗,云凝水冻埋海陆。杀物之性,伤人之

欲。既不能断绝蒺藜荆棘之根株,又不能展凤凰麒麟之拳跼。如此则何如为和煦,为膏雨,自然天下之荣枯,融融于万户。

吁嗟篇　　　　　魏·曹　植

《乐府解题》曰:"曹植拟《苦寒行》为《吁嗟》。"

吁嗟此转蓬,居世何独然!长去本根逝,夙夜无休闲。东西经七陌,南北越九(千)〔阡〕。卒遇回风起,吹我入云间。自谓终天路,忽然下沉渊。惊飙接我出,故归彼中田。当南而更北,谓东而反西。宕宕当何依,忽亡而复存。飘飖周八泽,连翩历五山。流转无恒处,谁知吾苦艰。愿为中林草,秋随野火燔。糜灭岂不痛,愿与林叶连。

北上行　　　　　唐·李　白

北上何所苦,北上缘太行。磴道盘且峻,巉岩凌穹苍。马足蹶侧石,车轮摧高岗。沙尘接幽州,(蜂)〔烽〕火连朔方。杀气毒剑戟,严风裂衣裳。奔鲸夹黄河,凿齿屯洛阳。前行无归日,返顾思旧乡。惨戚冰雪里,悲号绝中肠。尺布不掩体,皮肤剧枯桑。汲水涧谷阻,采薪陇坂长。猛虎又掉尾,磨牙皓秋霜。草木不可餐,饥饮零露浆。叹此北上苦,停骖为之伤。何日王道平,开颜睹天光。

乐府诗集卷第三十四　相和歌辞九

清调曲 二

豫章行　　　　　　　古　辞

《古今乐录》曰："《豫章行》,王僧虔云荀录所载《古白杨》一篇,今不传。"《乐府解题》曰："陆机'泛舟清川渚',谢灵运'出宿告密亲',皆伤离别,言寿短景驰,容华不久。傅玄《苦相篇》云:'苦相身为女',言尽力于人,终以华落见弃。亦题曰《豫章行》也。"豫章,汉郡邑地名。

白(阳)〔杨〕初生时,乃在豫章山。上叶摩青云,下根通黄泉。凉秋八九月,山客持斧斤。我□何皎皎,皎梯落□□。根株已断绝,颠倒岩石间。大匠持斧绳,锯墨齐两端。一驱四五里,枝叶自捐□。□□□□,会为舟船蟠。身在洛阳宫,根在豫章山。多谢枝与叶,何时复相连?吾生百年□,自□□□俱。何意万人巧,使我离根株。

右一曲,晋乐所奏。

豫章行二首　　　　魏·曹植

《乐府解题》曰："曹植拟《豫章》为'穷达'。"

穷达难豫图,祸福信亦然。虞舜不逢尧,耕耘处中田。太公未遭文,渔钓泾渭川。不见鲁孔丘,穷困陈蔡间。周公下白屋,天下称其贤。

鸳鸯自用亲,不若比翼连。他人虽同盟,骨肉天性然。周公穆康叔,管(蔡)〔蔡〕则流言。子臧让千乘,季札慕其贤。

豫章行苦相篇　　晋·傅　玄

苦相身为女,卑陋难再陈。儿男—作男儿当门户,堕地自生神。雄心志四海,万里望风尘。女育无欣爱,不为家所珍。长大逃深室,藏头羞见人。无泪适他乡,忽如雨绝云。低头和颜色,素齿结朱唇。跪拜无复数,婢妾如严宾。情合同云汉,葵藿仰阳春。心乖甚水火,百恶集其身。玉颜随年变,丈夫多好新。昔为形与影,今为胡与秦。胡秦时相见,一绝逾参辰。

豫章行　　晋·陆　机

泛舟清川渚,遥望高—作南山阴。川陆殊途—作塗轨,懿亲将远寻。三荆欢同株,四鸟悲异林。乐会良自古,悼别岂独今。寄世将几何,日昃无停阴。前路既已多,后途随年侵。促促薄暮景,亹亹鲜克禁。曷为复以兹,曾是怀苦心。远节婴物浅,近情能不深。行矣保嘉福,景绝继以音。

同　前　　宋·谢灵运

短生旅长世,恒觉白日欹。览镜睨颓容,华颜岂久期?苟无回戈术,坐观落崦嵫。

同　前　　谢惠连

轩帆遡遥路,薄送畎逗江。舟车理殊缅,密友将远从。

453

九里乐同润,二华念分峰。集欢岂今发,离叹自古钟。促生靡缓期,迅景无迟踪。缁发迫多素,憔悴谢华芊。婉娩寡留晷,窈窕闭淹龙。如何阻行止,愤愠结心胸。既微达者度,欢戚谁能封。愿子保淑慎,良讯代徽容。

同 前　　　　梁·沈约

燕陵平而远,易河清且驶。一见尘波阻,临途引征思。双剑爱匣同,孤鸾悲影异。宴言诚易纂,清歌信难嗣。卧闻夕钟急,坐阅朝光亟。往欢坠壮心,来戚满衰志。殂芳无再馥,沦灰定还炽。夏台尚可忘,荣辱亦奚事。愧微旷士节,徒感鄙生饵。劳哉纳辰和,地远托声寄。

同 前　　　　隋·薛道衡

江南地远接闽瓯,东山英妙屡经游。前瞻叠嶂千重阻,却带惊湍万里流。枫叶朝飞向京洛,文鱼夜过历吴洲。君行远度茱萸岭,妾住长依明月楼。楼中愁思不开颦,始复临窗望早春。鸳鸯水上萍初合,鸣鹤园中花并新。空忆常时角枕处,无复前日画眉人。照骨金环谁用许,见胆明镜自生尘。荡子从来好留滞,况复关山远迢递。当学织女嫁牵牛,莫学姮娥叛夫婿。偏讶思君无限极,欲罢欲忘还复忆。愿作王母三青鸟,飞来飞去传消息。丰城双剑昔曾离,经年累月复相随。不畏将军成久别,只恐封侯心更移。

同 前　　　　唐·李白

胡风吹代马一作燕人攒赤月,北拥鲁阳关。吴兵照海雪,西讨何时还。半渡上辽津,黄云惨无颜。老母与子别,呼天野草间。白马—作百鸟绕旌旗,悲鸣相追攀。白杨秋月苦,早落豫章山。本为休明人,斩虏素不闲。岂惜战斗死,为君扫凶顽。精感(百)〔石〕没羽,岂亡惮险艰。楼船若鲸飞,波荡落星湾。此曲不可奏,三军鬓成斑。

董逃行 五解　　　　古辞

崔豹《古今注》曰:"《董逃歌》,后汉游童所作也。终有董卓作乱,卒以逃亡。后人习之为歌章,乐府奏之,以为儆诫焉。"《后汉书·五行志》曰:"灵帝中平中,京都歌曰:'承乐世,董逃,游四郭,董逃。蒙天恩,董逃,带金紫,董逃。行谢恩,董逃,整车骑,董逃。垂欲发,董逃,与中辞,董逃。出西门,董逃,瞻宫殿,董逃。望京城,董逃,日夜绝,董逃,心摧伤,董逃。'案:'董',谓董卓也。言欲一作虽跋扈,纵有残暴,终归逃窜,至于灭族也。"《风俗通》曰:"卓以《董逃》之歌,主为己发,太禁绝之。"杨阜《董卓传》曰:"卓改'董逃'为'董安'。"《乐府解题》曰:"古词云'吾欲上谒从高山,山头危险大难言。'言五岳之上,皆以黄金为宫阙,而多灵兽仙草,可以求长生不死之术,令天神拥护君上以寿考也。若陆机'和风习习薄林',谢灵运'春虹散彩银河',但言节物芳华,可及时行乐,无使徂龄坐徙而已。晋傅玄有《历九秋篇》十二章,具叙夫妇别离之思,亦题云《董逃行》,未详。"

吾欲上谒从高山,山头危险大难言。遥望五岳端,黄金为阙,班璘。但见芝草,叶落纷纷。一解百鸟集,来如烟。山兽纷纶,麟、辟邪;其端鹍鸡声鸣。但见山兽援戏相拘攀。二解小复前行玉堂,未心怀流还。传教出门来:"门外人何求?"所言:"欲从圣道求一得命延。"三解教敕凡吏受言,采取神药若木端。白兔长跪捣药虾蟆丸。奉上陛下一玉桦,服此药可得神仙。四解服尔神药,莫不欢喜。陛下长生老寿,四面肃肃稽首,天神拥护左右,陛下长与天相保守。五解

董逃行历九秋篇　　晋·傅玄

历九秋兮三春,遗贵客兮远宾。顾多君心所亲,乃命妙妓才人,炳若日月星辰。其一序金罍兮玉觞,宾主递起写行。杯若飞电绝光,交觞接卮结裳。慷慨欢笑万方。其二奏新诗兮夫君,烂然虎变龙文,浑如天地未分。齐讴楚舞纷纷,歌声上激青云。其三穷八音兮异伦,奇声靡靡每新。微披素齿丹唇,逸响飞薄梁尘,精爽眇眇入神。其四坐咸醉兮沾欢,引樽促席临轩。进爵献寿翻翻,千秋要君一言,愿爱不移若山。其五君恩爱兮不竭,譬若朝日夕月,此景万里不绝,长保初醮结发,何忧坐〔生〕胡越。其六携弱手兮金环,上游飞阁云间,穆若鸳凤(燕)〔双鸾〕一作鸾。还幸兰房自安,娱心乐意难原。其七乐既极兮多怀,盛时忽逝若颓。寒暑革御景回,春荣随风飘摧,感物动心增哀。其八妾受命兮孤虚,男儿随一作堕地称姝,女弱难存若无。骨肉至亲更疏,奉事他人托躯。其九君如影兮随形,贱妾如水浮萍。明月不能常盈,谁能无根保荣,良时冉冉代征。其十顾绣领兮含晖,皎日回光则微。朱华忽示渐衰,影欲舍形高飞,谁言往思可追。其十一茅与麦兮夏零,兰桂践履一作霜逾馨。禄命悬天难明,妾心结意丹青,何忧君心中倾。其十二

董逃行　　　　　　陆　机

和风习习薄林,柔条布叶垂阴。鸣鸠拂羽相寻,仓鹒喈喈弄音,感时悼逝伤心。日月相追周旋,万里倏忽几年,人皆冉冉西迁。盛时一往不还,慷慨乖念凄然。昔为少年无忧,常怪秉烛夜游,翩翩宵征何求?于今知此有由,但为老去年逾。盛固有衰不疑,长夜冥冥无期,何不驱驰及时!聊乐永日自怡,赍此遗情何之。人生居世为安,岂若及时为欢。世道多故万端,忧虑纷错交颜,老行及之长叹。

同　前　　　　　　唐·元　稹

董逃董逃董卓逃,揩铿戈甲声劳嘈。剡剡深脐脂焰焰,人皆数叹曰:"尔独不忆年年取我身上膏?"膏销骨尽烟火死,长安城中贼毛起。城门四走公卿士,走劝刘虞作天子。刘虞不敢作天子,曹瞒篡乱从此始。董逃董逃人莫喜,胜负翻—作相环相枕倚。缝缀难成裁破易,何况曲针不能伸巧指,欲学裁缝须准拟。

同　前　　　　　　张　籍

洛阳城头火瞳瞳,乱兵烧我天子宫。宫城南面有深山,尽将老幼藏其间。重岩为屋橡为食,丁男夜行候消息。闻道官军犹掠人,旧里如今归未得。董逃行,汉家几时重太平?

相逢行　　　　　　　　古　辞

一曰《相逢狭路间行》，亦曰《长安有狭斜行》。《乐府解题》曰："古词文意与《鸡鸣曲》同。晋陆机《长安狭斜行》云：'伊、洛有歧路，歧路交朱轮。'则言世路险狭邪僻，正直之士无所措手足矣。"唐李贺有《难忘曲》，亦出于此。

相逢狭路间，道隘不容车。不知何年少，夹毂问君家。君家诚易知，易知复难忘。黄金为君门，白玉为君堂。堂上置樽酒，作使邯郸倡。中庭生桂树，华灯何煌煌！兄弟两三人，中子为侍郎。五日一来归，道上自生光，黄金络马头，观者盈道傍。入门时左顾，但见双鸳鸯。鸳鸯七十二，罗列自成行。音声何噰噰，鹤鸣东西厢。大妇织绮罗，中妇织流黄。小妇无所为，挟瑟上高堂。丈人且安坐，调丝方未央—作调丝未遽央。

右一曲，晋乐所奏。

同　前　　　　　　　　宋·谢惠连

行行即长道，道长息班草。邂逅赏心人，与我倾怀抱。夷世信难值，忧来伤人，平生不可保。阳华与春渥，阴柯长秋槁。心慨荣去速，情苦忧来早。日华难久居，忧来伤人，谆谆亦至老。亲党近怬庇，昵君不常好。九族悲素霰，三良怨黄鸟。迩来白即颓，忧来伤人，近（繣）〔缟〕絜必造。水流理就湿，火炎同归燥。赏契少能谐，断金断可宝。千计莫适从，万端信纷绕。巢林宜择木，结友使心晓。心晓形迹略，略迹谁能了，相逢既若旧，忧来伤人，片言代纻缟。

同 前　　　梁·张率

相逢夕阴街,独趋尚冠里。高门既如一,甲第复相似。凭轼日欲昏,何处访公子？公子之所在,所在良易知。青楼出上路,渐台临曲池。堂上抚流徽,雷樽朝夕施。橘柚分华实,朱火燎金枝。兄弟两三人,冠珮—作佩纷陆离。朝从禁中出,车骑并驱驰。金鞍马脑勒,聚观路傍儿。入门一顾望,凫鹄有雄雌。雄雌各数千,相鸣戏羽仪。并在东西立,群次何离离。大妇刺方领,中妇抱婴儿。小妇尚娇稚,端坐吹参差。丈人无遽起,神凤且来仪。

同 前　　　唐·崔颢

妾年初二八,家住洛桥头。玉户临驰道,朱门近御沟。使君何假问,夫婿大长秋。女弟新承宠,诸兄近拜侯。春生百子殿,花发—作开五城楼。出入千门里,年年乐未休。

同前二首　　　李白

朝骑五花马,谒帝出银台。秀色谁家子？云车—作中珠箔开。金鞭遥指点,玉勒近迟回。夹毂相借问,疑—作知从天上来。怜肠愁欲断,斜日复相催。下车何轻盈,飘然似落梅。邀入青绮门,当歌共衔杯—作娇羞初解珮,语笑共衔杯。衔杯映歌扇,似月云中见。相见不相亲,不如不相见。相见情已深,未语可知心。胡为守空闺,孤眠愁锦衾。锦衾与罗帏,缠绵会有时。春风正澹荡,莫雨来何迟—作春风正纠结,青鸟来何迟。愿因三青鸟,更报长相思。光景不待人,须臾发成丝。当年失行乐,老去徒伤悲。持此道密意,无令旷佳期!

相逢红尘内,高揖黄金鞭。万户垂杨里,君家阿那边?

同　前　　　　韦应物

二十登汉朝,英声迈今古。适从东方来,又欲谒明主。犹酣新丰酒,尚带灞陵雨。邂逅两相逢,别来间寒暑。宁知白日晚,暂向花间语。忽闻长乐钟,走马东西去。

相逢狭路间　　　　宋·孔欣

相逢狭路间,道狭正踟蹰。如何不群士,行吟戏路衢。辍步相与言,君行欲焉如?淳朴久已凋,荣利迭相驱。流落尚风波,人情多迁渝。势集堂必满,运去庭亦虚。竞趋尝不暇,谁肯眷桑枢。无为肆独往,只将困沦胥。未若及初九,携手归田庐。躬耕东山畔,乐道咏玄书。狭路安足游,方外可寄娱。

同　前　　　　梁·昭明太子

京华有曲巷,曲曲不通舆。道逢一侠客,缘路间君居。君居在城北,可寻复易知。朱门间皓壁,刻桷映晨离。阶植若华草,光影逐飙移。轻幰委四壁,兰膏然百枝。长子饰青紫,中子任以赀。小子始总角,方作啼弄儿。三子俱入门,赫奕盛羽仪。华骝服衡辔,白玉镂鞿羁。容止同规矩,宾从尽恭卑。雅郑时间作,孤竹乍参差。云飞离水宿,弄吭满青池。欢乐无终极,流目岂知疲。门下非毛遂,坐上尽英奇。大妇成贝锦,中妇饰粉缋。小妇独无事,理曲步檐垂。丈人暂徙倚,行使流风吹。

同　　前　　　　沈　约

相逢洛阳道,系声流水车。路逢轻薄子,伫立问君家。君家诚易知,易知复易忆。龙马满街衢,飞盖交门侧。大子万户侯,中子飞而食。小子始从官,朝夕温省直。三子俱入门,赫奕多羽翼。若若青组纡,烟烟金珰色。大妇绕梁歌,中妇回文织。小妇独无事,闭户聊且即。绿绮试一弹,玄鹤方鼓翼。

同　　前　　　　刘　孺

送君追遐路,路狭暧朝雾。三危上蔽日,九折杳连云。枝交幰不见,听静吹才闻。岂伊叹道远,亦乃泣涂分。况兹别亲爱,情念切离群。

同　　前　　　　刘　遵

春晚驾香车,交轮碍狭斜。所恐惟风入,疑伤步摇花。含羞隐年少,何因问妾家。青楼临上路,相期觉路赊。

同　　前　　　隋·李德林

天衢号九经,冠盖恒纵横。忽逢怀刺客,相寻欲逐名。我住河阳浦,开门望帝城。金台远犹出,玉观夜恒明。筵羞

461

太官膳，酒酿步兵营。悬床接高士，隔帐授诸生。流水琴前韵，飞尘歌后轻。大子难为弟，中子难为兄。小子轻财利，实见陶朱情。龙轩照人转，骥马嘶天〔门〕〔明〕。入门俱有说，至道胜金籝。出门会亲友，天官奏德星。大妇训端木，中妇诲刘灵。小妇南山下，击缶和秦筝。群宾莫有戏，灯来告绝缨。

乐府诗集卷第三十五　相和歌辞 十

清调曲 三

　　长安有狭斜行　　　　　　　　古辞

　　长安有狭斜，狭斜不容车。适逢两少年，挟毂问君家。君家新市傍，易知复难忘。大子二千石，中子孝廉郎。小子无官职，衣冠仕洛阳。三子俱入室，室中自生光。大妇织绮纻一作罗，中妇织流黄。小妇无所为，挟琴上高堂。丈夫且徐徐，调弦讵未央。

　　　　　　同　前　　　　　晋·陆机

　　伊洛有歧路，歧路交朱轮。轻盖承华景，腾步蹑飞尘。鸣玉岂朴儒，冯轼皆俊民。烈心厉劲秋，丽服鲜芳春。余本倦游客，豪彦多旧亲。倾盖承芳讯，欲鸣当及晨。守一不足矜，歧路良可遵。规行无旷迹，矩步岂逮人。投足绪已尔，四时不必循。将遂殊涂轨，要子同归津。

　　　　　　同　前　　　　　宋·谢惠连

　　纪郢有通逵，通逵并轩车。冪冪雕轮驰，轩轩翠盖舒。擽策之五尹，振辔从三闾。推剑冯前轼，鸣佩专后舆。

463

同　　前　　　　　　宋·荀昶

朝发邯郸邑，暮宿井陉间。井陉一何狭，车马不得旋。邂逅相逢值，崎岖交一言。一言不容多，伏轼问君家。君家诚易知，易知复易博。南面平原居，北趣相如阁。飞楼临夕都，通门枕华郭。入门无所见，但见双栖鹤。栖鹤数十双，鸳鸯群相追。大兄珥金珰，中兄振缨绥一作中兄缨玉蕤。伏腊一来归，邻里生光辉。小弟无所为，斗鸡东陌逵。大妇织纨绮，中妇缝罗衣。小妇无所作，挟瑟弄音徽。丈人且却坐，梁尘将欲飞。

同　　前　　　　　　梁武帝

洛阳有曲陌，曲曲不通驿。忽遇二少童，扶辔问君宅。我宅邯郸右，易忆复可知。大息组绲缊，中息佩陆离。小息尚青绮，总角游南皮。三息俱入门，家臣拜门垂。三息俱升堂，旨酒盈千卮。三息俱入户，户内有光仪。大妇理金翠，中妇事玉觿。小妇独闲暇，调笙游曲池。丈人少裴回，凤吹方参差。

同　　前　　　　　　梁简文帝

长安有径涂，径径不通舆。道逢双总卯，扶轮问我居。我居青门北，可忆复易津。大息骞金勒，中息割黄银。小息始得意，黄头作弄臣。三息俱入门，雅志扬清尘。三息俱上堂，觞肴满四陈。三息俱入户，照耀光容新。大妇舒绮绸，中妇拂罗巾。小妇最容冶,映镜学娇嚬。丈人且安坐,清讴出绛唇。

　　　　　　同　前　　　　梁·沈　约

青槐金陵柏,丹毂贵游士。方骖万乘臣,炫服千金子。咸阳不足称,临淄孰能拟。

　　　　　　同　前　　　　梁·庾肩吾

长安曲陌坂,曲曲不容幰。路逢双绮襦,问君居近远。我居临御沟,可识不可求。长子登麟阁,次子侍龙楼。少子无高位,聊从金马游。三子俱来下,左右若川流。三子俱来入,高轩映彩旒。三子俱来宴,玉柱击清瓯。大妇襞云裘,中妇卷罗帱。少妇多妖艳,花钿系石榴。夫君且安坐,欢娱方未周。

　　　　　　同　前　　　　梁·王　冏

名都驰道傍,华毂乱锵锵。道逢佳丽子,问我居何乡。我家洛川上,甲第遥相望。珠扉玳瑁床,绮席流苏帐。大子执金吾,次子中郎将。小子陪金马,遨游蒇卿相。三子俱休沐,风流郁何壮。三子俱会同,肃雍多礼让。三子俱还室,丝管纷寥亮。大妇裁舞衣,中妇学清唱。小妇窥镜影,弄此朝霞状。佳人且少留,为君绕梁唱。

　　　　　　同　前　　　　梁·徐　防

长安有勾曲,勾勾不通驲。涂逢二绮衣,夹路访君室。

君室近霸城,易识复知名。大息登金马,中息谒承明。小息偏爱幸,走马曳长缨。三息俱入门,车服尽雕轻。三息俱上堂,嘉宾四座盈。三息俱入户,室内有光荣。大妇缣始呈,中妇绣初营。小妇多姿媚,红纱映削成。上客且安坐,胡床妾自擎。

同　前　　　　陈·张正见

少年重游侠,长安有狭斜。路窄时容马,枝高易度车。檐高同落照,巷小共飞花。相逢夹绣毂,借问是谁家?

同　前　　　　周·王　褒

威纡狭邪道,车骑动相喧。博徒称剧孟,游侠号王孙。势倾魏侯府,交尽翟公门。路邪劳夹毂,涂艰倦折辕。日斜宣曲观,春还御宿园。涂歌杨柳曲,巷饮榴花樽。独有游梁倦,还守孝文园。

三妇艳诗　　　　宋·刘　铄

大妇裁雾縠,中妇牒冰练。小妇端清景,含歌登玉殿。丈人且徘徊,临风伤流霰。

同　前　　　　齐·王　融

大妇织绮罗—作縑绮,中妇织流黄。小妇独无事,挟瑟—作琴上高堂。丈夫—作人且安坐,调弦讵未央—作未渠央。

同　前　　　　梁·昭明太子

大妇舞轻巾,中妇拂华茵。小妇独无事,红黛润芳津。良人且高卧,方欲荐梁尘。

同　前　　　　沈　约

大妇拂玉匣,中妇结珠帷。小妇独无事,对镜理蛾眉。良人且安卧,夜长方自私。

同　前　　　　梁·王　筠

大妇留芳褥,中妇对华烛。小妇独无事,当轩理清曲。丈人且安卧,艳歌方断续。

同　前　　　　梁·吴　均

大妇弦初切,中妇管方吹。小妇多姿态,含笑逼清卮。佳人勿馀及,殷勤妾自知。

同　前　　　　梁·刘孝绰

大妇缝罗裙,中妇料绣文。唯馀最小妇,窈窕舞昭君。丈人慎勿去,听我驻浮云。

同前十一首　　　　陈后主

大妇避秋风,中妇夜床空。小妇初两髻,含娇新脸红。得意非霰日,可怜那可同。

大妇西北楼,中妇南陌头。小妇初妆点,回眉对月钩。可怜还自觉,人看反更羞。

大妇主—作弄缣机,中妇裁春衣。小妇新妆冶,拂匣动琴徽。长夜理清曲,馀娇且未归。

大妇妒蛾眉,中妇逐春时。小妇最(季)〔年〕少,相望卷罗帷。罗帷夜寒卷,相望人来迟。

大妇上高楼,中妇荡莲舟。小妇独无事,拨帐掩娇羞。丈夫应自解,更深难道留。

大妇初调筝,中妇饮歌声。小妇春妆罢,弄月当宵楹。季子时将意,相看不用争。

大妇爱恒偏,中妇意长坚。小妇独娇笑,新来华烛前。新来诚可惑,为许得新怜。

大妇酌金杯,中妇照妆台。小妇偏妖冶,下砌折新梅。众中何假问,人今最后来。

大妇怨空闺,中妇夜偷啼。小妇独含笑,正柱作乌栖。河低帐未掩,夜夜画眉齐。

大妇正当垆,中妇裁罗襦。小妇独无事,淇上待吴姝。鸟归花复落,欲去却踟蹰。

大妇年十五,中妇当春户。小妇正横陈,含娇情未吐。所愁晓漏促,不恨灯销炷。

同　　前　　　　张正见

大妇织残丝,中妇妒蛾眉。小妇独无事,歌罢咏新诗。上客何须起,为待绝缨时。

同　　前　　　　　唐·董思恭

大妇裁纨素,中妇弄明珰。小妇多姿态,登楼红粉妆。丈人且安坐,初日渐流光。

同　　前　　　　　唐·王绍宗

大妇能调瑟,中妇咏新诗。小妇独无事,花庭曳履綦。上客且安坐,春日正迟迟。

中妇织流黄　　　　梁简文帝

翻花满阶砌,愁人独上机。浮云西北起,孔雀东南飞。调丝时绕腕,易镊乍牵衣。鸣梭逐动钏,红妆映落晖。

同　　前　　　　　陈·徐陵

落花还井上,春机当户前。带衫行障口,觅钏枕檀边。数镊经无乱,新浆纬易牵。蜘蛛夜伴织,百舌晓惊眠。封用黎阳土,书因计吏船。欲知夫婿处,今督水衡钱。

同　　前　　　　　陈·卢询

别人心已怨,愁空日复斜。然香望韩寿,磨镜待秦嘉。残丝愁绩烂,馀织恐嫌赊。支机一片石,缓转独轮车。下帘还忆月,挑灯更惜花。似天河上景,春时织女家。

同　　前　　　　　唐·虞世南

寒闺织素锦,含怨敛双蛾。综新交缕涩,经脆断丝多。

衣香逐举袖,钏动应鸣梭。还恐裁缝罢,无信达交河。

难忘曲　　　　　　李贺

夹道开洞门,弱杨低画戟。帘影竹叶起,箫声吹日色。蜂语绕妆镜,拂蛾学春碧。乱系丁香梢,满栏花向夕。

塘上行 五解　　　　魏武帝

《邺都故事》曰:"魏文帝甄皇后,中山无极人。袁绍据邺,与中子熙娶后为妻。后太祖破绍,文帝时为太子,遂以后为夫人。后为郭皇后所谮,文帝赐死后宫。临终为诗曰:'蒲生我池中,绿叶何离离。岂无蒹葭艾,与君生别离。莫以贤豪故,弃捐素所爱。莫以麻枲贱,弃捐菅与蒯。莫以鱼肉贱,弃捐葱与薤。'"《歌录》曰:"《塘上行》,古辞。或云甄皇后造。"《乐府解题》曰:"前志云,晋乐奏魏武帝《蒲生篇》,而诸集录皆言其词文帝甄后所作,叹以谗诉见弃,犹幸得新好,不遗故恶焉。若晋陆机'江蓠生幽渚',言妇人衰老失宠,行于塘上而为此歌,与古辞同意。"

蒲生我池中,蒲生我池中,其叶何离离。傍能行人仪,莫能缭自知。众口铄黄金,使君生(离别)〔别离〕。一解念君去我时,念君去我时,独愁常苦悲。想见君颜色,感结伤心脾。今悉夜夜愁不寐。二解莫用豪贤故,莫用豪贤故,弃捐素所爱。莫用鱼肉贵,弃捐葱与薤。莫用麻枲贱,弃捐菅与蒯。三解倍恩者苦枯,倍恩者苦枯,蹶船常苦没,教君安息定,慎莫致仓卒。念与君一共离别,亦当何时,共坐复相对。四解出亦复苦愁,出亦复苦愁,入亦复苦愁。边地多悲风,树木何萧萧。今日乐相乐,延年寿千秋。五解

右一曲,晋乐所奏。

蒲生我池中,其叶何离离。傍能行仁义,莫若妾自知。众口铄黄金,使君生别离。念君去我时,独愁常苦悲。想见君颜色,感结伤心脾。念君常苦悲,夜夜不能寐。莫以豪贤故,弃捐素所爱。莫以鱼肉贱,弃捐葱与薤。莫以麻枲贱,弃捐菅与蒯。出亦复苦愁,入亦复苦愁。边地多悲风,树木何修修。从君致独乐,延年寿千秋。

右一曲,本辞。

同前　　　晋·陆机

江蓠生幽渚,微芳不足宣。被蒙风雨会,移居华池边。发藻玉台下,垂影沧浪泉一作渊。沾润既已渥,结根奥且坚。四节逝不处,繁华难久鲜。淑气与时殒,馀芳随风捐。天道有迁易,人理无常全。男欢智倾愚,女爱衰避妍。不惜微躯退,恒惧苍蝇前。愿君广末光,照妾薄暮年。

同前　　　谢惠连

芳萱秀陵阿,菲质不足营。幸有忘忧用,移根托君庭。垂颖临清池,擢彩仰华甍。沾渥云雨润,葳蕤吐芳馨。愿君春倾叶,留景惠馀明。

塘上行苦辛篇　　　梁·刘孝威

蒲生伊何陈,曲中多苦辛。黄金坐销铄,白玉遂淄磷。裂衣工毁嫡,掩袖切谗新。嫌成迹易已,爱去理难申。秦云犹变色,鲁日尚回轮。妾歌已唱断,君心终未亲。

塘上行　　　　　　唐·李贺

藕花凉露湿,花缺藕根涩。飞下雌鸳鸯,塘水声溢溢。

蒲生行浮萍篇　　　　魏·曹植

浮萍寄清水,随风东西流。结发辞严亲,来为君子仇。恪勤在朝夕,无端获罪尤。在昔蒙恩惠,和乐如瑟琴。何意今摧颓,旷若商与参。茱萸自有芳,不若桂与兰。新人虽可爱,无若故所欢。行云有返期,君恩傥中还。慊慊仰天叹,愁心将何诉?日月不恒处,人生忽若寓。悲风来入怀,泪下如垂露。发箧造裳衣,裁缝纨与素。

蒲生行　　　　　　齐·谢朓

蒲生广湖边,托身洪波侧。春露惠我泽,秋霜缛我色。根叶从风浪,常恐不永植。摄生各有命,岂云智与力。安得游云上,与尔同羽翼?

江离生幽渚　　　　梁·沈约

泽兰被荒径,孤芳岂自通。幸逢瑶池旷,得与金芝丛。朝承紫台露,夕润渌池风。既美修嫮女,复悦繁华童。凤昔玉霜满,旦暮翠条空。叶飘储胥右,芳歇露寒东。纪化尚盈昃,俗志信颓隆。财殚交易绝,华落爱难终。所惜改欢眄,岂恨逐征蓬。愿回昭阳景,时照长门宫。

苦辛行　　　　　唐·戎昱

　　且莫奏短歌,听余苦辛词。如今刀笔士,不及屠沽儿。少年无事学诗赋,岂意文章复相误。东西南北少知音,终年竟岁悲行路。仰面诉天天不闻,低头告地地不言。天地生我尚如此,陌上他人何足论？谁谓西江深,涉之固无忧。谁谓南山高,可以登之游。险巇唯有世间路,一向令人堪白头。贵人立意不可测,等闲桃李成荆棘。风尘之士深可亲,心如鸡犬能依人。悲来却忆汉天子,不弃相如家旧贫。饮酒酒能散羁愁,谁家有酒判一醉,万事从他江水流。

乐府诗集卷第三十六　相和歌辞 十一

清调曲 四

秋胡行 四解　　　　　　　魏武帝

《西京杂记》曰："鲁人秋胡，娶妻三月，而游宦三年，休还家。其妇采桑于郊。胡至郊而不识其妻也。见而悦之，乃遗黄金一镒。妻曰：'妾有夫，游宦不返。幽闺独处，三年于兹，未有被辱于今日也。'采桑不顾，胡惭而退。至家，问：'妻何在？'曰：'行采桑于郊，未返。'既归还，乃向所挑之妇也。夫妻并惭。妻赴沂水而死。"《列女传》曰："鲁秋絜妇者，鲁秋胡之妻也。既纳之五日，去而宦于陈，五年乃归。未至其家，见路傍有美妇人，方采桑而说之。下车谓曰：'力田不如逢丰年，力桑不如见国卿。今吾有金，愿以与夫人。'妇曰：'采桑力作，纺绩织纴以供衣食，奉二亲养。夫子已矣！不愿人之金。'秋胡遂去。归至家，奉金遗母，使人呼其妇。妇至，乃向采桑者也。妇污其行，去而东走，自投于河而死。"《乐府解题》曰："后人哀而赋之，为《秋胡行》。若魏文帝辞云：'尧任舜禹，当复何为。'亦题曰《秋胡行》。"《广题》曰："曹植《秋胡行》，但歌魏德，而不取秋胡事，与文帝之辞同也。"

晨上散关山，此道当何难！晨上散关山，此道当何难！牛顿不起，车堕谷间。坐盘石之上，弹五弦之琴，作为清角韵，意中迷烦。歌以言志，晨上散关山。一解 有何三老公，卒来在我傍。有何三老公，卒来在我傍。负揜被裘，似非恒人,谓"卿云何困苦以自怨,徨徨所欲,来到此间?"歌以言志,有何三老公。二解"我居昆仑山,所谓者真人。我居昆仑山,所谓者真人。道深有可得,名山历观。遨游八极,枕石嗽流饮泉。"沉吟不决,遂上升天。歌以言志,我居昆仑山。三解去去不可追,长恨相牵攀。去去不可追,长恨相牵攀。夜夜安得寐,惆怅以自怜。正而不谲,辞赋依因。经传所过,西来所传。歌以言志,去去不可追。四解

同前 五解　　　魏武帝

愿登泰华山,神人共远游。愿登泰华山,神人共远游。经历昆仑山,到蓬莱。飘飘八极,与神人俱。思得神药,万岁为期。歌以言志,愿登泰华山。一解天地何长久,人道居之短。天地何长久,人道居之短。世言伯阳,殊不知老。赤松、王乔,亦云得道。得之未闻,庶以寿考。歌以言志,天地何长久。二解明明日月光,何所不光昭。明明日月光,何所不光昭。二仪合圣化,贵者独人不?万国率土,莫非王臣。仁义为名,礼乐为荣。歌以言志,明明日月光。三解四时更逝去,昼夜以成岁。四时更逝去,昼夜以成岁。大人先天,而天弗违。不戚年往,忧世不治。存亡有命,虑之为蚩。歌以言志,四时更逝去。四解戚戚欲何念,欢笑意所之。戚戚欲何念,欢笑意所之。壮盛智惠,殊不再来。爱时进趣,将以惠谁?泛泛放逸,亦同何为。歌以言志,戚戚欲何念。五解

右二曲,魏、晋乐所奏。

475

同前三首　　　　魏文帝

尧任舜禹，当复何为？百兽率舞，凤皇来仪。得人则安，失人则危。唯贤知贤，人不易知。歌以咏言，诚不易移。鸣条之役，万举必全。明德通灵，降福自天。

朝与佳人期，日夕殊不来。嘉肴不尝，旨酒停杯。寄言飞鸟，告余不能。俯折兰黄，仰结桂枝。佳人不在，结之何为？从尔何所之？乃在大海隅。灵若道言，贻尔明珠。企予望之，步立踌躇。佳人不来，何得何须。

泛泛渌池，中有浮萍。寄身流波，随风靡倾。芙蓉含芳，菡萏垂荣。朝采其实，夕佩其英。采之遗谁？所思在庭。双鱼比目，鸳鸯交颈。有美一人，婉如青扬。知音识曲，善为乐方。

同前二首　　　　晋·傅玄

秋胡子娶妇，三日会行。仕宦既享显爵，保兹德音。以禄颐亲，韫比黄金。睹一好妇，采桑路傍。遂下黄金，诱以逢卿。玉磨逾絜，兰动弥馨。源流絜清，水无浊波。奈何秋胡，中道怀邪。美此节妇，高行巍峨。哀哉可愍，自投长河。

秋胡纳令室，三日官他乡。皎皎絜妇姿，泠泠守空房。燕婉不终夕，别如参与商。忧来犹四海，易感难可防。人言生日短，愁者苦夜长。百草扬春华，攘腕采柔桑。素手寻繁枝，落叶不盈筐。罗衣翳玉体，回目流采章。君子倦仕归，车马如龙骧。精诚驰万里，既至两相忘。行人悦令颜，情—

作借息此树傍。诱以逢卿喻,遂下黄金装。烈烈贞女忿,言辞厉秋霜。长驱及居室,奉金升北堂。母立呼妇来,次情乐未央。秋胡见此妇,愓然怀探汤。负心岂不惭,永誓非所望。清浊必异源,凫凤不并翔。引身赴长流,果哉絜妇肠。彼夫既不淑,此妇亦太刚。

同前　　　　　晋·陆机

道虽一致,涂有万端。吉凶纷蔼,休咎之源。人鲜知命,命未易观。生亦何惜,功名所勤。

同前七首　　　　魏·嵇康

富贵尊荣,忧患谅独多。富贵尊荣,忧患谅独多。古人所惧,丰屋蔀家。人害其上,兽恶网罗。惟有贫贱,可以无它。歌以言之,富贵忧患多。

贫贱易居,贵盛难为工。贫贱易居,贵盛难为工。耻佞直言,与祸相逢。变故万端,俾吉作凶。思牵黄犬,其莫之从。歌以言之,贵盛难为工。

劳谦有悔,忠信可久安。劳谦有悔,忠信可久安。天道害盈,好胜者残。强梁致灾,多招祸患。欲得安乐,独有无愆。歌以言之,忠信可久安。

役神者弊,极欲疾枯。役神者弊,极欲疾枯。颜回短折,不及童乌。纵体淫恣,莫不早徂。酒色何物,今自不辜。歌以言之,酒色令人枯。

绝智弃学,游心于玄默。绝智弃学,游心于玄默。过而

〔复〕悔,当不自得。垂钓一壑,〔所〕乐一国。被发行歌,和者四塞。歌以言之,游心于玄默。

　　思与王乔,乘云游八极。思与王乔,乘云游八极。凌厉五岳,忽行万亿。授我神药,自生羽翼。呼吸太和,练形易色。歌以言之,行游八极。

　　徘徊钟山,息驾于层城。徘徊钟山,息驾于层城。上荫华盖,下采若英。受道王母,遂升紫庭。逍遥天衢,千载长生。歌以言之,徘徊于层城。

同前二首　　　　　宋·谢惠连

　　春日迟迟,桑何萋萋。红桃含妖,绿柳舒荑。邂逅粲者,游渚戏蹊。华颜易改,良愿难谐。

　　系风捕影,诚知不得。念彼奔波,意虑回惑。汉女倏忽,洛神飘扬。空勤交甫,徒劳陈王。

同前九首　　　　　宋·颜延之

　　椅梧倾高凤,寒谷待鸣律。影响岂不怀,自远每相匹。婉彼幽闲女,作嫔君子室。峻节贯秋霜,明艳侔朝日。嘉运既我从,欣愿自此毕。

　　燕居未及欢,良人顾有违。脱巾千里外,结绶登王畿。戒徒在昧旦,左右相来依。驱车出郊郭,行路正威迟。存为久离别,没为长不归。

　　嗟余怨行役,三陟穷晨暮。严驾越风寒,解鞍犯霜露。原隰多悲凉,回飙卷高树。离兽起荒蹊,惊鸟纵横去。悲哉游宦子,劳此山川路。

　　超遥行人远,宛转年运徂。良人一作时为此别,日月方向除。孰知寒暑积,俛偄见荣枯。岁暮临空房,凉风起坐隅。寝兴日已寒,白露生庭芜。

　　勤役从归愿,反路遵山河。昔辞秋未素,今也岁载华。蚕月观时暇,桑野多经过。佳人从所务,窈窕援高柯。倾城谁不顾,弭节停中阿。

　　年往诚思劳,路远阔音形。虽为五载别,相与昧平生。舍车遵往路,凫藻驰目成。南金岂不重,聊自意所轻。义心多苦调,密此金玉声。

　　高节难久淹,朅来空复辞。迟迟前途尽,依依造门基。上堂拜嘉庆,入室问何之。日暮行采归,物色桑榆时。美人望昏至,惭叹前相持。

　　有怀谁能已,聊用申苦难。离居殊年载,一别阻河关。春来无时豫,秋至恒早寒。明发动愁心,闺中夜长叹。惨凄岁方晏,日落游子颜。

　　高张生绝弦,声急由调起。自昔枉光尘,结言固终始。如何久为别,百行愆诸己。君子失明义,谁与偕没齿。愧彼《行露》诗,甘之长川汜。

　　　　　同前七首　　　　齐·王　融

　　日月共为照,松筠俱以贞。佩分甘自远,结镜待君明。且协金兰好,方愉琴瑟情。佳人忽千里,空闺积思生。

　　景落中轩坐,悠悠望城阙。高树升夕烟,曾楼满初月。

光阴非或异,山川屡难越。辍泣掩铅姿,摇首乱云发。

倾魂属徂火,摇念待方秋。凉气承宇结,明熠傃阶流。三星亦虚映,四屋惨多愁。思君如萱草,一见乃忘忧。

杼轴—作衿袖郁不谐,契阔迷新故。朔风栏上发,寒鸟林间度。客远乏衣裘,岁晏饶霜露。参差兴别绪,依迟—作违起离慕。

愿言如可行,信迈亦亡反。睇景不告劳,瞻途宁邈远。何以淹归辙,蚕妾事春晚。送目乱前华,驰心迷旧婉。

椒佩容有结,振芳歧路隅。黄金徒以赋,白珪终不渝。明心良自皎,安用久踟蹰。遄车反枌巷,流目下西虞。

披帷惕—作怅有望,出门迟所欲。彼美复来仪,惭颜变欣瞩。兰艾隔芳茷,泾渭分清浊。去去夫人子,请徇川之曲。

同　前　　唐·高适

妾本邯郸未嫁时,容华倚翠人未知。一朝结发从君子,将妾迢迢东路陲。时逢大道无难阻,君方游宦从陈、汝。蕙楼独卧频度春,彩落辞君几徂暑。三月垂杨蚕未眠,携笼结侣南陌边。道逢行子不相识,赠妾黄金买少年。妾家夫婿轻离久,寸心誓与长相守。愿言行路莫多情,送妾贞心在人口。日暮蚕饥相命归,携笼端饰来庭闱。劳心苦力终无恨,所冀君恩那可依。闻说行人已归止,乃是向来赠金子。相看颜色不复言,相顾怀惭有何已。从来自隐无疑背,直为君情也相会。如何咫尺仍有情,况复迢迢千里外!此时顾恩不顾身,念君此日赴河津。莫道向来不得意,故欲留规诫后人。

瑟调曲 一

《古今乐录》曰:"王僧虔《技录》,瑟调曲有《善哉行》、《陇西行》、《折杨柳行》、《西门行》、《东门行》、《东西门行》、《却东西门行》、《顺东西门行》、《饮马行》、《上留田行》、《新成安乐宫行》、《妇病行》、《孤子生行》、《放歌行》、《大墙上蒿行》、《野田黄爵行》、《钓竿行》、《临高台行》、《长安城西行》、《武舍之中行》、《雁门太守行》、《艳歌何尝行》、《艳歌福钟行》、《艳歌双鸿行》、《煌煌京洛行》、《帝王所居行》、《门有车马客行》、《墙上难用趋行》、《日重光行》、《蜀道难行》、《櫂歌行》、《有所思行》、《蒲坂行》、《采梨橘行》、《白杨行》、《胡无人行》、《青龙行》、《公无渡河行》。"《荀氏录》所载十五曲,传者九曲。武帝"朝日"、"自惜"、"古公",文帝"朝游"、"上山",明帝"赫赫"、"我徂",古辞"来日",并《善哉》,古辞《罗敷艳歌行》是也。其六曲今不传。"五岳"《善哉行》,武帝"鸿雁"《却东西门行》,"长安"《长安城西行》,"双鸿"、"福钟"并《艳歌行》,"墙上"《墙上难用趋行》是也。其器有笙、笛、节、琴、瑟、筝、琵琶七种,歌弦六部。张永录云:"末歌之前有七部,弦又在弄后。晋、宋、齐止四器也。"

善哉行 六解　　　　古 辞

《乐府解题》曰:"古辞云'来日大难,口燥唇干。'言人命不可保,当见亲友,且永长年术,与王乔、八公游焉。又魏文帝辞云:'有美一人,婉如(青)〔清〕扬。'言其妍丽,知音,识曲,善为乐方,令人忘忧。此篇诸集所出,不入乐志。"按魏明帝《步出夏门行》曰:"善哉殊复善,弦歌乐我情。"然则"善哉"者,盖叹美之辞也。

来日大难,口燥唇干。今日相乐,皆当喜欢。一解经历名山,芝草翻翻。仙人王乔,奉药一丸。二解自惜袖短,内手知寒。惭无灵辄,以报赵宣。三解月没参横,北斗阑干。亲交在门,饥不及餐。四解欢日尚少,戚日苦多。以何忘忧,弹筝酒歌。五解淮南八公,要道不烦。参驾六龙,游戏云端。六解

同前 七解　　　　　魏武帝

古公亶甫,积德垂仁。思弘一道,哲王于豳。一解太伯、仲雍,王德之仁。行施百世,断发文身。二解伯夷、叔齐,古之遗贤。让国不用,饿殂首山。三解智哉山甫,相彼宣王。何用杜伯,累我圣贤。四解齐桓之霸,赖得仲父。后任竖刁,虫流出户。五解晏子平仲,积德兼仁。与世沈德,未必思命。六解仲尼之世,王国为君。随制饮酒,扬波使官。七解

同前 六解　　　　　魏武帝

自惜身薄祜,夙贱罹孤苦。既无三徙教,不闻过庭语。一解其穷如抽裂,自以思所怙。虽怀一介志,是时其能与。二解守穷者贫贱,惋叹泪如雨。泣涕于悲夫,乞活安能睹。三解我愿于天穷,琅邪倾侧左。虽欲竭忠诚,欣公归其楚。四解快人由为叹,抱情不得叙。显行天教人,谁知莫不绪。五解我愿何时随,此叹亦难处。今我将何照于光曜,释衔不如雨。六解

同前　五解　　　　魏文帝

朝日乐相乐,酣饮不知醉。悲弦激新声,长笛吹清气。一解弦歌感人肠,四坐皆欢悦。寥寥高堂上,凉风入我室。二解持满如不盈,有德者能卒。君子多苦心,所愁不但一。三解慊慊下白屋,吐握不可失。众宾饱满归,主人苦不悉。四解比翼翔云汉,罗者安所羁。冲静得自然,荣华何足为!五解

同前　六解　　　　魏文帝

上山采薇,薄暮苦饥。溪谷多风,霜露沾衣。一解野雉群雊,猿猴相追。还望故乡,郁何垒垒。二解高山有崖,林木有枝。忧来无方,人莫之知。三解人生如寄,多忧何为。今我不乐,岁月其驰。四解汤汤川流,中有行舟。随波转薄,有似客游。五解策我良马,被我轻裘。载驰载驱,聊以忘忧。六解

同前　五解　　　　魏文帝

朝游高台观,夕宴华池阴。大酋奉甘醪,狩人献嘉禽。一解齐倡发东舞,秦筝奏西音。有客从南来,为我弹清琴。二解五音纷繁会,拊者激微吟。淫鱼乘波听,踊跃自浮沈。三解飞鸟翻翔舞,悲鸣集北林。乐极哀情来,寥亮摧肝心。四解清角岂不妙,德薄所不任。大哉子野言,弭弦且自禁。五解

右六曲,魏、晋乐所奏。

同　前　　　　　　　　魏文帝

有美一人，婉如清扬。妍姿巧笑，和媚心肠。知音识曲，善为乐方。哀弦微妙，清气含芳。流郑激楚，度宫中商。感心动耳，绮丽难忘。离鸟夕宿，在彼中洲。延颈鼓翼，悲鸣相求。眷然顾之，使我心愁。嗟尔昔人，何以忘忧？

同　前　八解　　　　　　魏明帝

我徂我征，伐彼蛮虏。练师简卒，爰正其旅。一解轻舟竟川，初鸿依浦。桓桓猛毅，如罴如虎。二解发砲若雷，吐气成雨，旄旍指麾，进退应矩。三解百马齐辔，御由造父。休休六军，咸同斯武。四解兼涂星迈，亮兹行阻。行行日远，西背京许。五解游弗淹旬，遂届扬（上）〔土〕。奔寇震惧，莫敢当御。六解虎臣列将，怫郁充怒。淮、泗肃清，奋扬微所。七解运德曜威，惟镇惟抚。反旆言归，旆入皇祖。八解

同　前　四解　　　　　　魏明帝

赫赫大魏，王师徂征。冒暑讨乱，振曜威灵。一解泛舟黄河，随波潺湲。通渠回越，行路绵绵。二解彩旄蔽日，旌旒翳天。淫鱼瀺灂，游嬉深渊。三解唯塘泊，从如流。不为单，握扬楚。心惆怅，歌采薇。心绵绵，在淮肥。愿君速捷早旋归。四解

　　　　　　　右二曲，魏、晋乐所奏。

同　前　　　　宋·谢灵运

阳谷跃升,虞渊引落。景跃东隅,晼晚西薄。三春燠叙,九秋萧索。凉来温谢,寒往暑却。居德斯颐,积善嬉谑。阴灌阳丛,凋华堕萼。欢去易惨,悲至难铄。激涕当歌,对酒当酌。鄙哉愚人,戚戚怀瘼。善哉达士,滔滔处乐。

同　前　　　　梁·江淹

置酒坐飞阁,逍遥临华池。神飙自远至,左右芙蓉披。绿竹夹清水,秋兰被幽崖。月出照园中,冠珮相追随。客从南楚来,为我吹参差。渊鱼犹伏涌,听者未云罢。高文一何绮,小儒安足为！肃肃广殿阴,雀声愁北林。众宾还城邑,何用慰我心。

同　前　　　　唐·僧贯休

有美一人兮婉如(青)〔清〕扬,识曲别音兮令姿煌煌。绣袂捧琴兮登君子堂。如彼萱草兮使我忧忘。欲赠之以紫玉尺、白银珰,久不见之兮湘水茫茫。

同　前　　　　唐·僧齐己

大鹏刷翮谢溟渤,青云万层高突出。下视秋涛空渺渺,旧处鱼龙皆细物。人生在世何容易,眼浊心昏信生死。愿除嗜欲待身轻,携手同寻列仙事。

来日大难　　唐·李　白

来日一身,携粮负薪。道长食尽,苦口焦唇。今日醉饱,乐过千春。仙人相存,诱我远学。海陵三山,陆憩五岳。乘龙上三天,飞目瞻两角。授以神药,金丹满握。蟪蛄蒙恩,深愧短促。思填东海,强衔一木。道重天地,轩师广成。蝉翼九五,以求长生。下士大笑,如苍蝇声。

当来日大难　　魏·曹　植

《乐府解题》曰:"曹植拟《善哉行》为'日苦短'。"

日苦短,乐有馀,乃置玉樽办东厨。广情故,心相於,阖门置酒,和乐欣欣。游马后来,袁车解轮。今日同堂,出门异乡。别易会难,各尽杯觞。

同　前　　唐·元　稹

当来日,大难行。前有坂,后有坑。大梁侧,小梁倾。两轴相绞,两轮相撑。大牛竖,小牛横。乌啄牛背,足跌力狞。当来日,大难行。太行虽险,险可使平。轮轴自挠,牵制不停。泥潦渐久,荆棘旋生。行必不得,不如不行。

乐府诗集卷第三十七　相和歌辞 十二

瑟调曲 二

陇西行　　　古辞

一曰《步出夏门行》。《乐府解题》曰："古辞云'天上何所有,历历种白榆'。始言妇有容色,能应门承宾。次言善于主馈,终言送迎有礼。此篇出诸集,不入《乐志》。若梁简文'陇西战地',但言辛苦征战,佳人怨思而已。"王僧虔《技录》云："《陇西行》歌武帝'碣石'、文帝'夏门'二篇。"《通典》曰："秦置陇西郡,以居陇坻之西为名。后魏兼置渭州。《禹贡》曰'导渭自鸟鼠同穴',即其地也。"今首阳山亦在焉。

天上何所有?历历种白榆,桂树夹道生,青龙对道隅。凤凰鸣啾啾,一母将九雏。顾视世间人,为乐甚独殊。好妇出迎客,颜色正敷愉。伸腰再拜跪,问客平安不。请客北堂上,坐客毡氍毹。清白各异樽,酒上正华疏。酌酒持与客,客言主人持。却略再拜跪,然后持一杯。谈笑未及竟,左顾敕中厨。促令办粗饭,慎莫使稽留。废礼送客出,盈盈府中趋。送客亦不远,足不过门枢。取妇得如此,齐姜亦不如。健妇持门户,一胜一丈夫。

同前　　　晋·陆机

我静如镜,民动如烟。事以形兆,应以象悬。岂曰无才,世鲜兴贤。

同　前　　　　宋·谢灵运

昔在老子,志<small>一作至</small>理成篇。柱小倾大,绠短绝泉。鸟之栖游,林坛是闲。韶乐牢膳,岂伊攸便。胡为乖枉,从表方圆。耿耿僚志,慊慊丘园。善歌以咏,言理成篇。

同　前　　　　宋·谢惠连

运有荣枯,道有舒屈。潜保黄裳,显服朱黻。谁能守静,弃华辞荣。穷谷是处,考槃是营。千金不回,百代传名。厥包者柚,忘忧者萱。何为有用,自乖中原。实摘柯摧,叶殒条烦。

同前三首　　　　梁简文帝

边秋胡马肥,雪中惊寇入。勇气时无侣,轻兵救边急。沙平不见虏,嶂崄还相及。出塞岂成歌,经川未遑汲。乌孙涂更阻,康居路犹涩。月晕抱龙城,星眉照马邑。长安路远书不还,宁知征人独伫立。

陇西四战地,羽檄岁时闻。护羌拥汉节,校尉立元勋。石门留铁骑,冰城息夜军。洗兵逢骤雨,送阵出黄云。沙长无止泊,水脉屡萦分。当思勒彝鼎,无用想罗裙。

悠悠悬旆旌,知向陇西行。减灶驱前马,衔枚进后兵。沙飞朝似幕,云起夜疑城。迥山时阻路,绝水极稽程。往年郅支服,今岁单于平。方观凯乐盛,飞盖满西京。

同　前　　　　　梁·庾肩吾

借问陇西行,何当驱马征。草合前迷路,云浓后暗城。寄语幽闺妾,罗袖勿空(荣)〔萦〕。

同　前　　　　　唐·王维

十里一走马,五里一扬鞭。都护军书至,匈奴围酒泉。关山正飞雪,烽戍断无烟。

同　前　　　　　唐·耿纬

雪下阳关路,人稀陇戍头。封狐犹未翦,边将岂无羞。白草三冬色,黄云万里愁。因思李都尉,毕竟不封侯。

同　前　　　　　唐·长孙左辅

阴云凝朔气,陇上正飞雪。四月草不生,北风劲如切。朝来羽书急,夜救长城窟。道隘行不前,相呼抱鞍歇。人寒指欲堕,马冻蹄亦裂。射雁旋充饥,斧冰还止渴。宁辞解围斗,但恐乘疲没。早晚边候空,归来养羸卒。

步出夏门行　　　　古　辞

邪径过空庐,好人常独居。卒得神仙道,上与天相扶。过谒王父母,乃在太山隅。离天四五里,道逢赤松俱,揽辔为我御,将吾上天游。天上何所有?历历种白榆,桂树夹道生,青龙对伏趺。

同前 四解　　　　魏武帝

云行雨步,超越九江之皋。临观异同,心意怀游豫,不知当复何从。经过至我碣石,心惆怅我东海。临行至此为艳东临碣石,以观沧海。水何澹澹,山岛竦峙。树木丛生,百草丰茂。秋风萧瑟,洪波涌起。日月之行,若出其中;星汉粲烂,若出其里。幸甚至哉,歌以咏志。观沧海一解　孟冬十月,北风徘徊。天气肃清,繁霜霏霏。鹍鸡晨鸣,鸿雁南飞。鸷鸟潜藏,熊罴窟栖。钱镈停置,农收积场。逆旅整设,以通贾商。幸甚至哉,歌以咏志。冬十月二解　乡土不同,河朔隆寒。流澌浮漂,舟船行难。锥不入地,蘴藾深奥。水竭不流,冰坚可蹈。土一作士隐者贫,勇侠轻非。心常叹怨,戚戚多悲。幸甚至哉,歌以咏志。河朔寒三解　神龟虽寿,犹有竟时。腾蛇乘雾,终为土灰。骥老伏枥,志在千里;烈士暮年,壮心不已。盈缩之期,不但在天;养怡之福,可得永年。幸甚至哉,歌以咏志。神龟虽寿四解

同前 二解　　　　魏明帝

步出夏门,东登首阳山。嗟哉夷叔,仲尼称贤。君子退让,小人争先。惟斯二子,于今称传。林钟受谢,节改时迁。日月不居,谁得久存?善哉殊复善,弦歌乐情。一解商风夕起,悲彼秋蝉。变形易色,随风东西。乃眷西顾,云雾相连。丹霞蔽日,彩虹带天。弱水潺潺,叶落翩翩。孤禽失群,悲鸣其间。善哉殊复善,悲鸣在(鸣)其间。二解朝游青泠,日暮

嗟归。朝游止此为艳蹙迫日暮,乌鹊南飞。绕树三匝,何枝可依？卒逢风雨,树折枝摧。雄来惊雌,雌独愁栖。夜失群侣,悲鸣徘徊。芃芃荆棘,葛生绵绵。感彼风人,惆怅自怜。月盈则冲,华不再繁。古来之说,嗟哉一言。蹙迫下为趋

右二曲,魏、晋乐所奏。

丹霞蔽日行　　　　　　　魏文帝

丹霞蔽日,采虹垂天。谷水潺潺,木落翩翩。孤禽失群,悲鸣云间。月盈则冲,华不再繁。古来有之,嗟我何言。

同　前　　　　　　魏·曹植

纣为昏乱,残忠虐正。周室何隆,一门三圣。牧野致功,天亦革命。汉祖之兴,阶秦之衰。虽有南面,王道陵夷。炎光再幽,忽灭无遗。

折杨柳行 四解　　　　　古　辞

《古今乐录》曰:"王僧虔《技录》云:《折杨柳行》歌文帝'西山'、古'默默'二篇,今不歌。"

　　默默施行违,厥罚随事来。末喜杀龙逄,桀放于鸣条。一解祖伊言不用,纣头悬白旄。指鹿用为马,胡亥以丧躯。二解夫差临命绝,乃云负子胥。戎王纳女乐,以亡其由余。璧马祸及虢,二国俱为墟。三解三夫成市虎,慈母投杼趋。卞和之刖足,接舆归草庐。四解

同前 四解　　　　　　魏文帝

西山一何高！高高殊无极。上有两仙僮,不饮亦不食。与我一丸药,光耀有五色。一解服药四五日,身体生羽翼。轻举乘浮云,倏忽行万亿。流览观四海,茫茫非所识。二解彭祖称七百,悠悠安可原？老聃适西戎,于今竟不还。王乔假虚辞,赤松垂空言。三解达人识真伪,愚夫好妄传。追念往古事,愦愦千万端。百家多迂怪,圣道我所观。四解

右二曲,魏、晋乐所奏。

同前　　　　　　晋·陆机

邈矣垂天景,壮哉奋地雷。隆隆岂久响,华华恒西隤。日落似有竟,时逝恒若催。仰悲朗月运,坐观璇盖回。盛门无再入,衰房莫苦闉。人生固已短,出处鲜为谐。慷慨惟昔人,兴此千载怀。升龙悲绝处,葛藟变条枚。寤寐岂虚叹,曾是感与摧。珥意无足欢,愿言有馀哀。

同前二首　　　　　　宋·谢灵运

郁郁河边树,青青野田草。舍我故乡客,将适万里道。妻妾牵衣袂,抆泪沾怀抱。还拊幼童子,顾托兄与嫂。辞诀未及终,严驾一何早！负笮引文舟,饥渴常不饱。谁令尔贫贱,咨嗟何所道！

骚屑出穴风,挥霍见日雪。飕飕无久摇,皎皎几时絜。未觉泮春冰,已复谢秋节。空对尺素迁,独视寸阴灭。否桑

未易系,泰茅难重拔。桑苎迭生运,语默寄前哲。

西门行 六解　　　　古 辞

《古今乐录》曰:"王僧虔《技录》:《西门行》歌古西门一篇,今不传。"《乐府解题》曰:"古辞云'出西门,步念之'。始言醇酒肥牛,及时为乐。次言'人生不满百,常怀千岁忧,昼短苦夜长,何不秉烛游'。终言贪财惜费,为后世所嗤。又有《顺东西门行》,为三、七言,亦伤时顾阴,有类于此。"

出西门,步念之。今日不作乐,当待何时?一解 夫为乐,为乐当及时。何能坐愁怫郁,当复待来兹。二解 饮醇酒,炙肥牛,请呼心所欢,可用解愁忧。三解 人生不满百,常怀千岁忧。昼短而夜长,何不秉烛游!四解 自非仙人王子乔,计会寿命难与期。自非仙人王子乔,计会寿命难与期。五解 人寿非金石,年命安可期?贪财爱惜费,但为后世嗤!六解

右一曲,晋乐所奏。

出西门,步念之,今日不作乐,当待何时?逮为乐,逮为乐,当及时。何能愁怫郁,当复待来兹。酿美酒,炙肥牛,请呼心所欢,可用解忧愁。人生不满百,常怀千岁忧。昼短苦夜长,何不秉烛游?游行去去如云除,弊车羸马为自储。

右一曲,本辞。

东门行 四解　　　　古 辞

《古今乐录》曰:"王僧虔《技录》云:'《东门行》歌古东门一篇,今不歌。'"《乐府解题》曰:"古词云:'出东门,不顾归。入门怅欲悲。'言士有贫不安其居者,拔剑将去,妻子牵衣留之,愿共铺糜,不求富

贵。且曰'今时清,不可为非'也。若宋鲍照'伤禽恶弦惊',但伤离别而已。"

出东门,不顾归;来入门,怅欲悲。盎中无斗储,还视桁上无悬衣。一解 拔剑出门去,儿女牵衣啼。"他家但愿富贵,贱妾与君共铺糜。二解 共铺糜,上用仓浪天故,下为黄口小儿。今时清廉,难犯教言,君复自爱莫为非!三解 今时清廉,难犯教言,君复自爱,莫为非!""行!吾去为迟。""平慎行,望君归。"四解

右一曲,晋乐所奏。

出东门,不顾归;来入门,怅欲悲。盎中无斗米储,还视架上无悬衣。拔剑东门去,舍中儿母牵衣啼:"他家但愿富贵,贱妾与君共铺糜。上用仓浪天故,下当用此黄口儿。今非!""咄!行!吾去为迟,白发时下难久居。"

右一曲,本辞。

东门行　　东晋·张骏

勾芒御春正,衡纪运玉琼。明庶起祥风,和气翕来征。庆云荫八极,甘雨润四坰。昊天降灵泽,朝日耀华精。嘉苗布原野,百卉敷时荣。鸤鹊与鸧黄,间关相和鸣。芙蓉覆灵沼,香花扬芳馨。春游诚可乐,感此白日倾。休否有终极,落叶思本茎。临川悲逝者,节变动中情。

同　前　　宋·鲍　照

伤禽恶弦惊,倦客恶离声。离声断客情,宾御皆涕零。涕零心断绝,将去复还诀。一息不相知,何况异乡别。遥遥

征驾远,杳杳白─作落日晚。居人掩闺卧,行子夜中饭。野风吹草木,行子心肠断。食梅常苦酸,衣葛常苦寒。丝竹徒满座,忧人不解颜。长歌欲自慰,弥起长恨端。

同　前　　　　　　　　唐·柳宗元

汉家三十六将军,东方雷动横阵云。鸡鸣函谷客如雾,貌同心异不可数。赤丸夜语飞电光,徼巡司隶眠如羊。当街一叱百吏走,冯敬胸中函匕首。凶徒侧耳潜愵心,悍臣破胆皆杜口。魏王卧内藏兵符,子西掩袂真无辜。羌胡毂下一朝起,敌国舟中非所拟。安陵谁辨削砺功,韩国诇明深井里。绝咽断骨那下补,万金宠赠不如土。

东西门行　　　　　　　梁·刘孝威

《古今乐录》曰:"王僧虔《技录》云:《东西门行》,今不歌。"

广津寒欲歇,联樯密缆收。天高匼近岫,江阔少方舟。饯泪留神眷,离歆切私俦。伫变齐儿俗,当传楚献囚。徒然颂并命,只恶思如抽。

却东西门行　　　　　　魏武帝

《古今乐录》曰:"王僧虔《技录》云:《却东西门行》,荀录所载。武帝《鸿雁》一篇,今不传。"

鸿雁出塞北,乃在无人乡。举翅万馀里,行止自成行。冬节食南稻,春日复北翔。田中有转蓬,随风远飘扬。长与故根绝,万岁不自当。奈何此征夫,安得去四方?戎马不解鞍,铠甲不离傍。冉冉老将至,何时反故乡?神龙藏深泉,猛兽步高冈。狐死归首丘,故乡安可忘!

右一曲,魏、晋乐所奏。

同　　前　　　　宋·谢惠连

慷恺发相思,惆怅恋音徽。四节竞阑候,六龙引颓机。人生随时变,迁化焉可祈?百年难必保,千虑盈怀之。

同　　前　　　　梁·沈　约

驱马城西阿,遥眺想京阙。望极烟原尽,地远山河没。摇装非短晨,还歌岂明发?修服怅边羁,瞻途眇乡谒。驰盖转徂龙,回星引奔月。乐去哀镜满。悲来壮心歇。岁华委徂貌,年霜移暮发。辰物久侵晏,征思坐论越。清气掩行梦,忧原荡瀛渤。一念起关山,千里顾兵窟。

鸿雁生塞北行　　　晋·傅　玄

凤凰远生海西,及时昆山冈。五德存羽仪,和鸣定宫商。百鸟并侍左右,鼓翼腾华光。上熙游云日间,千岁时来翔。孰若彼龙与龟,曳尾泥中藏。非云雨则不升,冬伏春乃骧。退哀此秋兰草,根绝随化扬。灵气一何忧美,万里驰芬芳。常恐物(微易)〔易微〕歇,一朝见弃忘。

顺东西门行　　　　晋·陆　机

《古今乐录》曰:"王僧虔《技录》云:《顺东西门行》,今不歌。"

出西门,望天庭,阳谷既虚崦嵫盈。感朝露,悲人生,

(游)〔逝〕者若斯安得停？桑枢戒，蟋蟀鸣，我今不乐岁聿征。迨未暮，及时平，置酒高堂宴友生。激朗笛，弹哀筝，取乐今日尽欢情。

同　　前　　　　宋·谢灵运

出西门，眺云间，挥斤扶木坠虞泉。信道人，鉴徂川，思乐暂舍誓不旋。闵九九，伤牛山，宿心载违徒昔言。竞落运，务颓年，招命俦好相追牵。酌芳酤，奏繁弦，惜寸阴，情固然。

同　　前　　　　谢惠连

哀朝菌，闵颓力，迁化常然焉肯息？及壮齿，遇世直，酌酪华堂集亲识，舒情尽欢遣凄恻。

乐府诗集卷第三十八　相和歌辞 十三

瑟调曲 三

饮马长城窟行　　　　　古　辞

一曰《饮马行》。长城,秦所筑以备胡者。其下有泉窟,可以饮马。古辞云:"青青河畔草,绵绵思远道。"言征戍之客至于长城而饮其马,妇人思念其勤劳,故作是曲也。郦道元《水经注》曰:"始皇二十四年,使太子扶苏与蒙恬筑长城,起自临洮,至于碣石。东暨辽海,西并阴山,凡万馀里。民怨劳苦,故杨泉《物理论》曰:'秦筑长城,死者相属。'民歌曰:'生男慎勿举,生女哺用脯。不见长城下,尸骸相支拄。'其冤痛如此。今白道南谷口有长城,自城北出有高坂,傍有土穴出泉,挹之不穷。歌录云:'饮马长城窟',信非虚言也。"《乐府解题》曰:"古词,伤良人游荡不归,或云蔡邕之辞。若魏陈琳辞云:'饮马长城窟,水寒伤马骨。'则言秦人苦长城之役也。"《广题》曰:"长城南有溪坂,上有土窟,窟中泉流。汉时将士征塞北,皆饮马此水也。案赵武灵王既袭胡服,自代并阴山下至高阙为塞。山下有长城,武灵王之所筑也。其山中断,望之若双阙,所谓高阙者焉。"《古今乐录》曰:"王僧虔《技录》云'《饮马行》,今不歌。'"

青青河畔草,绵绵思远道。远道不可思,宿昔梦见之。梦见在我傍,忽觉在他乡。他乡各异县,展转不相见。枯桑知天风,海水知天寒。入门各自媚,谁肯相为言!客从远方来,遗我双鲤鱼。呼儿烹鲤鱼,中有尺素书。长跪读素书,书中竟何如？上言加餐饭，下言长相忆。

同　前　　　　魏文帝

浮舟横大江，讨彼犯荆虏。武将齐贯甲①，征人伐金鼓。长戟十万队，幽冀百石弩。发机若雷电，一发连四五。

同　前　　　　魏·陈琳

饮马长城窟，水寒伤马骨。往谓长城吏："慎莫稽留太原卒。""官作自有程，举筑谐汝声。""男儿宁当格斗死，何能怫郁筑长城！"长城何连连，连连三千里。边城多健少，内舍多寡妇。作书与内舍："便嫁莫留住。善事新姑嫜，时时念我故夫子。"报书往边地："君今出语一何鄙！""身在祸难中，何为稽留他家子？生男慎莫举，生女哺用脯。君独不见长城下，死人骸骨相撑拄？""结发行事君，慊慊心意关。边地苦贱妾，何能久自全？"

同　前　　　　晋·傅玄

青青河边草，悠悠万里道。草生在春时，远道还有期。春至草不生，期尽叹无声。感物怀思心，梦想发中情。梦君如鸳鸯，比翼云间翔。既觉寂无见，旷如参与商。河洛自用固，不如中岳安。回流不及反，浮云往自还。悲风动思心，悠悠谁知者？悬景无停居，忽如驰驷马。倾耳怀音响，转目泪双堕。生存无会期，要君黄泉下。

---

① 甲，底本阙，据四部丛刊本补。

同　前　　　　　晋·陆机

驱马陟阴山,山高―作阴马不前。往问阴山候,劲虏在燕然。戎车无停轨,旌旆屡徂迁。仰凭积雪岩,俯涉坚冰川。冬来秋未反,去家邈以绵。狝狁亮未夷,征人岂徒旋?末德争先鸣,凶器无两全。师克薄赏行,军没微躯捐。将遵甘、陈迹,收功单于旜。振旅劳归去,受爵藁街传。

同　前　　　　　梁·沈约

介马渡龙堆,涂萦马屡回。前访昌海驿,杂种寇轮台。旌幕卷烟雨,徒御犯冰埃。

同　前　　　　　陈后主

征马入他乡,山花此夜光。离群嘶向影,因风屡动香。月色含城暗,秋声杂塞长。何以酬君子,马革报疆场。

同　前　　　　　陈·张正见

秋草朔风惊,饮马出长城。群惊还怯饮,地险更宜行。伤冰敛冻足,畏冷急寒声。无因度吴坂,方复入羌城。

同　前　　　　　周·王褒

北走长安道,征骑每经过。战垣临八阵,旌门对两和。屯兵戍陇北,饮马傍城阿。雪深无复道,冰合不生波。尘飞连阵聚,沙平骑迹多。昏昏陇坻月,耿耿雾中河。羽林犹角舣,将军尚雅歌。临戎常拔剑,蒙险屡提戈。秋风鸣马首,薄暮欲如何?

同　前　　　　　　　　尚法师

长城征马度,横行且劳群。入冰穿冻水,饮浪聚流文。澄鞍如渍月,照影若流云。别有长松气,自解逐将军。

同　前　　　　　　　　隋炀帝

肃肃秋风起,悠悠行万里。万里何所行?横漠筑长城。岂台小子智,先圣之所营。树兹万世策,安此亿兆生。讵敢惮焦思,高枕于上京。北河秉武节,千里卷戎旌。山川互出没,原野穷超忽。搦金止行阵,鸣鼓兴士卒。千乘万骑动,饮马长城窟。秋昏塞外云,雾暗关山月。缘岩驿马上,乘空烽火发。借问长安候,单于入朝谒。浊气静天山,晨光照高关。释兵仍振旅,要荒事方举。饮至告言旋,功归清庙前。

同　前　　　　　　　　唐太宗

塞外悲风切,交河冰已结。瀚海百重波,阴山千里雪。迥戍危烽火,层峦引高节。悠悠卷旆旌,饮马出长城。寒沙连骑迹,朔吹断边声。胡尘清玉塞,羌笛韵金钲。绝漠干戈戢,车徒振原隰。都尉反龙堆,将军旋马邑。扬麾氛雾静,纪石功名立。荒裔一戎衣,云台凯歌入。

同　前　　　　　　　　唐·虞世南

驰马渡河干,流深马渡难。前逢锦车使,都护在楼兰。

轻骑犹衔勒,疑兵尚解鞍。温池下绝涧,栈道接危峦。拓地勋未赏,亡城律讵宽。有月关犹暗,经春陇尚寒。云昏无复影,冰合不闻湍。怀君不可遇,聊持报一餐。

同　前　　唐·袁　朗

朔风动秋草,清跸长安道。长城连不穷,所以隔华戎。规模唯圣作,荷负晓成功。鸟庭已向内,龙荒更凿空。玉关尘卷静,金微路已通。汤征随北怨,舜咏起南风。画野功初立,绥边事云集。朝服践狼居,凯歌旋马邑。山响传凤吹,霜华藻琼铍。属国拥节归,单于款关入。日落寒云起,惊河被原隰。零落叶已寒,河流清且急。四时徭役尽,千载干戈戢。太平今若斯,汗马竟无施。唯当事笔砚,归去草封禅。

同　前　　唐·王　瀚

长安少年无远图,一生惟羡执金吾。骐骥前殿拜天子,走马为君西击胡。胡沙猎猎吹人面,汉虏相逢不相见。遥闻鼙鼓动地来,传道单于夜犹战。此时顾恩宁顾身,为君一行摧万人。壮士挥戈回白日,单于溅血染朱轮。回来饮马长城窟,长城道傍多白骨。问之耆老何代人,云是秦王筑城卒。黄昏塞北无人烟,鬼哭啾啾声沸天。无罪见诛功不赏,孤魂流落此〔成〕〔城〕边。当昔秦王按剑起,诸侯膝行不敢视。富国强兵二十年,筑怨兴徭九千里。秦王筑城何太愚,天实亡秦非北胡!一朝祸起萧墙内,渭水咸阳不复都。

同　前　　　　唐·王　建

长城窟,长城窟边多马骨。古来此地无井泉,赖得秦家筑城卒。征人饮马愁不回,长城变作望乡堆。蹄迹未干人去近,续后马来泥污尽。枕弓睡着待水生,不见阴山在前阵。马蹄足脱装马头,健儿战死谁封侯?

同　前　　　　唐·僧子兰

游客长城下,饮马长城窟。马嘶闻水腥,为浸征人骨。岂不是流泉,终不成潺湲。洗尽骨上土,不洗骨中冤。骨若不流水,四海有还魂。空流呜咽声,声中疑是言。

青青河畔草　　　齐·王　融

容容寒烟起,翘翘望行子。行子殊未归,寤寐若容辉。夜中心爱促,觉后阻河曲。河曲万里馀,情交襟袖疏。珠露春华返,璇霜秋照晚。入室怨蛾眉,情归为谁婉?

同　前　　　　梁·沈　约

漠漠床上尘,心中忆故人。故人不可忆,中夜长叹息。叹息想容仪,不言长别离。别离稍已久,空床寄酒杯。

同　前　　　　梁·何　逊

春兰已应好,折花望远道。秋夜苦复长,抱枕向空床。吹台下促节,不言于此别。歌筵掩团扇,何时一相见。弦绝犹依轸，叶落裁下枝。即此虽云别，方我未成离。

同　前　　　　　梁武帝

　　幕幕绣户丝，悠悠怀昔期，昔期久不归，乡国旷音辉。音辉空结迟，半寝觉如至。既寤了无形，与君隔平生。月以云掩光，叶似霜摧老。当途竞自容，莫肯为妾道。

同　前　　　　　梁·荀昶

　　荧荧山上火，苕苕隔陇左，陇左不可至，精爽通寤寐。寤寐衾帱同，忽觉在他邦。他邦各异邑，相逐不相及。迷墟在望烟，木落知冰坚。升朝各自进，谁肯相攀牵。客从北方来，遗我端弋绨。命仆开弋绨，中有隐起珪。长跪读隐珪，辞苦声亦凄，上言各努力，下言长相怀。

泛舟横大江　　　　　梁简文帝

　　魏文帝《饮马长城窟行》，曰"泛舟横大江"，因以为题也。

　　沧波白日晖，游子出王畿。旁望重山转，前观远帆稀。广水浮云吹，江风引夜衣。旅雁同洲宿，寒凫夹浦飞。行客谁多病，当念早旋归。

同　前　　　　　张正见

　　大江修且阔，扬舲度回矶。波中画鹢涌，帆上锦花飞。舟移历浦月，櫂举湿春衣。王孙客若远，讵待送将归。

上留田行　　　　　　魏文帝

《古今乐录》曰："王僧虔《技录》有《上留田行》，今不歌。"崔豹《古今注》曰："上留田，地名也。人有父母死不字其孤弟者，邻人为其弟作悲歌，以风其兄。注曰《上留田》。"《乐府广题》曰："盖汉世人也。云'里中有啼儿，似类亲父子。回车问啼儿，慷慨不可止。'"

居世一何不同！上留田。富人食稻与粱，上留田。贫子食糟与糠，上留田。贫贱亦何伤，上留田。禄命悬在苍天，上留田。今尔叹息将欲谁怨？上留田。

同　前　　　　　　晋·陆机

嗟行人之蔼蔼，骏马陟原风驰，轻舟泛川雷迈。寒往暑来相寻，零雪霏霏集宇，悲风徘徊入襟。岁华冉冉方除，我思缠绵未纾，感时悼逝凄如。

同　前　　　　　　宋·谢灵运

薄游出彼东道，上留田。薄游出彼东道，上留田。循听一何蠹蠹！上留田。澄川一何皎皎！上留田。悠哉遐矣征夫，上留田。悠哉遐矣征夫，上留田。两服上阪电游，上留田。舫舟下游飙驱，上留田。此别既久无适，上留田。此别既久无适，上留田。寸心系在万里，上留田。尺素遵此千夕，上留田。秋冬迭相去就，上留田。秋冬迭相去就，上留田。素雪纷纷鹤委，上留田。清风飙飙入袖，上留田。岁云暮矣增忧，上留田。岁云暮矣增忧，上留田。诚知运来讵抑，上留田。熟视年往莫留，上留田。

同　前　　　　　　梁简文帝

正月土膏初欲发,天马照耀动农祥。田家斗酒群相劳,为歌长安金凤皇。

同　前　　　　　　唐·李白

行至上留田,孤坟何峥嵘？积此万古恨,春草不复生！悲风四边来,肠断白杨声。借问谁家地,埋没蒿里茔。古老向余言,言是上留田,蓬科马鬣今已平。昔之弟死兄不葬,他人于此举铭旌。一鸟死,百鸟鸣。一兽走,百兽惊。桓山之禽别离苦,欲去回翔不能征。田氏仓卒骨肉分,青天白日摧紫荆。交柯之木本同形,东枝憔悴西枝荣。无心之物尚如此,参商胡乃寻天兵？孤竹延陵,让国扬名。高风缅邈,颓波激清。尺布之谣,塞耳不能听。

同　前　　　　　　唐·僧贯休

父不父,兄不兄,上留田,蟊贼生。徒陟岗,泪峥嵘。我欲使诸凡鸟雀,尽变为鹡鸰。我欲使诸凡草木,尽变为田荆。邻人歌,邻人歌,古风清,清风生。

新城安乐宫　　　　　　梁简文帝

《古今乐录》曰:"王僧虔《技录》有《新城安乐宫行》,今不歌。"《乐府解题》曰:"《新城安乐宫行》,备言雕饰刻斫之美也。"

遥看云雾中,刻桷映丹红。珠帘通晚日,金华拂夜风。欲知歌管处,来过安乐宫。

同　前　　　　梁·阴铿

新宫实壮哉,云里望楼台。迢递翔鸥仰,联翩贺燕来。重寒露檐宿,返景夏莲开。砌石披新锦,花梁画早梅。欲知安乐盛,歌管杂尘埃。

同　前　　　　唐·陈子良

春色照兰宫,秦女且窗中。柳叶来眉上,桃花落脸红。拂尘开扇匣,卷帐却薰笼。衫薄偏憎日,裙轻更畏风。

安乐宫　　　　唐·李贺

深一作漆井桐乌起,尚复牵清水。未盥邵陵王,瓶中弄长翠。新城安乐宫,宫如凤凰翅。歌回蜡板鸣,大绾提壶使一作左绾提壶伎。绿繁悲水曲,茱萸别秋子。

妇病行　　　　古　辞

妇病连年累岁,传呼丈人前一言。当言未及得言,不知泪下一何翩翩。"属累君两三孤子,莫我儿饥且寒,有过慎莫笪笞,行当折摇,思复念之!"乱曰:抱时无衣,襦复无里。闭门塞牖,舍孤儿到市。道逢亲交,泣坐不能起。从乞求与孤买饵。对交啼泣,泪不可止:"我欲不伤悲不能已。"探怀中钱持授交,入门见孤儿,啼索其母抱。徘徊空舍中,"行复尔耳,弃置勿复道!"

同　前　　　　　陈·江总

窈窕怀贞室，风流挟琴妇。唯将角枕卧，自影啼妆久。羞开翡翠帷，懒对蒲萄酒。深悲在缥素，托意忘箕帚。夫婿府中趋，谁能大垂手。

孤儿行　　　　　古辞

《孤子生行》，一曰《孤儿行》。古辞言孤儿为兄嫂所苦，难与久居也。《歌录》曰："《孤子生行》，亦曰《放歌行》。"《乐府解题》曰："鲍照《放歌行》云：'蓼虫避葵堇'，言朝廷方盛，君上好才，何为临歧相将去也。"

孤儿生，孤子遇生，命独当苦。父母在时，乘坚车，驾驷马。父母已去，兄嫂令我行贾。南到九江，东到齐与鲁。腊月来归，不敢自言苦。头多虮虱，面目多尘。大兄言办饭，大嫂言视马。上高堂，行取殿下堂，孤儿泪下如雨。使我朝行汲，暮得水来归。手为错，足下无菲。怆怆履霜，中多蒺藜。拔断蒺藜肠肉中，怆欲悲。泪下渫渫，清涕累累。冬无复襦，夏无单衣。居生不乐，不如早去，下从地下黄泉。春气动，草萌芽。三月蚕桑，六月收瓜。将是瓜车，来到还家。瓜车反覆，助我者少，啖瓜者多。"愿还我蒂。兄与嫂严，独且急归。当兴校计。"乱曰：里中一何譊譊！愿欲寄尺书，将与地下父母：兄嫂难与久居。

放歌行　　　　　晋·傅玄

灵龟有枯甲，神龙有腐鳞。人无千岁寿，存质空相因。

朝露尚移景,促哉水上尘。丘冢如履綦,不识故与新。高树来悲风,松柏垂威神。旷野何萧条,顾望无生人。但见狐狸迹,虎豹自成群。孤雏攀树鸣,离鸟何缤纷。愁子多哀心,塞耳不忍闻。长啸泪雨下,太息气成云。

同前　　　宋·鲍照

蓐虫避葵堇,习苦不言非—作排。小人自龌龊,安知旷士怀!鸡鸣洛城里,禁门平旦开。冠盖纵横至,车骑四方来。素带曳长飙,华缨结远埃。日中安能止,钟鸣犹未归。夷世不可逢,贤君信爱才。明虑自天断,不受外嫌猜。一言分珪爵,片善辞草莱。岂伊白璧赐,将起黄金台。今君有何疾,临路独迟回?

同前　　　唐·王昌龄

南渡洛阳津,西望十二楼。明堂坐天子,月朔朝诸侯。清乐动千门,皇风被九州。庆云从东来,泱漭抱日流。升平贵论道,文墨将何求。有诏征草泽,微诚献谋猷。冠冕如星罗,拜揖曹与周。望尘非吾事,入赋且迟留。幸蒙国士识,因脱负薪裘。今者放歌行,以慰梁甫愁。但营数斗禄,奉养母丰羞。若得金膏遂,飞云亦可俦。

乐府诗集卷第三十九　相和歌辞 十四

瑟调曲 四

大墙上蒿行　　　　魏文帝

《古今乐录》曰："王僧虔《技录》有《大墙上蒿行》，今不歌。"

　　阳春无不长成。草木群类，随大风起，零落若何翩翩？中心独立一何茕！四时舍我驱驰。今我隐约欲何为？人生居天壤间，忽如飞鸟栖枯枝。我今隐约欲何为？适君身体所服，何不恣君口腹所尝，冬被貂鼲温暖，夏当服绮罗轻凉。行力自苦，我将欲何为？不及君少壮之时，乘坚车，策肥马良。上有仓浪之天，今我难得久来视；下有蠕蠕之地，今我难得久来履。何不恣意遨游？从君所喜，带我宝剑，今尔何为自低卬？悲丽平壮观，白如积雪，利若秋霜。骍犀标首，玉琢中央。帝王所服，辟除凶殃。御左右，奈何致福祥。吴之辟闾，越之步光，楚之龙泉，韩有墨阳，苗山之铤，羊头之钢，知名前代，咸自谓丽且美。曾不知君剑良，绮难忘！冠青云之崔嵬，纤罗为缨，饰以翠翰，既美且轻。表容仪，俯仰垂光荣。宋之章甫，齐之高冠，亦自谓美，盖何足观。排金铺，坐玉堂，风尘不起，天气清凉。奏桓瑟，舞赵倡，女娥长歌，声协宫商，感心动耳，荡气回肠。酌桂酒，鲙鲤鲂，与佳人期，为乐康。前奉玉卮，为我行觞。今日乐、不可忘，乐未央。为乐常苦迟,岁月逝,忽若飞。何为自苦,使我心悲!

野田黄雀行 四解　　魏·曹植

《古今乐录》曰:"王僧虔《技录》有《野田黄雀行》,今不歌。"《乐府解题》曰:"晋乐奏东阿王'置酒高殿上',始言丰膳乐饮,盛宾主之献酬。中言欢极而悲,嗟盛时不再。终言归于知命而无忧也。"《空侯引》亦用此曲。案汉鼓吹铙歌亦有《黄雀行》,不知与此同否?

置酒高殿上,亲交从我游。中厨办丰膳,烹羊宰肥牛。秦筝何慷慨,齐瑟和且柔。一解 阳阿奏奇舞,京洛出名讴。乐饮过三爵,缓带倾庶羞。主称千金寿,宾奉万年酬。二解 久要不可忘,薄终义所尤。谦谦君子德,磬折欲何求。盛时不再来,百年忽我遒。三解 惊风飘白日,光景驰西流。生存华屋处,零落归山丘。先民谁不死,知命复何忧! 四解

　　　　　　　　右一曲,晋乐所奏。

置酒高殿上,亲交从我游。中厨办丰膳,烹羊宰肥牛。秦筝何慷慨,齐瑟和且柔。阳阿奏奇舞,京洛出名讴。乐饮过三爵,缓带倾庶羞。主称千金寿,宾奉万年酬。久要不可忘,薄终义所尤。谦谦君子德,磬折欲何求。惊风飘白日,光景驰西流。盛时不可再,百年忽我遒。生存华屋处,零落归山丘。先民谁不死,知命亦何忧。

　　　　　　　　右一曲,本辞。

同　前

高树多悲风,海水扬其波。利剑不在掌,结友何须多。不见篱间雀,见鹞自投罗。罗家得雀喜,少年见雀悲。拔剑

捎罗网,黄雀得飞飞。飞飞磨苍天,来下谢少年。

同　前　　　隋·萧　悫

弱躯媿—作惭彩饰,轻毛非锦文。不知鸿鹄志,非是凤凰群。作风随浊雨,入曲应《玄云》。空城旧侣绝,沧海故交分。宁死明珠弹,且避鹰将军。

同　前　　　唐·李　白

游莫逐炎洲翠,栖莫近吴宫燕。吴宫火起焚尔窠,炎洲逐翠遭网罗。萧条两翅蓬蒿下,纵有鹰鹯奈若何!

同　前　　　唐·储光羲

嘖嘖野田雀,不知躯体微。闲穿深蒿里,争食复争飞。穷老一颓舍,枣多桑树稀。无枣犹可食,无桑何以衣。萧条空仓暮,相引时来归。邪路岂不栖,诸田岂不肥。水长路且怀,恻恻与心违。

同　前　　　唐·僧贯休

高树风多,吹尔巢落。深蒿叶暖,宜尔依薄。莫近鹗类,珠网亦恶,饮野田之清水,食野田之黄粟。深花中睡,垡土里浴。如此即全胜啄太仓之谷,而更穿人屋。

同　前　　　唐·僧齐己

双双野田雀,上下同饮啄。暖去栖蓬蒿,寒归傍篱落。

殷勤避罗网,乍可遇雕鹗。雕鹗虽不仁,分明在寥廓。

置酒高殿上　　　陈·张正见

陈王开甲第,粉壁丽椒涂。高窗侍玉女,飞闼敞金铺。名香散绮幕,石墨雕金炉,清醪称玉馈,浮蚁擅苍梧。邹、严恒接武,申、白日相趋。容与升阶玉,差池曳履珠。千金一巧笑,百万两鬟姝。赵姬未鼓瑟,齐客罢吹竽。歌喧桃与李,琴挑《凤将雏》。魏君惭举白,晋主愧投壶。风云更代序,人事有荣枯。长卿病消渴,壁立还成都。

同　前　　　陈·江总

三清传旨酒,柏梁奉欢宴。霜云动玉叶,冻水疏金箭。羽籥响钟石,流泉灌金殿。盛时不再得,光景驰如电。

雁门太守行　八解　　　古辞

《古今乐录》曰:"王僧虔《技录》云:'《雁门太守行》,歌古洛阳令一篇。'"《后汉书》曰:"王涣,字稚子,广汉郪人也。父顺,安定太守。涣少好侠,尚气力。晚改节敦儒学,习书读律,略通大义。后举茂才,除温令。讨击奸猾,境内清夷,商人露宿于道。其有放牛者,辄云以属稚子,终无侵犯。在温三年,迁兖州刺史。绳正(风部)〔部郡〕,威〔风〕大行。后坐考妖言不实论,岁馀征拜侍御史。永元十五年,还为洛阳令。政平讼理,发擿奸伏,京师称叹,以为有神算。元兴元年病卒。百姓咨嗟,男女老壮相与致奠醊以千数。及丧西归,经弘农,民庶皆设槃案于路,吏问其故,咸言平常持米到洛,为卒司所抄,恒亡其半。自王君在事,不见侵枉,故来报恩。其政化怀物如此。民思其德,为立祠安阳亭西。每食辄弦歌而荐之。永嘉二年,邓太后诏嘉其节义,而以子石为郎中。延熹中,桓帝事黄老道,悉毁诸旁祀,唯存卓茂与涣祠焉。"《乐府解题》曰:"案古歌词,历述涣本末,与传合。而曰《雁门太守行》,所未详。若梁简文帝'轻霜中夜下',备言边城征战之思,皇甫规雁门之问,盖据题为之也。"

孝和帝在时,洛阳令王君,本自益州广汉蜀民。少行宦,学通五经论。一解 明知法令,历世衣冠。从温补洛阳令。治行致贤,拥护百姓,子养万民。二解 外行猛政,内怀慈仁。文武备具,料民富贫。移恶子姓,篇著里端。三解 伤杀人,比伍同罪对门,禁鋈矛八尺,捕轻薄少年,加笞决罪,诣马市论。四解 无妄发赋,念在理冤。敕吏正狱,不得苛烦。财用钱三十,买绳礼竿。五解 贤哉贤哉,我县王君。臣吏衣冠,奉事皇帝。功曹主簿,皆得其人。六解 临部居职,不敢行恩。(青)〔清〕身苦体,夙夜劳勤。治有能名,远近所闻。七解 天年不遂,早就奄昏。为君作祠,安阳亭西。欲令后世,莫不称传。八解

右一曲,晋乐所奏。

同前二首　　　　　　　　梁简文帝

轻霜中夜下,黄叶远辞枝。寒苦春难觉,边城秋易知。风急旍旗断,涂长铠马疲。少解孙吴法,家本幽并儿。非关买雁肉,徒劳皇甫规。

陇暮风恒急,关寒霜自浓。枥马夜方思,边衣秋未重。潜师夜接战,略地晓摧锋。悲笳动(明)〔胡〕塞,高旗出汉墉。勤劳谢公业,清白报迎逢。非须主人赏,宁期定远封。单于

如未击,终夜慕前踪。

同 前　　　梁·褚 翔

三月杨花合,四月麦秋初。幽州寒食罢,郑国采桑疏。便闻雁门戍,结束事戎车。去岁无霜雪,今年有闰馀。月如弦上弩,星类水中鱼。戎车攻日逐,燕骑荡康居。大宛归善马,小月送降书。寄语闺中妾,勿怨寒床虚。

同 前　　　唐·李 贺

黑云压城城欲摧,甲光向月一作日金鳞开。角声满天秋色里,塞上燕支凝夜紫。半卷红旗临易水,霜重鼓寒声不起一作鼓声寒不起。报君黄金台上意,提携玉龙为君死。

同 前　　　唐·张 祜

城头月没霜如水,趆趆踏沙人似鬼。灯前拭泪试香裘,长引一声残漏子。驼囊泻酒酒一杯,前头嚏[①]血心不回。寄语年[②]少妻莫哀,鱼金虎竹天上来,雁门山边骨成灰。

同 前　　　唐·庄南杰

旌旗闪闪摇天末,长笛横吹虏尘阔。跨下嘶风白练狞,腰间切玉清蛇活。击革搊金燧牛尾,犬羊兵败如山死。九泉寂寞葬秋虫,湿云荒草啼秋思。

---

① 嚏,底本阙,据四部丛刊本补。
② 寄语年,底本阙,据四部丛刊本补。

艳歌何尝行 四解　　　古辞

一曰《飞鹄行》。《古今乐录》曰:"王僧虔《技录》云:《艳歌何尝行》,歌文帝《何尝》、《古白鹄》二篇。"《乐府解题》曰:"古辞云:'飞来双白鹄,乃从西北来。'言雌病雄不能负之而去,'五里一反顾,六里一徘徊'。虽遇新相知,终伤生别离也。又有古辞云'何尝快独无忧',不复为后人所拟。'鹄'一作'鹤'。"

飞来双白鹄,乃从西北来。十十五五,罗列成行。一解妻卒被病,行不能相随。五里一反顾,六里一徘徊。二解吾欲衔汝去,口噤不能开;吾欲负汝去,毛羽何摧颓。三解乐哉新相知,忧来生别离,躇踌顾群侣,泪下不自知。四解念与君离别,气结不能言。各各重自爱,远道归还难。妾当守空房,闭门下重关。若生当相见,亡者会黄泉。今日乐相乐,延年万岁期。"念与"下为"趋"。

同前 五解　　　魏文帝

何尝快,独无忧,但当饮醇酒,炙肥牛。一解长兄为二千石,中兄被貂裘。二解小弟虽无官爵,鞍马驭驭,往来王侯长者游。三解但当在王侯殿上,快独博蒲六博,对坐弹棋。四解男儿居世,各当努力,蹴迫日暮,殊不久留。五解少小相触抵,寒苦常相随,忿恚安足诤。吾中道与卿共别离。约身奉事君,礼节不可亏。上惭仓浪之天,下顾黄口小儿。奈何复老心皇皇,独悲谁能知。"少小"下为趋曲,前为"艳"。

右二曲,晋乐所奏。

飞来双白鹄　　　宋·吴迈远

可怜双白鹄,双双绝尘氛。连翮弄光景,交颈游青云。逢罗复逢缴,雌雄一旦分。哀声流海曲,孤叫去江濆。岂不慕前侣,为尔不及群。步步一零泪,千里犹待君。乐哉新相知,悲来生别离。持此百年命,共逐寸阴移。譬如空山草,零落心自知。

飞来双白鹤　　　陈后主

朔吹已萧瑟,愁云屡合开。玄冬辛苦地,白鹤从风催。音响已清切,毛羽复残摧。飞未进□□,但为失双回。倪逢□㟎德,当共衔珠来。

同　前　　　梁元帝

紫盖学仙成,能令吴市倾。逐舞随疏节,闻琴应别声。集田遥赴影,隔雾近相鸣。时从洛浦渡,飞向辽东城。

同　前　　　唐·虞世南

飞来双白鹤,奋翼远凌烟。双栖集紫盖,一举背青田。飔影过伊洛,流声入管弦。鸣群倒景外,刷羽阆风前。映海疑浮雪,拂涧泻飞泉。燕雀宁知去,蜉蝣不识还。何言别俦侣,从此间山川。顾步已相失,徘徊反自怜。危心犹惊露,哀响讵闻天。无因振六翮,轻举复随仙。

今日乐相乐　　　　　陈·江总

绮殿文雅遒，玳筵欢趣密。郑态透迤舞，齐弦窈窕瑟。金罍送缥觞，玉井沈朱实。愿以北堂宴，长奉南山日。

艳歌行　　　　　古　辞

《古今乐录》曰："《艳歌行》非一，有直云'艳歌'，即《艳歌行》是也。若《罗敷》、《何尝》、《双鸿》、《福钟》等行，亦皆'艳歌'。"王僧虔《技录》云："《艳歌双鸿行》，荀录所载，《双鸿》一篇；《艳歌福钟行》，荀录所载，《福钟》一篇，今皆不传。《艳歌罗敷行》'日出东南隅'篇，荀录所载，《罗敷》一篇，相和中歌之，今不歌。"《乐府解题》曰："古辞云'翩翩堂前燕，冬藏夏来见'。言燕尚冬藏夏来，兄弟反流宕他县。主妇为绽衣服，其夫见而疑之也。"

翩翩堂前燕，冬藏夏来见。兄弟两三人，流宕在他县。故衣谁当补，新衣谁当绽？赖得贤主人，览取为吾组。夫婿从门来，斜柯西北眄。语卿且勿眄，水清石自见。石见何累累，远行不如归！

同　前

南山石嵬嵬，松柏何离离。上枝拂青（雪）〔云〕，中心十数围。洛阳发中梁，松树窃自悲。斧锯截是松，松树东西摧。特作四轮车，载至洛阳宫。观者莫不叹，问是何山材。谁能刻镂此？公输与鲁班。被之用丹漆，薰用苏合香。本自南山松，今为宫殿梁。

艳歌行有女篇　　　晋·傅　玄

有女怀芬芳,媞媞步东厢。蛾眉分翠羽,明眸发清扬。丹唇翳皓齿,秀色若珪璋。巧笑云权靥,众媚不可详。令仪希世出,无乃古毛嫱。头安金步摇一作首戴金步摇,耳系明月珰。珠环约素腕,翠羽垂鲜光。文袍缀藻繡,玉体映罗裳。容华既已艳,志节拟秋霜。徽音冠青云,声响流四方。妙哉英媛德,宜配侯与王。灵应万世合,日月时相望。媒氏陈束帛,羔雁鸣前堂。百两盈中路,起若鸾凤翔。凡夫徒踊跃,望绝殊参商。

艳歌行　　　宋·刘义恭

江南游湘妃,窈窕汉滨女。淑问流古今,兰音媚郑楚。瑶颜映长川,善服照通浒。求思望襄滢,叹息对衡渚。中情未相感,搔首增企予。悲鸿失良匹,俯仰恋俦侣。徘徊忘寝食,羽翼不能举。倾首仁春燕,为我津辞语。

同前二首　　　梁简文帝

凌晨光景丽,倡女凤楼中。前瞻削成小,傍望卷旌空。分妆间浅靥,绕脸傅斜红。张琴未调轸,饮吹不全终。自知心所爱,出入仕秦宫。谁言连尹屈,更是莫敖通。轻轺缀皂盖,飞辖轹云骢。金鞍随系尾,衔琐映缠骢。戈镂荆山玉,剑饰丹阳铜。左把苏合弹,傍持大屈弓。控弦因鹊血,挽强用牛螉。弋猎多登陇,酣歌每入丰。晖晖隐落日,冉冉还房樕。灯生阳燧火，尘散鲤鱼风。流苏时下帐，象簟复韬筒。雾暗窗前柳，寒疏井上桐。女萝托松际，甘瓜蔓井东。拳拳恃君宠，岁暮望无穷。

云楣桂成户，飞栋杏为梁。斜窗通蕊气，细隙引尘光。裁衣魏后尺，汲水淮南床。青骊暮当返，预使罗裙香。

同　前　　　　　陈·顾野王

燕姬妍，赵女丽，出入王宫公主第。倚鸣瑟，歌未央，调弦八九弄，度曲两三章。唯欣春日永，讵愁秋夜长。歌未央，倚鸣瑟。轻风飘落蕊，〔乳燕〕巢兰室。结罗帷，玩朝日。窗开翠幔卷，妆罢金星出。争攀四照花，竞戏三条术。

夕台行雨度，朝梁照日辉。东城采桑返，南市数钱归。长歌挑碧玉，罗尘笑洛妃。欲知欢未尽，栖夜已乌飞。

齐倡赵女尽妖妍，珠帘玉砌并神仙。莫笑人来最落后，能使君恩得度前。岂知洛渚罗尘步，讵减（河天）〔天河〕秋夕渡。妖姿巧笑能倾城，那思他人不憎妒。莲花藻井推芰荷，《采菱》妙曲胜《阳阿》。

煌煌京洛行　五解　　　　魏文帝

《古今乐录》曰：“王僧虔《技录》云：‘《煌煌京洛行》，歌文帝“园桃”一篇。’”《乐府解题》曰：“晋乐奏文帝‘夭夭园桃，无子空长’，言虚美者多败。又有韩信高鸟尽，良弓藏，子房保身全名，苏秦倾侧卖主，陈轸忠而有谋，楚怀不纳，郭生古之雅人，燕昭臣之，吴起知小谋大，及鲁仲连高士，不受千金等语。若宋鲍照‘凤楼十二重’，梁戴暠‘欲知佳丽地’，始则盛称京洛之美，终言君恩歇薄，有怨旷沉沦之叹。”

夭夭园桃，无子空长。虚美难假，偏轮不行。一解淮阴五刑，鸟得弓藏。保身全名，独有子房。大愤不收，褒衣无带。多言寡诚，只令事败。二解苏秦之说，六国以亡。倾侧卖主，车裂固当。贤矣陈轸，忠而有谋。楚怀不从，祸卒不救。三解祸夫吴起，智小谋大。西河何健，伏尸何劣。四解嗟彼郭生，古之雅人。智矣燕昭，可谓得臣。峨峨仲连，齐之高士。北辞千金，东蹈沧海。五解

　　　　　　　右一曲，晋乐所奏。

　　　同前二首　　　宋·鲍　照

　　凤楼十二重，四户八绮窗。绣桷金莲花，桂柱玉盘龙。珠帘无隔路，罗幌不胜风。宝帐三千所，为尔一朝容。扬芬紫烟上，垂彩绿云中。春吹回白日，霜歌落塞鸿。但惧秋尘起，盛爱逐衰蓬。坐视青苔满，卧对锦筵空。琴瑟纵横散，舞衣不复缝。古来兵歇薄，君意岂独浓！唯见双黄鹄，千里一相从。

　　南游偃师县，斜上霸陵东。回瞻龙首堞，遥望德阳宫。重门远照耀，天阁复穹隆。城旁疑复道，树里识松风。黄河入洛水，丹泉绕射熊。夜轮悬素魄，朝天荡碧空。秋霜晓驱雁，春雨暗成虹。曲阳造甲第，高安还禁中。刘苍归作相，窦宪出临戎。此时车马合，兹晨冠盖通。谁知两京盛，欢宴遂无穷。

　　　同　　前　　　梁·戴　暠

　　欲知佳丽地，为君陈帝京。由来称侠窟，争利复争名。

铸铜门外马,刻石水中鲸。黑龙过饮渭,丹凤俯临城。群公邀郭解,天子问黄琼。诏幸平阳第,骑指伏波营。五侯同拜爵,七贵各垂缨。衣风飘飘起,车尘暗浪生。舞见淮南法,歌闻齐后声。挥金留客坐,馔玉待钟鸣。独有文园客,偏嗟武骑轻。

同 前　　　　陈·张正见

千门俨西汉,万户擅东京。凌云霞上起,鸧鹊月中生。风尘暮不息,箫管夜恒鸣。唯当卖药处,不入长安城。

乐府诗集卷第四十　相和歌辞 十五

瑟调曲 五

门有车马客行　　　晋·陆机

《古今乐录》曰：'王僧虔《技录》云：'《门有车马客行》，歌东阿王置酒一篇。'"《乐府解题》曰："曹植等《门有车马客行》，皆言问讯其客，或得故旧乡里，或驾自京师，备叙市朝迁谢，亲友雕丧之意也。"案曹植又有《门有万里客》，亦与此同。

门有车马客，驾言发故乡。念君久不归，濡迹涉江湘。投袂赴门涂，揽衣不及裳。拊膺携客泣，掩泪叙温凉。借问邦族间，恻怆论存亡。亲友多零落，旧齿皆凋丧。市朝互迁易，城阙或丘荒。坟垄日月多，松柏郁茫茫。天道信崇替，人生安得长？慷慨惟平生，俯仰独悲伤。

同　前　　　宋·鲍照

门有车马客，问君何乡士。捷步往相讯，果得一作遇旧邻里。凄凄声中情，慊慊增下俚。语昔有故悲，论今无新喜。清晨相访慰，日暮不能已。欢戚竞寻诸一作叙，谈调何终止。辞端竟未究，忽唱分涂始。前悲尚未弭，后戚方复起。嘶声盈我口，谈言在我耳。手迹可传心，愿尔笃行李。

同 前　　　　陈·张正见

飞观霞光启,重门平旦开。北阙高箱过,东方连骑来。红尘扬翠毂,赭汗染龙媒。桃花夹径聚,流水傍池回。捎鞭聊静电,接轸暂停雷。非关万里客,自有六奇才。琴和朝雉操,酒泛夜光杯。舞袖飘金谷,歌声绕凤台。良时不可再,驺驭郁相催。安知太行道,失路车轮摧。

同 前　　　　隋·何晏

门前车马客,言是故乡来。故乡有书信,纵横印检开。开书看未极,行客屡相识。借问故乡人,潺湲泪不息。上言离别久,下道望应归。寸心将夜鹊,相逐向南飞。

同 前　　　　唐·虞世南

财雄重交结,戚里擅豪华。曲台临上路,高门抵狭斜。赭汗千金马,绣毂五香车。白鹤随飞盖,朱路入鸣笳。夏莲开剑水,春桃发露花。轻裙染回雪,浮蚁泛流霞。高谈辩飞兔,摘藻握灵蛇。逢恩借羽翼,失路委泥沙。暧暧风烟晚,路长归骑远。日邪青琐第,尘飞金谷苑。危弦促柱奏巴渝,遗簪堕珥解罗襦。如何守直道,翻使谷名愚。

同 前　　　　唐·李白

门有车马客,金鞍曜朱轮。谓从丹一作云霄落,乃是故乡亲。呼儿扫中堂,坐客论悲辛。对酒两不饮,停觞泪盈巾。叹我万里游,飘飖三十春。空谈霸王略,紫绶不挂身。雄剑藏玉匣,阴符生素尘。廓落无所合,流离湘水滨。借问宗党间,多为泉下人。生苦百战役,死托万鬼邻。北风扬胡沙,埋翳周与秦。大运且如此,苍穹宁匪仁。恻怆竟何道,存亡任大钧。

门有万里客行　　　魏·曹　植

门有万里客,问君何乡人,褰裳起从之,果得心所亲。挽裳对我泣,太息前自陈。本是朔方士,今为吴越民。行行将复行,去去适西秦。

墙上难为趋　　　晋·傅　玄

《古今乐录》曰:"王僧虔《技录》云:'《墙上难用趋行》,荀录所载,墙上一篇,今不传。'"

门有车马客,骖服若腾飞。革组结玉佩,縶藻纷葳蕤,冯轼垂长缨,顾盼有馀辉。贫主屦弊履,整比蓝缕衣。客曰嘉病乎,正色意无疑。吐言若覆水,摇舌不可追。渭滨渔钓翁,乃为周所谘。颜回处陋巷,大圣称庶几。苟富不知度,千驷贱采薇。季孙由俭显,管仲病三归。夫差耽淫侈,终为越所围。遗身外荣利,然后享巍巍。迷者一何众,孔难知德希。甚美致憔悴,不如豚豕肥。(阳)〔杨〕朱泣路歧,失道今人悲。子贡欲自矜,原宪知其非。屈伸各异势,穷达不同资。夫唯体中庸,先天天不违。

同 前　　　　　　　周·王褒

昔称梁孟子，兼闻鲁孔丘。访政聊为述，问陈岂相酬。末代多侥幸，卿相尽经由。台郎百金价，台司千万求。当朝少直笔，趋代皆曲钩。廷尉十年不得调，将军百战未封侯。夜伏拥门作常伯，自有蒲萄得凉州。白璧求善价，明珠难暗投。高墙不可践，井水自难浮。风胡有年岁，铦利比吴钩。

日重光行　　　　　　晋·陆机

《古今乐录》曰："王僧虔《技录》有《日重光行》，今不传。"崔豹《古今注》曰："《日重光》、《月重轮》，群臣为汉明帝作也。明帝为太子，乐人作歌诗四章，以赞太子之德。一曰《日重光》，二曰《月重轮》，三曰《星重辉》，四曰《海重润》。汉末丧乱，后二章亡。旧说云，天子之德，光明如日，规轮如月，众辉如星，沾润如海。太子比德，故云重也。"

日重光，奈何天回薄。日重光，冉冉其游如飞征。日重光，今我日华华之盛。日重光，倏忽过，亦安停。日重光，盛往衰亦必来。日重光，譬如四时，固恒相催。日重光，惟命有分可营。日重光，但—作常惆怅才志。日重光，身没之后无遗名。

月重轮行　　　　　　魏文帝

三辰垂光，照临四海。焕哉何煌煌，悠悠与天地久长。愚见目前，圣睹万年。明暗相绝，何可胜言。

同　前　　　　　　　魏明帝

天地无穷，人命有终。立功扬名，行之在躬。圣贤度量，得为道中。

同　前　　　　　　　晋·陆机

人生一时，月重轮。盛年焉可恃—作持？月重轮。吉凶倚伏，百年莫我与期。临川曷悲悼，兹去不从肩，月重轮。功名不勖之，善哉古人，扬声敷闻九服，身名流何穆。既自才难，既嘉运，亦易愆。俯仰行老，存没将何观？志士慷慨独长叹，独长叹！

同　前　　　　　　　梁·戴暠

皇基属明两，副德表重轮。重轮非是晕，桂满自恒春。海珠含更灭，阶蓂翳且新。婕妤比团扇，曹王譬洛神。浮川疑让璧，入户类烧银。从来看顾兔，不曾闻斗麟。北堂岂盈手，西园偏照人。

蜀道难二首　　　　　梁简文帝

《古今乐录》曰："王僧虔《技录》有《蜀道难行》，今不歌。"《乐府解题》曰："《蜀道难》，备言铜梁玉垒之阻，与《蜀国弦》颇同。"《尚书谈录》曰："李白作《蜀道难》，以罪严武。后陆畅谒韦南康皋于蜀郡，感韦之遇，遂反其词作《蜀道易》云：'蜀道易，易于履平地。'"案铜梁玉垒在蜀郡西南，今永康是也。非入蜀道，失之远矣。

建平督邮道，鱼(后)〔复〕永安宫。若奏巴渝曲，时当君思中。

巫山七百里,巴水三回曲。笛声下复高,猿啼断还续。

同前二首　　　　　梁·刘孝威

玉垒高无极,铜梁不可攀。双流逆巇—作巘道,九坂涩阳关。邓侯束马去,王生敛辔还。惧身充叱驭,奉玉若犹悭。

嵋山金碧有光辉,迁停车马正轻肥。弥思王褒拥节去,复忆相如乘传归。君平子云寂不嗣,江汉英灵已信稀。

同　前　　　　　陈·阴铿

王尊奉汉朝,灵关不惮遥。高岷长有雪,阴栈屡经烧。轮摧九折路,骑阻七星桥。蜀道难如此,功名讵可要。

同　前　　　　　唐·张文琮

梁山镇地险,积石阻云端。深谷下寥廓,层岩上郁盘。飞梁驾绝岭,栈道接危峦。揽辔独长息,方知斯路难。

同　前　　　　　李　白

噫吁嚱,危乎高哉!蜀道之难,难于上青天!蚕丛及鱼凫,开国何茫然!尔来四万八千岁,乃—作不与秦塞通人烟。西当太白有鸟道,可以横绝峨眉巅。地崩山摧壮士死,然后天梯石栈方—作相钩连。上有六龙回日之高标—作横河断海之浮云,下有冲波逆折之回川。黄鹤之飞尚不得—作过,猿猱欲度愁攀缘。青泥何盘盘,百步九折萦岩峦。扪参历井仰胁息,以手抚膺坐长叹。问君西游何时还?畏途巉岩不可攀。但见悲鸟号枯—作古木,雄飞呼雌—作雌从绕林间。又闻子规啼夜月,愁空山。蜀道之难难于上青天!使人听此凋朱颜。连峰去天不盈尺—作入烟几千尺,枯松倒挂倚绝壁,飞湍瀑流争喧豗,砯崖转石万壑雷。其险也若此,嗟尔远道之人胡为乎来哉!剑阁峥嵘而崔嵬,一夫当关,万夫莫开。所守或匪亲—作人,化为狼与豺。朝避猛虎,夕避长蛇。磨牙吮血,杀人如麻。锦城虽云乐,不如早还家。蜀道之难,难于上青天,侧身西望长咨嗟—作令人嗟!

棹歌行　五解　　　　　　　魏明帝

《古今乐录》曰:"王僧虔《技录》云:《棹歌行》歌明帝'王者布大化'一篇,或云左延年作,今不歌。梁简文帝在东宫更制歌,少异此也。"《乐府解题》曰:"晋乐,奏魏明帝辞云'王者布大化',备言平吴之勋。若晋陆机'迟迟春欲暮',梁简文帝'妾住在湘川',但言乘舟鼓棹而已。"

王者布大化,配乾稽后祇。阳育则阴杀,晷景应度移。一解文德以时振,武功伐不随。重华舞干戚,有苗服从妫。二解蠢尔吴蜀虏,凭江栖山阻。哀哉王士民,瞻仰靡依怙。三解皇上悼愍斯,宿昔奋天怒。发我许昌宫,列舟于长浦。四解翌日乘波扬,棹歌悲且凉。太常拂白日,旗帜纷设张。五解将抗旌与钺,曜威于彼方。伐罪以吊民,清我东南疆。"将抗"下为"趋"。

右一曲,晋乐所奏。

同　前　　　　晋·陆机

迟迟暮春日，天气柔且嘉。元吉隆初巳，濯秽游黄河。龙舟浮鹢首，羽旗垂藻蕤。乘风宣飞景，逍遥戏中波。名讴激清唱，榜人纵棹歌。投纶沉洪川，飞缴入紫霞。

同　前　　　　宋·孔宁子

君子乐和节，品物待阳时。上祖降繁祉，元巳命水嬉。仓武戒桥梁，旄人树羽旗。高樯抗飞帆，羽盖翳华枝。欸飞激逸响，娟娥吐清辞。泝洄缅无分，欣流怆有思。仰瞻翳云缴，俯引沈泉丝。委羽漫通渚，鲜染中填坻。鹢鸟威江使，扬波骇冯夷。夕影虽已西，_{缺二字}终无期。

同　前　　　　宋·吴迈远

十三为汉使，孤剑出皋兰。西南穷天险，东北毕地关。岷山高以峻，燕水清且寒。一去千里孤，边马何时还？遥望烟嶂外，障气郁云端。始知身死处，平生从此残。

同　前　　　　鲍照

羁客离婴时，飘飖无定所。昔秋寓江介，兹—作今春客河浒。往戢于役身，愿令怀水楚。泠泠篠疏潭，邕邕雁循渚。飂戾长风振，遥曳—作飘遥高帆举。惊波无留连，舟人不踌伫。

同　前　　　　梁简文帝

妾家住湘川，菱歌本自便。风生解刺浪，水深能捉船。

叶乱由牵荇,丝飘为折莲。溅妆疑薄汗,沾衣似故渐。浣沙流暂浊,汰锦色还鲜。参同赵飞燕,借问李延年。从来入弦管,谁在棹歌前?

同　　前　　　　梁·刘孝绰

日暮楚江上,江深风复生。所思竟何在,相望徒盈盈。舟子行催棹,无所喝流声。

同　　前　　　　梁·阮　研

芙蓉始出水,绿荇叶初鲜。且停《白雪》和,共奏《激楚》弦。平生此遭遇,一日当千年。

同　　前　　　　梁·王　籍

扬舲横大江,乘流任荡荡。轻桡莫不息,复逐夜潮上。时见湘水仙,恒闻解佩响。

同　　前　　　　萧　岑

桂酒既潺湲,轻舟亦乘驾。鼓枻何吟吟,吟我皇唐化。容与沧浪中,淹留明月夜。

同　　前　　　　北齐·魏　收

雪溜添春浦,花水足新流。桃发武陵岸,柳拂武昌楼。

同　　前　　　　隋·卢思道

秋江见底清,越女复倾城。方舟共采摘,最得可怜名。

落花流宝珥,微吹动香缨。带垂连理湿,棹举木兰轻。顺风一作避人传细语,因波寄远情。谁能结锦缆,薄暮隐长汀。

棹歌行　　　　唐·骆宾王

写月图黄罢,凌波拾翠通。镜花摇芰日,衣麝入荷风。叶密舟难荡,莲疏浦易空。凤媒羞自托,鸳翼恨难穷。秋帐灯花翠,倡楼粉色红。相思无别曲,并在棹歌中。

同　前　　　　唐·徐坚

棹女饰银钩,新妆下翠楼。霜丝青桂楫,兰枻紫霞舟。水落金陵曙,风起洞庭秋。扣船过曲浦,飞帆越回流。影入桃花浪,香飘杜若洲。洲长殊未返,萧散云霞晚。日下大江平,烟生归岸远。岸远闻潮波,争途游戏多。因声赵津女,来听采菱歌。

蒲坂行　　　　齐·陆厥

《古今乐录》曰:"王僧虔《技录》有《蒲坂行》,今不歌。"《通典》曰:"河东,唐虞所都蒲坂也。汉为蒲坂县。春秋时秦晋战于河曲,即其地也。"

江南风已春,河间柳已把。雁返无南书,寸心何由写。流泊祁连山,飘飖高阙下。

同　前　　　　梁·刘遵

汉使出蒲坂,去去往交河。间谍敢亏对,骖马脱鸣珂。乍作渡泸怨,何辞上陇歌。

白杨行　　　　　　晋·傅　玄

《古今乐录》曰："王僧虔《技录》有《白杨行》，今不歌。"

青云固非青，当云奈白云。骥从西北驰来，吾何忆。骥来对我悲鸣，举头气凌青云。当奈此骥正龙形。跪足蹉跎长坡下，蹇驴慷忾，敢与我争驰。踯躅盐车之中，流汗两耳尽下垂。虽怀千里之逸志，当时一得施。白云影影，舍我高翔。青云徘徊，戢我愁啼。上眄增崖，下临清池，日欲西移。既来归君，君不一顾。仰天太息，当用生为！青乎云，飞时悲。当奈何邪，青云飞乎！

胡无人行　　　　　　梁·徐　摛

《古今乐录》曰："王僧虔《技录》有《胡无人行》，今不歌。"

刻楹登鲁殿，拥絮拭胡妆。犹将汉闺曲，谁忍奏毡房。遥忆甘泉夜，暗泪断人肠。

同　前　　　　　　梁·吴　均

剑头利如芒，恒持照眼光。铁骑追骁虏，金羁讨黠羌。高秋八九月，胡地草风霜。男儿不惜死，破胆与君尝。

同　前　　　　　　唐·徐彦伯

十月繁霜下，征人远凿空。云摇锦更节，海照角端弓。暗碛埋砂树，冲飙卷塞蓬。方随膜拜入，歌舞玉门中。

同　前　　　　　　　唐·聂夷中

男儿徇大义，立节不沽名。腰间悬陆离，大歌胡无行。不读战国书，不览黄石经。醉卧咸阳楼，梦入受降城。更愿生羽仪，飞身入青冥。请携天子剑，斫下旄头星。自然胡无人，虽有无战争，悠哉典属国，驱羊老一生。

同　前　　　　　　　　李　白

严风吹霜海草凋，筋干精坚胡马骄。汉家战士三十万，将军兼领—作谁者霍嫖姚。流星白羽腰间插，剑花秋莲光出匣。天兵照雪下玉关，虏箭如沙射金甲。云龙风虎尽交回，太白入月敌可摧。敌可摧，旄头灭。履胡之肠涉胡血。悬胡青天上，埋胡紫塞旁。胡无人，汉道昌。陛下之寿三千霜，但歌大风云飞扬，安得猛士兮守四方！胡无人，汉道昌一本无此六字。

同　前　　　　　　　唐·僧贯休

霍嫖姚，赵充国，天子将之平朔漠。肉胡之肉，烬胡帐幄。千里万里，唯留胡之空壳。边风萧萧，榆叶初落。杀气昼赤，枯骨夜哭。将军既立殊勋，遂有《胡无人》曲。我闻之，天子富有四海，德被无垠。但令一物得所，八表来宾。亦何必令彼胡无人！

乐府诗集卷第四十一　相和歌辞 十六

楚调曲 上

《古今乐录》曰："王僧虔《技录》：楚调曲有《白头吟行》、《泰山吟行》、《梁甫吟行》、《东武琵琶吟行》、《怨诗行》。其器有笙、笛弄、节、琴、筝、琵琶、瑟七种。"张永录云："未歌之前，有一部弦，又在弄后，又有但曲七曲：《广陵散》、《黄老弹飞引》、《大胡笳鸣》、《小胡笳鸣》、《鹍鸡游弦》、《流楚》、《窈窕》，并琴、筝、笙、筑之曲，王录所无也。其《广陵散》一曲，今不传。"

白头吟二首　五解　　　古　辞

《古今乐录》曰："王僧虔《技录》曰：《白头吟行》，歌古'皑如山上雪'篇。"《西京杂记》曰："司马相如将聘茂陵人女为妾，卓文君作《白头吟》以自绝。相如乃止。"《乐府解题》曰："古辞云：'皑如山上雪，皎若云间月。'又云：'愿得一心人，白头不相离。'始言良人有两意，故来与之相决绝。次言别于沟水之上，叙其本情。终言男儿重意气，何用于钱刀。若宋鲍照'直如朱丝绳'，陈张正见'平生怀直道'，唐虞世南'气如幽径兰'，皆自伤清直芬馥，而遭铄金玷玉之谤，君恩以薄，与古文近焉。"一说云：《白头吟》疾人相知，以新间旧，不能至于白首，故以为名。唐元稹又有《决绝词》，亦出于此。

皑如山上雪，皎若云间月。闻君有两意，故来相决绝。一解平生共城中，何尝斗酒会。今日斗酒会，明旦沟水头。

蹀躞御沟上,沟水东西流。二解郭东亦有樵,郭西亦有樵,两樵相推与,无亲为谁骄？三解凄凄重凄凄,嫁娶亦不啼。愿得一心人,白头不相离。四解竹竿何袅袅,鱼尾何簁簁,男儿欲相知,何用钱刀为！蹍如(如字下或有五字)马啖萁,川上高士嬉。今日相对乐,延年万岁期。五解

右一曲,晋乐所奏。

皑如山上雪,皎若云间月。闻君有两意,故来相决绝。今日斗酒会,明旦沟水头。蹀躞御沟上,沟水东西流。凄凄复凄凄,嫁娶不须啼。愿得一心人,白头不相离。竹竿何袅袅,鱼尾何簁簁。男儿重意气,何用钱刀为！

右一曲,本辞。

白头吟　　　　宋·鲍　照

直如朱丝绳,清如玉壶冰。何惭宿昔意,猜恨坐相仍。人情贱恩旧,世路逐衰兴。毫发一为瑕,丘山不可胜。食苗实硕鼠,点白信苍蝇。凫鹄远成美,薪刍前见凌。申黜褒女进,班去赵姬升。周王日沦惑,汉帝益嗟称。心赏固难恃,貌恭岂易凭？古来共如此,非君独抚膺！

同　前　　　　陈·张正见

平生怀直道,桂松比真风。语默妍蚩际,沉浮毁誉中。谗新恩易尽,情去宠难终。弹珠金市侧,抵玉春山东。含香老颜驷,执戟异扬雄。惆怅崔亭伯,幽忧冯敬通。王嫱没故塞,班女弃深宫。春苔封履迹,秋叶夺妆红。颜如花落槿,

鬓似雪飘蓬。此时积一作即长叹,伤年谁复同?

同　　前　　　唐·刘希夷

　　洛阳城东桃李花,飞来飞去落谁家?洛阳女儿惜颜色,行逢落花长叹息。今年花落颜色改,明年花开复谁在?已见松柏摧为薪,更闻桑田变成海。古人无复洛城东,今人还对落花风。年年岁岁花相似,岁岁年年人不同。寄言全盛红颜子,须怜半死白头翁。此翁白头真可怜,伊昔红颜美少年。公子王孙芳树下,清歌妙舞落花前。光禄池台文锦绣,将军楼阁画神仙。一朝卧病无人识,三春行乐在谁边?宛转蛾眉能几时,须臾白发乱如丝。但看旧来歌舞地,唯有黄昏鸟雀悲。

同前二首　　　唐·李　白

　　锦水东北流,波荡双鸳鸯。雄巢汉宫树,雌弄秦草芳。宁同万死碎绮翼,不忍云间两分张。此时阿娇正娇妒,独坐长门愁日暮。但愿君恩顾妾深,岂惜黄金将买赋一作买词赋!相如作赋得黄金,丈夫好新多异心。一朝将聘茂陵女,文君因赠一作赋《白头吟》。东流不作西归水,落花辞条归故林。兔丝固无情,随风任颠倒。谁使女萝枝,而来强萦抱。两草犹一心,人心不如草。莫卷龙须席,从他生网丝。且留琥珀枕,或有梦来时。覆水再收岂满杯?弃妾已去难重回!古时得意不相负,只今唯见青陵台。

　　锦水东流碧,波荡双鸳鸯。雄巢汉宫树,雌弄秦草芳。

相如去蜀谒武帝,赤车驷马生辉光。一朝再览《大人》作,万乘忽欲凌云翔。闻道阿娇失恩宠,千金买赋要君王。相如不忆贫贱日,官高金多聘私室。茂陵姝子皆见求,文君欢爱从此毕。泪如双泉水,行堕紫罗襟。五起鸡三唱,清晨《白头吟》。长吁不整绿云鬟,仰诉青天哀怨深。城崩杞梁妻,谁道土无心?东流不作西归水,落花辞枝羞故林。头上玉燕钗,是妾嫁时物。赠君表相思,罗袖幸时拂。莫卷龙须席,从他生网丝。且留琥珀枕,还有梦来时。鹓鸘裘在锦屏上,自君一挂无由披。妾有秦楼镜,照心胜照井。愿持照新人,双对可怜影。覆水却收不满杯,相如还谢文君回。古来得意不相负,只今唯有青陵台。

同前　　　　唐·张籍

请君膝上琴,弹我《白头吟》。忆昔君前娇笑语,两情宛转如萦素。宫中为我起高楼,更开华池种芳树。春天百草秋始衰,弃我不待白头时。罗襦玉珥色未暗,今朝已道不相宜。扬州青铜作明镜,暗中持照不见影。人心回互自无穷,眼前好恶那能定。君恩已去若再返,菖蒲花生月长满。

反白头吟　　　唐·白居易

鲍照作《白头吟》,白居易反其致,为《反白头吟》。

炎炎者烈火,营营者小蝇。火不热真玉,蝇不点清冰。此苟无所受,彼莫能相仍。乃知物性中,各有能不能。古称怨报死,则人有所惩。惩淫或应可,在道未为弘。譬如蜩鹦徒,啾啾啅龙鹏。宜当委之去,寥廓高飞腾。岂能泥尘下,区区酬怨憎。胡为坐自苦,吞悲仍抚膺。

决绝词三首　　唐·元　稹

乍可为天上牵牛织女星,不愿为庭前红槿枝。七月七日一相见,故心终不移。那能朝开暮飞去,一任东西南北吹?分不两相守,恨不两相思。对面且如此,背面当何知。春风撩乱伯劳语,此时抛去时。握手苦相问,竟不言后期。君情既决绝,妾意已参差!借如死生别,安得长苦悲?

噫春冰之将泮,何余怀之独结。有美一人,于焉旷绝。一日不见,比一日于三年,况三年之旷别。水得风兮小而已波,笋在苞兮高不见节。矧桃李之当春,竞众人之攀折。我自顾悠悠而若云,又安能保君皓皓之如雪。感破镜之分明,睹泪痕之馀血。幸他人之既不我先,又安能使他人之终不我夺。已焉哉,织女别黄姑!一年一度暂相见,彼此隔河何事无?

夜夜相抱眠,幽怀尚沈结。那堪一年事,长遣一宵说。但感久相思,何暇暂相悦。虹桥薄夜成,龙驾侵晨列。生憎野鹊往迟回,死恨天鸡识时节。曙色渐曈昽,华星次明灭。一去又一年,一年何时─作可彻。有此迢递期,不如生死别!天公隔是妒相怜,何不便教相决绝?

泰山吟　　　　晋·陆　机

《古今乐录》曰:"王僧虔《技录》有《泰山吟行》,今不歌。"《乐府解题》曰:"《泰山吟》,言人死精魄归于泰山,亦《薤露》、《蒿里》之类也。"

泰山一何高,迢迢造天庭。峻极周已远,层云郁冥冥。梁甫亦有馆,蒿里亦有亭。幽涂延万鬼,神房集百灵。长吟太山侧,慷慨激楚声。

同　前　　　　　　宋·谢灵运

岱宗秀维岳,崔崒刺云天。岞崿既嶮巇,触石辄千眠。登封瘗崇坛,降禅藏肃然。石间何晻蔼,明堂秘灵篇。

梁甫吟　　　　　　蜀·诸葛亮

《古今乐录》曰:"王僧虔《技录》有《梁甫吟行》,今不歌。谢希逸《琴论》曰,诸葛亮作《梁甫吟》。《陈武别传》曰,武常骑驴牧羊,诸家牧竖十数人,或有知歌谣者,武遂学《太山梁甫吟》、《幽州马客吟》及《行路难》之属。《蜀志》曰,诸葛亮好为《梁甫吟》。然则不起于亮矣。李勉《琴说》曰,《梁甫吟》,曾子撰。《琴操》曰,曾子耕太山之下,天雨雪冻,旬月不得归,思其父母,作《梁山歌》。蔡邕《琴颂》曰,梁甫悲吟,周公越裳。"按梁甫,山名,在泰山下。《梁甫吟》,盖言人死葬此山,亦葬歌也。又有《太山梁甫吟》,与此颇同。

步出齐城门,遥望荡阴里。里中有三墓,累累正相似。问是谁家墓?田疆、古冶子。力能排南山,文能绝地纪。一朝被谗言,二桃杀三士。谁能为此谋?国相齐晏子。

同　前　　　　　　晋·陆机

玉衡既—作固已骖,羲和若飞凌。四运寻环转,寒暑自相惩。冉冉年时暮,迢迢天路征。招摇东北指,大火西南升。悲风无绝响,玄云互相仍。丰水凭川结,霜露弥天凝。年命时相逝,庆云鲜克乘。履信多愆期,思顺焉足凭?忾忾一作慷忾临川响,非此孰为兴?哀吟梁甫巅,慷慨独抚膺!

同　前　　　梁·沈 约

龙驾有驰策,日御不停阴。星籥亟回变,气化坐盈侵。寒光稍眇眇,秋塞日沉沉。高窗灰馀火,倾河驾腾参。飙风折暮草,惊竿亘层林。时云霭空远,渊水结清深。奔枢岂易纽,珠庭不可临。怀仁每多意,履顺孰能禁。露清一唯促,缓志且移心。京歌步梁甫,叹绝有遗音。

同　前　　　陈·陆 琼

临淄佳丽地,年少习名倡。似笑唇朱动,非愁眉翠扬。掩抑随竿转,和柔会瑟张。轻扇屡回指,飞尘亟绕梁。寄言诸葛相,此曲作难忘。

同　前　　　唐·李 白

长啸梁甫吟,何时见阳春?君不见,朝歌屠叟辞棘津,八十西来钓渭滨!宁羞白发照渌水,逢时吐一作壮气思经纶。广张三千六百钓,风雅暗与文王亲。大贤虎变愚不测,当年颇似寻常人。君不见,高阳酒徒起草中,长揖山东隆准公!入门不拜一作开说骋雄辩,两女辍洗来趋风。东下齐城七十二,指麾楚汉如旋蓬。狂生落拓尚如此,何况壮士当群雄! 我欲攀龙见明主,雷公砰訇震天鼓。帝旁投壶多玉女,三时大笑开电光,倏烁晦冥起风雨。阊阖九门不可通,以额叩关阍者怒。白日不照吾精诚,杞国无事忧天倾。猰貐磨牙竞人肉,驺虞不折生草茎。手接飞猱搏雕虎,侧足焦原未言苦。智者可卷愚者豪,世人见我轻鸿毛。力排南山三壮士,齐相杀之费二桃。吴、楚弄兵无剧孟,亚夫呛尔为徒劳。梁甫吟,梁甫吟,声正悲。张公两龙剑,神物合有时。风云感会起屠钓,大人峴𡾊当安之。

泰山梁甫行　　　魏·曹植

《乐府解题》曰:"曹植改《泰山梁甫》为'八方'。"

八方各异气,千里殊风雨。剧哉边海民,寄身于草墅。妻子象禽兽,行止依林阻。柴门何萧条,狐兔翔我宇。

东武吟行　　　晋·陆机

《古今乐录》曰:"王僧虔《技录》有《东武吟行》,今不歌。"《乐府解题》曰:"鲍照云'主人且勿喧',沈约云'天德深且旷',伤时移事异,荣华徂谢也。"左思《齐都赋》注云:"《东武》、《泰山》,皆齐之土风,弦歌讴吟之曲名也。"《通典》曰:"汉有东武郡,今高密、诸城县是也。"

投迹短世间,高步长生闱。濯发冒云冠,洗身被羽衣。饥从韩众餐,寒就佚女栖。

同　前　　　宋·鲍照

主人且勿喧,贱子歌一言。仆本寒乡士,出身蒙汉恩。

始随―作逢张校尉，召募到河源。后逐李轻车，追虏出塞垣。密途亘万里，宁岁犹七奔。肌力尽鞍甲，心思历凉温。将军既下世，部曲亦罕存。时事一朝异，孤绩谁复论。少壮辞家去，穷老还入门。腰镰刈葵藿，倚杖牧鸡豚。昔如鞲上鹰，今似槛中猿。徒结千载恨，空负百年怨。弃席思君幄，疲马恋君轩。愿垂晋主惠，不愧田子魂。

同前　　　梁·沈约

天德深且旷，人世贱而浮。东枝裁拂景，西壑已停辀。逝辞金门宠，去饮玉池流。霄辔一永矣，俗累从此休。

东武吟　　　唐·李白

好古笑流俗，素闻贤达风。方希佐明主，长揖辞成功。白日在高天，回光烛微躬。恭承凤皇诏，欻起云萝中。清切紫霄迥，优游丹禁通。君王赐颜色，声价凌烟虹。乘舆拥翠盖，扈从金城东。宝马丽绝景，锦衣入新丰。倚岩望松雪，对酒鸣丝桐。因学扬子云，献赋甘泉宫。天书美片善，清芬播无穷。归来入咸阳，谈笑皆王公。一朝去金马，飘落成飞蓬。宾友日疏散，玉樽亦已空。才力犹可倚―作待，不惭世上雄。闲作《东武吟》，曲尽情未终。书此谢知己，吾寻黄、绮翁―作扁舟寻钓翁。

怨诗行　　　古辞

《古今乐录》曰："《怨诗行》，歌东阿王'明月照高楼'一篇。"王僧虔《技录》曰："荀录所载'古为君'一篇，今不传。"《琴操》曰："卞和得玉璞以献楚怀王，王使乐正子治之，曰：'非玉。'刖其右足。平王立，复献之，又以为欺，刖其左足。平王死，子立，复献之，乃抱玉而哭，继之以血，荆山为之崩。王使剖之，果有宝。乃封和为陵阳侯。辞不受，而作怨歌焉。"班婕妤《怨诗行》序曰："汉成帝班婕妤，失宠，求供养太后于长信宫，乃作怨诗以自伤，托辞于纨扇云。"《乐府解题》曰："古词云：'为君既不易，为臣良独难。'言周公推心辅政，二叔流言，致有雷雨拔木之变。梁简文'十五颇有馀'，自言姝艳，以谗见毁。又曰'持此倾城貌，翻为不肖躯'。与古文意同而体异。若傅休奕《怨歌行》云'昭昭朝时日，皎皎最明月'，盖伤'十五入君门，一别终华发'，不及偕老，犹望死而同穴也。"

　　天德悠且长，人命一何促！百年未几时，奄若风吹烛。嘉宾难再遇，人命不可续。齐度游四方，各系太山录。人间乐未央，忽然归东岳。当须荡中情，游心恣所欲。

同前二首 七解　　魏·曹植

　　明月照高楼，流光正徘徊。上有愁思妇，悲叹有馀哀。_{一解}借问叹者谁，自云客子妻。夫行逾十载，贱妾常独栖。_{二解}念君过于渴，思君剧于饥。君为高山柏，妾为浊水泥。_{三解}北风行萧萧，烈烈入吾耳。心中念故人，泪堕不能止。_{四解}沈浮各异路，会合当何谐？愿作东北风，吹我入君怀。_{五解}君怀常不开，贱妾当何依？恩情中道绝，流止任东西。_{六解}我欲竟此曲，此曲悲且长。今日乐相乐，别后莫相忘。_{七解}

右一曲，晋乐所奏。

　　明月照高楼，流光正徘徊。上有愁思妇，悲叹有馀哀。

卷第四十一◎相和歌辞十六◎楚调曲上

借问叹者谁,言是客子妻。君行逾十年,孤妾常独栖。君若清路尘,妾若浊水泥。浮沈各异势,会合何时谐?愿为西南风,长逝入君怀。君怀时不开,妾心当何依?

右一曲,本辞。

同 前　　东晋·梅 陶

庭植不材柳,花育能鸣鹤。鼓枻游畦亩,栖钓一丘壑。晨悦朝敷荣,夕乘南音客。昼立薄游景,暮宿汉阴①魄。庇身荫王猷,罢蹇反幻迹。

同 前　　宋·僧惠休

明月照高楼,含君千里光。巷中情思满,断绝孤妾肠。悲风荡帷帐,瑶翠坐自伤。妾心依天末,思与浮云长。啸歌视秋草,幽叶岂再扬。暮兰不待岁,离华能几芳?愿作张女引,流悲绕君堂。君堂严且秘,绝调徒飞扬。

怨 诗　　魏·阮 瑀

民生受天命,漂若河中尘。虽称百龄寿,孰能应此身?犹获婴凶祸,流落—作流离恒苦辛。

同 前　　晋·陶 潜

天道幽且远,鬼神茫昧然。结发念善事,僶俛五十—作六九年。弱冠逢世阻,始室丧其偏。炎火屡焚如,螟蜮恣中

---

① 阴,底本阙,据四部丛刊本补。

田。风雨纵横至,收敛不盈廛。夏日长抱饥,寒夜无被眠。造夕思鸡鸣,及晨愿乌迁。在己亦何怨—作何怨天,离忧凄目前。吁嗟身后名,于我若浮烟。慷慨激—作独悲歌,钟期信为贤。

同　前　　　梁简文帝

秋风与白团,本自不相安。新人及故爱,意气岂能宽?黄金肘后铃,白玉案前盘。谁堪空对此,还成无岁寒!

同　前　　　梁·刘孝威

退宠辞金屋,见谴斥甘泉。枕席秋风起,房栊明月悬。烛避窗中影,香回炉上烟。丹庭斜草径,素壁点苔钱。歌起蒲生曲,乐奏下山弦。新声昔广宴,馀杯今自传。王嫱向绝漠,宗女入祁连。雁书犹未返,角马无归年。昭台省媵御,曾坂无弃捐。后薪随复积,前鱼谁复怜。

同　前　　　陈·张正见

新丰妖冶地,游侠竞娇奢。池台间罗绮,桃李杂烟霞。盖影分连骑,衣香合并车。艳粉惊飞蝶,红妆映落花。舞衫飘冶袖,歌扇掩团纱。玉床珠帐卷,金楼镜月斜。还疑萧史凤,不及季伦家。

同前二首　　　陈·江总

采桑归路河流深,忆昔相期柏树林。奈许新缣伤妾意,无由故剑动君心。

　　新梅嫩柳未障羞,情去思移那可留。团扇箧中言不分,纤腰掌上讵胜愁。

乐府诗集卷第四十二　相和歌辞 十七

楚调曲 中

怨诗二首　　　　　　唐·薛奇童

日晚梧桐落,微寒入禁垣。月悬三雀观,霜度万秋门。艳舞矜新宠,愁容泣旧恩。不堪深殿里,帘外欲黄昏。

禁苑春风起,流莺绕合欢。玉窗通日气,珠箔卷轻寒。杨叶垂金砌,梨花入井栏。君王好长袖,新作舞衣宽。

同　前　　　　　　唐·张汯

去年离别雁初归,今夜裁缝萤已飞。征客去来音信断,不知何处寄寒衣。

同　前　　　　　　唐·刘元济

玉关芳信断,兰闺锦字新。愁来好自抑,念切已含颦。虚牖风惊梦,空床月厌人。归期傥可促,勿度柳园春。

同前三首　　　　　　唐·李暇

罗敷初总髻,蕙芳正娇小。月落始归船,春眠恒著晓。

何处期郎游,小苑花台间。相忆不可见,且复乘月还。

别前花照路,别后露垂叶。歌舞须及时,如何坐悲妾。

同前二首　　唐·崔国辅

楼前桃李疏,池上芙蓉落。织锦犹未成,虫声入罗幕。
妾有罗衣裳,秦王在时作。为舞春风多,秋来不堪著。

同前　　唐·孟郊

试妾与君泪,两处滴池水。看取芙蓉花,今年为谁死?

同前　　唐·刘叉

君莫嫌丑妇,丑妇死守贞。山头一怪石,长作望夫名。
鸟有并翼飞,兽有比肩行。丈夫不立义,岂如鸟兽情!

同前　　唐·鲍溶

女萝寄松柏,绿蔓花绵绵。三五定君婚,结发早移天。肃肃羊雁礼,泠泠琴瑟篇。恭承采蘩祀,敢效同居贤。皎日不留景,良时如逝川。秋心还遗爱,春貌无归妍。翠袖洗朱粉,碧阶封绮钱。新人易如玉,废瑟难为弦。寄羡蕣华木,荣君香阁前。岂无摇落苦,贵与根蒂连。希君旧光景,照妾薄暮年。

同前　　唐·白居易

夺宠心那惯,寻思倚殿门。不知移旧爱,何处作新恩?

同前二首　　唐·姚氏月华

春水悠悠春草绿,对此思君泪相续。羞将离恨向东风,理尽秦筝不成曲。

与君形影分胡越,玉枕终年对离别。登台北望烟雨深,回身泣向寥天月。

怨歌行 　　　汉·班婕妤

新裂齐纨素,鲜絜如霜雪。裁为合欢扇,团团似明月。出入君怀袖,动摇微风发。常恐秋节至,凉飙夺炎热,弃捐箧笥中,恩情中道绝。

同　前 　　　魏·曹植

为君既不易,为臣良独难。忠信事不显,乃有见疑患。周公佐成王,金縢功不刊。推心辅王室,二叔反流言。待罪居东国,泣涕当留连。皇灵大动变,震雷风且寒。拔树偃秋稼,天威不可干。素服开金縢,感悟求其端。公旦事既显,成王乃哀叹。吾欲竟此曲,此曲悲且长。今日乐相乐,别后莫相忘。

右一曲,晋乐所奏。

怨歌行朝时篇 　　　晋·傅玄

昭昭朝时日,皎皎最明月。十五入君门,一别终华发。同心忽异离,旷如胡与越。胡越有会时,参辰辽且阔。形影无仿佛,音声寂无达。纤弦感促柱,触之哀声发。情思如循环,忧来不可遏。涂山有馀恨,诗人咏《采葛》。蜻蛚吟床下,回风起幽闼。春荣随路落,芙蓉生木末。自伤命不遇,良辰永乖别。已尔可奈何,譬如纨素裂。孤雌翔故巢,星流光景绝。魂神驰万里,甘心要同穴。

怨歌行　　　　梁简文帝

十五颇有馀,日照杏梁初。蛾眉本多嫉,掩鼻特成虚。持此倾城貌,翻为不肖躯。秋风吹海水,寒霜依玉除。月光临户驶,荷花依浪舒。望檐悲双翼,窥沼泣王馀。苔生履处没,草合行人疏。裂纨伤不尽,归骨恨难袪。早知长信别,不避后园舆。

同　前　　　　梁·江淹

纨扇如团月,出自机中素。画作秦王女,乘鸾向烟雾。彩色世所重,虽新不代故。窃悲凉风至,吹我玉阶树。君子恩未毕,零落委中路。

同　前　　　　梁·沈约

时屯宁易犯,俗险信难群。坎壈元淑赋,顿挫敬通文。遽沦班姬宠,夙窆贾生坟。短俗同如此,长叹何足云。

同　前　　　　唐·虞世南

紫殿秋风冷,雕甍白日沈。裁纨凄断曲,织素别离心。掖庭羞改画,长门不惜金。宠移恩稍薄,情疏恨转深。香销翠羽帐,弦断凤凰琴。镜前红粉歇,阶上绿苔侵。谁言掩歌扇,翻作《白头吟》。

同　前　　　唐·李白

十五入汉宫，花颜笑春红。君王选玉色，侍寝金—作锦屏中。荐枕娇夕月，卷衣恋春—作香风。宁知赵飞燕，夺宠恨无穷。沈忧能伤人，绿鬓成霜蓬。一朝不得意，世事徒为空。鹔鹴换美酒，舞衣罢雕笼。寒苦不忍言，为君奏丝桐。肠断弦亦绝，悲心夜忡忡。

同　前　　　周·庾信

家住金陵县前，嫁得长干少年。回头望乡泪落，不知何处天边。胡尘几日应尽，汉月何时更圆？为君能歌此曲，不觉心随断弦。

同　前此诗中有逸句　　　唐·吴少微

城南有怨妇，含怨倚兰丛。自谓二八时，歌舞入汉宫。皇恩〔数流盼〕，〔承〕〔弄〕幸玉堂中。绿陌黄花催夜酒，锦衣罗袂逐春风。建章西宫焕若神，燕赵美女二千人。君王厌德不忘新，况群艳冶纷来陈。是时别君不再见，三十三春长信殿。长信重门昼掩关，清房晓帐幽且闲。绮窗虫网氛尘色，文轩莺对桃李颜。天王贵宫不贮老，浩然泪陨今来还。自怜〔春色〕转晚暮，试逐佳游芳草路。小腰丽女夺人奇，金鞍少年曾不顾。归来谁为夫，请谢西家妇。莫辞先醉解罗襦。

明月照高楼　　　　　梁武帝

圆魄当虚闼,清光流思筵。筵思照孤影,凄怨还自怜。台镜早生尘,匣琴又无弦。悲慕屡伤节,离忧亟华年。君如东扶景,妾似西柳烟。相去既路迥,明晦亦殊悬。愿为铜铁砮,以感长乐前。

同　前　　　　　唐·雍陶

朗月何高高,楼中帘影寒。一妇独含叹,四坐谁成欢?时节屡已移,游旅杳不还。沧溟傥未涸,妾泪终不干。君若无定云,妾若不动山。云行出山易,山逐云去难。愿为边塞尘,因风委君颜。君颜良洗多,荡妾浊水间。

长门怨　　　　　梁·柳恽

《汉武帝故事》曰:"武帝为胶东王时,长公主嫖有女,欲与王婚,景帝未许。后长主还宫,胶东王数岁,长主抱置膝上,问曰:'儿欲得妇否?'长主指左右长御百馀人,皆云'不用'。指其女问曰:'阿娇好否?'笑对曰:'好!若得阿娇作妇,当作金屋贮之。'长主乃苦要帝,遂成婚焉。"《汉书》曰:"孝武陈皇后,长公主嫖女也。擅宠骄贵,十馀年而无子。闻卫子夫得幸,几死者数焉。元光五年,废居长门宫。"《乐府解题》曰:"长门怨者,为陈皇后作也。后退居长门宫,愁闷悲思,闻司马相如工文章,奉黄金百斤,令为解愁之辞。相如为作《长门赋》,帝见而伤之,复得亲幸。后人因其赋而为《长门怨》也。"

玉壶夜愔愔,应门重且深。秋风动桂树,流月摇轻阴。绮檐清露溽,网户思虫吟。叹息下兰阁,含愁奏雅琴。何由鸣晓佩,复得抱宵衾。无复金屋念,岂照长门心。

同 前　　梁·费昶

向夕千愁起,自悔何嗟及。愁思且归床,罗襦方掩泣。绛树摇风软,黄鸟弄声急。金屋贮娇时,不言君不入。

同 前　　唐·徐贤妃

旧爱柏梁台,新宠昭阳殿。守分辞方辇,含情泣团扇。一朝歌舞荣,夙昔诗书贱。颓恩诚已矣,覆水难重荐。

同 前　　唐·沈佺期

月皎风泠泠,长门次掖庭。玉阶闻坠叶,罗幌见飞萤。清露凝珠缀,流尘下翠屏。妾心君未察,愁叹剧繁星。

同 前　　吴少微

月出映曾城,孤圆上太清。君王春爱歇,枕席凉风生。怨咽不能寝,踟蹰步前楹。空阶白露色,百草寒虫鸣。念昔金房里,犹嫌玉座轻。如何娇所误,长夜泣恩情。

同 前　　唐·张修之

长门落景尽,洞房秋月明。玉阶草露积,金屋网尘生。妾妒今应改,君恩昔未平。寄语临邛客,何时作赋成。

同 前　　唐·裴交泰

自闭长门经几秋,罗衣湿尽泪还流。一种蛾眉明月夜,南宫歌管北宫愁。

同　　前　　　　唐·刘皂

宫殿沉沉月欲分，昭阳更漏不堪闻。珊瑚枕上千行泪，不是思君是恨君。

同　　前　　　　唐·袁晖

早知君爱歇，本自无萦妒。谁使恩情深，今来反相误。愁眠罗帐晓，泣坐金闺暮。独有梦中魂，犹言意如故。

同　　前　　　　唐·刘言史

独坐炉边结夜愁，暂时恩去亦难留一作收。手持金箸垂红泪，乱拨寒灰不举头。

同前二首　　　　李　白

天回北斗挂西楼，金屋无人萤火流。月光欲到长门殿，别作深宫一段愁。

桂殿长愁不记春，黄金四屋起秋尘。夜悬明镜青天上，独照长门宫里人。

同　　前　　　　唐·李华

弱体鸳鸯荐，啼妆翡翠衾。鸦鸣秋殿晓，人静禁门深。每忆椒房宠，那堪永巷阴。日惊罗带缓，非复旧来心。

同　前　　　唐·岑　参

君王嫌妾妒,闭妾在长门。舞袖垂新宠,愁眉结旧恩。绿钱生履迹,红粉湿啼痕。羞被桃花笑,看春独不言。

同　前　　　唐·齐　澣

茕茕孤思逼,寂寂长门夕。妾妒亦非深,君恩那不惜。携琴就玉阶,调悲声未谐。将心托明月,流影入君怀。

同　前　　　唐·刘长卿

何事长门闭,珠帘只自垂。月移深殿早,春向后宫迟。蕙草生闲地,梨花发旧枝。芳菲自恩幸,看却被风吹。

同　前　　　唐·僧皎然

春风日日闭长门,摇荡春心自梦魂。若遣花开只笑妾,不如桃李正无言。

同　前　　　唐·卢　纶

空宫古廊殿,寒月落斜晖。卧听未央曲,满箱歌舞衣。

同　前　　　唐·戴叔伦

自忆专房宠,曾居第一流。移恩向何处,暂妒不容收。夜久丝管绝,月明宫殿秋。空将旧时意,长望凤凰楼。

　　　　同　　前　　　　唐·刘　驾

御泉长绕凤凰楼,只是恩波别处流。闲摸舞衣归未得,夜来砧杵六宫秋。

　　　　同前二首　　　　唐·高　蟾

天上何劳万古春,君前谁是百年人。魂销尚愧金炉烬,思起犹惭玉辇尘。烟翠薄情攀不得,星芒浮艳采无因。可怜明镜来相向,何似恩光朝夕新。

天上凤皇休寄梦,人间鹦鹉旧堪悲。平生心绪无人识,一只金梭万丈丝。

　　　　同　　前　　　　唐·张　祜

日映宫墙柳色寒,笙歌遥指碧云端。珠铅滴尽无心语,强把花枝冷笑看。

　　　　同前二首　　　　唐·郑　谷

闲把罗衣泣凤凰,先朝曾教舞霓裳。春来却羡庭花落,得逐晴风出禁墙。

流水君恩共不回,杏花争忍扫成堆?残春未必多烟雨,泪滴闲阶长绿苔。

　　　　同前二首　　　　唐·刘氏媛

雨滴梧桐秋夜长,愁心和雨到昭阳。泪痕不学君恩断,拭却千行更万行。

学画蛾眉独出群，当时人道便承恩。经年不见君王面，花落黄昏空掩门。

阿娇怨　　　唐·刘禹锡

望见葳蕤举翠华，试开金屋扫庭花。须臾宫女传来信，云—作言幸平阳公主家。